KB178747

전북대 개인기록 총서 17

조선족 천직 교사 최정걸의 기록

연변일기 1

이채문 · 이정덕 · 남춘호 · 박신규 · 최미옥 편저

지식과교양

2014년 정부(교육부)의 재원으로 한국연구재단의 지원을 받아 수행된 연구임.
(NRF-2014S1A3A2043652), (NRF-2014S1A3A2044461)

| 서 문 |

『연변일기』(1983-2015)는 조선족 교사인 최정걸의 33년간의 일기이다. 조부 대에 중국으로 옮겨온 이주민 2세대인 최정걸은 1942년 중국의 길림성에서 태어났다. 그는 1960년 훈춘시 태양소학교에서 교사생활을 시작하여 1995년 퇴임할 때까지 만 35년을 교사로 봉직했다. 퇴직 후에는 노인협회의 서기 일을 맡고, 2000년부터는 간부노인대학을 다니면서 일본어와 컴퓨터 등을 배우면서 지냈다. 하루의 일과를 순서대로 메모 형식으로 기록한 그의 일기는 교사, 교장이자 당원으로서의 업무와 가장으로서의 일상, 자녀들의 성장 과정에 대한 기록들로 촘촘히 채워져 있다. 저자의 성품을 반영하는 듯, 그의 기록은 일체의 감정이 배제한 채 그날 있었던 일을 시간 순서대로 정리하고 있다. 함께 일하던 교사가 전근을 가고, 새로운 교사가 부임하고, 시교육위에서 검열을 오고, 검열을 받고, 자녀가 대학에 합격하고, 성장한 자녀가 외국으로 떠나고, 외국에 있는 손자와 전화를 주고받고, 심지어 오랜 동료와 친지가 세상을 떠나고 장례식에 참석하는 일을 하나도 빼놓지 않고 기록하면서도, 그는 글 속에 전혀 감정을 담지 않았다. 그래서 오히려 짧은 메모 기록에서 숨겨진 그의 감정을 읽고 느끼게 된다.

이 기록은 「경북대학교 SSK 다문화와 디아스포라연구단」과 「전북대학교 SSK 개인기록과 압축근대연구단」이 1년여의 기간 동안 함께 작업을 해서 출간하게 되는 공동작업 성과물이다. 경북대 연구단이 현지조사를 통해 저자를 만나고, 일기자료를 포함한 여러 가지 개인 자료들을 구해서, 전북대 연구단에 공동 작업을 통한 자료의 출간을 제안한 것이 2015년경이었다. 그 사이 두 연구단의 연구원들은 SSK사업을 매개로 대구와 전주, 서울 등지에서 만나 이른바 연구단 간 '네트워킹'을 위한 토론회를 수차에 걸쳐 개최하였다. 그리고 약 1년여 동안의 입력과 해제 작업을 거쳐 『조선족 천직 교사 최정걸의 기록, 연변일기』를 두 권으로 출간하게 되었다.

「경북대학교 SSK 다문화와 디아스포라연구단」은 그간의 연구 성과를 통해서 알 수 있는 것처럼, 구술사 연구방법을 통하여 재외한인의 삶을 해외 지역별, 도시-농촌별로 비교하는 연구를 수행하는 연구 집단이다. 한편 「전북대학교 SSK 개인기록과 압축근대연구단」은 개인기록을 통하여 동아시아의 근대성을 비교하는 연구를 수행하고 있다. 양 연구단은 2011년, 같은 해에 연구단을 출범하여 6년 동안 서로의 연구 영역을 넓혀왔다.

두 연구단이 SSK사업을 통해서 실질적인 공동작업의 성과를 내게 된 것은 연구단 간 교류의 확대라는 형식적 의미 외에 중요한 학술적 의의를 지닌다고 감히 말할 수 있다. 하나는 이 작업이 사회과학 연구에서 시 · 공간적 현장성을 확보할 수 있는 두 개의 중요한 자원, 즉 '구술'과 '기록'을 재료로 삼는 두 연구팀의 질적 결합이라는 사실이다. 그리고 다른 하나는 이 작업을 통해 한국인의 근대적 삶을 조명할 수 있는 연구 영역이 적어도 동아시아의 범위로 확산될 수 있게 되었다는 점이다. 한국인에게 '디아스포라'는 근대적 삶의 한 유형이다. 제국의 침탈과 식민지 경험, 분단, 전쟁, 1960-70년대의 개발 등이 한국인의 이산(離散)을 촉발 · 고착시킨 역사적 사건들이다.

조부 대부터(어쩌면 그 이전, 중국 이주를 결심하지 않을 수 없었던 어느 시점부터) 이어진 최정걸의 지난한 가족사는 한국사회의 압축적 근대사를 올올이 드러내 줄 것이다. 그래서 우리는 『조선족 천직 교사 최정걸의 기록, 연변일기』가 한국사회의 압축근대과정이 만들어낸 한국인의 근대적 삶의 유형을 구분해내는 중요한 출발점이라고 믿는다. 「경북대학교 SSK 다문화와 디아스포라연구단」과 「전북대학교 SSK 개인기록과 압축근대연구단」의 이번 작업은 이른바 '사회적인 것'과 '개인적인 것' 사이의 분리할 수 없는 관계를 국내와 국외의 현장에서, 당사자들의 '말(구술)'과 '글(개인기록)'로 재구성하는 연구의 시작이 될 것이다.

양 연구단의 공동연구는 경북대학교 연구단의 연구책임자인 이채문 교수의 현지조사에서 시작되었다. 현지에서 기록 자료들을 꼼꼼히 챙기고, 그것을 아낌없이 전북대 연구단에 제공해 준 이채문 교수께 깊이 감사드린다. 양 연구단의 공동작업이 전북대 연구단에게는 말할 것도 없지만, 경북대 연구단의 연구의 폭을 넓히는데도 도움이 될 수 있기를 진심으로 바란다.

최정걸은 일기의 대부분을 중국어로 기록하였다. 작은 일기장의 여백까지 가득 채워 넣은 중국어를 하나하나 짚어가며 번역을 해준, 경북대학교 사회복지학과 대학원의 우펑슈에(吳凤雪), 리문군(李文君)군의 노고에 뭐라 고마움을 표해야 할지 모르겠다. 두 연구단의 연구원들과 함께 읽고 수정하는 작업에까지도 바쁜 시간을 쪼개준 두 학우들께 감사드린다. 최정걸은 2000년 이후에 일본에 거주하고 있는 큰아들을 방문하기 위하여 간부노인대학에 가서 일본어를 배우고, 집에서도 열심히 일본어를 공부하였다. 그 시절 일기의 일부는 일본어로 쓰기도 하였다. 완전하지 않은 일본어 문장들을 읽고 해독해 준 경북대학교 사회학과 대학원 이토히로코(伊藤浩子) 군에게도 그의 도움이 이 작업에 큰 힘이 되었음을 알리고 싶다. 입력된 원고를 검토하면서 오자를 잡아내고, 개념과 용어들, 외국어 표기들을 하나로 일치시키는 지루한 작업을 감내해 준 전북대학교 고고문화인류학과 대학원 이정훈 군에게도 감사드린다.

누구보다도 감사 인사를 드려야 할 분은 저자의 큰 자제인 연변대학교 최미옥 교수이다. 최미옥 교수께서는 귀한 시간을 쪼개 전주까지 방문하여, 양 연구단의 네트워킹 토론회에서 선친의 일생과 이력을 정리·발표해 주셨다. 뿐만 아니라『연변일기』의 출판에 맞춰 인사말도 보내주셨다. 그의 설명과 발표는 일기를 통해 선친의 삶을 이해하는데 뿐 아니라, 중국 거주 한인의 디아스포라, 나아가 한국인의 근대적 삶의 한 유형을 파악하는 데에도 큰 도움이 되었다. 깊이 감사드린다.

경북대학교와 전북대학교의 양 연구단 연구원 모두는 이번 공동 작업이 근대 한국인의 삶의 시·공간적 비교연구를 위한 시작이며, 더 넓고 깊은 공동연구의 계기라고 믿는다. 두 연구단, 모든 연구원들의 노고에 감사드린다.

2017. 4. 30.
전북대학교 고고문화인류학과 이정덕 씀.

| 인사말 |

사랑하는 아버지를 그리면서

존경하고 사랑하는 아버지 안녕하세요?

한국전북대학교 SSK개인기록과 압축근대연구단의 협찬으로 아버지께서 일생동안 써오신 일기가 책으로 편집되어 출판된다고 하네요. 아버지께서 지금 이 세상에 살아계신다면 얼마나 즐거워하시고 행복해하실. 이 딸은 충분히 상상할수 있습니다. '딸 덕분으로 또 나의 일기까 지 책으로 편찬하다니' 하시면서 환한 웃음을 짓는 아버지 모습이 나의 눈앞에 너무나 똑똑히 떠오릅니다.

아버지 보고 싶어요. 꿈에서라도 자주 만나면 얼마나 좋겠어요? 그런데 꿈에도 잘 찾아오지 않네요. 어르신들의 말씀에 의하면 자식을 생각하는 부모님들이 그런다고 하네요. 하늘나라에 가서도 자식을 아끼고 관심하는 마음은 변하지 않았네요.

아버지께서 저희들을 떠난 지도 어느덧 일 년 반이란 시간이 흘렀습니다. 그 사이 하늘나라 에서 잘 계시죠? 어머님도 만나시고 지금 행복하게 같이 잘 보내시죠? 아버지 없는 세상, 노래 에서 나오는 가사와 같이 태양이 없는 암흑한 세상과 같습니다. 저희들한테는 하늘같고, 집, 기 둥같이 너무나 믿음직하고 든든하던 아버지였으니까요. 일 년 반이라는 짧으면서도 또 기나긴 사이에 우리 세 자매들은 아버지와 어머니의 뼛속까지 깊은 사랑의 덕분으로 너무나 행복하게 생활하고 열심히 사업하여 크나큰 성적을 거두었습니다. 아버지께서 항상 아끼고 자랑스럽게 여기던 따님은 2016년에 중국 연변조선족 자치주 유일한 〈길림성 5.1로동모범〉으로 당선되여 장춘에 가서 표창을 받았구요. 가장 자호감을 느끼게 하는 둘째아들 국서는 중국 〈국가우질공정상 탁월한 공헌자(国家优质工程奖突出贡献者)〉 칭호를 받았습니다. 너무나 자랑스럽고 흐믓하지요? 아버지, 어머니의 따뜻하고 무한한 사랑과 엄격하면서도 올바른 교육을 받았기에 오늘의 저희들이 있는 것 아니겠어요! 아버지 어머니 사랑에 너무나 감사하고 고맙고 자랑스럽습니다.

앞으로도 저희들은 아버지 어머니처럼 일생을 정직하게 성실하게 의의 있게 살아갈 겁니다. 어버지의 유언대로 나라와 국가, 민족발전을 위해서 영원히 분투할 겁니다. 하늘나라에서 시름 놓으시고 어머니와 함께 즐겁고 행복하게 보내세요. 저희들 근심은 조금도 하시지 말고 편안히 지내세요. 그것이 저희들에 대한 크나큰 사랑이고 믿음입니다.

아버지 감사하고 고맙습니다. 저희들은 영원히 사랑하고 존경합니다.

그리고 가족을 대신하여 아버지 소원을 이루어주신 한국 「전북대학교 SSK 개인기록과 압축근대연구단」의 협찬에 뜨거운 감사를 드립니다.

중국연길에서 2017년 3월 14일
딸 미옥 올림

| 화 보 |

▲ 최정걸(2014년 인터뷰 당시, 73세)

▲ 어머니 재가 당시 사촌동생과 함께(1949년)

▲ 중국 공청단 단원시절(1960년 7월, 최정걸 좌 뒤줄)

▲ 태양소학교 교원 학생과(1962년)

▲ 태양소학교 교직원 일동 1964. (뒷줄 좌 2번째 최정걸)

▲ 광신소학교 시절 최정걸 부부 (앞줄 좌,우, 1980년)

▲ 최정걸씨의 삼남매 자녀(최국진, 최미옥, 최국서)

▲ 최정걸과 황영순

▲ 최정걸의 방학활동 우수상 상장(1953년)

▲ 최정걸의 홍소병 우수 보도원 상장(1954년)

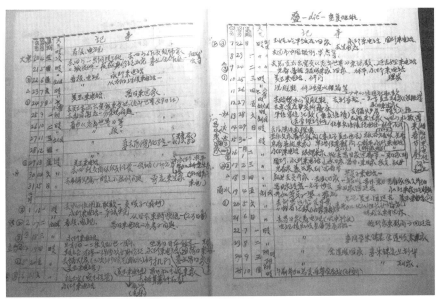

▲ 최정걸의 개인 기록 노트

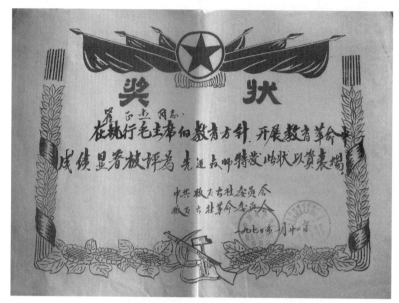

▲ 우수교원 상장(1970년)

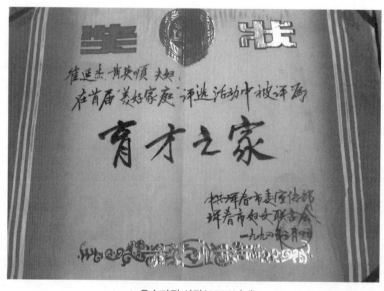

▲ 우수가정 상장(1990년대)

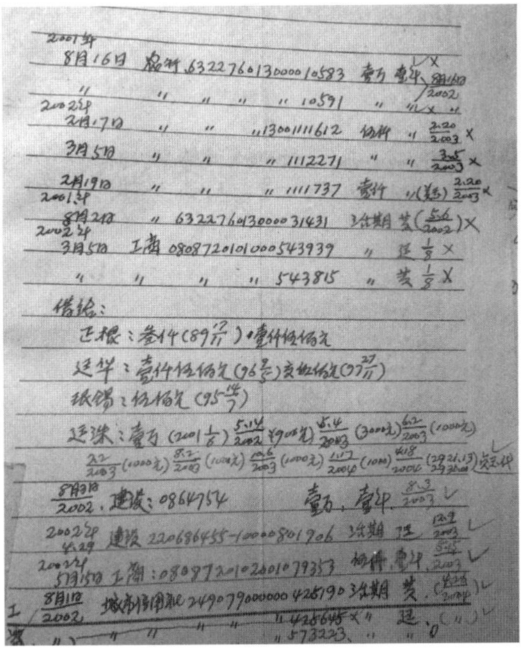

▲ 일상생활 기록지(2001년)

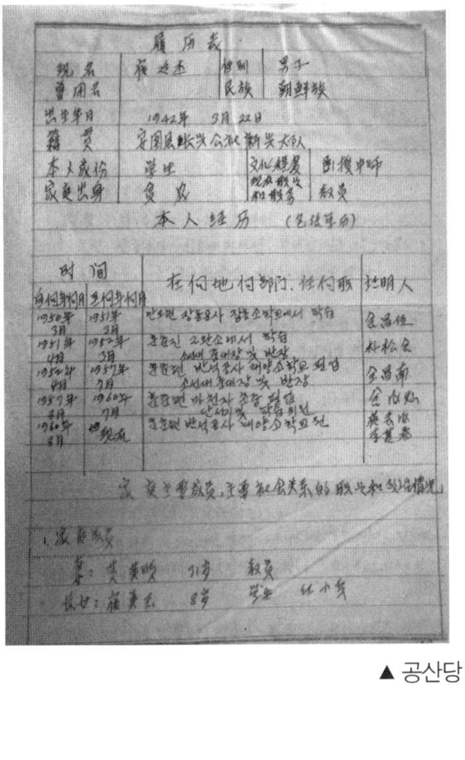

履历表

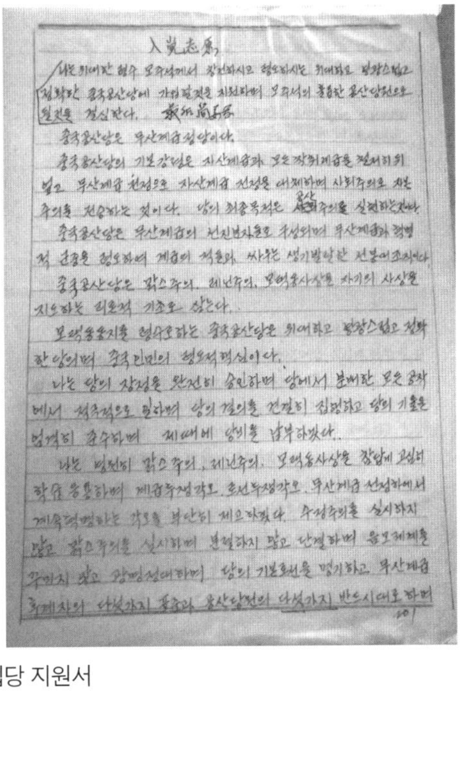

入党志愿

▲ 공산당 입당 지원서

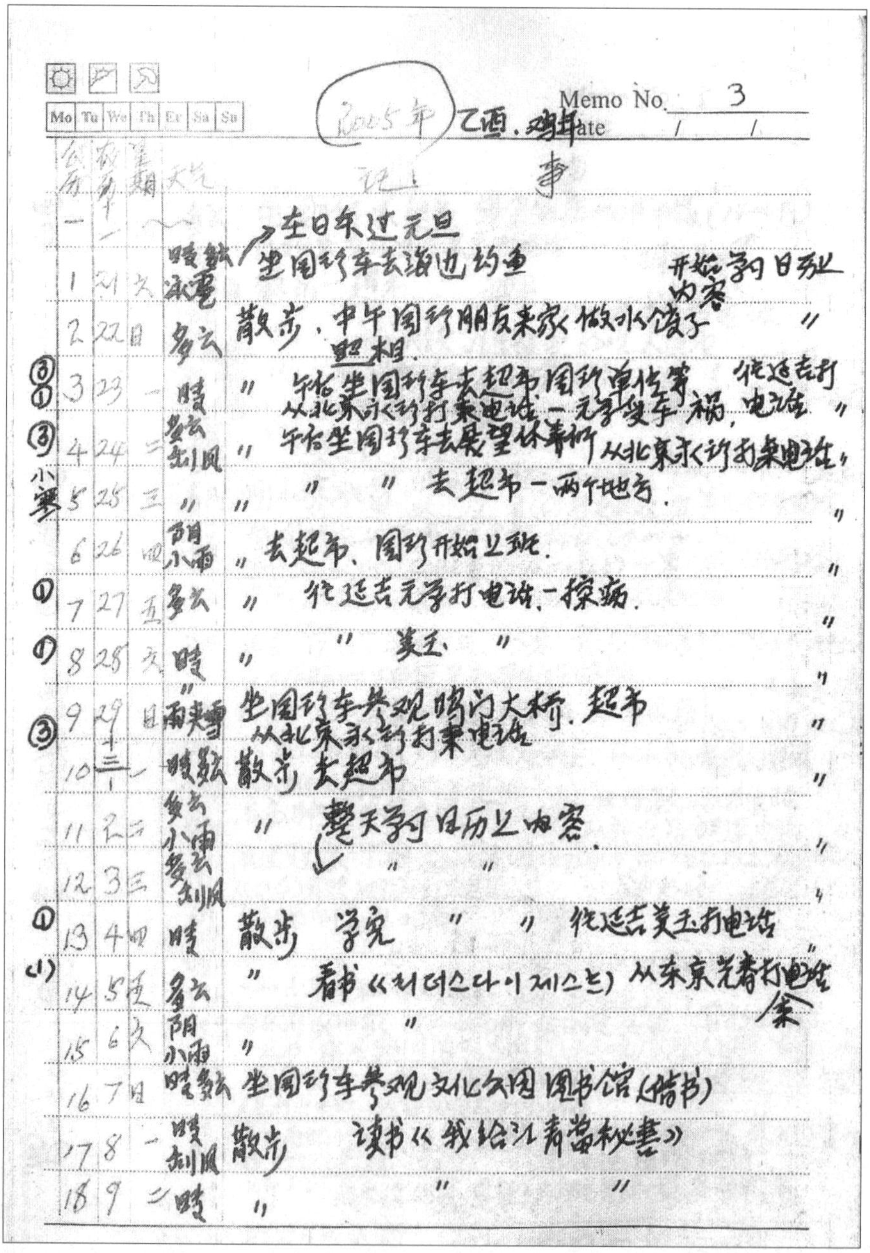
Memo No. 3
2005年 乙酉.鸡年 Date / /
公历 农历 星期 天气 记事
在日本过元旦
开始学日历上内容
散步
照相
去超市
散步 去超市
散步
散步

▲ 2005년 일기 원본

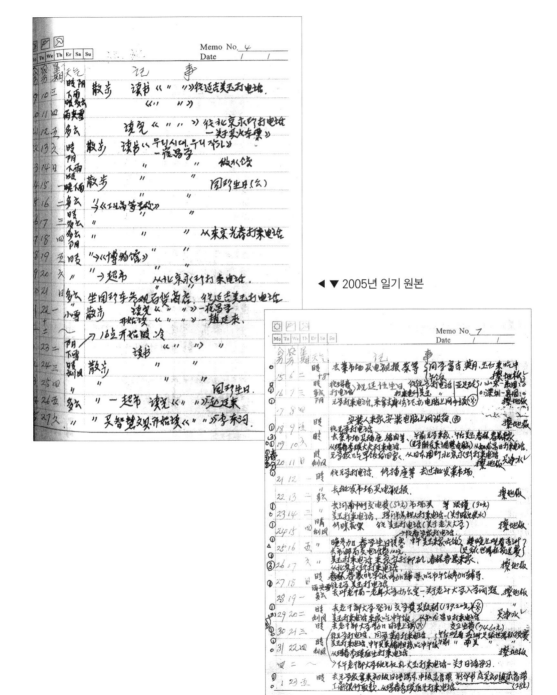

▶▼ 2005년 일기 원본

contents

제2부

연변일기(1983~1998년)

연변일기 2

연변일기(1999~2015년)

일/러/두/기

1. 인명, 지명 등 중국어 원문의 한글 표기는, 저자가 조선족임을 감안하여 한국어 발음을 원칙으로 하였다. 다만 중국의 유명한 인물(예, 덩샤오핑 등) 등에 대해서는 관행적으로 중국 발음으로 입력하였다.

2. 뜻풀이가 필요한 방언, 설명이 필요한 용어나 사건 등은 매년 첫 출현지점에서 1회에 한해 각주로 설명하였다.

3. 해독이 불가능한 글자는 □ 표시를 하였다.

4. 날짜 표기는 원문에 충실하여, 날짜는 〈 〉 안에 입력하고, 음력 날짜는 〈 〉안에 입력하되, ( )로 구분하였다. 그리고 날씨, 기온 등은 〈 〉 밖에 입력하였다.

5. 날짜 표기 이외의 원문의 〈 〉 표시, 그리고 ( ) 등의 부호는 모두 원문에 있는 것으로 그대로 입력하였다.

6. 원문에 거명된 인명은 모두 실명으로, 인명에 관련된 정보는 학술적 목적 이외의 용도로 사용할 수 없으며, 인용할 경우 가명 처리를 해서 사용해야 한다.

제**1**부

해제

중국 조선족 천직교사
최정걸의 삶에 대한 일 고찰

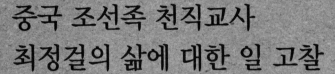

•• 이채문

1. 들어가는 말

최근 중국 조선족에게서는 많은 변화가 진행되고 있다. 1800년대에 중국으로 처음 이주가 시작된 이후 현재까지 기나긴 역사 속에서 적지 않은 변화가 있었지만, 오늘날과 같은 변화는 일찍이 보기 쉽지 않았다. 최근에는 1990년대 한중수교와 더불어 한국으로의 이주가 거의 최고조에 달하는 것 같은 추세를 보여주고 있다. 그로 인해 파생된 변화로는 중국 연변조선족 자치구에서의 조선족 인구의 급감이 우선 눈에 띈다. 이는 중국의 개혁개방 이후 한국 뿐 만 아니라 중국의 대도시로의 이주가 가속화 된 결과이다. 이러한 대규모 인구유출로 인한 조선족 자치구내에서의 다양한 사회문제, 즉 결손가족의 증가, 자녀교육의 문제, 노년층 증가의 문제 등이 우후죽순처럼 나타나고 있다.

이러한 변화에 맞추어 조선족에 대한 연구 또한 아주 다양하게 진행되어 왔다. 초기 중국으로의 이주사에 초점을 둔 연구, 조선족 농촌의 공동화 문제에 대한 연구, 한국에서의 이주자로서의 사회통합에 관한 연구 등 각 분야에서 눈에 띄게 그 성과가 나타나고 있다. 그럼에도 불구하고, 미시적인 연구는 아직 연구할 여지를 많이 보여주고 있다. 특히 조선족의 개인생활사에 대한 연구는 그간 구술생애사로서 적지 않은 연구서가 발간되었지만, 이러한 조선족의 개인적인 일기와 같은 자료에 대한 분석은 매우 드물었다고 할 수 있다.

본 연구는 이러한 조선족 천직교사 최정걸의 일기분석에 앞서 최정걸 생활사를 개인 생애사에 대한 그 동안의 여러 자료를 통해 개괄해 보는데 목적이 있다. 후술하다시피 최정걸은 공산당에 대한 중국의 통일이 있었던 1940년대 태어난 세대로서 2015년 작고할 때까지의 소수민족의 생애사를 개괄적으로 살펴봄으로써 본서에 실린 그의 일기분석에 도움이 되고자 함이다.

본문은 주로 최정걸을 생전에 2차례 인터뷰를 하면서 수집하였던 그의 구술, 개인소장자료 및 사진을 중심으로 진행되어 있다. 구체적으로 최정걸의 초기 가족 이주사에서 시작하여, 본인의 교육과정, 교육관, 그리고 1995년까지 계속된 교사생활을 먼저 개관하였다. 그 다음 최정걸에게 중요한 영향을 미쳤던 중국 공산당 및 모택동 사상과의 관계에 대하여 나름대로 평가를 하고, 마지막으로 호모 아키비스트로서의 최정걸에 대한 평가를 내림으로써 본 연구서의 주제인 최정걸의 일기분석을 이해하는데 조금이라도 도움이 되고자 한다.

2. 조선족 교사 최정걸의 삶에 대한 개괄적 분석

1) 초기 가족이주 역사

최정걸의 조부는 청주 최씨의 후손으로서 함경북도 무산에 있는 지초리에서 출생하여 중국으로 이주하였는데, 최정걸이 출생하기 전에 이미 세상을 떴고, 실제로 최정걸은 할머니 손에 길러졌다고 해도 과언이 아닐 정도로 할머니는 최정걸의 어린시절의 삶에 큰 영향을 미쳤다고 할 수 있다. 최정걸은 1942년 3월 20일 중국 길림성 안도현에서 1남 1녀중 장남으로 출생하였다. 최정걸의 부친 최룡륜 또한 북한에서 출생하여 중국으로 이주하였다.

부친 최룡륜은 1942년부터 1945년 사이에 안도현 장흥공사 신흥대대의 부락장을 역임하였고 1947년에 사망하였다. 부친은 1945년 최정걸이 4세가 되었을 때 사망하면서 모친 또한 최정걸이 8세때 재가를 하게 되었다. 이러한 사정으로 최정걸이 11살 때 할머니와 둘째 삼촌이 거주하던 훈춘으로 이주하여 그 이후 주로 둘째 삼촌 가족들과 함께 생활하게 되었다.

최정걸의 가족 중 가장 높은 학력을 가졌던 사람은 그의 삼촌이었는데, 그는 명월진 중학교 다니다가 한국전쟁후 북조선에서 평양대학을 다닌 것으로 알려지고 있다.

최정걸은 본가보다 처가쪽이 좀 더 가문상의 지위가 높았던 것으로 보인다. 최정걸의 처조부 황진극은 1940년에서 1945년사이 훈춘현 반석공사 태양대대에서 5년간 툰장을 역임하였고, 1945년 8월 소련의 붉은 군대가 중국 동북으로 진입하여 주둔할 당시에 홍군에게 피살되었다.

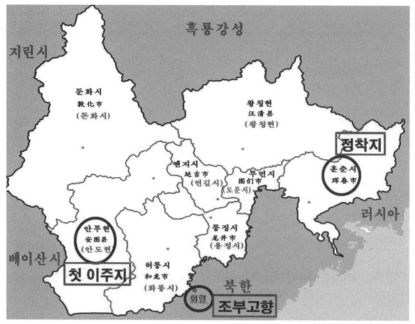

[그림 1] 최정걸 조부의 고향, 첫 이주지 및 정착지

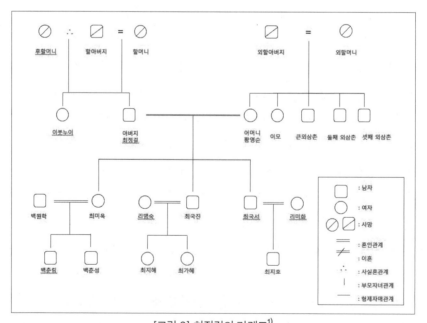

[그림 2] 최정걸의 가계도[1]

---

1) 이채문·박경용·박신규,『교직 반생기: 조선족 천직교사 최정걸의 삶』(책과세계, 2015), xi쪽.

2) 교육과정

최정걸은 1951년 훈춘시 신흥소학교에서 1년을 수료하고, 이듬해인 1952년부터 1957년까지 훈춘시 반석향 태양소학교를 다녔다.

태양소학교를 졸업한 후 1958년부터 1960년까지 훈춘시 마천자 중학교를 다니면서 우수한 성적으로 졸업하였고, 이후 어려운 가정형편으로 상급학교 진학을 포기하였다.

학교생활에서 최정걸의 두드러진 점은 성실성에서 잘 나타나는데, 이 성실성은 평생 최정걸의 습관이 되었다. 이러한 최정걸의 학업에 대한 성실성은 그동안 본인이 모아둔 상장에서 잘 나타나 있다. 방학 중이건 학기 도중이건 학교활동 무엇을 하든지 모범생이었다. 당시 최정걸의 꿈은 수학가 또는 과학자였는데 이는 수학에 특별한 재능을 보인 것 때문이었다.

이러한 결과는 태양소학교를 졸업하면서 전교 최고 성적을 받은 학생이 되었다는데서 잘 나타나고 있다. 이와 같은 태양소학교에서의 성격은 마천자 중학교에 진학해서도 달라지지 않았다. 이를 가장 잘 보여주는 사례로 최정걸은 마천자 중학교를 다니면서 매일 20리를 걸었는데, 그러면서도 최우수상을 놓치지 않았다. 전교 학생이 한 반에 50명씩, 2개 반이 있었는데 조선어, 한어, 대수, 기하, 물리, 화학 및 동식물학 등 전과목에서 최정걸을 따라 올 학생은 없었다. 이러한 최정걸의 향학열은 학창시절 최정걸이 받았던 다음의 상장에서도 잘 나타나 있다.

〈표 1〉 최정걸의 우수활동 내역

상장	연도	비고
태양소학교 2학년 우등상	1953	태양소학교
태양소학교 방학활동 우수상	1953	태양소학교
홍소병 우수보도원 상장	1954	태양소학교
태양소학교 4학년 우등상	1955	태양소학교
태양소학교 5학년 우등상	1956	태양소학교
태양소학교 통일시험 전교우수상	1957	태양소학교
마천자 중학교 전교 수석	1958	마천자중학교
모내기 1등상	1959	마천자중학교
마천자 중학교 1학년 우등상		마천자중학교
마천자 중학교 3학년 우등상		마천자중학교
습지개간 1등상	1960	마천자중학교

우수 선진청년상	1961	교원 시절
우수교원상	1964	교원 시절
대약진 운동 취잡기 운동 2~3등		교원 시절
모주석 저자 학습 우수단원	1966	교원 시절
우수교원 상장	1970	교원 시절
반석향 우수 공산당 당원상장		교원 시절
홍소병 우수 보도원	1974	교원 시절
우수 선진교원	1982	교원 시절

[그림 3] 최정걸의 태양소학교 졸업사진 (1957년, 뒷줄 좌측 4번째가 최정걸)

[그림 4] 최정걸의 태양소학교 졸업장(1957)

[그림 5] 최정걸의 마천자 중학교 졸업식(1960년 7월 28일)

3) 최정걸의 교육관

최정걸에게 교육은 오늘날 일반적으로 교육학에서 받아들여지고 있는 교육관과 크게 다르지 않은 점을 보게 된다. 즉 교육은 일반적으로 행해지고 있는 것으로 사람을 양성하는 활동이라는 것이다. 더 나아가서 교육은 어떤 특정 목적에 따라 사람들의 지식을 높여 그 사람의 품성에 까지 영향을 미치는 활동으로 생각한다.

그러나 교육자로서 최정걸은 좀 더 구체적으로 교육을 다음과 같이 말하고 있다:

학교에서 교육자가 젊은 세대들에게 영향을 주어 그들로 하여금 지능과 체력을 발전시켜 일정 지식을 소유하도록 하여, 사상품성을 형성하도록 하는 활동[2]

특히 최정걸은 교육의 역할을 거론할 때 유전적인 결정론 보다는 일반 사회 및 환경의 역할

---

2) 최정걸, "교육학 복습문제"

에 초점을 둔 교육관을 견지하고 있다. 예를 들어, 그의 교육학 복습문제에 실린 교육관을 보면 이러한 관점을 확인할 수 있다. "유전소질이 중요하나 너무 과장하지 않아야 한다,"라든가 "환경과 교육이 아동심리 발전의 결정적인 요소"로 보고 있다.[3] 이러한 바탕 위에서 초등학교 교사로서 평생을 살아온 자신의 신념은 학교교육의 중요성이었다. 그리하여 학교교육이 아동심리발전에 중요한 역할을 하는 점을 깊이 인식하였고, 특히 아동심리에 미치는 교사로서의 역할을 다음과 같이 언급하고 있다. "전문교육을 받은 교원의 역할이 아동심리발전에 중요한 역할을 한다."[4]

이러한 최정걸의 교육에 대한 언급을 볼 때, 전통적인 중국 공산주의적 교육사고에서는 많이 벗어나 있는 것으로 보인다. 먼저, 공산주의 중국에서는 교육 인식론의 기본을 노동에 두고, 물질적인 측면과 관념적인 측면을 구별하고 있다. 그러나 위에서 언급된 교육 사상을 "지능과 체력을 발전시켜 일정지식을 소유하도록 하여, 사상품성을 형성하도록 하는 활동"으로 본다는 점에서 전통적인 서양의 교육관의 일 측면을 보게 된다. 다시 말해서 교육이 무산계급을 위해 봉사해야 한다거나 교육이 반드시 생산노동과 결부되어야 한다는 모택동의 사회주의 교육방침[5]과는 상당한 거리를 두고 있다는 점에서 진일보 한 것으로 평가된다.

또한 초기 모택동의 교육적 사고는 마르크스의 교육이론에 기초를 두고 있는데, 그 요지는 주체 또는 능동적 존재로서의 인간이다. 즉 인간을 독립적이고 주체적인 활동의 존재로 간주하며, 이러한 주체적인 활동과정에서 객관적 세계와 만나게 되고 이러한 과정에서 자아창조활동을 하게 된다. 이러한 자아창조활동은 능동적인 것이며, 인간의 본질적으로 중요한 것은 바로 노동이다.[6] 노동은 자연과 인간을 연결하는 중요한 연계고리이며, 교육 또한 이러한 범주를 벗어날 수 없는 것으로 파악한다.

그러나 위에서 언급했다시피 최정걸의 교육관에 있어서 중요한 것은 유전적인 소양보다는 "환경과 교육이 아동심리 발전의 결정적인 요소"라고 함으로써, 중국 공산주의 초기에 강조되었던 마르크스 교육이론과는 거리가 있는 근대 교육의 기본적인 개념을 더 우선시 하는 교육

---

3) 최정걸, "교육학 복습문제"
4) 최정걸, "교육학 복습문제"
5) 이러한 모택동의 사상은 다음에서 잘 나타나 있다. "교육과 생산노동의 결합"을 위하여 "학교가 공장과 농장을 운영하고, 공장이 학교를 운영하며, 학생은 半日 노동에 半日 수업과 苦學을 실행한다." 5中華人民共和國教育大事記(1949-1982), (北京: 教育科學出版社, 1984), 212-13. 이상옥, "당대 중국 교육에 대한 사고의 이중성 지식 혹은 노동," 『철학논총』제35권(2004), 400쪽 재인용.
6) 이상옥, "당대 중국 교육에 대한 사고의 이중성 지식 혹은 노동," 『철학논총』제35권(2004), 395~414쪽.

철학이 나타나 있다고 보인다.

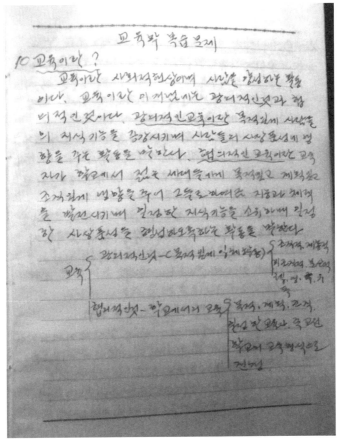

[그림 6] 최정걸의 교육관이 잘 나타나 있는 "교육학 복습문제"

4) 교사 생활

최정걸은 길림성 훈춘에 소재하고 있는 마천자 중학교를 졸업한 19살 때 훈춘시 태양소학교 교원으로 평생 교사로서의 직책을 처음으로 맡게 된다. 간단히 그가 재임하였던 학교를 보면 35세인 1976년 광심소학교에서 주임교사를 역임하였고, 39세인 1980년 반석중심소학교 교도주임, 그리고 45세인 1986년부터 1995년 만54세로 퇴임할 때까지 훈춘시 제4소학교 교장을 역임하였다.

최정걸의 교사생활은 그야말로 성실성을 모토로 하는 교사상의 전형적인 모습을 잘 보여주고 있다. 최정걸은 태양소학교를 졸업한 1960년부터 교사생활을 시작하였다. 당시의 사정에 의해 사범학교를 졸업하지 않아도 교사연수를 마친 후 교사로 임명되던 시절이었다. 역시 초기 교사 시절에는 1963년부터 중국 전역에서 불었던 뢰봉(雷鋒) 따라하기의 분위기 속에서 뢰봉에 대한 학습에 몰두하면서 시작되었다. 교사로서의 최정걸은 본인의 적성에도 잘 맞았다고 할 수 있을 정도로 학교일에 헌신적으로 참여하였다. 성실한 성격에다 온건한 성품으로 학생들을 위하는 일에는 물불을 가리지 않고 참여하였으며, 그러한 과정에서도 다음에서 언급하듯이 모택동에 대한 사상을 열심히 공부하였다.

당시 교사로서의 최정걸의 열성에 대해서는 장녀 최미옥의 다음과 같은 증언이 잘 말해준다.[7]

제 기억에 눈만 뜨면 아빠는 학교일에 나가고 없어요. 황소를 기르고. 학교에 무슨 일을 하는지는 모르겠는데 아침에 없죠. 그 다음에 집에 들어와서 밥 잡수고 학교에 또 출근하죠. 우리 아버지가 맡은 반급은 무엇이나 잘했어요. 그때는 지금 보면 교육을 잘했어요. 스케이트도 농촌학교에서 좀 탔어요.

또한 국가관이 투철한 관계로 철저히 국가를 위해 물자를 절약하고, 국가를 위해 헌신하는 것이 자신의 임무로 생각하였다. 학교의 물건을 지키기 위해 밤새 당직근무를 마다하지 않았다. 전체를 위해 개인을 희생하는 것이 중요한 과제로 생각하였고, 평생 그는 이러한 자신의 기본적인 태도에 충실하였다고 보인다. 따라서 이러한 헌신적인 국가관으로 개인적인, 또는 조선인으로서의 소수민족이 가지는 차별의식 등은 거의 느끼지 못한 것으로 생각된다.

5) 중국 공산당과 최정걸

최정걸의 삶에서 빼 놓을 수 없는 것은 공산당원으로서의 최정걸에 대한 모습이다. 일찍이 최정걸이 8살 때 인 1949년 중국 공산당에 의한 중화인민공화국이 성립된 것을 직접 목격하였고, 17세였던 1958년 최정걸은 중국 공산당과 관련하여 대약진 운동을 경험하였다. 그러나 실제로 늘 입당하고 싶었던 중국 공산당에 입당한 것은 32세인 1973년이었다. 이후 공산당원으

---

7) 이채문 · 박경용 · 박신규, 『교직 반생기: 조선족 천직교사 최정걸의 삶』 (책과세계, 2015), 81쪽

로서 45세인 1986년부터 퇴임하던 1995년까지 훈춘시 제4소학교 중국 공산당 지부서기로도 봉직하였다.

소수민족인 최정걸에게 중국 공산당이 상당히 긍정적인 인상을 심어준 것은 중화인민공화국 성립이후 중국의 조선사람들에게 공산당이 토지를 분배해 준 시기부터였다. 일반적으로 잘 알려져 있다시피 동북3성의 조선족들 상당수가 오랜 기간 동안 빈농에서 벗어나지 못하고 있었다. 일본이 패망하여 중국 동북지역에서 철수하기까지 일부 조선족 지주계급들도 없지는 않았으나, 많은 비중을 차지하는 것은 중국인 지주들이었다. 오랜 기간 중 중국에 거주하면서 중국지주계급에 대한 좋지 못한 감정은 항상 가난한 조선족들의 가슴속에 내면화 되어 있었고 민족적 차별 속에 내재해 있던 이러한 계급적 모순 또한 작용하였다고 볼 수 있다.[8] 따라서 이들 중국 지주계급의 토지를 이용하여 농사를 짓는 많은 조선족 빈농들에게는 중국 공산당의 개혁정책을 통하여 토지를 분배받을 수 있었고, 이를 바탕으로 하여 조선족들은 원하던 민족 자치지구의 설립이 이루어질 수 있었다. 이러한 측면에서 조선족들의 다수가 중국공산당에 대하여 가지는 감정은 특별할 수 밖에 없었다.

조선족 교사 최정걸에게도 이러한 중국 공산당의 토지개혁정책은 중요하고 특별하게 다가올 수 밖에 없었다고 볼 수 있다. 이러한 경위로 해서 공산당 가입과 모택동 사상에 대한 최정걸의 남다른 것이었다.

이후 1958년 대약진 운동이 한창일 때 전국적으로 진행되었던 쥐잡이 운동이나 참새잡이 운동 등에서 우수한 성적으로 벽보에 최정걸의 이름이 오르는 등 인상적인 모습을 보였다. 또한 최정걸이 일찍이 아버지를 여의고 할머니의 보살핌 아래서 성장하였기 때문에 고아로 간주되어 정치적 배경이 없는 점이 인정되어 많은 조선족 교사들이 핍박을 받았던 문화대혁명 시기에도 큰 박해를 받지는 않았다.

6) 공산당 입당

최정걸의 공산당 입당은 1959년부터 신청하였으나 실제로 입당이 허락된 것은 1973년이었다. 그러나 공산당 입당이 순조로왔던 것은 아니었다. 공산당 입당에 걸림돌이 된 것은 최정걸

---

8) 延邊朝鮮族自治州檔案館 편, 『中共延邊吉東吉敦地委延邊專署重要文件彙編』(1)「延邊朝鮮民族問題(草案) \ 周保中同志在吉林省委群工會議上的報告」(1946년 12월), 1985. 임찬혁, "해방 후 중국 연변지역에서 민족구역자치가 실현되는 제도적 과정에 대한 고찰"『한국근대사연구』63권(2012), 211~242 재인용.

의 부친이 1945년 장흥향 신흥대대에서 툰장이었던 것이 문제가 되었다. 또한 최정걸의 장인이 엘리트였다는 사실 또한 공산당 입당에 문제가 되었다. 즉 장인은 훈춘시 교육국 부국장, 훈춘시 제2고급중학교 교장을 역임하였고, 처 조부인 황진극은 1940년부터 5년간 훈춘현 반석공사에서 툰장을 하면서 상중농으로 간주되어 그 점이 입당에 문제가 된 것이었다. 그럼에도 불구하고 최정걸 본인은 고아였고, 학교조직에서도 열심히 일한 공로를 인정받아 몇 번의 실패 끝에 공산당 입당이 허용되었다. 이러한 공산당 입당으로 장녀 최미옥의 대학입학 때도 여러 가지로 도움이 되었다고 증언하고 있다.

공산당 가입을 위해서는 그 동안 공산당에 대한 학습기록 및 본인의 소감 또한 제출하여 심사서류에 포함이 되었다. 먼저 본인의 결심이 확고함을 보여주어야 했다.

> 나는 위대한 령수 모주석께서 창건하시고 령도하시는 위대하고 영광스럽고 정확한 중국공산당에 가입할 것을 지원하며 모주석의 훌륭한 공산당원으로 될 것을 결심한다.[9]

공산당 입단을 위한 그 다음 단계로서 중국 공산당의 성격에 대한 기술을 하여야 했다. 중국 공산당의 본질과 중국 공산당의 사상적 기초에 대한 이해를 보여주어야 하는 것이다. 최정걸은 공산당 입당선언서에서 일반적으로 중국 공산당 가입시 요구되는 무산계급으로서의 중국 공산당에 대한 성격과 중국 공산당의 영도는 모택동이라는 것을 적시하였다.

> 중국공산당은 무산계급 정당이다. 중국공산당의 기본강령은 자산계급과 모든 착취계급을 철저히 뒤엎고 무산계급 천정으로 자산계급 전정을 대체하며 사회주의로 자본주의를 전승하는 것이다. 당의 최종 목적은 공산주의를 실현하는 것이다. 중국공산당은 무산계급의 선진분자들로 구성되며 무산계급과 혁명적 군중을 령도하여 계급의 적들과 싸우는 생기발랄한 선봉대 조직이다. 중국공산당은 맑스주의, 레닌주의, 모택동 사상을 자기의 사상을 지도하는 리론적 기초로 삼는다. 모택동 동지를 령수로 하는 중국공산당은 위대하고 영광스럽고 정확한 당이며 중국인민의 령도적 핵심이다.[10]

다음으로 공산딩 입당시 요구되는 것은 공산당에 대한 가입자의 결의, 각오를 밝혔고, 무산

---

9) 최정걸의 "공산당 입당 지원서," 이채문 박경용 박신규, 『교직 반생기: 조선족 천직교사 최정걸의 삶』(책과세계, 2015), 55~56쪽.
10) 최정걸, "공산당 입단 지원서"

계급 후계자로서 공산당의 지시에 적극 부응하겠다는 다짐을 하였다.

나는 당의 장정을 완전히 승인하며 당에서 분배한 모든 공작에서 적극적으로 일하며 당의 결의를 견결히 집행하고 당의 기률을 엄격히 준수하며 제 때에 당비를 납부하겠다. 나는 영원히 맑스주의, 레닌주의, 모택동 사상을 참답게 고심히 학습 응용하며 계급투쟁 각오, 로선투쟁각오, 무산계급 전정하에서 계속 혁명하는 각오를 부단히 제고하겠다. 수정주의를 실시하지 않고 맑스주의를 실시하며 분절하지 않고 단결하며 음모제계를 꾸미지 않고 광명정대하며 당의 기본로선을 명기하고 무산계급 후계자의 다섯가지 표준과 공산당원의 다섯가지 반드시대로 하며...[11]

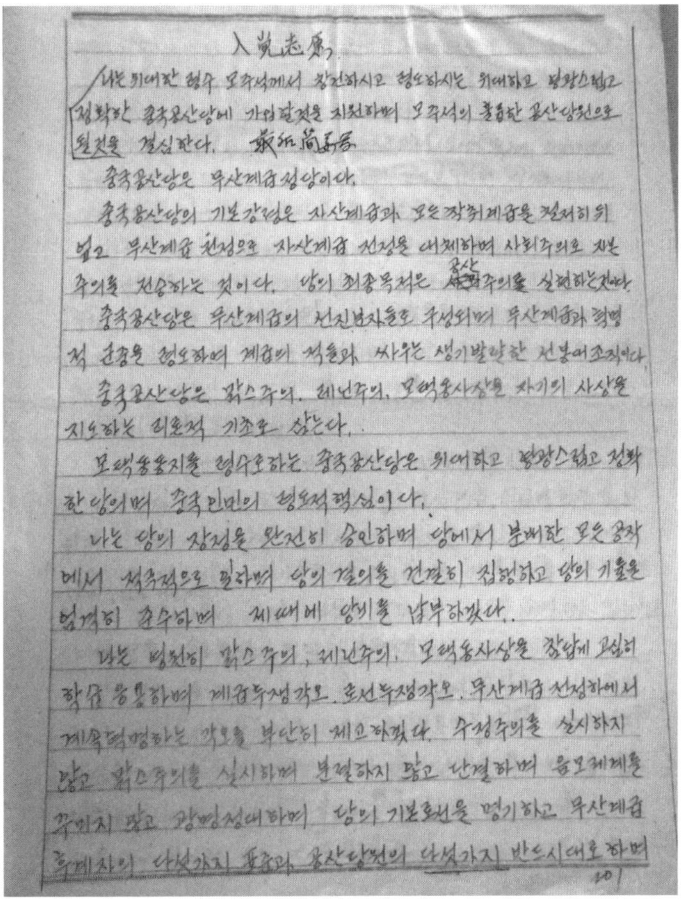

[그림 7] 최정걸의 공산당 입당 지원서

---

11) 최정걸, "공산당 입단 지원서"

　　실제로 최정걸은 중국 공산당에 대한 믿음과 신념이 확고했음을 장녀 최미옥에게 보낸 편지에서도 잘 나타나 있다. 중국 공산당 전사였던 뢰봉의 자세를 본받아 공산당 뿐만 아니라 남을 위해 헌신해야한다는 것이 최정걸이 가진 평생의 신념이었다. 고아로서 성장하였지만 자기 군대에서 지급된 봉급조차도 다시 중국 공산당에 다 바치는 전형적인 중국 공산당의 대표적 모범인물이었다. 여기에서 최정걸에게 지침이 된 것은 언제나 모택동 사상이었고, 모택동의 선례였다. 최정걸은 언제나 모택동 사상을 학습함으로써 타인에 대한 봉사와 남에 대한 헌신을 깊이 새긴 진정한 공산당에 대한 헌신하는 자세를 보여주고 있다. 이러한 최정걸의 자세는 그의 장녀 최미옥에서 보낸 다음의 편지에서도 잘 나타나 있다.

　　　　우리는 국가의 봉급을 타니까. 아버지 엄마 생활이 아무리 바빠도 농민들보다는 낫단다. 농민들보다는 우리 생활이 나으니까 국가에 손을 내밀지 말라. 우리가 그만큼 적게 나라에 손을 내밀면 나라에 대한 공헌이니깐. 우리라도 절약해서 나라에 공헌하자.[12]

　　이러한 국가에 대한 헌진적인 자세는 최정걸의 일상생활에서도 볼 수 있다. 가족의 증언에 의하면 교사시절 학교의 물건을 지키느라고 밤마다 당직을 자원한다든가, 또한 가난한 학생이 국가에 보조금을 신청하여 받도록 하기 위해서 자기 가족은 신청조차 못하게 하는 것은 물론이고, 국가의 자원을 절약해야한다는 신념에서 학교의 모든 물자를 절약하는 것은 평생의 습관으로 자리 잡았다.

　　최정걸의 중국 공산당 입당은 여러 모로 시사하는 바가 적지 않다. 먼저, 사회학적 관점에서 우선 생각나는 것은 사회구조속의 개인의 역할 또는 개인의 위상에 대하여 생각해 볼 수 있다는 점이다. 흔히 사회학에서 이야기 하는 구조기능주의 하에서 사회의 구성원은 그 누구든 사회구조의 영향을 회피할 수는 없다. 사회의 구성원은 사회의 분위기, 사회의 구조속에서 영향을 묵시적이든 명시적이든 그 영향에서 벗어날 수는 없는 것이다. 최정걸 또한 이러한 구조를 벗어나서는 생각할 수 없다는 느낌이 들게 한다.

---

12) "장녀 최미옥에게 보낸 편지," 이채문 · 박경용 · 박신규, 『교직 반생기: 조선족 천직교사 최정걸의 삶』(책과세계, 2015), 83쪽.

7) 모택동 사상과 최정걸

최정걸의 공산당에 대한 믿음과 헌신은 모택동 사상을 학습하는 그의 태도에서도 잘 나타난다. 최정걸의 모택동 사상에 대한 학습은 남다른 점이 있었다. 흔히 시대의 조류에 따라 타인들에 대한 보여주기 식의 전시용이 아니라 진정으로 중국 공산당의 리더로서 중국 인민공화국의 영도자인 모택동의 봉사정신을 구현하려는 목적이었다.

이러한 목적 하에 최정걸은 평생 모택동 선집에 대한 공부를 게을리 하지 않았다. 모택동 선집에 대한 학습은 최정걸에게 2개의 목적을 달성하게 해 주었다. 모택동 사상을 학습함으로써 모택동의 봉사정신을 함양할 뿐만 아니라, 중국어로 된 모택동 학습을 통해 소수민족 조선족으로서 중국어에 대한 이해를 더 높이고자 함이었다. 이러한 목적은 최정걸의 진술에서도 잘 나타나 있다.

> 모택동 선집에 주요 목적은……. 내 이미 조선어 두 개 두 번 다 읽었을 거 아닙니까. 매일 이렇게 적으면 어차피 또 한 번 본단 말이야. 그 때 모택동 사상을 학습한다는 건 남을 위한다는 게 봉사정신을. 정신이 그런 거 드라고. 나는 그 정신이 아~들을 위하든 남을 위하든 이게 제일 좋다고 생각합니다. 이게 그래서 우리 태양 마을에 나를 내 학생이 자기 문자를 써서 평가도 한 번 하고.[13]

중국의 지도자 모택동에 대한 최정걸의 절대적인 믿음은 어디서 온 것일까. 아마도 가부장적 가족제도와 권위주의로 설명되는 중국의 정치제도에서 찾을 수 있을 것이다. 수 천년 동안 농업이 중요한 산업이었던 중국에서는 농사일을 오래 해 본 연장자에 대한 존경을 빠뜨릴 수 없었을 것이다. 이러한 연장자의 권위에 대하여 일반인들은 자연스럽게 수긍하고 또한 연장자들의 지도에 따르는 것이 다음에서 보다시피 미덕이었을 것이다.[14]

---

13) "모택동 어록 학습," 이채문 · 박경용 · 박신규,『교직 반생기: 조선족 천직교사 최정걸의 삶』(책과세계, 2015), 59~60쪽.

14) 이러한 중국의 지도자상은 다음에서도 잘 나타나 있다. "중국의 정치문화가 권위주의에 익숙한 이유는 두 가지다. 가부장적 가족제도와 군주에게 과도하게 기대하는 정치 전통 때문이다. 중국문화의 주류인 유가와 도가는 모두 농사꾼의 사상이다. 농사에서 중요한 것은 경험이고 경험은 나이에 비례한다. 예측할 수 없는 기후의 변화 앞에 백발은 지혜였고 권위였다. 연장자가 대우받고 가장의 위엄이 존중받는 이런 가족제도는 자연스레 권위주의 문화를 만들어 갔다. 그리고 중국의 정치는 전통적으로 지도자에게 지나치게 많은 역할을 기대해 왔다. 군주는 스승의 역할과 아버지의 역할을 두루 다 하는 지존의 존재다. 아버지 같은 군주의 덮어 주고 베풀어 주는 정치가 이상정치다. 가부장적 가족의 확대가 바로 정치인 이다. 이런 권위주의와 성인군주 사상은 현대 중국에 와서도 지도자의 권위에 과도하게 의존하는 정치문화로 남아 있다. 마오쩌둥은 공자와 유가를 반대했지만 그 자신 마르

특히 모택동은 최정걸의 입장에서 본다면 혼란했던 중국을 통일한 인물이고 전체 대중이 자연스럽게 받아들이는 공산주의를 영도하던 인물이었다. 이들의 언행은 중국식 사회주의적 환경 속에서 일반인들은 자연스럽게 추종할 수 있는 대상이 되었고, 이러한 행동방식은 소수민족 조선족으로서는 중국의 다수민족인 한족의 지배 속에서 생존의 방식이었을 것이다. 이러한 측면에서 모택동의 언행은 특히 교육자로서의 최정걸에게는 정말 진심으로 받아들이고 따라야할 범전(範典)이었을 것으로 생각된다.

[그림 8] 최정걸이 매일 읽고 학습하였던 모택동 선집

8) '호모 아키비스트'로서의 최정걸

최근 일상생활의 기록학이 학계의 새로운 영역으로 부상하고 있다. 매일 매일 연속적으로

크시즘으로 포장된 봉건주의적 군주였다. 결정적인 대목마다 카리스마적 영도력으로 민중을 동원해 간 그의 행태는 그도 결국 또 다른 모습의 황제였음을 말해 주고 있다." 조광수, "마오쩌둥과 덩샤오핑: 현재 중국 정치와 리더십,"『오늘의 동양사상』17권(2007), 171~187쪽.

진행되는 일상생활은 언뜻 보기에는 너무나 평범하고 의미없는 생활의 연속[15]으로 생각되기 쉽다. 그러나 이러한 일상 속에서의 기록이 새로운 가능성을 모색할 수 있다는 점에서 기록학계 일각에서 시작된 이런 움직임이 예사롭게 보이지는 않는다. 이제는 정말 '호모 아키비스트'(Homo Archivist, 기록하는 인간)의 시대라고 불릴 정도이다.

최정걸의 삶 속에서도 중국에서 소수민족 조선족의 일상생활에서 평범한 기록의 중요성을 잘 보여주고 있다는 점에서 또 다른 최정걸의 일면을 주목하게 한다. 필자가 2014년 2월 그리고 같은 해 8월 은퇴한 최정걸 선생을 소개 받아 그에 대한 재외한인 소수민족의 생활사를 연구하면서 놀란 부분 또한 바로 이러한 일상생활의 기록을 몸소 실천한 분이라는 점이다.

먼저 기록하는 인간으로서의 최정걸이 남긴 것을 보면 1958년부터 쓰인 일기가 단연 돋보인다. 비록 문화대혁명을 포함한 격동의 중국사를 보내면서 초기의 일기는 대부분 소실이 되어 안타깝지만 본서에서 분석하고 있는 1983년부터 남아 있는 것 또한 상당한 중요한 가치를 지닌다고 생각된다.

최정걸은 1958년부터 일기를 쓰기 시작했다고 밝히고 있다. 일기를 쓰는 목적은 일찍부터 문학에 대한 관심이 있었고, 또한 문장을 쓰는 능력을 배양하는 목적 또한 있었던 것으로 파악된다. 그리고 조선족으로서 중국어를 좀 더 원활하게 구사할 목적도 있었다. 그러나 안타깝게도 1982년 이전의 일기는 모두 소실되었다고 한다. 아마 문화대혁명 당시 만인의 만인에 대한 투쟁 시절 조그마한 흠집이라도 모두 들추어내어 인민재판에 회부하는 등 당시의 문화대혁명의 광풍에 너나 내나 할 것 없이 모두 엄청난 피해를 입었던 상황을 생각한다면 일기를 보관하고 있지 못한 이유를 충분히 짐작케 한다.

경북대학교 다문화와 디아스포라 연구단에서 최정걸에 대한 생애사[16]를 출판하였지만, 당시에 초기 일기가 있었더라면 조선족의 이주, 적응 등에 관한 아주 귀중한 자료가 되었을 것으로 생각된다. 현재 남아있는 1983년부터의 최정걸의 일기는 본서에서 분석되어 조선족 연구에 적지 않은 도움이 될 것으로 생각되지만 한편으로 초기의 많은 자료가 포함된 일기였더라면 하는 많은 아쉬움이 남는 것 또한 사실이다.

---

15) 권용찬, "일상 아카이브의 발견: 명지대학교 인간과기록 연구단 편" 『기록학연구』 제33권(2012), 207~212쪽.
16) 이채문 · 박경용 · 박신규, 『교직 반생기: 조선족 천직교사 최정걸의 삶』(책과세계, 2015)

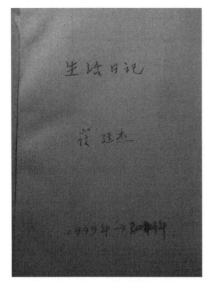

[그림 9] 최정걸이 남긴 일기 표지와 내용의 일부

그 다음으로 최정걸은 틈틈이 일상생활을 노트에 남겨 기록하고 있다. 신문지상에 보도된 뉴스를 나름대로 정리한다거나 집안의 생활비 및 대소사의 중요한 일을 모두 기록하려는 노력을 보여주었다. 이러한 기록습관은 책을 읽으면서도 그대로 드러나고 있다. 즐겨 학습했던 모택동 어록의 여백에 본인의 생각 또는 감상을 기록하여 남기고 있다.

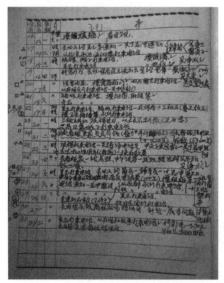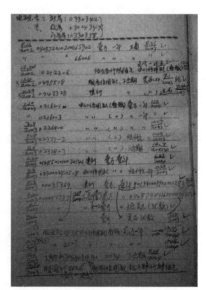

[그림 10] 최정걸이 남긴 일생생활 기록의 일부

　뿐만 아니라 더욱 중요한 것은 어린 시절부터 본인의 학교생활 및 교사생활과 관련된 모든 상장 및 문서를 거의 대부분 소장하고 있다는 점이다.[17] 여기에는 최정걸이 훈춘에서 성장하면서 남긴 가족사진, 태양소학교에서 마천자 중학교 시기의 사진, 이후 교사로 찍은 사진들이 포함되어 있다. 이러한 사진은 소수민족으로서의 중국 조선족의 다양한 생활을 보여준다는 점에서 매우 중요한 기록으로 생각된다.

　최정걸의 기록물 사진으로서는 1953년 소학교 2학견 우등상장, 개근상장 등 다양한 학교생활을 보여주는 사진이 있다. 이런 기록은 공산당에 의한 중국이 통일된 1949년 직후 중국 교육계의 한 측면을 보여주는 기록이라는 점에서 그 의미를 찾을 수 있다. 그 뿐만 아니라 개인의 당시 이력서와 공산당 가입원서, 교사근무시기의 자격증서 및 공산당에서의 우수활동에 대한 상장 등 많은 중요한 자료들이 있어, 이런 것은 추후 중국 소수민족 생활사에 대한 분석에서 중요한 역할을 할 수 있을 것으로 생각된다.

[그림 11] 최정걸의 훈춘소재 소학교 3학년 시절 우등상장(1954)

---

17) 최정걸의 이러한 자료는 그의 생애사로 간행된 바 있다. 이채문 박경용 박신규,『교직 반생기: 조선족 천직교사 최정걸의 삶』(책과세계, 2015)

3. 맺는 말

최정걸의 일생은 다양한 측면에서 재외한인 연구에서 중요한 의미를 가진다. 평생을 교사로서 생활하며, 소수민족집거지에서 조선족의 대표적인 지식인으로서 최정걸의 생애사는 다양한 관점에서 조명할 필요가 있었다.

첫째, 사회구조와 개인의 관점에서 볼 때 개인의 삶은 사회구조의 영향을 받을 수 밖에 없다는 고전적인 사회과학의 법칙이 잘 나타나 있다고 보여진다. 교사로서의 최정걸은 체제에 순응하면서 삶을 영위할 수 밖에 없으며, 이러한 사회구조속에서 개인의 위치는 매우 제한적이라는 점을 알게 된다.

둘째, 최정걸의 일생은 격동기의 중국 현대사와 맞물려 수많은 시대의 사회변천 속에서 조선족의 이주와 적응 및 생활사를 적나라하게 잘 보여준다는 점에서 큰 의의가 있다. 실제로 최정걸은 1942년에 태어나 2015년 세상을 떠날 때까지 다양한 중국이라는 큰 무대 속에서 체제에 순응하는 한 전문직 조사자의 이야기이다. 그가 살았던 시기의 굵직굵직한 중국의 중요한 역사적 전환점을 살펴본다면 일제의 중국 강점기에 학교에 다녔고, 1949년 중국이 공산당에 의하여 완전히 통일 되었던 시기이며 그가 작고한 2015년은 중국의 개혁개방의 열매가 맺는 시기였다는 점에서 중국의 다양한 사회변동을 겪었다는 점에서 그의 생애는 의미가 있다.

셋째, 최정걸은 격동의 중국역사 속에서 소수민족의 구성원이 보관하기 힘든 다양한 자료를 제시함으로써 기존의 '위로부터의 역사'에서 언급되지 못하였던 '아래로부터의 역사'를 보여준다는 의미에서 그 의의는 결코 적지 않다.

본 연구는 비록 한 개인의 생애를 간략하게 개괄적으로 분석한 것이지만, 현재까지 이러한 연구가 많지 않고 또한 세밀한 분석을 위한 진행과정이 쉽지 않았다는 의미에서 향후의 연구에 다양한 시사점을 던져 줄 것으로 생각된다. 이러한 점에서 본 연구는 소수민족 조선족 교사 한 사람에 국한된 연구이지만 향후에는 다양한 직업군과 다양한 연령층의 재외한인들 대상으로 한 더 진전된 연구의 촉진제가 될 것으로 생각한다.

참/고/문/헌

• 권용찬. 2010. "일상 아카이브의 발견: 명지대학교 인간과기록 연구단 편"『기록학연구』
  제33권, 207~212쪽.
• 이상옥, 2004. "당대 중국 교육에 대한 사고의 이중성 지식 혹은 노동,"『철학논총』제35권,
  395~414쪽.
• 이채문 박경용 박신규. 2015.『교직 반생기: 조선족 천직교사 최정걸의 삶』. 책과세계
• 임찬혁. 2012. "해방 후 중국 연변지역에서 민족구역자치가 실현되는 제도적 과정에 대한
  고찰"『한국근대사연구』63권, 211~242쪽.
• 조광수. 2007. "마오쩌둥과 덩샤오핑: 현재 중국 정치와 리더십,"『오늘의 동양사상』17권,
  171~187쪽.
• 최정걸. 연대미상. "공산당 입단 지원서"
• 최정걸. 연대미상. "교육학 복습문제"

최정걸의 생애에 나타난 가족 관계 특징과 변화

•• 박신규

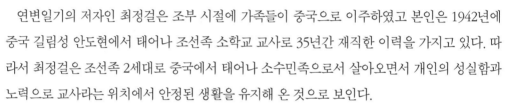

연변일기의 저자인 최정걸은 조부 시절에 가족들이 중국으로 이주하였고 본인은 1942년에 중국 길림성 안도현에서 태어나 조선족 소학교 교사로 35년간 재직한 이력을 가지고 있다. 따라서 최정걸은 조선족 2세대로 중국에서 태어나 소수민족으로서 살아오면서 개인의 성실함과 노력으로 교사라는 위치에서 안정된 생활을 유지해 온 것으로 보인다.

한편 최정걸은 1958년 중학교 시절부터 일기를 쓰면서 개인의 생애 기록을 남겼는데 중국의 문화대혁명 등 격동적인 역사 시기에 일기의 일부가 분실하거나 소각되어 본인과 가족이 현재 소장하고 있는 일기는 1983년부터 2015년까지의 기록이다. 따라서 그의 일기를 따라가 보면 중국 조선족의 삶과 교사로서, 아버지와 남편으로서의 삶을 분석해 볼 수 있다고 여겨진다. 그러나 그의 일기가 문장으로 구성되어 있는 글들이 아니라 메모지 형태의 단어들로 구성어 있어서 일기 자체만으로 전체적인 삶에 대한 해석을 담아내기에는 한계를 지니고 있다.

그러므로 본 글에서는 경북대학교 SSK 연구단이 재외한인 디아스포라 연구를 위해 개인의 구술생애사를 채록하고 편집, 발간한 '교직 반생기(半生記) 조선족 천직교사 최정걸의 삶'을 기본 자료로 삼으면서 최정걸의 연변일기에 나타난 가족관계의 특징과 변화를 분석해 보고자 한다.[1]

---

1) 본 글은 최정걸의 구술생애사 기록인『교직 반생기 조선족 천직교사 최정걸의 삶』(이채문,박경용, 박신규, 2015) 을 기초자료로 하면서 전북대-경북대 SSK 네트워킹 심포지엄에서 발표한 논문(2017.1.16.)에서 일부 자료를 정리 보완하고 연변일기를 분석하여 수록하였다.

1. 원가족의 특징과 성장의 역사[2]

최정걸은 1942년에 중국 길림 안도현에서 출생한 조선족 2세대이다. 함경북도 무산군 출신인 조부가 중국으로 이주하면서 가족도 연쇄적으로 이주한 것으로 보인다. 최정걸의 부친은 안도현 장흥 공사 신흥대대 부락장을 역임하였으나 1945년 11월 병사하게 된다. 이후 7살 때 어머니가 재가하게 되면서 집안의 장손인 최정걸은 할머니와 함께 둘째 삼촌의 집에서 성장하게 된다. 1963년 할머니가 돌아가시기 전까지 최정걸은 할머니의 슬하에 둘째 삼촌 집에서 성장하지만 둘째 삼촌의 집에도 8남매가 있어서 경제적으로 어려운 환경에 처해 있던 것으로 나타났다.

사실 우리 아버지 돌아가니까 할머니가 장손인 나를 귀하게 길렀지요. 어머니 재가 후 그때 우리 삼촌이 할머니 데려갔다고. 삼촌집에 갔더니 사촌이 8명 있었어, 막내가 남자아이인데, 나까지 하면 아홉이라고. 삼촌네는 여덟이고. 그래서 정구라고 지었단 말입니다.(이채문외, 2015:19)

한편 최정걸이 부모 없이 둘째 삼촌 집에 성장할 수 있었던 배경은 당시 조선족 사회의 가족관계와도 연관된 것으로 해석할 수 있다. 기존 조선족의 가족과 친족관계를 연구한 자료들을 보면(이광규, 1996: 조강희, 1996: 리화, 2015) 조선족은 주로 1860년 말기부터 1940년의 사이에 극심한 생활고 및 일본의 식민지 통치를 피해 한반도에서 중국 동북지역으로 이주해 온 사람들과 그 자손들로서, 원래 한반도의 출신 지역에 있어서도 조직화 된 친족집단이 없었던 유랑민적 성격을 지녔던 것으로 보고 있다. 또한 중국으로 가족단위의 이주형태, 이주의 얕은 세심도, 중국 국내에서의 거듭된 이동에 따른 가족성원들의 이산 등 여러 가지 원인들로 인하여 조선족은 한국 친족연구에서 소위 '전통적'이라고 인식해왔던 '문중', 당내'와 같은 부계 친족집단과 친족관계를 발전시킬 수 있는 객관적인 조건을 구비하지 못한 것으로 평가받고 있다.

그러나 중국 국내에 남아있는 친가, 외가, 처가 및 기혼자녀들의 거주지는 상대적으로 가까운 지역 내에 밀집되어 있어 친족들 사이의 일상적인 왕래가 물리적으로 편리한 범위 내에서 이루어지고 있는 것으로 보고된다(리화, 2015). 이와 같은 특징은 본 사례인 최정걸의 성장에

---

[2] 최정걸의 원가족에 대한 기록은 일기를 통해 해석될 수 없기에 그의 생애를 구술인터뷰를 통해 구성한 『교직 반생기 조선족 천직교사 최정걸의 삶』(이채문,박경용, 박신규, 2015)에서 일부의 내용을 재구성하여 요약 정리하였다.

서도 아버지의 병사, 어머니의 재가 등으로 원가족은 해체되었지만 할머니와 함께 둘째 삼촌 집에서 성장할 수 있는 조선족 사회의 가족적 관계를 보여주는 것으로 여겨진다.

이후 최정걸은 안도현에서 둘째 삼촌 댁이 거주하는 훈춘으로 이사하여 소학교를 다니며 우 등생으로 성장하였고 태양소학교를 우등으로 졸업하게 된다. 최정걸은 공부에 소질 있는 것에 대하여 삼촌이 자랑스럽게 여겨 받아오는 우등상장을 방에 붙여 놓았던 것을 회고하였다.

> 소학교 때 건 살다가 그때 무슨 길에 상장을 타면은 벽에다 척척 붙였어. 1학년부터……. 초 급 제1년 우등생 대개 다 우리 삼촌이 다 붙이났다갔어. 싹 어질렀죠. 벽에다 붙여놨죠(이채문외, 2015:22)

공부에 소질이 있던 최정걸은 중학교에 진학하여 공부에 뛰어난 성적을 보였으나 어려운 가 정 형편과 소학교의 교원 부족으로 상급학교에 진학하는 것을 포기하고 1960년에 소학교 교 사 생활을 시작하게 된다. 그러나 어려운 가정 형편과 당의 호소로 소학교 교사 생활을 시작하 지만 이후 본인의 삶에서 상급학교에 진학하지 못한 아쉬움을 토로하고 있었다.

> 그러니까 원래는 고등학교를 갔으면 대학교도 가고 하겠는데 이게 하나는 당의 호소고 두 번째 는 삼촌 집에서 자라니까 동생이 여러 명 생각해보세요. 너무 구차하니까 학교를 가도, 고등학교 부터는 학비도 내고 해야 되잖습니까? 그러니까 누가 (학비를) 대주겠습니까? 견지하기 바쁘니까 수요에 따라서 교원 사업을 했단 말입니다. 지금도 대학 못간 게 후회된단 말입니다.[3] 그 때에 내 가. 늙어서 노년대학이나 다니지. 대학교 필요하면 후년에 늙어서……. 자식들이라도 그저 공부 잘 시켜서 다 대학 보내겠다. 이게 내 원이란 말입니다.(이채문외, 2015:42)

이와 같이 최정걸은 1960년에 시작한 교사 생활을 35년간 지속하여 우수교원의 삶을 살았 으며 건강상의 문제로 1995년에 병퇴를 하면서 교직 생활을 마감하게 된다. 그의 교직생활에 있어서 1973년의 공산당 입당은 선진교사의 생활을 실현하는데 중요한 요소가 되고 있다.

사실 최정걸은 아버지가 생전에 교사였고 장인이 교육국 부국장이라는 출신 성분으로 공산

---

3) 딸 최미옥의 증언에 따르면, 최정걸씨는 대학 진학을 하지 못한 걸 후회하고 있다고 한다, "공부를 잘 해서 대학교 를 갔으면 또 다른 인생이 열리겠는데. 하여튼 우리 할아버지, 삼촌집이 그 농촌 마을에서도 제일 구차했어요. 아 이가 많아서 그런지 무슨 원인인지는 모르겠는데 제 기억에도 제 할아버지 집이라고 이렇게 태어나서도 다녔는데 정구란 제 막내 삼촌이 저보다 2살 이상입니다. 그러니까 얼마나 구차한지."

당 입당하는데 어려운 조건을 가지고 있었다. 그러나 본인의 성실함과 공산당 교육에 대한 충실함이 인정되어 공산당에 입당할 수 있었고 이 조건은 이후 당 지부 서기와 교장으로 승진할 수 있는 토대가 될 수 있었다. 이와 같은 교사로서의 삶과 당에 헌신하는 교사로서의 삶은 딸인 최미옥의 증언과 그의 일기 기록을 통하여 증명되고 있었다.

제 기억에 눈만 뜨면 아빠는 학교일에 나가고 없어요. 황소를 기르고. 학교에 무슨 일을 하는지는 모르겠는데 아침에 없죠. 그 다음에 집에 들어와서 밥 잡수고 학교에 또 출근하죠. 우리 아버지가 맡은 반급은 무엇이나 잘했어요.(이채문외, 2015:81) 또 당시 제가 사범대학에 붙었는데 사범대학교에 붙으면 국가에서 주는 보조금이 있다고. 그래서 구차한 학생들은 증명을 해 오면 국가에서 보조금을 준다고. 그런데 제 인상에는 아빠가 이런 걸 동의할 사람이 아니라고 생각하고 처음으로 아버지한테 말도 안하고 엄마랑 둘이서 증명서를 가만히 했지요. 아버지는 일 때문에 인차 집으로 돌아갔는데 아마 기차간에서 편지를 쓴 것 같아요. 아버지 쓴 편지가 저한테 왔어요. 그때는 통신이 발달 못해서 편지로 서로 이야기 할 때였어요. '사랑하는 딸.' 떡 편지를 썼는데 아버지가 쓴 게 줄 쫙 그어놓고 저도 지금 그게 제일 좋아하는 겁니다. 편지에는 사랑하는 딸 미옥아하고 서두로 편지를 썼는데 이것은 원문입니다. '우리는 국가의 봉급을 타니까. 아버지 엄마 생활이 아무리 바빠도 농민들보다는 났단다. 농민들보다는 우리 생활이 나으니까 국가에 손을 내밀지 말라. 우리가 그만큼 적게 나라에 손울 내밀면 나라에 대한 공헌이니깐. 우리라도 절약해서 나라에 공헌하자.' 그렇게 편지가 와서 제가 엄청 울었습니다. 그때..(이채문외, 2015:83)

특히 1983년부터 메모 형식의 일기에 나타난 최정걸의 삶은 퇴직하기 전인 1995년까지의 기록의 대부분이 학교 생활과 공산당 학습으로 관철되고 있다.

1983년부터는 최정걸이 교장의 위치에서 학교생활을 수행하고 있기에 학교를 관리하고 교사들에 대한 기록도 꼼꼼히 정리하는 특징을 보이고 있다. 구체적으로 보면 출근을 하여 난방용 메탄을 분배하고 시험지를 분배하는 일기로부터 통일시험을 위하여 각 학교 지도부 회의, 통일시험과 기말시험 총결(總結)에 대하여 교원회의(1983.1.3.; 1983.1.15)를 주도하는 모습, 퇴직 간부 좌담회(1984.1.18.)를 주최하는 등 학교 일상의 기록이 퇴직 전까지 주요 내용으로 구성되어 있었다. 더불어 당 소조회의와 학습, 열성분자 문제, 교사의 당적문제, 당 수업 자료 준비 (1984.4.13.; 1984.5.17.; 1991.4.11.)등의 공산당 학습에 대한 내용이 반복적으로 기록되어 있었다.

따라서 일기에 나오는 단어들이 학습, 토론, 총결, 학교 지도부 출근, 회의, 개학 준비 등으로 학교일 중심과 당 소조회의 학습, 당 수업 자료 준비 등으로 정리되어 있으며 교사들의 교류와 학교생활, 공산당 학습활동이 꼼꼼히 기록되어 있었다.

1995년 퇴직 이후에는 제4 소학교라는 노인협회 서기로 일하면서 일본어와 컴퓨터 학습을 하는 노년의 모습이 일기의 기록에 주를 이루고 있었다. 주 내용들은 학교에 가서 당비(黨費)를 수납하고 퇴직 허가서가 나온 날부터(1995.3.14.) 제4 소학교에 출근, 도서실 열람하기(1995.10.17.; 2002.11.12.)로 구성되었고 2000년 중반부터는 간부노인대학에서 일본어와 컴퓨터를 배우는 장면들이(2006.12.11.) 나오고 있다.

중국사회에서 소수민족인 조선족으로 부모 없이 둘째 삼촌 집에서 성장한 최정걸은 본인의 능력과 성실함으로 교사라는 직업을 가지게 되었으며 이를 기반으로 중국 사회에서 안정된 생활을 영위한 것으로 보인다. 또한 최정걸의 학습에 대한 열의와 충실함은 본인의 출신 성분이라는 단점에도 불구하고 공산당에 입당할 수 있는 기반이 되었고 공산당 입당은 이후 당 서기와 교장의 자리를 차지하는데 좋은 조건으로 자리하게 된다. 최정걸의 이와 같은 모습은 퇴직후에도 노인협회 활동과 노인대학에서의 배움에 대한 열의로 나타나며 이에 대한 증명은 그의 일기의 기록에서도 나타나고 있었다.

2. 일기를 통해 본 최정걸의 가족 관계 특징과 변화

1983년부터 2015년까지 메모 형식으로 기록된 최정걸의 일기는 주 내용이 학교생활과 학습을 중심으로 한 일과 기록이었다. 따라서 이 일기를 통해 최정걸의 가족 관계의 특징을 알아내는 것에는 한계를 지니고 있다. 그것은 일기에서 대부분 인물이 이름만 나열되고 있으며 주로 통화의 대상으로 등장하고 있기 때문이다. 그러나 일기에 나오는 인물의 등장과 그 인물들과의 관계를 짐작할 수 있는 기록들도 일부 나열되고 있기에 시기별로 등장하는 인물들의 관계 특징을 분석해서 최정걸의 가족 관계의 특징과 변화를 구성해 보고자 한다. 이 과정에서 우선 '교직 반생기(半生記) 조선족 천직교사 최정걸의 삶'에 나오는 가족에 관한 기본 자료를 근거로 하여 일기에 등장하는 인물의 성격을 파악하고 최정걸의 가족 관계의 특징과 변화를 살펴보고자 한다.

1) 장남이라는 위치와 역할에 대한 충실함

최정걸은 성장기에 부모님의 부재로 본인을 키워 준 둘째 삼촌을 부모로 여기며 항상 고마운 마음을 지니고 있었던 것으로 보인다. 특히 본인을 9남매의 장남으로 생각하여 본인이 교사로 자리 잡고 본인의 가정을 형성하였어도 삼촌과 그들 자녀인 사촌관계에 대한 지원을 유지하였다.

이 과정은 이후 부인과의 갈등의 씨앗이 되기도 하였지만 본인이 원가족이 해체되고 성장하는데 삼촌 가족의 지지와 지원은 밑거름이 된 것으로 여기고 있었다. 이러한 내용은 구술생애기록에서 딸인 최미옥의 증언에 나타나고 있었다.

> 내 기억에는 그저 농촌에서 겨울이 되면 일 년 농사 봉급을 가지고 결혼하는데. 우리는 솔직히 결혼을 해야 찰떡도 먹고 해서 아이들은 좋죠. 결혼식이 있으면은. 그런데 엄마 아버지는 한숨 쉬죠. 아무튼 그저 겨울만 되면 저의 친척집에는 결혼식이 있더라고요. 그래서 아이들은 좋은데. 아빠, 엄마는 결혼식을 얼마나 치르는가 생각해보세요. 우리 아빠 사촌동생 열 네애들이지. 엄마 동생 넷이지. 부조는 10원인데 하여튼 아빠는 삼촌을 잘 해줬어요. 아버지를 길러줬으니까. 아버지는 그걸 영원히 잊지 않으니까. 그때는 10원씩 했어요. 제 막내 삼촌은 나보다 2살 이상이고 셋째 삼촌 집에 6형제인데 그중에 나보다 어린 고모도 있었어요. 그러니까 우리 엄마는 나를 시집보낼 때 시누이들이 시집 안 간 게 있단 말입니다.(이채문 외, 2015:71)

이와 같은 내용은 일기의 기록에서도 발견되는데 내용을 보면 태양(太陽)에서 금순(金順)결혼식(1983. 2.20.), 숙부 생신, 태양에서 돌아옴(1983.6.26.), 구일, 철학 결혼식 착석(1984.2.11.), 동생 결혼식(1985.12.21.), 향순(香順)결혼식 참석(1989.11.26.),동생 홍림 딸 생일 (1990.4.6.), 외촌 누나 첫째 아들 결혼 참석 (1992.3.22.) 등 사촌을 자신의 형제로 여겨 모든 경조사를 챙기는 모습이 그의 기록에 나타나고 있었다. 특히 1998년 일기의 마지막 장에는 모든 가족관계의 생일을 기록하고 있는데 그에게 있어 숙부, 숙모와 사촌들은 본인의 원가족으로 자리매김을 하고 있는 것으로 나타났다.

〈표 1〉 1998년 일기 중 삼촌 가족 구성원들의 생일 기록

관계	이름	날짜	관계	이름	날짜
숙부(叔父)	최승륜(崔承崙) (94년 6월 21일 사망)	5.16	숙부(叔父)	광륜(光崙)	8.1
			숙모(叔母)	조영숙(趙英淑)	4.14
숙모(叔母)	김은옥(金銀玉)	9.12	여동생	최경자(崔京子)	10.22
누나	최순옥(崔順玉)	10.28		순자(順子)	9.27
남동생	최정화(최廷華)	9.9	남동생	정일(廷日)	9.18
남동생	정기(최廷棋)	7.22	여동생	화자(花子)	1.27
여동생	정옥(貞玉)	4.12		여금(旅今)	3.27
	태운(泰云)	5.11			
남동생	정수(廷洙)	1.23	숙부(叔父)	최명륜(崔明崙)	12.27
여동생	정금(貞今)	9.30	여동생	춘경(春景)	
남동생	정오(廷伍)	2.7		춘희(春姬)	6.26
	정구(廷九)	1.18			

최정걸은 앞서 본 개인의 초기 생애사에서 본인의 원가족이 7살 이후에 해체되었지만 삼촌 집에서 성장하게 되고 이를 바탕으로 학교에 진학하면서 교사라는 직업을 얻고 사회적으로 성장과 성공을 이루게 된다. 이것은 조선족 이주가 가족의 연쇄 이주의 형태였고 문중이라는 부계가족 구조의 친족형태가 아닌 가까운 혈족 중심의 가족이 근거리에 밀집되어 살게 되는 조선족의 이주 특성과 맞물려 어려운 가정형편이지만 삼촌의 지원 아래 소학교와 중학교에 진학하면서 교사로서의 삶을 형성할 수 있었던 배경과 연결된다. 또한 한편으로 최정걸 본인은 이 과정에서 본인을 한 가족의 장남이라는 위치로 자신을 자리매김하면서 가족에 대한 책임감과 역할을 충실히 수행하고자 노력한 것으로 보인다. 이것은 일기의 기록에서 가족의 행사를 챙기고 참가하고 물질적으로 지원을 해주는 모습으로 기록되고 있었다.

2) 삼남매의 교육에 대한 지원과 지속되는 애정

생애사 기록에 나타난 기초 자료를 보면 최정걸의 자녀는 2남 1녀로 장녀는 하얼빈 사범대학을 나와 현재 연변대학교 심리학과 교수로 재직 중이며 장남은 북경대학과 일본 오사카 경제 법학대학을 나와서 일본 교동강철회사 근무하고 있으며 막내는 북경교통대학을 졸업하고 현재 북경 경동방과학 집단유한회사를 다니고 있다.

최정걸의 일기에는 대부분 삼남매의 진학에 대한 기록과 대학 입학, 일본으로 간 첫째 아들과 북경에 거주하고 있는 막내아들과의 통화 기록, 그리고 근거리에 살고 있는 딸과 사위와의

통화, 교류 등이 주요 내용으로 자리 잡고 있었다. 특히 주목할 내용은 교사라는 본인의 직업에서 자식들에 대한 성적을 기록하고 대학 입학 등을 기록한 내용들이 등장하고 있었다.

미옥 대학 합격 기념으로 사진 촬영(1983.9.4.), 오후 훈춘(琿春)에서 국진(國珍)의 화식문제 해결하러 갔다 오고(1986.3.2.) 국진(國珍)입시시험점수:조선어(94),정치(63),수학(82)물리(48)화학(66)외국어(93)생물(48)=총점수(494점)에 대한 기록(1986.7.28.), 국진을 위해 대학지원서 작성(1986.6.8.), 국진이 길림공학원 기계공정학부 입학(1986.8.23.), 영진의 전학 수속(1986.8.23.), 영진 고중시험 성적(1987.7.30.) 기록, 국진 북경대학 입학(1988.8.11.), 영진 대학 입시 성적 : 정치 84, 한어 83, 수학 57, 물리 57, 화학 39, 생물 38, 일어 90, 조문 97=455점 (1990.7.10.), 영진 흑룡강 광업대학 합격(1991.8.23.),영진 졸업 북방교통대학(1996.6.24.) 미옥 대학원 합격 (1996.8.29.) 영진 대학원 성적 (2000. 3.7)등과 같이 삼남매의 입시, 대학 진학 등에 대한 기록이 자녀의 성장 시기별로 나타났으며 이것은 교육에 대한 관심과 지원에 적극 개입하는 아버지의 모습으로 비추어 지고 있다. 특히 최정걸 부부는 부부교사로서 이들의 삶이 자녀들에게도 영향을 끼쳐 자녀들은 사회적으로 성공한 삶을 현재 살아가고 있다. 중국 사회에서 조선족들은 자녀들에 대한 교육열이 높아 타 민족보다도 월등히 높은 대학 진학률을 보이고 있으며 이와 같은 현상은 본 사례의 가족들에게도 나타나고 있었다.

〈표 2〉 중국 조선족, 한족 및 기타 소수민족의 대학학력자 비율

	1982	1990	2000
조선족	2.18	4.8	8.6
한족	0.94	1.9	4.8
만주족	0.80	1.8	4.1
회족	0.14	0.5	1.4
묘족	0.39	1.1	2.7
위그르족	0.95	2.2	5.2
몽골족	0.24	0.5	1.3
티베트족	0.69	1.6	3.9
중국 전체	0.68	1.6	3.8

주: 1982년 통계는 대학졸업생과 대학중퇴 혹은 재학생의 합계임.
자료: 배규식외(2013;87)에서 재인용.

한편 중국의 대내적인 개혁과 대외개방 및 일련의 시장경제화 정책에 따라 조선족은 국내외로 이주하는 시기가 도래하였다. 조선족의 국내 이주 지역은 중국의 연해도시 및 대도시를 중심으로 이주하였으며 국외 이주는 한국을 비롯한 일본, 미국, 러시아 등 해외로 확대되고 있는 실정이다. 구체적인 조선족 이동은 초기에는 주로 중국 국내의 각 도시에서 김치행상(보따리 장사)으로 시작되었다가 이후 동북 3성의 각 도시와 수도 베이징에서의 조선요리점을 경영하는 형태로 변화하였다. 그 뒤로 조선족은 중국 국내의 각 도시와 해외에 진출한 한국기업에 취업을 하거나 친척 방문 등을 통해 한국으로 취업하는 사례가 증가하였고 조선족의 젊은 세대들은 일본으로 유학[4]하는 형태도 나타나게 된다. 이와 같은 조선족의 이주는 가족 간의 분산과 재결합 등으로 나타나는데 본 사례인 최정걸의 삶에서도 장남인 최국진은 북경대학을 나와 일본 오사카 대학으로 유학을 가며 차남은 중국의 대도시인 북경으로 진출하는 모습으로 나타나고 있었다. 따라서 1991년부터 최정걸의 일기에는 일본에 있는 장남으로부터 전화가 오는 기록이 등장하며(1991.8.27.) 1994년 이후 부터는 북경에 거주하는 차남으로 전화 통화를 하거나 받는 모습이 일기의 메모에 자주 기록되고 있었다.

최정걸의 삼남매에 대한 교육에 대한 관심과 지원은 이후 자녀들의 결혼과 손자, 손녀의 성장에 대한 기록으로 변화되지만 자녀들에 대한 관심과 애정은 지속적인 것으로 나타났다. 1988년 12월에 결혼한 미옥의 결혼식(1988.12.18.)에 대한 기록을 시작으로 춘림, 춘성 생일(미옥이 아이들) (1992.1.19.)에 대한 기록, 미옥 주택 구매 및 환불에 관한 통화기록 (1997.3.25.), 미옥의 입당(1999.7.3.), 백화점에 가 봤음, 미옥(美玉) 신발(140위안), 상의(60위안), 바지(50위안)사줬음(2003.8.27.), 일본의 며느리인 명숙(明淑)의 딸이 태어났음.(2008.10,12), 춘림, 춘승의 대학입시 축하연회 참석(2010.7.30.), 지혜(知慧) 생일-일본의 지혜(知慧)와 넷 서핑했음(2011.4.7.)과 같은 내용들이 일기에서 발견되고 있었다. 그러나 대부분의 기록들은 삼남매의 통화에 대한 기록과 특정한 시기에 발생한 사건들로 기록이 이루어진 것이 특징으로 나타났으며 특히 2009년 아내의 사망 이후 4개월 동안 일본에 체류하는 기

---

4) 재일본 중국조선족사회는 지난 세기 80년대 말 류학생으로 시작되며 90년대 중반부터는 대학원을 중심으로 하는 본격적인 류학붐에 이어 일본기업이나 재 일본 중국조선족기업의 IT분야 기술자모집에 의한 대거 진출이 이루어졌다. 거기에 류학생 가족과 IT기술자들의 가족들까지 합세하면서 재일본 중국조선족 사회를 형성하게 되었다. 소개에 따르면 재일본 중국조선족의 신분구성은 대학원생(석사, 박사 과정)과 학부 재학생이 가장 많아 거의 반수를 차지하며 다음으로 IT기술자를 포함한 회사원들이고 그다음 차례로 서비스종사자, 기업경영인, 연 구원과 대학교수이다. 지역분포로 보면 도꾜, 요꼬하마/시즈오카, 찌바/사이다 마, 오사까/코베, 나고야지역, 토호쿠지역, 규슈/시고꾸 등이며 현재는 10만 명 이 넘는 것으로 추정된다. 『동북아신문』http://www.dbanews.com/news/articleView.html? idxno=14256(2015. 12. 23 검색) 권향숙, 2016에서 재인용

록이 일기에 수록되어 있었다.

한편 최정걸의 일기에서 가장 많이 등장하는 존재는 장녀인 최미옥과 그의 남편인 사위이다. 그녀는 조선족 사회에서 출가한 딸이 친정의 경제적 지원이나 노부모 부양에서의 실질적 역할이 현저히 강화된 점이 조선족 사회에 또 다른 특징으로 나타나는 추세처럼 그녀도 다른 형제들과 달리 부모와 가장 가까운 거리에 머무르면서 부모와의 교류를 가장 지속적으로 유지해 온 존재로 남아있었다.

최정걸의 일기는 사실 일상에 대한 메모 수준이기에 여기에 나오는 단어들로 그의 가족관계의 특징을 정확히 정리하는 것에는 한계가 존재한다. 그러나 그의 일기에 등장하는 인물 중에서 삼남매는 매일 일상에서 본인과 통화하는 존재로 주로 부각되고 있다. 특히 자녀들의 성장 시기인 80년대 후반부터 90년대 중반까지는 교육 지원에 대한 내용과 관심이 주로 일기의 주제어로 나타나고 있으며 반면에 삼남매가 유학이나 결혼으로 인해 본가를 떠나면서 일기에서는 주로 최정걸의 전화 상대자로 기록되고 있다. 이와 같은 기록들은 아버지로서 최정걸의 자녀에 대한 지원과 애정도를 보여주는 내용으로 해석될 수 있으며 자녀의 성장 시기별로 자녀에 대한 관심과 지원의 내용이 달라지고 있음을 보여주고 있다. 특히 퇴직 이후 노년에는 자녀 세대를 넘어 손자들에 대한 관심과 소통에도 적극적으로 나서는 모습도 일기를 통해 보여주고 있다. 이것은 최정걸의 삶이 더욱 가족을 중심으로 재편되고 있음을 보여주는 사례로 여겨진다.

결론적으로 천직교사였던 최정걸은 교사로서의 일도 생애사의 과정에서 본 바와 같이 충실히 수행하면서 자녀의 교육에 물심양면 지원을 아끼지 않는 아버지로서, 가장으로서의 역할을 충실히 수행한 것으로 보인다.

3) 일상의 삶에서 부각되지 않는 아내와 돌보는 존재로서 아내의 등장

생애사에 나타난 최정걸의 부부관계를 기본 자료로 고찰해 보면 다음과 같다. 우선 최정걸은 1964년에 소학교 교사인 황영순과 결혼하여 본인의 가족을 형성하게 된다. 조선족 사회가 소수 민족으로 집성촌을 이루어 살아가는 것처럼 이들도 친척들의 소개로 만나 결혼에 이르게 된다.

결혼은 64년도에 했습니다. 23살이지. 64년도 5월. 자식은 세명. 야~(딸)가 큰 아고 아래에 두

명. 아들이 있습니다. 2남 1녀 입니다. 야~들 엄마 이름은 황영순인데 양천공 9년도(2009)년 10월 달에 10월 10일에 심장병으로 돌아갔지요. 나이는 동갑이니까 42년 8월달 생이지요. 야~들 엄마 하고 나는 태양소학교 선생이고, 야~들 어머니는 반석초등학교 교사였지요. 근데 야~네 어머니도 태양촌사람이었단 말이야. 태양 친척들이 많지. 친척들이 많으니까 오랫동안 살으니까. 태양에 많 이(오래) 있었단 말입니다. 사촌오빠하고 외할머니하고 중매를 했어요. 그래서 시험 삼아 만나니 까. 부인은 훈춘중학교를 졸업하고 교원 생활을 하고.(이채문 외, 2015:68)

최정걸이 삼촌 집에서 성장하여 본인의 노력으로 교사 생활을 시작한 것과 비교하여 부인 황영순은 문화인 가정 출신이라는 배경을 가지고 있었다. 최정걸 장인은 일본인 학교를 나와 훈춘시 교육국 책임자, 훈춘시 제2중학교에서 부교장, 반석향 중학교 부교장, 그리고 훈춘시 교육국 반공실에서 부주임하다 퇴직하였고 황영순의 동생들은 교원, 은행, 중앙민족 번역국에 서 일을 하였다. 특히 최정걸 장인의 사회적 지위는 문화대혁명 시기에 지식인 집단에 대한 박 해로 감옥을 가게 되면서 가족들은 시련의 시기도 겪게 된다. 이와 같이 다른 사회적 배경을 가진 최정걸과 황영순은 결혼을 하여 가정생활을 시작하면서 갈등을 겪는 모습이 장녀의 증언 을 통해 나타나고 있었다.

가정 배경을 보면 아빠는 고아고 엄마는 문화인 가정이지 않습니까. 이렇게 훌륭한 가정 배경인 데 엄마는 저렇게 아빠를 만나서 엄청 고생했어요. 아빠한테는 사촌 동생이지 않습니까. 그런 시 동생 땜에 엄마가 고생을 엄청 많이 했어요. 학교에 다니는 시동생 학비를 아버지 엄마가 다 댔단 말입니다. 그러니까 제 인상에도 우리 엄마 아빠가 모순이 있다면 그 경제 때문에 자꾸 이렇게 다 투더라고요. 우리 엄마는 힘든데 아버지 친척 쪽에서 우리 집에 와서 자꾸 돈을 달라 한단 말입니 다. 둘 다 월급이 있으니까. 농촌에서 1년이면 몇 백 원밖에 안 되는 수입도 아버지 삼촌 집은 몇 백 원도 없으니까 제일 구차한 집이었으니까. 고모는 수입이 없지요. 그러니까 우리 집 와서 돈 달 라 하니까. 엄마는 불편해 하고 아버지와 충돌이 있는 것 같아서 한 번 물었지요. 그러니까 엄마가 엄청 힘들어 해서 엄마한테 물은 적이 있어요. 왜 아버지를 만나서 이렇게 고생하는가. 그래서 엄 마가 얘기한 게 아버지가 동창이면서 훌륭하고 아버지가 멋있게 생겼잖아요. 멋있게 생겼고, 그리 고 그 때 우리 엄마는 약한데 고아니까 부모를 안 모시니까 부담은 없겠다. 우리 엄마 가정은 조금 나으니까 삼촌집이 구차하다고 우리 아버지가 얘기를 하더랍니다. 엄청 구차하다고 했지만 결혼 전에는 세상에 이렇게 구차한 건 몰랐답니다. 그럼 아버지는 훌륭한 분이니까 나가서도 도움을 받 아줘야 된다니까.(이채문 외, 2015:75)

중국에 거주하는 소수민족으로서 조선족은 전통적으로 중국 조선족 사회를 유지하는 가장 중요한 기초가 안정된 가족구조로 여겼으며 가족의 안정성은 조선족간의 혼인과 가족 구성, 농촌중심의 폐쇄형 가족 재생산 등이 특성으로 거론되어진다. 이것은 최정걸과 황영순의 결혼 과정을 통해서도 그 특징이 나타나고 있다. 그러나 한편 중국 조선족의 가족제도는 중국 가족 제도 변화에도 큰 영향을 받게 된다. 1931년 국민당 정부는 결혼과 관련한 법을 개정한 이래 자유선택, 일부일처제, 성적 평등을 기반으로 1950년 제정된 혼인법을 시행하면서 사회주의 가족관계가 가부장적 가족질서를 약화되고 평등한 사회적 가족관계 및 가족의 사회적 지원이 강화되는 결과를 초래하게 만들었다(초의수, 2008). 구체적으로 1950년에 제정된 혼인법은 부녀를 속박하는 봉건제도를 폐지하고 부녀가 정치, 경제, 문화교육, 사회생활 등 각 방면에서 남자와 평등한 권리를 향수하며 남녀 혼인은 자유라고 규정하면서 변화가 이루어졌다. 이러한 혼인법의 내용은 중국의 가족제도 변화가 서구와 같이 산업화에 의한 것이 아니라 국가주도의 정치운동에 의해 변화되고 실현되었다는 것에 특별한 의미를 부여하게 된다.

그러나 조선족의 가족관계는 평등한 가족관계라는 사회주의 가족관계의 영향과 함께 가부 장의식이나 시가우선주의, 친척우선주의, 장남의 부양 책임등과 같은 전통적인 가족가치관이 동시에 자리 잡고 있다는 특징이 있는 것으로 기존의 논문들은 분석하고 있다.(이광규, 1996). 따라서 본 사례인 최정걸의 결혼에서 황영순이 다른 사회적 배경에도 불구하고 최정걸을 선택 하는 과정은 위와 같은 조선족 사회의 가족관계의 짐이 여성에게 가중되는 현실을 벗어나고자 하는 적극적 선택이었음을 보여주고 있다. 최정걸이 고아라는 사실과 맞물려 부양해야 할 시 부모가 없다는 조건이 황영순이 결혼을 선택하는데 주요한 조건이 된 것으로 보였다. 이와 같 은 조건으로 최정걸과 결혼을 했지만 최정걸이 삼촌과 사촌들을 본인의 가족으로 여겨 이들에 대한 지원을 가족을 형성하고도 지속하자 황영순은 경제적 부담과 함께 부부 갈등의 요소로 받아들이게 된다.

한편 부부교사로 재직한 최정걸과 황영순은 자녀양육의 문제를 황영순의 친정을 통해 해결 한 것으로 보인다.

저는 생일 지나서 외가에서 자랐고 일곱 살 때 학교 입학하여서 아빠 엄마 집으로 왔어요. 엄 마, 아빠는 다 교원이니까. 문화대혁명때 너무 힘드니까 저를 한 돐 생일 지나고 외갓집에 보냈는 데 가서 6년 있었죠. 증조할머니, 외할머니, 우리 이모 외삼촌이랑 같이 봐줬지요. 저희들의 성장 에 외가 영향이 이렇게 많아요. 공부를 하고 책을 보고 이러는데서 외갓집에서 외삼촌이며 외할

아버지며 계속 이렇게 책을 보니까 아마 그 영향이 많은 거 같아요. 저희 아버지 어머니도 계속 책을 보겠지만은 외삼촌들이 저희 집에 놀러 오면은 계속 이렇게 뭐. 소설책도 말해주고 설명해주고 그 다음에 중요한 소설책의 아름다운 구절들이 있지 않습니까. 그런 걸 저희들 책에다 몇 개씩 적어줬어요. 명언이라고 할 수 있죠. 몇 개 적어놓고 그러면 저희는 그걸 보며 아 이런 거는 이렇게 책을 봐서 알아야 되지. 하여튼 그런 영향력이 외갓집 영향이 많았던 거 같습니다. (이채문 외, 2015:72)

이것은 앞서 본 바와 같이 조선족은 이주의 역사에서 상대적으로 가까운 지역 내에 집중한 친족관계로 인하여 일상생활에 있어서는 부계, 모계, 처계친족의 구별이 없을 뿐 만 아니라 오히려 외가 혹은 처가와의 접한 교섭이 주목되는 현상으로 발견되듯이(리화, 2015) 이 부부도 자녀의 초기 양육은 황영순의 친정을 통하여 해결하는 모습으로 나타나고 이 과정에서 장녀는 위의 증언처럼 자신의 삶에서 외가의 지지와 영향을 많이 받은 것으로 해석하고 있었다.

한편 부모로서 최정걸과 황영순은 모범적이고 자상한 가장인 아버지와 지혜로운 어머니로 평가 받았으며 자녀들에게 삶의 귀감으로 자리매김하고 있었다. 특히 천직교사였던 최정걸은 교사로서의 일도 충실히 수행하면서 자녀의 교육에 물심양면 지원을 아끼지 않았던 것으로 보인다. 이것은 앞서본 일기 분석에서도 자녀의 교육 지원에 적극적인 아버지의 모습과도 연결되어 해석할 수 있다.

아버지는 제 인상에는 훌륭한 분. 정말 일들을 많이 했어요. 그런거 보면은 지혜롭고. 일을 시켜도 지혜롭게 시켰다. 그리고 아버지는...... 시킨 거는 엄마가 시켰지만 우리 아버지는, 저는 아버지는 그렇게 시킨 느낌이 크게 없어요. 우리 아버지가 너희들끼리 이렇게 해라 어째라 이런 건 우리 아버지는 그런 게 좀. 많이 이렇게 그저. 지켜봐주고 했는데. 애들의 얼굴도 잘 씻어줬습니다. 그때 상황에서 바이올린 사주고, 스케이트를 사주고, 놀이감 사주고, 피리도 사줬고 농촌에서 그런 사람 없었습니다.(이채문 외, 2015:79)

이상과 같이 생애사에 나타난 최정걸 부부관계의 기초 지식을 토대로 최정걸의 일기를 분석해 보면 특이하게도 일기의 기록에서는, 특히 1980년대 메모 형식의 일기에서는 아내에 대한 기록이 거의 부재하다는 것이다. 아내보다는 장인이 다수 등장하고 있다. 내용을 보면 장인의 집에 들르고(1983.1.24.) 장인의 61세 생일 참석(1983.1.30.), 장인 집에서 자고 (1984.1.20.; 1985.1.23.) 장인 집 풍철 결혼식 참석하고 귀가(1985.3.24.), 설과 신정을 보냄(1986.2.9.;

1987.12.25.:1988.1.2.) 등으로 아내의 친정에 가는 모습이 표현되고 있을 뿐 아내의 존재와 일상을 공유하는 내용은 일기에 거의 나타나지 않고 있다.

생애사나 일기의 내용을 보면 80년대 최정걸의 삶은 주로 학교생활과 공산당 활동을 중심으로 구성되고 있었기에 일상의 기록에서 아내와의 관계에 대한 기록은 중요 사항으로 자리 잡지 않은 것으로 해석될 수 있으며 한편으로 가족관계에서 장남으로서의 역할에 충실한 모습을 보이고 있는 최정걸이 장인과 장모님을 극진히 섬기는 모습은 웃어른에 대한 공경이 이미 체화되었기에 장인에 대한 기록을 그의 일상 기록으로 남기는 것은 자연스러운 것으로 보인다.

한편 최정걸의 일기에서 아내에 대한 일상의 기록은 90년 초반에 나타나기 시작하는데 아내가 아파서 약을 먹음(91.2.9)이라는 내용이 등장하면서부터이다. 그전에는 주로 아내가 연길, 훈춘, 태양 등 딸의 집과 친정과 친척 집을 왕래하는 내용만 나열되어 있을 뿐이고 아내의 일상에 대한 기록은 91년 2월에 아내가 아파서 약을 먹었다는 기록이 최초로 등장하게 된다.

그 뒤로 아내의 혈당 체크(1993.7.9.), 아내 생일(1993.10.12.), 아내가 3.8절 활동 참석(1997.3.8.), 아내를 대신하여 학생지도 (과외 했음)(1997.5.20.), 아내와 쟁론했음(1997.6.3.), 아내가 이영 진료소에 가서 주사 맞았음(1999.11.6.), 아내가 연변 병원에 진료하러 갔음(1999.11.12.)등의 기록이 1990년대 일기에 등장하고 있다.

전체적으로 90년에 접어들면서 아내인 황영순의 건강에 문제가 나타난 것으로 보이며 이에 따라 최정걸은 일기에 부인의 상태를 자세히 적어둔 것으로 보인다. 특히 1995년 3월에 본인도 병으로 인해 퇴직을 하면서 본인과 아내에 대한 병원 기록과 약 섭취에 대한 내용이 일기의 메모에 등장하고 있다. 결혼하고 65년 초기 교원 시절에 수혈을 잘 못 받아서 급성간염을 앓게 된 최정걸은 이후 완치되지 못하고 만성 간염 환자로 살아가게 되는데 이 모습이 일기에는 의사친구인 이영의 진료소에 가서 지속적으로 주사를 맞고 약을 먹는 것으로 기록되고 있다. 따라서 90년대 아내 황영순의 건강 이상(신장병으로 추측됨)은 본인한테 걱정거리로 다가 온 것으로 보이며 이전의 일기에 등장하지 않는 아내에 대한 기록들이 발견되고 있다.

2000년대에 접어들면서 최정걸의 일기에는 자주 아내의 병에 대한 기록이 나타나는데 아내가 병원에 가서 혈당 검사했음 (2001.3.26.), 아내가 약 샀음, 정옥 아내를 문병하러 왔음(2001.4.3.), 아내가 병원에 가서 인슐린 약 샀음(2001.12.15.), 아내가 연변병원에 가서 진료하고 약 샀음 (2002.7.26.), 시 병원에 가서 아내의 검사 결과를 가져왔음 (2003.3.19.), 아내와 말다툼했음(2003.10.7.) 등으로 아내인 황영순의 건강이 나빠진 것으로 여겨진다. 따라서 최정걸에게 아내는 이제 본인이 돌봐야 하는 대상으로 부각되는 것 같다. 그러나 최정걸 연령대의 조선족 부부관계는 사회주의 국가인 중국에 살면서 형식적으로는 평등한 부부관계를 유지하는 것처럼 보이나 정서적으로 소통하고 교류하는 관계가 아니기에 아픈 아내에 대한 기록들은 상당히 일상적이면서 상투적으로 서술하고 있다.

2005년 이후 시기에는 아내가 자주 병원에 입원하고 퇴원하는 모습이 기록되고 있다. 아내가 병원으로 갔음(2005.11.22.), 시병원에 갔음, 아내가 입원했음, 창일과 승일 문병하러 왔음(2007.8.7.), 오후에 아내 퇴원, 병원 옮긴 수속했음(2009.8.16.), 아내가 입원하였음(북경)(2008.1.25.), 아내가 오전에 주사를 맞았음 (2008.10.12.)의 기록이 일기에 나타나며 아내 황영순은 2009년에 신장병으로 사망하게 된다.

이상과 같이 최정걸의 일기에서 아내 황영순은 일상의 주요 상대로 기록되지 않다가 1990년대 황영순의 건강 문제와 함께 일기의 주요 내용으로 메모되고 있다. 이것은 한편으로 일상을 공유하고 있는 아내의 존재는 그의 일기에 주요한 인물로 기록되지 않다가 아내의 건강상의 문제가 크게 부각되면서 일기 주요 내용으로 자리잡은 것 같다. 이제 아내는 본인이 돌봐야 되는 대상이 되면서, 최정걸은 일상의 기록을 꼼꼼히 정리하는 본인의 습관에 따라 아내의 건강 상태를 체크하기 위해 일기를 활용한 것으로 보인다. 한편 아내 사후 최정걸의 일기에 아내가 등장하는데, 재정국에서 아내 사망위로금 받은 내용(2009.11.20.)과 영순이 사망 2주년 추모식, 영순 사망 2주년 추모식에 복순 500원, 분선 500원, 창일 500원, 옥회 500원, 동춘 200원, 성일 엄마 200원(2011.9.19.)이 기록되어 있었다. 전 일기에서 2주년 추모식에서 처음으로 아내의 이름을 명시하는 기록이 나오고 있다.

결론적으로 최정걸, 황영순 부부는 개인의 생애사 기록을 통해 당시 소학교 교사로서 조선족 사회가 소수 민족으로 집성촌을 이루어 살아가는 환경 하에서 이들도 친척들의 소개로 만나 결혼에 이르게 된다. 자녀들의 증언에 따르면 학교와 가정생활에서는 평등한 부부관계를 형성하면서 자식들에게는 부모의 역할에 충실한 존재들로 자녀들에게 평가받고 있었다. 그러나 한편으로는 조선족이라는 특성 때문에 조선족이 중국의 일반적인 가족보다는 가부장의식이나 시가우선주의, 친척우선주의, 장남의 부양 책임등과 같은 전통적인 가족가치관이 잔존하고 있었기에 최정걸, 황영순 부부도 가족문제로 갈등이 있었던 것으로 보인다.

한편 최정걸의 생애사를 통해 기록되어지는 이들의 부부관계에 대한 내용들은 최정걸의 일기를 통해서는 전혀 파악할 수 없었다. 구체적으로1983년부터 2014년의 일기의 기록에서 아내 황영순은 많이 등장하지 않는다. 특히 1980년대에 교장으로 역할을 수행하고 자녀의 교육지원에 전념하는 최정걸의 삶에서 아내의 일상에 대한 기록은 거의 부재하다. 간혹 일기에 출현하는 아내의 모습은 결혼한 딸이나 친정의 집을 방문하거나 친척 집을 방문하는 존재로 나타나며 아내의 일상은 그의 기록에 주요 대상이 아니었다. 그러다가 90년대에 아내 황영순의 건강에 문제가 생면서 아내의 병과 건강에 대한 내용이 일기의 주요 주제어로 자리잡게 된다. 이것은 아내가 본인이 돌봐야 되는 대상이 되면서 일상의 기록을 꼼꼼히 정리하는 본인의 습관에 따라 아내의 건강 상태를 체크하기 위한 수단으로 일기를 활용한 것으로 보인다. 따라서 일기를 통해 파악되는 이들의 부부관계는 정서적 교류를 하는 부부였다기보다는 같은 업종에 종사하는 동료의식과 부부보다는 자식을 중심으로 부부관계를 유지한 것으로 보인다.

4) 가족관계의 지속과 변화 : 지속되는 장남 및 아버지로서의 역할 충실

최정걸의 일기를 통해 파악된 가족관계의 특징은 그의 전 생애를 걸쳐 자신이 자라온 원가족에서 장남의 역할을 충실히 수행하는 것으로 나타났다. 교사 시절부터 결혼을 하고 자신의 가족을 형성하여도 항상 자신의 원가족에 대한 지원과 관심이었다. 물론 최정걸의 원가족은 부모의 부재로 7살부터 존재하지 않지만 어려서 자라온 삼촌과 그의 가족들을 부모 형제로 삼아 자신의 삶에 중심 축으로 삼고 있었다. 이것은 한편으로 중국 사회로 이주한 조선족 사회의 가족관계의 특징으로도 정리될 수 있지만 무엇보다 장남의 의식이 강한 최정걸에게 원가족은 자신의 삶에서 주요 요소로 여겨지고 있는 듯 하다.

한편 결혼을 하여 가족을 형성한 최정걸에게 있어 삼남매는 본인의 삶을 지탱하는데 또 하나의 중요한 요소로 보인다. 앞 서 본 원가족과의 관계는 지속적으로 유지하면서 최정걸은 아버지로서의 역할에 전념하는 것이 일기의 기록에서 두드러지게 나타난다. 특히 공부에 소질을 보이는 삼남매를 자랑스럽게 여기며 최정걸은 삼남매의 공부에 대한 지원을 물심양면 하고 있는 것으로 나타났다. 특히 자녀의 성장에 따라 교사라는 본인의 직업을 기초로 하여 자식들에 대한 성적을 기록하고 대학 입학을 의논하는 등 교육에 대한 지속적인 관심과 지원이 기록되고 있었다. 또한 삼남매가 유학이나 결혼으로 인해 본가를 떠나지만 최정걸은 전화라는 매체를 통해 자녀들과 지속적으로 교류하였고 특히 퇴직 이후 노년에는 자녀 세대를 넘어 손자들에 대한 관심과 소통에도 적극적으로 나서는 모습도 일기를 통해 보여주고 있다.

따라서 전체적으로 최정걸의 생애에서 주요한 가족관계와 역할은 삼촌 가족을 원가족으로 삼으면서 장남으로서의 역할에 충실한 것과 아버지라는 위치에서 자녀에 대한 지원과 관심을 지속적으로 유지한 것으로 보인다. 이에 반하여 가족의 기본적 관계인 부부관계의 모습은 최정걸이 전형적인 조선족 가족의 특성인 시가우선주의, 친척우선주의, 장남의 부양 책임등과 같은 전통적인 가족가치관을 지니고 있었기에 정서적 교류를 중심으로 두는 부부관계보다는 각자의 역할에 충실하면서 자녀중심의 부부관계를 형성하고 유지한 것으로 보인다.

참/고/문/헌

- 권향숙. 2016. "1990년대 이후 조선족의 도일과 정주화",『일본비평』14, pp 158-181.
- 리화. 2015. "조선족의 친족관계와 친족이념 ",『통일인문학』64, pp 329-356
- 배규식 외. 2013.『중국 조선족 청년의 이주와 노동시장 진출연구』, 대외경제정책연구원, 한국노동연구원
- 외교부. 2015.『재외동포총계』, 외교부
- 윤인진. 2003. "코리안 디아스포라-재외한인의 이주, 적응, 정체성",『한국사회학』37(4), pp 101-142
- 이광규. 1996.『중국 길림성 한인동포의 생활문화』, 국립민속박물관
- 이채문 외. 2015.『교직 반생기 조선족 천직교사 최정걸의 삶』, 책과 세계
- 조강희. 1999. "동북3성 조선족의 가족친족생활과 그 변화"『제31차 한국문화인류학회 학술회 발표논문집』, 한국문화인류학회
- 초의수 외. 2008. "연변 조선족의 가족주의와 가족복지에 관한",『한국가족복지학』13(3), pp 29-50.

최정걸의 일기와 교육자 생활

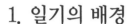

•• 이정덕

1. 일기의 배경

〈연변일기〉의 저자인 최정길은 1942년 3월 20일(음력) 길림성 연변조선족자치주 안도현에서 태어났다. 연변자치주는 8개의 현(도문시, 돈화시, 안도현, 연길시, 용정시, 왕청현, 화룡시, 훈춘시)으로 이루어져 있으며 면적은 4만3천㎢으로 백두산의 동쪽에서 연해주 사이에 위치한다. 인구는 229만명이에 불과하지만 면적은 남한면적의 절반에 가깝기 때문에 인구밀도가 매우 낮은 곳이다. 조선족이 40%나 차지하여 조선족 자치주로 지정하였으나 조선족이 중국 내 도시와 한국으로 이주하면서 계속 줄어들고 있다. 할아버지가 함경북도 무산에서 만주로 이주하여왔다. 장남으로 태어난지 얼마 되지 않아 아버지가 돌아가시고(1945년) 어머니는 7살 때 재가를 가서 할머니 밑에서 자랐다. 그렇게 헤어져 다시는 어머니를 만나지 못했다. 1951년도부터는 훈춘시에서 거주하였다. 반석향 태양소학교를 최우등으로 졸업하고 마천자 중학교에 입학하였다. 중학교 2학년 때인 1958년부터 일기를 쓰기 시작하였다. 고등학교부터는 학비를 내야 하기 때문에 그러한 돈이 없는 고아의 형편이라 고등학교를 다니지는 못했다.

그래서 1960년 중학교를 졸업하자 태양소학교에서 교사생활을 시작하였다. 조선족 학생들과 조석족 교사로 구성된 조선족 학교였다. 태양소학교에서 16년간 교원생활을 하고, 광신소학교로 이직하여 주임으로 4년, 반석중심소학교에서 교도주임으로 4년을 한 후, 그 학교에서 교장으로 승진하여 4년을 하다가, 다시 승진하여 훈춘시내의 제4소학교 당지부 서기를 하다가 1995년 퇴직하였다. 문화대혁명(1966-1976) 기간에는 학교에서 공부보다도 노동이 중요시

되어 각종 농사를 짓고 소와 돼지를 길렀다. 아내도 교육자 집안의 딸로 소학교 교원이어서 농촌에서는 잘 사는 편에 속했다. 하지만 1965년 교원연수에 갔다가 타인에게 수혈을 해주면서 급성간염이 생겼는데 이를 치료하지 않고 영양보충도 제대로 하지 못해 만성간염이 되어 몸이 건강하지 못한 상태로 일생을 살게 되었다.

교장은 시험을 봐서 합격하여야 발령을 받을 수 있다. 그렇지만 교장을 하려면 공산당원이 되어야 했다. 입당 신청을 한 다음 허락을 받을 때까지 학습도 많이 하고 사업도 열심히 하여야 입당승인을 받을 수 있다. 최정걸은 중학생이던 59년도에 입당 신청을 해서 73년도에 입당승인을 받았다. 교사 시절에 사업을 잘 하여 현의 선진공작자가 될 수 있었고 계속 적극적으로 지구대에 가서 공산주의 학습을 받았고 훌륭한 공산당원이 되겠다는 입당원서를 계속 제출하였다. 1973년 2월 25일 縣 공산당 대표자회의에서 위원회 서기가 이를 보고하였고 토론을 통해 최정걸의 입당신청서가 통과되었다. 당시 태양소학교에는 공산당원이 1명밖에 없었다. 각종 사업을 열심히 하면서 반석향 우수공산당원와 선진교사, 그리고 훈춘시 선진공작자로 선정될 수 있었다.

결혼은 23살이던 1964년도에 했다. 아내도 똑같이 1942년 출생했지만 2009년 먼저 생을 마감했다. 슬하에 2남1녀를 두었다. 원래 태양촌 사람이라 최정걸을 잘 아는 아내의 외할머니가 중매를 했다. 장인은 교사, 교감, 훈춘시 교육국 책임자 등을 하다가 문화대혁명 때는 감옥에 갔혔다. 집안 분위기가 독서와 공부를 좋아하여 자녀들도 모두 교사나, 은행, 번역가로 활동하였다. 이러한 교육자 집안의 딸과 가난한 고아와의 결혼은 친족 사이의 경제문제나 가치관의 차이도 존재하였지만 좋은 가정생활을 영위했던 것으로 보인다. 특히 부모가 밤낮으로 책을 읽고 있고 또한 학교의 일을 하고 있어서 자녀들도 공부를 잘 했다. 큰딸은 사범대학을 졸업하고 현재 연변대 교수로 있으며, 장남은 북경대학을 거쳐 일본 오사카 경제법학대학을 졸업해서 일본 대기업에 다니면서 일본에 살고 있고, 차남은 북경교통대학을 졸업하고 중국 대기업에 다니고 있다.[1]

이러한 과정은 1958년부터 쓰기 시작한 일기에 기록되어 있지만 초기의 일기는 남아 있지 않다. 초기에 쓴 일기는 문화대혁명을 거치면서 또한 76년도부터 82년도까지의 일기도 소각하여 사라져서, 현재는 83년도의 일기부터 남아 있다. 최정걸은 일기를 아주 중요한 것만 간단히 적는 방식으로 써왔다. 따라서 하루에 한두 줄씩 썼고 자세한 상황 설명이나 자신의 느낌이

---

1) 최정걸의 삶의 배경에 대해서는 이채문, 박경용, 박선규 (2009)를 참조하였다.

나 성찰에 대한 내용은 거의 나타나지 않고 있다. 그가 쓴 한 달의 일기를 제시하면 다음과 같다.

〈1986년 2월 1일 (음력12월 23일)〉 토요일 날씨 맑음
향(鄕)당위회의에서 이서기 보고 들음
〈1986년 2월 2일 (음력12월 24일)〉 일요일 날씨 맑음
당원교육 학습 및 정리-시험
〈1986년 2월 3일 (음력12월 25일)〉 월요일 날씨 바람
당원교육 학습 및 정리-시험
〈1986년 2월 4일 (음력12월 26일)〉 화요일 날씨 맑음
자습
〈1986년 2월 5일 (음력12월 27일)〉 수요일 날씨 맑음
학생들 예방주사 접종, 시험지 제출
〈1986년 2월 6일 (음력12월 28일)〉 목요일 날씨 맑음
각 학교 퇴직위문금 배부, 광신(光新)소학교 최주임이 집에옴
〈1986년 2월 7일 (음력12월 29일)〉 금요일 날씨 맑음
집에서 휴식
〈1986년 2월 8일 (음력12월 30일)〉 토요일 날씨 맑음
조교장님과 식사하고 훈춘(琿春)에 감
〈1986년 2월 9일 (음력1월 1일)〉 일요일 날씨 맑음
장인집에서 설을 보냄, 창일(昌日)집에 갔다 옴
〈1986년 2월 10일 (음력1월 2일)〉 월요일 날씨 맑음
훈춘(琿春)에서 귀가, 동일(東日)이 집에 옴
〈1986년 2월 11일 (음력1월 3일)〉 화요일 날씨 맑음
집에서 휴식, 복순(福順)이 집에 옴
〈1986년 2월 12일 (음력1월 4일)〉 수요일 날씨 맑음
집에서 휴식
〈1986년 2월 13일 (음력1월 5일)〉 목요일 날씨 맑음
민석(敏錫)집에서 설을 지냄, 티비 시청
〈1986년 2월 14일 (음력1월 6일)〉 금요일 날씨 눈
민석(敏錫)집에서 설을 지냄, 티비 시청

〈1986년 2월 15일 (음력1월 7일)〉 토요일 날씨 맑음

등교일, 동생이 집에 옴

〈1986년 2월 16일 (음력1월 8일)〉 일요일 날씨 맑음

동생이 집에 감

〈1986년 2월 17일 (음력1월 9일)〉 월요일 날씨 맑음

허문교(許文敎)가 현(縣)편제계획을 전달해줌, 미옥(美玉)이 하얼빈(哈尔滨)에 감

〈1986년 2월 18일 (음력1월 10일)〉 화요일 날씨 눈

휴식, 오후 문화교육과에서 편제개혁문제 토론

〈1986년 2월 19일 (음력1월 11일)〉 수요일 날씨 맑음

 현(縣)교육개혁회의에서의 이현장 보고를 학습

〈1986년 2월 20일 (음력1월 12일)〉 목요일 날씨 맑음

성(省),현(縣)교육개혁방안 학습

〈1986년 2월 21일 (음력1월 13일)〉 금요일 날씨 바람

전 당대회-김리균(金利均) 학습보조, 홍보위원이 시험성적 통보, 이서기 총결,

〈1986년 2월 22일 (음력1월 14일)〉 토요일 날씨 바람

태양(太陽)소학교 지도부 및 교사정황 검사

〈1986년 2월 23일 (음력1월 15일)〉 일요일 날씨 바람

문교서기와 향(鄕)인사변동 문제를 토론

〈1986년 2월 24일 (음력1월 16일)〉 월요일 날씨 바람

향(鄕)당위회의에서 인사문제 토론 및 결정

〈1986년 2월 25일 (음력1월 17일)〉 화요일 날씨 맑음

교사학습-리현장 보고 들음, 향(鄕)내 지도자 임명문제와 대리수업 문제 토론

〈1986년 2월 26일 (음력1월 18일)〉 수요일 날씨 맑음

교사학습-현(縣)교육개혁 방안 이해, 교내 담임선생님 수업분배 확정

〈1986년 2월 27일 (음력1월 19일)〉 목요일 날씨 폭설

훈춘(珲春)에서 열린 우수수업평가회의 참석, 퇴직간부 최창복(崔昌福)집에 방문

〈1986년 2월 28일 (음력1월 20일)〉 금요일 날씨 맑음

훈춘(珲春)에서 귀가

그가 1987년에 쓴 가장 긴 편에 속하는 일기는 다음과 같다. 2000년대 이후에는 조금 더 긴 문장들이 나온다.

〈1987년 5월 5일 (음력 4월 8일)〉 화요일 날씨 바람

5학년 지리, 6학년 력사 가르침, 맹령(孟嶺)에 내려감, 우리 향에 온 실습생 환영, 전업시험 등록 비용 받음

〈2004년 8월 27일(음력 7월 12일)〉 금요일 날씨 구름

태양(太陽)에서 전화 왔음*정기(廷棋), 미옥(美玉) 전화 왔음, 창일(昌日) 생일*장춘(長春)에서 공부하고 있음, 아내가 밤새 올림픽 봤음

〈2005년 3월 30일(음력 2월 21일)〉 수요일 날씨 맑음

일본어 수업하러 노년간부대학교(老干部大學) 갔음, 오후에 담인 선새님 찰대옥(札大玉)에서 전화가 왔음-일본어 공부에 과함, 위생비를 냈음(74.60위안), 원학(元學)에게 전화했음, 동기 영월(英月)에서 전화가 왔음, 오후에 아주축구월드컵(亞洲足球世界) 경기 예선을 보았음, 오전에 남미축구월드컵(南美足球世界杯) 경기 예선을 보았음

일기는 보통 다음 4가지 특성을 가진 것으로 설명된다: 정기성, 개인성, 동시성, 기록성. 즉 특정 개인이 당일 또는 사건이나 행동이 일어난 다음 짧은 시간 안에 날짜를 적어 정기적으로 기록하여야 한다. 보다 복잡한 일기는 행동이나 사건을 기록할 뿐만 아니라 역할이나 행동이나 관계에 대한 사적인 코멘트를 포함하며 또한 사적인 감정을 적기도 한다.[2] 최정걸의 일기는 거의 날마다 자신이 경험한 것을 그날 그날 기록한 것이어 앞에 정의한 일기에 부합된다. 그러나 최정걸의 일기는 자신의 내밀한 동기, 감정, 욕망을 솔직히 드러내고 성찰하기보다는 그날의 사건을 간단히 기록하여 나중에 이를 보고 그 당시의 일들을 회상할 수 있는 할 수 있는 정도로만 기록하였다. 간단한 일지에 가까운 형식을 보이고 있다.

최정걸은 일기를 통하여 문장능력을 배우고자 하였다. 하지만 교장을 하면서 바빠서 중요한 것만 적자고 생각하였다. 또한 공산당원이 되려면 학습한 것을 글로 써서 제출해야 하고 시험도 봐야 하기 때문에 일기를 글을 쓰는 연습으로 생각하였다. 일기뿐만 아니라 신문의 뉴스를 기록하고 책을 보면 그것도 기록하였다. 일기도 많은 사람들이 문학적 글쓰기를 학습하려고 쓰는 사람들이 서구에는 많이 있다. 더 나아가 일기 자체가 문학의 일종으로 받아들여지기도 한다. 문학적 글쓰기로 나아가기 위해서는 구체적인 현실묘사나 자아성찰이 더 구체적으로 이루어지는 경우가 많다. 최정걸도 글쓰기에 관심을 가지고 있고 또한 소설 등에도 관심을 가진 것으로 보이지만 구체적인 현실묘사나 자아성찰까지 나아가지는 않았다. 아마 문화대혁명

---

2) 일기의 조건과 특성에 대한 논의는 Alaszewski(2007)의 1장을 참조할 것.

이나 공산당이라는 환경 때문에 검열체제가 자신도 모르게 작동한 것은 아닌지 모르겠다. 따라서 아주 간단한 사실만 기록하고 자신의 감성이나 행동이나 사건의 구체적인 배경은 최대한 드러내지 않는 스타일이 된 것으로 생각한다.

2. 학교 수업과 행정

일기에 나타난 과목들은 어문, 한어문, 미술, 역사, 자연, 지리, 수학, 노동, 상식, 사상품덕 등이다. 소학교는 6학년까지 있고 미술, 역사 등의 수업을 하였고 수업준지를 한 경우도 자주 언급되고 있어 수업을 상당히 준비하여 가르친 것으로 보인다. 또한 타인의 수업을 많이 방청하였다. 83년부터 쓰여진 일기는 교장, 당서기를 하면서 일기를 쓴 것이라 그런지 일기에 나타난 수업과 관련된 내용은 행정과 관련된 내용보다 적은 편이다. 평교사를 할 때도 다른 반보다 최정걸이 담임을 맡은 반이 학업성취도가 높았던 것으로 보여 매우 성실하게 학생들의 교육에 임한 것으로 보인다. 하지만 일기에는 학생들을 어떻게 가르치고 어떻게 지도했더니 학업성취도가 오르고 또는 어떠한 것들은 효과가 없다는 등의 구체적인 내용은 나오지 않는다. 일기에 나타난 몇몇 문장을 통해 추측해보면 통과된 사람의 사진을 벽에 건다든가 그렇지 못한 사람은 다시 재교육을 받게 하는 것으로 볼 수 있다. 몇가지 언급된 일기의 내용을 보면 다음과 같다.

(1983.1.11.) 시험, 각 반급 삼호(三好)학생 선발, 정리 작업

(1983.1.12.) 각 반 총결 및 표창, 방학과제

(1983.3.22.) 2학년 미술 수업 함

(1983.3.23.) 5학년 역사 수업 함

(1983.3.24.) 5학년 역사 및 4학년 지리 2교시 수업 함

(1983.6.30.-7.1.) 학습지도, 기말시험

(1983.7.2.) 2학년2반, 4학년2반 (수학), 2학년1반 (사상품덕) 수업 방청

(1983.7.4.) 졸업시험(수학, 어문)

(1993.11.11.)교사(敎師) 시험답안 채점하고 교당위(敎黨委)에 가서 제출

(1994.6.4.)수업 청강 - 5년 3반 노동수업(우수 평가)

(1994.10.16.)사생(師生) 명인 사진 벽에 걸렸음, 교원대회(수학 연구 토론 회)

학교 행정은 여러 가지를 포함하고 있다. 학생을 지도하고 학생이나 서류를 분리하고 정리하는 것에서부터 시작하여, 전체회의를 거쳐 의사를 결정하는 것에 이르기까지 다양한 일을 가지고 있다. 먼저 교장으로서 업무를 인수한 이야기도 나온다(1983.4.6.). 각종 상황을 파악하고 서류를 작성하는 모습도 나오고 있다(통계서류, 취업준비통계, 청년 취업상황파악, 시험, 상벌의 결정 및 실천, 취업지도). 학생지도도 해야 하고(상벌, 성적공개, 과제검사, 문예활동, 운동회, 학생 또는 학부모상담), 공개수업이나 연구활동도 해야 하고(수업공개, 방청, 연구반 활동), 다양한 회의(총결, 토론, 위원회, 모임)가 이루어져야 하고, 비공식적인 의사소통도 해야 하고(식사, 간단한 모임, 접대), 각종 서류도 처리해야 하고(계획서 작성, 검사, 통계, 자료), 다양한 의례도 수행하여야 하고(졸업식, 방학식, 종례), 때로는 콩밭도 갈고 건축물도 새로 짓고 페인트도 칠하고 대청소도 해야 한다. 관련된 대표적인 것들을 일기에서 추출하면 다음과 같다.

학습 및 서류 관련
(1983.2.27.)   교재분배
(1983.3.6.)   학교 계획 제정 마침, 학교 지도부 학교계획에 대해 토론
(1983.3.25.)   5학년1반 체벌 현상 발생 -머리 부상, 연구반(教研組)활동- 활동계획, 교학대강 토론 및 최병철(崔柄哲) 교육
(1983.4.6.)   교학관리검사문제 토론, 교장업무 인계
(1983.4.7.)   교학관리대검사, 지도부 검사-업무 및 교학(教學) 등
(1983.4.16.)   수학수업방청 (4.18.)교학관리대검사 실시, 지도부 검사, 교안 검사,(체육교사 최덕춘(崔德春) 전입) (4.19.)1학년 어문(조선어), 5학년 한어문(중국어),4학년 한어문(중국어), 3학년 수학 방청 (4.20.)광신(光新)소학교 교학관리정황 검사-지도부, 교안, 필기 등 검사
(1983.5.5.-6)   취업준비청년 통계 완성
(1984.2.16.)   강국장 보고회 주최. 83년 총결 및 84년 계획, 교사교육, 정신오염방지보고 및 토론회의.
(1986.1.20.)   3학년 과제필기 검사
(1993.5.23.)   제2소학교 운동대회

(1993.12.19.)　　모 주석(毛主席) 탄신 100주년 기념 문예활동 - 학부모 관람

(1994.3.14.-18) 정치학습, 자료 복사 교사법 등

조직을 통한 사업들

(1983.1.13.)　　교사업무 총결, 선진교사 선발, 밤 12시까지 학교총결(總結) 작성

(1983.1.15.)　　각 학교 지도부 회의, 총결(總結)보고회의, 해방군(解放軍)이 접대(훈춘(琿春)회
　　　　　　　　원)

(1983.2.9.)　　　교외 보도원(補導員), 학부형주임회의 주최

(1983.4.9.)　　　조금찬(趙金燦)이 접대- 박 교장, 장서기가 접대- 생일

(1983.6.30.)　　우수당원자료 작성

(1983.7.22.)　　교육업무총결표창대회

(1983.8.24.)　　교사업무책임제 제정, 교사회의- 방학총결

(1983.10.4.)　　학교계획으로 지도부회의, 교원회의 실시

(1984.4.14.)　　오후 공회 조장이상 간부회의, 공회활동자금 조달

(1984.5.1.)　　　교사 생활회의

(1984.10.15.) 보통교육검수통계시작

(1984.11.26.) 오후 지도부 회의(메탄 차고, 교사주택, 책걸상 분배), 교원회의, 11.27 책걸상 정
　　　　　　　　돈, 난로 작업, 6학년 콘크리트바닥 작업 11.29 난로작업, 2학년1반 콘크리트바
　　　　　　　　닥 작업, 11.30. 복도 정돈, 지도부회의 기중총결

(1985.1.7.)　　　각 학교 지도부회의- 현(縣)회의 정신 전달

(1986.3.6.)　　　지도부회의- (3.8)부녀절 문제

(1986.7.16.)　　학교 기말총결 작성, 각 학교보도원회의

(1987.8.19.)　　학교 지도부 회의 개최 편제 확정 등

(1987.9.9.)　　　문화 교육조에서 회의 개최(교사절 관련)

(1992.12.16.) 초청장 작성 -퇴직간부 좌담회 통지, 12.17 퇴직 간부 좌담회 개최

(1993.5.20.)　　공회조장(工會組長), 위원 회의

(1993.6.23.)　　졸업식, 졸업생 학부모들이 지도부와 담임선생 접대, 음·체·미(音·體·美) 교
　　　　　　　　연조(教研組) 모범평가

(1993.6.24.)　　학교업무총결, 지위(支委)회의, 지부대회 - 우수당원(黨員)

(1995.2.6.)　　　박교장 우리 집에 와서 인사했음

(1995.2.23.)　　지도부 회식

(1996.3.12.)　　노년간부(老年干部) 지부회의 참석 - 계획 통과, 제2소학교, 제4소학교 지부위원

과 간부(干部) 선거

(1996.8.28.) 퇴직교사한테 기념품 보냈음 - 양병석(楊炳石), 박순옥(朴順玉)등

(1998.9.10.) 스승의 날, 제4소학교 퇴직교사 같이 점심 먹었음

기타 학교 사업들

교원들은 자주 정치학습(1983.4.8.; 1994.3.14.-18 등)을 해야 하며, 숙직/당직을 서야 하며(1985.12.24.-29, 1986.10.25. 1995.2.7.), 가끔 병으로 결근하거나 (1985.1.3. 1984.2.13., 94.12.17) 또는 그냥 집에서 휴식(1987.9.4.)하기도 하며, 교사와 관련되어 교사등기표에 기록해야 정식 교원으로 인정을 받는다. 학교에서 주택도 분배하는 해주었고 과일이나 명태 등을 선물(1993.7.1. 제2소학교)로 주기도 하며, 교사들의 식량상황도 점검한다. 학교에서 공업공사를 만들어 학생들을 취직시키기도 하며, 교사나 학생이 안 나오거나 없어지면 찾거나 수색을 해야 하고, 이야기나 좌담회를 개최해야 하며, 교사채용을 위한 시험을 보고 교육국을 거쳐 교사를 채용하기도 하며, 학교에서 자전거를 수리하고(1993.7.1.), 스승의 날(9.10)의 행사도 하고, 학교에서 신문이나 간행물을 자주 집으로 가져와서(94.1.17.) 보기도 한다. 학생들이나 선생님들이 학교의 청소뿐만 아니라 건물을 신축하는데, 도로공사를 하는데, 페인트칠을 하는데, 제설작업을 하는데 동원되기도 한다.

(1983.1.16.) 최춘택(崔春澤)선생 주택 분배 받음

(1983.1.17.) 사생(師生)들이 메탄가루로 도로포장 공익활동

(1983.2.24.) 오후 제설작업 (도로정비)

(1983.2.25.) 대청소, 수험장 준비, 책걸상 수리, 숙직

(1983.3.22.) 학교계획서 찍다(인쇄

(1983.3.1.) 태양(太陽)에 대강 교원 찾으러 감

(1983.3.8.) 숙직실 온돌 수리, 학교에서 〈3.8〉절 활동 조직

(1983.3.26.) 전봇대 수립, 대청소, 수업 준비

(1983.4.8.) 교사정치학습 필기, 업무학습필기 및 학생필기를 검사

(1983.7.16.) 학교에서 창설한 공업공사에서 학교에 학습반 개최

(1983.9.14.-17.) 오후 상수도 작업

(1983.9.1.) 창고 정리, 학교 전기 수리

(1983.9.18.) 학년 여학생이 산에 풀씨 채집하러 갔다 늦게까지 내려오지 않아 수색

(1983.9.26.)   대청소, 〈무당〉 영화 감상, 하얼빈( )에서 전보가 옴, 상수도 수리

(1983.10.5.)   4학년 예방주사 접종

(1984.6.11.)   교사들의 식량관련 정황 파악, 6.14 식량관계표 작성.

(1984.7.1.)   현 통용기계공장에서 화원 건설 재료 가져옴, 7.3-7.8. 화원틀, 콘크리트작업

(1984.8.16.)   학교주택 지붕완성, 문 설치, 페인트 작업 8.23 화원 페인트작업

(1984.10.26.)   이사, 학교 화장실 건설 시작, 10.27 학교 주택 건축, 10.28 벽걸이 시계장착
                 10.29 메탄저장 기지 작업, 11.1 화장실 작업

(1986.4.11.)   교사낭독경연

(1986.6.30.)   개학 노산(老山)영웅좌담회

(1986.10.14.)   현(縣) 중심소학교 노동교육현장회의 참석, 10.15 교육국에 업무보러 10.16
                 광신(光新), 신농(新農), 춘경(春景) 교사(校舍)관리검사

(1986.10.17.)   유리구입, 학교 유리장착 작업 10.18 훈춘(琿春)에서 백회(白灰) 구입 10.20
                 전교 인테리어 작업

(1986.11.12.)   학교정문 수리, 11.14 학교 후문 수리, 11.16 담장수리

(1987.11.7.)   각 학교 지도부 회의 성 교육위원회 문건, 산림 보호 방화 작업 회의

(1993.5.19.)   우물설치작업

(1993.12.29.)   출퇴근기록 통계 작업

(1994.1.6.)   사생(師生) 연변소년궁(延邊少年宮) 공연 관람, 1.7 생(師生) 영화 정강산(井
                 岡山) 봤음,

(1994.7.17.)   학교 건설대의 접대 받았음

(1994.7.18.)   예술단개업 접대 받았음

(1994.7.26.)   여교원(敎員) 출근, 책상과 의자 씻었음, 7.27 책상 의자 수리 7.28 작업한 교
                 사들과 승리촌에 소풍 7.29-31 실내 천장 페인트

(1994.8.4.-6.)   구교사(舊校舍) 난방 설치 시작, 책상과 의자 운송

(1994.8.9.-11.) 무용실 페인트 바르다

(1995.7.24.-24) 화장실 온수기 수리(완공)

(1995.9.7.)   제4소학교 학부모위원회에 접대 받았음(전체 교사)

(1995.9.10.)   태운(泰云)집의 접대 받았음(스승의 날)

(1997.9.8.)   제4소학교에 가서 사과, 배 등 과일 받았음

(1998.11.27.)   물저장탱크 수리

3. 외부의 학교점검 또는 회의

학교도 당, 교육국의 산하에 있고 여러 가지 행정하달이 내려오기 때문에 외부의 기관과 다양한 접촉을 하게 된다. 가장 가까운 상위 기관이 현의 교육국이라 이들과도 다양한 회의와 점검을 해야한다. 공산주의 정권이라 학교도 중대나 대대와 같은 방식으로 편제되어 있으며 당의 서기가 학교마다 있어 당과 관련된 수많은 접촉이 있게 된다. 당과의 접촉이 많기 때문에 이는 따로 떼어 다음에 제시하고 여기에서는 그 외의 외부 기관들과 어떤한 접촉을 한다고 일기에 적었는지를 보여주고자 한다. 최정걸은 교장 또는 서기로서 학교를 책임지고 운영하는 역할을 하고 있기 때문에 외부의 다양한 기관들과 접촉을 하고 그쪽에서 원하는 것들을 해결하고 또는 학교에서 나타나거나 원하는 것들을 이들 기관을 통하여 원만하게 해결하여야 한다.

(1983.2.1.)	현 교사(校舍)관리업무회의 참석
(1983.2.2.)	현(縣) 근공검학(勤工儉學)교사(校舍)관리업무회의 토론, 오후 3시 총결(總結)
(1983.2.3.-5.)	현(縣) 교육업무 회의 참가
(1983.2.23.)	〈현(縣) 보통소학교 검수표준〉〈현(縣)보통소학교 사상품덕 교학업무 의견〉〈현(縣)보통소학교 교사양성 계획〉〈유운소(劉云沼) 부성장 담화〉등 학습,
(1983.2.29.)	훈춘 교육국 편성회의 참석, (3.2.)학교계획 전달 밤 11시30분 끝남
(1983.4.27.)	위생검찰단이 학교 검사하러 옴
(1983.6.29.)	오전 교육국 인사과에서 학교에 상황파악 하러옴
(1983.8.31.)	연수학교 교사가 학교에 와서 교원정황 파악
(1984.2.29.)	교육국에 편성회의 참석
(1984.4.13.)	현(縣) 교공(敎工) 주석이 교사정황 고찰하러 옴
(1984.4.30.-5.5.)	현 운동회 준비, 실시, 축구2등, 여자축구 1등.
(1984.6.21.)	향에서 열린 교사(校舍)관리회 참석-중, 초등 학교 교장들 참석
(1984.6.23.)	하향, 신농, 태양, 지변의 근공검학(勤工儉學) 현황 검수.
(1984.8.9.-13)	향 운동대회, 축구1등
(1984.10.16.)	훈춘에서 공회 주석회의 참가
(1985.2.17.)	향 교육개혁회의 참석
(1985.2.25.)	향 교육개혁지도소조회의, 오후에 각 학교지도부회의

(1985.2.28.)   전 향(鄉) 교원 및 각 기관대표 교육개혁동원대회에 참석

(1985.3.18.)   학교계획을 인쇄하여 교원과 향(鄉)정부에 줌, 각 학교보도원회의 개최

(1985.3.19.)   근공검학(勤工儉學)교사(校舍)관리업무표창대회 참석, 리현장(李縣長)보고
　　　　　　　　들음

(1985.9.2.)   전 향(鄉)교원대회 - 월급개혁 문제, 교사절 문제

(1985.9.3.)   현(縣) 보통교육 검수원이 학교에 옴

(1985.9.13.-16.) 향(鄉) 기관운동대회 준비, 남자축구 1등, 남자배구 2등

(1986.1.11.)   교육업무회의 참석, 오전 리현장(李縣長) 보고

(1986.2.23.)   문교서기와 향(鄉)인사변동 문제를 토론

(1986.2.24.)   향(鄉)당위회의에서 인사문제 토론 및 결정

(1986.2.25.)   교사학습 - 리현장 보고 들음, 향(鄉)내 지도자 임명문제와 대리수업 문제 토
　　　　　　　　론

(1986.2.27.)   훈춘(琿春)에서 열린 우수수업평가회의 참석

(1986.3.4.)   오전 전 향(鄉)교사정황 등기, 오후 교사월급정황 검사 및 등기

(1986.4.8.)   현(縣) 녹화업무회의 참석

(1986.4.26.)   교학관리감찰조 학교에 도착

(1986.4.29.)   중학교, 중심소학교 교장회의 참석하러 훈춘(琿春)에 감

(1986.6.10.)   훈춘(琿春)에서 교육공회참석

(1986.7.10.)   교육국 목표 도달 등기표 받음

(1986.7.17.)   문교서기와 현(縣)우수교육인원회의 대표인원을 토론, 중심학교지도부에서
　　　　　　　　우수교육인원회의 대표명단 작성

(19861.10.19)   교학관리보고회의 원고 작성

(1986.10.21.)   현(縣) 교육국 교학관리검사조 내려옴

(1987.6.26.)   교원회의(보도원 대표 선발)

(1987.9.27.)   훈춘에 가 중, 소학교 교장 회의 참석 - 사상, 정치 작업 문건

(1993.10.5.)   예술단(藝術團), 오중(五中)교원(敎員) 학교에 왔음

(1993.11.26.)   정치학습 자료 각인(刻印) - 반(反)부패에 관함, 문예단(文藝團) 직원을 접대

(1993.12.22.)   시 연수학교 전보부(研修學校 電報部) 학교에 검사하러 왔음,

(1993.12.23.)   교당위(敎黨委) 긴급 회의 참석 - 품행문제에 관한 설문지, 교당위(敎黨委)
　　　　　　　　학교에 검사하러 왔음

(1994.9.16.)   시 교육기금회(市敎育基金會) 학교에 와서 호적 검사

(1994.10.14.)　시교위(市敎委) 와서 교사(校舍) 검수, 성(省)방송국 기자 와서 교사(校舍)
　　　　　　　 상황 파악

(1998.6.25.)　 시 경제형세 보고회 청취 - 시위(市委) 서기(書記) 보고 했음

(1999.1.21.)　 파출소(派出所)에 갔음 - 최연(崔燕)의 신분증

(1999.3.12.)　 제4소학교에 갔음 - 관공위(中國關心下一代工作委員會, 약칭 關工委) 업무
　　　　　　　 및 지부 활동실에 관함

(2000.1.4.)　　관공위(觀工委)에 가서 잡지 비용 내고 〈노인세계〉 가져왔음

(2002.3.26.)　 시교위, 관공위(觀工委) 총결 계획회의 참석

(2003.3.25.)　 관공위(觀工委)에 갔음 - 올해부터 주임직 담당하지 않음,

4. 공산당 관련

　사회주의이고 공산당이 유일한 통치정당으로 전 사회를 이끌고 있기 때문에 학교에 있는 당
원들을 중심으로 다양한 활동, 학습, 점검을 하게 된다. 공산당원이 학교 서기로서 실질적으로
학교를 감시하고 영도하기 때문에 학교와 관련하여 다양한 사업을 하고 있고 또한 막강한 권
력을 가지고 있는 셈이다. 따라서 학교에 근무하는 대부분의 사람이 공산당에 가입하기를 원
하고 있다. 하지만 공산당원으로의 가입은 까다로운 절차를 거쳐 이루어지고 있다.

(1983.3.27.)　　당 수업(黨課) - 중, 소학교 당원 적극분자 참가, 공회 왕서기, 선전위원 김이
　　　　　　　　 균(金利均)이 교육

(1983.8.25.)　　당위(黨委)에서 개설한 위원학습반 참가

(1983.7.1.)　　 판석향(板石鄕) 공산당창건 62주년 기념 표창대회, 우수공산당원으로 표창 받
　　　　　　　　 음

(1983.8.31.)　　오후 정치학습 - 범제분자 타격에 관한 선전대강, 부서책임제에 관해 토론

(1983.10.1.-4.) 등소평선집 학습

(1984.6.13.)　　오후 지부회의 소집(우수 당원 심사)

(1984.6.18.)　　간부등록부 작성(현 선전부 요구), 우수당원 자료 완성

(1984.7.1.)　　 향 당위원회 주최한 기념행사 참석, 우수당원으로 뽑힘

(1984.10.31.)　 오전 지부위원회의 소집, 오후 지부대회 소집(당교육 수업), 11.2 대대 장서기

와 토론

(1986.2.1.) 향(鄕)당위회의에서 리서기(李書記)보고 들음

(1986.2.2.) 당원교육 학습 및 정리-시험

(1986.4.7.) 오후 지부대회-전체당원 개인총결

(1986.4.9.) 교사 정치학습, 교육회의 내용 전달

(1986.5.15.) 향(鄕)당위 총결대화

(1986.7.12.) 오후 당소조회의- 입당신청인원 심사, 당지부회의- 김영애(金英愛),김승림
(金乘林) 입당 심사

(1993.5.22.) 시 당원위원회 조직부, 교당위(敎黨委) 학교에 와서 김광천 선생 입당문제 심
사

(1993.6.22.) 중국공산당 교육위원회 학교에 지부업무 평가하러 왔음

(1993.6.24.) 학교업무총결, 지위(支委)회의, 지부대회 - 우수당원(黨員), 6.26 교당위(敎黨
委)에 가서 우수당원(黨員) 자료 체출

(1993.10.6.) 교사(敎師) 정치학습

(1993.10.13.) 교당위(敎黨委) 회의 참석, 정치학습, 당단(黨團)회의, 당지부(黨支部)회의

(1993.10.15.) 당무기록(黨務記錄) 정리

(1993.10.18.-19) 교당위(敎黨委) 학교에 와서 교장 평가, 총결, 정치학습 준비, 사과 샀음

(1993.12.21.) 黨建 검수준비

(1994.1.20.) 중앙14회3차회의 강택민(江澤民) 주석 강연내용 학습

(1994.3.19.) 당원(黨員)기록 정리, 3.24 당지부계획(黨支部計劃) 제정 시작, 김교장과 면
담

(1994.3.31.) 공청단지부(共靑團支部) 회의 - 단지부(團支部) 위원 재선거, 4.1 團서기와 담
화

(1994.4.12.) 교당위(敎黨委)업무관리종합요점 학습, 학교 물자 조달 관리 부서 회의,

(1994.4.14.) 시 교위(敎黨委) 敎師法 홍보 조직 및 준비, 지도부 마르크스 교육 원리 시험

(1994.5.21.) 시 교당위(敎黨委) 양성반 참석, 교당위(敎黨委)와 시위(市委)조직부 학교에
예비 당원(黨員) 고찰하러 왔음 5.25 정치학습필기 검사, 교사법 시험문제 나
눔, 교원(敎員)대회

(1994.6.27.) 교당위(敎黨委)에 가서 당지부(黨支部)업무 총결 및 우수당원(黨員) 서류 제
출,

(1994.8.12.) 시교위(市敎委) 주최된 모범공산당원(共産黨員) 록도유(鹿道有)동지 사적

	보고회 참석,
(1995.1.7.)	심사 평가 평어 기입(고급교사), 연구팀 조별 모범 선정, 교당위(敎黨委) 학교에 와서 열성분자(熱誠分子) 검수
(1995.7.18.)	박학철(朴學哲)서기(書記) 환갑날 추도
(1997.9.12.)	공산당 15차 전국대표 대회.
(1997.10.8.)	공산당 십오대(黨 十五大) 서류, 보고, 당장(黨章) 등 학습
(1999.6.12.)	미옥(美玉) 전화 왔음 – 어제 지부대회를 통해 입당 승인
(1999.7.3.)	미옥(美玉) 입당(入黨)했음
(1999.12.31.)	TV 강택민(江澤民) 주석 강화(講話)
(2000.6.22.)	총부, 지부 서기(書記) 회의 참석 – 우수 당원(黨員) 선정, 8.15절 활동 준비
(2000.6.31.)	자치회에 가서 입장권 가져왔음, 오후에 시 교위(敎委) 당건(黨建) 입당(入黨)식 및 표창대회 참석 – 우수 당원(黨員) 표창 받았음,
(2000.6.28.)	공산당 성립 79주년 보고회 참석 – 시 위(市 委) 서기(書記) 수경강(隨慶江)
(2000.6.30.)	시 교위(敎委) 당건(黨建) 입당(入黨)식 및 표창대회 참석 – 우수 당원(黨員) 표창 받았음
(2001.8.9.)	학습 중국공산당 성립 80주년 대회 강화(講話) 내용
(2002.12.19.)	환경보호국에 가서 최원수(崔元洙)한테 당장(黨章) 줬음
(2003.7.28.)	지부 당원(黨員) 현황 통계표 작성
(2003.8.1.)	김서기(書記) 전화 왔음 – 생일 초대
(2003.12.19.)	방(方) 교장 전화 왔음 – 채정자(蔡貞子)의 당적(黨籍)에 관함

5. 결론: 최정걸의 교사생활

최정걸은 아주 간단하게 매일 한 두 줄씩만 일기를 썼기 때문에 어떠한 구체적인 과정이 이루어지고 있는지 그리고 본인이 이를 어떻게 생각하고 있으며 다른 사람들은 어떻게 생각하는지를 구체적으로 기록하지 않았다. 매일 매일 일어난 중요한 사건 2-3개를 객관적으로 기록해 놓기만 하였다. 따라서 각 사건이나 행동의 구체적인 내막이나 과정 사람들의 반응을 일기를 통하여 파악하기가 매우 어렵다. 그럼에도 불구하고 일기는 그가 기록을 매우 좋아하고, 일도 꼼꼼히 하는 스타일임을 보여준다.

최정걸은 자기에게 주어진 일을 매우 성실하게 수행하였고 그래서 빠르게 교장과 서기로 승진하였고 또한 우수당원으로 표창을 여러 번 받고 있다. 기본적으로 최정걸은 중국 공산당이 지니고 있는 이념체계를 잘 받아들이고 그러한 방식으로 사고했다고 볼 수 있다. 또한 학생들을 위해서 성실하게 수업을 준비하고 학습을 하였으며 학교나 동료들을 위해서 최대한 좋은 방향으로 일이 이루어지도록 노력하는 것으로 보인다. 이를 위해 다양한 사회관계를 통해서 학교를 운영하는 데 나타나는 다양한 문제를 풀어나가야 했다. 지역의 다양한 유지들과 직접 만나서 식사를 하고 의견을 나누고 또한 다양한 공식적인 서류와 회의를 통하여 보고도 하고 명령을 수행하기도 하여야 했다.

물론 적극적으로 나서서 사람을 끌어 모으는 스타일의 지도자는 아니었다. 그런 이야기가 거의 나오지 않는 것으로 보아서 자기가 나서서 사람을 조직하고 또는 상부기관의 사람들에게 인맥을 강화하여 이를 기반으로 높은 위치에 올라가야겠다는 야심을 가지고 일을 한 것으로 보이지는 않는다. 조선족이라는 문제가 이것과 어떻게 관련되어 있는지는 일기에서 알기 어렵다. 일기에서 민족관계가 거의 언급되어 있지 않아 조선족이라는 소수민족으로서의 위치가 공적인 활동을 하는데 어떻게 작동하고 있는지 알기는 어렵다. 훌륭한 공산당원이 되어서 사회적 지위를 확보하고 다른 사람들에게 인정받고 싶어 하는 것으로 보인다. 적극적으로 다른 사람들을 자신이 찾아서 만나고 접대하고 일을 만들어가는 스타일이라기보다 주어진 일을 성실하게 수행하는 스타일의 사람이다. 따라서 주어진 일을 성실하게 수행하면서 자신의 능력을 보여주려 했던 것으로 생각된다.

교사로서 학생들을 맡으면 이들의 학업성취도를 높이기 위해 열심히 수업준비를 하였고 이를 위하여 기록도 열심히 하였다. 교장이나 서기로서도 간단하지만 꼼꼼하게 사항들을 기록해 놓고 일들도 그렇게 꼼꼼하게 처리해 나갔다. 교장이나 서기로서 학교를 책임지고 있을 때 다양한 외부 기관들, 특히 공산당과의 긴밀한 관계를 일기는 보여주고 있다. 또한 상부기관인 당이나 현에서 여러 가지 사업들을 수행하도록 지침이 내려오면 불평 없이(일기에 불편이 거의 타나나지 않으므로 불평이 많지 않은 것으로 해석할 수 있다) 이를 잘 처리하기 위해 매우 꼼꼼하게 기록하고 성실하게 노력한 것으로 보인다. 일기에 갈등관계가 거의 타나나지 않는 것도 이러한 상황 때문으로 해석된다.

워낙 간단하게 내용을 썼기 때문에 일기의 교육생활에서는 중국이 개혁개방 이후 빠르게 진행되는 압축근대화의 과정이 교육에 어떠한 영향을 미쳤는지, 최정걸의 사람에 어떠한 영향을 미쳤는지는 보다 자세한 추가 조사가 이루어져야 알 수 있을 것으로 생각된다. 압축근대화가

가장 극적으로 나타나는 것은 자녀와 친척들이 하얼빈, 북경, 일본, 한국 등지로 빠르게 퍼져나
간 점과 시장경제로 전환되면서 삶의 모든 맥락이 시장의 변화와 밀접하게 연동되었다는 점이
다. 많이 약화되었지만 공산당에 의한 교육의 장악은 강력하게 지속되고 있고, 공산당을 중심
으로 하는 사회체제를 유지하는 과정은 내용이 조금 바뀌고 조금씩 약화되었다고 해도 지속되
고 있다. TV를 통한 해외정보 특히 다양한 스포츠를 즐기는 모습이 일기에 자주 나타나고 있으
나 이러한 모습이 최정걸에게 어떠한 영향을 미쳤는지는 일기에서는 잘 드러나지 않는다.

참/고/문/헌

• 이채문, 박경용, 박신규. 2007.『교직 반생기: 조선족 천직교사 최정걸의 삶』, 책과세계.

• Alaszewski, Andy 저, 이정덕 · 공은숙 역. 2017.『일기를 통한 사회 · 문화 · 질병의 연구 *Using Diaries for Social Research*』, 정담미디어.

텍스트 마이닝 기법을 통해서 본 연변일기 : 시대별 변화를 중심으로

•• 남춘호·유승환

1. 저자 최정걸의 생애와 연변일기

연변일기는 조선족 교사 최정걸이 평생 동안 기록해온 일기 중에서 현재 남아있는 1983년부터 2015년까지의 일기로 구성되어 있다. 저자 최정걸은 1942년 중국 길림성 안도현에서 출생하였으나 4세 때 아버지가 사망하고 이후 어머니도 재가함에 따라 일찍 부모를 여의고 11세부터는 훈춘으로 이주하여 할머니와 삼촌의 보살핌을 받으며 생활하게 된다. 매사에 성실하고 영민하였던 최정걸은 태양소학교와 마천자 중학교를 다닐 때는 전교 최고성적을 받을 정도로 우수하였으나, 삼촌집안의 살림살이가 어려워서 진학을 포기하고 19세이던 1960년부터 교사생활을 시작하였다.[1] 1964년에는 동료교사 황영순과 결혼하여 슬하에 장녀 2남1녀를 두었다.

1960년 모교인 훈춘시 태양소학교에서 교사생활을 시작한 최정걸은 이후 1973년 공산당에 입당하고 1980년 반석중심소학교 교도주임을 거쳐, 1983년에는 교장으로 승급하며, 1986년부터는 훈춘시 제4소학교 중국공산당 지부서기로 근무하다가 54세 때인 1995년 질병으로 은퇴한다. 은퇴 후 2004년까지는 훈춘시에 거주하지만, 2005년부터는 훈춘을 떠나 장녀 최미옥이 있는 연길로 이주한다.

최정걸은 1958년 마천자 중학교 2학년 때부터 일기를 쓰기 시작하였다. 최정걸이 일기를 쓴

---

1) 저자 최정걸은 대학진학을 못한 것에 대해 두고두고 후회하였다. "하나는 당의호소고... 또 내 처지를 생각하니까 우리 삼촌집이 제일 곤란해서 상급학교 진학을 포기했습니다."(이채문 외, 2015: 81)

목표는 학습과 기록에 있었던 것으로 보인다. 기록광에 가까웠던 최정걸은 일기 이외에도 모택동선집이나, 신문, 소설에 관한 수많은 기록을 남겨 격변의 시대를 살아온 중국내 조선족의 삶을 연구하는데 중요한 자료로 이용될 수 있을 것으로 판단된다. 최정걸은 문자학습, 특히 한어 학습이라는 실용적 목적을 위해서 일기를 적기도 하였으며 후일에 기억하기 좋도록 자세하게 적어놓기도 하여서 "사실 일만 있으면 친척들이 알아서 그날 무슨일이 있었던가 나한테 다 물어보면 모든 걸 알리"기도 하였다(이채문 외, 2015: 99~100).

현재 남아 있는 1983년부터의 연변일기 기록형식은 업무일지의 형식에 가깝다. 최정걸 자신도 "중심학교 교장 질해서, 시간이 없습니다. 그래서 중요한 것만 적었다"고 술회하고 있다. 일기 형식도 양력과 음력으로 날짜를 기록하고 그 뒤에 요일과 날씨를 기록한 후 이어서 일기 내용을 당일의 주요사건 위주로 간략하게 기록하고 있다. 연변일기는 특히 일이나 회의 및 출장, 행사 등 객관적인 사건 위주로 마치 뉴스기사를 작성하듯이 육하원칙에 맞추어서 매우 간략하게 기록하는 특징을 보이고 있다. 일기는 그날 있었던 행사, 일이나 출장, 회의 등에 대해서 기록하고 있다. 여행이나 출장으로 인한 이동의 경우 여행시간이나 이동여정 및 이동 목적 등에 대해 기록하고 있는 점은 일반 일기의 특성과 유사하다. 그런데 연변일기의 특징은 전화통화에 대하여 통화상대 및 통화시각과 주요 내용에 대하여 빠짐없이 기록하고 있다는 점이다. 최정걸의 직장생활 및 가족생활에서 전화는 무엇보다 중요한 소통의 수단이고 특히 은퇴 이후에는 사회관계를 지속시키는 중요한 도구였음을 보여준다.

최정걸의 연변일기는 자신의 주관적인 내면세계를 돌이켜 보고 성찰하는 내면일기라기 보다는 객관적 사건 기록 위주의 업무일지에 가깝다. 그러나 내용면에서 보면 병으로 조기에 은퇴한 1995년을 전후하여서는 교직생활에 관련된 내용은 줄어들고 가족이나 자녀, 그리고 노후의 일상 등에 관한 기록이 많아지고 있다. 흥미로운 점은 은퇴 후 자신의 사적 일상을 기록할 때도 형식은 여전히 업무일지 특유의 짧고 간결한 문체를 유지하고 있다는 점이다.[2] 최정걸

---

2) 연변일기 속에 주관적인 내면세계에 대한 기록이 별로 없는 점이나 주변인물이나 정치사회현상에 대한 불만이나 비판이 거의 없다는 점은 '가능하면 교육적으로 매사의 좋은 면만 보려는' 최정걸의 교육자적인 성품에 기인하는 것일 수도 있다. 최정걸 자신도 후일의 인터뷰에서 "노동하고 교학하고 하면서, 그게 좋은 것, 하루에 중요한 것, 이런 거를 쓰면서 자료를 남기려고"하였다고 후술하고 있다. 그런데 최정걸이 일기를 쓰기 시작한 1958년은 중국에서 대약진운동이 일어났던 시기이며 이후로도 교사로 근무하던 1960년대 후반부터 1970년대 초까지는 문화대혁명이 휩쓸고 지나갔다. 문화대혁명 과정에서는 많은 지식인이나 교사들이 브루주아 잔재인 낡은 사상과 관습을 분쇄한다는 목적 하에 하방을 당하는 등 처벌을 받기도 하였다. 최정걸 자신은 고아이고 가난한 삼촌의 집에서 자랐기에 이를 면할 수 있었으나, 소수민족 출신의 지식인으로서 누구에게 책잡힐 기록을 남기지 않으려하였을 것이며, 이러한 자기검열이 일기쓰기의 습관으로 형성되었을 가능성도 배제할 수 없다. 더욱이 최정걸 자신의

의 연변일기는 어떤 대상 및 인물에 대한 느낌이나 어떤 사건의 배경을 상세하기 서술하기 보다는 그날그날의 일을 매일 기록하는 기록지의 성격을 보인다. 그런데 이런 유형의 일기를 연구자료로 사용할 경우 문제점 중 하나는 연구자가 일기에서 등장하는 여러 사건들에 대한 맥락을 파악하는데 어려움이 있다는 것이다. 일기 전반에 대한 총체적 이해 및 작성자에 대한 이해가 동반되지 못할 경우 일기의 개별 사건을 파악하는 것 또한 어려울 수 있다. 따라서 본 연구에서는 텍스트 마이닝 기법을 활용하여 매일매일의 구체적인 기록을 뛰어넘어서 연변일기 전체에 담긴 내용들을 사용된 어휘, 등장인물, 중요 주제의 측면에서 탐색적으로 분석해보고자 한다.

2. 연변일기의 주요 어휘와 등장인물

1) 연변일기의 주요 어휘들의 시기별 변화

연변일기에 사용된 어휘들을 명사를 중심으로 살펴보면 전화, 집, 미옥, 일본어, 학교, 영진, 위안, 연길, 독학, 원학, 훈춘, 창일, 참석, 학년, 북경의 순으로 나타난다. 연변일기는 매일의 사건들이 육하원칙에 따라 기술되어 있어서, 언제 어디서 누가 무엇을 어떻게 왜에 해당하는 어휘들이 많이 등장한다. 예컨데 when (오전, 오후, 아침, 저녁), where(집, 학교, 훈춘, 북경), who(생략주어(나), 미옥, 창일, 원학), what(회의, 수업, 학년, 공부, 학습, 참석, 자습, 일어, 컴퓨터, 접대), how(전화)등이다.[3] 일기에 나오는 1983년부터 2014년 사이에 저자의 생애주기상의 주요사건은 먼저 1995년 병(만성간염)으로 인한 조기퇴직을 들 수 있다. 따라서 전체일기를 교장재직시기(1983~86년), 중심소학교 당 지부서기 재직기(1987~95), 은퇴 후 훈춘거

인터뷰에 의하면 본인만이 아니라 주변인물들까지도 최정걸이 매일매일의 일들을 자세하게 기록하고 있다는 것을 알고 있어서 지난 일들이 기억이 잘 나지 않으면 최정걸에게 문의하곤 했다는 말을 하고 있다(이채문외, 2015: 97~100). 이런 점에 비추어보면 최정걸의 일기는 개인의 내밀한 사적세계의 기록이라기보다는 주변의 직장동료나 친지들조차도 자신의 기록행위를 인지하고 있다는 전제하에 기록하는 업무일지의 특성을 지니고 있다고 판단된다. 안타까운 점은 1958년부터 1982년까지의 일기는 망실되거나 본인에 의해서 소각되어 버리고 말았다는 점이다.

3) 다만 어떻게(how), 왜(why)에 관한 어휘는 본 연구가 명사만 분석하였기에 부사나 형용사가 분석에서 제외되었고 또한 연변일기 자체에도 주관적 정서적 내용에 대한 기록이 별로 없어서 잘 나타나지 않는다.

주시기(1996~2004), 은퇴 후 연길이주시기[4](2005~2014)의 네시기로 나누어서 분석했다.

〈표 1〉 연변일기 전체 및 시기별 어휘 출현빈도 (회)

전체시기	교장 시절	당서기 시절	은퇴_훈춘거주	은퇴_연길거주
전화(6078)	학년(395)	학교(735)	전화(2274)	전화(3729)
집(3140)	수업(320)	집(710)	집(841)	일본어(1775)
미옥(2358)	학교(257)	학년(375)	미옥(675)	미옥(1573)
일본어(1778)	훈춘(181)	수업(318)	위안(561)	집(1496)
학교(1222)	회의(176)	회의(318)	영진(560)	독학(1048)
영진(1179)	참석(123)	오후(294)	연길(530)	원학(732)
위안(1167)	오후(117)	훈춘(260)	신문(480)	창일(552)
연길(1083)	문제(115)	접대(248)	티비(446)	영진(530)
독학(1048)	토론(107)	참석(242)	아내(411)	오전(492)
원학(1013)	방청(106)	출근(224)	소학교(344)	훈춘(482)
훈춘(980)	숙직(102)	준비(210)	참석(328)	위안(434)
창일(964)	휴식(102)	학습(207)	북경(318)	생일(423)
참석(787)	소학교(100)	연길(190)	창일집(295)	회화(393)
학년(772)	시험(100)	시험(181)	창일(275)	연길(370)
북경(758)	학습(100)	교사(178)	승일(269)	공부(368)
오후(727)	집(93)	휴식(154)	고복순(248)	컴퓨터(362)
오전(719)	통계(91)	선생(150)	일본(246)	국진(344)
생일(696)	수학(88)	위안(150)	축구(244)	북경(342)
수업(661)	교사(86)	판석(139)	이영(206)	저녁(337)
일본(652)	대회(86)	정리(135)	활동(200)	일본(335)
신문(645)	출근(81)	교육(131)	진료소(175)	점심(317)
회의(639)	총결(77)	원학(130)	생일(174)	아침(309)
승일(625)	교시(72)	대회(129)	국진(172)	오후(303)
아내(610)	업무(70)	문제(128)	지부(169)	연습(292)

4) 은퇴 후 2004년에는 소학교 시절부터 오랫동안 살아온 훈춘을 떠나는데, 이는 자신은 물론 부인 황영순의 건강문 제등도 고려하여 장녀 최미옥(연변대학 심리학과교수)이 거주하는 연길로 이주하기 위함이었던 것으로 추정된다.

고복순(577)	지리(70)	우리(126)	경기(167)	용정(242)
국진(572)	준비(68)	창일(125)	학교(161)	승일(236)
소학교(565)	지도부회의(66)	총결(122)	수리(154)	명숙(230)
티비(538)	작업(63)	승일(119)	식수(153)	고복순(215)
점심(535)	교육(62)	오전(119)	정옥(153)	인터넷(204)
학습(494)	역사(60)	교원(115)	원학(151)	노간부대학(195)
저녁(458)	어문(57)	노동(115)	장인(148)	산책(169)
창일집(413)	검사(54)	자연(114)	바다(141)	바다(168)
회화(393)	지도부(54)	수리(113)	점심(140)	동일(161)
아침(390)	태양(48)	업무(113)	동일(138)	단어(158)
접대(378)	계획(46)	지도부(112)	회의(135)	대학(145)
공부(377)	오전(46)	고복순(111)	명숙(133)	병원(140)
명숙(363)	사상품덕(44)	역사(110)	저금(133)	정옥(132)
컴퓨터(363)	접대(44)	아내(106)	우체국(127)	대화(130)
수리(361)	귀가(43)	편지(106)	관공위(123)	방바닥(122)
연습(345)	운동(42)	작성(104)	상점(115)	밥(118)
축구(343)	작성(42)	작업(104)	병원(111)	녹음(117)
활동(338)	참가(37)	통계(102)	월급(110)	미화(115)
준비(333)	교육국(36)	소학교(99)	자치회(109)	시장(114)
출근(331)	보고(36)	북경(97)	편지(109)	정수(111)
병원(327)	검수(35)	방청(96)	초대(106)	청소(104)
동일(321)	대강(35)	자료(95)	판석(98)	도착(98)
교사(319)	연수(35)	당(93)	결혼식(92)	학습(98)
바다(319)	보통교육(34)	정치학습(92)	문병(92)	중급(94)
시험(318)	활동(34)	미옥(91)	예금(91)	참석(94)
정옥(293)	광신(33)	생일(88)	중국(91)	화룡(94)

〈표 1〉은 연변일기의 전체 시기 및 교장 재직시기, 당 지부 서기 재직기, 은퇴 후 훈춘 거주기, 은퇴 후 연길 이주시기로 나누어 해당 시기의 일기에 등장한 어휘의 빈출을 나타낸다. 전체 시기의 어휘를 보면, 최정걸의 일기에는 '전화'가 굉장히 높게 등장하였음을 알 수 있다. 이는

저자가 그 날 누군가와 통화를 하면 그것을 일기에 적는 저자만의 일기쓰기 양식에서 비롯된 것으로 해석된다. 이는 또한 미옥, 영진, 원학 등 주로 통화를 하게되는 대상 중 하나인 가족과 관련된 어휘가 높은 이유이기도 하다.

교장시절의 빈출 어휘를 살펴보면 단연 학교에 관한 내용이 많음을 알 수 있다. 저자의 80년대 교장 재직기의 일기에는 학년, 수업, 학교, 회의, 참석, 문제, 토론, 방청, 숙직, 시험, 학습 등 개별학교의 구체적 교육활동과 관련된 어휘가 주로 등장하고 있다. 이는 당시 교장의 신분이었던 최정걸이 수업에도 직접 참관하는 경우가 빈번했기 때문인 것으로 해석되며 저자가 교장 재직 시절에도 발로 뛰며 성실하게 근무하였다는 것을 보여준다.

시기별 빈출 어휘 추출 결과는 당 서기 재직 시절과 교장 재직 시절이 서로 크게 다르지 않았는데, 이는 중국의 국가기관에는 기관장(교장)외에 해당기관의 중국공산당 지부서기를 두어 이중적인 관리체제를 유지한 데 기인한다. 다만 당서기 시절에는 학교 업무에 관해서 구체적인 수업보다는 접대, 회의, 정치, 노동, 교당위 등 학교를 둘러싼 당 활동과 회의 및 접대가 빈번하게 등장하는 모습을 보이는데, 이는 교장시절의 직무와 중심소학교 당 지부 서기의 직무 차이에서 기인하는 것으로 판단된다. 다른 한편으로, 당 지부 서기 재직 시절의 어휘 빈출 결과에서는 어휘 '집'이 두 번째로 높은 빈도로 등장하고 휴식, 위안, 원학(사위), 창일(처남), 승일(처남), 아내, 편지, 미옥(장녀), 생일 등 가족과 가정의 일들이 높은 빈도로 등장하는 모습을 보이기 시작한다. 이는 교장시기와 달리 당 지부 서기가 되면 학교의 구체적 일상 업무의 과중한 부담에서 어느 정도 벗어나기도 하고 또한 조기퇴직을 할 정도로 건강이 좋지 않았기 때문에 점차 가정사에 대한 관심이 늘었던 것으로 짐작된다.[5]

지병인 간염 등으로 건강이 악화되어 조기퇴직한 1996년 이후로는, 전화에 관한 어휘가 매우 높게 등장한다. 이는 저자의 은퇴이후 생활의 중심이 멀리 객지에 있는 자식들과 전화통화로 안부를 나누는 것이었음을 짐작케 한다. 최정걸은 자신이 어려운 집안형편 때문에 대학에 진학하지 못한 것을 두고 두고 후회해왔으며 이를 만회하기라도 하듯이 자녀들의 교육에 매우 열성적이었다. 특히 교육에 있어서는 아들딸의 차별이 없이 적극적으로 지원하는 모습을 보였으며, 교과과목만이 아니라 음악이나 체육교육에도 열성을 보여서 1970년대 중국농촌에서 벌써 자녀들에게 바이올린이나 스케이트를 가르치기도 하였다. 이런 열의에 힘입은 때문인지 장

---

5) 한편 당서기 시절이 되면 접대와 함께 위안이 높은 빈도로 나타나는데 이는 당서기의 주요 업무 중 하나가 학교에서 재정담당이었기 때문일 수도 있고 가사와 관련하여서도 금전출납에 관한 기록이 늘어나기 때문일 수도 있다.

녀 최미옥은 하얼빈대학을 졸업하고 연변대학 심리학과 교수로 취직하였으며, 장남 최국진은
북경대학 졸업 후 오오사카 경제법학대학원을 나와 동경의 일본강철회사에 취업하였다. 그리
고 차남 최국서는 북경교통대학을 졸업한 후 경동방과학집단회사에 취업하였다. 세대 간 이동
의 측면에서 보면 최정걸 자신은 부모대의 빈농에서 중간계층으로 상승이동하였으며, 자녀세
대에는 전문관리직의 중간계층으로 계층적 지위를 지속하였음을 보여준다. 그러나 자녀들이
모두 전문기술관리직으로 자리잡음에 따라서 고향 훈춘을 떠나 멀게는 북경이나 동경에서 근
무하게 되었기 때문에 은퇴 후 자녀들과의 접촉은 대부분 전화를 통하여 이루어지게 되며, 최
정걸의 은퇴 후 생활의 중심은 단연 전화가 된다. 한편 54세라는 비교적 이른 나이에 질병으로
갑작스럽게 조기퇴직한 후 1996년 여름까지는 둘째 처남인 창일의 상점에 거의 매일 갔던 것
을 기록하고 있다. 창일, 집, 상점이 1996년 전반기의 최빈출 어휘들이다. 처남 상점에 기대어
새로운 경제활동을 해보려던 시도는 무산되는데, 이후로도 가게가 딸린 집에서 가게채를 임대
하고 세를 받는 등으로 '위안'이나 '가게채'에 관한 기록이 나오는 것으로 미루어 다양한 방법
으로 돈관리를 한 것을 보여준다. 마지막으로 TV로 축구시청하는 것이 취미의 하나여서 티비
나 축구 등의 어휘도 은퇴 후에는 자주 등장한다.

　장녀 최미옥이 있는 연길로 이주한 2005년 이후 시기의 어휘 빈도를 보면 전화가 가장 높은
빈도로 등장하는 점은 예전과 동일하지만, 일본어, 독학, 컴퓨터, 노인간부대학 등의 어휘가 새
롭게 등장한다. 이시기에는 노인대학에 나가거나 독학으로 일본어와 컴퓨터를 학습하는데 열
중하는 모습을 보이는데, 이는 무엇이든지 새로운 것을 배우고 싶어하는 최정걸의 학습열과
일본에 있는 장남 최국진을 방문하기 위하여 일본어를 학습하고 컴퓨터로 인터넷전화나 화상
통화를 한다는 실용적 목적 두 가지가 상승작용을 한 결과이다. 노후의 생활을 보면 자녀와의
관계와 노인대학이 중심을 이루며 자녀와의 관계유지에서 가장 핵심적 수단은 전화임을 보여
준다. 한편 전체시기로 볼 때도 전화, 집, 미옥, 일본어 등 학교나 직장관련 어휘보다 가족관련
어휘의 등장빈도가 높은 것은 연변일기가 포괄하는 시기가 96년의 은퇴이후를 더 많이 포함
하고 있기 때문이다.

　은퇴시기를 전후하여 등장어휘가 완전하게 달라지는 것은 농촌공동체가 어느 정도 지속되
었던 농민일기와는 다른 점으로서, 근대화된 산업사회에서 가정과 직장의 분리로, 은퇴 전에
는 직장생활위주의 삶을, 그리고 은퇴 후에는 직장과는 분리되어 가족생활 위주의 삶을 살아
가는 모습을 보여준다. 특히 장녀 최미옥의 기억에 의하면 어린 최미옥에게 아버지는 온통 학
교에만 헌신하는 사람이었으며 가정에서는 아버지의 모습을 볼 수 없었다. "제 기억에 눈만 뜨

면 아빠는 학교일에 나가고 없어요. 황소를 기르고. 학교에서 무슨 일을 하는지는 모르겠는데 아침에 없죠. 그 다음에 집에 들어와서 밥 잡수고 학교에 또 출근하죠. 우리 아버지가 맡은 반 (급)은 무엇이나 잘했어요."(이채문외 2015: 81). 물론 맡은 일에 헌신하는 아버지의 모습은 딸에게는 자랑스러운 이미지로 기억되고 있다. 하지만 최정걸의 직장생활의 모습을 보면 그 근저에는 전통적인 성역할분업에 기초한 일우선주의 의식이 자리잡고 있었음을 볼 수 있다[6].

2) 주요 등장인물 : 가족위주의 저자의 인물세계

연변일기에 등장하는 인물을 보면 전체적으로 장녀(미옥), 장남(국진), 차남(영진), 사위(원학), 처남(창일, 승일) 아내, 며느리(명숙) 등이 가장 빈번하게 등장하며 직장동료들은 자주 보이지 않는다. 교장시절이나 당서기 시절에는 물론 국장, 주임, 박교장, 김교장, 박서기, 장교장 등의 직장관련 인물들이 등장하지만 대부분 이름 대신 직위로 기록되거나 아니면 김교장, 박교장 등으로 서술되고 있다. 그리고 이 시기에도 여전히 등장인물 출현빈도 최상위권은 장녀, 사위, 장남, 처남 등의 가까운 가족들이 차지하고 있다. 이는 1960~80년대 한국의 교사일인 금계일기(이정덕 외, 2016)나 1960~70년대 공장일기(인천일기)에 보이는 직장동료에 관한 수많은 기록들과 비교하면 상당한 차이를 보인다. 인천일기나 금계일기에 비해서 연변일기의 저자 최정걸이 직장 내의 개별적 인간관계에 둔감한 인물이었거나 아니면 개인의 일기라고 하더라도 개인의 이름을 지목하여 기술하는 것을 꺼려한 저자의 기록습관에 연유한 것으로 보인다. 어느 경우라고 하더라도 장녀 최미옥이 '아버지는 눈만 뜨면 학교에 가고 없다고' 회상할 정도로 학교일에 헌신적이었던 최정걸이 학교생활에 관련된 인물에 대해서는 거의 기록을 남기지 않은데 비하여 자녀들이나 처남들에 대해서 매우 자주 언급하고 있다는 점은 최정걸의 인간관계가 적어도 내면적으로는 철저하게 가족위주였음을 입증하는 것이다. 흥미로운 점은 일찍 부모를 여읜 탓에 삼촌밑에서 자라 자신의 친가쪽과의 교류에 비하여 처가쪽과의 교류가 많고 특히 처남들이 높은 빈도로 등장한다는 점이다. 이에 비하여 아내는 장녀나 사위 처남에

---

6) 1960년대에 이미 부부가 함께 취업하는 것은 사회주의 체제의 특성을 보여주는 것이다. 남녀 모두의 취업을 전제로 하는 사회주의체제하의 중국에서는 공식적으로는 소위 '밥공장' 등을 통해 요리 등의 가사노동을 사회화하고 나머지 가사일도 가능한 한 부부가 함께 분담하는 것을 정책적으로 장려하였다. 그렇지만 최정걸의 일기를 보면 1960~70년대 한국 도시 가정의 남성가장에게 보이는 일우선주의의 모습이 발견되기도 한다. 다만 최정걸의 일기에는 가사노동이라는 어휘가 자주 등장하여 한국과 달리 남성의 가사노동 수행에 대한 거부감은 없었던 것으로 보인다.

비하여 등장빈도가 낮다. 아내와의 연관어 분석을 실시한 결과에 의하면, 약, 대야, 마사지, 약국, 혈당, 비염, 상처, 창일, 아버지, 연길, 판석, 부동산, 공안국, 등기, 소유권 등이 높은 상관도를 보였다. 저자 최정걸에게 아내 황영순은 질병이나 치료와 연관하여 늘 언급되는 인물이었으며, 그 외에 부동산 등기 등의 가사일이나 처가식구와 연관하여 언급되는 인물이었음을 보여준다.

〈표 2〉 연변일기 전체 및 시기별 인물 출현빈도 (회)

전체시기	교장 시절	당서기 시절	은퇴_훈춘거주	은퇴_연길거주
미옥(2358)	미옥(19)	원학(130)	미옥(675)	미옥(1573)
영진(1179)	장인(16)	창일(125)	영진(560)	원학(732)
원학(1013)	춘경(15)	승일(119)	아내(411)	창일(552)
창일(964)	류정(14)	고복순(111)	창일(275)	영진(530)
승일(625)	국진(12)	아내(106)	승일(269)	국진(344)
아내(610)	창일(12)	미옥(91)	고복순(248)	승일(236)
고복순(577)	곽원갑(11)	영진(87)	이영(206)	명숙(230)
국진(572)	민영(10)	장인(80)	국진(172)	고복순(215)
명숙(363)	국장(8)	이영(64)	정옥(153)	동일(161)
동일(321)	이현장(7)	광춘(57)	원학(151)	정옥(132)
정옥(293)	민석(6)	국진(44)	장인(148)	미화(115)
이영(281)	장춘예(6)	박교장(42)	동일(138)	정수(111)
장인(250)	주임(5)	민석(28)	명숙(133)	아내(92)
미화(227)	김영애(4)	류정(25)	옥희(87)	순자(85)
정수(186)	고복순(3)	미화(25)	광춘(84)	사돈(78)
광춘(168)	금옥(3)	정웅(24)	미화(84)	신옥(74)
민석(152)	김이균(3)	주임(24)	정수(73)	안기일(72)
옥희(133)	등소평(3)	동일(20)	임평(65)	지호(69)
순자(109)	딸(3)	동춘(19)	민석(63)	수미(66)
어머니(104)	미화(3)	춘경(18)	숙모(56)	민석(55)
숙모(85)	부친(3)	부친(17)	태운(56)	옥기(55)
사돈(80)	왕청(3)	숙모(15)	어머니(52)	어머니(48)

동춘(79)	장국일(3)	관수(14)	동주(49)	옥희(43)
동주(75)	장해적(3)	최소림(14)	엄마(48)	옥인(41)
신옥(74)	최덕춘(3)	김광천(13)	동춘(46)	춘학(41)
정화(74)	광춘(2)	장모(12)	장녀(38)	쌍둥이(39)
태운(73)	국일(2)	국장(11)	정금(36)	춘림(38)
안기일(72)	금순(2)	김교장(11)	정화(34)	박영호(37)
정금(70)	김규빈(2)	딸(11)	안주임(33)	정화(34)
지호(69)	김리균(2)	박서기(11)	향선(32)	신봉자(32)
수미(66)	김승림(2)	영홍(11)	영란(31)	정금(29)
엄마(65)	동일(2)	운학(11)	춘식(31)	안사돈(28)
임평(65)	모친(2)	강택민(9)	설화(29)	영일(28)
향선(57)	박교장(2)	리영(9)	장남(27)	문명숙(27)
옥기(55)	숙부(2)	태운(9)	아버지(26)	광춘(25)
박교장(53)	승학(2)	향선(9)	초미(23)	동주(25)
춘림(52)	영진(2)	강순금(8)	순자(21)	지혜(23)
춘학(52)	장모(2)	등소평(8)	영홍(20)	영월(22)
춘경(51)	장석(2)	숙부(8)	정구(20)	장동주(21)
옥인(48)	조금찬(2)	정옥(8)	광혁(18)	해옥(21)
장녀(47)	최원수(2)	호준(8)	금순(18)	계화(20)
주임(47)	추자(2)	민우(7)	숙부(18)	초미(18)
박영호(46)	해란(2)	장교장(7)	화자(17)	봉자(17)
안주임(43)	허교장(2)	모친(6)	장모(16)	춘림(17)
초미(41)	강순금(1)	삼촌(6)	주임(16)	홍위(17)
춘식(41)	동주(1)	장녀(6)	진호(16)	부부(16)
류정(39)	부녀(1)	정화(6)	경자(15)	엄마(16)
쌍둥이(39)	소림(1)	진옥(6)	모친(15)	정용변(16)
설화(38)	숙모(1)	김금준(5)	풍순(15)	향선(16)
정구(38)	승일(1)	김성하(5)	딸(14)	정구(15)

3. 토픽 모델링 분석으로 살펴본 연변일기의 주제 구조

1) 12개의 토픽으로 본 연변일기의 주제범주 및 시기 구분

토픽 모델링 기법은 분석하고자 하는 대상에 대한 사전 정보 없이도 문서가 가지고 있는 주제의 구조를 보여준다. 분석의 결과로 추출되는 토픽들은 이를 구성하는 어휘 집합과 분석 대상이었던 문서상의 분포를 가지고 있는데, 이 같은 결과는 특정 토픽이 문서가 가지고 있던 어떤 주제를 포착하고 있는지 보여주며 해당 주제의 문서별 분포를 보여준다는 점에서 그 시기별 변화를 추적할 수 있다. 또한 토픽 모델링 분석은 추출하고자 하는 토픽의 개수를 조절하는 것으로 분석 대상이 가지고 있는 전체적인 구조를 파악하거나 세부적인 주제를 포착해볼 수 있다는 장점이 있다. 이하 분석에서는 토픽 모델링 기법을 활용해 연변일기가 가지고 있는 전체 구조를 살펴 본 후 보다 세부적인 주제들의 분포를 살펴보고 각 주제들의 시기별 변화 양상을 살펴보고자 한다.

〈표 3〉 연변일기 전체 12토픽의 주제별 분포

분류	Num	주제	토픽 상위 10개 어휘	시기 분포
학교	1	학교 업무(전반)	학교, 훈춘, 휴식, 문제, 회의, 교사, 출근, 판석, 토론, 통계	~1990년 강조
	6	학교 업무(수업)	학년, 수업, 시험, 오후, 학습, 방청, 준비, 수학, 역사, 교시	~1993년 강조
	12	학교/접대	학교, 접대, 연길, 오후, 출근, 편지, 교장, 주택, 북경, 선생	1990~1995년
여가 및 자녀	5	여가 활동	신문, 티비, 축구, 경기, 식수, 산책, 책, 중국, 식사, 축구경기	1996년 이후
	11	자녀와 연락	전화, 미옥, 연길, 영진, 훈춘, 북경, 원학, 명숙, 창일, 국진	1996년 이후
생활 및 사회활동	8	집안일, 공사, 농사	수리, 정리, 작업, 설치, 노동, 전기, 공장, 청소, 창고, 채소	1983~2004년
	3	가계 경제 활동	아내, 영진, 이영, 창일집, 진료소, 소학교, 저금, 월급, 상점, 초대	1983~2004년
	10	회의, 모임 참석	참석, 회의, 활동, 소학교, 총결, 지부, 선생, 학습, 결혼식, 대회	1983~2004년

연길 이사 후	7	자녀연락/ 컴퓨터학습	전화, 미옥, 컴퓨터, 오전, 연습, 원학, 영진, 일본, 국진, 인터넷	2004년 이후
	9	일본어학습/ 노간부대학	일본어, 독학, 공부, 회화, 오후, 용정, 노간부대학, 단어, 대학, 오전	2004년 이후
기타	4	지출 기록	위안, 병원, 아내, 문병, 시장, 화룡, 병문안, 주사, 구름, 시내	전체시기
	2	친인척 전반	집, 승일, 고복순, 창일, 점심, 원학, 생일, 도착, 장인, 오전	전체시기

1983년부터 2014년까지의 일기를 대상으로 12개의 토픽을 추출한 결과는 〈표 3〉과 같다[7]. 추출된 토픽들의 어휘 및 일기 문서상의 분포를 통해 해석된 토픽들의 주제를 보다 큰 범주로 묶어서 구분하면 학교, 여가활동 및 자녀, 생활 전반, 사회적 활동, 컴퓨터 및 일본어 학습, 지출 기록, 친인척 등으로 나눠볼 수 있었다. 전체 주제 범주들은 전반적으로 유사한 시기적 분포를 보였는데, 이는 일기 주제변화의 상당 부분이 특정한 시점에 있었던 사건을 기점으로 발생했음을 시사한다. 〈표 1〉에서 가장 분명하게 구분되는 시기 중 하나는 1995년이다. 1995년은 저자 최정걸이 훈춘시 제4소학교 중국공산당 지부 서기에서 퇴직한 해로, 해당 시기를 기점으로 학교에 관한 주제의 분포는 급격히 줄어들며 그 대신 자녀와의 연락 및 여가활동에 관한 주제가 강조되기 시작하는 모습을 보였다. 이는 퇴직 이후 저자의 삶에 대한 단면을 보여주는데, 자녀와 연락하는 것에 대한 주제가 단일 토픽으로 추출된 것이 눈에 띈다. 다른 한편으로 2004년 또한 전체 일기상의 커다란 주제 변화가 있었던 시기로 해석된다. 해당 시기를 기점으로 일기 초반부터 이어진 생활 전반 및 사회적 활동에 관한 토픽들의 분포는 사라지는 모습을 보인 반면 컴퓨터, 일본어 학습 및 노인간부대학에 관한 주제의 분포는 급등하는 모습을 보였다. 이는 2004년에 최정걸이 그간 유지해온 생활양식의 상당부분이 변화하게 되는 계기가 있었음을 시사한다.

---

7) 연변일기는 전체 1983년~2015년으로 구성되어 있다. 그런데 2015년의 기록은 당일에 있었던 사건 및 생각을 기록한 것이라기보다는 지출 가계부에 가깝게 구성되어 전체 일기의 내용과 구별되었다. 일기 저자의 서술 방식 변화는 2014년도 일기에서도 찾아볼 수 있었는데, 이는 향후 토픽 모델링 분석에서 2014년도에 분포가 집중된 토픽이 추출된 이유이기도 하다.

2) 68개의 토픽으로 본 연변일기 주요 주제의 세부 내용

앞선 12개의 토픽 모델링 분석은 최정걸 일기 전체의 내용 구조를 큰 주제별로 조망해서 보여주었다. 이는 전체 일기의 주제 구조 및 주요 변화를 포착하는데 용이하지만, 세부적인 주제나 시기에 따라 변화하는 주제들의 양상을 포착하는데 한계가 있다. 이를 보완하기 위해 일기 전체를 대상으로 68개 토픽 모델링 분석을 시행해 그 주제 분포와 시기별 변화를 살펴보았다.

〈표 4〉 연변일기 전체 68토픽의 주제별 분포

분류	범주	Num	주제	분류	범주	Num	주제
생활 전반	가사일, 집안일	15	가사노동, 집안일	학교	학교업무	1	학교업무
		19	집안일, 독서, 계약서			6	학교행사
		25	청소, 페인트칠			14	행사 및 학교업무
		28	창고정리, 운송			16	출근 및 업무
		48	쌀 구입, 귀가, 버스			22	시험 채점, 성적
		65	거주지 관리			26	학교 서류업무
	건강	42	아내 병원 문병			27	교육 연수, 교육국
		61	이영 진료소			36	문제, 토론, 책임
	돈, 부동산	2	전기세, 전화비, 송금, 월세			38	소학교 관련
		33	은행 및 돈			39	숙직, 성적 통계
		35	저금, 은행, 술			43	훈춘, 휴식
		37	주택, 방세, 가게채			47	학교행사
		40	인출, 예금			51	학교수업
		64	월급, 저금, 신용사			60	학교수업2
은퇴 이후	훈춘거주	7	은퇴 이후의 일상			62	직장 동료 접대
		9	축구, 티비, 잡지		당활동	4	당원활동
		29	전화, 연길, 비자			24	회의, 당비, 계획
		45	생활 행정	가족	직계가족	8	국진, 명숙 관련
		46	축구, 배구, 월드컵			12	원학 관련

		49	지부/자치회 활동			41	장녀 · 아들 기념식
	훈춘거주	53	관공위, 위문		직계가족	52	타지역 편지/출발
		55	환갑, 추도식			56	미옥 관련
		58	이사, 임대, 건설			63	영진 관련
은퇴 이후		5	컴퓨터, 회화, 일본어	가족		67	집, 미화, 어머니
		18	결근, 후두염, 이혼			17	고복순, 광춘, 장춘
		20	노인대학, 공부			23	창일, 승일
	연길 이사 후	21	식당, 백화점, 카드		친인척	32	친인척 기념일
		30	합비, 서핑, 노년세계			50	장인, 숙모, 장모
		34	일본어 공부			57	정옥, 옥희, 정금
		54	용정, 노인간부대학				
		59	이사 후 적응				
기타	특정 시기, 행위	3	날씨 및 이동경로	기타	특정 시기, 행위	31	감상, 참관, 참석
		10	은퇴 후 창일집			44	공장, 탄산수, 식품
		11	생일, 환갑, 파티			66	회의, 장례식
		13	지호 관련			68	연길, 회의준비, 미옥

〈표 4〉는 68개 토픽의 전체 주제 분포를 보여주는데, 분석의 결과는 전체적으로 앞선 12개 토픽 모델링 분석과 일치하는 동시에 보다 세부적으로 일기에 등장하는 주제 및 시기별 변화 양상을 보여주었다.

최정걸의 일기에서 학교에 관한 주제는 크게 학교의 업무에 관련된 내용과 당 활동에 관한 주제로 구분되었다. 이 중 학교업무는 또 다시 학생을 대상으로 한 수업 및 시험과 학교 행사 및 행정 업무로 나뉘는 모습을 보였다. 이상의 주제들은 특정 시기에 강조되는 경향은 보였으나, 비교적 저자가 직업 활동을 하는 시기 전반에 걸쳐서 분포하는 모습을 보였다. 이는 최정걸이 수행해 온 학교에서의 업무가 전반적으로 시기별 변화에 따라 변화하지 않았음을 의미한다. 최정걸은 1986년 당 지부 서기로 직책이 바뀌게 되는데, 이 같은 변화에도 불구하고 이전부터 수행해온 학교 업무를 지속적으로 유지하는 모습은 저자의 성실함과 직업적 책임감을 보여준다. 당 활동에 관한 토픽들은 1983년부터 1995년까지 비교적 꾸준한 분포를 보였는데, 이는 저자의 직업 활동에서 당 활동이 매우 중요한 영역이었음을 시사한다. 그런데 한편으로 해당 토픽들은 저자가 당 지부 서기로 발탁된 1986년 이후의 1987~1990년에서 그 분포가 낮아지는 추세를 보인다. 이후 1991년부터 해당 주제들의 분포는 높아지는 추세를 회복하는데, 이는 향후 연구 주제가 될 수 있는 특이점으로 여겨진다[8].

가족관련 토픽들을 살펴보면 그 대상이 직계가족과 친인척으로 나뉘는데, 직계가족에 관한 토픽들에 최정걸의 자녀 모두가 각각 단일 토픽으로 구성된 것이 눈에 띈다. 이는 일기 전반에 걸쳐서 저자의 자녀들이 등장하는 빈도가 고루 높았음을 의미한다. 해당 토픽들의 어휘를 살펴보면 국진의 경우 일본, 영진의 경우 북경 등 자녀가 거주했던 지명이 등장하고 있는데, 이는 저자가 자녀에게 전화, 편지 등을 통해 연락 할 때 자녀가 거주하는 지역을 같이 적었기 때문인 것으로 해석된다. 친인척과 관련된 토픽들을 살펴보면, 그 대부분이 저자 아내의 형제에 해당하는 외가쪽 사람들의 인명이 주로 등장하는 모습을 보였다. 이는 저자가 생애 전반에 걸쳐 부인의 친인척들과 지속적인 교류를 이어갔음을 보여준다.

일기에 나타난 저자 최정걸은 집안일 전반을 지속적으로 수행해온 인물로 보인다. 최정걸의 일기에서 그가 수행해 온 집안의 일은 크게 가사노동, 소규모 농사, 창고 정리 및 거주지 관리 등의 크고 작은 공사로 분류된다. 1942년 출생한 남성인 저자가 비교적 남성이 참여하는 경향도 존재했던 농사 및 집안 공사에 관한 일 뿐만 아니라 전통적으로 여성의 영역이라 여겨졌던 가사노동에도 관여하는 모습은 비슷한 시기의 한국 농촌 남성의 일기인 "아포일기"(이정덕 외, 2014), "금계일기"(이정덕 외, 2016)와 일견 대비된다. 일기를 살펴보면, 농사 및 집안 관련 공사에 해당하는 사건은 그 내용이 비교적 세부적으로 기록되어 있는 반면 빨래, 밥 등의 일상적인 가사노동은 그 구체적인 내용을 기록하지 않는 모습을 보였다. 이는 일상적인 가사노동이 특별한 사건일 수 없기에 기록을 생략한 것으로 볼 수도 있지만, 그럼에도 불구하고 '가사노동'이라는 어휘를 특정한 날짜에 기록했다는 것은 저자가 일기에 기록한 가사노동이 일상적으로 수행되는 가사업무가 아니었음을 짐작케 한다. 이 같은 주제들은 2004년을 기점으로 급격히 그 분포가 낮아지는 추세를 보이는데, 이는 해당 시기를 기점으로 저자의 생활양식 전반에 변화가 생겼음을 의미한다.

---

8) 직장 동료 및 지인을 접대하는 것에 관한 토픽의 분포도 1990년을 기점으로 높아지기 시작하는데, 이는 향후 최정걸의 일기를 대상으로 한 연구에 있어서 같이 고려해야 할 사항으로 생각된다.

〈표 5〉 가사노동 · 집안일(15)토픽의 어휘 분포_상위 20개

Topic 15	Top Words
Highest	배추, 사진, 공사, 가사노동, 현장, 국제, 파종, 밭, 감자, 건축, 마늘, 밭갈이, 촬영, 화원, 정비, 시작, 수확, 시공, 형세, 청취
FREX	공사, 파종, 밭, 감자, 건축, 마늘, 밭갈이, 화원, 배추, 가사노동, 시공, 형세, 청취, 국제, 연통, 사진, 촬영, 현장, 김이균, 닭장

〈표 5〉은 가사노동 · 집안일에 관한 것으로 해석되는 15토픽의 상위 20개 어휘를 나타낸다[9]. 어휘들을 살펴보면, 해당 토픽이 나타내고 있는 주제는 가정 내 농사, 가사일, 공사 전반에 관한 것임을 알 수 있다. 농사일, 집안 공사일에 관한 어휘는 해당 사건에 관계되는 어휘로 분포하고 있는 반면 가사일에 관한 것은 '가사노동' 그 자체로 등장하고 있음이 눈에 띈다. 해당 토픽은 일기가 시작되는 1983년부터 2004년까지 그 분포가 이어지는 모습을 보이면서 최정걸의 일기에서 가사노동 및 집안일에 관한 주제가 지속적으로 등장해왔음을 보여주고 있다.

돈 · 부동산에 관한 주제 범주에도 비교적 많은 수의 토픽들이 속해있었다. 전기세, 전화비 등의 요금을 납부하는 토픽은 비교적 전 시기에 걸쳐 분포했는데, 이는 저자가 이 같은 요금 납부 등의 지출을 일기에 적었기 때문이다. 한편으로 해당 토픽의 상위 어휘 중에는 "정지", "대출"이 등장했는데, 이는 생활 요금을 납부하지 못해 수도, 전기 같은 것이 정지되는 상황과 이를 위해 대출하는 내용이 일기에 등장했음을 암시한다[10]. 다른 한편으로, 토픽들 중 방세, 가게채, 월세 등 부동산에 관한 내용이 등장하는데, 이는 저자가 학교 주택 및 자신의 가게에 세를 놓고 세입자를 들였기 때문인 것으로 해석된다[11]. 해당 범주의 토픽들 중에는 은퇴 이후의 시기(1996년 이후)에서 강조되기 시작한 토픽이 존재하는데(35토픽), 해당 토픽의 상위 어휘 중에는 "술"이 5번째로 높은 가중치를 보였다. 또한 1996년에 집중적으로 분포하는 토픽들 중 창일집(10)에 관한 것으로 해석되는 토픽은 저자가 은퇴 후 친척인 창일의 상점에서 어떤 수익 활동을 해보고자 했음을 시사하고 있다. 이 같은 결과들은 당 지부 서기직을 퇴직한 저자

---

9) 표에서 Highest는 해당 토픽을 가장 잘 설명해주는 어휘들을 의미하며 FREX는 다른 토픽들과 가장 구분되는 어휘들을 의미한다. 해당 어휘들은 모두 토픽 내에서 차지하는 가중치가 높은 순으로 정렬되어 있다.

10) 해당 토픽의 어휘는 "Highest : 위안, 전기세, 전화비, 송금, 난방비, 납부, 새집, 전기비, 비용, 요금, 가스, 정지, 대출, 중행, 가인, 월세, 관련, 영업집, 전화요금" / "FREX : 위안, 전기비, 난방비, 요금, 송금, 전기세, 전화비, 가인, 가스, 월세, 새집, 허난, 관절, 중행, 납부, 전화요금, 대출, 강옥, 각, 위생관리비, 오십견, 정지"에 해당한다.

11) 이사 · 임대 · 건설(58)토픽의 어휘를 살펴보면 "세입자"또한 상위에 분포하고 있는데, 이는 일기에 등장하는 이사와 관련해서 세입자가 새로 이사를 오고 가는 것이 주요한 내용이었음을 의미한다.

최정걸의 재정적 상태가 지속적인 노동 활동 없이는 유지하기에는 어려울 수 있었다는 것을 암시한다.

퇴직 직후 최정걸의 일기에서는 축구, 월드컵 및 TV시청, 신문·잡지 구독과 지부 자치회를 통한 활동 등의 여가생활과 사회적 활동의 비중이 증가한다. 이는 퇴직 후 발생하게 되는 시간을 활용하여 그동안 충분히 할 수 없었던 여러 활동들에 집중하게 되는 자연스러운 변화로 여겨진다. 그런데, 최정걸의 일기에서 퇴직 후 강조되는 주제 중 하나는 자녀와의 연락에 관한 것이었다. 이는 그날 있었던 사건을 요약적으로 기록하는 저자의 서술 방식에도 기인하지만, 자녀와의 소통이 최정걸의 삶에 있어서 매우 중요한 요소였음을 시사한다.

퇴직 후 최정걸의 삶은 2004년을 기점으로 변화하는 듯하다. 분석의 결과는 2005년 이후로 집중적으로 분포하는 주제들이 존재함을 보여줬는데, 그 중 가장 강조되는 것은 노인을 대상으로 한 대학에서 컴퓨터, 일본어 등을 학습하는 것에 관한 내용이다. 해당 시기의 일기를 살펴보면, 저자 최정걸은 2004년 장녀 최미옥이 거주하는 연길로 이주하는데, 이후 2005년 노인간부대학에 입학하는 것을 찾아볼 수 있다. [그림 1]은 일기 중 최정걸이 노인간부대학교에 입학하는 사건이 등장하는 날짜의 일기 본문에 해당한다.

> 〈2005년 3월 29일(음력 2월 20일)〉 화요일 날씨 맑음/바람
> 노년간부대학교(老干部大学)가서 등록하고 학비를 내며 교재를 샀음(139.20위안), 미옥(美玉)이 전화해주고 집으로 와서 점심을 먹었음, 창일(昌日)은 허룽에서 전화가 왔음

[그림 1] 연변일기 원문(2005년 3월 29일)

2005년 이후에 분포가 집중되는 토픽들 중에는 식당, 백화점, 마트, 카드 등의 이전에는 등장하지 않았던 새로운 생활양식에 관한 어휘들을 포함한 토픽(21)도 찾아볼 수 있었다. 이전 시기의 집안일 가사노동 전반에 관한 토픽들의 분포가 2004년을 기점으로 사라졌다는 점과 2004년이 이전 거주지인 훈춘에서 자녀 미옥이 가까이 거주하는 연길로 이주했던 시기라는 점을 고려하면, 해당 시기 이후로 저자 최정걸의 생활양식이 이전과 상당 부분 변화하게 되었음을 알 수 있다. 한편 이 같은 변화에도 불구하고 저자가 자녀들과 연락을 취하는 것에 대한 주제의 분포는 여전히 강조되는 모습을 보였는데, 이는 퇴직 이후의 최정걸의 삶 전반에 걸쳐서 그의 자녀들이 지속적으로 주요한 영향을 주고받는 대상이었음을 의미한다.

3) 토픽 간 네트워크 분석을 통해서 본 연변일기 주요 주제의 시기별 변화

일기 전체를 대상으로 한 12개, 68개의 토픽 모델링 분석 결과 모두는 그 주제들이 시기별로 유사하게 나타나는 경향을 보였다. 이는 특정 시기에 따라 일기에서 강조되는 주제와 그렇지 못한 주제가 비교적 분명하게 나뉘고 있음을 의미한다. 전체 일기에서 추출된 토픽들 간의 네트워크는 일기에 나타난 주제들 간의 연관성을 보여줌과 동시에 특정 시기에 강조되었던 주제 군을 시각화할 수 있다는 점에서 주제 분포의 시기별 변화를 보여준다[12].

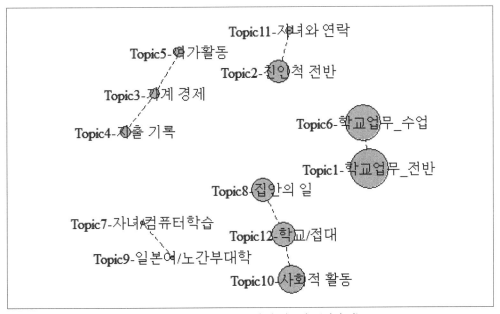

[그림 2] 연변일기 12토픽 간 네트워크(퇴직 전)

[그림 2]는 연변일기를 대상으로 한 12개의 토픽 모델링 분석 결과를 토픽간의 연관성에 기초하여 네트워크로 나타낸 결과에 해당한다[13]. 먼저 토픽들간의 연결선을 보면 전체 토픽들은

---

12) 토픽 모델링 분석 결과에서, 특정 토픽에 해당하는 어휘가 분포하는 문서에 다른 토픽에 해당하는 어휘가 같이 등장할 경우 두 토픽이 관계가 있다고 해석할 수 있다. 이는 특정 노드(토픽)와 노드(토픽)간의 연결로 볼 수 있다는 점에서 네트워크로 나타낼 수 있는데, 이 같은 결과는 전체 주제(토픽)들 간의 관계를 보여준다는 점에서 주제별로 혹은 시기별로 유사하게 응집되는 경향을 보여준다. 또한, 토픽들은 문서 전체에 걸쳐 토픽에 해당되는 어휘를 가지고 있다는 점에서 특정 시기상에 분포하는 가중치를 가지고 있는데, 이를 네트워크 노드상의 크기로 반영할 경우 특정 시기에서 강조되는 주제를 보다 뚜렷하게 시각화할 수 있다.

13) 두 토픽간의 연관성은 동일일자 일기 속에 두 토픽이 공출현(cooccurence)하는 정도에 기초하여 측정하였다.

학교업무블록(1,6), 자녀/친인척블록(2,11), 집안일/접대/사회활동블록(8,12,10), 컴퓨터/일본어/노인대학블록(7,9), 여가/가계/지출블록(5,3,4)으로 크게 구분됨을 보여준다. 해당 네트워크에서 노드(토픽)의 크기는 1995년 이전까지의 일기상에 분포하는 토픽들의 가중치에 해당한다. 즉, 노드(토픽)간의 연결과 그 크기는 저자 최정걸이 직업활동을 지속하던 시절에 강조되었던 주제와 그렇지 못했던 주제들을 보여줌과 동시에 이 같은 주제들의 연관성을 시각화하여 보여준다. [그림 2]에서 그 크기가 가장 큰 노드는 학교업무에 관한 것이다. 이는 직업활동 시절 일기 내용의 상당부분이 학교업무에 관한 것이었음을 의미한다. 또한 집안일 및 사회적 활동 노드의 크기도 크게 나타나고 있는데, 해당 토픽들은 학교 · 접대(12)와 연결되는 모습을 보였다. 이는 연변일기에서 그려지는 '접대'가 직장 동료만을 대상으로 하는 것이 아닌 여러 사회적 활동과도 연관이 있으며 그 장소가 가정일 수 있음을 시사한다. 다른 한편으로, 해당 시기에서는 저자의 자녀에 관한 토픽의 크기 보다는 친인척에 관한 주제의 크기가 더 크게 나타났다는 점에 눈에 띈다. 이는 해당 시기 최정걸의 일기에서는 자신의 자녀보다도 친인척 전반에 관한 내용이 보다 강조되었음을 의미한다.

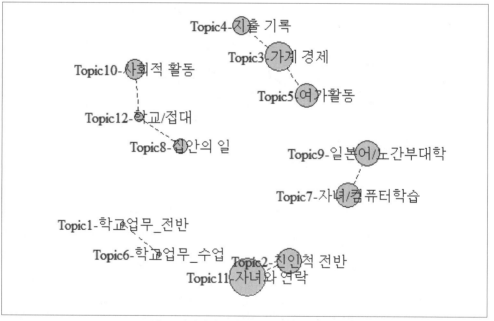

[그림 3] 연변일기 12토픽 간 네트워크(퇴직 후)

[그림 3]은 저자의 퇴직 후 시기에 분포하는 토픽 가중치를 노드 크기로 적용한 토픽 간 네트워크에 해당한다. 결과를 살펴보면, 해당 시기에서 가장 비중이 큰 주제는 자녀와의 연락임을 알 수 있는데, 이는 이전의 퇴직 전 시기에서 친인척 전반에 관한 주제가 자녀에 대한 주제보다 그 비중이 높았던 것과 대비된다. 또한, 이 같은 결과는 저자의 퇴직 이후의 삶에서 자녀의 역할이 지대했음을 의미한다. 퇴직 이후 저자의 여가활동에 관한 주제의 크기가 늘어난 것을 알 수 있는데, 같은 연결선상에 있는 가계 경제 및 지출에 관한 주제의 크기가 이전 시기보다 증가한 것도 눈에 띈다. 이는 직업활동을 중단하게 된 저자의 재정적 상태가 늘 안정적이지만은 못했음을 암시한다. 다른 한편으로, 퇴직 후 시기에서 강조되는 주제 중 하나는 노인간부대학에서의 컴퓨터 · 일본어 학습임을 알 수 있다. 이 같은 결과는 퇴직후에도 지속되는 저자 최정걸의 학구열과 성실한 삶의 태도를 보여준다.

4. 맺음말

조선족 교사 최정걸의 삶은 20세기 동아시아 근대사회의 정치사회적 격변을 관통하는 인생 여정을 보여준다. 일제강점기하 식민통치에 억눌려 중국으로 이주했던 이주자의 삶과 중국내 소수민족의 삶이 그 한 축이며, 식민지 해방과 함께 찾아온 중국의 국공내전과 공산정권의 수립 및 사회주의적 근대화의 길이 또 다른 축이고, 뒤이어 찾아온 개혁개방과 시장사회주의 내지 자본주의로의 체제변화가 그의 삶의 여정을 규명한 또 다른 축이라고 할 수 있다. 물론 저자 최정걸은 어려운 경제적 여건이나 사회적 여건에도 불구하고 남다른 성실함과 헌신성을 가지고 일찌감치 뛰어난 학업성적을 달성하고 이를 기반으로 19세에 교사로 취업하여 54세에 퇴직할 때까지 평생 교직을 천직으로 삼아 교육사업에 봉사해 왔다. 뿐만 아니라 어려운 가정형편으로 인하여 대학 진학을 포기해야했던 자신의 삶을 되풀이 하지 않도록 하기 위해 자녀 교육에 열성을 쏟아 3자녀 모두 명문대학을 졸업하고 대학교수나 해외기업 및 국영기업의 전문기술자로 성공시켜서 모범 가정교육자 집안(育才之家)으로 상을 받기도 한다.

이런 측면에서 보면 최정걸의 일기에는 제국주의의 식민지 침탈과 식민지 해방, 국공내전, 사회주의건설, 개혁개방과 자본주의화 등 20세기의 거시적 사회구조 변화와 이러한 구조적 변화에 직면하여 한 인간 최정걸이 보여준 개인적 집단적 대응의 결과가 씨줄과 날줄로 아로새겨져 당대 현장의 관점에서 생생하게 기록되어 있다. 본 연구에서는 텍스트 마이닝의 다양한 기법을 이용하여 먼저 최정걸의 생애를 등장어휘와 등장인물의 시기적 변화의 측면에서 고찰해보았다. 그리고 일기의 전체 주제들을 토픽모델링 기법을 활용하여 원경에서 전체적으로 조망해보고 근경에서 세밀하게 분석해보는 한편 각 주제들 사이의 연결망이 시기에 따라 어떻게 변화하는지 네트워크 분석을 통해 시험적으로 고찰해 보았다. 분석결과, 일기에 드러난 최정걸의 생애사에서 주요 변환점이 될 수 있는 시기 및 사건을 포착할 수 있었으며 해당 시기별로 강조되었던 주제들 및 그 관계를 포착할 수 있었다. 향후 연변일기의 출간이 압축근대의 다양한 경로와 그 안의 생애유형을 분석하는 연구들이 활성화되는데 기여할 것을 기대하면서 글을 맺는다.

참/고/문/헌

- 이채문 · 박경용 · 박신규. 2015.『교직 반생기: 조선족 천직교사 최정걸의 삶』, 책과세계.
- 이정덕 · 소순열 · 남춘호 · 문만용 · 안승택 · 송기동 · 진양명숙 · 이성호. 2014.『아포일기1』, 전북대학교 출판문화원
- 이정덕 · 소순열 · 남춘호 · 임경택 · 문만용 · 안승택 · 진양명숙 · 박광성 · 곽노필 · 이성호 · 손현주 · 이태훈 · 김예찬 · 박성훈 · 유승환. 2016.『금계일기1』, 지식과교양

제2부

연변일기

(1983~1998년)

1983년

〈1983년 1월 1일 (음력11월 18일)〉 토요일 날씨 맑음

양력설 휴식, 훈춘(琿春)에서 귀가

〈1983년 1월 2일 (음력11월 19일)〉 일요일 날씨 맑음

휴식

〈1983년 1월 3일 (음력11월 20일)〉 월요일 날씨 맑음

출근, 석탄 분배, 시험지 분배

〈1983년 1월 4일 (음력11월 21일)〉 화요일 날씨 흐림

시험지 분배, 출근 전후 및 점심에 집 전기 안착

〈1983년 1월 5일 (음력11월 22일)〉 수요일 날씨 맑음

통일시험[1]을 위하여 각 학교 지도부 회의, 통일시험과 기말시험 총결(總結)에 대하여 교원회의

〈1983년 1월 6일 (음력11월 23일)〉 목요일 날씨 흐림/맑음

시험– 수학, 자연, 채점

〈1983년 1월 7일 (음력11월 24일)〉 금요일 날씨 흐림/ 눈

시험– 어문(조선어), 한어문(중국어), 채점

〈1983년 1월 8일 (음력11월 25일)〉 토요일 날씨 바람

채점, 시험지 분류 및 등록

〈1983년 1월 9일 (음력11월 26일)〉 일요일 날씨 바람/추음

휴식

〈1983년 1월 10일 (음력11월 27일)〉 월요일 날씨 바람/추움

시험지 분류, 정리 작업

〈1983년 1월 11일 (음력11월 28일)〉 화요일 날씨 맑음

각 반급 삼호(三好)학생 선발, 정리 작업, 통일시험 성적 통계

---

1) 통일시험(統一考試):행정구내에서 통일적으로 기중, 기말 모든 학교가 하루에 시험 보는 것

〈1983년 1월 12일 (음력11월 29일)〉 수요일 날씨 맑음
각 반급 총결(總結) 및 표창, 방학과제, 교외 중대(中隊)회의- 저녁 식사시간 까지 총결(總結) 준비

〈1983년 1월 13일 (음력11월 30일)〉 목요일 날씨 맑음
교사업무 총결(總結), 선진(先進)교사 선발, 밤 12시까지 학교총결(總結) 작성

〈1983년 1월 14일 (음력12월 1일)〉 금요일 날씨 맑음
학교 총결(總結), 총결좌담회

〈1983년 1월 15일 (음력12월 2일)〉 토요일 날씨 맑음
각 학교 지도부 회의, 총결(總結)보고회의, 해방군(解放軍)이 접대(훈춘(珲春)회원)

〈1983년 1월 16일 (음력12월 3일)〉 일요일 날씨 맑음
최춘택(崔春澤)선생 주택 분배 받음- 식사 접대, 최목수(崔木匠)가 접대

〈1983년 1월 17일 (음력12월 4일)〉 월요일 날씨 맑음
사생(師生)들이 석탄가루로 도로포장 공익 활동

〈1983년 1월 18일 (음력12월 5일)〉 화요일 날씨 맑음
출근, 공회(工會)장부 통계, 장춘예(張春藝)학교 총결원고 수정

〈1983년 1월 19일 (음력12월 6일)〉 수요일 날씨 추움
공회(工會)장부 결산, 예산표 작성, 저녁 9시까지 학교 총결자료 필사, 숙직

〈1983년 1월 20일 (음력12월 7일)〉 목요일 날씨 추움
〈학교관리학〉학습반 참여하러 훈춘(珲春)에 감, 〈환천히지 친가를 마주하다(歡天喜地對親家)〉영화 감상, 〈결언(結言)〉1장 학습

〈1983년 1월 21일 (음력12월 8일)〉 금요일 날씨 추움
〈결언(結言)〉2,3장 학습

〈1983년 1월 22일 (음력12월 9일)〉 토요일 날씨 맑음
〈결언(結言)〉4장 학습

〈1983년 1월 23일 (음력12월 10일)〉 일요일 날씨 맑음
〈결언(結言)〉4장 학습 종결

〈1983년 1월 24일 (음력12월 11일)〉 월요일 날씨 맑음
장인 집에 다녀옴, 숙직(대)

〈1983년 1월 25일 (음력12월 12일)〉 화요일 날씨 맑음

자전거 수리, 병원에 다녀 옴.

〈1983년 1월 26일 (음력12월 13일)〉 수요
일 날씨 맑음
가사노동, 오후에 휴식

〈1983년 1월 27일 (음력12월 14일)〉 목요
일 날씨 맑음
석탄탄광에 다녀옴, "연변교육"잡지 학습

〈1983년 1월 28일 (음력12월 15일)〉 금요
일 날씨 맑음
위생소(衛生所)에서 병을 봄, "연변교육"잡지
학습

〈1983년 1월 29일 (음력12월 16일)〉 토요
일 날씨 맑음
장인 61세 생일 참석을 위해 훈춘(琿春)에 감

〈1983년 1월 30일 (음력12월 17일)〉 일요
일 날씨 맑음
장인 61세 생일 참석을 위해 훈춘(琿春)에 감

〈1983년 1월 31일 (음력12월 18일)〉 월요
일 날씨 맑음
휴식일

〈1983년 2월 1일 (음력12월 19일)〉 화요일
날씨 맑음
현(縣)[2] 근공검학(勤工儉學)[3] 교사(校舍)관

리업무회의 참석

〈1983년 2월 2일 (음력12월 20일)〉 수요일
날씨 맑음
현(縣) 근공검학(勤工儉學)교사(校舍)관리
업무회의 토론, 오후 3시 총결(總結)

〈1983년 2월 3일 (음력12월 21일)〉 목요일
날씨 맑음
현(縣) 교육업무 회의 참가

〈1983년 2월 4일 (음력12월 22일)〉 금요일
날씨 맑음
현(縣) 교육업무 회의 참가

〈1983년 2월 5일 (음력12월 23일)〉 토요일
날씨 맑음/눈
현(縣) 교육업무 회의 참가

〈1983년 2월 6일 (음력12월 24일)〉 일요일
날씨 맑음/눈
친구 김규빈(金奎彬)집에 놀러 감

〈1983년 2월 7일 (음력12월 25일)〉 월요일
날씨 맑음/눈
훈춘(琿春)에서 출근, 이야기대회 개최(학생
겨울방학 활동)

〈1983년 2월 8일 (음력12월 26일)〉 화요일

---

2) 현(縣). 중국 행정 구획 단위의 하나. 지구(地區)·자
치구(自治區)·직할시(直轄市) 아래의 행정구역
3) 근공검학(勤工儉學):일하면서 공부함.

날씨 맑음
휴식

〈1983년 2월 9일 (음력12월 27일)〉 수요일
날씨 맑음
교외 보도원(補導員), 학부형주임회의 주최

〈1983년 2월 10일 (음력12월 28일)〉 목요
일 날씨 맑음
휴식, 〈홍기(紅旗)〉 잡지 보기, 숙직

〈1983년 2월 11일 (음력12월 29일)〉 금요
일 날씨 맑음
휴식, 〈홍기(紅旗)〉 잡지 보기, 숙직

〈1983년 2월 12일 (음력12월 30일)〉 토요
일 날씨 맑음/추움
태양(太陽)4대 감

〈1983년 2월 13일 (음력1월 1일)〉 일요일
날씨 맑음/추움
숙(淑)이네 집에서 음력설 지냄

〈1983년 2월 14일 (음력1월 2일)〉 월요일
날씨 맑음/눈
휴식, 숙직

〈1983년 2월 15일 (음력1월 3일)〉 화요일
날씨 맑음
태양(太陽) 4대에서 집으로 돌아 옴, 안영식
(安永植)이 접대, 숙직(대)

〈1983년 2월 16일 (음력1월 4일)〉 수요일
날씨 맑음
휴식, 최목수(崔木匠)이 접대, 숙직(대)

〈1983년 2월 17일 (음력1월 5일)〉 목요일
날씨 대설
휴식, 숙직(대)

〈1983년 2월 18일 (음력1월 6일)〉 금요일
날씨 대설
휴식, 숙직(대)

〈1983년 2월 19일 (음력1월 7일)〉 토요일
날씨 맑음
당직, 태양(太陽)에서 금순(金順)결혼식

〈1983년 2월 20일 (음력1월 8일)〉 일요일
날씨 맑음
태양(太陽)에서 금순(金順)결혼식

〈1983년 2월 21일 (음력1월 9일)〉 월요일
날씨 맑음
태양(太陽)에서 귀가

〈1983년 2월 22일 (음력1월 10일)〉 화요일
날씨 맑음
교사 출근,〈성위(省委)[4]서기 유경지(劉敬之)
동지가 전 성소학교 교육업무회의에서의 담
황〉 및 〈현(縣) 보통소학교 계획〉에 대하여

---

4) 성위(省委): 中國共産黨省委員會(중국 공산당 성 위
원회).

학습, 숙직

〈1983년 2월 23일 (음력1월 11일)〉 수요일
날씨 맑음
〈현(縣) 보통소학교 검수표준〉〈현(縣)보통
소학교 사상품덕 교학업무 의견〉〈현(縣)보
통소학교 교사양성 계획〉〈유운소(劉云沼)
부성장 담화〉등 학습, 숙직

〈1983년 2월 24일 (음력1월 12일)〉 목요일
날씨 맑음
오후 제설작업 (도로정비)

〈1983년 2월 25일 (음력1월 13일)〉 금요일
날씨 맑음
책걸상 수리, 숙직

〈1983년 2월 26일 (음력1월 14일)〉 토요일
날씨 맑음
대청소, 수험장 준비, 김이균(金利均)이 접대

〈1983년 2월 27일 (음력1월 15일)〉 일요일
날씨 맑음
교재 분배, 수험장을 닫다 (부분교사)

〈1983년 2월 28일 (음력1월 16일)〉 월요일
날씨 맑음
교사 수업준비, 조금찬(趙金燦) 교두주임(教
導主任[5])직을 맡음, 장춘예(張春藝) 부교도
주임(副教導主任), 부춘니(付春泥) 총 보도

원(總補導員)[6]직 맡음, 대대(大隊)와 연락
(王書記와 대강 교원에 대하여), 숙직

〈1983년 3월 1일 (음력1월 17일)〉 화요일
날씨 맑음
개학, 태양(太陽)에 대강 교원 찾으러 감

〈1983년 3월 2일 (음력1월 18일)〉 수요일
날씨 눈
각 학교 지도부 회의 참가, 가을학기 교재 예
약, 우경가(于景佳)와 계획에 대하여 토론
(학교계획, 부당교원 학교 이직), 숙직

〈1983년 3월 3일 (음력1월 19일)〉 목요일
날씨 맑음
자료정리, 각 학급 학부형주임 및 교외 보도
원(補導員)회의(겨울방학 총결, 새 학기 요
구) 계획제정, 숙직

〈1983년 3월 4일 (음력1월 20일)〉 금요일
날씨 맑음
학교계획 제정, 교원대회(조자양(趙紫陽)의
강연– 문명예절에 대한, 겨울방학 총결)

〈1983년 3월 5일 (음력1월 21일)〉 토요일
날씨 맑음
겨울방학 총결원고 작성, 사생대회– 겨울방
학 총결, 문명예절 동원, 숙직

---

5) 교두주임(教導主任):훈육 주임.

6) 총 보도원(總補導員):(사상 및 학습 지도를 담당하
는) 지도원

〈1983년 3월 6일 (음력1월 22일)〉 일요일
날씨 맑음
휴식일

〈1983년 3월 7일 (음력1월 23일)〉 월요일
날씨 맑음
훈춘에서 근공검학(勤工儉學)회의에 참석,
계획토론- 조정에 관하여

〈1983년 3월 8일 (음력1월 24일)〉 화요일
날씨 맑음
근공검학(勤工儉學)회의 토론

〈1983년 3월 9일 (음력1월 25일)〉 수요일
날씨 맑음
훈춘(琿春)에서 출근, 지도부회의 개최, 각
학교 지도부 회의- 현(縣) 교육국 정신 전달

〈1983년 3월 10일 (음력1월 26일)〉 목요일
날씨 맑음
훈춘(琿春) 당 령도 분들이 내려옴- 현(縣)
교육국 정신 전달, 지도부회의-교무분공
교원회의-교무분공, 담임 등 문제, 조월명
(趙越明) 이직

〈1983년 3월 11일 (음력1월 27일)〉 금요일
날씨 맑음
대대(大隊)에서 대강 교원문제를 토론, 학교
계획 제정완성

〈1983년 3월 12일 (음력1월 28일)〉 토요일
날씨 맑음

학교 지도부에서 학교계획 토론, 오후 교원
대회에서 학교계획을 통과, 대강교원-서인
복(徐仁富) 학교에 취임

〈1983년 3월 13일 (음력1월 29일)〉 일요일
날씨 맑음
학교 석탄조각 10통 빌림, 인민교육에 관한
자료 학습

〈1983년 3월 14일 (음력1월 30일)〉 월요일
날씨 맑음
업무연속-자료, 문서기록 등 , 수업 조정, 3학
년 미술 수업함.

〈1983년 3월 15일 (음력2월 1일)〉 화요일
날씨 눈
수업 조정, 밤 12시까지 회계장부 계산

〈1983년 3월 16일 (음력2월 2일)〉 수요일
날씨 눈
4학년 지리, 5학년 역사, 〈39계단〉 영화 감상

〈1983년 3월 17일 (음력2월 3일)〉 목요일
날씨 바람
4학년 지리, 5학년 역사, 〈연변교육〉잡지 학
습, 책임제부서 제정

〈1983년 3월 18일 (음력2월 4일)〉 금요일
날씨 맑음
공회회계장부 정리, 〈대해의 부름〉 영화 감
상

〈1983년 3월 19일 (음력2월 5일)〉 토요일
날씨 맑음
3학년 사상품덕 및 2학년 미술 수업 함, 오후
에 각 학교 공회조장이상 간부회의 주최- 공
회대표 선출, 부조대상 등을 토론

〈1983년 3월 20일 (음력2월 6일)〉 일요일
날씨 맑음
학교 석탄조각 20통 빌림, 대대 허의사(許大
夫)가 접대

〈1983년 3월 21일 (음력2월 7일)〉 월요일
날씨 맑음
11원 송금, 현교공회(縣敎工會[7])-직업도덕
자료, 당소조(黨小組[8]) 활동

〈1983년 3월 22일 (음력2월 8일)〉 화요일
날씨 맑음
2학년 미술 수업 함, 학교계획서 찍다, 〈몬테
크리스토 백작〉 영화 감상

〈1983년 3월 23일 (음력2월 9일)〉 수요일
날씨 맑음
5학년 역사 수업 함, 지부위원대회 참석, 오후
지부대회선서대회 참석, 지부위원 선발, 공회
에서 각 소조 활동경비, 생활 보조금 발급

〈1983년 3월 24일 (음력2월 10일)〉 목요일
날씨 맑음

5학년 역사 및 4학년 지리 2교시 수업 함, 교
사회의-교사 복습반(復習班) 및 부서 책임제
문제에 관해 토론

〈1983년 3월 25일 (음력2월 11일)〉 금요일
날씨 맑음
부서 책임제 수정, 5학년1반 체벌 현상 발생
-머리 부상, 연구반(敎研組)활동- 활동계획,
교학대강 토론 및 최병철(崔柄哲) 교육

〈1983년 3월 26일 (음력2월 12일)〉 토요일
날씨 맑음
아침 진찰 강풍식(姜風植) 집, 2학년 미술 수
업, 전봇대 수립, 대청소, 수업 준비

〈1983년 3월 27일 (음력2월 13일)〉 일요일
날씨 맑음
당 수업(黨課)[9]-중, 소학교 당원 적극분자
참가 공회 왕서기, 선전위원 김이균(金利均)
이 보도

〈1983년 3월 28일 (음력2월 14일)〉 월요일
날씨 맑음
5학년 수학 수업, 신농(新農)에 가서 민영교
사 문제 토론, 지도부는 복습반 교원문제 토
론

〈1983년 3월 29일 (음력2월 15일)〉 화요일
날씨 맑음
신농(新農)에서 금옥(金玉)선생님이 2학년

---

7) 縣敎工會: 현 교원공회
8) 黨小組:중국공산당 기층 조직, 소 모임

9) 당 수업(黨課):당 내의 교육 과정.

미술 수업함, 담임선생문제로 지도부 회의, 통계-복습반 교원문제)

〈1983년 3월 30일 (음력2월 16일)〉 수요일
날씨 맑음
4학년 지리 수업, 5학년 역사 수업, 문명예절 활동 총결, 민영교사 금옥(金玉) 학교로 출근

〈1983년 3월 31일 (음력2월 17일)〉 목요일
날씨 흐림/맑음
4학년 지리 수업, 5학년 역사 수업, 수업 준비

〈1983년 4월 1일 (음력2월 18일)〉 금요일
날씨 맑음
전기가설 문제로 대대(大隊)와 연락, 지도부 회의- 4월 행사 안배, 각 학교 지도부회의

〈1983년 4월 2일 (음력2월 19일)〉 토요일
날씨 바람
역사교학견학회의를 참석하러 훈춘(琿春)에 감

〈1983년 4월 3일 (음력2월 20일)〉 일요일
날씨 바람
전기가설 문제로 대대(大隊)에 다녀 옴

〈1983년 4월 4일 (음력2월 21일)〉 월요일
날씨 바람
전기가설 문제로 대대(大隊)에 다녀 옴, 발령 내려옴- 박 교장은 제4실험소학교에 지부서기로 발령, 박 교장님의 환송회 주최, 중심소학교 부 교장직책 겸임

〈1983년 4월 5일 (음력2월 22일)〉 화요일
날씨 맑음
조선족 휴식, 한족 수업, 숙직

〈1983년 4월 6일 (음력2월 23일)〉 수요일
날씨 맑음
4학년 지리, 5학년 역사 수업, 교학관리검사 문제 토론, 교장업무 인계

〈1983년 4월 7일 (음력2월 24일)〉 목요일
날씨 맑음
교학관리대검사, 지도부 검사-업무 및 교학(教學) 등

〈1983년 4월 8일 (음력2월 25일)〉 금요일
날씨 바람
5학년2반 한어문(중국어), 2학년2반 수학, 3학년2반 어문(조선어) 수업을 방청, 교사정치학습 필기, 업무학습필기 및 학생필기를 검사

〈1983년 4월 9일 (음력2월 26일)〉 토요일
날씨 바람
검사조원 종합평점, 음악수업 방청, 오후 박 교장 환송회

〈1983년 4월 10일 (음력2월 27일)〉 일요일
날씨 바람
호용(湖龍)에 다녀옴, 조금찬(趙金燦)이 접대- 박 교장, 장서기가 접대- 생일

⟨1983년 4월 11일 (음력2월 28일)⟩ 월요일
날씨 바람
⟨교학관리 대검사 방안⟩와 ⟨학교관리 종합검사 평비(評比)[10]활동 통지⟩를 작성, 장서기가 접대

⟨1983년 4월 12일 (음력2월 29일)⟩ 화요일
날씨 바람
2학년 미술 수업, 각 학교 교원 일반정황 필기, 공사(公社)[11]에서 암산(口算),주산(珠算) 경연

⟨1983년 4월 13일 (음력3월 1일)⟩ 수요일
날씨 바람
4학년 지리, 5학년 역사 수업, 낭송 낭독 이야기대회 주최,

⟨1983년 4월 14일 (음력3월 2일)⟩ 목요일
날씨 비
4학년 지리, 5학년 역사 수업, 5학년 한어문(중국어) 대강, 학교에서 운영하는 회사 회계 옴-회계수업 함

⟨1983년 4월 15일 (음력3월 3일)⟩ 금요일
날씨 바람
맹등(孟登)소학교 수학교학 관리정황 검사-학교 자료, 교원필기 검사, 맹등(孟登)에서 접대

⟨1983년 4월 16일 (음력3월 4일)⟩ 토요일
날씨 맑음
해란(海蘭), 승균(升均), 인숙(仁淑)선생님들의 수학수업 방청, 검사총결

⟨1983년 4월 17일 (음력3월 5일)⟩ 일요일
날씨 맑음
낭송 낭독 이야기대회 참가하러 훈춘(琿春)에 감

⟨1983년 4월 18일 (음력3월 6일)⟩ 월요일
날씨 맑음
훈춘(琿春)에서 귀가. 교학관리대검사 실시, 지도부 검사, 교안 검사,(체육교사 최덕춘(崔德春) 전입)

⟨1983년 4월 19일 (음력3월 7일)⟩ 화요일
날씨 바람
1학년 어문(조선어), 5학년 한어문(중국어),4학년 한어문(중국어), 3학년 수학 방청

⟨1983년 4월 20일 (음력3월 8일)⟩ 수요일
날씨 맑음
광신(光新)소학교 교학관리정황 검사-지도부 ,교안, 필기 등 검사

⟨1983년 4월 21일 (음력3월 9일)⟩ 목요일
날씨 맑음
4학년 어문(조선어), 3학년 수학, 2학년 어문(조선어), 5학년 어문(조선어) 수업 방청, 검사 총결

10) 평비(評比):비교하여 평가하다.
11) 공사(公社):인민 공사.

〈1983년 4월 22일 (음력3월 10일)〉 금요일
날씨 비
호준(浩駿), 복자(福子), 상철(相哲) 등 수학
수업 방청, 지도부, 교안, 필기 등 검사

〈1983년 4월 23일 (음력3월 11일)〉 토요일
날씨 맑음
용선(龍善), 추자(秋子), 추월(秋月)등 수학
수업 방청, 검사총격, 장국진(張國珍)결혼식
참석

〈1983년 4월 24일 (음력3월 12일)〉 일요일
날씨 맑음
훈춘(琿春) 2중에서 2중 학부형회의 참석, 조
주임 이사- 접대

〈1983년 4월 25일 (음력3월 13일)〉 월요일
날씨 맑음
대청소, 우물 수리

〈1983년 4월 26일 (음력3월 14일)〉 화요일
날씨 비
2학년 미술 수업, 대청소, 4학년 지리 수업,
박교장 옴-접대

〈1983년 4월 27일 (음력3월 15일)〉 수요일
날씨 바람
4학년 지리 수업, 5학년 역사 수업, 대청소,
각 학교 체육교사 회의, 위생검찰단이 학교
거사하러 옴-96점

〈1983년 4월 28일 (음력3월 16일)〉 목요일
날씨 맑음/바람
4학년 지리, 5학년 역사 2교시, 수학 관리검
사 종합

〈1983년 4월 29일 (음력3월 17일)〉 금요일
날씨 비
수업 준비, 수학 관리검사 종합

〈1983년 4월 30일 (음력3월 18일)〉 토요일
날씨 바람
반(扳), 신(新) 대대(大隊)에 가서 운동회 경
비문제 토론, 오후 당수업(黨課)

〈1983년 5월 1일 (음력3월 19일)〉 일요일
날씨 맑음
휴식일, 태양(太陽) 5대에서 목재 나름, 가사
노동, 밭일

〈1983년 5월 2일 (음력3월 20일)〉 월요일
날씨 맑음
가사노동, 밭일

〈1983년 5월 3일 (음력3월 21일)〉 화요일
날씨 맑음
출근, 운동대회 준비, 숙직

〈1983년 5월 4일 (음력3월 22일)〉 수요일
날씨 맑음
공사(公社) 운동대회, 육상경기, 구기경기,
숙직

〈1983년 5월 5일 (음력3월 23일)〉 목요일

날씨 맑음
공사(公社) 운동대회, 오전 학교 전기 안착,
구기경기, 숙직

〈1983년 5월 6일 (음력3월 24일)〉 금요일
날씨 비
공사(公社) 운동대회, 구기경기, 총결

〈1983년 5월 7일 (음력3월 25일)〉 토요일
날씨 비
휴식일, 숙직

〈1983년 5월 8일 (음력3월 26일)〉 일요일
날씨 흐림
출근, 전 공사(公社)의 식수(植樹)를 위한 묘
목선정 및 교사(校舍)설비 통계, 숙직

〈1983년 5월 9일 (음력3월 27일)〉 월요일
날씨 맑음
판(板), 광(光), 지(支) 지부 사무실에 가서
취업준비청년 정황 고찰, 숙직

〈1983년 5월 10일 (음력3월 28일)〉 화요일
날씨 뇌우
취업준비청년 통계 완성, - 광신(光新)소학
교에 다녀옴, 숙직

〈1983년 5월 11일 (음력3월 29일)〉 수요일
날씨 흐림
각종 통계표 작성- 반급 수, 학생 수, 입학, 졸

업, 성적, 책임전지(責任田)[12], 구량전지(口
粮田)[13]등, 숙직

〈1983년 5월 12일 (음력3월 30일)〉 목요일
날씨 흐림/맑음
소풍 가다. 숙직

〈1983년 5월 13일 (음력4월 1일)〉 금요일
날씨 비
휴식, 숙직

〈1983년 5월 14일 (음력4월 2일)〉 토요일
날씨 맑음
현(縣) 운동대회 준비, 영화 감상

〈1983년 5월 15일 (음력4월 3일)〉 일요일
날씨 맑음
훈춘(琿春)에서 현(縣) 운동대회 관람

〈1983년 5월 16일 (음력4월 4일)〉 월요일
날씨 맑음
훈춘(琿春)에서 현(縣) 운동대회 관람

〈1983년 5월 17일 (음력4월 5일)〉 화요일
날씨 맑음
훈춘(琿春)에서 현(縣) 운동대회 관람

---

12) 책임전지(責任田): 계약에 따라 농민 개인이 책임
　　지고 경작하는 전지(田地).
13) 구량전지(口粮田): 양전제 하에서 지역 내 전업 농
　　가 혹은 다른 산업에서 농업으로 전환한 농가의 정
　　착을 위해 분배한 토지로 사회보장적 성격이 짙으
　　며 1인당 5무를 넘지 못한다.

〈1983년 5월 18일 (음력4월 6일)〉 수요일
날씨 맑음
훈춘(琿春)에서 출근, 훈춘에서 근공검학(勤
工儉學)회의 참석

〈1983년 5월 19일 (음력4월 7일)〉 목요일
날씨 맑음
출근, 통계

〈1983년 5월 20일 (음력4월 8일)〉 금요일
날씨 맑음
현(縣) 초생(招生)업무회의 참석

〈1983년 5월 21일 (음력4월 9일)〉 토요일
날씨 흐림
통계표 제출 및 자려접수 등 학교업무

〈1983년 5월 22일 (음력4월 10일)〉 일요일
날씨 맑음
광신(光新)에서 졸업생 수 조사

〈1983년 5월 23일 (음력4월 11일)〉 월요일
날씨 맑음
현(縣) 초생(招生)업무회의 정신 전달, 지도
부회의 , 신농(新農)에서 2학년 사상품덕 수
업, 통계

〈1983년 5월 24일 (음력4월 12일)〉 화요일
날씨 흐림
맹(孟), 판(板) 소학교에서 통계, 오후에 학교
업무

〈1983년 5월 25일 (음력4월 13일)〉 수요일
날씨 맑음
1학년 4교시 대강, 오후에 콩을 심음

〈1983년 5월 26일 (음력4월 14일)〉 목요일
날씨 흐림
1학년 3교시 대강, 오후 춘(春), 도(圖) 소학
교에 통계하러 감

〈1983년 5월 27일 (음력4월 15일)〉 금요일
날씨 맑음
1학년 4교시 대강, 오후에 광(光), 태(太), 지
(支)소학교에 통계하러 감

〈1983년 5월 28일 (음력4월 16일)〉 토요일
날씨 맑음
태양(太陽)에서 출근, 1학년 4교시 대강

〈1983년 5월 29일 (음력4월 17일)〉 일요일
날씨 비
모내기 작업

〈1983년 5월 30일 (음력4월 18일)〉 월요일
날씨 비
3학년 6교시 대강

〈1983년 5월 31일 (음력4월 19일)〉 화요일
날씨 맑음
휴식일, 밭일, 잡초제거(장석長石 집)

〈1983년 6월 1일 (음력4월 20일)〉 수요일
날씨 맑음

잡초제거(장석長石 집), 병원 갔다 옴, 밭갈이

〈1983년 6월 2일 (음력4월 21일)〉 목요일
날씨 비
3학년 3교시 대강 , 5학년 역사 수업, 오후 통계함, 백선생이 접대

〈1983년 6월 3일 (음력4월 22일)〉 금요일
날씨 흐림
3학년 4교시 대강, 오후 통계함

〈1983년 6월 4일 (음력4월 23일)〉 토요일
날씨 흐림
3학년 3교시 대강, 오후 통계함, 통계 끝

〈1983년 6월 5일 (음력4월 24일)〉 일요일
날씨 비
훈춘(琿春)에 통계표 제출, (총 공회, 연수학교), 주(州)[14]교장회의 문제로 회의 참석

〈1983년 6월 6일 (음력4월 25일)〉 월요일
날씨 비
훈춘(琿春)에서 화룡(和龍)에 감

〈1983년 6월 7일 (음력4월 26일)〉 화요일
날씨 비
전 주(州) 농촌중심소학교교장회의-주(州)
교육국장 보고, 선진 경험 듣기

〈1983년 6월 8일 (음력4월 27일)〉 수요일
날씨 비
성서(城西)소학교, 투도(頭道)1, 2 소학교, 노암(怒岩) 소학교-견학 학습 함

〈1983년 6월 9일 (음력4월 28일)〉 목요일
날씨 맑음
오전 토론, 주(州)교육국장 총결, 화룡(和龍)에서 연길(延吉)에 옴

〈1983년 6월 10일 (음력4월 29일)〉 금요일
날씨 흐림
연길(延吉)에서 학교로 돌아 옴, 운동대회 준비(교내)

〈1983년 6월 11일 (음력5월 1일)〉 토요일
날씨 비
훈춘(琿春) 제4실험소학교에서 사상품덕 수업 방청, 교내 운동대회

〈1983년 6월 12일 (음력5월 2일)〉 일요일
날씨 비
훈춘(琿春)에서 귀가하여 연변일보 구독

〈1983년 6월 13일 (음력5월 3일)〉 월요일
날씨 비
출근, 각종 업무

〈1983년 6월 14일 (음력5월 4일)〉 화요일
날씨 비
4학년 어문(조선어) 2교시 대강, 시험지 값 수금

---

14) 연변조선족자치주(延邊朝鮮族自治州): 중국 조선족들이 집거하여 자치하고 있는 곳.

〈1983년 6월 15일 (음력5월 5일)〉 수요일
날씨 흐림
4학년 지리, 4학년 지리시험 출제, 정치학습-
장해적(張海適) 사적 학습

〈1983년 6월 16일 (음력5월 6일)〉 목요일
날씨 흐림
4학년 지리 2교시, 지리시험 출제

〈1983년 6월 17일 (음력5월 7일)〉 금요일
날씨 비
등록비 와 시험지 값 지불하러 훈춘(琿春)에
감, 돌아와서 지도부회의 참석

〈1983년 6월 18일 (음력5월 8일)〉 토요일
날씨 비
공회(工會)장부 정리, 2학년 사상품덕 수업

〈1983년 6월 19일 (음력5월 9일)〉 일요일
날씨 맑음
휴식일, 병원에 다녀 옴

〈1983년 6월 20일 (음력5월 10일)〉 월요일
날씨 흐림
자료학습, 중앙영도동지제사를 씀- 장해적
(張海適)을 따라 배우자

〈1983년 6월 21일 (음력5월 11일)〉 화요일
날씨 흐림
2학년 사상품덕 수업, 장해적(張海適)사적
학습, 최춘택(崔春澤)이직 환송회

〈1983년 6월 22일 (음력5월 12일)〉 수요일
날씨 흐림
부서책임제 방안에 대한 학습필기, 4학년2반
밭을 감, 3, 4학년 화원을 정리

〈1983년 6월 23일 (음력5월 13일)〉 목요일
날씨 흐림
춘경(春景)소학교의 최련화(崔蓮花)선생님
업무정황 고찰, 4학년 지리 수업, 당소조회
의-우수당원 선발

〈1983년 6월 24일 (음력5월 14일)〉 금요일
날씨 흐림
2학년 사상품덕 수업, 교학관리학 학습, 지부
회의-당원 발전대상 연구

〈1983년 6월 25일 (음력5월 15일)〉 토요일
날씨 흐림
5학년 사상품덕 수업, 오후에 태양의 최련화
(崔蓮花)선생님 입당(入黨)

〈1983년 6월 26일 (음력5월 16일)〉 일요일
날씨 비
숙부 생신, 태양에서 돌아옴

〈1983년 6월 27일 (음력5월 17일)〉 월요일
날씨 흐림
전기 가설(학교)

〈1983년 6월 28일 (음력5월 18일)〉 화요일
날씨 흐림
2학년 사상품덕, 4학년 지리 2교시, 각 학교

회비 영수증 발급

⟨1983년 6월 29일 (음력5월 19일)⟩ 수요일
날씨 흐림
4학년 지리, 오전 교육국 인사과에서 학교에
상황파악 하러옴.

⟨1983년 6월 30일 (음력5월 20일)⟩ 목요일
날씨 비
학습지도, 4학년 지리, 기말시험, 우수당원자
료 작성

⟨1983년 7월 1일 (음력5월 21일)⟩ 금요일
날씨 흐림
판석향(板石鄕) 공산당창건 62주년 기념 표
창대회 , 우수공산당원으로 표창 받음, 4학년
1반 한어문(중국어) 시험

⟨1983년 7월 2일 (음력5월 22일)⟩ 토요일
날씨 대우
2학년2반, 4학년2반 (수학), 2학년1반 (사상
품덕) 수업 방청, 대우로 오후 1교시 수업 후
하교

⟨1983년 7월 3일 (음력5월 23일)⟩ 일요일
날씨 대우
휴식일

⟨1983년 7월 4일 (음력5월 24일)⟩ 월요일
날씨 흐림
졸업시험(수학, 어문), 돈 문제로 대대(大隊)
와 연락, 숙직

⟨1983년 7월 5일 (음력5월 25일)⟩ 화요일
날씨 흐림
졸업시험(한어문), 2학년 사상품덕 수업, 역
사 복습문제 출제, 지도부회의- 기말업무

⟨1983년 7월 6일 (음력5월 26일)⟩ 수요일
날씨 흐림
판정(板亭)소학교 교사(校舍)관리정황 고찰,
숙직

⟨1983년 7월 7일 (음력5월 27일)⟩ 목요일
날씨 흐림
훈춘(琿春)에 시험지 받으러 감, 판석(板石)
중학에서 접대, 숙직

⟨1983년 7월 8일 (음력5월 28일)⟩ 금요일
날씨 맑음
시험지 분배, 2학년 사상품덕 수업, 교원회
의- 기말에 관하여 , 숙직

⟨1983년 7월 9일 (음력5월 29일)⟩ 토요일
날씨 맑음
지도부 회의 , 시험지 분배, 숙직

⟨1983년 7월 10일 (음력6월 1일)⟩ 일요일
날씨 맑음
오전 출근, 2학년 사상품덕 수업, 중학이 접
대

⟨1983년 7월 11일 (음력6월 2일)⟩ 월요일
날씨 맑음
현(縣) 통일시험(수학, 사상품덕) 오후 밭갈이

〈1983년 7월 12일 (음력6월 3일)〉 화요일
날씨 맑음
현(縣) 통일시험(어문, 한어문) 오후 졸업반
학교 콩밭 밭갈이

〈1983년 7월 13일 (음력6월 4일)〉 수요일
날씨 맑음
학교 밭을 밭갈이, 오후 채점, 역사 시험, 라
디오센터에서 대접

〈1983년 7월 14일 (음력6월 5일)〉 목요일
날씨 흐림
공사의 삼호(三好)학생 등록, 오후 표창장 인
쇄, 교사총결- 우수교사 선발

〈1983년 7월 15일 (음력6월 6일)〉 금요일
날씨 비
학교총결, 삼호(三好)학생 표창, 졸업생 좌담
회

〈1983년 7월 16일 (음력6월 7일)〉 토요일
날씨 비
졸업식, 교사총결

〈1983년 7월 17일 (음력6월 8일)〉 일요일
날씨 폭우
현(縣) 통일시험 성적통계, 선생님 모친 1주
년 기일 참석

〈1983년 7월 18일 (음력6월 9일)〉 월요일
날씨 맑음
학교에서 창설한 공업공사에서 학교에 학습

반 개최, 현(縣) 통일시험 통계

〈1983년 7월 19일 (음력6월 10일)〉 화요일
날씨 비
향(鄕)라디오센터 상반년 총결대회, 선진교
사 자료정리

〈1983년 7월 20일 (음력6월 11일)〉 수요일
날씨 비
오전에 중앙문건을 전달하는 공사(公社)회
의, 오후에 통계, 공사(公社)정치사상업무계
획

〈1983년 7월 21일 (음력6월 12일)〉 목요일
날씨 맑음
하루 종일 통계

〈1983년 7월 22일 (음력6월 13일)〉 금요일
날씨 비
교육업무총결표창대회

〈1983년 7월 23일 (음력6월 14일)〉 토요일
날씨 맑음
통계, 오후 휴식, 〈중국혁명역사이야기(中國
革命歷史故事), 1〉 구독

〈1983년 7월 24일 (음력6월 15일)〉 일요일
날씨 맑음
통계, 가사노동, 병원 감, 〈중국혁명역사이야
기(中國革命歷史故事), 2〉 구독

〈1983년 7월 25일 (음력6월 16일)〉 월요일

날씨 비
통계표 제출하러 훈춘(琿春)에 감, 총결서

〈1983년 7월 26일 (음력6월 17일)〉 화요일
날씨 맑음
휴식일, 가사노동, 문 수리, 〈그녀의 코드
명"백목단"(代号"白牡丹")〉열람

〈1983년 7월 27일 (음력6월 18일)〉 수요일
날씨 맑음
〈그녀의 코드명"백목단"(代号"白牡丹")〉열
람 끝

〈1983년 7월 28일 (음력6월 19일)〉 목요일
날씨 맑음
밭일 함

미옥(美玉) 대학 입시성적
정치:74점, 한어문:34점, 어문:47점, 수
학:108점 역사:70점, 지리:70점, 외국어:66점
총점:469점

〈1983년 7월 29일 (음력6월 20일)〉 금요일
날씨 비
운동대회 준비, 유치원 운동대회 관람.

〈1983년 7월 30일 (음력6월 21일)〉 토요일
날씨 맑음
유치원 운동대회 관람

〈1983년 7월 31일 (음력6월 22일)〉 일요일
날씨 맑음

〈8.1〉[15]연회에 참석, 영화 봄

〈1983년 8월 1일 (음력6월 23일)〉 월요일
날씨 맑음
석탄 1톤 반을 운반(백선생)

〈1983년 8월 2일 (음력6월 24일)〉 화요일
날씨 비
장서기 집에서 몇 가지 문제 토론

〈1983년 8월 3일 (음력6월 25일)〉 수요일
날씨 맑음
가사노동, 〈학교관리학〉 학습

〈1983년 8월 4일 (음력6월 26일)〉 목요일
날씨 비
출입문 수리

〈1983년 8월 5일 (음력6월 27일)〉 금요일
날씨 맑음
오후에 우수교원회에 등록을 위해 훈춘(琿
春)에 감. 중, 소학교 문예공연을 봄

〈1983년 8월 6일 (음력6월 28일)〉 토요일
날씨 비
현 우수교원회의 개막식 착석-경험소개, 국
진(國珍),미화(美花) 2중에 붙음

〈1983년 8월 7일 (음력6월 29일)〉 일요일
날씨 비

---

15) 8월 1일은 중국 건군절

오전 토론, 오후 남현장 보고회 들음, 미옥(美玉) 대학시험 합격

〈1983년 8월 8일 (음력6월 30일)〉월요일
날씨 맑음
대회총결, 표창

〈1983년 8월 9일 (음력7월 1일)〉화요일 날씨 맑음
훈춘(琿春)에서 귀가, 운춘(云春) 장인 돌아가심

〈1983년 8월 10일 (음력7월 2일)〉수요일
날씨 맑음
오전 장서기 ,최회계와 편제문제 토론, 오후 병으로 귀가

〈1983년 8월 11일 (음력7월 3일)〉목요일
날씨 맑음
병원에 다녀옴, 최원수(崔元洙) 학교에 옴

〈1983년 8월 12일 (음력7월 4일)〉금요일
날씨 맑음
휴식

〈1983년 8월 13일 (음력7월 5일)〉토요일
날씨 맑음
전근문제로 맹령(孟嶺)에 감

〈1983년 8월 14일 (음력7월 6일)〉일요일
날씨 맑음
각 학교 지도부회의 (편제문제), 학교 지도부

회의 – 편제, 편반, 행사 문제

〈1983년 8월 15일 (음력7월 7일)〉월요일
날씨 맑음
공사회의– 상수도 설치문제, 교원회의– 담임 선생 안배 문제

〈1983년 8월 16일 (음력7월 8일)〉화요일
날씨 비
인사문제로 훈춘(琿春)에 다녀옴

〈1983년 8월 17일 (음력7월 9일)〉수요일
날씨 맑음
출근, 사진전시회, 승열(乘烈) 판정(板亭)으로 전근하여 주임직 맡음– 환송회

〈1983년 8월 18일 (음력7월 10일)〉목요일
날씨 맑음
출근, 교원회의– 맹(孟)교 인사문제 해결 않됨

〈1983년 8월 19일 (음력7월 11일)〉금요일
날씨 맑음
업무로 맹령(孟嶺) 감 , 오후에 신농(新農)소학교에 감,

〈1983년 8월 20일 (음력7월 12일)〉토요일
날씨 맑음
휴식일, 훈춘(琿春)에 창일(昌日) 결혼식 참가, 미옥(美玉)이 하얼빈 사범대 합격

〈1983년 8월 21일 (음력7월 13일)〉일요일

날씨 맑음
훈춘(琿春)에 출근, 향 적극분자회의에서 행
정분업 문제 토론

〈1983년 8월 22일 (음력7월 14일)〉 월요일
날씨 맑음
맹령(孟嶺)소학교 개학, 최원수(崔元洙) 주
임직 맡음

〈1983년 8월 23일 (음력7월 15일)〉 화요일
날씨 맑음
현 인사국 당위(黨委)[16]에서 인사문제로 토
론 하러 옴, 영화 〈소림제자〉 관람

〈1983년 8월 24일 (음력7월 16일)〉 수요일
날씨 맑음
교사업무책임제 제정, 교사회의 - 방학총결

〈1983년 8월 25일 (음력7월 17일)〉 목요일
날씨 맑음
당위(黨委)에서 개설한 위원학습반 참가

〈1983년 8월 26일 (음력7월 18일)〉 금요일
날씨 흐림
당위(黨委)에서 개설한 위원학습반 참가

〈1983년 8월 27일 (음력7월 19일)〉 토요일
날씨 흐림
각 학교지도부 회의-학기 보고서 문제, 각 학
교 보도원회의

〈1983년 8월 28일 (음력7월 20일)〉 일요일
날씨 비
휴식일, 조주임이 접대- 돼지 팜

〈1983년 8월 29일 (음력7월 21일)〉 월요일
날씨 비
5학년 자연, 장서기 돌아옴, 개학이후 정황
보고, 미옥(미옥)이 대학 합격으로 중심소학
교 교원들을 접대 함

〈1983년 8월 30일 (음력7월 22일)〉 화요일
날씨 맑음
학교 부서책임제 제정, 지도부에서 부서책임
제 토론, 5학년 자연 수업

〈1983년 8월 31일 (음력7월 23일)〉 수요일
날씨 맑음
연수학교 교사가 학교에 와서 교원정황 파
악, 오전 교사등기표 작성, 오후 정치학습-
범제분자 타격에 관한 홍보대강[17], 부서책임
제에 관해 토론

〈1983년 9월 1일 (음력7월 24일)〉 목요일
날씨 맑음
부서책임제 수정, 수력소 대대에 가서 상수
도 장착문제 토론, 최련옥(崔連玉)이직 신청

〈1983년 9월 2일 (음력7월 25일)〉 금요일
날씨 흐림
미옥(美玉) 식량문제로 훈춘(琿春)에 다녀

---

16) 당위(黨委):중국 공산당의 각급 위원회

17) 홍보대강: 홍보에 대한 계획

옴. 교육국 업무

〈1983년 9월 3일 (음력7월 26일)〉 토요일
날씨 맑음
제2중학교 대학합격 가장회 참석하러 훈춘
(琿春)에 다녀옴

〈1983년 9월 4일 (음력7월 27일)〉 일요일
날씨 맑음
미옥(美玉)대학 합격기념으로 사진촬영,

〈1983년 9월 5일 (음력7월 28일)〉 월요일
날씨 맑음
훈춘(琿春)-〉도문(圖門)-〉안도(安圖), 미옥
(美玉)이 배웅

〈1983년 9월 6일 (음력7월 29일)〉 화요일
날씨 맑음
안도(安圖)에서 놈

〈1983년 9월 7일 (음력8월 1일)〉 수요일 날
씨 맑음
안도(安圖)-〉장춘(長春)-〉하얼빈(哈爾濱)

〈1983년 9월 8일 (음력8월 2일)〉 목요일 날
씨 맑음
하얼빈사범대학 도착 및 입학수속 마침, 수
학 학부장이 접대

〈1983년 9월 9일 (음력8월 3일)〉 금요일 날
씨 흐림
하얼빈(哈爾濱)-〉길림(吉林)-〉도문(圖門)

〈1983년 9월 10일 (음력8월 4일)〉 토요일
날씨 비
도문(圖門)-〉훈춘(琿春)

〈1983년 9월 11일 (음력8월 5일)〉 일요일
날씨 비
지도부 간부 학습반 참가, 오후 자습

〈1983년 9월 12일 (음력8월 6일)〉 월요일
날씨 맑음
오전 자습, 오후 시험(학교관리학)

〈1983년 9월 13일 (음력8월 7일)〉 화요일
날씨 맑음
훈춘(琿春)에서 출근, 수업준비, 5학년 상식
수업, 감기

〈1983년 9월 14일 (음력8월 8일)〉 수요일
날씨 맑음
1학년2반 수업 방청, 교재 주문, 오후 상수도
작업, 감기

〈1983년 9월 15일 (음력8월 9일)〉 목요일
날씨 비
광신(光新)소학교 새 교사(校舍) 검수업무,
감기

〈1983년 9월 16일 (음력8월 10일)〉 금요일
날씨 맑음
교육국 문건 학습, 상수도 작업

〈1983년 9월 17일 (음력8월 11일)〉 토요일

날씨 맑음
오전 상수도 작업, 〈풍우가 종산에 내리다. (風雨下鐘山)〉영화 관람

〈1983년 9월 18일 (음력8월 12일)〉일요일
날씨 맑음
휴식일, 5학년 여학생이 산에 풀씨 채집하러 갔다 늦게 안 돌아 와서 밤에 찾으러 감

〈1983년 9월 19일 (음력8월 13일)〉월요일
날씨 비
5학년 상식 수업, 수업 준비, 위생소 이원장 생일

〈1983년 9월 20일 (음력8월 14일)〉화요일
날씨 맑음
5학년 상식 수업, 각 학교졸업생반 한어문 (중국어) 연습, 하얼빈(哈爾濱)에서 짐을 받지 못했다고 전보 옴

〈1983년 9월 21일 (음력8월 15일)〉수요일
날씨 맑음
휴식일, 병으로 집에서 휴식, 하얼빈에서 편지 옴

〈1983년 9월 22일 (음력8월 16일)〉목요일
날씨 맑음
판석(板石)에서 삼가자(三家子)소학교에 감

〈1983년 9월 23일 (음력8월 17일)〉금요일
날씨 흐림
삼가자(三家子) 중심소학교에서 교학정황을

요해, 4학년 한어문(중국어), 어문(조선어), 5학년 수학

〈1983년 9월 24일 (음력8월 18일)〉토요일
날씨 흐림
교학관리 정황 총결, 훈춘(琿春)에서 도착

〈1983년 9월 25일 (음력8월 19일)〉일요일
날씨 맑음
훈춘(琿春)에서 귀가, 학습

〈1983년 9월 26일 (음력8월 20일)〉월요일
날씨 맑음
출근, 대청소, 〈무당(武堂)〉영화 감상, 하얼빈(哈爾濱)에서 전보가 옴, 상수도 수리

〈1983년 9월 27일 (음력8월 21일)〉화요일
날씨 맑음
5학년 상식수업, 지부계획서 인쇄, 지도부회의

〈1983년 9월 28일 (음력8월 22일)〉수요일
날씨 맑음
사상품덕수업에서 법제교육을 추가하는 통지 작성, 교사정치학습

〈1983년 9월 29일 (음력8월 23일)〉목요일
날씨 비
1학년 2반 수업 방청, 학교 상수도 수리, 산에서 낙엽수집

〈1983년 9월 30일 (음력8월 24일)〉금요일

날씨 비
창고 정리, 학교 전기 수리, 오후에 휴식, 숙
직

〈1983년 10월 1일 (음력8월 25일)〉 토요일
날씨 맑음
휴식, 등소평선집(鄧小平選集) 학습, 숙직

〈1983년 10월 2일 (음력8월 26일)〉 일요일
날씨 맑음
휴식, 등소평선집(鄧小平選集) 학습, 숙직

〈1983년 10월 3일 (음력8월 27일)〉 월요일
날씨 맑음
휴식, 맹동(孟冬) 민영교사 정승도(丁勝道)
선생이 음악교사 담당, 등소평선집(鄧小平選
集) 학습, 숙직

〈1983년 10월 4일 (음력8월 28일)〉 화요일
날씨 흐림
5학년 상식 수업, 당원교사 외 초목종자 수
집, 김영애(金英愛)선생님이 몸살로 앓음

〈1983년 10월 5일 (음력8월 29일)〉 수요일
날씨 바람
학교계획으로 지도부회의, 교원회의 실시

〈1983년 10월 6일 (음력9월 1일)〉 목요일
날씨 맑음
학교제도 정리, 4학년 예방주사 접종

〈1983년 10월 7일 (음력9월 2일)〉 금요일

날씨 맑음
플랜카드 제작으로 6, 7, 8, 9 소대 동원

〈1983년 10월 8일 (음력9월 3일)〉 토요일
날씨 맑음
출근, 학교계획 인쇄, 각종 업무

〈1983년 10월 9일 (음력9월 4일)〉 일요일
날씨 맑음
조주임 집을 도움

〈1983년 10월 10일 (음력9월 5일)〉 월요일
날씨 흐림
판석(板石)에서 훈춘(琿春)으로 감

〈1983년 10월 11일 (음력9월 6일)〉 화요일
날씨 추움
1, 2, 3, 4학년 수업 방청, "무지개" 영화 관람

〈1983년 10월 12일 (음력9월 7일)〉 수요일
날씨 맑음
2학년 수업 방청, 총결, 훈춘(琿春)에 도착,
〈특급경보 333호(特級警報 333號)〉영화 감
상

〈1983년 10월 13일 (음력9월 8일)〉 목요일
날씨 바람
훈춘(琿春)에서 귀가, 출근, 회비 수금하러
중학교에 감

〈1983년 10월 14일 (음력9월 9일)〉 금요일
날씨 맑음

2학년1반 수학, 3학년1반 어문(조선어) 수업 방청

〈1983년 10월 15일 (음력9월 10일)〉 토요일 날씨 맑음
4학년1반 한어문(중국어) 수업 방청

〈1983년 10월 16일 (음력9월 11일)〉 일요일 날씨 맑음
자전거 수리, 석탄 계약하러 탄광에 감

〈1983년 10월 17일 (음력9월 12일)〉 월요일 날씨 바람
5학년 상식 수업, 6학년 사상품덕 수업, 수업 준비, 당위(黨委)당비 수금

〈1983년 10월 18일 (음력9월 13일)〉 화요일 날씨 바람
석탄 운반하러 탄광에 감, 5학년 상식수업 , 숙직

〈1983년 10월 19일 (음력9월 14일)〉 수요일 날씨 비
하향하여 4학년 수업 방청, 학교에 돌아와 학교 밭을 수확(흉년), 숙직

〈1983년 10월 20일 (음력9월 15일)〉 목요일 날씨 맑음
하향하여 3학년 어문(조선어), 수학. 4학년 어문(조선어) 수업 방청, 광신(光新) 소학교에 들림, 숙직

〈1983년 10월 21일 (음력9월 16일)〉 금요일 날씨 바람
3학년 어문(조선어), 수학 수업 방청, 학교 콩밭 탈곡, 숙직

〈1983년 10월 22일 (음력9월 17일)〉 토요일 날씨 바람
학교 콩 탈곡완성, 한어문(중국어)관찰 준비, 숙직

〈1983년 10월 23일 (음력9월 18일)〉 일요일 날씨 바람
콩 수확, 탈곡장 정리, (옥수수 54근 수확)-집일, 숙직

〈1983년 10월 24일 (음력9월 19일)〉 월요일 날씨 바람
향(鄕) 한어문(중국어) 교학관찰, 5학년 상식 수업, 숙직

〈1983년 10월 25일 (음력9월 20일)〉 화요일 날씨 맑음
5학년 상식 수업, 민영교사, 석탄 운반문제로 대대에 감

〈1983년 10월 26일 (음력9월 21일)〉 수요일 날씨 맑음
오전에 향(鄕)에서 열린 각 지부조직위원회의 참석, 오후 각 학년 기중 수학점수 채점

〈1983년 10월 27일 (음력9월 22일)〉 목요일 날씨 맑음

소학교 어문(조선어) 교학에 대해 연구토론

〈1983년 10월 28일 (음력9월 23일)〉 금요일 날씨 맑음
태양(太陽) 목장에서 소 구입문제 토론, 학교에 석탄 10톤을 가져옴

〈1983년 10월 29일 (음력9월 24일)〉 토요일 날씨 맑음
최련(崔蓮) 선생님이 본교에서 4교시 시범수업을 함, 토론

〈1983년 10월 30일 (음력9월 25일)〉 일요일 날씨 맑음
김치 움 작업, 각종노동

〈1983년 10월 31일 (음력9월 26일)〉 월요일 날씨 맑음
각 학교 지도부 회의– 기중 총결, 당위(黨委) 회의– 적극분자 선발

〈1983년 11월 1일 (음력9월 27일)〉 화요일 날씨 맑음
지도부 간부 학습으로 연수학교에 감

〈1983년 11월 2일 (음력9월 28일)〉 수요일 날씨 맑음
보고 들음, 시계 고침, 영화 〈첩저(牒姐)〉 감상

〈1983년 11월 3일 (음력9월 29일)〉 목요일 날씨 맑음
자습, 영화 〈대길아인(大吉亞人)〉을 감상

〈1983년 11월 4일 (음력9월 30일)〉 금요일 날씨 맑음
자습, 운학(雲鶴)집에 찾아갔음

〈1983년 11월 5일 (음력10월 1일)〉 토요일 날씨 맑음
교학관리 시험, 귀가

〈1983년 11월 6일 (음력10월 2일)〉 일요일 날씨 맑음
각종노동, 최덕춘(崔德春) 위문

〈1983년 11월 7일 (음력10월 3일)〉 월요일 날씨 맑음
5학년 상식, 6학년 사상품덕 수업, 청소, 반급 토론회의–교학회의

〈1983년 11월 8일 (음력10월 4일)〉 화요일 날씨 맑음
훈춘(琿春)에 가서 버섯재배 학습반 참관, 영화 "월미도" 감상

〈1983년 11월 9일 (음력10월 5일)〉 수요일 날씨 맑음
학습, 오후 제5중학교에 버섯재배 실험실 참관, 뉴스 시청, 선물– 생선구입

〈1983년 11월 10일 (음력10월 6일)〉 목요일 날씨 맑음
학습, 토론, 총결

〈1983년 11월 11일 (음력10월 7일)〉 금요

일 날씨 맑음
훈춘(琿春)에서 출근, 연수학교 음악선생님이 수업방청

〈1983년 11월 12일 (음력10월 8일)〉 토요일 날씨 바람
5학년 수학 2교시 방청, 맹령(孟嶺) 유문석(兪文石)선생님 환갑잔치 참가

〈1983년 11월 13일 (음력10월 9일)〉 일요일 날씨 맑음
맹령(孟嶺)에서 귀가

〈1983년 11월 14일 (음력10월 10일)〉 월요일 날씨 맑음
2.3.4학년 수학수업 방청, 연수학교 선생님이 옴

〈1983년 11월 15일 (음력10월 11일)〉 화요일 날씨 흐림
공개수업, 토론, 총결

〈1983년 11월 16일 (음력10월 12일)〉 수요일 날씨 눈
당비(黨費)제출, 3학년 수학수업 준비

〈1983년 11월 17일 (음력10월 13일)〉 목요일 날씨 바람
3학년1반 수학수업 방청, 자료정리, 채점

〈1983년 11월 18일 (음력10월 14일)〉 금요일 날씨 바람
3학년1반 수학, 4학년1반 수학 방청, 각종업무

〈1983년 11월 19일 (음력10월 15일)〉 토요일 날씨 맑음
학교 출입문 수리, 금옥(金玉) 접대

〈1983년 11월 20일 (음력10월 16일)〉 일요일 날씨 맑음
훈춘 제1중학교 1학년 가장회 참가 (1학년2반)

〈1983년 11월 21일 (음력10월 17일)〉 월요일 날씨 맑음
수업준비, 6학년 사상품덕, 5학년 상식

〈1983년 11월 22일 (음력10월 18일)〉 화화요일 날씨 맑음
도문(도문)소학교에서 수업방청, 조직담화

〈1983년 11월 23일 (음력10월 19일)〉 수요일 날씨 맑음
광신(光新)소학교 수업 방청

〈1983년 11월 24일 (음력10월 20일)〉 목요일 날씨 바람
태양(太陽)소학교 수업 방청

〈1983년 11월 25일 (음력10월 21일)〉 금요일 날씨 바람
출근, 신농(신농), 판석(판석)

1984년

〈1984년 1월 1일 (음력11월 29일)〉 일요일
날씨 맑음
양력설 휴식 (숙직)

〈1984년 1월 2일 (음력11월 30일)〉 월요일
날씨 맑음
〈어문기초지식(語文基礎知識)〉 읽음 (숙직)

〈1984년 1월 3일 (음력12월 1일)〉 화요일
날씨 맑음
출근하여 조주임과 행사에 관하여 토론

〈1984년 1월 4일 (음력12월 2일)〉 수요일
날씨 맑음/추움
교실 수업 종 확인, 공회회의, 보조대상에 대
하여 토론

〈1984년 1월 5일 (음력12월 3일)〉 목요일
날씨 맑음/추움
2학년1반을 검사, 반석대대에 가서 민영교사
의 월급문제로

〈1984년 1월 6일 (음력12월 4일)〉 금요일
날씨 맑음
시험지 분류

〈1984년 1월 7일 (음력12월 5일)〉 토요일
날씨 맑음
오전- 공회장부 계산, 오후-대대에 가서 민
영교사 월급문제 토론

〈1984년 1월 8일 (음력12월 6일)〉 일요일
날씨 맑음
각 학교에 시험지 분배, 오후에 휴식, 자전거
수리, (숙직)

〈1984년 1월 9일 (음력12월 7일)〉 월요일
날씨 흐림/맑음
현 기말통일시험, (수학, 한어 즉 중국어), 채
점

〈1984년 1월 10일 (음력12월 8일)〉 화요일
날씨 맑음/바람
현 기말통일시험, 어문(조선어문), 채점

〈1984년 1월 11일 (음력12월 9일)〉 수요일
날씨 맑음
문건정리, 파일정리, 기말 마감정리

〈1984년 1월 12일 (음력12월 10일)〉 목요
일 날씨 맑음

퇴직간부 기념품 구입, 각 담임선생님의 평
어 검사

〈1984년 1월 13일 (음력12월 11일)〉 금요
일 날씨 맑음
학교 보도원회, 축구팀 회의, 5학년1반 가장
회 등 참석

〈1984년 1월 14일 (음력12월 12일)〉 토요
일 날씨 흐림/소설
학교총결, 교외 보도원회, 라디오 방송국 총
결 참석

〈1984년 1월 15일 (음력12월 13일)〉 일요
일 날씨 맑음
휴식

〈1984년 1월 16일 (음력12월 14일)〉 월요
일 날씨 추움
학교 지도부도회의 (기말 총결회의)

〈1984년 1월 17일 (음력12월 15일)〉 화요
일 날씨 추움
출근 통계실시(통일시험 성적)

〈1984년 1월 18일 (음력12월 16일)〉 수요
일 날씨 맑음
퇴직간부좌담회 주최

〈1984년 1월 19일 (음력12월 17일)〉 목요
일 날씨 맑음
출근 통계실시 (현 통일시험)

〈1984년 1월 20일 (음력12월 18일)〉 금요
일 날씨 맑음
통계실시, 당직

〈1984년 1월 21일 (음력12월 19일)〉 토요
일 날씨 맑음
통계실시, 향에서 조직한 퇴직간부좌담회 참
석, 용학 접대, 당직

〈1984년 1월 22일 (음력12월 20일)〉 일요
일 날씨 맑음
당직

〈1984년 1월 23일 (음력12월 21일)〉 월요
일 날씨 맑음
통계 마무리, 미옥이 방학하여 돌아옴, 당직

〈1984년 1월 24일 (음력12월 22일)〉 화요
일 날씨 맑음/추움
신문분배 등, 당직 (숙직)

〈1984년 1월 25일 (음력12월 23일)〉 수요
일 날씨 흐림/눈
수의병원에 전자계산기 전달, 동문들과 돼지
고기 구입하러감, 숙직

〈1984년 1월 26일 (음력12월 24일)〉 목요
일 날씨 맑음/추움

〈1984년 1월 27일 (음력12월 25일)〉 금요
일 날씨 추움
훈춘(琿春)에서 열리는 김한중 국장 추도식

참가

〈1984년 1월 28일 (음력12월 26일)〉 토요일 날씨 추움

돼지고기 분배, 판정에 감

〈1984년 1월 29일 (음력12월 27일)〉 일요일 날씨 맑음

판정에서 놀고, 판석에 일봄(통일시험 통계 전달)

〈1984년 1월 30일 (음력12월 28일)〉 월요일 날씨 맑음

유정(柳亭)-〉판석(板石)-〉유정(柳亭)

〈1984년 1월 31일 (음력12월 29일)〉 화요일 맑음

간부등기표 작성, 유정(柳亭)-〉맹령(孟嶺)-〉판석(板石)-〉태양(太陽)5대

〈1984년 2월 1일 (음력12월 30일)〉 수요일 날씨 맑음/눈

태양5대에서 대양4대로 이동

〈1984년 2월 2일 (음력1월 1일)〉 목요일 날씨 맑음

태양4대 판석-〉 훈춘(琿春)에 와서 설을 지냄

〈1984년 2월 3일 (음력1월 2일)〉 금요일 날씨 맑음

훈춘(琿春)에서 귀가

〈1984년 2월 4일 (음력1월 3일)〉 토요일 날씨 맑음

최병철(崔柄哲) 혼례

〈1984년 2월 5일 (음력1월 4일)〉 일요일 날씨 맑음/추움

집에서 휴식, 창일 집에 도착(숙직, 대)

〈1984년 2월 6일 (음력1월 5일)〉 월요일 날씨 맑음

집에서 휴식, 동생 집에서 설 지냄

〈1984년 2월 7일 (음력1월 6일)〉 화요일 날씨 맑음

월급 명세장부 작성, 동생 집에서 집으로 돌아옴

〈1984년 2월 8일 (음력1월 7일)〉 수요일 날씨 추움

월급수령, 월급배분, 재봉기 구입(70위안 30전)

〈1984년 2월 9일 (음력1월 8일)〉 목요일 날씨 추움

잡지주문 명세서 작성, 잡지주문 (35위안 9전4푼)

〈1984년 2월 10일 (음력1월 9일)〉 금요일 날씨 맑음

영수증 찾으러 우체국 찾음, 병으로 병원방문, 공고- 퇴직자녀 문제 반영

〈1984년 2월 11일 (음력1월 10일)〉 토요일
날씨 맑음
벽시계 등 구입, 국일(國日), 철학(哲學) 결혼
식 착석 직일

〈1984년 2월 12일 (음력1월 11일)〉 일요일
날씨 맑음
휴식

〈1984년 2월 13일 (음력1월 12일)〉 월요일
날씨 맑음
병으로 집에서 휴식

〈1984년 2월 14일 (음력1월 13일)〉 화요일
날씨 맑음
회의 준비, 보통교육회의 등록

〈1984년 2월 15일 (음력1월 14일)〉 수요일
날씨 맑음
현 보통교육회의 참석, 박국장, 요국장님들에
게 학습문건 전달, 이서기 및 이 현장의 담화
를 방청, 〈곽원갑,(霍元甲)〉시청

〈1984년 2월 16일 (음력1월 15일)〉 목요일
날씨 맑음
강국장 보고회 주최. 83년 총결 및 84년 계
획, 교사교육, 정신오염방지보고 및 토론회
의.

〈1984년 2월 17일 (음력1월 16일)〉 금요일
날씨 맑음
교사(校舍)관리보고회의 토론, 영화 관람

〈1984년 2월 18일 (음력1월 17일)〉 토요일
날씨 맑음
학생보고, 처갓집에 감, 미옥(美玉)이 하얼빈
(哈爾濱)사범대에서 숙박

〈1984년 2월 19일 (음력1월 18일)〉 일요일
날씨 맑음
이직신청 제출, 훈춘(琿春)에서 집으로 도착,
〈곽원갑,(霍元甲)〉시청

〈1984년 2월 20일 (음력1월 19일)〉 월요일
날씨 맑음/바람
〈자희태후 무덤 도난사건,(盜取 慈禧太后墓
事件)〉 구독

〈1984년 2월 21일 (음력1월 20일)〉 화요일
날씨 맑음
책 열람

〈1984년 2월 22일 (음력1월 21일)〉 수요일
날씨 맑음
출근, 공회 장부통계를 공회에 보고, 〈곽원
갑,(霍元甲)〉시청

〈1984년 2월 23일 (음력1월 22일)〉 목요일
날씨 눈/맑음
출근, 책, 걸상 정비

〈1984년 2월 24일 (음력1월 23일)〉 금요일
날씨 맑음
출근, 학습(현보통교육회의 정신 전달), 수업
준비

〈1984년 2월 25일 (음력1월 24일)〉 토요일
날씨 흐림
수업 준비,

〈1984년 2월 26일 (음력1월 25일)〉 일요일
날씨 대설
휴식, 제설, 안영 접대, 〈곽원갑,(霍元甲)〉시
청

〈1984년 2월 27일 (음력1월 26일)〉 월요일
날씨 맑음
출근, 통계: 각 학교 학급 수 와 학생 수, 병으
로 병원 감.

〈1984년 2월 28일 (음력1월 27일)〉 화요일
날씨 맑음
출근, 통계: 각 학교 학급 수 와 학생 수, 내일
회의 준비, 교사는 집에서 수업준비

〈1984년 2월 29일 (음력1월 28일)〉 수요일
날씨 맑음
교육국에 편성회의 참석, 〈곽원갑,(霍元甲)〉
시청

〈1984년 3월 1일 (음력1월 29일)〉 목요일
날씨 맑음
훈춘(琿春)에서 출근, 개학, 문건 배부, 84년
업무의견

〈1984년 3월 2일 (음력1월 30일)〉 금요일
날씨 맑음
교육국 84년 학교계획 전달 밤 11시30분 끝남.

〈1984년 3월 3일 (음력2월 1일)〉 토요일 날
씨 맑음
학생업무 의견과 문제점 , 학교계획 제정에
관하여 토론, 오후에 각 학교 지도부회의, 장
운호(張雲浩) 딸 결혼식 참석

〈1984년 3월 4일 (음력2월 2일)〉 일요일 날
씨 맑음
훈춘(琿春)에 가서 ㅇㅇ중학 3학년 1반 졸업
생 좌담회 참석

〈1984년 3월 5일 (음력2월 3일)〉 월요일 날
씨 맑음
훈춘(琿春)에서 출근, 교재 주문, 겨울방학
총결, 문명예의 동원회의, 학교계획 제정,

〈1984년 3월 6일 (음력2월 4일)〉 화요일 날
씨 맑음
학교 계획 제정 마침, 학교 지도부 학교계획
에 대해 토론, 〈곽원갑, 霍元甲〉시청

〈1984년 3월 7일 (음력2월 5일)〉 수요일 날
씨 맑음
각 학교 교사의 일반상황 등록, 학교계획 토
론 및 통과, 〈곽원갑(霍元甲)〉시청

〈1984년 3월 8일 (음력2월 6일)〉 목요일 날
씨 맑음
숙직실 온돌 수리, 공회 회비 수금, 학교에서
〈3.8〉절 활동 조직

〈1984년 3월 9일 (음력2월 7일)〉 금요일 날

씨 흐림/눈
지식분자통계표, 교직인원 생활개선

〈1984년 3월 10일 (음력2월 8일)〉 토요일
날씨 바람
훈춘(琿春)에 연수하러 감, 학교회의, 교육국
에 일보러 감, 예림의 집에서 밥먹고 100위안
지불

〈1984년 3월 11일 (음력2월 9일)〉 일요일
날씨 맑음
현 병원에 주원한 유격환(俞格換) 선생님과
어수 부친 위문

〈1984년 3월 12일 (음력2월 10일)〉 월요일
날씨 맑음
출근, 춘경8대에 김호숙(金昊淑) 선생님 추
도식 참가

〈1984년 3월 13일 (음력2월 11일)〉 화요일
날씨 맑음
지도부회의- 마음속 이야기를 하다. 5학년
상식 2절 대강(代講)[1].

〈1984년 3월 14일 (음력2월 12일)〉 수요일
날씨 맑음
공회장부 정리. 정치학습〈보통교육회의 문건
논의〉

〈1984년 3월 15일 (음력2월 13일)〉 목요일

---

1) 대강(代講): 다른 교사 대신 강의

날씨 흐림/대설
연수학교의 법제교육학습반 참가. 영화 관람

〈1984년 3월 16일 (음력2월 14일)〉 금요일
날씨 흐림/대설
연수학교의 법제교육학습반 참가.

〈1984년 3월 17일 (음력2월 15일)〉 토요일
날씨 맑음
휴식

〈1984년 3월 18일 (음력2월 16일)〉 일요일
날씨맑음
2학년 2교시 , 6학년 2교시 대강, 제설노동,
이보림(李寶林) 대접

〈1984년 3월 19일 (음력2월 17일)〉 월요일
날씨 흐림/눈
대강교재 우편으로 부침(6학년), 5학년 대강,
수업준비, 교육국에 학교계획 보고하고 숙박.

〈1984년 3월 20일 (음력2월 18일)〉 화요일
날씨 맑음
수업준비, 5학년 대강, 오후에 〈차대행동(車
隊行動)〉영화 감상, 조해란 부친과 장국일 집
에 내방.

〈1984년 3월 21일 (음력2월 19일)〉 수요일
날씨 맑음
매달 주요행사 목차 여분을 만듬, 반석대대
의 확대기 가져옴, 정치학습-〈성 보통교육회
의 결정〉

〈1984년 3월 22일 (음력2월 20일)〉 목요일
날씨 맑음
3학년 1반 수학, 한어문(중국어)[2], 어문(조선어)[3], 사상품덕[4] 4교시 청강

〈1984년 3월 23일 (음력2월 21일)〉 금요일
날씨 맑음/대설
3학년 1반 수학, 한어문, 어문 , 5학년 1반 한어문 청강. 오후에 현 법제교육학습반 정신전달.

〈1984년 3월 24일 (음력2월 22일)〉 토요일
날씨 맑음
3학년 1반 어문 청강, 지도부 학습.

〈1984년 3월 25일 (음력2월 23일)〉 일요일
날씨 눈/맑음
질병예방문제 토론

〈1984년 3월 26일 (음력2월 23일)〉 월요일
날시 맑음
4학년1반 수학, 어문, 한어문 청강, 5학년 상식 가르침, 수업준비

〈1984년 3월 27일 (음력2월 24일)〉 화요일
날씨 맑음
4학년1반 수학, 어문, 한어문 청강. 지도부 회의 – 문명학교 건설에 관하여, 어서성(於書成) 선생님 대강

〈1984년 3월 28일 (음력2월 25일)〉 수요일
날씨 흐림/눈
현(縣) 림업[5] 업무회의 참석, 정치학습,

〈1984년 3월 29일 (음력2월 26일)〉 목요일
날씨 맑음
1학년1반 수업 방청, (어문, 수학), 6학년에서 학생간부 강습반을 설립-법제교육 , 장서기 저녁 접대

〈1984년 3월 30일 (음력2월 27일)〉 금요일
날씨 눈/맑음
학교 지도부회의, 연구반 활동– 연구반 활동 계획 , 원장님 식사 접대

〈1984년 3월 31일 (음력2월 28일)〉 수요일
날씨 맑음
훈춘(琿春)에서 영화 〈경종(警鐘)〉을 시청, 교재수령-수학

〈1984년 4월 1일 (음력3월 1일)〉 목요일 날씨 맑음
표창대회 참석, 영화 "아 Q전(阿Q傳)" 시청

〈1984년 4월 2일 (음력3월 2일)〉 금요일 날씨 맑음/흐림
당비영수증 발급, 지도부 회의(4월 행사)

---

2) 한어문(중국어): 중국어 수업
3) 어문(조선어):한국의 국문 수업
4) 사상품득(思想品德):중국의 도덕교육

---

5) 림업국: 지역 삼림 과 연관된 업무 및 관리를 하는 부서

〈1984년 4월 3일 (음력3월 3일)〉 토요일 날씨 흐림/맑음
2학년1반 수업 방청,(수학, 한어문), 중대(中隊)활동, 학생간부 강습반 강의

〈1984년 4월 4일 (음력3월 4일)〉 목요일 날씨 흐림/맑음
2학년1반 수업 방청,(수학, 한어문), 청명절 활동, 오후에는 선생님들 휴식, 2학년 이상의 학생을 조직하여 열사 기념비 추모 활동,

〈1984년 4월 5일 (음력3월 5일)〉 목요일 날씨 흐림/진눈개비
2학년1반 수업 방청, 교내 낭송, 낭독 대회, 김교수 식사 대접

〈1984년 4월 6일 (음력3월 6일)〉 금요일 날씨 맑음
6학년 수학 가르침, 당비제출, 학생간부 강습반

〈1984년 4월 6일 (음력3월 6일)〉 토요일 날씨 맑음
6학년 수학 가르침, 학교 지도부회의, 〈향(鄕) 낭송, 낭독 대회〉

〈1984년 4월 8일 (음력3월 8일)〉 일요일 날씨 맑음
어수성(于樹成) 부친 어현운(于見雲) 추도식에 참가

〈1984년 4월 9일 (음력3월 9일)〉 월요일 날

씨 흐림/비
1학년 4교시, 5학년 2교시 수업

〈1984년 4월 10일 (음력3월 10일)〉 화요일 날씨 맑음
1학년 4교시, 5학년 2교시 수업, 상품 구입 (44.99위안)

〈1984년 4월 11일 (음력3월 11일)〉 수요일 날씨 맑음
교학연구, 대강문제(팀 회의), 정치교육, 대청소

〈1984년 4월 12일 (음력3월 12일)〉 목요일 날씨 맑음
신농(新農)촌에서 대강문제 토론, 어서성(于樹成) 가정교사 문제, 신농촌초등학교에 가서 노동 모범 등록표를 전달, (어서성(于樹成) 이직, 어숙하(于淑霞) 입교)

〈1984년 4월 13일 (음력3월 13일)〉 금요일 날씨 맑음
4학년2반, 3학년2반 수업 방청(어문), 현교공(縣敎工) 주석 교사정황 고찰하러 옴, 당소조회의-학습, 열성분자 문제

〈1984년 4월 14일 (음력3월 14일)〉 토요일 날씨 맑음
4학년2반 (수학), 1학년2반(어문) 수업 방청, 오후 공회 조장이상 간부회의, 공회활동자급 조달

〈1984년 4월 15일 (음력3월 15일)〉 일요일
날씨 흐림/비
휴식

〈1984년 4월 16일 (음력3월 16일)〉 월요일
날씨 흐림/비
5학년1반 수업, 각종 잡일

〈1984년 4월 17일 (음력3월 17일)〉 화요일
날씨 맑음
5학년1반 수업, 간부 등록표 작성, 창근(昌根) 아이 생일

〈1984년 4월 18일 (음력3월 18일)〉 수요일
날씨 맑음
3학년1반, 2학년1반, 4학년1반 (수학) 수업
방청, 간부 등록표 완성

〈1984년 4월 19일 (음력3월 19일)〉 목요일
날씨 맑음
3학년1반(수학) 수업 방청, 오후에는 식수,
도로정비, 이원장 내방

〈1984년 4월 20일 (음력3월 20일)〉 금요일
날씨 맑음
3학년1반(수학) 수업 방청, 오후에는 식수,
도로정비, 수학연구

〈1984년 4월 21일 (음력3월 21일)〉 토요일
날씨 맑음
3학년1반, 2학년1반, 1학년1반(수학) 수업
방청,

〈1984년 4월 22일 (음력3월 22일)〉 일요일
날씨 맑음
교학연구 준비, 흑판 보수

〈1984년 4월 23일 (음력3월 23일)〉 월요일
날씨 맑음
향(鄕) 교학연구 회의, 1,2,3,4학년 수학 토론
총결

〈1984년 4월 24일 (음력3월 24일)〉 화요일
날씨 맑음
5학년 수업, 2학년1반 (수학) 수업 방청, 지
도부 회의

〈1984년 4월 25일 (음력3월 25일)〉 수요일
날씨 맑음
식수, 운동장 정돈, 대대에서 접대

〈1984년 4월 26일 (음력3월 26일)〉 목요일
날씨 맑음
향 운동대회 준비, 라인 완성, 자재 확인, 삼
호(三好)학생 선발.

〈1984년 4월 27일 (음력3월 27일)〉 금요일
날씨 흐림
향 초등학교 운동대회: 문명 교학반, 삼호(三
好)학교 표창

〈1984년 4월 28일 (음력3월 28일)〉 토요일
날씨 비
향 초등학교 운동대회: 총결

〈1984년 4월 29일 (음력3월 29일)〉 일요일 날씨 비/흐림
휴식

〈1984년 4월 30일 (음력3월 30일)〉 월요일 날씨 흐림/비
5학년 수업, 현 운동회 준비, 운동회 총결, 어서성(扵書成) 환송회, 숙직

〈1984년 5월 1일 (음력4월 1일)〉 화요일 날씨 맑음
출근 , 5학년 수업, 교사 생활회의

〈1984년 5월 2일 (음력4월 2일)〉 수요일 날씨 맑음
현 운동회 준비 (경비) , 숙직

〈1984년 5월 3일 (음력4월 3일)〉 목요일 날씨 맑음
공휴, 현(縣) 운동회 준비, 숙직

〈1984년 5월 4일 (음력4월 4일)〉 금요일 날씨 맑음
공휴, 현(縣) 운동회 준비, 숙직

〈1984년 5월 5일 (음력4월 5일)〉 토요일 날씨 맑음
현(縣) 초등학교 운동회 관람: 축구 2등 , 여자 축구 1등

〈1984년 5월 6일 (음력4월 6일)〉 일요일 날씨 맑음

현(縣) 초등학교 운동회 관람: 남자 배구 1등, 여자 배구 2등

〈1984년 5월 7일 (음력4월 7일)〉 월요일 날씨 흐림/비
현(縣) 보통교육 업무회의, 삼가구의 경험담을 들음, 복습요구(5학년)토론

〈1984년 5월 8일 (음력4월 8일)〉 화요일 날씨 맑음
2교시 수업 방청, 업무 검수

〈1984년 5월 9일 (음력4월 9일)〉 수요일 날씨 맑음
1교시(한어문) 수업 방청, 검수, 총결

〈1984년 5월 10일 (음력4월 10일)〉 목요일 날씨 맑음/흐림
삼가자(三家子)에서 훈춘(琿春)으로 이동하여 업무 봄.

〈1984년 5월 11일 (음력4월 11일)〉 금요일 날씨 흐림/맑음
현(縣) 교육학회 제3회년회 참석– 경험소개 들음

〈1984년 5월 12일 (음력4월 12일)〉 토요일 날씨 흐림/맑음
현 교육학회 제3회년회 참석, 총결 비서장 선발, 귀가

〈1984년 5월 13일 (음력4월 13일)〉 일요일

날씨 흐림/맑음
가사노동, 밭일 및 울타리 세움

〈1984년 5월 14일 (음력4월 14일)〉 월요일
날씨 흐림/비
5학년 수업, 운동회 경비계산, 영수증 및 추천서 발급, 대청소

〈1984년 5월 15일 (음력4월 15일)〉 화요일
날씨 맑음
5학년 2교시, 회의 통지, 현(縣) 위생검사조 검사하러 옴

〈1984년 5월 16일 (음력4월 16일)〉 수요일
날씨 맑음
중학교에 가서 운동회 경비해결, 농업기술센터에서 축구시합 함

〈1984년 5월 17일 (음력4월 17일)〉 목요일
날씨 맑음
학교지도부회의-보통교육검수업무 등, 지부회의 개최- 최문국(崔文國) 당적문제 논의

〈1984년 5월 18일 (음력4월 18일)〉 금요일
날씨 맑음
훈춘(琿春)에 일보러 감, 화원 문제, 책, 걸상 문제, 귀가

〈1984년 5월 19일 (음력4월 19일)〉 토요일
날씨 맑음
지도부 회의, 이후 며칠 행사- 교원회의, 전향 교직원 운동원 회의, 신농(新農)에서 일봄.

〈1984년 5월 20일 (음력4월 20일)〉 일요일
날씨 맑음
황석기(黃錫基) 결혼식 참석

〈1984년 5월 21일 (음력4월 21일)〉 월요일
날씨 맑음
태양에서 돌아옴, 오전에 휴가 내고 오후에 정상 출근

〈1984년 5월 22일 (음력4월 22일)〉 화요일
날씨 흐림/맑음
훈춘(琿春)에서 중, 초등학교 노동교육현장회의에 참석, 경험소개 들음, 오후에 토론 및 국장 보고를 들음

〈1984년 5월 23일 (음력4월 23일)〉 수요일
날씨 흐림/맑음
농업기계학교 총결 참석, 오후에 학생 모집 회의, 식사 접대

〈1984년 5월 24일 (음력4월 24일)〉 목요일
날씨 흐림/맑음
통용기계공장 방문, 귀가

〈1984년 5월 25일 (음력4월 25일)〉 금요일
날씨 흐림/맑음
조직담화: 랑좌(郎左), 랑려국(郎麗菊), 김영애(金英愛), 역치협(歷治峽), 강계화(姜係華). 장춘예(張春藝), 랑추국(郎秋菊)의 정황 파악

〈1984년 5월 26일 (음력4월 26일)〉 토요일

날씨 흐림/맑음
반신지부에 가서 장, 랑의 정황 파악, 오후에
지부회의 및 당 교육수업, 최문국(崔文國) 당
적제명, 장춘예(張春藝), 랑추국(郞秋菊) 당
원으로 흡수.

〈1984년 5월 27일 (음력4월 27일)〉 일요일
날씨 흐림/맑음
휴식

〈1984년 5월 28일 (음력4월 28일)〉 월요일
날씨 흐림/맑음
오전 자료작성(적극분자[6](積极分子)기록부,
추천인 추천 등)

〈1984년 5월 29일 (음력4월 29일)〉 화요일
날씨 흐림/맑음
5학년 상식 자료 복습 요강 작성, 통계실시

〈1984년 5월 30일 (음력4월 30일)〉 수요일
날씨 흐림
5학년 상식 수업, 상식 복습지 인쇄

〈1984년 5월 31일 (음력5월 1일)〉 목요일
날씨 흐림
현 교육학회 등록부 작성, 향 당위에서 장춘
예 와 조직담화 함, 오후에 병으로 병원에 감.

〈1984년 6월 1일 (음력5월 2일)〉 금요일 날

6) 적극분자(積极分子):중국공산당에 가입하려면 각
   분야에서 우수해야 하며 입당 전에 교육받는 사람들

씨 뇌우/흐림
휴식

〈1984년 6월 2일 (음력5월 3일)〉 토요일 날
씨 흐림
판정(板亭) 야채밭에 감(복순 집)

〈1984년 6월 3일 (음력5월 4일)〉 일요일 날
씨 흐림
5학년 대강 2교시, 상식복습 2교시, 회비 당
비 영수증 발급

〈1984년 6월 4일 (음력5월 5일)〉 월요일 날
씨 흐림
5학년 대강 3교시, 상식복습 1교시, 시험 1교
시, 노동교육 진행

〈1984년 6월 5일 (음력5월 6일)〉 화요일 날
씨 비
5학년 2교시, 4학년 1교시 대강 , 광신1대에
가서 모내기 작업을 토론, 상식 시험지 채점.

〈1984년 6월 6일 (음력5월 7일)〉 수요일 날
씨 비
4학년 1교시 대강, 자료정리, 개별담화-박근
한(朴根漢)

〈1984년 6월 7일 (음력5월 8일)〉 목요일 날
씨 맑음
향(鄕)정부에 가서 역사자료 제출. 4학년 1교
시 대강, 오후에 영안에 있는 연수학교에 감.

〈1984년 6월 8일 (음력5월 9일)〉 금요일 날씨 흐림/맑음
영안에서 삼가자(三家子) 초등학교에 와서 수업 3교시 와 경험소개 들음.

〈1984년 6월 9일 (음력5월 10일)〉 토요일 날씨 흐림
수업 4교시 듣고 토론 및 총결 후 삼가자(三家子)에서 집에 도착

〈1984년 6월 10일 (음력5월 11일)〉 일요일 날씨 흐림/비
휴식, 밭을 갈다.

〈1984년 6월 11일 (음력5월 12일)〉 월요일 날시 맑음
출근, 결산, 교사들의 식량관련 정황 파악

〈1984년 6월 12일 (음력5월 13일)〉 화요일 날씨 맑음
하향, 식량관계 정황 파악 광신(光新)

〈1984년 6월 13일 (음력5월 14일)〉 수요일 날씨 맑음
맑음, 오후 지부회의 소집(우수 당원 심사)

〈1984년 6월 14일 (음력5월 15일)〉 목요일 날씨 맑음/비
식량관계표 작성. 태양(太陽) 4대에 감

〈1984년 6월 15일 (음력5월 16일)〉 금요일 날씨 맑음

훈춘(琿春)에 가서 시험지 값과 실량관계표 제출, 생활개선

〈1984년 6월 16일 (음력5월 17일)〉 토요일 날씨 흐림
결산(시험지 값), 향내 2학년 수학 경연 참가, 오후에 우수당원 자료 작성

〈1984년 6월 17일 (음력5월 18일)〉 일요일 날씨 대우
휴식

〈1984년 6월 18일 (음력5월 19일)〉 월요일 날씨 맑음/소우
간부등록부 작성(현(縣) 선전부[7] 요구), 우수당원 자료 완성

〈1984년 6월 19일 (음력5월 20일)〉 화요일 나씨 흐림/소우
시험시간표 초록, 독서

〈1984년 6월 20일 (음력5월 21일)〉 수요일 날씨 맑음
현법원에 우리 향에 와서 심판대회를 함, 학습~, 각 학교에 통일시험 일정에 따라 시험 감독 인원 안배(방안)

〈1984년 6월 21일 (음력5월 22일)〉 목요일 날씨 맑음
향에서 열린 교사(校舍)관리회 참석-중, 초

---

7) 선전부(宣傳部): 홍보부

등학교 교장들 참석

⟨1984년 6월 22일 (음력5월 23일)⟩ 금요일 날씨 맑음
하향 ,당위 수업 1교시 들음, 근공검학(勤工儉學)계획 검토,

⟨1984년 6월 23일 (음력5월 24일)⟩ 토요일 날씨 흐림/맑음
하향, 신농, 태양, 지변의 근공검학(勤工儉學) 현황 검수.

⟨1984년 6월 24일 (음력5월 25일)⟩ 일요일 날씨 흐림
태양에서 귀가. 휴식

⟨1984년 6월 25일 (음력5월 26일)⟩ 월요일 날씨 흐림/소우
하향, 광, 춘, 도의 근공검학(勤工儉學)의 정황 고찰, 화원 과 밭을 일구다.

⟨1984년 6월 26일 (음력5월 27일)⟩ 화요일 날씨 흐림/소우
신발값, 당비 지불. 파출소 와 연락

⟨1984년 6월 27일 (음력5월 28일)⟩ 수요일 날씨 맑음
건축공정 합동서 작성, 모래 파기 작업

⟨1984년 6월 28일 (음력5월 29일)⟩ 목요일 날씨 맑음/소우
교육국에 수속을 완료(건물 건축), 모래 나르

기 (학교 도착)

⟨1984년 6월 29일 (음력6월 1일)⟩ 금요일 날씨 흐림/맑음
아침 4시부터 모래 나름, 학교 5학년 인원 노동, 당소조 활동

⟨1984년 6월 30일 (음력6월 2일)⟩ 토요일 날씨 맑음
현 연수학교의 회의 참석, 지부회의 소집

⟨1984년 7월 1일 (음력6월 3일)⟩ 일요일 날씨 흐림
향 당위원회 주최한 기념행사 참석, 우수당원으로 뽑힘

⟨1984년 7월 2일 (음력6월 4일)⟩ 월요일 날씨 흐림/소우
현 통용기계공장에서 화원 건설 재료 가져옴, 숙직

⟨1984년 7월 3일 (음력6월 5일)⟩ 화요일 날씨 맑음
화원 틀을 세움, 숙직

⟨1984년 7월 4일 (음력6월 6일)⟩ 수요일 날씨 맑음
화원 틀을 세움, 숙직

⟨1984년 7월 5일 (음력6월 7일)⟩ 목요일 날씨 맑음/소우
화원 틀을 세움, 교사(校舍)검사, 콘크리트

작업

〈1984년 7월 6일 (음력6월 8일)〉 금요일 날
씨 소우/맑음
훈춘(琿春)에 가서 검수업무회의 참석, 시험
지 접수, 콘크리트 작업, 숙직

〈1984년 7월 7일 (음력6월 9일)〉 토요일 날
씨 흐림/소우
시험지 배부, 기지 작업, 콘크리트 작업, 미옥
이 귀가, 숙직

〈1984년 7월 8일 (음력6월 10일)〉 일요일
날씨 비
학교 지도부 회의 (검수업무회의 정신 전달),
시험지 배부, 숙직

〈1984년 7월 9일 (음력6월 11일)〉 월요일
날씨 흐림/소우
현 통일시험-수학, 사상품덕. 콘크리트 날씨
작업

〈1984년 7월 10일 (음력6월 12일)〉 화요일
날씨 흐림
현 통일시험-어문, 한어문, 콘크리트 작업

〈1984년 7월 11일 (음력6월 13일)〉 수요일
날씨 맑음
향내 통일 채점: 한족, 조선족 1학년 채점 완료

〈1984년 7월 12일 (음력6월 14일)〉 목요일
날씨 흐림

조선족 2,3,4학년 오전 채점 완료, 운동원 센
터링 연습

〈1984년 7월 13일 (음력6월 15일)〉 금요일
날씨 대우
휴식일, 출근하여 통계함

〈1984년 7월 14일 (음력6월 16일)〉 토요일
날씨 맑음/대우
총결작업 시작

〈1984년 7월 15일 (음력6월 17일)〉 일요일
날씨 맑음/비
총결작업 시작, 졸업생 승학시험(수학, 어
문), 광신에 갔음, 기건대(基建隊)[8] 접대.

〈1984년 7월 16일 (음력6월 18일)〉 월요일
날씨 맑음/비
총결작업 시작, 졸업생 승학시험(한어문),

〈1984년 7월 17일 (음력6월 19일)〉 화요일
날씨 맑음/비
교원총결, 통계 실시, 화원 및 체조대 완성

〈1984년 7월 18일 (음력6월 20일)〉 수요일
날씨 맑음/비
통계, 졸업식 총결

〈1984년 7월 19일 (음력6월 21일)〉 목요일
날씨 맑음/비

---

8) 기건대(基建隊): 기초시설 건축대

통계, 운동회 준비

〈1984년 7월 20일 (음력6월 22일)〉 금요일
날씨 맑음
훈춘(琿春)에 가서 운동회 물품 구입

〈1984년 7월 21일 (음력6월 23일)〉 토요일
날씨 맑음
현 제2차 교직원 운동대회, 판정-춘화: 5-0

〈1984년 7월 22일 (음력6월 24일)〉 일요일
날씨 맑음
판정-양창:7-0

〈1984년 7월 23일 (음력6월 25일)〉 월요일
날씨 흐림/비
판정-영안:5-2, 판정-경신:6-2

〈1984년 7월 24일 (음력6월 26일)〉 화요일
날씨 맑음
판정-마적달: 3-1, 판정-동수:0-1 축구 2등,
여자 장애물 달리기 2등, 총결

〈1984년 7월 25일 (음력6월 27일)〉 수요일
날씨 맑음
운동대회 총격

〈1984년 7월 26일 (음력6월 28일)〉 목요일
날씨 맑음
휴식, 숙직

〈1984년 7월 27일 (음력6월 29일)〉 금요일

날씨 흐림
라디오 방송선 정비, 운동회 경비 계산

〈1984년 7월 28일 (음력7월 1일)〉 토요일
날씨 비
휴식, 병 보러 감, 숙직

〈1984년 7월 29일 (음력7월 2일)〉 일요일
날씨 흐림
공사장 도와주러 감(학교 온돌공사), 변압기
가져옴, 숙직

〈1984년 7월 30일 (음력7월 3일)〉 월요일
날씨 맑음/더움
공사장 도와주러 감, 굴뚝 장착, 불 땜

〈1984년 7월 31일 (음력7월 4일)〉 화요일
날씨 흐림/비
공사장 도와주러 감, 불 땜

〈1984년 8월 1일 (음력7월 5일)〉 수요일 날
씨 맑음
공사장 도와주러 감, 불 땜, "8.1"절 위문활동
참가, 영화 〈납치(綁架)〉 감상

〈1984년 8월 2일 (음력7월 6일)〉 목요일 날
씨 맑음/더움
공사장 도와주러 감, 불 땜, 채소밭을 갈다.

〈1984년 8월 3일 (음력7월 7일)〉 금요일 날
씨 맑음/더움
공사장 도와주러 감, 불 땜

〈1984년 8월 4일 (음력7월 8일)〉 토요일 날씨 맑음/더움
공사장 도와주러 감, 불 땜, 기와 올림, 조주임 접대 (돼지를 팜)

〈1984년 8월 5일 (음력7월 9일)〉 일요일 날씨 흐림/더움
공사장 도와주러 감, 불 땜, 판정에 가서 생활개선

〈1984년 8월 6일 (음력7월 10일)〉 월요일 날씨 흐림/뇌우
판정에서 귀가함, 불 땜

〈1984년 8월 7일 (음력7월 11일)〉 화요일 날씨 뇌우
병으로 휴식, 지도부에서 학교 주택문제 연구

〈1984년 8월 8일 (음력7월 12일)〉 수요일 날씨 맑음
학교 주택 지붕 수선, 조주임 집

〈1984년 8월 9일 (음력7월 13일)〉 목요일 날씨 맑음
학교 새 교사 전기 들어옴

〈1984년 8월 10일 (음력7월 14일)〉 금요일 날씨 흐림/비
향 운동대회 관람, 현 문구공장 회계가 업무 처리 하러 옴.

〈1984년 8월 11일 (음력7월 15일)〉 토요일 날씨 비/맑음
향 운동대회 관람

〈1984년 8월 12일 (음력7월 16일)〉 일요일 날씨 맑음
향 운동대회 관람

〈1984년 8월 13일 (음력7월 17일)〉 월요일 날씨 흐림/맑음
향 운동대회 관람

〈1984년 8월 14일 (음력7월 18일)〉 화요일 날씨 흐림
향 운동대회 끝남, 축구 1등 판, 2등 맹, 3등 호

〈1984년 8월 15일 (음력7월 19일)〉 수요일 날씨 흐림/비
훈춘(琿春)에서 업무 봄, 비용 지불, 시계 수리, 장국일(張國日) 학교 주택수선 시작.

〈1984년 8월 16일 (음력7월 20일)〉 목요일 날씨 비
학교주택 지붕 완성, 문 설치

〈1984년 8월 17일 (음력7월 21일)〉 금요일 날씨 맑음
헌 신발 정리

〈1984년 8월 18일 (음력7월 22일)〉 토요일 날씨 맑음

학교 새 주택 페인트 작업

〈1984년 8월 19일 (음력7월 23일)〉 일요일
날씨 맑음
밭을 갈다, 각 학교의 서기와 교장의 편제가
내려옴. 학교 새 주택 페인트 작업

〈1984년 8월 20일 (음력7월 24일)〉 월요일
날씨 맑음
일부 교사들이 학교에 옴, 병으로 병원에 감

〈1984년 8월 21일 (음력7월 25일)〉 화요일
날씨 비
훈춘(琿春) 교육국에 가서 교육개혁 문제를
알아봄, 교원 출근

〈1984년 8월 22일 (음력7월 26일)〉 수요일
날씨 비/맑음
각반 담임을 분배, 어문교학 대강을 학습, 송
별회-김금숙(金今淑)

〈1984년 8월 23일 (음력7월 27일)〉 목요일
날씨 흐림
수학교학 대강 학습, 오후에 화원 페인트 작
업

〈1984년 8월 24일 (음력7월 28일)〉 금요일
날씨 맑음/흐림
교재 배부, 미옥 학교에 감

〈1984년 8월 25일 (음력7월 29일)〉 토요일
날씨 흐림

화원 페인트 작업, 학교지도부회의, (년 초 계
획, 보통교육, 편제에 대하여)

〈1984년 8월 26일 (음력7월 30일)〉 일요일
날씨 흐림
개학, 동생 정웅(鋌雄) 생일 셈

〈1984년 8월 27일 (음력8월 1일)〉 월요일
날씨 맑음
6학년 2교시 수업, 2학년 2교시 대강, 운동장
잡초 제거

〈1984년 8월 28일 (음력8월 2일)〉 화요일
날씨 맑음
2학년 2교시 대강, 교원 통계, 광신 김의사 접
대.

〈1984년 8월 29일 (음력8월 3일)〉 수요일
날씨 흐림
향(鄕) 4차 인민대표대회 참석

〈1984년 8월 30일 (음력8월 4일)〉 목요일
날씨 비
학교 년초 통계, 지도부회의-전문수업 안배

〈1984년 8월 31일 (음력8월 5일)〉 금요일
날씨 흐림/맑음
보통교육 각종 통계실시, 4학년 이상 도로수
리 작업

〈1984년 9월 1일 (음력8월 6일)〉 토요일 날
씨 흐림/맑음

보통교육 각종 통계실시, 5학년 이상 도로수
리 작업, 교육경비 지출정황표 통계, 학교 대
대보도원회의

〈1984년 9월 2일 (음력8월 7일)〉 일요일 날
씨 흐림
수업함, 오후 휴식, 자전거 수리

〈1984년 9월 3일 (음력8월 8일)〉 월요일 날
씨 맑음
훈춘(琿春)에서 "9.3" 농민대회 관람하고 돌
아옴

〈1984년 9월 4일 (음력8월 9일)〉 화요일 날
씨 맑음
닭장 만들다, 국일 대신 숙직

〈1984년 9월 5일 (음력8월 10일)〉 수요일
날씨 맑음
닭장 만들다, 온돌 정비

〈1984년 9월 6일 (음력8월 11일)〉 목요일
날씨 흐림
훈춘(琿春)에서 운동회 관람 하고 귀가

〈1984년 9월 7일 (음력8월 12일)〉 금요일
날시 흐림
공비 영수증 발급, 회의 참가준비

〈1984년 9월 8일 (음력8월 13일)〉 토요일
날시 흐림/비
훈춘(琿春)에서 검수업무회의 참석, 교육국

에 가서 이직신청 함.

〈1984년 9월 9일 (음력8월 14일)〉 일요일
날씨 맑음
훈춘(琿春)에서 경신중심초등학교에 감, 휴
식

〈1984년 9월 10일 (음력8월 15일)〉 월요일
날씨 맑음
오전 휴식 - 강가에서 물놀이, 오후 영도의 종
합보고 들음

〈1984년 9월 11일 (음력8월 16일)〉 화요일
날씨 흐림/맑음
각종 기록 및 교안 점검, 교사(校舍)점검

〈1984년 9월 12일 (음력8월 17일)〉 수요일
날씨 맑음
방청 4교시, 오후 학교 지도부와 함께 교학정
황을 들음

〈1984년 9월 13일 (음력8월 18일)〉 목요일
날씨 맑음
방청 4교시

〈1984년 9월 14일 (음력8월 19일)〉 금요일
날씨 맑음
사도포(四道泡) 소학교에서 수업방청 및 점
검함

〈1984년 9월 15일 (음력8월 20일)〉 토요일
날씨 맑음

경신에서 학교로 복귀

〈1984년 9월 16일 (음력8월 21일)〉 일요일
날씨 맑음
오전 휴식, 판석에서 훈춘(琿春)으로 감, 창
일 집에서 묵음

〈1984년 9월 17일 (음력8월 22일)〉 월요일
날씨 흐림/비
훈춘(琿春)에서 삼가자(三家子)중심초등학
교에 가서 수업 3교시 방청하고 학교 지도부
의 종합보고를 들음

〈1984년 9월 18일 (음력8월 23일)〉 화요일
날씨 맑음
수업 5교시 방청, 각종 자료 찾음(기록, 교안
등등), 삼가자(三家子)에서 사타자(沙陀子)
에 감

〈1984년 9월 19일 (음력8월 24일)〉 수요일
날씨 흐림/맑음
사타자(沙陀子)에서 서위자(西威子)에 가서
3교시 수업을 들음, 삼가자(三家子)에 도착

〈1984년 9월 20일 (음력8월 25일)〉 목요일
날씨 맑음
삼가자(三家子)에서 훈춘(琿春)으로 감 , 오
후에 회의 참석

〈1984년 9월 21일 (음력8월 26일)〉 금요일
날씨 맑음
제4 초등학교에서 수업 3교시 방청, 오후에

는 지도부 보고를 들음, 자료점검.

〈1984년 9월 22일 (음력8월 27일)〉 토요일
날씨 맑음
수업 3교시 방청, 좌담회의에서 총결, 제4소
학에서 접대

〈1984년 9월 23일 (음력8월 28일)〉 일요일
날씨 맑음
제2실험 초등학교에서 지도부 보고를 들음,
자료 점검, 제2실험초등학교에서 접대

〈1984년 9월 24일 (음력8월 29일)〉 월요일
날씨 맑음
수업 3교시 방청, 자료 점검

〈1984년 9월 25일 (음력9월 1일)〉 화요일
날씨 바람
수업 3교시 방청, 좌담회의에서 총결, 제2실
험초등학교에서 접대

〈1984년 9월 26일 (음력9월 2일)〉 수요일
날씨 맑음
성서(城西)초등학교 점검, 지도부 보고 들음,
점심은 성서소학에서 접대, 저녁은 당위에서
접대

〈1984년 9월 27일 (음력9월 3일)〉 목요일
날씨 맑음
훈춘에서 방천(防川) 견학, 오가산(五家山)
견학, 차덕송(車德松) 학교에 취임,

〈1984년 9월 28일 (음력9월 4일)〉 금요일
흐림/대우
출근, 깃대 기초 공사. 고령 고중생 및 문화대
혁명시기 중퇴 학생명단 작성하여 보냄.

〈1984년 9월 29일 (음력9월 5일)〉 토요일
날씨 맑음
학습필기 연수학교, 교육국 행사안배

〈1984년 9월 30일 (음력9월 6일)〉 일요일
날씨 맑음
휴식일, 병으로 주사 맞음

〈1984년 10월 1일 (음력9월 7일)〉 월요일
날씨 맑음
휴식일, 병으로 주사 맞음

〈1984년 10월 2일 (음력9월 8일)〉 화요일
날씨 흐림
상수도 연결(새 집)

〈1984년 10월 3일 (음력9월 9일)〉 수요일
날씨 맑음
출근, 교원회의-(교육국 문건 학습, 보통교
육검수정신, 교육개혁문제, 소선대[9]계획)

〈1984년 10월 4일 (음력9월 10일)〉 목요일
날씨 맑음
신농(新農)소학 수학경연문제 연구,(지도부

는 10월 행사토론), 신농(新農) 수리문제 토
론.

〈1984년 10월 5일 (음력9월 11일)〉 금요일
날씨 맑음
향 당위에서 학교에 옴, 도노(圖魯)에서 대
강, 김명운(金明云) 학교에 옴, 신농(新農) 간
부들을 요청-수리문제

〈1984년 10월 6일 (음력9월 12일)〉 토요일
날씨 맑음
수업, 대청소

〈1984년 10월 7일 (음력9월 13일)〉 일요일
날씨 맑음
새집 온돌작업

〈1984년 10월 8일 (음력9월 14일)〉 월요일
날씨 맑음
수업, 6학년 수업 3교시 대강, 교원회의에서
중소학생 공연을 봄.

〈1984년 10월 9일 (음력9월 15일)〉 화요일
날씨 맑음
수업, 6학년 수업 3교시 대강, 대청소, 장인이
옴

〈1984년 10월 10일 (음력9월 16일)〉 수요
일 날씨 흐림
수업, 6학년 수업 2교시 대강, 대청소, 20위
안을 송금

---

9) 소선대(少先隊): 소년선봉대로 중국공산당 하부조
   직으로 소학생들로 구성됨

〈1984년 10월 11일 (음력9월 17일)〉 목요일 날씨 흐림
새 깃발 세움, 정상수업, 현 교사(校舍) 점검 팀이 판정소학에 옴

〈1984년 10월 12일 (음력9월 18일)〉 금요일 날씨 흐림/비
판정에서 돌아옴, 점검 팀이 판석에 옴,

〈1984년 10월 13일 (음력9월 19일)〉 토요일 날씨 맑음
지도부에서 학교계획 토론, 광신소학 통계를 요구함

〈1984년 10월 14일 (음력9월 20일)〉 일요일 날씨 맑음
가사노동, 새집 마당정리

〈1984년 10월 15일 (음력9월 21일)〉 월요일 날씨 맑음
보통교육검수통계시작

〈1984년 10월 16일 (음력9월 22일)〉 화요일 날씨 맑음
훈춘에서 공회주석회의 참가, 오후에 각종 업무를 봄- 등사기 및 책을 구입

〈1984년 10월 17일 (음력9월 23일)〉 수요일 날씨 맑음
훈춘에서 출근, 하향하여 광신(光新), 도노(圖魯), 지변(支邊), 춘서(春瑞) 의 통계를 실시

〈1984년 10월 18일 (음력9월 24일)〉 목요일 날씨 맑음
하향하여 태양(太陽), 판정(板亭), 신농(新農)의 통계 실시

〈1984년 10월 19일 (음력9월 25일)〉 금요일 날씨 맑음
보통교육검수통계표 작성(완성)

〈1984년 10월 20일 (음력9월 26일)〉 토요일 날씨 대우
1교시 수업 후 휴강,

〈1984년 10월 21일 (음력9월 27일)〉 일요일 날씨 맑음
장모님 생신

〈1984년 10월 22일 (음력9월 28일)〉 월요일 날씨 맑음
훈춘에 가서 통계표 및 계획을 제출, 책을 구입

〈1984년 10월 23일 (음력9월 29일)〉 화요일 날씨 맑음
출근, 수리문제 연구, 학교 지도부와 시공대 대장 합동 체결, 통보하기, 사상품덕 교학 연수회

〈1984년 10월 24일 (음력10월 1일)〉 수요일 날씨 맑음
정치학습-어수진 사적 , 우수 소선대원 선출, 변압기문제 토론

〈1984년 10월 25일 (음력10월 2일)〉 목요
일 날씨 맑음
화장실 기지 건설작업

〈1984년 10월 26일 (음력10월 3일)〉 금요
일 날씨 맑음
이사, 학교 화장실 기시 건설작업

〈1984년 10월 27일 (음력10월 4일)〉 토요
일 날씨 비
학교 새 건축 주택, 콘크리트 –6톤 빌림

〈1984년 10월 28일 (음력10월 5일)〉 일요
일 날씨 맑음
벽걸이 시계장착

〈1984년 10월 29일 (음력10월 6일)〉 월요
일 날씨 맑음
콘크리트 나름(5톤 반), 석탄저장 기지 작업,
교육국에서 옴

〈1984년 10월 30일 (음력10월 7일)〉 화요
일 날씨 맑음
신농(新農)소학에 다녀옴, 교사생활개선

〈1984년 10월 31일 (음력10월 8일)〉 수요
일 날씨 맑음
오전 지부위원회의 소집, 오후 지부대회 소
집(당 교육수업)

〈1984년 11월 1일 (음력10월 9일)〉 목요일
날씨 맑음

학교 화장실 작업

〈1984년 11월 2일 (음력10월 10일)〉 금요
일 날씨 맑음
출근, 아침에 대대 장서기와 토론, 가사노동,
물건정리

〈1984년 11월 3일 (음력10월 11일)〉 토요
일 날씨 맑음
훈춘에 가서 학습, 교육국 심리학 학습 동원
보고

〈1984년 11월 4일 (음력10월 12일)〉 일요
일 날씨 맑음
교육학, 심리학, 학습, 오후 자습, 창일이가
접때

〈1984년 11월 5일 (음력10월 13일)〉 월요
일 날씨 흐림/맑음
교육학, 심리학, 학습, 오후 자습, 장인 집으
로 감

〈1984년 11월 6일 (음력10월 14일)〉 화요
일 날씨 흐림/맑음
교육학, 심리학, 학습, 오후 자습

〈1984년 11월 7일 (음력10월 15일)〉 수요
일 날씨 맑음
교육학, 심리학, 학습, 오후 자습, 장인이 식
사 접대

〈1984년 11월 8일 (음력10월 16일)〉 목요

일 날씨 맑음

교육학, 심리학, 학습, 훈춘에서 귀가 건설 팀이 접대

〈1984년 11월 9일 (음력10월 17일)〉 금요일 날씨 맑음

휴식일, 김치 움 작업, 장작 40묶음 구입 (20위안)

〈1984년 11월 10일 (음력10월 18일)〉 토요일 날씨 맑음

휴식일, 김치 움 작업 마무리

〈1984년 11월 11일 (음력10월 19일)〉 일요일 날씨 맑음/바람

제1중학 가장회의 참가, 오후 자습 필기

〈1984년 11월 12일 (음력10월 20일)〉 월요일 날씨 맑음

교육학, 심리학, 학습, 오후 자습

〈1984년 11월 13일 (음력10월 21일)〉 화요일 날씨 맑음

교육학, 심리학, 학습, 오후 자습

〈1984년 11월 14일 (음력10월 22일)〉 수요일 날씨 흐림/눈

교육학, 심리학, 학습, 오후 자습, 비디오 봄

〈1984년 11월 15일 (음력10월 23일)〉 목요일 날씨 흐림/맑음

교육학, 심리학, 학습, 오후 자습

〈1984년 11월 16일 (음력10월 24일)〉 금요일 날씨 흐림

교육학, 심리학, 학습, 오후 자습

〈1984년 11월 17일 (음력10월 25일)〉 토요일 날씨 맑음

교육학, 심리학, 학습, 오후 자습

〈1984년 11월 18일 (음력10월 26일)〉 일요일 날씨 맑음

교육학, 심리학, 학습, 오후 자습, 동창 김규빈(金奎彬) 접대함

〈1984년 11월 19일 (음력10월 27일)〉 월요일 날씨 맑음

교육학, 심리학 복습지도, 창일 집에서 복습

〈1984년 11월 20일 (음력10월 28일)〉 화요일 날씨 맑음

창일 집에서 혼자 복습

〈1984년 11월 21일 (음력10월 29일)〉 수요일 날씨 맑음

창일 집에서 혼자 복습, 문구공장에 가서 책걸상 상황 파악

〈1984년 11월 22일 (음력10월 30일)〉 목요일 날씨 맑음

장인 집에서 혼자 복습

〈1984년 11월 23일 (음력11월 1일)〉 금요일 날씨 맑음

장인 집에서 혼자 복습, 문구공장에 가서 책걸상 상황 파악

〈1984년 11월 24일 (음력11월 2일)〉 토요일 날씨 맑음
문구공장에 가서 책걸상 업무를 봄, 책상 90개 와 걸상 59개 받음

〈1984년 11월 25일 (음력11월 3일)〉 일요일 날씨 맑음
교육학(나는 시험보지 않았음), 심리학 시험봄

〈1984년 11월 26일 (음력11월 4일)〉 월요일 날씨 맑음/바람
훈춘에서 출근, 수리정황 파악, 오후 지도부회의(석탄 차고, 교사주택, 책걸상 분배), 교원회의

〈1984년 11월 27일 (음력11월 5일)〉 화요일 날씨 맑음/바람
책걸상 정돈, 난로 작업, 6학년 콘크리트 바닥 작업

〈1984년 11월 28일 (음력11월 6일)〉 수요일 날씨 맑음/바람
노간부회의 참가(성(省)노간부회의 정신 전달), 오후 학교업무

〈1984년 11월 29일 (음력11월 7일)〉 목요일 날씨 맑음
난로 작업, 2학년1반 콘크리트바닥 작업

〈1984년 11월 30일 (음력11월 8일)〉 금요일 날씨 맑음
복도 정돈, 지도부회의 -기중총결, 12월 행사 확인, 5학년1반 여학생 병으로 병원에 가서 치료받음, 책상-59개와 걸상-91개 도착

〈1984년 12월 1일 (음력11월 9일)〉 토요일 날씨 흐림
오후에 단학습 수업, 조주임 장모님 환갑잔치 참석

〈1984년 12월 2일 (음력11월 10일)〉 일요일 날씨 맑음
가사노동, 창고정돈, 숙직(대)

〈1984년 12월 3일 (음력11월 11일)〉 월요일 날씨 맑음
정상수업, 전교 오전만 수업, 오후에는 목재 나르기

〈1984년 12월 4일 (음력11월 12일)〉 화요일 날씨 흐림/소설
온종일 벌목작업

〈1984년 12월 5일 (음력11월 13일)〉 수요일 날씨 맑음
지도부회의(월별행사), 오후 벌목작업

〈1984년 12월 6일 (음력11월 14일)〉 목요일 날씨 맑음
교육국 박국장과 허교장이 학교에 옴, 신농에 다녀감.

〈1984년 12월 7일 (음력11월 15일)〉 금요일 날씨 맑음

훈춘에서 열린 중심학교 교장회의 참석하고 돌아옴

〈1984년 12월 8일 (음력11월 16일)〉 토요일 날씨 맑음

중학교 회의통지, 회비 수금, 교육국에서 학교에 옴,

〈1984년 12월 9일 (음력11월 17일)〉 일요일 날씨 맑음

가사노동(화장실 수선)

〈1984년 12월 10일 (음력11월 18일)〉 월요일 날씨 눈

1학년1반 수업 방청(어문), 지도부회의-(통일시험 및 통신교육에 관하여)

〈1984년 12월 11일 (음력11월 19일)〉 화요일 날씨 흐림

2학년1반(어문), 2학년2반 과 1학년2반(수학)수업 방청, 학교에서 석탄을 24톤 실어왔음, 태양의 이주임이 접대함, 학교 왕서기 집에 찾아감

〈1984년 12월 12일 (음력11월 20일)〉 수요일 날씨 맑음

3학년1반(어문), 3학년2반(수학)수업 방청, 5학년1반 1교시 대강(어문), 각종 업무.

〈1984년 12월 13일 (음력11월 21일)〉 목요일 맑음

4학년2반(수학) 수업 방청, 각 학교 시험지 값 수금, 박선생집 방문

〈1984년 12월 14일 (음력11월 22일)〉 금요일 날씨 맑음

5학년1반(어문), 5학년2반(수학) 수업 방청, 각 학교 시험지 값 통계.

〈1984년 12월 15일 (음력11월 23일)〉 토요일 날씨 맑음

훈춘에서 각 학교 시험지 값 납부(통계), 숙직 (대)

〈1984년 12월 16일 (음력11월 24일)〉 일요일 날씨 맑음

휴식일, 가사노동, 숙직(대)

〈1984년 12월 17일 (음력11월 25일)〉 월요일 날씨 맑음

조할아버지 장례참석, 회의준비(훈춘에서 교장회의)

〈1984년 12월 18일 (음력11월 26일)〉 화요일 날씨 맑음

현 보통교육회의, 이현장 보고함, 교학결의 통화, 오후 학습토론

〈1984년 12월 19일 (음력11월 27일)〉 수요일 날씨 맑음

오전 경험담 청취, 오후 토론

〈1984년 12월 20일 (음력11월 28일)〉 목요
일 날씨 맑음
오전 토론, 오후 이서기 총결, 현위(縣委)서
기 발언

〈1984년 12월 21일 (음력11월 29일)〉 금요
일 날씨 맑음
교육국회의 참석, 우수교원 심사, 학교분류,
월급개혁 등 문제 토론

〈1984년 12월 22일 (음력12월 1일)〉 토요
일 날씨 맑음
출근, 오후 회의 (현 보통교육회의 정신 전
달), 숙직(대)

〈1984년 12월 23일 (음력12월 2일)〉 일요
일 날씨 바람
휴식일, 당직, 숙직(대)

〈1984년 12월 24일 (음력12월 3일)〉 월요
일 날씨 맑음
출근, 공회년말통계, 숙직

〈1984년 12월 25일 (음력12월 4일)〉 화요
일 날씨 맑음
오전 보통교육회의 이현장 발언 학습, 오후

현 보통교육회의 정신 전달, 숙직

〈1984년 12월 26일 (음력12월 5일)〉 수요
일 날씨 맑음
지도부회의- 우수교사 심사, 기말총결, 숙직

〈1984년 12월 27일 (음력12월 6일)〉 목요
일 날씨 맑음
노간부등록표 작성, 숙직

〈1984년 12월 28일 (음력12월 7일)〉 금요
일 날씨 맑음
노간부등록표 작성, 숙직

〈1984년 12월 29일 (음력12월 8일)〉 토요
일 날씨 맑음
출근, 박일군 결혼식 참가 지도부회의 ,각 학
교 중 사범학교 졸업생등록표 발급

〈1984년 12월 30일 (음력12월 9일)〉 일요
일 날씨 맑음
훈춘에서 출근, 숙직

〈1984년 12월 31일 (음력12월 10일)〉 월요
일 날씨 맑음
단위(團委)활동

1985년

〈1985년 1월 1일 (음력11월 11일)〉 화요일 날씨 맑음

양력설 휴식, 태양(太陽) 4대에 감

〈1985년 1월 2일 (음력11월 12일)〉 수요일 날씨 맑음

동생이 옴

〈1985년 1월 3일 (음력11월 13일)〉 목요일 날씨 맑음

병으로 출근 못함

〈1985년 1월 4일 (음력11월 14일)〉 금요일 날씨 바람

우수교사 등기표 작성, 조주임 접대

〈1985년 1월 5일 (음력11월 15일)〉 토요일 날씨 바람

우수교사 등기표 작성, 훈춘(琿春)에 감

〈1985년 1월 6일 (음력11월 16일)〉 일요일 날씨 바람

전 현(縣) 중소학교 교장회의에 갔다 옴

〈1985년 1월 7일 (음력11월 17일)〉 월요일 날씨 바람

각 학교 지도부회의 – 현(縣)회의 정신 전달, 시험지 분배

〈1985년 1월 8일 (음력11월 18일)〉 화요일 날씨 맑음

현(縣) 통일 시험 – 어문(조선어), 병원에 다녀옴

〈1985년 1월 9일 (음력11월 19일)〉 수요일 날씨 맑음

현(縣) 통일 시험 – 수학

〈1985년 1월 10일 (음력11월 20일)〉 목요일 날씨 눈

현(縣) 통일 시험 – 한어 (중국어), 조주임 집돼지을 잡아 교원생활 개선

〈1985년 1월 11일 (음력11월 21일)〉 금요일 날씨 눈

휴식

〈1985년 1월 12일 (음력11월 22일)〉 토요일 날씨 추움

휴식, 향당위(鄕黨委)[1] 김이균(金利均), 이홍비(李洪飛)가 교육개혁 문제 및 향당위(鄕黨委)회의 전달

〈1985년 1월 13일 (음력11월 23일)〉 일요일 날씨 추움

학생 총결(總結), 지식분자통계

〈1985년 1월 14일 (음력11월 24일)〉 월요일 날씨 추움

학생 방학, 교원총결(總結), 학교총결(總結), 몸살

〈1985년 1월 15일 (음력11월 25일)〉 화요일 날씨 추움

각 학교 통계표 작성, 교구(敎具)공장에서 책걸상 80세트 가져옴

〈1985년 1월 16일 (음력11월 26일)〉 수요일 날씨 추움

오전에 지도부회의-교육개혁 방안 통과, 기말총결

〈1985년 1월 17일 (음력11월 27일)〉 목요일 날씨 맑음

각 학교에 지식경연활동 통지

〈1985년 1월 18일 (음력11월 28일)〉 금요일 날씨 맑음

통일시험 성적 통계

〈1985년 1월 19일 (음력11월 29일)〉 토요일 날씨 눈

판석(板石) 지식경연활동 참석

〈1985년 1월 20일 (음력11월 30일)〉 일요일 날씨 바람

휴식

〈1985년 1월 21일 (음력12월 1일)〉 월요일 날씨 바람

휴식, 광신(光新)에서 이영학(李永鶴), 최창화(崔昌花) 집에 왔다가 오후에 덕송(德松) 아이 생일 참석

〈1985년 1월 22일 (음력12월 2일)〉 화요일 날씨 바람

집에서 휴식

〈1985년 1월 23일 (음력12월 3일)〉 수요일 날씨 맑음

훈춘(琿春)에서 열린 소학교지도자 연수반-심리학 학습, 장인 집에서 잠

〈1985년 1월 24일 (음력12월 4일)〉 목요일 날씨 맑음

심리학 학습, 창일(昌日)집에서 잠

〈1985년 1월 25일 (음력12월 5일)〉 금요일 날씨 맑음

심리학 학습, 오후에 중심학교 지도부회의 참석, 창일(昌日)집에서 잠

---

1) 향당위(鄕黨委):향 당 위원회

〈1985년 1월 26일 (음력12월 6일)〉 토요일
날씨 맑음
심리학 학습, 훈춘(琿春)에서 귀가

〈1985년 1월 27일 (음력12월 7일)〉 일요일
날씨 눈
휴식

〈1985년 1월 28일 (음력12월 8일)〉 월요일
날씨 바람
판석(板石)에서 훈춘(琿春)에 가서 학습하고
돌아옴

〈1985년 1월 29일 (음력12월 9일)〉 화요일
날씨 바람
향(鄉)교육위원회 회의 참석

〈1985년 1월 30일 (음력12월 10일)〉 수요
일 날씨 바람
판석(板石)에서 훈춘(琿春)에 가서 학습하고
돌아옴

〈1985년 1월 31일 (음력12월 11일)〉 목요
일 날씨 맑음
휴식, 심리학 학습

〈1985년 2월 1일 (음력12월 12일)〉 금요일
날씨 바람
휴식, 심리학 학습, 석탄 3000근 실어옴

〈1985년 2월 2일 (음력12월 13일)〉 토요일
날씨 맑음

판석(板石)에서 훈춘(琿春)에 가서 학습하고
돌아옴, 창일(昌日)집에서 잠

〈1985년 2월 3일 (음력12월 14일)〉 일요일
날씨 맑음
심리학 학습, 미옥(美玉), 동일(東日) 훈춘
(琿春)에 도착, 장인 집에서 잠

〈1985년 2월 4일 (음력12월 15일)〉 월요일
날씨 맑음
심리학 학습, 오후 자습, 장인 집에서 잠

〈1985년 2월 5일 (음력12월 16일)〉 화요일
날씨 흐림
심리학 학습, 오후 자습, 창일(昌日) 집에서
잠

〈1985년 2월 6일 (음력12월 17일)〉 수요일
날씨 맑음
심리학 학습, 영화 봄, 장인 집에서 잠

〈1985년 2월 7일 (음력12월 18일)〉 목요일
날씨 맑음
훈춘(琿春)에서 귀가, 복습

〈1985년 2월 8일 (음력12월 19일)〉 금요일
날씨 눈
복습, 판석(板石)에서 훈춘(琿春)으로 옴, 창
일(昌日) 집에서 잠

〈1985년 2월 9일 (음력12월 20일)〉 토요일
날씨 눈

복습, 창일(昌日) 집에서 잠

〈1985년 2월 10일 (음력12월 21일)〉 일요
일 날씨 맑음
심리학 시험, 귀가

〈1985년 2월 11일 (음력12월 22일)〉 월요
일 날씨 맑음
최덕춘(崔德春) 접대

〈1985년 2월 12일 (음력12월 23일)〉 화요
일 날씨 바람
병으로 집에서 휴식

〈1985년 2월 13일 (음력12월 24일)〉 수요
일 날씨 바람
병으로 집에서 휴식, 학습

〈1985년 2월 14일 (음력12월 25일)〉 목요
일 날씨 맑음
교장직무 학습, 집에서 학습, 교원시험장 준
비

〈1985년 2월 15일 (음력12월 26일)〉 금요
일 날씨 맑음
민영대강교사 시험– 사회청년들도 참가

〈1985년 2월 16일 (음력12월 27일)〉 토요
일 날씨 바람
집에서 학습, 휴식

〈1985년 2월 17일 (음력12월 28일)〉 일요

일 날씨 맑음
향 교육개혁회의 참석

〈1985년 2월 18일 (음력12월 29일)〉 월요
일 날씨 맑음
오후에 시험합격자 면접

〈1985년 2월 19일 (음력12월 30일)〉 화요
일 날씨 맑음
시험성적 종합, 허교장 등 집에 옴, 훈춘(琿
春)에 감

〈1985년 2월 20일 (음력1월 1일)〉 수요일
날씨 대설
장인 집에서 음력설 지냄

〈1985년 2월 21일 (음력1월 2일)〉 목요일
날씨 바람
창일 집에서 명절 지냄

〈1985년 2월 22일 (음력1월 3일)〉 금요일
날씨 바람
훈춘(琿春)에서 구보로 집에 옴

〈1985년 2월 23일 (음력1월 4일)〉 토요일
날씨 맑음
고용교사 계획제정

〈1985년 2월 24일 (음력1월 5일)〉 일요일
날씨 맑음
고용교사 계획제정

〈1985년 2월 25일 (음력1월 6일)〉 월요일
날씨 맑음
향 교육개혁지도소조회의, 오후에 각 학교지
도부회의

〈1985년 2월 26일 (음력1월 7일)〉 화요일
날씨 맑음
고용교사 명단 확정, 복순(福順)이 옴

〈1985년 2월 27일 (음력1월 8일)〉 수요일
날씨 맑음
향(鄉) 교육개혁회의 준비

〈1985년 2월 28일 (음력1월 9일)〉 목요일
날씨 맑음
전 향(鄉) 교원 및 각 기관대표 교육개혁동원
대회에 참석, 미옥(美玉)이 개학으로 하얼빈
에 감

〈1985년 3월 1일 (음력1월 10일)〉 금요일
날씨 눈
인사문제로 향(鄉) 문화교육과에 갔다 옴, 학
교 지도부회의, 박근우(朴根友)와 부옥향(付
玉香)이 전출하고 박영남(朴永男)이 옴

〈1985년 3월 2일 (음력1월 11일)〉 토요일
날씨 바람
도노(圖魯)-지도부 인사문제, 춘경(春景)-
교원 이동문제

〈1985년 3월 3일 (음력1월 12일)〉 일요일
날씨 맑음

휴식, 중심학교에서 한어 교사문제로 옴

〈1985년 3월 4일 (음력1월 13일)〉 월요일
날씨 바람
개학, 오후 학교지도부 회의

〈1985년 3월 5일 (음력1월 14일)〉 화요일
날씨 맑음
수업, 교원대회, 학교관리원 책임제 방안 학
습

〈1985년 3월 6일 (음력1월 15일)〉 수요일
날씨 맑음
오전 수업, 오후 휴식, 교직원 직위 책임제 제
정

〈1985년 3월 7일 (음력1월 16일)〉 목요일
날씨 맑음
각 학교지도부 회의- 개학정황 들음

〈1985년 3월 8일 (음력1월 17일)〉 금요일
날씨 눈
문화교육과에서 편제를 조정, 오후 휴식,
〈3.8〉절 활동

〈1985년 3월 9일 (음력1월 18일)〉 토요일
날씨 바람
지도부회의-각종 제도 제정, 오후 교원대회
에서 제도 토론 및 통과

〈1985년 3월 10일 (음력1월 19일)〉 일요일
날씨 맑음

휴식, 자전거 수리

〈1985년 3월 11일 (음력1월 20일)〉 월요일
날씨 맑음
문화교육과에서 향(鄕)내 편제 문제 토론

〈1985년 3월 12일 (음력1월 21일)〉 화요일
날씨 바람
문화교육과에서 향(鄕)내 편제 문제 토론, 오
전 지도부회의- 학교계획 토론, 오후 교원대
회에서 학교계획 토론 및 통과

〈1985년 3월 13일 (음력1월 22일)〉 수요일
날씨 바람
향(鄕)당연수반 참가- 중앙1호문건 학습 토
론 및 시험

〈1985년 3월 14일 (음력1월 23일)〉 목요일
날씨 맑음
향(鄕)당연수반 참가, 문화교육과에서 편제
문제 토론

〈1985년 3월 15일 (음력1월 24일)〉 금요일
날씨 맑음
공회장부 결산, 오후에 공회 조장급 이상 회
의- 공회 위원회 재 선발, 1학년 사상품덕 수
업

〈1985년 3월 16일 (음력1월 25일)〉 토요일
날씨 맑음
직위책임제 정리, 실습생 환송회, 직위책임제
토론 및 통과

〈1985년 3월 17일 (음력1월 26일)〉 일요일
날씨 맑음
분교 교원문제 처리

〈1985년 3월 18일 (음력1월 27일)〉 월요일
날씨 맑음
학교계획을 인쇄하여 교원과 향(鄕)정부에
줌, 각 학교보도원회의 개최, 연길(延吉)연수
학교에 졸업생 복습자료 값을 송금

〈1985년 3월 19일 (음력1월 28일)〉 화요일
날씨 맑음
근공검학(勤工儉學)교사(校舍)관리업무표
창대회 참석, 이현장(李縣長)장보고 들음

〈1985년 3월 20일 (음력1월 29일)〉 수요일
날씨 맑음
오전 토론, 오후 표창총결

〈1985년 3월 21일 (음력2월 1일)〉 목요일
날씨 맑음
중심학교 교장 및 문화교육과 회계가 찾아
옴, 오후 귀가

〈1985년 3월 22일 (음력2월 2일)〉 금요일
날씨 맑음
1학년 사상품덕 수업, 학교회의 통보, 몇 년
이래 향(鄕), 현(縣), 주(州)급 우수교원 명단
을 회보

〈1985년 3월 23일 (음력2월 3일)〉 토요일
날씨 맑음

식수활동, 훈춘에 감

〈1985년 3월 24일 (음력2월 4일)〉 일요일
날씨 흐림
장인 집 풍철(風哲) 결혼식 참석하고 귀가

〈1985년 3월 25일 (음력2월 5일)〉 월요일
날씨 비
지부회의 참석, 오후 각 학교지도부회의- 각
학교 계회를 검토, 왕서기 아들 결혼식 참석

〈1985년 3월 26일 (음력2월 6일)〉 화요일
날씨 맑음
지부계획 정리, 오후 전교학부모회의

〈1985년 3월 27일 (음력2월 7일)〉 수요일
날씨 눈
지부계획 정리 끝, 환송회

〈1985년 3월 28일 (음력2월 8일)〉 목요일
날씨 눈
연수통계표 작성, 1학년 사상품덕 수업,

〈1985년 3월 29일 (음력2월 9일)〉 금요일
날씨 맑음
훈춘에 회의 참석

〈1985년 3월 30일 (음력2월 10일)〉 토요일
날씨 맑음
훈춘에서 귀가, 출근, 교육국에서 학교건물
검사하러 옴

〈1985년 3월 31일 (음력2월 11일)〉 일요일
날씨 맑음
자전거 수리, 서적 열람

〈1985년 4월 1일 (음력2월 12일)〉 월요일
날씨 맑음
4월 행사안배, 학교지도부회의

〈1985년 4월 2일 (음력2월 13일)〉 화요일
날씨 흐림
4월 행사안배, 오후 각 학교지도부회의-우수
수업 평의

〈1985년 4월 3일 (음력2월 14일)〉 수요일
날씨 흐림
교원정치학습

〈1985년 4월 4일 (음력2월 15일)〉 목요일
날씨 눈
1학년 1반 어문(조선어), 5학년1반 수학 방
청, 1학년1반 사상품덕 수업, 오후 문화교육
과와 편제문제 토론

〈1985년 4월 5일 (음력2월 16일)〉 금요일
날씨 맑음
휴식일, 당직 (대)

〈1985년 4월 6일 (음력2월 17일)〉 토요일
날씨 맑음
지도부회의- 통일복장문제, 교원회의-근공
검학(勤工儉學)회의 정신 전달

〈1985년 4월 7일 (음력2월 18일)〉 일요일
날씨 흐림
2학년1반 어문(조선어) 수업, 지도부회의-
근공검학(勤工儉學)에 대하여

〈1985년 4월 8일 (음력2월 19일)〉 월요일
날씨 맑음
향(鄕)내 3대 구기종목 선발, 수업

〈1985년 4월 9일 (음력2월 20일)〉 화요일
날씨 맑음
수업, 당소조회의

〈1985년 4월 10일 (음력2월 21일)〉 수요일
날씨 맑음
2학년1반 수업 3교시, 당지부회의

〈1985년 4월 11일 (음력2월 22일)〉 목요일
날씨 맑음
맹령(孟嶺)소학교 1, 2, 5학년 수학수업 방청

〈1985년 4월 12일 (음력2월 23일)〉 금요일
날씨 맑음
류정(柳亭)소학교 3, 5, 6학년 수학수업 방청

〈1985년 4월 13일 (음력2월 24일)〉 토요일
날씨 맑음
광신(光新)소학교 2, 3, 4, 5, 6학년 수학수업
방청

〈1985년 4월 14일 (음력2월 25일)〉 일요일
날씨 맑음

휴식, 마늘 파종,

〈1985년 4월 15일 (음력2월 26일)〉 월요일
날씨 맑음
춘(春)소학교 3, 4, 5, 6학년 수학수업 방청

〈1985년 4월 16일 (음력2월 27일)〉 화요일
날씨 맑음
태양(太陽)소학교 1, 2, 4, 5학년 수학수업 방
청, 식수노동

〈1985년 4월 17일 (음력2월 28일)〉 수요일
날씨 맑음
판석(板石) 2, 3, 5, 6학년 수학수업 방청, 오
후에 회의- 우수수업 선발

〈1985년 4월 18일 (음력2월 29일)〉 목요일
날씨 흐림
사생 식수노동, 밭갈이- 학교농장

〈1985년 4월 19일 (음력2월 30일)〉 금요일
날씨 비
수업, 오후 파출소에 다녀옴

〈1985년 4월 20일 (음력3월 1일)〉 토요일
날씨 맑음
5학년 수업 2교시, 백선생님 딸 결혼식 참석

〈1985년 4월 21일 (음력3월 2일)〉 일요일
날씨 맑음
가사노동

〈1985년 4월 22일 (음력3월 3일)〉 월요일
날씨 비
향(鄕) 인민대표대회 제10기 2차회의 참석

〈1985년 4월 23일 (음력3월 4일)〉 화요일
날씨 맑음
각종업무를 봄

〈1985년 4월 24일 (음력3월 5일)〉 수요일
날씨 맑음
식수노동

〈1985년 4월 25일 (음력3월 6일)〉 목요일
날씨 흐림
1학년 사상품덕 수업, 문화교육과 회계가 학
교에 와서 장부 만듦

〈1985년 4월 26일 (음력3월 7일)〉 금요일
날씨 맑음
훈춘에 우수 수학수업 선발 및 수업 청강하
러감

〈1985년 4월 27일 (음력3월 8일)〉 토요일
날씨 맑음
훈춘에 우수 수학수업 선발 및 수업 청강함

〈1985년 4월 28일 (음력3월 9일)〉 일요일
날씨 맑음
훈춘에서 귀가하여 가사노동

〈1985년 4월 29일 (음력3월 10일)〉 월요일
날씨 맑음

지도부회의- 수학 우수수업 선발문제 토론

〈1985년 4월 30일 (음력3월 11일)〉 화요일
날씨 비
퇴직 간부활동경비 영수증 발급, 오후 휴식

〈1985년 5월 1일 (음력3월 12일)〉 수요일
날씨 맑음
휴식일

〈1985년 5월 2일 (음력3월 13일)〉 목요일
날씨 흐림
기중시험, 지도부회의- 5월 행상 책정

〈1985년 5월 3일 (음력3월 14일)〉 금요일
날씨 맑음
기중시험, 수학 우수수업 선발활동

〈1985년 5월 4일 (음력3월 15일)〉 토요일
날씨 흐림
수업, 축구선수 훈춘에 감

〈1985년 5월 5일 (음력3월 16일)〉 일요일
날씨 비
감자 파종, 한족(漢)반 수업, 조선족반 휴식

〈1985년 5월 6일 (음력3월 17일)〉 월요일
날씨 맑음
도노(圖魯)소학교 1.3학년 수업 방청

〈1985년 5월 7일 (음력3월 18일)〉 화요일
날씨 비

훈춘에서 3대 구기 종류 시합을 봄

〈1985년 5월 8일 (음력3월 19일)〉 수요일
날씨 맑음
맹령(孟嶺), 류정(柳亭)소학교 수업 방청

〈1985년 5월 9일 (음력3월 20일)〉 목요일
날씨 맑음
태양(太陽), 판석(板石)소학교 수업 방청

〈1985년 5월 10일 (음력3월 21일)〉 금요일
날씨 맑음
춘경(春景)소학교 수업 방청

〈1985년 5월 11일 (음력3월 22일)〉 토요일
날씨 맑음
봄 소풍 감

〈1985년 5월 12일 (음력3월 23일)〉 일요일
날씨 맑음
오후 박원준(朴元俊)선생님 추모식 준비

〈1985년 5월 13일 (음력3월 24일)〉 월요일
날씨 맑음
박원준(朴元俊)선생님 추모식 참석

〈1985년 5월 14일 (음력3월 25일)〉 화요일
날씨 맑음
신농(新農)소학교 수업 방청

〈1985년 5월 15일 (음력3월 26일)〉 수요일
날씨 맑음

현 초생공작회의 참석

〈1985년 5월 16일 (음력3월 27일)〉 목요일
날씨 맑음
현 교학표창대회 참석

〈1985년 5월 17일 (음력3월 28일)〉 금요일
날씨 맑음
1중, 3중 표창대회 총결 참석

〈1985년 5월 18일 (음력3월 29일)〉 토요일
날씨 맑음
훈춘에서 맹령(孟嶺)소학교에 가서 우수수
업 선발활동 참석

〈1985년 5월 19일 (음력3월 30일)〉 일요일
날씨 맑음
옥수수 파종

〈1985년 5월 20일 (음력4월 1일)〉 월요일
날씨 맑음
맹령(孟嶺), 류정(柳亭)소학교에 가서 삼호
학생 선발, 도라지 파종

〈1985년 5월 21일 (음력4월 2일)〉 화요일
날씨 맑음
예비당원 고찰 및 교육 등기표 작성, 학교에
서 콩 파종

〈1985년 5월 22일 (음력4월 3일)〉 수요일
날씨 맑음
맹령(孟嶺)소학교 3, 4, 5학년 한어문(중국

어) 수업 방청

〈1985년 5월 23일 (음력4월 4일)〉 목요일
날씨 맑음
류정(柳亭)소학교 3, 4학년 한어문(중국어)
수업 방청

〈1985년 5월 24일 (음력4월 5일)〉 금요일
날씨 맑음
훈춘에서 보통교육업무회의 참석

〈1985년 5월 25일 (음력4월 6일)〉 토요일
날씨 바람
훈춘에서 보통교육업무회의 참석 창일(昌
日)이 전기밥솥을 줌

〈1985년 5월 26일 (음력4월 7일)〉 일요일
날씨 맑음
출근, 지도부회의- 밭일이 많을 시기 청가문
제[2], 교원회의

〈1985년 5월 27일 (음력4월 8일)〉 월요일
날씨 맑음
2, 3, 4학년 한어문(중국어) 수업 방청, 오후
에 지부대회

〈1985년 5월 28일 (음력4월 9일)〉 화요일
날씨 맑음
춘(春)소학교 2, 3학년 한어문(중국어) 수업
방청

---

2) 농망기 휴가: 밭일에 일손이 필요한 농망기의 휴가.

〈1985년 5월 29일 (음력4월 10일)〉 수요일
날씨 맑음
축구 골대를 만듦, 안내는 현 부녀연합회회
의 참석

〈1985년 5월 30일 (음력4월 11일)〉 목요일
날씨 흐림
1학년 사상품덕 수업 2교시

〈1985년 5월 31일 (음력4월 12일)〉 금요일
날씨 맑음
배구 그물장착

〈1985년 6월 1일 (음력4월 13일)〉 토요일
날씨 흐림
휴식, 가사노동

〈1985년 6월 2일 (음력4월 14일)〉 일요일
날씨 맑음
휴식, 병원 감

〈1985년 6월 3일 (음력4월 15일)〉 월요일
날씨 맑음
아내가 현 병원에 병 보러 감

〈1985년 6월 4일 (음력4월 16일)〉 화요일
날씨 바람
각종업무

〈1985년 6월 5일 (음력4월 17일)〉 수요일
날씨 맑음
영수증 발급, 책 주문 등 각종 업무

〈1985년 6월 6일 (음력4월 18일)〉 목요일
날씨 맑음
수업, 1학년 사상품덕 수업

〈1985년 6월 7일 (음력4월 19일)〉 금요일
날씨 비
수업, 훈춘에 학교 페인트 사옴, 옷장을 가져
옴

〈1985년 6월 8일 (음력4월 20일)〉 토요일
날씨 흐림
학교 대청소, 링거 맞음

〈1985년 6월 9일 (음력4월 21일)〉 일요일
날씨 비
링거 맞음, 1학년1반 , 3학년1반 , 5학년1반
페인트 작업, 휴식

〈1985년 6월 10일 (음력4월 22일)〉 월요일
날씨 흐림
출근, 링거 맞음, 각 학교지도부회의

〈1985년 6월 11일 (음력4월 23일)〉 화요일
날씨 흐림
링거 맞음, 현 소학교 수학경연

〈1985년 6월 12일 (음력4월 24일)〉 수요일
날씨 비
링거 맞음, 오후 병세가 심해서 병원에 감

〈1985년 6월 13 (음력4월 25일)〉 목요일 날
씨 흐림

오전 링거 맞음, 오후에 각 학교지도부회의-
교육국에서 보통교육현황 검수하러 옴

〈1985년 6월 14일 (음력4월 26일)〉 금요일
날씨 맑음
링거 맞음, 각종 업무

〈1985년 6월 15일 (음력4월 27일)〉 토요일
날씨 맑음
오전 링거 맞음, 오후 각 학교공회조장이상
간부회의

〈1985년 6월 16일 (음력4월 28일)〉 일요일
날씨 흐림
병이 심해서 정맥주사 2개 맞음

〈1985년 6월 17일 (음력4월 29일)〉 월요일
날씨 흐림
정맥주사 2개 맞음, 편제정황 정리, 상수도
수리, 오후 전 현 소학교 교원대회

〈1985년 6월 18일 (음력5월 1일)〉 화요일
날씨 흐림
정맥주사 2개 맞음, 복습문제 구매명세서 통
계

〈1985년 6월 19일 (음력5월 2일)〉 수요일
날씨 흐림
정맥주사 2개 맞음, 춘경소학교 축구부가 주
경기에서 3등 함

〈1985년 6월 20일 (음력5월 3일)〉 목요일

날씨 비

정맥주사 2개 맞음, 오후에 3학년 이상 밭갈
이 함

〈1985년 6월 21일 (음력5월 4일)〉 금요일
날씨 흐림

오후 당소조회의

〈1985년 6월 22일 (음력5월 5일)〉 토요일
날씨 흐림

오전 수업, 오후 휴식

〈1985년 6월 23일 (음력5월 6일)〉 일요일
날씨 맑음

휴식

〈1985년 6월 24일 (음력5월 7일)〉 월요일
날씨 흐림

오전 지부위원회의-우수당원 선발, 오후 지
부회의

〈1985년 6월 25일 (음력5월 8일)〉 화요일
날씨 비

오전 향 보험업무회의, 오후 학교 자료파일
업무회의

〈1985년 6월 26일 (음력5월 9일)〉 수요일
날씨 흐림

지도부회의- 보험업무회의 정신 전달

〈1985년 6월 27일 (음력5월 10일)〉 목요일
날씨 흐림

현 제2현장수업 현장고찰, 오후 제3중학교
수업 2교시 방청

〈1985년 6월 28일 (음력5월 11일)〉 금요일
날씨 비

제2소학교 수업 2교시 방청

〈1985년 6월 29일 (음력5월 12일)〉 토요일
날씨 맑음

주 교육학원 원장의 보고 들음, 박 국장 총결

〈1985년 6월 30일 (음력5월 13일)〉 일요일
날씨 맑음

휴식일

〈1985년 7월 1일 (음력5월 14일)〉 월요일
날씨 흐림

향(鄕)에서 주체한 〈7.1〉당원대회 참석, 우수
당원 표창대회

〈1985년 7월 2일 (음력5월 15일)〉 화요일
날씨 맑음

3학년 이상 밭갈이, 창고정리

〈1985년 7월 3일 (음력5월 16일)〉 수요일
날씨 맑음

향(鄕)교육위원회의 참석,

〈1985년 7월 4일 (음력5월 17일)〉 목요일
날씨 맑음

각 학교지도부회의- 당원시험

〈1985년 7월 5일 (음력5월 18일)〉 금요일
날씨 맑음
학교지도부회의- 교원회의- 기말업무에 대
하여

〈1985년 7월 6일 (음력5월 19일)〉 토요일
날씨 맑음
1학년 사상품덕 수업, 상급에서 시찰문제 대
해 토론, 통계자료 준비

〈1985년 7월 7일 (음력5월 20일)〉 일요일
날씨 맑음
휴식

〈1985년 7월 8일 (음력5월 21일)〉 월요일
날씨 뇌우
현(縣)교육국 긴급회의 문건 받음, 훈춘 교구
(教具)공장에서 교학용품을 가져옴

〈1985년 7월 9일 (음력5월 22일)〉 화요일
날씨 흐림
교구(教具)공장에서 교학용품을 가져옴

〈1985년 7월 10일 (음력5월 23일)〉 수요일
날씨 폭우
자료정리

〈1985년 7월 11일 (음력5월 24일)〉 목요일
날씨 맑음
자료정리, 미옥(美玉) 집에 도착, 각 중소학
교지도부회 참석

〈1985년 7월 12일 (음력5월 25일)〉 금요일
날씨 맑음
자료정리

〈1985년 7월 13일 (음력5월 26일)〉 토요일
날씨 흐림
졸업사진 촬영. 교원총결, 입당지원서 인쇄,
자료정리

〈1985년 7월 14일 (음력5월 27일)〉 일요일
날씨 맑음
교원총결, 선진교원 선발, 학교총결

〈1985년 7월 15일 (음력5월 28일)〉 월요일
날씨 맑음
자료정리, 숙직

〈1985년 7월 16일 (음력5월 29일)〉 화요일
날씨 비
각 학교지도부총결회의

〈1985년 7월 17일 (음력5월 30일)〉 수요일
날씨 흐림
여름방학- 각 반급 총결

〈1985년 7월 18일 (음력6월 1일)〉 목요일
날씨 비
학교청사 검수- 자체 검사 신농(新農), 판석
(板石), 류정(柳亭), 맹령(孟嶺) 등 소학교.
맹령에서 출발

〈1985년 7월 19일 (음력6월 2일)〉 금요일

날씨 비
학교청사 검수- 자체 검사 광신(光新), 태양
(太陽), 도노(圖魯), 춘경(春景) 등 소학교

〈1985년 7월 20일 (음력6월 3일)〉 토요일
날씨 비
각 학교검수통계표 검사

〈1985년 7월 21일 (음력6월 4일)〉 일요일
날씨 맑음
각 학교검수통계표 검사

〈1985년 7월 22일 (음력6월 5일)〉 월요일
날씨 맑음
각 학교검수통계표 검사

〈1985년 7월 23일 (음력6월 6일)〉 화요일
날씨 맑음
각 학교검수통계표 검사, 훈춘에 감

〈1985년 7월 24일 (음력6월 7일)〉 수요일
날씨 맑음
학교검수보고회 참석 및 보고

〈1985년 7월 25일 (음력6월 8일)〉 목요일
날씨 맑음
방천(防川)에 갔다가 광신(光新)에서 내려서
집에 옴

〈1985년 7월 26일 (음력6월 9일)〉 금요일
날씨 흐림
졸업생 성적정리

〈1985년 7월 27일 (음력6월 10일)〉 토요일
날씨 맑음
맹령(孟嶺)소학교에 가서 학교건물 수선공
사 검수

〈1985년 7월 28일 (음력6월 11일)〉 일요일
날씨 맑음
가사노동, 감자수확

〈1985년 7월 29일 (음력6월 12일)〉 월요일
날씨 비
향(鄕) 문화교육과에 가서 교원 책임전(責任
田)통계 함

〈1985년 7월 30일 (음력6월 13일)〉 화요일
날씨 흐림
오전에 훈춘에서 판석(板石)소학교 한족 수
험생 어문(조선어)성적을 받아 옴, 오후에 향
(鄕) 문화교육과에서 검수통계 함

〈1985년 7월 31일 (음력6월 14일)〉 수요일
날씨 비
교원 및 학생 등교, 향(鄕) 문화교육과에서
검수통계 함

〈1985년 8월 1일 (음력6월 15일)〉 목요일
날씨 맑음
보통교육 검수결과 보고자료 준비

〈1985년 8월 2일 (음력6월 16일)〉 금요일
날씨 비
대대(大隊)에 가서 조서기와 참관문제를 토론

〈1985년 8월 3일 (음력6월 17일)〉 토요일
날씨 맑음
참관준비, 학교지도부회의 - 참관문제, 숙직

〈1985년 8월 4일 (음력6월 18일)〉 일요일
날씨 맑음
휴식, 병원에 다녀옴, 각 학교지도부 와 촌장
들이 참관을 감 , 숙직

〈1985년 8월 5일 (음력6월 19일)〉 월요일
날씨 맑음
셋째 숙모가 왔다 감, 밭갈이

〈1985년 8월 6일 (음력6월 20일)〉 화요일
날씨 비
파출소에서 조광욱(趙光旭)이 집에 옴

〈1985년 8월 7일 (음력6월 21일)〉 수요일
날씨 비
가사노동, 닭장공사, 휴식

〈1985년 8월 8일 (음력6월 22일)〉 목요일
날씨 맑음
각 학교 월급지급(9179.13원)

〈1985년 8월 9일 (음력6월 23일)〉 금요일
날씨 흐림
학생등기표 작성, 마루 만들기

〈1985년 8월 10일 (음력6월 24일)〉 토요일
날씨 비
훈춘에 학생등기표 제출(창환昌煥, 창용昌

龍, 김찬金燦, 광묵정光默廷)

〈1985년 8월 11일 (음력6월 25일)〉 일요일
날씨 흐림
향(鄕) 김익균(金利均)서기 접대

〈1985년 8월 12일 (음력6월 26일)〉 월요일
날씨 맑음
제초 및 의자수리 작업

〈1985년 8월 13일 (음력6월 27일)〉 화요일
날씨 맑음
교육국에서 보통교육통계 수정하고 돌아옴

〈1985년 8월 14일 (음력6월 28일)〉 수요일
날씨 흐림
무, 배추 밭갈이, 배추 파종

〈1985년 8월 15일 (음력6월 29일)〉 목요일
날씨 비
등교일, 유리 받음, 당직

〈1985년 8월 16일 (음력7월 1일)〉 금요일
날씨 맑음
향(鄕)에서 노인운동회 개최, 당직

〈1985년 8월 17일 (음력7월 2일)〉 토요일
날씨 맑음
학교 기와수리 작업

〈1985년 8월 18일 (음력7월 3일)〉 일요일
날씨 맑음

가사노동

〈1985년 8월 19일 (음력7월 4일)〉 월요일
날씨 흐림
가사노동

〈1985년 8월 20일 (음력7월 5일)〉 화요일
날씨 비
조교장 접대

〈1985년 8월 21일 (음력7월 6일)〉 수요일
날씨 흐림
중사(中師)학생 성적을 받음

〈1985년 8월 22일 (음력7월 7일)〉 목요일
날씨 맑음
중사(中師)선생님들을 접대, 미옥(美玉) 하
얼빈(哈爾濱)대학에 감

〈1985년 8월 23일 (음력7월 8일)〉 금요일
날씨 비
월급명세 장부정리

〈1985년 8월 24일 (음력7월 9일)〉 토요일
날씨 비
편제문제로 문화교육과, 서기, 교장들이 토론

〈1985년 8월 25일 (음력7월 10일)〉 일요일
날씨 비
문화교육과에서 각 학교지도부회의 개최-
편제문제

〈1985년 9월 26일 (음력7월 11일)〉 월요일
날씨 흐림
교원출근, 편제문제로 회의를 하려다 문화교
육과 쪽에서 다른 일정으로 못함

〈1985년 8월 27일 (음력7월 12일)〉 화요일
날씨 맑음
각 학교지도부회의 편제문제, 오후 서커스
공연 봄

〈1985년 8월 28일 (음력7월 13일)〉 수요일
날씨 흐림
훈춘에서 보통교육회의 및 월급개혁회의 참
석

〈1985년 8월 29일 (음력7월 14일)〉 목요일
날씨 흐림
훈춘에서 출근, 편제문제로 회의

〈1985년 8월 30일 (음력7월 15일)〉 금요일
날씨 흐림
개학준비, 학교에서 유리 한 박스 구입

〈1985년 8월 31일 (음력7월 16일)〉 토요일
날씨 흐림
월급개혁회의 참석하러 훈춘에 감

〈1985년 9월 1일 (음력7월 17일)〉 일요일
날씨 맑음
훈춘에서 출근, 지도부회의-개학문제

〈1985년 9월 2일 (음력7월 18일)〉 월요일

날씨 맑음

보통교육보고재료 작성, 전 향(鄕)교원대회-
월급개혁 문제, 교사절 문제,

〈1985년 9월 3일 (음력7월 19일)〉 화요일
날씨 비

현(縣) 보통교육 검수원이 학교에 옴

〈1985년 9월 4일 (음력7월 20일)〉 수요일
날씨 맑음

현(縣) 보통교육 검수원이 맹령(孟嶺)에서
검수 함

〈1985년 9월 5일 (음력7월 21일)〉 목요일
날씨 맑음

통계 및 보통교육 보고자료 작성

〈1985년 9월 6일 (음력7월 22일)〉 금요일
날씨 비

보통교육 보고자료 작성, 공회 영수증 발급

〈1985년 9월 7일 (음력7월 23일)〉 토요일
날씨 맑음

훈춘에 보통교육 통계자료 수정

〈1985년 9월 8일 (음력7월 24일)〉 일요일
날씨 맑음

출근, 1학년 사상품덕 수업, 교학연구 활동계
획서 자성

〈1985년 9월 9일 (음력7월 25일)〉 월요일
날씨 맑음

문화교육과의 회비 및 문서 비용 수금

〈1985년 9월 10일 (음력7월 26일)〉 화요일
날씨 맑음

교사절 경축대회 참석

〈1985년 9월 11일 (음력7월 27일)〉 수요일
날씨 비

훈춘에서 보통교육통계대회 참석, 성(省)문
공단 연출 봄

〈1985년 9월 12일 (음력7월 28일)〉 목요일
날씨 맑음

보통교육통계대회, 훈춘에서 귀가

〈1985년 9월 13일 (음력7월 29일)〉 금요일
날씨 맑음

향(鄕) 기관운동대회 준비

〈1985년 9월 14일 (음력7월 30일)〉 토요일
날씨 맑음

향(鄕) 기관운동대회 준비

〈1985년 9월 15일 (음력8월 1일)〉 일요일
날씨 맑음

향(鄕) 기관운동대회, 남자 축구 1등 , 남자
배구 2등

〈1985년 9월 16일 (음력8월 2일)〉 월요일
날씨 맑음

향(鄕) 기관운동대회

〈1985년 9월 17일 (음력8월 3일)〉 화요일
날씨 맑음
86년 교사(校舍)관리준비회의 참석, 차로, 동수(凍水), 신암(辛岩), 1중학, 2중학, 밀강(密江) 등 견학

〈1985년 9월 18일 (음력8월 4일)〉 수요일
날씨 맑음
송림(松林), 창대(蒼臺), 신명(新明), 삼가자(三家子), 동강자(東崗子)소학교 참관 및 경험담 들음

〈1985년 9월 19일 (음력8월 5일)〉 목요일
날씨 맑음
훈춘에서 출근, 교원회의- 학교계획 통과

〈1985년 9월 20일 (음력8월 6일)〉 금요일
날씨 비
수업, 오후 노동

〈1985년 9월 21일 (음력8월 7일)〉 토요일
날씨 비
우수교원자료 작성, 오후 노동

〈1985년 9월 22일 (음력8월 8일)〉 일요일
날씨 바람
맹령(孟嶺)에서 회의 참석

〈1985년 9월 23일 (음력8월 9일)〉 월요일
날씨 맑음
출근, 외근수당 결산,

〈1985년 9월 24일 (음력8월 10일)〉 화요일
날씨 맑음
수업, 새 학기계획 제정

〈1985년 9월 25일 (음력8월 11일)〉 수요일
날씨 맑음
각 학교지도부회의-운동대회에 대하여, 지부계획 토론

〈1985년 9월 26일 (음력8월 12일)〉 목요일
날씨 맑음
운동대회에 대하여 토론

〈1985년 9월 27일 (음력8월 13일)〉 금요일
날씨 맑음
회의준비, 전 향(鄕) 소학교교원대회

〈1985년 9월 28일 (음력8월 14일)〉 토요일
날씨 맑음
오전 향(鄕)당위원회에서 주최한 당원회의 참석, 교내 운동대회

〈1985년 9월 29일 (음력8월 15일)〉 일요일
날씨 대우
추석 휴식

〈1985년 9월 30일 (음력8월 16일)〉 월요일
날씨 비
가사노동

〈1985년 10월 1일 (음력8월 17일)〉 화요일
날씨 바람

국경절, 광신(光新)에 있는 경신(敬信)차를 타고 동주(東周)집으로 감

〈1985년 10월 2일 (음력8월 18일)〉 수요일 날씨 맑음
옥천동(玉泉洞)-〉이도포(二道泡)-〉옥천동(玉泉洞)-〉이도포(二道泡) 박교장집에서 묵음

〈1985년 10월 3일 (음력8월 19일)〉 목요일 날씨 맑음
이도포(二道泡)-〉광신(光新), 귀가

〈1985년 10월 4일 (음력8월 20일)〉 금요일 날씨 맑음
판석(板石)에서 춘화(春花)까지 건물 검수, 중심소학 179, 중학185,

〈1985년 10월 5일 (음력8월 21일)〉 토요일 날씨 맑음
잔디 검수, 홀루구(葫芦頭溝)198, 대육두(大六頭)196.7, 이수(梨樹)200, 춘화(春花)에서 양포(楊泡)에 도착

〈1985년 10월 6일 (음력8월 22일)〉 일요일 날씨 비
양포(楊泡) 중학교 189, 동아라(東阿啦) 186.5, 송림(松林)177.5,양포(楊泡)에서 훈춘(琿春)

〈1985년 10월 7일 (음력8월 23일)〉 월요일 날씨 맑음

훈춘(琿春)에서 동수(凍水) 도착, 중심소학 190, 2중 193, 도자(陶瓷) 197

〈1985년 10월 8일 (음력8월 24일)〉 화요일 날씨 맑음
1중 196, 하서(河西)198.9, 석두(石頭)200,

〈1985년 10월 9일 (음력8월 25일)〉 수요일 날씨 맑음
동수(凍水)에서 훈춘(琿春)에 돌아옴, 자전거 수리

〈1985년 10월 10일 (음력8월 26일)〉 목요일 날씨 비
교육국에서 주최한 보통교육검수보고회의 참석

〈1985년 10월 11일 (음력8월 27일)〉 금요일 날씨 흐림
훈춘(琿春)에서 출근, 3학년1반 수업 방청

〈1985년 10월 12일 (음력8월 28일)〉 토요일 날씨 맑음
1학년 사상품덕 수업

〈1985년 10월 13일 (음력8월 29일)〉 일요일 날씨 바람
부엌 및 창고 수리

〈1985년 10월 14일 (음력9월 1일)〉 월요일 날씨 맑음
회의준비, 대청소

〈1985년 10월 15일 (음력9월 2일)〉화요일
날씨 맑음
3학년1반 수업 방청, 오후 지도부회의

〈1985년 10월 16일 (음력9월 3일)〉수요일
날씨 비
당비 납부, 한어문 수업평가회의

〈1985년 10월 17일 (음력9월 4일)〉목요일
날씨 바람
광신(光新), 태양(太陽), 지변(支邊), 춘경(春
景)소학교에 통계표 전달, 콩 수확 및 탈곡

〈1985년 10월 18일 (음력9월 5일)〉금요일
날씨 맑음
현(縣) 교육국 보통교육 검사소조 학교에 옴

〈1985년 10월 19일 (음력9월 6일)〉토요일
날씨 바람
류정(柳亭), 판석(板石)소학교에 통계표 전
달, 콩 분배

〈1985년 10월 20일 (음력9월 7일)〉일요일
날씨 바람
가사노동, 닭장 만듦, 배추 구매

〈1985년 10월 21일 (음력9월 8일)〉월요일
날씨 비
보통교육자료 정리

〈1985년 10월 22일 (음력9월 9일)〉화요일
날씨 흐림

1학년 사상품덕 수업, 4학년2반 수학수업 방
청, 교학연구소조 토론

〈1985년 10월 23일 (음력9월 10일)〉수요
일 날씨 맑음
4학년1반 수학수업 방청, 교원회의- 교학관
리

〈1985년 10월 24일 (음력9월 11일)〉목요
일 날씨 맑음
한족 고시 낭송경연 관람, 퇴근 후 태양(太
陽)4대에 감

〈1985년 10월 25일 (음력9월 12일)〉금요
일 날씨 맑음
태양(太陽)소학교 감, 오후에 지부회의 참
석- 입당의식

〈1985년 10월 26일 (음력9월 13일)〉토요
일 날씨 맑음
문화교육과에서 한족 한어문교사 시험에 대
하여 토론, 오후에 시험을 침

〈1985년 10월 27일 (음력9월 14일)〉일요
일 날씨 맑음
가사노동, 김치 움 작업

〈1985년 10월 28일 (음력9월 15일)〉월요
일 날씨 맑음
1학년 사상품덕 수업, 3학년1반 중대(中隊)
활동 참관

〈1985년 10월 29일 (음력9월 16일)〉화요일 날씨 맑음

수업준비, 30년 교회 최복녀(崔福女) 교원의 기념품 구매

〈1985년 10월 30일 (음력9월 17일)〉수요일 날씨 맑음

현(縣) 총공회 독서표창총결대회 참석, 현(縣)병원에 가서 정복령(鄭福令)의 병세를 알아봄

〈1985년 10월 31일 (음력9월 18일)〉목요일 날씨 맑음

판석(板石)소학교 3학년1반 중대(中隊)활동 참관

〈1985년 11월 1일 (음력9월 19일)〉금요일 날씨 맑음

지도부회의-11월 행사안배, 2학년 어문(조선어)교학 연구

〈1985년 11월 2일 (음력9월 20일)〉토요일 날씨 맑음

국무원월급제도개혁소조(國務院工資制度改革小組) 및 노동인사부(勞動人事部) 문건 학습, 공회통계

〈1985년 11월 3일 (음력9월 21일)〉일요일 날씨 맑음

민석(敏錫) 집수리 도와줌

〈1985년 11월 4일 (음력9월 22일)〉월요일

날씨 바람

파출소 사법소조와 함께 법률교육문제에 대하여 토론, 1학년1반 난로 장착, 기중시험, 정심에 굴둑 수리

〈1985년 11월 5일 (음력9월 23일)〉화요일 날씨 맑음

기중시험 수학, 1학년 사상품덕 법제교육 수업준비

〈1985년 11월 6일 (음력9월 24일)〉수요일 날씨 맑음

판석(板石)중학교 2학년 (한족) 법률수업 방청,- 사법소조와 토론, 오후 각 학교지도부회의, 지부회의

〈1985년 11월 7일 (음력9월 25일)〉목요일 날씨 맑음

2학년1반 수업 방청, 사법서기 고찰하러 학교에 옴(6학년 1반)

〈1985년 11월 8일 (음력9월 26일)〉금요일 날씨 맑음

보통교육검수회의 참석,향(鄕)당위 이서기 학교에 옴,

〈1985년 11월 9일 (음력9월 27일)〉토요일 날씨 눈

연수학교에서 단원 연습지 문제 토론, 추자(秋子) 결혼식 참가

〈1985년 11월 10일 (음력9월 28일)〉일요

일 날씨 눈
2중 학부형회의 참석, 훈춘(琿春)에서 귀가,
민석(敏錫)집 이사

〈1985년 11월 11일 (음력9월 29일)〉 월요
일 날씨 바람
서적 예약리스트 정리, 기중총결

〈1985년 11월 12일 (음력10월 1일)〉 화요
일 날씨 맑음
6학년 법률수업, 1학년 사상품덕 수업, 학교
에 석탄 15톤 가져옴

〈1985년 11월 13일 (음력10월 2일)〉 수요
일 날씨 맑음
향(鄕) 당위에서 법률업무회의 참석

〈1985년 11월 14일 (음력10월 3일)〉 목요
일 날씨 맑음
태양(太陽)소학교 3, 5, 6학년 수업 방청, 교
안 및 반급수첩 검사

〈1985년 11월 15일 (음력10월 4일)〉 금요
일 날씨 맑음
춘경(春景)소학교 1, 2, 3학년 수업 방청, 교
안 및 반급수첩 검사

〈1985년 11월 16일 (음력10월 5일)〉 토요
일 날씨 맑음
광신(光新)소학교 1, 2, 3학년 수업 방청, 교
안 및 반급수첩 검사, 학교에서 석탄 10톤 가
져옴

〈1985년 11월 17일 (음력10월 6일)〉 일요
일 날씨 맑음
백선생님 이사 도움

〈1985년 11월 18일 (음력10월 7일)〉 월요
일 날씨 맑음
신농(新農)소학교 2.5학년 수업 방청, 교안
및 반급수첩 검사

〈1985년 11월 19일 (음력10월 8일)〉 화요
일 날씨 맑음
류정(柳亭)소학교 2.4학년 수업 방청, 교안
및 반급수첩 검사

〈1985년 11월 20일 (음력10월 9일)〉 수요
일 날씨 눈
6학년 수학, 3학년 한어(중국어), 5학년 어문
(조선어) 수업 방청, 당소조회의 – 교안 및 반
급수첩 검사

〈1985년 11월 21일 (음력10월 10일)〉 목요
일 날씨 맑음
훈춘(琿春)병원에 있는 최명석(崔明錫)선생
님 문병 다녀옴, 양식국(糧食局)[3] 수속함

〈1985년 11월 22일 (음력10월 11일)〉 금요
일 날씨 눈
맹령(孟嶺)소학교 2, 3학년 수업 방청, 교안
및 반급수첩 검사

---

3) 양식국(糧食局): 전국적 곡물의 유통과 거시적 가격
  조정 및 저축·보관 하는 국가 기관.

〈1985년 11월 23일 (음력10월 12일)〉 토요일 날씨 맑음
지부대회 준비, 지부대회 – 시험

〈1985년 11월 24일 (음력10월 13일)〉 일요일 날씨 맑음
가사노동, 학교에서 석탄 5톤 구입

〈1985년 11월 25일 (음력10월 14일)〉 월요일 날씨 바람
맹령(孟嶺) 분교에 가서 3학년 수업 방청, 교안 및 반급수첩 검사

〈1985년 11월 26일 (음력10월 15일)〉 화요일 날씨 맑음
1학년 사상품덕 수업, 오후 각 학교지도부회의 – 기중총결

〈1985년 11월 27일 (음력10월 16일)〉 수요일 날씨 눈
교학관리총결 원고 작성

〈1985년 11월 28일 (음력10월 17일)〉 목요일 날씨 바람
교학관리총결 원고 작성, 향(鄕) 당위시험 답안지 작성

〈1985년 11월 29일 (음력10월 18일)〉 금요일 날씨 바람
전 향(鄕)공개수업 5학년1~2반 수학, 3학년1반 어문(조선어), 2학년1반 어문(조선어)수업 방청, 교원대회

〈1985년 11월 30일 (음력10월 19일)〉 토요일 날씨 맑음
1학년 사상품덕 수업, 오후 모든 남성교원 노동

〈1985년 12월 1일 (음력10월 20일)〉 일요일 날씨 맑음
최연 단장(團長) 이사 도움

〈1985년 12월 2일 (음력10월 21일)〉 월요일 날씨 맑음
훈춘(琿春)병원에 있는 장교장과 최선생님 병문안

〈1985년 12월 3일 (음력10월 22일)〉 화요일 날씨 바람
1학년 사상품덕 수업, 장운애(張雲愛)부상 문제로 파출소에 다녀옴

〈1985년 12월 4일 (음력10월 23일)〉 수요일 날씨 바람
학교지도부회의– 12월 행사, 교원정치 학습

〈1985년 12월 5일 (음력10월 24일)〉 목요일 날씨 맑음
어제 저녁에 기와파손 정황파악– 6학년 학생, 교원회의-보험문제

〈1985년 12월 6일 (음력10월 25일)〉 금요일 날씨 추움
유리장착 작업, 1학년 사상품덕 수업, 태양(太陽) 4대 감

〈1985년 12월 7일 (음력10월 26일)〉토요
일 날씨 맑음
태양(太陽) 4대에서 태양(太陽)소학교에 감,
교안 및 반급수첩 검사

〈1985년 12월 8일 (음력10월 27일)〉일요
일 날씨 바람
휴식

〈1985년 12월 9일 (음력10월 28일)〉월요
일 날씨 바람
오전 학습자료 비용수납, 오후 각종업무

〈1985년 12월 10일 (음력10월 29일)〉화요
일 날씨 맑음
1학년 사상품덕 수업, 교육국에서 시험치러
학교에 옴

〈1985년 12월 11일 (음력10월 30일)〉수요
일 날씨 맑음
단지부활동- 낭독, 낭송 대회

〈1985년 12월 12일 (음력11월 1일)〉목요
일 날씨 맑음
교안검사, 문화교육과 통계하러 옴

〈1985년 12월 13일 (음력11월 2일)〉금요
일 날씨 맑음
류정(柳亭)소학교에서 청소년심리교육회의
개최

〈1985년 12월 14일 (음력11월 3일)〉토요
일 날씨 맑음
민영, 대리교사 전직문제 토론, 태양(太陽)5
대에 감

〈1985년 12월 15일 (음력11월 4일)〉일요
일 날씨 맑음
셋째 숙부 환갑잔치 참가, 태양(太陽)에서 묵
음

〈1985년 12월 16일 (음력11월 5일)〉월요
일 날씨 바람
태양(太陽)에서 출근, 김리균(金利均)과 담
화, 시험지 값 통계

〈1985년 12월 17일 (음력11월 6일)〉화요
일 날씨 바람
1학년 사상품덕 수업, 문화교육과에서 전직
문제 토론

〈1985년 12월 18일 (음력11월 7일)〉수요
일 날씨 맑음
출근 전 동터미널에서 곡물을 보냄, 시험지
값 통계

〈1985년 12월 19일 (음력11월 8일)〉목요
일 날씨 맑음
대리교사 전직문제 토론회의 참석

〈1985년 12월 20일 (음력11월 9일)〉금요
일 날씨 맑음
시험지 값 통계 완성, 오후 훈춘(琿春)에 시
험지 값 납부, 태양(太陽)4대에 감

〈1985년 12월 21일 (음력11월 10일)〉토요일 날씨 맑음

동생 결혼식

〈1985년 12월 22일 (음력11월 11일)〉일요일 날씨 맑음

동생 결혼식, 태양(太陽)4대에서 돌아옴

〈1985년 12월 23일 (음력11월 12일)〉월요일 날씨 바람

교학법 학습, 숙직 난로 불 지핌

〈1985년 12월 24일 (음력11월 13일)〉화요일 날씨 흐림

통계, 숙직

〈1985년 12월 25일 (음력11월 14일)〉수요일 날씨 맑음

통계 끝 난후 총 공회에 알림, 숙직

〈1985년 12월 26일 (음력11월 15일)〉목요일 날씨 맑음

민영교사 월급문제 기본상 해결 하지만 의견이 존재함, 숙직

〈1985년 12월 27일 (음력11월 16일)〉금요일 날씨 맑음

각 학교지도부회의, 숙직

〈1985년 12월 28일 (음력11월 17일)〉토요일 날씨 맑음

태양(太陽)에 민영교사 전직문제 해결방안 전달, 태양(太陽)4대에서 숙직

〈1985년 12월 29일 (음력11월 18일)〉일요일 날씨 흐림

동생 결혼식, 태양(太陽)4대에서 돌아 옴, 숙직

〈1985년 12월 30일 (음력11월 19일)〉월요일 날씨 맑음

출근, 교육개혁에 관한자료 학습, 근공검학(勤工儉學) 통계

〈1985년 12월 31일 (음력11월 20일)〉화요일 날씨 맑음

오전 수업 5교시, 연길시 체육학교에서 학생운동원 조은산(趙銀山) 정황파악 하러옴

오후 휴식

1986년

〈1986년 1월 1일 (음력11월 21일)〉 수요일
날씨 맑음
양력설, 학습

〈1986년 1월 2일 (음력11월 22일)〉 목요일
날씨 맑음
휴식, 학습

〈1986년 1월 3일 (음력11월 23일)〉 금요일
날씨 눈
출근, 각 학교지도부회의- 근공검학(勤工儉學) 선진을 선발, 현상금 문제

〈1986년 1월 4일 (음력11월 24일)〉 토요일
날씨 바람
연수학교에서 시험지 받음

〈1986년 1월 5일 (음력11월 25일)〉 일요일
날씨 바람
시험지 분배 준비

〈1986년 1월 6일 (음력11월 26일)〉 월요일
날씨 바람
시험지 분배, 오후 너무 추워서 전교 휴식

〈1986년 1월 7일 (음력11월 27일)〉 화요일
날씨 맑음
오전 시험지 배부, 각 학교에서 시험지 받으러 옴

〈1986년 1월 8일 (음력11월 28일)〉 수요일
날씨 맑음
어문(조선어) 시험, 학교지도부회의-기말업무에 대하여 교사채점

〈1986년 1월 9일 (음력11월 29일)〉 목요일
날씨 맑음
수학 시험, 교사 채점, 문서정리, 광신(光新) 맹령(孟嶺) 류정(柳亭)에서 먼저 시험 침

〈1986년 1월 10일 (음력12월 1일)〉 금요일
날씨 맑음
월급 배부, 훈춘(琿春)에 감

〈1986년 1월 11일 (음력12월 2일)〉 토요일
날씨 맑음
교육업무회의 참석, 오전 이현장 보고, 오후 학습 및 토론

〈1986년 1월 12일 (음력12월 3일)〉 일요일

날씨 맑음

오전, 학습 및 토론, 오후 현(縣)서기 보고 들음

〈1986년 1월 13일 (음력12월 4일)〉 월요일 날씨 바람

휴식, 생활개선

〈1986년 1월 14일 (음력12월 5일)〉 화요일 날씨 맑음

오전 필기장 분배, 오후 휴식, 집에서 학습

〈1986년 1월 15일 (음력12월 6일)〉 수요일 날씨 맑음

오전 시험통계표 받음, 오후 집에서 학습

〈1986년 1월 16일 (음력12월 7일)〉 목요일 날씨 맑음

시험성적 통계

〈1986년 1월 17일 (음력12월 8일)〉 금요일 날씨 맑음

보통교육통계, 경신(敬信)중심소학교 교장 집에 옴

〈1986년 1월 18일 (음력12월 9일)〉 토요일 날씨 맑음

시험성적통계, 훈춘(琿春)에 감

〈1986년 1월 19일 (음력12월 10일)〉 일요일 날씨 맑음

훈춘(琿春)에서 귀가, 감기 걸림

〈1986년 1월 20일 (음력12월 11일)〉 월요일 날씨 바람

통계마침

〈1986년 1월 21일 (음력12월 12일)〉 화요일 날씨 바람

집에서 책을 봄

〈1986년 1월 22일 (음력12월 13일)〉 수요일 날씨 맑음

집에서 책을 봄, 휴식

〈1986년 1월 23일 (음력12월 14일)〉 목요일 날씨 맑음

당원동원보고-향(鄕)당위서기, 오후 토론

〈1986년 1월 24일 (음력12월 15일)〉 금요일 날씨 맑음

당위시험, 미옥(美玉) 집에 옴

〈1986년 1월 25일 (음력12월 16일)〉 토요일 날씨 바람

당위시험

〈1986년 1월 26일 (음력12월 17일)〉 일요일 날씨 바람

시험지 제출, 오후 발표준비

〈1986년 1월 27일 (음력12월 18일)〉 월요일 날씨 맑음

자습, 발표준비

〈1986년 1월 28일 (음력12월 19일)〉 화요일 날씨 맑음
소조토론

〈1986년 1월 29일 (음력12월 20일)〉 수요일 날씨 눈
소조토론

〈1986년 1월 30일 (음력12월 21일)〉 목요일 날씨 맑음
등교일, 3학년 과제필기 검사, 오후 휴식

〈1986년 1월 31일 (음력12월 22일)〉 금요일 날씨 맑음
집에서 학습, 휴식

〈1986년 2월 1일 (음력12월 23일)〉 토요일 날씨 맑음
향(鄕)당위회의에서 이서기 보고 들음

〈1986년 2월 2일 (음력12월 24일)〉 일요일 날씨 맑음
당원교육 학습 및 정리-시험

〈1986년 2월 3일 (음력12월 25일)〉 월요일 날씨 바람
당원교육 학습 및 정리-시험

〈1986년 2월 4일 (음력12월 26일)〉 화요일 날씨 맑음
자습

〈1986년 2월 5일 (음력12월 27일)〉 수요일 날씨 맑음
학생들 예방주사 접종, 시험지 제출

〈1986년 2월 6일 (음력12월 28일)〉 목요일 날씨 맑음
각 학교 퇴직위문금 배부, 광신(光新)소학교 최주임 집에 옴

〈1986년 2월 7일 (음력12월 29일)〉 금요일 날씨 맑음
집에서 휴식

〈1986년 2월 8일 (음력12월 30일)〉 토요일 날씨 맑음
조교장님과 식사하고 훈춘(琿春)에 감

〈1986년 2월 9일 (음력1월 1일)〉 일요일 날씨 맑음
장인 집에서 설을 보냄, 창일(昌日)집에 갔다 옴

〈1986년 2월 10일 (음력1월 2일)〉 월요일 날씨 맑음
훈춘(琿春)에서 귀가, 동일(東日)이 집에 옴

〈1986년 2월 11일 (음력1월 3일)〉 화요일 날씨 맑음
집에서 휴식, 복순(福順)이 집에 옴

〈1986년 2월 12일 (음력1월 4일)〉 수요일 날씨 맑음

집에서 휴식

〈1986년 2월 13일 (음력1월 5일)〉 목요일
날씨 맑음
민석(敏錫) 집에서 설을 지냄, 티비 시청

〈1986년 2월 14일 (음력1월 6일)〉 금요일
날씨 눈
민석(敏錫) 집에서 설을 지냄, 티비 시청

〈1986년 2월 15일 (음력1월 7일)〉 토요일
날씨 맑음
등교일, 동생이 집에 옴

〈1986년 2월 16일 (음력1월 8일)〉 일요일
날씨 맑음
동생이 집에 감

〈1986년 2월 17일 (음력1월 9일)〉 월요일
날씨 맑음
허문교(許文教)가 현(縣) 편제계획을 전달해
줌, 미옥(美玉)이 하얼빈(哈爾濱)에 감

〈1986년 2월 18일 (음력1월 10일)〉 화요일
날씨 눈
휴식, 오후 문화교육과에서 편제개혁문제 토
론

〈1986년 2월 19일 (음력1월 11일)〉 수요일
날씨 맑음
현(縣)교육개혁회의에서의 이현장 보고를
학습

〈1986년 2월 20일 (음력1월 12일)〉 목요일
날씨 맑음
성(省),현(縣)교육개혁방안 학습

〈1986년 2월 21일 (음력1월 13일)〉 금요일
날씨 바람
전 당대회-김리균(金利均) 학습보조, 홍보위
원이 시험성적 통보, 이서기 총결,

〈1986년 2월 22일 (음력1월 14일)〉 토요일
날씨 바람
태양(太陽)소학교 지도부 및 교사정황 검사

〈1986년 2월 23일 (음력1월 15일)〉 일요일
날씨 바람
문교서기와 향(鄉)인사변동 문제를 토론

〈1986년 2월 24일 (음력1월 16일)〉 월요일
날씨 바람
향(鄉)당위회의에서 인사문제 토론 및 결정

〈1986년 2월 25일 (음력1월 17일)〉 화요일
날씨 맑음
교사학습-리현장 보고 들음, 향(鄉)내 지도
자 임명문제와 대리수업 문제 토론

〈1986년 2월 26일 (음력1월 18일)〉 수요일
날씨 맑음
교사학습-현(縣)교육개혁 방안 이해, 교내
담임선생님 수업분배 확정

〈1986년 2월 27일 (음력1월 19일)〉 목요일

날씨 폭설
훈춘(琿春)에서 열린 우수 수업평가회의 참석, 퇴직간부 최창복(崔昌福) 집 방문

〈1986년 2월 28일 (음력1월 20일)〉 금요일
날씨 맑음
훈춘(琿春)에서 귀가

〈1986년 3월 1일 (음력1월 21일)〉 토요일
날씨 맑음
병철(柄哲) 딸 생일연회 참석, 신녀(信女)오빠 결혼식 참석

〈1986년 3월 2일 (음력1월 22일)〉 일요일
날씨 맑음
오전 휴식, 오후 훈춘(琿春)에서 국진(國珍)의 화식문제 해결하러 갔다 옴
*국진(國珍) 입시시험 성적: 정치(62), 조선어(48), 수학(69), 물리(60), 화학(49), 생물(34), 외국어(80)- 총점(440)

〈1986년 3월 3일 (음력1월 23일)〉 월요일
날씨 맑음
훈춘(琿春)에서 출근, 개학. 전 향(鄕)교사정황 등기

〈1986년 3월 4일 (음력1월 24일)〉 화요일
날씨 흐림
오전 전 향(鄕)교사정황 등기, 오후 교사월급정황 검사 및 등기

〈1986년 3월 5일 (음력1월 25일)〉 수요일

날씨 맑음
공회회원회비 조사, 교원회의- 4개 문건 학습, 아이 생일

〈1986년 3월 6일 (음력1월 26일)〉 목요일
날씨 맑음
공회회원회비 조사, 지도부회의- (3.8)부녀절 문제, 전당시험지 응답

〈1986년 3월 7일 (음력1월 27일)〉 금요일
날씨 맑음
당비, 회비 다시정리, 전당시험지 응답

〈1986년 3월 8일 (음력1월 28일)〉 토요일
날씨 흐림
5학년 지리 수업, 당비, 회비 다시정리, (3.8) 부녀절 휴식

〈1986년 3월 9일 (음력1월 29일)〉 일요일
날씨 눈
집에서 휴식, 문화교육과에 다녀옴

〈1986년 3월 10일 (음력2월 1일)〉 월요일
날씨 폭설
현(縣) 교사관리총결표창대회 참석하러 훈춘(琿春)에 감

〈1986년 3월 11일 (음력2월 2일)〉 화요일
날씨 맑음
도노(圖魯)소학교 버스가 개통, 오전에 훈춘(琿春)에 갔다 오후에 귀가

〈1986년 3월 12일 (음력2월 3일)〉 수요일
날씨 맑음
이현장 집에서 지도부 안배 문제 토론

〈1986년 3월 13일 (음력2월 4일)〉 목요일
날씨 맑음
5학년 지리 , 6학년 역사 수업, 연수학교 인원
이 연수교원 및 졸업생 정황 파악하러 옴

〈1986년 3월 14일 (음력2월 5일)〉 금요일
날씨 맑음
문화교육과에서 주(州)인민대표대회 검사조
검사에서 회보내용 토론

〈1986년 3월 15일 (음력2월 6일)〉 토요일
날씨 눈
학잡비, 회비, 당비 수금, 오후 교생 하교

〈1986년 3월 16일 (음력2월 7일)〉 일요일
날씨 바람
당원대회- 86년 업무요점 총결

〈1986년 3월 17일 (음력2월 8일)〉 월요일
날씨 맑음
5학년 지리, 6학년 역사 수업, 학교 지도부회
의- 지도부 인사문제

〈1986년 3월 18일 (음력2월 9일)〉 화요일
날씨 맑음
5학년 지리, 6학년 역사 수업, 지부행정부문
계획제정

〈1986년 3월 19일 (음력2월 10일)〉 수요일
날씨 눈
교육국에서 정돈문제로 옴, 지부회의- 지부
계획 토론 및 통과, 두 매제가 옴

〈1986년 3월 20일 (음력2월 11일)〉 목요일
날씨 눈
판석(板石)-〉훈춘(琿春)-〉도문(圖們)-〉연
길(延吉) 군접대소에서 묵음

〈1986년 3월 21일 (음력2월 12일)〉 금요일
날씨 맑음
연길(延吉)시 연수학교에서 근공검학(勤工
儉學)관리 간부강습 참가

〈1986년 3월 22일 (음력2월 13일)〉 토요일
날씨 맑음
연길(延吉)시 연수학교에서 근공검학(勤工
儉學)관리간부강습 참가, 오후 춘학(春學)형
집에 도착

〈1986년 3월 23일 (음력2월 14일)〉 일요일
날씨 맑음
오후에 연길(延吉)에서 벽수(碧水)에 있는
춘의(春義)형 집에 도착

〈1986년 3월 24일 (음력2월 15일)〉 월요일
날씨 맑음
벽수(碧水)-〉도문(圖們)-〉훈춘(琿春)에 도
착하여 연수학교에 등기표 제출

〈1986년 3월 25일 (음력2월 16일)〉 화요일

날씨 맑음
훈춘(琿春)에서 출근하여 각 소학교의 단원
연습문제집 배부, 수도세 문제로 신농(新農)
에 감

〈1986년 3월 26일 (음력2월 17일)〉 수요일
날씨 바람
태양(太陽)에서 지도부와 대리수업문제를
토론

〈1986년 3월 27일 (음력2월 18일)〉 목요일
날씨 바람
맹령(孟嶺)에서 지도부와 대리수업문제를
토론

〈1986년 3월 28일 (음력2월 19일)〉 금요일
날씨 눈
향(鄕) 인민대표대회 참석

〈1986년 3월 29일 (음력2월 20일)〉 토요일
날씨 맑음
지도부회의-계획토론, 교원회의- 계획통과

〈1986년 3월 30일 (음력2월 21일)〉 일요일
날씨 맑음
형부 아들결혼식 참석, 귀가

〈1986년 3월 31일 (음력2월 22일)〉 월요일
날씨 맑음
5학년 지리, 6학년 역사, 강순금(姜順今) 선
생님 입교

〈1986년 4월 1일 (음력2월 23일)〉 화요일
날씨 맑음
5학년 지리, 6학년 역사, 전체당부총결자료
작성

〈1986년 4월 2일 (음력2월 24일)〉 수요일
날씨 맑음
전체당부총결자료 작성, 대청소, 연수학교와
교육국에서 검사하러 옴

〈1986년 4월 3일 (음력2월 25일)〉 목요일
날씨 맑음
교육국, 연수학교의 행사일정 안배, 지도부회
의- 4월 행사 안배

〈1986년 4월 4일 (음력2월 26일)〉 금요일
날씨 비
당직, 숙직, 호림방화(護林防火)제도 수정 및
관리제도 제정, 교원회의- 행사일정

〈1986년 4월 5일 (음력2월 27일)〉 토요일
날씨 바람
휴식, 가사노동-마늘파종

〈1986년 4월 6일 (음력2월 28일)〉 일요일
날씨 맑음
5학년 지리수업, 오후 휴식

〈1986년 4월 7일 (음력2월 29일)〉 월요일
날씨 맑음
5학년 지리, 6학년 역사 수업, 오후 지부대
회-전체당원 개인총결

〈1986년 4월 8일 (음력2월 30일)〉 화요일 날씨 맑음
현(縣) 녹화업무회의 참석, 훈춘(琿春)-〉마만달(馬滿達)-〉춘화(春花)

〈1986년 4월 9일 (음력3월 1일)〉 수요일 날씨 맑음
교사 정치학습, 교육회의 내용 전달, 숙직

〈1986년 4월 10일 (음력3월 2일)〉 목요일 날씨 바람
5학년 지리, 6학년 지리 수업 준비, 숙직

〈1986년 4월 11일 (음력3월 3일)〉 금요일 날씨 바람
5학년 지리, 6학년 지리 수업 준비, 교사낭독 경연, 숙직

〈1986년 4월 12일 (음력3월 4일)〉 토요일 날씨 맑음
5학년 지리, 6학년 지리 수업 준비, 오후 묘목원에서 노동, 숙직

〈1986년 4월 13일 (음력3월 5일)〉 일요일 날씨 맑음
파종할 품종 선택, 양파 파종

〈1986년 4월 14일 (음력3월 6일)〉 월요일 날씨 맑음
5학년 지리 수업, 졸업촬영, 판석(板石)-〉훈춘(琿春)

〈1986년 4월 15일 (음력3월 7일)〉 화요일 날씨 맑음
훈춘(琿春)-〉도문(圖們)-〉왕청(汪淸)

〈1986년 4월 16일 (음력3월 8일)〉 수요일 날씨 맑음
왕청(汪淸)-〉백초구(百草溝)

〈1986년 4월 17일 (음력3월 9일)〉 목요일 날씨 맑음
견학 3교시, 2학년 한어문(중국어), 6학년수학, 어문(조선어),

〈1986년 4월 18일 (음력3월 10일)〉 금요일 날씨 맑음
견학 4교시, 2학년 한어문(중국어), 3학년 수학, 6학년 어문(조선어), 1학년 소년선봉대 활동 참석, 오후 토론

〈1986년 4월 19일 (음력3월 11일)〉 토요일 날씨 맑음
총결-교육학원 원장보고 들음, 백초구(百草溝)-〉왕청(汪淸)-〉도문(圖們)-〉훈춘(琿春)

〈1986년 4월 20일 (음력3월 12일)〉 일요일 날씨 비
훈춘(琿春)에서 귀가

〈1986년 4월 21일 (음력3월 13일)〉 월요일 날씨 맑음
5학년 지리, 6학년 역사수업

〈1986년 4월 22일 (음력3월 14일)〉 화요일
날씨 맑음
5학년 지리, 6학년 역사수업, 각반 반급판 교체

〈1986년 4월 23일 (음력3월 15일)〉 수요일
날씨 맑음
1~3학년 수업, 자료정리, 4~6학년 식수

〈1986년 4월 24일 (음력3월 16일)〉 목요일
날씨 비
5학년 지리수업, 교학관리감찰(教學管理監察) 준비

〈1986년 4월 25일 (음력3월 17일)〉 금요일
날씨 맑음
교학관리감찰 준비, 대청소

〈1986년 4월 26일 (음력3월 18일)〉 토요일
날씨 맑음
교학관리감찰조 학교에 도착, 1~3학년 수업, 4~6학년 식수

〈1986년 4월 27일 (음력3월 19일)〉 일요일
날씨 비
휴식

〈1986년 4월 28일 (음력3월 20일)〉 월요일
날씨 맑음
5학년 지리, 6학년 역사수업, 각 학교체육교사회의

〈1986년 4월 29일 (음력3월 21일)〉 화요일
날씨 맑음
중학교,중심소학교 교장회의 참석하러 훈춘(琿春)에 감(9년의무교육통계를 위하여)

〈1986년 4월 30일 (음력3월 22일)〉 수요일
날씨 맑음
운동대회 준비, 당 수업-녹음듣기

〈1986년 5월 1일 (음력3월 23일)〉 목요일
날씨 맑음
수업, 운동대회 준비

〈1986년 5월 2일 (음력3월 24일)〉 금요일
날씨 바람
향(鄕)소학교 운동대회

〈1986년 5월 3일 (음력3월 25일)〉 토요일
날씨 맑음
운동대회 총결

〈1986년 5월 4일 (음력3월 26일)〉 일요일
날씨 맑음
향(鄕)청년운동대회, 채소파종

〈1986년 5월 5일 (음력3월 27일)〉 월요일
날씨 맑음
휴식

〈1986년 5월 6일 (음력3월 28일)〉 화요일
날씨 맑음
5학년 지리, 6학년 역사수업, 광신(光新)소학

교, 지변(支邊)소학교 교원회의 참석- 소풍
준비

〈1986년 5월 7일 (음력3월 29일)〉 수요일
날씨 흐림
당원등기, 당비영수증 발급, 대청소

〈1986년 5월 8일 (음력3월 30일)〉 목요일
날씨 비
월급발급, 당비수금, 자전거 수리

〈1986년 5월 9일 (음력4월 1일)〉 금요일 날
씨 맑음
훈춘(琿春)에서 영화 봄〈소년범죄〉

〈1986년 5월 10일 (음력4월 2일)〉 토요일
날씨 맑음
학교에서 소풍,

〈1986년 5월 11일 (음력4월 3일)〉 일요일
날씨 맑음
광신(光新) 영학(永鶴) 선생님 추도회의 참
석

〈1986년 5월 12일 (음력4월 4일)〉 월요일
날씨 맑음
5학년 지리, 6학년 역사수업, 현(縣)운동대회
준비

〈1986년 5월 13일 (음력4월 5일)〉 화요일
날씨 비
6학년 역사수업, 수업준비

〈1986년 5월 14일 (음력4월 6일)〉 수요일
날씨 비
5학년 지리, 6학년 역사수업, 집에서 업무, 교
사 기본정황 등기표 다시작성

〈1986년 5월 15일 (음력4월 7일)〉 목요일
날씨 맑음
6학년 역사수업, 향(鄕)당위 총결대화, 훈춘
(琿春)에 감

〈1986년 5월 16일 (음력4월 8일)〉 금요일
날씨 맑음
현(縣)소학교운동대회 남녀축구 2등, 여자
배구 3등

〈1986년 5월 17일 (음력4월 9일)〉 토요일
날씨 맑음
5학년 지리, 6학년 역사수업, 수업준비

〈1986년 5월 18일 (음력4월 10일)〉 일요일
날씨 맑음
오전 수업, 오후 연통보수

〈1986년 5월 19일 (음력4월 11일)〉 월요일
날씨 맑음
5학년 지리 2교시, 6학년 역사 2교시수업, 광
신(光新), 춘경(春景), ,도노(圖魯)소학교에
감

〈1986년 5월 20일 (음력4월 12일)〉 화요일
날씨 맑음
현(縣) 교육국초생업무회의 참석

〈1986년 5월 21일 (음력4월 13일)〉 수요일
날씨 맑음
현(縣) 법률보조회의 참석, 시험준비

〈1986년 5월 22일 (음력4월 14일)〉 목요일
날씨 맑음
교학연구회의 2학년1반 수학, 보통 법률시험

〈1986년 5월 23일 (음력4월 15일)〉 금요일
날씨 맑음
태양(太陽)에 감

〈1986년 5월 24일 (음력4월 16일)〉 토요일
날씨 바람
태양(太陽)에서 수업방청, 2~5학년 반급 종
점검, 판석(板石)소학교 연설회 참석

〈1986년 5월 25일 (음력4월 17일)〉 일요일
날씨 맑음
훈춘(琿春) 졸업반가장회의 참석, 오후에 귀
가

〈1986년 5월 26일 (음력4월 18일)〉 월요일
날씨 맑음
5학년 지리, 6학년 역사수업, 문화교육과 회
계가 와서 운동경비 계산

〈1986년 5월 27일 (음력4월 19일)〉 화요일
날씨 맑음
5학년 지리시험 복습, 6학년 역사수업, 복습
시험

〈1986년 5월 28일 (음력4월 20일)〉 수요일
날씨 맑음
오후 묘목원 밭갈이

〈1986년 5월 29일 (음력4월 21일)〉 목요일
날씨 맑음
지도부회의, 교원회의- 미자(美子)농업휴가

〈1986년 5월 30일 (음력4월 22일)〉 금요일
날씨 비
육상운동회 준비, 각급 기관에서 수금

〈1986년 5월 31일 (음력4월 23일)〉 토요일
날씨 맑음
육상운동회 준비, 오후 농업휴가 시작

〈1986년 6월 1일 (음력4월 24일)〉 일요일
날씨 맑음
훈춘(琿春)에서 〈6.1〉절 경축대회 및 육상대
회 관람

〈1986년 6월 2일 (음력4월 25일)〉 월요일
날씨 비
운동회 관람, 향(鄕)소학교조 단체2등 받음

〈1986년 6월 3일 (음력4월 26일)〉 화요일
날씨 흐림
휴식

〈1986년 6월 4일 (음력4월 27일)〉 수요일
날씨 맑음
훈춘(琿春)에 감

〈1986년 6월 5일 (음력4월 28일)〉 목요일
날씨 맑음
훈춘(琿春)에서 량수(凉水)에 감, 9년제 의
무교육현장회의 참석, 량수(凉水)에서 훈춘
(琿春)에 감

〈1986년 6월 6일 (음력4월 29일)〉 금요일
날씨 맑음
훈춘(琿春)에서 집으로 귀가

〈1986년 6월 7일 (음력5월 1일)〉 토요일 날
씨 비
집에서 휴식

〈1986년 6월 8일 (음력5월 2일)〉 일요일 날
씨 맑음
국진(國珍)을 위해 대학지원서 작성

〈1986년 6월 9일 (음력5월 3일)〉 월요일 날
씨 맑음
4학년 지리, 6학년 역사수업, 문화교육소조
운동대회, 숙직

〈1986년 6월 10일 (음력5월 4일)〉 화요일
날씨 맑음
훈춘(琿春)에서 교육공회참석, 숙직

〈1986년 6월 11일 (음력5월 5일)〉 수요일
날씨 맑음
학교 지도부회의-6월 행사, 오후 사생휴식,
숙직

〈1986년 6월 12일 (음력5월 6일)〉 목요일
날씨 맑음
6학년 역사수업, 회원증 등기, 현(縣) 교육사
무실에서 집체주택 등기하러 옴

〈1986년 6월 13일 (음력5월 7일)〉 금요일
날씨 맑음
개별담화-유철(柳哲), 6학년 역사수업, 교사
체육활동, 숙직

〈1986년 6월 14일 (음력5월 8일)〉 토요일
날씨 흐림
6학년 역사수업, 향(鄕)내 직업도덕강연회
참석

〈1986년 6월 15일 (음력5월 9일)〉 일요일
날씨 맑음
휴식, 파를 파종, 노동

〈1986년 6월 16일 (음력5월 10일)〉 월요일
날씨 비
훈춘(琿春)에서 연수, 총결, 교류,표창대회
참석

〈1986년 6월 17일 (음력5월 11일)〉 화요일
날씨 대우
버스정지로 훈춘(琿春)에 남음

〈1986년 6월 18일 (음력5월 12일)〉 수요일
날씨 비
버스정지로 훈춘(琿春)에 남음

〈1986년 6월 19일 (음력5월 13일)〉 목요일
날씨 흐림
훈춘(琿春)에서 출근, 향(鄕)내 조선족 4학
년 수학경연

〈1986년 6월 20일 (음력5월 14일)〉 금요일
날씨 흐림
6학년 역사복습, 기말시험, 류정(柳亭), 맹령
(孟嶺)소학교 환경미화검사 하러감

〈1986년 6월 21일 (음력5월 15일)〉 토요일
날씨 비
6학년 역사시험지 채점, 학교 환경미화검사

〈1986년 6월 22일 (음력5월 16일)〉 일요일
날씨 흐림
휴식일

〈1986년 6월 23일 (음력5월 17일)〉 월요일
날씨 흐림
도노(圖魯), 신농(新農), 광신(光新)소학교 5
학년 지리복습, 교원회의-교재, 교육방법 시
험문제

〈1986년 6월 24일 (음력5월 18일)〉 화요일
날씨 흐림
신농(新農)소학교 수업 4교시 방청, 교사노
동-화원 밭갈이

〈1986년 6월 25일 (음력5월 19일)〉 수요일
날씨 비
통계에 관하여 교사연수, 전 향(鄕)교원대

회-당원수업, 연수계획

〈1986년 6월 26일 (음력5월 20일)〉 목요일
날씨 비
통계에 관하여 교사연수, 〈형법〉에 대하여
시험

〈1986년 6월 27일 (음력5월 21일)〉 금요일
날씨 비
5학년 지리수업 복습2교시

〈1986년 6월 28일 (음력5월 22일)〉 토요일
날씨 비
훈춘(琿春)에 교사연수에 관한 통계표 제출,
학교 업무 봄

〈1986년 6월 29일 (음력5월 23일)〉 일요일
날씨 비
휴식, 책 열람, 4학년 김설령(金雪嶺)이 현
(縣)수학경연 1등 함

〈1986년 6월 30일 (음력5월 24일)〉 월요일
날씨 비
학교지도부회의-기말업무, 개학 노산(老山)
영웅좌담회, 〈7.1〉일 경축활동

〈1986년 7월 1일 (음력5월 25일)〉 화요일
날씨 맑음
향(鄕) 〈7.1〉일 경축표창대회 참석

〈1986년 7월 2일 (음력5월 26일)〉 수요일
날씨 맑음

학교지도부 연설학생 및 문예활동 선발, 5학
년 지리시험 채점

〈1986년 7월 3일 (음력5월 27일)〉 목요일
날씨 맑음
훈춘(琿春)에서 열린 교육정책이론 강습에
참석, 사범교육강습반, 주(州) 교육학원 김원
장 강연

〈1986년 7월 4일 (음력5월 28일)〉 금요일
날씨 맑음
교육정책 이론강습에 참석, 2중 동(董)교장,
연수학교 양(楊)교장 강연

〈1986년 7월 5일 (음력5월 29일)〉 토요일
날씨 비
교육정책 이론강습에 참석, 연수학교 최교장,
교육학회 안교장 강연

〈1986년 7월 6일 (음력5월 30일)〉 일요일
날씨 비
훈춘(琿春)에서 귀가, TV를 구입(345위안)

〈1986년 7월 7일 (음력6월 1일)〉 월요일 날
씨 흐림
 자료분배, 교원회의-교사자격 검수문제

〈1986년 7월 8일 (음력6월 2일)〉 화요일 날
씨 맑음
회비수금, 밭갈이, 운동학습문제 연구토론

〈1986년 7월 9일 (음력6월 3일)〉 수요일 날
씨 맑음
광신(光新)검사-김영애(金英愛), 김승림(金
乘林) 상황파악, 각 학교지도부회의-기말총
결 및 여름방학활동 안배, 훈춘(琿春)에 감

〈1986년 7월 10일 (음력6월 4일)〉 목요일
날씨 맑음
기말시험, 교육국 표목도달 등기표 받음, 훈
춘(琿春)에서 돌아와 오후 향(鄕)교육위원회
의 참석

〈1986년 7월 11일 (음력6월 5일)〉 금요일
날씨 맑음
9년 의무교육규범 통계시작, 중심소학교지
도부 검수

〈1986년 7월 12일 (음력6월 6일)〉 토요일
날씨 비
9년 의무교육규범 통계시작, 오후 당소조회
의- 입당신청인원 심사

〈1986년 7월 13일 (음력6월 7일)〉 일요일
날씨 맑음
촌서기와 기초건설팀 팀장이 합동서 체결

〈1986년 7월 14일 (음력6월 8일)〉 월요일
날씨 비
당지부회의- 김영애(金英愛),김승림(金乘
林) 입당 심사

〈1986년 7월 15일 (음력6월 9일)〉 화요일
날씨 흐림

교사총결-우수교사 선발

〈1986년 7월 16일 (음력6월 10일)〉 수요일
날씨 흐림
학교 기말총결 작성, 각 학교보도원회의

〈1986년 7월 17일 (음력6월 11일)〉 목요일
날씨 비
학교졸업식 준비

〈1986년 7월 18일 (음력6월 12일)〉 금요일
날씨 맑음
문교서기와 현(縣)우수교육인원회의 대표인
원을 토론, 중심학교지도부에서 우수교육인
원회의 대표명단 작성

〈1986년 7월 19일 (음력6월 13일)〉 토요일
날씨 맑음
우수교육인원회의 대표등기표 작성, 맹령(孟
嶺)에서 통계실시

〈1986년 7월 20일 (음력6월 14일)〉 일요일
날씨 흐림
출근, 졸업반 문제로 학교지도부회의, 맹령
(孟嶺)에서 통계실시

〈1986년 7월 21일 (음력6월 15일)〉 월요일
날씨 흐림
출근, 통계 끝

〈1986년 7월 22일 (음력6월 16일)〉 화요일
날씨 비

9년 의무교육통계 보냄,

〈1986년 7월 23일 (음력6월 17일)〉 수요일
날씨 비
직일(대)

〈1986년 7월 24일 (음력6월 18일)〉 목요일
날씨 흐림
판석(板石)촌서기와 학교수선문제 토론, 오
후 학교수선 시작, 감자 수확 및 배추 파종

〈1986년 7월 25일 (음력6월 19일)〉 금요일
날씨 흐림
학교전력 수리-2학년 1반

〈1986년 7월 26일 (음력6월 20일)〉 토요일
날씨 폭우
훈춘(琿春)에 감, 통근버스가 정지하여 자전
거로 감, 중심학교교장회의 참석, 훈춘(琿春)
에서 돌아옴 신농(新農)에 도착

〈1986년 7월 27일 (음력6월 21일)〉 일요일
날씨 맑음
내일 회의시간 통지-신농(新農), 지변(支
邊), 태양(太陽)

〈1986년 7월 28일 (음력6월 22일)〉 월요일
날씨 맑음
훈춘(琿春)에서 전 현(縣)학교지도부학습회
의 참석, 미옥(美玉)집에 도착

※국진(國珍)입시시험점수: 조선어(94),정치

(63),수학(82)물리(48)화학(66)외국어(93)
생물(48)
=총점수(494점)

〈1986년 7월 29일 (음력6월 23일)〉화요일
날씨 맑음
학습참가~ 입시시험점수 받음, 미옥, 국진
도착 함

〈1986년 7월 30일 (음력6월 24일)〉수요일
날씨 비
촌서기와 학교수리비 문제로 토론,

〈1986년 7월 31일 (음력6월 25일)〉목요일
날씨 맑음
현(縣)위원회 조직부에서 인원선발을 위하
여 내려 옴

〈1986년 8월 1일 (음력6월 26일)〉금요일
날씨 맑음
통계-전업문화지식시험, 교재, 교학 등 명단

〈1986년 8월 2일 (음력6월 27일)〉토요일
날씨 비
훈춘(琿春)에 학교업무 보러감, 창일(昌日)
북경라디오방송대학(北京广播電視大學)에
합격

〈1986년 8월 3일 (음력6월 28일)〉일요일
날씨 대우
훈춘(琿春)에서 귀가하여 민석(敏錫) 모친생
일 참가

〈1986년 8월 4일 (음력6월 29일)〉월요일
날씨 뇌우
학교 기와를 보수작업을 하였는데 어제 비로
인하여 학교에 감

〈1986년 8월 5일 (음력6월 30일)〉화요일
날씨 맑음
훈춘(琿春) 연수학교에 통계표를 제출

〈1986년 8월 6일 (음력7월 1일)〉수요일 날
씨 흐림
출근, 기와 보수작업

〈1986년 8월 7일 (음력7월 2일)〉목요일 날
씨 맑음
출근, 기와 보수작업

〈1986년 8월 8일 (음력7월 3일)〉금요일 날
씨 맑음
출근, 보수작업 경비문제 토론

〈1986년 8월 9일 (음력7월 4일)〉토요일 날
씨 맑음
경영관리소에서 보수작업 경비문제 토론, 운
동원 생활개선

〈1986년 8월 10일 (음력7월 5일)〉일요일
날씨 비
보수작업

〈1986년 8월 11일 (음력7월 6일)〉월요일
날씨 맑음

보수작업, 숙직

〈1986년 8월 12일 (음력7월 7일)〉 화요일
날씨 맑음
훈춘(琿春)에서 교직원운동대회 관람, 숙직

〈1986년 8월 13일 (음력7월 8일)〉 수요일
날씨 비
교직원운동대회 관람, 축구 2등, 숙직

〈1986년 8월 14일 (음력7월 9일)〉 목요일
날씨 맑음
보수작업문제 토론, 숙직

〈1986년 8월 15일 (음력7월 10일)〉 금요일
날씨 맑음
향(鄕)노인협회 운동회, 숙직

〈1986년 8월 16일 (음력7월 11일)〉 토요일
날씨 맑음
보수작업문제 토론

〈1986년 8월 17일 (음력7월 12일)〉 일요일
날씨 맑음
판석(板石)촌 지부위원회의 참석-보수작업
경비 문제, 숙직

〈1986년 8월 18일 (음력7월 13일)〉 월요일
날씨 맑음
건축대 시공, 훈춘(琿春)의 창일(昌日)의 대
학환송연 참석

〈1986년 8월 19일 (음력7월 14일)〉 화요일
날씨 비
창일(昌日)대학가는 것을 배웅, 향(鄕) 교장
체제개혁회의 참석, 건축대 작업중지

〈1986년 8월 20일 (음력7월 15일)〉 수요일
날씨 맑음
교생을 동원하여 베수작업 함, 건축대 작업
중지

〈1986년 8월 21일 (음력7월 16일)〉 목요일
날씨 맑음
시공대 시공

〈1986년 8월 22일 (음력7월 17일)〉 금요일
날씨 비
시공대 시공, 오후에 중지, 미옥(美玉) 하얼
빈사범대(哈爾濱師範大學) 감

〈1986년 8월 23일 (음력7월 18일)〉 토요일
날씨 비
국진(國珍)이 길림공학원(吉林工學院) 기계
공정학부에 입학, 배수

〈1986년 8월 24일 (음력7월 19일)〉 일요일
날씨 맑음
시공대 오후에 작업시작

〈1986년 8월 25일 (음력7월 20일)〉 월요일
날씨 맑음
훈춘(琿春) 2중에 60원 납부, 5중에서 광춘
(光春), 영진(永珍)의 전학문제 토론

〈1986년 8월 26일 (음력7월 21일)〉 화요일
날씨 맑음
교사 출근하여 〈지도부 체제개혁회의〉 내용
학습, 광춘(光春), 영진(永珍)의 전학수속 마
침

〈1986년 8월 27일 (음력7월 22일)〉 수요일
날씨 흐림
우수교직원회의 참석

〈1986년 8월 28일 (음력7월 23일)〉 목요일
날씨 비
선진대표, 개인 표창대회

〈1986년 8월 29일 (음력7월 24일)〉 금요일
날씨 대우
대 부분교사들이 수업할 수 없어 휴식, 집에
서 학습

〈1986년 8월 30일 (음력7월 25일)〉 토요일
날씨 맑음
출근, 수업준비, 전 향(鄕)교원대회 취소

〈1986년 8월 31일 (음력7월 26일)〉 일요일
날씨 맑음
출근

〈1986년 9월 1일 (음력7월 27일)〉 월요일
날씨 맑음
개학, 수업준비, 각 학교교사 분배문제 토론

〈1986년 9월 2일 (음력7월 28일)〉 화요일
날씨 맑음
태양(太陽), 류정(柳亭),(교사전출문제)

〈1986년 9월 3일 (음력7월 29일)〉 수요일
날씨 맑음
교육위원회의 참석, 광신(光新), 춘경(春景)
지도부 감사, 각 학교령도 임명문제 토론연
구

〈1986년 9월 4일 (음력8월 1일)〉 목요일 날
씨 맑음
오전 학교업무- 교두주임 임명문제

〈1986년 9월 5일 (음력8월 2일)〉 금요일 날
씨 비
판석(板石)에서 훈춘(琿春)에 가서 국진(國
珍)대학 문제해결

〈1986년 9월 6일 (음력8월 3일)〉 토요일 날
씨 맑음
훈춘(琿春)-〉도문(圖們)-〉안도(安圖)

〈1986년 9월 7일 (음력8월 4일)〉 일요일 날
씨 맑음
안도(安圖)에서 휴식

〈1986년 9월 8일 (음력8월 5일)〉 월요일 날
씨 비
안도(安圖)에서 밤에 장춘(長春)행 기차 탑
승

〈1986년 9월 9일 (음력8월 6일)〉 화요일 날

씨 흐림
장춘(長春)에 도착하여 국진(國珍)의 길림공
학원 입학 수속완성

〈1986년 9월 10일 (음력8월 7일)〉 수요일
날씨 맑음
장춘(長春), 승리, 남호공원 유람 후 6시42분
장춘에서 귀가 편 기차승차

〈1986년 9월 11일 (음력8월 8일)〉 목요일
날씨 맑음
도문(圖們)-〉훈춘(琿春)-〉판석(板石) 출근

〈1986년 9월 12일 (음력8월 9일)〉 금요일
날씨 맑음
출근, 업무

〈1986년 9월 13일 (음력8월 10일)〉 토요일
날씨 맑음
벽돌 나름, 대청소, 한족 대리수업문제 토론

〈1986년 9월 14일 (음력8월 11일)〉 일요일
날씨 맑음
연통 철거작업, 새 연통 설치준비

〈1986년 9월 15일 (음력8월 12일)〉 월요일
날씨 맑음
정상수업, 연통 건축

〈1986년 9월 16일 (음력8월 13일)〉 화요일
날씨 맑음
정상수업, 연통 건축

〈1986년 9월 17일 (음력8월 14일)〉 수요일
날씨 비
정상수업, 교원회의

〈1986년 9월 18일 (음력8월 15일)〉 목요일
날씨 흐림
휴식, 집에서 신문 봄

〈1986년 9월 19일 (음력8월 16일)〉 금요일
날씨 맑음
출근, 장춘예(張春藝)와 담화

〈1986년 9월 20일 (음력8월 17일)〉 토요일
날씨 맑음
훈춘(琿春)에서 교장회의 참석

〈1986년 9월 21일 (음력8월 18일)〉 일요일
날씨 비
정원 정비, 담장수리, 3년 계획 제정

〈1986년 9월 22일 (음력8월 19일)〉 월요일
날씨 맑음
춘경(春景)소학교 안교장 전근문제 토론

〈1986년 9월 23일 (음력8월 20일)〉 화요일
날씨 맑음
5학년 지리 수업, 오후 춘경(春景)소학교-안
현빈(安鉉斌) 담화 실시

〈1986년 9월 24일 (음력8월 21일)〉 수요일
날씨 맑음
광신(光新), 태양(太陽)소학교 방문, 안현빈

(安鉉斌)이 광신(光新)소학교에 전근 함

〈1986년 9월 25일 (음력8월 22일)〉 목요일
날씨 맑음
류정(柳亭), 맹령(孟嶺) 소학교 방문, 구재물
품 분배

〈1986년 9월 26일 (음력8월 23일)〉 금요일
날씨 맑음
당비 영수증 발급, 지부위원회의 참석

〈1986년 9월 27일 (음력8월 24일)〉 토요일
날씨 비
문화교육과에서 조교장 정황 알아봄, 당비
납부, 3년계획 다시검토

〈1986년 9월 28일 (음력8월 25일)〉 일요일
날씨 맑음
5학년 지리수업, 조교장 담화, 지부당비 납부

〈1986년 9월 29일 (음력8월 26일)〉 월요일
날씨 맑음
향 총결표장대회, 오후 지부대회- 입당이식
정식당원으로 임명

〈1986년 9월 30일 (음력8월 27일)〉 화요일
날씨 맑음
오전 수업, 오후 휴식-옥수수밭 수확

〈1986년 10월 1일 (음력8월 28일)〉 수요일
날씨 맑음
가사노동, 하수구 작업

〈1986년 10월 2일 (음력8월 29일)〉 목요일
날씨 맑음
정원 잡초제거 작업, 휴식

〈1986년 10월 3일 (음력8월 30일)〉 금요일
날씨 맑음
학교계획 수정

〈1986년 10월 4일 (음력9월 1일)〉 토요일
날씨 맑음
3년계획 수정

〈1986년 10월 5일 (음력9월 2일)〉 일요일
날씨 맑음
토요일 수업보충, 지도부회의-학교계획 토
론, 교원회의- 학교계획 통과

〈1986년 10월 6일 (음력9월 3일)〉 월요일
날씨 맑음
5학년 지리수업, 오후 공회장부 통계, 숙직

〈1986년 10월 7일 (음력9월 4일)〉 화요일
날씨 맑음
5학년 지리수업, 6학년 수학, 어문 대리수업

〈1986년 10월 8일 (음력9월 5일)〉 수요일
날씨 맑음
각 학교당비, 교재비 수납,

〈1986년 10월 9일 (음력9월 6일)〉 목요일
날씨 맑음
맹령(孟嶺)소학교 수업방청, 연수학교 김이

만(金伊萬) 수업방청

⟨1986년 10월 10일 (음력9월 7일)⟩ 금요일 날씨 맑음

학교계획 인쇄, 4학년1반 조선어문 수업방청

⟨1986년 10월 11일 (음력9월 8일)⟩ 토요일 날씨 맑음

각 학교 지도부회의 주최

⟨1986년 10월 12일 (음력9월 9일)⟩ 일요일 날씨 맑음

임업위원(林業委員)[1] 집에서 소나무 기둥을 받아 옴

⟨1986년 10월 13일 (음력9월 10일)⟩ 월요일 날씨 맑음

훈춘(琿春)에서 주 교사도덕교육강연단 보고 들음

⟨1986년 10월 14일 (음력9월 11일)⟩ 화요일 날씨 맑음

현(縣) 중심소학교 노동교육현장회의 참석

⟨1986년 10월 15일 (음력9월 12일)⟩ 수요일 날씨 맑음

교육국에 업무 보러 감

⟨1986년 10월 16일 (음력9월 13일)⟩ 목요일 날씨 추움

광신(光新), 신농(新農), 춘경(春景) 교사(校舍)관리검사

⟨1986년 10월 17일 (음력9월 14일)⟩ 금요일 날씨 추움

유리구입, 학교 유리장착 작업

⟨1986년 10월 18일 (음력9월 15일)⟩ 토요일 날씨 추움

훈춘(琿春)에서 백회(白灰) 구입

⟨1986년 10월 19일 (음력9월 16일)⟩ 일요일 날씨 추움

교학관리보고회의 원고 작성

⟨1986년 10월 20일 (음력9월 17일)⟩ 월요일 날씨 맑음

전교 인테리어 작업

⟨1986년 10월 21일 (음력9월 18일)⟩ 화요일 날씨 흐림

현(縣) 교육국 교학관리검사조 내려옴

⟨1986년 10월 22일 (음력9월 19일)⟩ 수요일 날씨 맑음

현(縣) 교사(校舍)관리검사 내려 옴

⟨1986년 10월 23일 (음력9월 20일)⟩ 목요일 날씨 맑음

전 향(鄕) 수업없는 교원의무노동 참가- 류정(柳亭) 댐공사

---

1) 임업위원(林業委員): 임업국 소속 공무원

〈1986년 10월 24일 (음력9월 21일)〉 금요일 날씨 맑음

정상수업, 승일(勝日) 이혼

〈1986년 10월 25일 (음력9월 22일)〉 토요일 날씨 맑음

4학년 2교시 대리수업, 숙직

〈1986년 10월 26일 (음력9월 23일)〉 일요일 날씨 바람

출근하여 페인트 작업, 오후 집에서 신문열람, 숙직

〈1986년 10월 27일 (음력9월 24일)〉 월요일 날씨 바람

전교 정상수업

〈1986년 10월 28일 (음력9월 25일)〉 화요일 날씨 바람

후문 장착 작업

〈1986년 10월 29일 (음력9월 26일)〉 수요일 날씨 바람

오후 교원대회

〈1986년 10월 30일 (음력9월 27일)〉 목요일 날씨 맑음

현(縣) 교육학회 참석

〈1986년 10월 31일 (음력9월 28일)〉 금요일 날씨 맑음

현(縣) 교원학회년회 - 표창총회

〈1986년 11월 1일 (음력9월 29일)〉 토요일 날씨 맑음

난로 장착

〈1986년 11월 2일 (음력10월 1일)〉 일요일 날씨 맑음

김치 움, 오후 신 주임집 기초건설 도움

〈1986년 11월 3일 (음력10월 2일)〉 월요일 날씨 맑음

5학년 지리, 6학년 역사 수업

〈1986년 11월 4일 (음력10월 3일)〉 화요일 날씨 맑음

5학년 지리, 6학년 역사 수업, 교무회의

〈1986년 11월 5일 (음력10월 4일)〉 수요일 날씨 맑음

한족반 대리수업 방안채택

〈1986년 11월 6일 (음력10월 5일)〉 목요일 날씨 흐림

신농(新農), 판석(板石)에서 석탄운송문제 토론

〈1986년 11월 7일 (음력10월 6일)〉 금요일 날씨 맑음

기중시험-조선어문, 공회회의 통지

〈1986년 11월 8일 (음력10월 7일)〉 토요일 날씨 맑음

기중시험-수학, 한어, 각 학교공회 조장이상

간부회의

〈1986년 11월 9일 (음력10월 8일)〉 일요일
날씨 맑음
가사노동-담장작업

〈1986년 11월 10일 (음력10월 9일)〉 월요
일 날씨 바람
5학년 지리, 6학년 역사 수업

〈1986년 11월 11일 (음력10월 10일)〉 화요
일 날씨 바람
5학년 지리, 6학년 역사2교시 수업

〈1986년 11월 12일 (음력10월 11일)〉 수요
일 날씨 맑음
학교정문 수리, 향(鄕) 정부환송회의 참가

〈1986년 11월 13일 (음력10월 12일)〉 목요
일 날씨 맑음
훈춘(琿春) 페인트 통을 반납, 오후 출근

〈1986년 11월 14일 (음력10월 13일)〉 금요
일 날씨 바람
오후 교사학습

〈1986년 11월 15일 (음력10월 14일)〉 토요
일 날씨 바람
5학년 지리 수업, 학교후문 수리,

〈1986년 11월 16일 (음력10월 15일)〉 일요
일 날씨 바람

담장수리, 각종업무

〈1986년 11월 17일 (음력10월 16일)〉 월요
일 날씨 맑음
5학년 지리, 6학년 역사수업, 6학년 1~2반
수학방청, 2학년1반 한어 방청

〈1986년 11월 18일 (음력10월 17일)〉 화요
일 날씨 맑음
5학년 지리, 6학년 역사수업, 5학년 1~2 조
선어문, 4학년1반 한어 방청

〈1986년 11월 19일 (음력10월 18일)〉 수요
일 날씨 맑음
4학년1반 수학, 4학년2반 조선어문, 6학년1
반 한어 방청, 정치학습-교육국 문건학습

〈1986년 11월 20일 (음력10월 19일)〉 목요
일 날씨 맑음
3학년1~2반 수학방청, 6학년 역사, 5학년 지
리

〈1986년 11월 21일 (음력10월 20일)〉 금요
일 날씨 맑음
2학년1반 수학, 2학년2반 조선어문, 4학년1
반 체육수업 방청

〈1986년 11월 22일 (음력10월 21일)〉 토요
일 날씨 맑음
1학년1~2반 조선어문, 2학년1반 음악수업
방청, 공회환송회 참가

〈1986년 11월 23일 (음력10월 22일)〉 일요일 날씨 흐림
가사노동

〈1986년 11월 24일 (음력10월 23일)〉 월요일 날씨 눈
5학년 지리수업, 6학년 역사수업, 5학년2반 역사수업 방청

〈1986년 11월 25일 (음력10월 24일)〉 화요일 날씨 맑음
1학년1반 영어 수업 방청, 6학년 역사 2교시 수업, 당지부회의

〈1986년 11월 26일 (음력10월 25일)〉 수요일 날씨 맑음
6학년2반 조선어문 수업방청

〈1986년 11월 27일 (음력10월 26일)〉 목요일 날씨 맑음
광신(光新), 춘경(春景), 도노(圖魯), 지변(支邊), 태양(太陽)소학교의 사상품덕수업 검수

〈1986년 11월 28일 (음력10월 27일)〉 금요일 날씨 맑음
류정(柳亭), 맹령(孟嶺)소학교의 사상품덕 수업 검수,

〈1986년 11월 29일 (음력10월 28일)〉 토요일 날씨 맑음
신농(新農)소학교 사상품덕 수업 검수

〈1986년 11월 30일 (음력10월 29일)〉 일요일 날씨 맑음
휴식일, 국진이 장춘에서 귀가

〈1986년 12월 1일 (음력10월 30일)〉 월요일 날씨 맑음
5학년 지리, 6학년 역사수업, 4학년1반 자연 수업 방청

〈1986년 12월 2일 (음력11월 1일)〉 화요일 날씨 맑음
국진이 학교에 돌아감. 신농(新農), 판석(板石) 석탄 운송문제 토론

〈1986년 12월 3일 (음력11월 2일)〉 수요일 날씨 눈
각 학교회계총결회의

〈1986년 12월 4일 (음력11월 3일)〉 목요일 날씨 맑음
교무회의

〈1986년 12월 5일 (음력11월 4일)〉 금요일 날씨 맑음
당원회의 기록부 정리

〈1986년 12월 6일 (음력11월 5일)〉 토요일 날씨 눈
지변(支邊)소학교에 다녀옴

〈1986년 12월 7일 (음력11월 6일)〉 일요일 날씨 맑음

휴식일

〈1986년 12월 8일 (음력11월 7일)〉 월요일
날씨 맑음
5학년 지리 6학년 역사수업, 각 당소조 장비
수납

〈1986년 12월 9일 (음력11월 8일)〉 화요일
날씨 맑음
5학년 지리 6학년 역사2교시 수업, 각 학교지
도부 통계

〈1986년 12월 10일 (음력11월 9일)〉 수요
일 날씨 바람
광신(光新)소학교에서, 5학년 조선어문 수업
방청 및 반급기록부 검사, 훈춘(琿春)에 감

〈1986년 12월 11일 (음력11월 10일)〉 목요
일 날씨 맑음
춘경(春景)소학교에서 2학년 조선어문 수업
방청 및 반급기록부 검사, 훈춘(琿春)에서 출
근

〈1986년 12월 12일 (음력11월 11일)〉 금요
일 날씨 맑음
춘경(春景)소학교에서 4학년 조선어문 , 5학
년 한어 수업방청

〈1986년 12월 13일 (음력11월 12일)〉 토요
일 날씨 맑음
태양(太陽)소학교에서 반급기록부 검사

〈1986년 12월 14일 (음력11월 13일)〉 일요
일 날씨 눈
태양(太陽)에서 귀가, 장국일(張國日)집들이
도움

〈1986년 12월 15일 (음력11월 14일)〉 월요
일 날씨 맑음
향(鄉)당위원회에서 주최한 회의참석, 5학년
지리, 6학년 역사 수업, 국진이 장춘에서 돌
아 옴

〈1986년 12월 16일 (음력11월 15일)〉 화요
일 날씨 맑음
판석(板石)에서 안도(安圖)에 도착 함

〈1986년 12월 17일 (음력11월 16일)〉 수요
일 날씨 맑음
김영자(金英子)전근 문제로 안도(安圖)에 감

〈1986년 12월 18일 (음력11월 17일)〉 목요
일 날씨 눈
퇴직교원 위문

〈1986년 12월 19일 (음력11월 18일)〉 금요
일 날씨 맑음
안도(安圖)-〉훈춘(琿春)

〈1986년 12월 20일 (음력11월 19일)〉 토요
일 날씨 맑음
현(縣) 연수학교에서 열린 교장회의 참가

〈1986년 12월 21일 (음력11월 20일)〉 일요

일 날씨 맑음
민석(敏錫) 생일 참석

〈1986년 12월 22일 (음력11월 21일)〉 월요
일 날씨 맑음
4학년 수학 대리수업, 5학년 지리 2교시, 6학
년 역사 2교시 수업

〈1986년 12월 23일 (음력11월 22일)〉 화요
일 날씨 흐림
5학년 지리 , 6학년 역사수업,

〈1986년 12월 24일 (음력11월 23일)〉 수요
일 날씨 맑음
정치학습- 치안관리조례(治安管理)

〈1986년 12월 25일 (음력11월 24일)〉 목요
일 날씨 맑음
향(鄕) 당대표대회 참석

〈1986년 12월 26일 (음력11월 25일)〉 금요
일 날씨 맑음

훈춘(琿春)에서 교학업무회의 참석

〈1986년 12월 27일 (음력11월 26일)〉 토요
일 날씨 맑음
이현장, 강국장 복고회의 참석

〈1986년 12월 28일 (음력11월 27일)〉 일요
일 날씨 바람
전업(專業)시험명단 통계, 훈춘(琿春)에서
귀가

〈1986년 12월 29일 (음력11월 28일)〉 월요
일 날씨 바람
훈춘(琿春)에 통계표 제출하러 감

〈1986년 12월 30일 (음력11월 29일)〉 화요
일 날씨 맑음
5학년 지리 2교시, 6학년 역사 수업

〈1986년 12월 31일 (음력11월 30일)〉 수요
일 날씨 맑음
맹령(孟嶺)소학교에 갔다 훈춘(琿春)에 감

1987년

〈1987년 1월 1일 (음력 12월 2일)〉 목요일
날씨 바람
훈춘(琿春)에서 신정 보냄, 훈춘(琿春)에서
귀가. 복순(福順)네 집에서 신정 보냄.

〈1987년 1월 2일 (음력 12월 3일)〉 금요일
날씨 흐림, 눈
집에서 휴식. 알(軋) 반주임, 알(軋) 선생님
접대.

〈1987년 1월 3일 (음력 12월 4일)〉 토요일
날씨 바람
출근, 복습(5학년 지리, 6학년 역사), 오후 휴
식.

〈1987년 1월 4일 (음력 12월 5일)〉 일요일
날씨 맑음
6학년 역사 기말시험, 시험 채점 및 배부. 국
진(國珍)에게서 편지 받음.

〈1987년 1월 5일 (음력 12월 6일)〉 월요일
날씨 눈
5학년 지리 기말시험, 교원 회의 - 강의작업
회의 정신 전달. 민석(敏錫) 접대.

〈1987년 1월 6일 소한 (음력 12월 7일)〉 화
요일 날씨 맑음
지리 채점 및 배부.

〈1987년 1월 7일 (음력 12월 8일)〉 수요일
날씨 눈
출장비 계산, 당안 통계표 제출, 장국진(張國
珍) 동생 결혼 접대.

〈1987년 1월 8일 (음력 12월 9일)〉 목요일
날씨 오후 바람
어문 기말시험, 저축 등. 당안 통계표 제출

〈1987년 1월 9일 (음력 12월 10일)〉 금요일
날씨 바람, 추움
수학 기말시험.

〈1987년 1월 10일 (음력 12월 11일)〉 토요
일 날씨 바람, 추움
한어 기말시험, 시험 통계표 출력, 이령(李
玲) 결혼 참석.

〈1987년 1월 11일 (음력 12월 12일)〉 일요
일 날씨 추움
오전 교과서 배부, 오후 온돌장 수리(숙직

실), 저녁 포커게임

〈1987년 1월 12일 (음력 12월 13일)〉 월요일 날씨 맑음, 추움
반급 총결, 향정부 직공대회 개최 - 중앙 1호 문건 전달

〈1987년 1월 13일 (음력 12월 14일)〉 화요일 날씨 추움
연수학교에서 교장회의 개최 - 전업 시험 총통계, 교원 총결

〈1987년 1월 14일 (음력 12월 15일)〉 수요일 날씨 맑음
학교 기말 총결

〈1987년 1월 15일 (음력 12월 16일)〉 목요일 날씨 맑음
휴식일, 부상, 최 연대장님(崔團長) 집에 있음.

〈1987년 1월 16일 (음력 12월 17일)〉 금요일 날씨 흐림, 눈
집에서 휴식, 태양(太陽) 창원(昌源), 지변(支邊) 명석(銘石) 다녀감, 국홍(國宏) 다녀감.

〈1987년 1월 17일 (음력 12월 18일)〉 토요일 날씨 눈바람
집에서 휴식, 신문 및 〈지부생활(支部生活)〉 등 열람.

〈1987년 1월 18일 (음력 12월 19일)〉 일요일 날씨 맑음
집에서 휴식, 신문 및 〈지부생활(支部生活)〉 등 열람, 부길원(付吉源) 다녀감.

〈1987년 1월 19일 (음력 12월 20일)〉 월요일 날씨 맑음
집에서 휴식, 신문 및 〈지부생활(支部生活)〉 등 열람, 알(軋)주임과 부길원(付吉源) 다녀감.

〈1987년 1월 20일 대한 (음력 12월 21일)〉 화요일 날씨 맑음
집에서 휴식, 학습, 온돌 수리

〈1987년 1월 21일 (음력 12월 22일)〉 수요일 날씨 맑음, 흐림
집에서 휴식, 학습, 장교장님(張校長) 다녀감, 미옥(美玉), 국진(國珍) 다녀감, 허(許), 오(吳), 조(趙), 최(崔) 다녀감.

〈1987년 1월 22일 (음력 12월 23일)〉 목요일 날씨 맑음
집에서 휴식, 최(崔)교장님(맹,孟) 다녀감

〈1987년 1월 23일 (음력 12월 24일)〉 금요일 날씨 맑음
집에서 휴식

〈1987년 1월 24일 (음력 12월 25일)〉 토요일 날씨 맑음
집에서 휴식, 학습, 문화교육과 업무보러 감.

〈1987년 1월 25일 (음력 12월 26일)〉 일요
일 날씨 맑음
문화교육에서 각 중,소학교 령도 총결 회의
집행

〈1987년 1월 26일 (음력 12월 27일)〉 월요
일 날씨 맑음
향 인민 대표 예비 회의에 참석, 숙직

〈1987년 1월 27일 (음력 12월 28일)〉 화요
일 날씨 맑음
집에서 휴식, 800원 저축, 박동석(朴東錫) 접
대, 숙직

〈1987년 1월 28일 (음력 12월 29일)〉 수요
일 날씨 맑음
최연 단장(崔團長)님 집에서 접대, 저녁에 태
양4대(太陽4隊), 숙직 덕춘(德春) 代.

〈1987년 1월 29일 (음력 1월 1일)〉 목요일
날씨 맑음
삼촌 집에서 음력설(春節) 보냄, 태양(太陽)
외삼촌 집에서 음력설(春節) 보냄, 숙직 덕춘
(德春) 代.

〈1987년 1월 30일 (음력 1월 2일)〉 금요일
날씨 바람
삼촌 집에서 음력설(春節) 보냄, 태양(太陽)
외삼촌 집에서 음력설(春節) 보냄,
※몸 아픔, 숙직 국진(國珍) 代.

〈1987년 1월 31일 (음력 1월 3일)〉 토요일

날씨 바람
태양(太陽)에서 돌아옴. 숙직

〈1987년 2월 1일 (음력 1월 4일)〉 일요일 날
씨 맑음
병원 다녀옴, 아내가 훈춘(琿春)에 감, 숙직

〈1987년 2월 2일 (음력 1월 5일)〉 월요일 날
씨 흐림, 눈
허(許)교장님 접대, 학교 둘러봄, 아내가 훈
춘(琿春)에서 돌아옴.

〈1987년 2월 3일 (음력 1월 6일)〉 화요일 날
씨 바람, 맑음
집에서 학습, 학교 둘러봄.

〈1987년 2월 4일 입춘 (음력 1월 7일)〉 수요
일 날씨 바람
집에서 학습, 학교 둘러봄.

〈1987년 2월 5일 (음력 1월 8일)〉 목요일 날
씨 맑음
출금 – 연화(延華) 250원, 동일(東日) 200위
안, 학교 둘러 봄

〈1987년 2월 6일 (음력 1월 9일)〉 금요일 날
씨 맑음
판석(板石)촌 탄광공인 학습반 꾸림, 도와줌,
학교 둘러봄

〈1987년 2월 7일 (음력 1월 10일)〉 토요일
날씨 맑음

판석(板石)촌 탄광공인 학습반 꾸림, 오전에 마침, 학교 둘러봄, 접대~허(許), 알(軋), 조(趙), 안(安)씨 등

〈1987년 2월 8일 (음력 1월 11일)〉 일요일
날씨 맑음
집에서 학습, 학교 둘러봄.

〈1987년 2월 9일 (음력 1월 12일)〉 월요일
날씨 맑음
급여 수령, 당비 수납, 급여 배부, 학교 둘러봄.

〈1987년 2월 10일 (음력 1월 13일)〉 화요일
날씨 맑음
등교일

〈1987년 2월 11일 (음력 1월 14일)〉 수요일
날씨 바람
집에서 학습, 학교 둘러봄, 직일 교사 병철(柄哲) 오지 않음 .

〈1987년 2월 12일 (음력 1월 15일)〉 목요일
날씨 바람
집에서 학습, 학교 둘러봄, 직일 교사 병철(柄哲) 오지 않음

〈1987년 2월 13일 (음력 1월 16일)〉 금요일
날씨 눈
향 인민대표 대회 참석

〈1987년 2월 14일 (음력 1월 17일)〉 토요일
날씨 맑음
향 인민대표 대회 참석, 훈춘(琿春)에 동일(東日) 결혼식 참석

〈1987년 2월 15일 (음력 1월 18일)〉 일요일
날씨 맑음
현 선전부에서 조직한 〈결의(決議)〉 학습반 참석

〈1987년 2월 16일 (음력 1월 19일)〉 월요일
날씨 맑음
사돈 문안

〈1987년 2월 17일 (음력 1월 20일)〉 화요일
날씨 맑음
〈결의(決議)〉 학습반 참석

〈1987년 2월 18일 (음력 1월 21일)〉 수요일
날씨 맑음
훈춘(琿春)에서 귀가, 동일(東日) 집에 도착, 접대 – 동일(東日), 장석(長錫) 등.

〈1987년 2월 19일 우수 (음력 1월 22일)〉
목요일 날씨 맑음
직일, 장민석(張敏錫) 집에서 접대.

〈1987년 2월 20일 (음력 1월 23일)〉 금요일
날씨 맑음
문화교육과 사무실에서 낙방상황 확인, 미옥(美玉), 국진(國珍) 학교 돌아옴, 동일(東日) 등 태양(太陽)에 감.

〈1987년 2월 21일 (음력 1월 24일)〉 토요일 날씨 맑음

문화교육과 사무실에서 교원 상황 확인, 동일(東日) 훈춘(琿春)으로 돌아감.

〈1987년 2월 22일 (음력 1월 25일)〉 일요일 날씨 맑음

집에서 학습, TV 봄.

〈1987년 2월 23일 (음력 1월 26일)〉 월요일 날씨 눈

출근, 현 교육국 교학 관리 조례 학습(오전)

〈1987년 2월 24일 (음력 1월 27일)〉 화요일 날씨 맑음

훈춘에서 유격환(兪格煥) 선생님 추도회 참석하고 돌아옴.

〈1987년 2월 25일 (음력 1월 28일)〉 수요일 날씨 바람

집에서 학습~ 현 교육국, 87년 작업계획 요점 등.

〈1987년 2월 26일 (음력 1월 29일)〉 목요일 날씨 바람

교과서 받음, 교사학습, 87년 작업계획 요점 학습, 수업준비

〈1987년 2월 27일 (음력 1월 30일)〉 금요일 날씨 바람

학교 지도부 회의 (수업, 편제 문제)

〈1987년 2월 28일 (음력 2월 1일)〉 토요일 날씨 바람

집에서 수업준비

〈1987년 3월 1일 (음력 2월 2일)〉 일요일 날씨 바람

개학, 총결, 교과서 분배 등, 장(張)주임 시아버지 장례식 참석, 조(趙)주임 접대.

〈1987년 3월 2일 (음력 2월 3일)〉 월요일 날씨 바람

정상 상과, 5학년 지리, 6학년 역사 수업.

〈1987년 3월 3일 (음력 2월 4일)〉 화요일 날씨 맑음

향에서 개최한 작업회의 참석

〈1987년 3월 4일 (음력 2월 5일)〉 수요일 날씨 바람

6학년 역사 수업, 교사 정치 학습~〈결의(決議)〉 학습 보도 등.

〈1987년 3월 5일 (음력 2월 6일)〉 목요일 날씨 비, 바람

5학년 지리 수업, 수업준비

〈1987년 3월 6일 경첩 (음력 2월 7일)〉 금요일 날씨 맑음

학교 계획 수립 시작.

〈1987년 3월 7일 (음력 2월 8일)〉 토요일 날씨 맑음

계획 수립, 교사《3.8》 활동

〈1987년 3월 8일 (음력 2월 9일)〉 일요일 날씨 맑음, 흐림
집에서 휴식, 조(趙) 접대 ~ TV 구매.

〈1987년 3월 9일 (음력 2월 10일)〉 월요일 날씨 눈, 바람
5학년 지리, 6학년 역사 수업, 학교계획 수립 (끝)

〈1987년 3월 10일 (음력 2월 11일)〉 화요일 날씨 맑음, 흐림, 눈
5학년 지리, 6학년 역사 수업, 교원회의에서 학교 계획 발표

〈1987년 3월 11일 (음력 2월 12일)〉 수요일 날씨 맑음
훈춘(琿春)에서 보통 초등 교육 통계회의 참석하고 돌아옴

〈1987년 3월 12일 (음력 2월 13일)〉 목요일 날씨 맑음
통계표를 학교에 분배, 오후에 중소학교 지도회의(문학교육과) 근공검학(勤工儉學) 지표

〈1987년 3월 13일 (음력 2월 14일)〉 금요일 날씨 맑음
학교계획 수정, 교무회의 개최 - 학교계획 토론 통과, 이동호(李東浩) 아들 결혼 접대 - 점심.

〈1987년 3월 14일 (음력 2월 15일)〉 토요일 날씨 바람
학교계획 확정, 6교시 마친 후 알(軋) 선생님 동생 결혼 접대

〈1987년 3월 15일 (음력 2월 16일)〉 일요일 날씨 바람
가사노동

〈1987년 3월 16일 (음력 2월 17일)〉 월요일 날씨 맑음
6학년 역사 2교시, 5학년 지리 수업

〈1987년 3월 17일 (음력 2월 18일)〉 화요일 날씨 맑음
6학년 역사, 5학년 지리 수업

〈1987년 3월 18일 (음력 2월 19일)〉 수요일 날씨 맑음
수업준비, 학교계획 인쇄

〈1987년 3월 19일 (음력 2월 20일)〉 목요일 날씨 흐림
학습반 참가

〈1987년 3월 20일 (음력 2월 21일)〉 금요일 날씨 흐림
훈춘(琿春)에서 업무 봄

〈1987년 3월 21일 (음력 2월 22일)〉 토요일 날씨 맑음
현 교학관리 검사조 학교에 옴

〈1987년 3월 22일 (음력 2월 23일)〉 일요일
날씨 맑음
집에서 학습, 훈춘(琿春)에 감.

〈1987년 3월 23일 (음력 2월 24일)〉 월요일
날씨 흐림
근공검학(勤工儉學) 교사 건설 총결 표창대
회 참가

〈1987년 3월 24일 (음력 2월 25일)〉 화요일
날씨 흐림
훈춘(琿春)에서 출근, 5학년 지리, 6학년 역
사 수업.

〈1987년 3월 25일 (음력 2월 26일)〉 수요일
날씨 바람
수업준비, 정치교육 학습.

〈1987년 3월 26일 (음력 2월 27일)〉 목요일
날씨 바람
1학년 3교시 수업, 운동대회

〈1987년 3월 27일 (음력 2월 28일)〉 금요일
날씨 맑음
맹령(孟嶺), 류정(柳亭) 소학교 체육장비 통
계.

〈1987년 3월 28일 (음력 2월 29일)〉 토요일
날씨 흐림
6학년 역사 2교시 수업, 당 수업, 숙직

〈1987년 3월 29일 (음력 3월 1일)〉 일요일
날씨 비
병원에 약 받으러 감, 서행만기 열람, 숙직

〈1987년 3월 30일 (음력 3월 2일)〉 월요일
날씨 비
5학년 지리, 6학년 역사 수업, 오전 향 문화교
육 위원회 회의 참석, 훈춘(琿春)에 감

〈1987년 3월 31일 (음력 3월 3일)〉 화요일
날씨 맑음
중소학교 교장, 서기 회의 참석 – 중앙, 성, 주
교육 업무 회의 내용 전달.

〈1987년 4월 1일 (음력 3월 4일)〉 수요일 날
씨 맑음
훈춘에서 업무 봄, 녹음테이프 구매, 경신(敬
信)행 차 타고 돌아옴, 숙직

〈1987년 4월 2일 (음력 3월 5일)〉 목요일 날
씨 맑음
문건 학습

〈1987년 4월 3일 (음력 3월 6일)〉 금요일 날
씨 눈 그리고 맑음
맹령(孟嶺)에서 최(崔)선생 장례식 참석

〈1987년 4월 4일 (음력 3월 7일)〉 토요일 날
씨 맑음
문화, 전업시험 면제명단 통계, 교육국 인원
학교 방문, 박의복(朴義福) 외 4명 식사.

〈1987년 4월 5일 (음력 3월 8일)〉 일요일 날

씨 흐림
휴식

〈1987년 4월 6일 (음력 3월 9일)〉월요일 날씨 흐림 그리고 비
6학년 수학, 역사, 5학년 지리, 전업시험 통계.

〈1987년 4월 7일 (음력 3월 10일)〉화요일 날씨 비
학년 수학, 역사, 5학년 지리, 전업시험 통계, 훈춘에 감

〈1987년 4월 8일 (음력 3월 11일)〉수요일 날씨 맑음
훈춘에서 출근, 6학년 수학 가르침, 교육정보비 접수, 당교육

〈1987년 4월 9일 (음력 3월 12일)〉목요일 날씨 맑음
6학년 수학 가르침, 문화,전업 고시 통계 마침, 미옥(美玉)이 옴

〈1987년 4월 10일 (음력 3월 13일)〉금요일 날씨 흐림
6학년 수학 가르침, 오후에 훈춘에 가 통계표 제출(전업고시)

〈1987년 4월 11일 (음력 3월 14일)〉토요일 날씨 맑음
현 교육작업회의에 참석

〈1987년 4월 12일 (음력 3월 15일)〉일요일 날씨 맑음
훈춘에서 집으로 돌아와 마늘 파종, 훈춘에 감, 미옥(美玉)도 훈춘 감

〈1987년 4월 13일 (음력 3월 16일)〉월요일 날씨 맑음
미옥(美玉) 함께 연길 감, 주교육위원회(州敎委)에 감.

〈1987년 4월 14일 (음력 3월 17일)〉화요일 날씨 맑음
교육위원회에 감, 예술학교에서 미옥(美玉)에게 문제 배부, 형 집에 묵음

〈1987년 4월 15일 (음력 3월 18일)〉수요일 날씨 맑음
예술학교 감, 연길에서 훈춘 감

〈1987년 4월 16일 (음력 3월 19일)〉목요일 날씨 맑음
훈춘에서 출근, 잡지 배부, 판석(板石) 중학교 강두원(姜斗元) 접대

〈1987년 4월 17일 (음력 3월 20일)〉금요일 날씨 흐리고 개임
6학년 수학 가르침

〈1987년 4월 18일 (음력 3월 21일)〉토요일 날씨 개임
6학년 수학 가르침, 도노(圖魯), 지변(支邊), 태양(太陽) 소학교 방문, 박원남(朴園男) 부

친 사망 3년 제사

〈1987년 4월 19일 (음력 3월 22일)〉일요일
날씨 개임
생일, 휴식, 조카, 매부, 정수(廷洙), 민석(敏錫)집에서 와 생일 쉼.

〈1987년 4월 20일 (음력 3월 23일)〉월요일
날씨 흐리고 비
6학년 수학 가르침, 당의 기본지식 시험지 작성, 6학년 역사, 5학년 지리 가르침

〈1987년 4월 21일 (음력 3월 24일)〉화요일
날씨 폭우
6학년 역사, 5학년 지리 가르침, 비과

〈1987년 4월 22일 (음력 3월 25일)〉수요일
날씨 개임, 바람
전향 모든 교사 월급 총액 등기, 정치학습

〈1987년 4월 23일 (음력 3월 26일)〉목요일
날씨 흐림
임업센터에서 나무묘목 문제 토론, 각 학교 보도원 회의 개최

〈1987년 4월 24일 (음력 3월 27일)〉금요일
날씨 바람
식수(판석(板石)촌), 촌에서 접대

〈1987년 4월 25일 (음력 3월 28일)〉토요일
날씨 흐리고 개임
식수(판석(板石)촌)

〈1987년 4월 26일 (음력 3월 29일)〉일요일
날씨 개임
물 항아리 꺼냄(김치 움)

〈1987년 4월 27일 (음력 3월 30일)〉월요일
날씨 개임
5학년 지리, 6학년 역사 가르침

〈1987년 4월 28일 (음력 4월 1일)〉화요일
날씨 개임
훈춘에서 교장회의 참석(전업시험 관련)

〈1987년 4월 29일 (음력 4월 2일)〉수요일
날씨 흐리고 개임
단원 검수문제 총 통계, 각 학교 지도부 회의 개최(월급 조절, 전업 시험 관련)

〈1987년 4월 30일 (음력 4월 3일)〉목요일
날씨 개임
훈춘에 가 단원 검수문제집 금액 지불 등, 운동회 준비, 알(軋)주임 접대

〈1987년 5월 1일 (음력 4월 4일)〉금요일 날씨 바람
향 소학교 운동대회

〈1987년 5월 2일 (음력 4월 5일)〉토요일 날씨 바람
향 소학교 운동대회

〈1987년 5월 3일 (음력 4월 6일)〉일요일 날씨 바람

휴식일

〈1987년 5월 4일 (음력 4월 7일)〉 월요일 날씨 바람, 눈
휴식일

〈1987년 5월 5일 (음력 4월 8일)〉 화요일 날씨 바람
5학년 지리, 6학년 역사 가르침, 맹령(孟嶺)에 내려감, 우리 향에 온 실습생 환영, 전업시험 등록비용 받음

〈1987년 5월 6일 (음력 4월 9일)〉 수요일 날씨 바람
지도부 회의 5월 행사 안배 등, 전업 시험 통계

〈1987년 5월 7일 (음력 4월 10일)〉 목요일 날씨 바람
훈춘에 가 전업시험 등기표 제출 등

〈1987년 5월 8일 (음력 4월 11일)〉 금요일 날씨 바람
량수(凉水)에 가 "3항건설" 현장회의 참석

〈1987년 5월 9일 (음력 4월 12일)〉 토요일 날씨 바람
훈춘에서 출근, 태양(太陽)에 다녀옴, 박금복(朴今福) 접대

〈1987년 5월 10일 (음력 4월 13일)〉 일요일 날씨 바람

학교 소풍

〈1987년 5월 11일 (음력 4월 14일)〉 월요일 날씨 개임
학교 녹화 상황 검사(판석(板石)중소학교, 신농(新農), 류정(柳亭), 맹령(孟嶺)), 학교 휴식

〈1987년 5월 12일 (음력 4월 15일)〉 화요일 날씨 개임
학교 녹화 상황 검사(태양(太陽), 광신(光新), 춘경(春景)중학교, 도노(圖魯))

〈1987년 5월 13일 (음력 4월 16일)〉 수요일 날씨 개임
3학년 1반 어문 전옥(全玉) 수업 방청, 전교 로동, 옥수수 수확 량식창고 저장

〈1987년 5월 14일 (음력 4월 17일)〉 목요일 날씨 개임
등록비용, 사진 접수(함원(函援)[1])

〈1987년 5월 15일 (음력 4월 18일)〉 금요일 날씨 개임
등록비용 접수, 향 내 지력 경연

〈1987년 5월 16일 (음력 4월 19일)〉 토요일 날씨 개임
훈춘에 가 함원(函援) 등록 명단과 비용 제출

---

1) 함원(函援): 성인고시를 보고 토요일과 일요일에만 수업하는 대학

(120위원)

〈1987년 5월 17일 (음력 4월 20일)〉 일요일
날씨 비, 흐림
휴식

〈1987년 5월 18일 (음력 4월 21일)〉 월요일
날씨 개임
5학년 지리, 6학년 역사 가르침, 교원회의 체
육 위생 작업회의 정신 전달, "3항건설" 회의
정신

〈1987년 5월 19일 (음력 4월 22일)〉 화요일
날씨 바람
훈춘에 가 함원(函援) 초생문제 토론, 5절 6
학년 역사 가르침, 운동경비 배부, 지도부 회
의에서 운동대회 문제 토론

〈1987년 5월 20일 (음력 4월 23일)〉 수요일
날씨 개임
량식 수확 로동 량식 창고, 학교에 500위안
냄, 실내외 대청소

〈1987년 5월 21일 (음력 4월 24일)〉 목요일
날씨 소나기
심사 소조 학교 방문하여 검수 진행, 3학년 1
반 수학, 1학년 1반 수학 수업방청, 충원(忠
沅), 홍부(紅富) 등 접대, 맹령(孟嶺)에 감

〈1987년 5월 22일 (음력 4월 25일)〉 금요일
날씨 흐리고 개임
2학년 한어 수업방청(실습생 강영애(姜英
愛), 심사, 옥순(玉順), 추월(秋月), 창룡(昌
龍)

〈1987년 5월 23일 (음력 4월 26일)〉 토요일
날씨 비
맹령(孟嶺)에서 광신(光新)에 감, 심사, 향련
(香蓮), 경자(京子), 애자(愛子)

〈1987년 5월 24일 (음력 4월 27일)〉 일요일
날씨 흐림
휴식

〈1987년 5월 25일 (음력 4월 28일)〉 월요일
날씨 흐리고 개임
춘경(春景) 소학교 심사

〈1987년 5월 26일 (음력 4월 29일)〉 화요일
날씨 개임, 바람
태양(太陽) 소학교 심사

〈1987년 5월 27일 (음력 5월 1일)〉 수요일
날씨 개임, 바람
2학년 2반 어문 수업 방청 실습생

〈1987년 5월 28일 (음력 5월 2일)〉 목요일
날씨 개임
맹령(孟嶺) 소학교 내려감

〈1987년 5월 29일 (음력 5월 3일)〉 금요일
날씨 개임
강순금(姜順今) 선생님 부친 장례식 참석

〈1987년 5월 30일 (음력 5월 4일)〉 토요일
날씨 개임
운동회 준비, 5학년 역사 연2절 가르침, 농작
휴가, 6-2, 2-2, 6-1 상과

〈1987년 5월 31일 (음력 5월 5일)〉 일요일
날씨 개임
운동회 준비, 훈춘에 감

〈1987년 6월 1일 (음력 5월 6일)〉 월요일 날
씨 개임
《6.1》운동대회(현), 6-2 상과

〈1987년 6월 2일 (음력 5월 7일)〉 화요일 날
씨 비
운동대회, 육상 1등, 훈춘에서 돌아옴, 숙직

〈1987년 6월 3일 (음력 5월 8일)〉 수요일 날
씨 비
휴식일, 숙직

〈1987년 6월 4일 (음력 5월 9일)〉 목요일 날
씨 개임
출근, 6-2, 5-1, 4-1, 2-1 상과, 숙직

〈1987년 6월 5일 (음력 5월 10일)〉 금요일
날씨 개임
출근, 4-1, 2-1, 1-1 상과, 숙직

〈1987년 6월 6일 (음력 5월 11일)〉 토요일
날씨 흐림
5-1, 4-1, 2-1, 1-1 상과, 숙직

〈1987년 6월 7일 (음력 5월 12일)〉 일요일
날씨 비
휴식, 4-2 상과, 숙직

〈1987년 6월 8일 (음력 5월 13일)〉 월요일
날씨 개임
정상상과, 강순금(姜順今), 박의복(朴義福)
접대

〈1987년 6월 9일 (음력 5월 14일)〉 화요일
날씨 개임
5학년 지리, 6학년 역사 수업 마침

〈1987년 6월 10일 (음력 5월 15일)〉 수요일
날씨 개임
5학년 지리, 6학년 역사 복습, 퇴근후 태양
(太陽)에 감

〈1987년 6월 11일 (음력 5월 16일)〉 목요일
날씨 비
훈춘에 가 초생 작업회의 참석, 귀가, 조카 생
일

〈1987년 6월 12일 (음력 5월 17일)〉 금요일
날씨 흐리고 비
지도부 회의 기말 통일 시험, 지변(支邊), 태
양(太陽), 류정(柳亭)에 내려감

〈1987년 6월 13일 (음력 5월 18일)〉 토요일
날씨 흐리고 비
수업연구회, 6-1 한어, 4-1 수학, 1-1 어문,
5-2,4-2 어문, 2-2 수학, 지도부 회의 초생

작업 회의 내용 전달

⟨1987년 6월 14일 (음력 5월 19일)⟩ 일요일
날씨 개임
훈춘 5중에 가 가장회의 참석

⟨1987년 6월 15일 (음력 5월 20일)⟩ 월요일
날씨 개임
5학년 지리, 6학년 역사 수업준비

⟨1987년 6월 16일 (음력 5월 21일)⟩ 화요일
날씨 개임
5학년 지리 가르침, 6학년 역사 기말시험, 로
동, 류정(柳亭)에 가 조선에서 전화가 온 소
식 전달(정복금(鄭福今))

⟨1987년 6월 17일 (음력 5월 22일)⟩ 수요일
날씨 개임
5학년 지리 가르침, 수업준비, 선생님 사상품
덕경험 교류회

⟨1987년 6월 18일 (음력 5월 23일)⟩ 목요일
날씨 개임
전교 상과 중지, 선생님들 훈춘에 가 묘목 관
찰, 축구 운동회

⟨1987년 6월 19일 (음력 5월 24일)⟩ 금요일
날씨 흐림
5학년 지리 가르침, 중학교 초생 등기표 작성

⟨1987년 6월 20일 (음력 5월 25일)⟩ 토요일
날씨 흐림

5학년 지리 가르침, 사상품덕 경험 교류회 개
최 각 학교 대표

⟨1987년 6월 21일 (음력 5월 26일)⟩ 일요일
날씨 개임, 소나기
5학년 지리 가르침(내용 끝냄), 오후 사생 휴
식

⟨1987년 6월 22일 (음력 5월 27일)⟩ 월요일
날씨 개임
5학년 지리 가르침(복습), 당 소조회의 개최
김승림(金承林), 김영애(金英愛) 당전이 심
사, 전선 수리

⟨1987년 6월 23일 (음력 5월 28일)⟩ 화요일
날씨 개임
5학년 지리 가르침(복습), 각 학교 보도원 회
의 개최, 시험지 비용 수납완료, 판석(板石)
소학교에 다녀옴

⟨1987년 6월 24일 (음력 5월 29일)⟩ 수요일
날씨 개임
5학년 지리 기말시험, 당전이 당소조 의견 작
성, 현 문화팀 교사 학교방문

⟨1987년 6월 25일 (음력 5월 30일)⟩ 목요일
날씨 개임
훈춘에 가 전향 소학교 시험지 비용 및 중함
(中函) 초생 등기표 등 제출

⟨1987년 6월 26일 (음력 6월 1일)⟩ 금요일
날씨 흐린 후 개임

5학년 지리 기말시험 총결, 교원회의(보도원 대표 선발)

〈1987년 6월 27일 (음력 6월 2일)〉 토요일 날씨 흐린 후 비
지부 위원회 개최, 당전이 의견 작성, 문예선발

〈1987년 6월 28일 (음력 6월 3일)〉 일요일 날씨 흐린 후 비
양수나무 채벌

〈1987년 6월 29일 (음력 6월 4일)〉 월요일 날씨 비
《3항 건설 계획》 제작, 《7.5 체육위생작업계획》 - 장주임(張主任)

〈1987년 6월 30일 (음력 6월 5일)〉 화요일 날씨 비
《교장직책》학습, 당지부 회의 당전이, 당과(영애(英愛), 승림(承林))

〈1987년 7월 1일 (음력 6월 6일)〉 수요일 날씨 흐리고 개임
향 당 위원회 《7.1》표창 총결대회 참석

〈1987년 7월 2일 (음력 6월 7일)〉 목요일 날씨 개임
년말 작업 총결 재료 작성, 졸업 사진 촬영

〈1987년 7월 3일 (음력 6월 8일)〉 금요일 날씨 개임
년말 작업 총결 재료 작성, 대청소

〈1987년 7월 4일 (음력 6월 9일)〉 토요일 날씨 개인뒤 소나기
현 교육국에서 심사 나옴, 미옥(美玉) 졸업 집에 옴.

〈1987년 7월 5일 (음력 6월 10일)〉 일요일 날씨 개인뒤 비
소학교 졸업생 승학 시험

〈1987년 7월 6일 (음력 6월 11일)〉 월요일 날씨 흐린 후 개임
훈춘에 가 시험지 받음

〈1987년 7월 7일 (음력 6월 12일)〉 화요일 날씨 개임
시험지 배부(각 학교별), 현 체육에서 학교에 와 체육 작업 상황 료해

〈1987년 7월 8일 (음력 6월 13일)〉 수요일 날씨 개임
각 학교별 시험지 배부

〈1987년 7월 9일 (음력 6월 14일)〉 목요일 날씨 흐림
수학 시험, 점수 매김, 1년 작업 총결 다시 쓰기

〈1987년 7월 10일 (음력 6월 15일)〉 금요일 날씨 흐리고 비
어문 시험, 점수 매김

〈1987년 7월 11일 (음력 6월 16일)〉 토요일
날씨 비
한어 시험, 점수 매김

〈1987년 7월 12일 (음력 6월 17일)〉 일요일
날씨 비
출근, 기말 정리 작업, 각 반급 3호 평가

〈1987년 7월 13일 (음력 6월 18일)〉 월요일
날씨 흐리고 비
교사 총결(개인준비), 여름 방학 작업 기획
나열, 졸업생 성적을 필사하여 보냄(각 학교)

〈1987년 7월 14일 (음력 6월 19일)〉 화요일
날씨 개임
교사 총결, 모범 선발, 학교 총결, 숙직

〈1987년 7월 15일 (음력 6월 20일)〉 수요일
날씨 개임
각 반급 총결 표창, 여름방학 활동 인쇄, 숙직

〈1987년 7월 16일 (음력 6월 21일)〉 목요일
날씨 비
정리작업, 숙직

〈1987년 7월 17일 (음력 6월 22일)〉 금요일
날씨 개임
기말시험 성적 통계, 광신(光新) 안(安)교장
님이 통계함, 국진(國珍)이 집 방문, 숙직

〈1987년 7월 18일 (음력 6월 23일)〉 토요일
날씨 개임

기말시험 성적 통계, 국진(國珍)이 학교 돌아
감, 숙직

〈1987년 7월 19일 (음력 6월 24일)〉 일요일
날씨 개임
반령구(盤嶺溝), 맹령(孟嶺), 류정(柳亭)

〈1987년 7월 20일 (음력 6월 25일)〉 월요일
날씨 개임
훈춘에서 사범반 졸업식 참석, 돌아옴

〈1987년 7월 21일 (음력 6월 26일)〉 화요일
날씨 개임
보통 초급 통계(춘경(春景) 학교)

〈1987년 7월 22일 (음력 6월 27일)〉 수요일
날씨 개임
보통 초급 교육 통계(류정(柳亭) 학교)

〈1987년 7월 23일 (음력 6월 28일)〉 목요일
날씨 개임
보충 시험 출제, 시험지 인쇄

〈1987년 7월 24일 (음력 6월 29일)〉 금요일
날씨 개임
맹령(孟嶺) 학교 내려감(보통 교육 통계), 문
화관, 연수학교에서 와 문예연습, 숙직

〈1987년 7월 25일 (음력 6월 30일)〉 토요일
날씨 개임
졸업생 보충 시험

〈1987년 7월 26일 (음력 7월 1일)〉 일요일
날씨 개임
집에서 휴식

〈1987년 7월 27일 (음력 7월 2일)〉 월요일
날씨 개임
보통 교육 통계

〈1987년 7월 28일 (음력 7월 3일)〉 화요일
날씨 개임
보통 교육 통계(완성)

〈1987년 7월 29일 (음력 7월 4일)〉 수요일
날씨 개임
훈춘 교육국에 가 전민 합동공 등기

〈1987년 7월 30일 (음력 7월 5일)〉 목요일
날씨 개임
사범 졸업생 접대

※영진 고중시험 성적:
정치, 어문, 수학, 물리, 화학, 일어, 한어
 74 101.5 99 91 47.5 91.5 97.5
= 602

〈1987년 7월 31일 (음력 7월 6일)〉 금요일
날씨 개임
사범 졸업생 접대(12명)

〈1987년 8월 1일 (음력 7월 7일)〉 토요일 날
씨 소나기
《8.1절》복원 군인 좌담회의 개최,

〈1987년 8월 2일 (음력 7월 8일)〉 일요일 날
씨 흐림
휴식일

〈1987년 8월 3일 (음력 7월 9일)〉 월요일 날
씨 흐림
문화 교육조 사무실 업무 봄, 손님 접대

〈1987년 8월 4일 (음력 7월 10일)〉 화요일
날씨 흐림
집에서 휴식

〈1987년 8월 5일 (음력 7월 11일)〉 수요일
날씨 흐림
문예 연습 구경

〈1987년 8월 6일 (음력 7월 12일)〉 목요일
날씨 개임
향 인민 대표회의 참석 부 향장 선발

〈1987년 8월 7일 (음력 7월 13일)〉 금요일
날씨 비
문예 대회 경비 문제 토론

〈1987년 8월 8일 (음력 7월 14일)〉 토요일
날씨 개임
문예대회 경비 450원 해결, 문예단 훈춘에 감

〈1987년 8월 9일 (음력 7월 15일)〉 일요일
날씨 개임
휴식

〈1987년 8월 10일 (음력 7월 16일)〉 월요일
날씨 흐림
휴식

〈1987년 8월 11일 (음력 7월 17일)〉 화요일
날씨 흐림
휴식

〈1987년 8월 12일 (음력 7월 18일)〉 수요일
날씨 개임
훈춘에서 중학교, 중신 학교 교장회의 참석

〈1987년 8월 13일 (음력 7월 19일)〉 목요일
날씨 개임
훈춘에서 집에 옴, 사범 졸업생 작업 분배 연
구

〈1987년 8월 14일 (음력 7월 20일)〉 금요일
날씨 개임
현 소년선봉대 대표회의, 알(軋) 주임 온돌
수리 도움

〈1987년 8월 15일 (음력 7월 21일)〉 토요일
날씨 개임
현 소년선봉대 대표회의, 교육 평가 학습반
참가

〈1987년 8월 16일 (음력 7월 22일)〉 일요일
날씨 비
교육 평가 학습반 참가

〈1987년 8월 17일 (음력 7월 23일)〉 월요일
날씨 흐림
교육 평가 학습반 참가

〈1987년 8월 18일 (음력 7월 24일)〉 화요일
날씨 비
훈춘에 감, 교사 전업시험 (팀 리더)

〈1987년 8월 19일 (음력 7월 25일)〉 수요일
날씨 개임
각 학교 지도부 회의 개최 편제 확정 등

〈1987년 8월 20일 (음력 7월 26일)〉 목요일
날씨 흐림
사범 졸업생 분배

〈1987년 8월 21일 (음력 7월 27일)〉 금요일
날씨 흐림
휴식

〈1987년 8월 22일 (음력 7월 28일)〉 토요일
날씨 개임
휴식, 100위안 출금, 영진(永珍)이 2중에 가
는 경비

〈1987년 8월 23일 (음력 7월 29일)〉 일요일
날씨 비
교과서 배부

〈1987년 8월 24일 (음력 7월 1일)〉 월요일
날씨 개임
교사 출근, 회의 반주임 안배 등. 영진(永珍)
이 훈춘 2중 감. 국진(國珍) 퇴학증 받음. 백

남학(白南學) 문화 교육조로 발령, 강미희(姜美姬), 김옥(金玉), 왕연(王研) 훈련

⟨1987년 8월 25일 (음력 7월 2일)⟩ 화요일 날씨 비
교사 수업준비, 인사변동 문제 연구

⟨1987년 8월 26일 (음력 7월 3일)⟩ 수요일 날씨 흐림
(사범 졸업생 접대) - 류정(柳亭) 학교 분배

⟨1987년 8월 27일 (음력 7월 4일)⟩ 목요일 날씨 비
판석(板石) 2중 건교 개학대회 참가, 인사 문제 연구

⟨1987년 8월 28일 (음력 7월 5일)⟩ 금요일 날씨 개임
집에서 수업준비

⟨1987년 8월 29일 (음력 7월 6일)⟩ 토요일 날씨 개임
출근 1학년 초생, 통계 작성, 국진(國珍) 2중에 감, 김애자(金愛子), 정승도(丁升道) 훈련, 김용웅(金勇雄) 발령

⟨1987년 8월 30일 (음력 7월 7일)⟩ 일요일 날씨 개임
온돌 수리, 최준엽(崔俊燁) 환갑 참석

⟨1987년 8월 31일 (음력 7월 8일)⟩ 월요일 날씨 비

현 교육국에서 보통교육 검수하러 옴, 숙직

⟨1987년 9월 1일 (음력 7월 9일)⟩ 화요일 날씨 개임
개학, 보충 초생, 김영애(김영애) 광신(光新) 소학교로 발령, 숙직

⟨1987년 9월 2일 (음력 7월 10일)⟩ 수요일 날씨 개임
교사 자격 배양 규획 수정, 각 학교 지도부 회의 년초 보통 교육 통계 , 숙직

⟨1987년 9월 3일 (음력 7월 11일)⟩ 목요일 날씨 개임
집에서 일함(비료 배달 등)

⟨1987년 9월 4일 (음력 7월 12일)⟩ 금요일 날씨 흐림
집에서 일함

⟨1987년 9월 5일 (음력 7월 13일)⟩ 토요일 날씨 비
집무, 전옥(全玉) 선생님 혼례 참석, 숙직

⟨1987년 9월 6일 (음력 7월 14일)⟩ 일요일 날씨 비
출근, 교사 평가표 작성

⟨1987년 9월 7일 (음력 7월 15일)⟩ 월요일 날씨 비
각 학교 보통교육 통계수령, 학교계획 토론 통과(령도, 6학년 가르침)

〈1987년 9월 8일 (음력 7월 16일)〉 화요일
날씨 개임
보통교육 통계수정

〈1987년 9월 9일 (음력 7월 17일)〉 수요일
날씨 개임
문화 교육조에서 회의 개최(교사절 관련), 맹
령(孟嶺) 학교와 류정(柳亭) 학교 방문, 교사
절 보냄

〈1987년 9월 10일 (음력 7월 18일)〉 목요일
날씨 개임
향 정부에서 우수교사, 각 학교 지도부 회의
개최

〈1987년 9월 11일 (음력 7월 19일)〉 금요일
날씨 개임
보통교육 통계 재검토

〈1987년 9월 12일 (음력 7월 20일)〉 토요일
날씨 개임
각 학교 숙소 통계, 대청소

〈1987년 9월 13일 (음력 7월 21일)〉 일요일
날씨 흐림
훈춘에 가 보통교육 검수통계 제출(전향 종
합), 알(軋)주임 집 이사

〈1987년 9월 14일 (음력 7월 22일)〉 월요일
날씨 흐림
6학년 역사 가르침, 대청소, 당 비용 영수증

〈1987년 9월 15일 (음력 7월 23일)〉 화요일
날씨 개임
훈춘에 가 김원승(金元承) 선생님 추도회 참
석

〈1987년 9월 16일 (음력 7월 24일)〉 수요일
날씨 개임
교육국 보통 교육과에서 학교에 검사 옴(판
석(板石), 맹령(孟嶺), 류정(柳亭))

〈1987년 9월 17일 (음력 7월 25일)〉 목요일
날씨 개임
학교 업무소조에서 숙소 검사 나옴(맹령(孟
嶺), 류정(柳亭))
학교 업무소조에서 숙소 검사 나옴(태양(太
陽), 지변(支邊), 춘경(春景), 도노(圖魯), 광
신(光新), 판석(板石), 신농(新農))

〈1987년 9월 18일 (음력 7월 26일)〉 금요일
날씨 개임
보통 교육 검수 통계 재검토, 국진(國珍) 재
수비용 400원 제출

〈1987년 9월 19일 (음력 7월 27일)〉 토요일
날씨 흐림
보통 교육 검사 제출 재료 작성, 당 비용 제출
(지부)

〈1987년 9월 20일 (음력 7월 28일)〉 일요일
날씨 비
보통 교육 검사 제출 재료 작성, 당 비용 제출
(지부)

〈1987년 9월 21일 (음력 7월 29일)〉 월요일
날씨 개임
6학년 역사 가르침, 각 학교에 연습집 배부

〈1987년 9월 22일 (음력 7월 30일)〉 화요일
날씨 개임
6학년 역사 가르침, 보통 교육 검수 준비, 교
원 회의에서 제출 재료 발표

〈1987년 9월 23일 (음력 8월 1일)〉 수요일
날씨 개임
향, 현에서 학교에 보통 교육 검수 옴 판석
(板石), 맹령(孟嶺), 류정(柳亭)

〈1987년 9월 24일 (음력 8월 2일)〉 목요일
날씨 개임
향 정부에서 개최한 산림 보호 방화 작업 회
의에 참석, 신분증 사진 촬영

〈1987년 9월 25일 (음력 8월 3일)〉 금요일
날씨 비
업무 학습 소조 분배, 산림보호 방화 작업 정
신 전달

〈1987년 9월 26일 (음력 8월 4일)〉 토요일
날씨 바람
지도부회의 국경절, 농작기 휴가문제 관련,
교사에게 등기표 배부

〈1987년 9월 27일 (음력 8월 5일)〉 일요일
날씨 바람
훈춘에 가 중, 소학교 교장 회의 참석 - 사

상, 정치 작업 문건 (성) 현 관련

〈1987년 9월 28일 (음력 8월 6일)〉 월요일
날씨 개임
오전에 교사 자격 배양 규획 학습, 성,현 교사
직급 평정 관련 문건 학습

〈1987년 9월 29일 (음력 8월 7일)〉 화요일
날씨 개임
교사 직급 평정 관련 문건 학습

〈1987년 9월 30일 (음력 8월 8일)〉 수요일
날씨 개임
육상 운동회 진행

〈1987년 10월 1일 (음력 8월 9일)〉 목요일
날씨 흐림
판석(板石)촌 열사기념비 건공 의식 참석

〈1987년 10월 2일 (음력 8월 10일)〉 금요일
날씨 개임
휴식

〈1987년 10월 3일 (음력 8월 11일)〉 토요일
날씨 개임
출근, 오후에는 중소학교 교사에 관한 문건
을 학습

〈1987년 10월 4일 (음력 8월 12일)〉 일요일
날씨 개임
출근, 오후에는 교사 직무 평가 조건 학습, 성
사상정치 작업 회의에서 진견(陳堅) 발표내

용 학습

〈1987년 10월 5일 (음력 8월 13일)〉월요일
날씨 개임
농작기 휴가, 집무 봄 옥수수, 파 수확 등

〈1987년 10월 6일 (음력 8월 14일)〉화요일
날씨 개임
집에서 휴식

〈1987년 10월 7일 (음력 8월 15일)〉수요일
날씨 개임
집에서 휴식

〈1987년 10월 8일 (음력 8월 16일)〉목요일
날씨 개임
콩 수확(복순(福順) 집), 개집 지음

〈1987년 10월 9일 (음력 8월 17일)〉금요일
날씨 개임
개집 지음, 광신(光新), 춘경(春景), 도노(圖
魯)에 가 졸업증 받아옴

〈1987년 10월 10일 (음력 8월 18일)〉토요
일 날씨 개임
훈춘(琿春)에 가 간부 전이 등기표 작성, 통
계 작성(평가 모집)

〈1987년 10월 11일 (음력 8월 19일)〉일요
일 날씨 바람
평가 모집 통계 완성, 훈춘에서 돌아옴

〈1987년 10월 12일 (음력 8월 20일)〉월요
일 날씨 바람
오후 전향 조선족 교원 강의 들음(조선어 현
대 교학법)
윤승교(尹升校) 선생님 강의함, 우리집에서
투숙

〈1987년 10월 13일 (음력 8월 21일)〉화요
일 날씨 개임
6학년 역사 가르침, 신농(新農)에 가 수리비
용 문제 토론

〈1987년 10월 14일 (음력 8월 22일)〉수요
일 날씨 개임
교육기간 20년 이상, 68년 이전 80년 이후의
고중 졸업생 등기표 작성(정치 학습 내용 전
달)

〈1987년 10월 15일 (음력 8월 23일)〉목요
일 날씨 개임
훈춘에 가 교육기간 20년 이상 등기표 제출

〈1987년 10월 16일 (음력 8월 24일)〉금요
일 날씨 개임
교육국에서 교학 관리 상황 검사 옴

〈1987년 10월 17일 (음력 8월 25일)〉토요
일 날씨 개임
6학년 역사, 1학년 어문 가르침

〈1987년 10월 18일 (음력 8월 26일)〉일요
일 날씨 흐리고 비

무우 수확, 판석(板石)촌, 신농(新農)촌 서기 촌장 회의 개최

〈1987년 10월 19일 (음력 8월 27일)〉 월요일 날씨 바람
훈춘에 가 직업평가 작업회의 참석

〈1987년 10월 20일 (음력 8월 28일)〉 화요일 날씨 바람
6학년 역사 가르침, 2절 수업 방청, 2-1 어문, 5-1 한어, 훈춘에서 출근

〈1987년 10월 21일 (음력 8월 29일)〉 수요일 날씨 바람
교육국에서 재무기록 확인, 수업 방청, 3-1어문, 4-2어문, 각 학교 지도부 회의 개최 채용 평가 작업 관련

〈1987년 10월 22일 (음력 8월 30일)〉 목요일 날씨 개임
수업 방청, 6-1 어문, 2-2 어문, 4-1 한어, 전향 교원 대회 개최 채용 평가 작업 관련

〈1987년 10월 23일 (음력 9월 1일)〉 금요일 날씨 개임
수업 방청, 5-2 어문

〈1987년 10월 24일 (음력 9월 2일)〉 토요일 날씨 개임
수업 방청, 4-1 어문, 6-1 한어, 6-2 어문, 6-1 역사 가르침

〈1987년 10월 25일 (음력 9월 3일)〉 일요일 날씨 개임
보림(寶林) 집 이사, 초대, 도와줌

〈1987년 10월 26일 (음력 9월 4일)〉 월요일 날씨 개임
6-1 역사 가르침, 6-1과 6-2 수학 수업 방청, 춘경(春景)에 가 중대 활동 참관(6학년), 숙직

〈1987년 10월 27일 (음력 9월 5일)〉 화요일 날씨 개임
2-1한어, 5-1어문, 3-2 수학 수업방청, 현 로동 서비스 회사에서 합동노동자 명단 받으러 옴, 삼가자 건설자와 합동서를 작성 함, 숙직

〈1987년 10월 28일 (음력 9월 6일)〉 수요일 날씨 개임
4-1 한어, 3-1 한어 수업 방청, 당지부 당 수업, 숙직

〈1987년 10월 29일 (음력 9월 7일)〉 목요일 날씨 흐림
1-1 수학, 4-1 수학 수업 방청, 향 직공 지도부 소조 회의 개최, 숙직

〈1987년 10월 30일 (음력 9월 8일)〉 금요일 날씨 개임
2-2 수학, 5-2 수학, 2-1 수학 수업 방청, 각 학교 지도부 회의 개최 직무 평가 작업 관련, 숙직

〈1987년 10월 31일 (음력 9월 9일)〉 토요일
날씨 개임
3-1 수학, 4-2 수학 수업 방청, 각 반에 난로
장착, 창고문 수리

〈1987년 11월 1일 (음력 9월 10일)〉 일요일
날씨 눈
허문권(許文權) 기지 개척 도와줌, 영진(永
珍) 김치움 팜

〈1987년 11월 2일 (음력 9월 11일)〉 월요일
날씨 흐림
수업 준비, 2중 서기 총무주임, 김(金)향장,
량(梁)향장, 문권(文權) 등 접대

〈1987년 11월 3일 (음력 9월 12일)〉 화요일
날씨 개임
6학년 역사 가르침, 난로 장착 등, 김리균(金
利均) 접대

〈1987년 11월 4일 (음력 9월 13일)〉 수요일
날씨 흐림
전향 교원대회 개최, 고급 교사 민의 측험 평
가

〈1987년 11월 5일 (음력 9월 14일)〉 목요일
날씨 바람
학력 작성, 교육기간 통계, 전향 교사, 사무실
난로 장착

〈1987년 11월 6일 (음력 9월 15일)〉 금요일
날씨 개임

소학교 직공 지도부 소조 회의 평가 조건 학
습

〈1987년 11월 7일 (음력 9월 16일)〉 토요일
날씨 바람
각 학교 지도부 회의 성 교육위원회 문건, 산
림 보호 방화 작업 회의

〈1987년 11월 8일 (음력 9월 17일)〉 일요일
날씨 개임
콩 수확 등 집안 업무

〈1987년 11월 9일 (음력 9월 18일)〉 월요일
날씨 개임
직공 지도부 소조에서 소학교 고급 교사 평
가

〈1987년 11월 10일 (음력 9월 19일)〉 화요
일 날씨 흐림
훈춘에 가 학력, 교육기간 통계표 제출

〈1987년 11월 11일 (음력 9월 20일)〉 수요
일 날씨 눈
교사 문화 수평별, 나이별 통계, 각종 학잡비
수납, 교사 정치 학습

〈1987년 11월 12일 (음력 9월 21일)〉 목요
일 날씨 바람
직공 지도부 회의 기층평어 초고

〈1987년 11월 13일 (음력 9월 22일)〉 금요
일 날씨 개임

직공 지도부 회의 기층 평어 제출용 정리

〈1987년 11월 14일 (음력 9월 23일)〉 토요
일 날씨 개임
직공 지도부 회의 기층 평어 초보적 완성

〈1987년 11월 15일 (음력 9월 24일)〉 일요
일 날씨 개임
집에서 집안 업무 봄

〈1987년 11월 16일 (음력 9월 25일)〉 월요
일 날씨 개임
훈춘에 고급 교사 완성본 제출(미합격)

〈1987년 11월 17일 (음력 9월 26일)〉 화요
일 날씨 개임
훈춘에 고급 교사 완성본 제출(합격)

〈1987년 11월 18일 (음력 9월 27일)〉 수요
일 날씨 개임
춘경(春景) 학교 가 교사 정치 학습, (주택 분
배 문제), 장석(長錫) 어머니 환갑

〈1987년 11월 19일 (음력 9월 28일)〉 목요
일 날씨 개임
합동공 식량 통계

〈1987년 11월 20일 (음력 9월 29일)〉 금요
일 날씨 개임
훈춘(琿春)에 갔다가 마적달(馬滴達)에 감.

〈1987년 11월 21일 (음력 10월 1일)〉 토요
일 날씨 개임
직업후 교육 현장 회의 참석, 경험 소개 청강,
수업 준비

〈1987년 11월 22일 (음력 10월 2일)〉 일요
일 날씨 개임
대회 발언(각 학교 교장) 총결, 훈춘에 감

〈1987년 11월 23일 (음력 10월 3일)〉 월요
일 날씨 눈
훈춘에서 출근

〈1987년 11월 24일 (음력 10월 4일)〉 화요
일 날씨 개임
6학년 역사 2절 가르침

〈1987년 11월 25일 (음력 10월 5일)〉 수요
일 날씨 눈
교사 학력 통계 (조사), 정치 학습 13대 문건

〈1987년 11월 26일 (음력 10월 6일)〉 목요
일 날씨 눈
교사가족 "농민에서 비농민으로 전환" 통계
통지 발령

〈1987년 11월 27일 (음력 10월 7일)〉 금요
일 날씨 추움
3,4,5학년 한어 낭독시합 (교내) 교원

〈1987년 11월 28일 (음력 10월 8일)〉 토요
일 날씨 추움
한족 향내 1, 2 학년 어문 낭독 시합

〈1987년 11월 29일 (음력 10월 9일)〉 일요일 날씨 개임

가마솥 수리 등, 훈춘에 감(채소 가져옴)

〈1987년 11월 30일 (음력 10월 10일)〉 월요일 날씨 개임

6학년 역사 가르침, 향 한어 3,4,5 학년 낭독시합, 숙직

〈1987년 12월 1일 (음력 10월 11일)〉 화요일 날씨 개임

6학년 역사 가르침, 수업 준비

〈1987년 12월 2일 (음력 10월 12일)〉 수요일 날씨 개임

고급 교사 명단 작성, 훈춘에 감(고급 교사 평가)

〈1987년 12월 3일 (음력 10월 13일)〉 목요일 날씨 개임

훈춘(琿春)에서 도노(圖魯) – 지변(支邊) – 판석(板石), 각 학교 지도부 회의 (고급 직급 평가 관련), 숙직

〈1987년 12월 4일 (음력 10월 14일)〉 금요일 날씨 개임

정복금(鄭福今)선생님 문안

〈1987년 12월 5일 (음력 10월 15일)〉 토요일 날씨 개임

경험 소개 청강 5중 김정숙(金禎淑)

〈1987년 12월 6일 (음력 10월 16일)〉 일요일 날씨 개임

훈춘에 가 2중 졸업반 가장회의 참석, 박정일(朴正一) 집 방문

〈1987년 12월 7일 (음력 10월 17일)〉 월요일 날씨 개임

6학년 역사, 점심에 훈춘에 가 중소학교 교장회의 참석(직급 평가 관련)

〈1987년 12월 8일 (음력 10월 18일)〉 화요일 날씨 개임

오전 업무(직급 평가), 오후 귀가

〈1987년 12월 9일 (음력 10월 19일)〉 수요일 날씨 개임

고급 교사 학력 검사 각 학교에서 제출한 등기표

〈1987년 12월 10일 (음력 10월 20일)〉 목요일 날씨 개임

고급 교사 학력 검사, 학교 수리(86년) 조(趙)씨 학교 방문, 정복금(鄭福今)선생님 학교 방문

〈1987년 12월 11일 (음력 10월 21일)〉 금요일 날씨 바람

훈춘에 가 함(函)씨 졸업증, 증명서 제출, 점심에 돌아옴, 각 학교 지도부 회의 1, 2, 3급 교사

〈1987년 12월 12일 (음력 10월 22일)〉 토요

일 날씨 개임

오전에 향 문화 교육조에 가 판석(板石), 신농(新農) 촌서기, 촌장 회의 준비 회의 못했음.

오후에 향 문화 교육조에 가 판석(板石), 신농(新農) 촌서기, 촌장 회의   향정부에서도 참석

〈1987년 12월 13일 (음력 10월 23일)〉 일요일 날씨 개임

휴식

〈1987년 12월 14일 (음력 10월 24일)〉 월요일 날씨 개임

종일 수리비 문제 쟁론, (조(趙)씨 학교 방문)

〈1987년 12월 15일 (음력 10월 25일)〉 화요일 날씨 바람

훈춘에 가 중소학교 교장 회의 참석 초급 교사 평가 관련

〈1987년 12월 16일 (음력 10월 26일)〉 수요일 날씨 바람

초급 교사 등기표 작성

〈1987년 12월 17일 (음력 10월 27일)〉 목요일 날씨 바람

초급 교사 등기표 작성

〈1987년 12월 18일 (음력 10월 28일)〉 금요일 날씨 개임

초급 교사 등기표 작성

〈1987년 12월 19일 (음력 10월 29일)〉 토요일 날씨 개임

오전에 초급 교사 등기표 완성, 훈춘에 감

〈1987년 12월 20일 (음력 10월 30일)〉 일요일 날씨 개임

교육국에서 초급 교사 등기표 검사

〈1987년 12월 21일 (음력 11월 1일)〉 월요일 날씨 개임

훈춘에서 출근, 점심에 훈춘에 감, 3급 교사 5명 보충

〈1987년 12월 22일 (음력 11월 2일)〉 화요일 날씨 눈

훈춘에서 업무 봄, 여선생님 등기표 준비

〈1987년 12월 23일 (음력 11월 3일)〉 수요일 날씨 개임

훈춘에서 영화 봄, 창일(昌日) 집에 도착, 저녁에 문예단 연출 봄

〈1987년 12월 24일 (음력 11월 4일)〉 목요일 날씨 흐림

훈춘(琿春)에서 판석(板石)에 감, 맹령(孟嶺) 차 타고 훈춘(琿春)에 돌아가 1,2,3 급 교사 보충

〈1987년 12월 25일 (음력 11월 5일)〉 금요일 날씨 눈

훈춘(琿春)에서 광신(光新)소학교 감, 복순(福順) 등기표 작성, 점심 차로 훈춘(琿春)에

도착, 장인어른 집에서 신정(元旦) 보냄

〈1987년 12월 26일 (음력 11월 6일)〉 토요일 날씨 개임
훈춘(琿春)에서 출근, 초급 교사 평가 자료 심사 등기표 작성, 점심 차로 훈춘(琿春)에 감.

〈1987년 12월 27일 (음력 11월 7일)〉 일요일 날씨 개임
훈춘(琿春)에서 집에 도착

〈1987년 12월 28일 (음력 11월 8일)〉 월요일 날씨 흐림

6학년 역사 2절 가르침, 수업 준비

〈1987년 12월 29일 (음력 11월 9일)〉 화요일 날씨 개임
6학년 역사 2절 가르침, 수업 준비

〈1987년 12월 30일 (음력 11월 10일)〉 수요일 날씨 바람
6학년 역사 2절 강의 마침.

〈1987년 12월 31일 (음력 11월 11일)〉 목요일 날씨 추움
6학년 역사 1절 복습, 오후부터 휴식, 창일(昌日) 집에 옴.

1988년

〈1988년 1월 1일 (음력 11월 12일)〉 금요일
날씨 맑음
신정(元旦) 지냄, 승일(勝日), 창일(昌日), 민석(敏錫) 집에 옴

〈1988년 1월 2일 (음력 11월 13일)〉 토요일
날씨 맑음
신정(元旦) 지냄, 민석(敏錫)집에 감

〈1988년 1월 3일 (음력 11월 14일)〉 일요일
날씨 맑음
신정(元旦) 지냄

〈1988년 1월 4일 (음력 11월 15일)〉 월요일
날씨 바람
출근, 태양(太陽) 호준(浩俊)어머님 환갑잔치 참석

〈1988년 1월 5일 (음력 11월 16일)〉 화요일
날씨 맑음
6학년 기말시험

〈1988년 1월 6일 (음력 11월 17일)〉 수요일
날씨 맑음
춘경(春景)에서 출근하여 채점 함

〈1988년 1월 7일 (음력 11월 18일)〉 목요일
날씨 흐림
회의 준비

〈1988년 1월 8일 (음력 11월 19일)〉 금요일
날씨 흐림
훈춘(琿春)에서 초급교사임명장 서명, 기말시험

〈1988년 1월 9일 (음력 11월 20일)〉 토요일
날씨 맑음
기말시험, 문화교육과에서 교사들의 월급표 작성

〈1988년 1월 10일 (음력 11월 21일)〉 일요일 날씨 맑음
휴식

〈1988년 1월 11일 (음력 11월 22일)〉 월요일 날씨 맑음
훈춘(琿春)에서 중소학교 교장회의 참석

〈1988년 1월 12일 (음력 11월 23일)〉 화요일 날씨 맑음
훈춘(琿春)에서 온돌수리

〈1988년 1월 13일 (음력 11월 24일)〉 수요일 날씨 흐림
간행물 요금수납 및 통계하기

〈1988년 1월 14일 (음력 11월 25일)〉 목요일 날씨 눈
훈춘(琿春)에 통계표 제출, 판석(板石)에서 각 학교지도부회의

〈1988년 1월 15일 (음력 11월 26일)〉 금요일 날씨 바람
각 반급총결, 방학

〈1988년 1월 16일 (음력 11월 27일)〉 토요일 날씨 바람
집에서 학습, 아내가 훈춘(琿春)에 국진(國珍)밥 차려주러 감

〈1988년 1월 17일 (음력 11월 28일)〉 일요일 날씨 맑음
병원에 다녀와서 집에서 휴식, 문화교육과에서 회의 내용 전달

〈1988년 1월 18일 (음력 11월 29일)〉 월요일 날씨 바람
문화교육과에서 노동합의서 받아 옴

〈1988년 1월 19일 (음력 12월 1일)〉 화요일 날씨 맑음
문화교육과 회계가 다녀 감

〈1988년 1월 20일 (음력 12월 2일)〉 수요일 날씨 맑음
광신(光新), 신농(新農), 맹령(孟嶺)소학교 총결자료 작성

〈1988년 1월 21일 (음력 12월 3일)〉 목요일 날씨 눈
현(縣) 중소학교 지도부총결회의

〈1988년 1월 22일 (음력 12월 4일)〉 금요일 날씨 맑음
민석(敏錫)집에서 놈

〈1988년 1월 23일 (음력 12월 5일)〉 토요일 날씨 바람
민석(敏錫)집에서 놈, 정전

〈1988년 1월 24일 (음력 12월 6일)〉 일요일 날씨 바람
집에서 학습 및 휴식

〈1988년 1월 25일 (음력 12월 7일)〉 월요일 날씨 바람
420위안 저축(국고증권) 미옥(美玉) 집에 도착

〈1988년 1월 26일 (음력 12월 8일)〉 화요일 날씨 바람
점심에 차타고 훈춘(琿春)에 감

〈1988년 1월 27일 (음력 12월 9일)〉 수요일 날씨 맑음
연수학교에서 〈수학학습연구〉 5권을 갖여 옴

〈1988년 1월 28일 (음력 12월 10일)〉 목요일 날씨 맑음
병원에서 약 받음, 집에서 학습,

〈1988년 1월 29일 (음력 12월 11일)〉 금요일 날씨 맑음
집에서 서적 열람

〈1988년 1월 30일 (음력 12월 12일)〉 토요일 날씨 맑음
학교 난로 불 짚임, 미옥(美玉)이 태양에 감

〈1988년 1월 31일 (음력 12월 13일)〉 일요일 날씨 맑음
집에서 책 과 TV 봄

〈1988년 2월 1일 (음력 12월 14일)〉 월요일 날씨 눈
집에서 책 과 TV 봄, 미옥(美玉) 집에 옴

〈1988년 2월 2일 (음력 12월 15일)〉 화요일 날씨 바람
집에서 책 과 TV 봄, 병원에 다녀 옴

〈1988년 2월 3일 (음력 12월 16일)〉 수요일 날씨 바람
당직(대리)

〈1988년 2월 4일 (음력 12월 17일)〉 목요일 날씨 바람
당직(대리), 오전 〈도박반대회의〉 참석

〈1988년 2월 5일 (음력 12월 18일)〉 금요일 날씨 맑음
당직(대리), 판석(板石)촌 총결대회 참석

〈1988년 2월 6일 (음력 12월 19일)〉 토요일 날씨 바람
당직(대리)

〈1988년 2월 7일 (음력 12월 20일)〉 일요일 날씨 바람
식탁유리장착

〈1988년 2월 8일 (음력 12월 21일)〉 월요일 날씨 바람
등교일, 월급일, 아내가 돌아 옴

〈1988년 2월 9일 (음력 12월 22일)〉 화요일 날씨 바람
태양(太陽)4대에서 100위안 납부 함(숙모 환갑 비용)

〈1988년 2월 10일 (음력 12월 23일)〉 수요일 날씨 바람
태양(太陽)에서 돌아 옴

〈1988년 2월 11일 (음력 12월 24일)〉 목요일 날씨 흐림
주서기, 장교장, 허문교, 백회계가 와서 접대함

〈1988년 2월 12일 (음력 12월 25일)〉 금요일 날씨 맑음

충연(忠淵) 70위안 빌림

〈1988년 2월 13일 (음력 12월 26일)〉 토요일 날씨 바람
문화교육과에 학교노동합의서 제출, 미옥(美玉) 훈춘(琿春)에 장보러 감

〈1988년 2월 14일 (음력 12월 27일)〉 일요일 날씨 바람
석탄 2톤 40위안 구입 함

〈1988년 2월 15일 (음력 12월 28일)〉 월요일 날씨 바람
집에서 학습, 국진(國珍)이 돌아 옴

〈1988년 2월 16일 (음력 12월 29일)〉 화요일 날씨 맑음
태양(太陽)5대에 감

〈1988년 2월 17일 (음력 1월 1일)〉 수요일 날씨 맑음
금화(金花)결혼식 참석하고 돌아 옴

〈1988년 2월 18일 (음력 1월 2일)〉 목요일 날씨 맑음
집에서 학습, 훈춘(琿春) 장인 집에서 명절 보냄

〈1988년 2월 19일 (음력 1월 3일)〉 금요일 날씨 흐림
훈춘(琿春)에서 귀가

〈1988년 2월 20일 (음력 1월 4일)〉 토요일 날씨 맑음
태양(太陽) 성일결혼식 참가, 태양(太陽) 4대 숙모환갑 참가

〈1988년 2월 21일 (음력 1월 5일)〉 일요일 날씨 맑음
태양(太陽) 4대 숙모환갑 참가 후 귀가

〈1988년 2월 22일 (음력 1월 6일)〉 월요일 날씨 흐림
집에서 밥함 , 학습

〈1988년 2월 23일 (음력 1월 7일)〉 화요일 날씨 맑음
허문교(許文敎) 생일

〈1988년 2월 24일 (음력 1월 8일)〉 수요일 날씨 맑음

법원에 다녀 옴〈1988년 2월 25일 (음력 1월 9일)〉 목요일 날씨 맑음
출근, 회의-행사안배, 교육국 도박단속방안 전달, 13차 인민대표대회 문건 학습

〈1988년 2월 26일 (음력 1월 10일)〉 금요일 날씨 맑음
교과서 분배

〈1988년 2월 27일 (음력 1월 11일)〉 토요일 날씨 맑음
춘경(春景),광신(光新)소학교 인사문제로 문

화교육과에 다녀 옴

〈1988년 2월 28일 (음력 1월 12일)〉 일요일
날씨 맑음
훈춘(琿春)에서 판석(板石)에 돌아 옴, 진
(陳)서기 북한에서 돌아 옴

〈1988년 2월 29일 (음력 1월 13일)〉 월요일
날씨 맑음
오전 대청소, 춘경(春景)소학교 음악교원문
제 토론

〈1988년 3월 1일 (음력 1월 14일)〉 화요일
날씨 맑음
개학, 법원에서 수사하러 춘경(春景)에 옴,

〈1988년 3월 2일 (음력 1월 15일)〉 수요일
날씨 눈
오전 수업, 오후 휴식,

〈1988년 3월 3일 (음력 1월 16일)〉 목요일
날씨 맑음
수업, 내일 회의를 위하여 판석(板石)에 갔다
옴

〈1988년 3월 4일 (음력 1월 17일)〉 금요일
날씨 맑음
정비비용 누락문제를 위하여 법원, 학교, 지
방정부 같이 회의

〈1988년 3월 5일 (음력 1월 18일)〉 토요일
날씨 맑음

훈춘(琿春)에서 교과서 받아 옴

〈1988년 3월 6일 (음력 1월 19일)〉 일요일
날씨 맑음
광신(光新) 교원들을 접대 함

〈1988년 3월 7일 (음력 1월 20일)〉 월요일
날씨 맑음
훈춘(琿春)법원에서 학교정비비용 문제를
판결 함

〈1988년 3월 8일 (음력 1월 21일)〉 화요일
날씨 맑음
훈춘(琿春)에서 출근 함, 오전 출근, 오후 전
체교사 〈3.8〉활동 참석

〈1988년 3월 9일 (음력 1월 22일)〉 수요일
날씨 눈
오전 수업, 오후 휴식, 교사 명부작성

〈1988년 3월 10일 (음력 1월 23일)〉 목요일
날씨 맑음
수업, 장부결산

〈1988년 3월 11일 (음력 1월 24일)〉 금요일
날씨 맑음
문화교육과에서 각 학교지도부회의,

〈1988년 3월 12일 (음력 1월 25일)〉 토요일
날씨 맑음
정상수업, 당비납부

〈1988년 3월 13일 (음력 1월 26일)〉 일요일
날씨 흐림
집에서 책을 봄, 아내가 돌아 옴, 훈춘(琿春)
에 야채 가지러 감

〈1988년 3월 14일 (음력 1월 27일)〉 월요일
날씨 맑음
훈춘(琿春)에서 출근, 6학년 역사수업, 학교
지도부회의

〈1988년 3월 15일 (음력 1월 28일)〉 화요일
날씨 맑음
6학년 역사수업, 단원연습문제 분배

〈1988년 3월 16일 (음력 1월 29일)〉 수요일
날씨 맑음
임용의견 작성

〈1988년 3월 17일 (음력 1월 30일)〉 목요일
날씨 맑음
각 학교보도원 회의

〈1988년 3월 18일 (음력 2월 1일)〉 금요일
날씨 맑음
각종 통계, 정전,

〈1988년 3월 19일 (음력 2월 2일)〉 토요일
날씨 맑음
학교계획 제정, 정전 훈춘(琿春)에 감

〈1988년 3월 20일 (음력 2월 3일)〉 일요일
날씨 맑음

2중 가장회의 참석, 훈춘(琿春)에서 돌아 옴

〈1988년 3월 21일 (음력 2월 4일)〉 월요일
날씨 맑음
6학년 역사수업, 학교계획 제정

〈1988년 3월 22일 (음력 2월 5일)〉 화요일
날씨 눈
훈춘(琿春)에서 중소학교 교장회의 참석

〈1988년 3월 23일 (음력 2월 6일)〉 수요일
날씨 바람
훈춘(琿春)에서 출근, 학교계획 토론, 전기
옴

〈1988년 3월 24일 (음력 2월 7일)〉 목요일
날씨 맑음
문화교육과에 통계표 제출

〈1988년 3월 25일 (음력 2월 8일)〉 금요일
날씨 맑음
맹령(孟嶺), 류정(柳亭)에서 마라톤경기 및
미술경연 참석

〈1988년 3월 26일 (음력 2월 9일)〉 토요일
날씨 맑음
김옥(金玉) 제2실험속학교, 용선(龍善)은 광
신(光新), 유화순(兪花順) 판석(板石)으로
전임함

〈1988년 3월 27일 (음력 2월 10일)〉 일요일
날씨 맑음

교육계획 수정 및 훈춘(琿春)에 감

〈1988년 3월 28일 (음력 2월 11일)〉 월요일
날씨 맑음
교육계획회의 참석,

〈1988년 3월 29일 (음력 2월 12일)〉 화요일
날씨 맑음
총결

〈1988년 3월 30일 (음력 2월 13일)〉 수요일
날씨 맑음
훈춘(琿春)에서 출근하여 연수학교 인원과
함께 2, 3, 6학년 한어문 수업 방청

〈1988년 3월 31일 (음력 2월 14일)〉 목요일
날씨 맑음
매직쇼 봄, 한어문교사 경험교류회의 참석

〈1988년 4월 1일 (음력 2월 15일)〉 금요일
날씨 맑음
교육국에서 기초교육정황 검수하러 옴

〈1988년 4월 2일 (음력 2월 16일)〉 토요일
날씨 맑음
각 학교졸업생수 통계

〈1988년 4월 3일 (음력 2월 17일)〉 일요일
날씨 맑음
수업, 청명절 활동 및 향(鄕)인민대표대회 참
석,

〈1988년 4월 4일 (음력 2월 18일)〉 월요일
날씨 맑음
마늘 파종

〈1988년 4월 5일 (음력 2월 19일)〉 화요일
날씨 폭설
6학년 역사수업, 형사법죄타격회의 참석

〈1988년 4월 6일 (음력 2월 20일)〉 수요일
날씨 맑음
6학년 역사수업, 정치학습

〈1988년 4월 7일 (음력 2월 21일)〉 목요일
날씨 맑음
6학년 역사수업, 춘계장거리달리기경기 준
비

〈1988년 4월 8일 (음력 2월 22일)〉 금요일
날씨 맑음
교원대회-현(縣) 교육계획회의 내용 전달

〈1988년 4월 9일 (음력 2월 23일)〉 토요일
날씨 맑음
6학년 역사수업, 4학년 조선어문, 승일(勝日)
이 옴

〈1988년 4월 10일 (음력 2월 24일)〉 일요일
날씨 맑음
훈춘(琿春)에서 쌀을 받아 옴

〈1988년 4월 11일 (음력 2월 25일)〉 월요일
날씨 비

각 학교운동회경비 수금, 6학년 역사수업,

⟨1988년 4월 12일 (음력 2월 26일)⟩ 화요일
날씨 맑음
6학년 역사수업, 학교 영화관람

⟨1988년 4월 13일 (음력 2월 27일)⟩ 수요일
날씨 안개
교육계통교원미화현장회의 참석

⟨1988년 4월 14일 (음력 2월 28일)⟩ 목요일
날씨 비
훈춘(琿春)에서 출근, 6학년 역사2교시 수업,

⟨1988년 4월 15일 (음력 2월 29일)⟩ 금요일
날씨 맑음
류정(柳亭) 장기성(張基星)어머님 장례식 참
석

⟨1988년 4월 16일 (음력 3월 1일)⟩ 토요일
날씨 맑음
4학년이상 식수노동

⟨1988년 4월 17일 (음력 3월 2일)⟩ 일요일
날씨 맑음
정원에 있는 김치움을 메움

⟨1988년 4월 18일 (음력 3월 3일)⟩ 월요일
날씨 비
연수학교 ⟨전청송(田青松)추도식⟩ 참석

⟨1988년 4월 19일 (음력 3월 4일)⟩ 화요일

날씨 흐림
학교전체개혁 및 교육사상 학습

⟨1988년 4월 20일 (음력 3월 5일)⟩ 수요일
날씨 맑음
교육통계학 학습

⟨1988년 4월 21일 (음력 3월 6일)⟩ 목요일
날씨 비
교학개혁 동향파악

⟨1988년 4월 22일 (음력 3월 7일)⟩ 금요일
날씨 맑음
오전 수업3교시 들음

⟨1988년 4월 23일 (음력 3월 8일)⟩ 토요일
날씨 맑음
총결, 각 학교보도원회의 참석

⟨1988년 4월 24일 (음력 3월 9일)⟩ 일요일
날씨 비
집에서 신문읽음

⟨1988년 4월 25일 (음력 3월 10일)⟩ 월요일
날씨 비
월급증가정황 통계, 훈춘(琿春)에 장인생일
참가

⟨1988년 4월 26일 (음력 3월 11일)⟩ 화요일
날씨 맑음
훈춘(琿春)에서 출근, 6학년 역사2교시 수업,
숙직

〈1988년 4월 27일 (음력 3월 12일)〉 수요일
날씨 비
교육국 체육위원 검사하러 옴, 5~6학년 식수

〈1988년 4월 28일 (음력 3월 13일)〉 목요일
날씨 맑음
6학년 역사수업, 농구대 장착, 지부회의

〈1988년 4월 29일 (음력 3월 14일)〉 금요일
날씨 맑음
소학교운동대회, 아내가 옴

〈1988년 4월 30일 (음력 3월 15일)〉 토요일
날씨 흐림
소학교운동대회, 국진(國珍) 영진(永珍)이
옴

〈1988년 5월 1일 (음력 3월 16일)〉 일요일
날씨 맑음
휴식일, 비료배달

〈1988년 5월 2일 (음력 3월 17일)〉 월요일
날씨 맑음
휴식일

〈1988년 5월 3일 (음력 3월 18일)〉 화요일
날씨 흐림
정상수업, 6학년 역사수업, 국진(國珍) 영진
(永珍)이 옴

〈1988년 5월 4일 (음력 3월 19일)〉 수요일
날씨 맑음

정상수업, 〈5.4〉활동

〈1988년 5월 5일 (음력 3월 20일)〉 목요일
날씨 맑음
정상수업, 화원에 소나무 심음

〈1988년 5월 6일 (음력 3월 21일)〉 금요일
날씨 맑음
정상수업, 기중시험 준비,

〈1988년 5월 7일 (음력 3월 22일)〉 토요일
날씨 맑음
생일, 기중시험, 축구운동원 연습

〈1988년 5월 8일 (음력 3월 23일)〉 일요일
날씨 맑음
휴식, 훈춘(琿春)에 감

〈1988년 5월 9일 (음력 3월 24일)〉 월요일
날씨 맑음
훈춘(琿春)에서 출근, 6학년 역사수업, 운동
경비 수금

〈1988년 5월 10일 (음력 3월 25일)〉 화요일
날씨 비
구류운동준비, 정치학습, 6학년 역사수업

〈1988년 5월 11일 (음력 3월 26일)〉 수요일
날씨 비
운동회경비준비-각 기관모금

〈1988년 5월 12일 (음력 3월 27일)〉 목요일

날씨 맑음
운동회경비준비-지방정부에서 300위안 지원함, 운동원 훈춘(琿春)에 감

〈1988년 5월 13일 (음력 3월 28일)〉 금요일
날씨 맑음
훈춘(琿春)에서 운동경기 봄,

〈1988년 5월 14일 (음력 3월 29일)〉 토요일
날씨 맑음
훈춘(琿春)에서 운동경기 봄,

〈1988년 5월 15일 (음력 3월 30일)〉 일요일
날씨 맑음
훈춘(琿春)에서 운동경기 봄,판석(板石) 3등

〈1988년 5월 16일 (음력 4월 1일)〉 월요일
날씨 흐림
연수학교에 50위안 차비 지불,

〈1988년 5월 17일 (음력 4월 2일)〉 화요일
날씨 맑음
점심 훈춘(琿春)에 감, 3호학생 등기표,

〈1988년 5월 18일 (음력 4월 3일)〉 수요일
날씨 맑음
훈춘(琿春)-〉도문(圖們),

〈1988년 5월 19일 (음력 4월 4일)〉 목요일
날씨 맑음
도문에서 출발

〈1988년 5월 20일 (음력 4월 5일)〉 금요일
날씨 비
천진(天津)에 도착

〈1988년 5월 21일 (음력 4월 6일)〉 토요일
날씨 흐림
천진(天津)에 묵음

〈1988년 5월 22일 (음력 4월 7일)〉 일요일
날씨 맑음
천진(天津)에서 출발

〈1988년 5월 23일 (음력 4월 8일)〉 월요일
날씨 맑음
상해(上海)에 도착,

〈1988년 5월 24일 (음력 4월 9일)〉 화요일
날씨 맑음
화동사범대학부속소학교 교학강연 들음

〈1988년 5월 25일 (음력 4월 10일)〉 수요일
날씨 맑음
자운로소학교 교학강연 들음, 남경로, 대세계 등 참관

〈1988년 5월 26일 (음력 4월 11일)〉 목요일
날씨 맑음
화동사범대학 참관

〈1988년 5월 27일 (음력 4월 12일)〉 금요일
날씨 비
오전 휴식, 오후 사해 동물원 참관

〈1988년 5월 28일 (음력 4월 13일)〉 토요일
날씨 비
화동사범대학 부속소학교 개혁에 대한 강연
을 들음, 기념사진

〈1988년 5월 29일 (음력 4월 14일)〉 일요일
날씨 맑음
상해(上海)에서 항주(杭州)에 감

〈1988년 5월 30일 (음력 4월 15일)〉 월요일
날씨 맑음
서호(西湖) 참관

〈1988년 5월 31일 (음력 4월 16일)〉 화요일
날씨 비
서호(西湖), 육합단을 참관, 항주(杭州)에서
출발

〈1988년 6월 1일 (음력 4월 17일)〉 수요일
날씨 맑음
소주(蘇州)에 도착하여 참관

〈1988년 6월 2일 (음력 4월 18일)〉 목요일
날씨 맑음
소주(蘇州)에세 남경(南京)에 도착

〈1988년 6월 3일 (음력 4월 19일)〉 금요일
날씨 맑음
중산능(中山陵) 및 총통부(總統部) 참관

〈1988년 6월 4일 (음력 4월 20일)〉 토요일
날씨 맑음

남경건업로소학교교학 참관

〈1988년 6월 5일 (음력 4월 21일)〉 일요일
날씨 맑음
남경대교 및 우화대(雨花臺) 참관

〈1988년 6월 6일 (음력 4월 22일)〉 월요일
날씨 맑음
오전 휴식, 오후 남경에서 출발

〈1988년 6월 7일 (음력 4월 23일)〉 화요일
날씨 비
북경(北京)에 도착, 동일(東日)집에서 묵음

〈1988년 6월 8일 (음력 4월 24일)〉 수요일
날씨 맑음
오전 휴식, 오후 이화원 참관

〈1988년 6월 9일 (음력 4월 25일)〉 목요일
날씨 맑음
북경이사로소학교 교학참관

〈1988년 6월 10일 (음력 4월 26일)〉 금요일
날씨 맑음
천안문 앞에서 출영, 북경에서 천진(天津)에
도착

〈1988년 6월 11일 (음력 4월 27일)〉 토요일
날씨 맑음
도문(圖們)에 도착

〈1988년 6월 12일 (음력 4월 28일)〉 일요일

날씨 맑음
도문(圖們)-〉훈춘(琿春)

〈1988년 6월 13일 (음력 4월 29일)〉월요일
날씨 맑음
훈춘(琿春)에서 휴식, 장모님 생일

〈1988년 6월 14일 (음력 5월 1일)〉화요일
날씨 맑음
훈춘(琿春)에서 출근

〈1988년 6월 15일 (음력 5월 2일)〉수요일
날씨 비
교육간행물 배부, 자료정리

〈1988년 6월 16일 (음력 5월 3일)〉목요일
날씨 비
수업준비, 장춘예(張春藝) 병문안 감

〈1988년 6월 17일 (음력 5월 4일)〉금요일
날씨 비
훈춘(琿春)에 감

〈1988년 6월 18일 (음력 5월 5일)〉토요일
날씨 비
음악경연 참석

〈1988년 6월 19일 (음력 5월 6일)〉일요일
날씨 맑음
훈춘(琿春)에서 귀가

〈1988년 6월 20일 (음력 5월 7일)〉월요일

날씨 맑음
정상수업, 회의통지, 당소조회의

〈1988년 6월 21일 (음력 5월 8일)〉화요일
날씨 맑음
훈춘(琿春)에 감, 각 학교지도부회의

〈1988년 6월 22일 (음력 5월 9일)〉수요일
날씨 맑음
조선족담임선생님회의, 고급교사수속준비

〈1988년 6월 23일 (음력 5월 10일)〉목요일
날씨 맑음
고급교사수속 함

〈1988년 6월 24일 (음력 5월 11일)〉금요일
날씨 맑음
훈춘(琿春)에서 출근, 출장비 계산

〈1988년 6월 25일 (음력 5월 12일)〉토요일
날씨 맑음
조선족 교사 및 학생정황 통계

〈1988년 6월 26일 (음력 5월 13일)〉일요일
날씨 맑음
가사노동,훈춘(琿春)에 감

〈1988년 6월 27일 (음력 5월 14일)〉월요일
날씨 흐림
훈춘(琿春)에서 출근, 맹령(孟嶺),류정(柳亭)
소학교 교재 주러 감

〈1988년 6월 28일 (음력 5월 15일)〉화요일
날씨 흐림
매개 교사에게 졸업증서 배부, 오후 교급교
사 수속하러 감

〈1988년 6월 29일 (음력 5월 16일)〉수요일
날씨 흐림
훈춘(琿春)에서 출근, 시험지 회수, 통계

〈1988년 6월 30일 (음력 5월 17일)〉목요일
날씨 흐림
훈춘(琿春)에 시험지 값을 제출

〈1988년 7월 1일 (음력 5월 18일)〉금요일
날씨 흐림
중국공산당 창당 67주년활동 참석

〈1988년 7월 2일 (음력 5월 19일)〉토요일
날씨 비
선수선발문제로 체육학교에서 왔다 감

〈1988년 7월 3일 (음력 5월 20일)〉일요일
날씨 맑음
판석(板石)2중 졸업반 시험

〈1988년 7월 4일 (음력 5월 21일)〉월요일
날씨 맑음
휴식일, 훈춘(琿春)에서 채소구입

〈1988년 7월 5일 (음력 5월 22일)〉화요일
날씨 맑음
훈춘(琿春)에서 출근, 6학년 역사3교시 수업,

화원정리

〈1988년 7월 6일 (음력 5월 23일)〉수요일
날씨 비
각 학교 시험지 배부,6학년 역사3교시 수업

〈1988년 7월 7일 (음력 5월 24일)〉목요일
날씨 비
각 학교 시험지 배부

〈1988년 7월 8일 (음력 5월 25일)〉금요일
날씨 비
기말통일 시험, 보통교육 통계표 회수

〈1988년 7월 9일 (음력 5월 26일)〉토요일
날씨 맑음
6학년 역사기말 시험, 훈춘(琿春)에 통계표
제출

〈1988년 7월 10일 (음력 5월 27일)〉일요일
날씨 맑음
훈춘(琿春)에서 휴식

〈1988년 7월 11일 (음력 5월 28일)〉월요일
날씨 맑음
훈춘(琿春)에서 귀가, 가사노동

〈1988년 7월 12일 (음력 5월 29일)〉화요일
날씨 흐림
업무정리, 국진이 집에 옴

〈1988년 7월 13일 (음력 5월 30일)〉수요일

날씨 흐림
반급총결, 문화관 황석기(黃石基) 학교에 옴

〈1988년 7월 14일 (음력 6월 1일)〉 목요일
날씨 흐림
교원총결, 반급표창회의. 우수교원 선발

〈1988년 7월 15일 (음력 6월 2일)〉 금요일
날씨 흐림
방학, 교사 간부이력표 작성

〈1988년 7월 16일 (음력 6월 3일)〉 토요일
날씨 비
교사 간부이력표 작성

〈1988년 7월 17일 (음력 6월 4일)〉 일요일
날씨 흐림
초급교사등기표 작성

〈1988년 7월 18일 (음력 6월 5일)〉 월요일
날씨 흐림
근공검학(勤工檢學)총결대회 참석

〈1988년 7월 19일 (음력 6월 6일)〉 화요일
날씨 흐림
굴뚝수리

〈1988년 7월 20일 (음력 6월 7일)〉 수요일
날씨 흐림
집에서 휴식, 신경통으로 병원에 감

〈1988년 7월 21일 (음력 6월 8일)〉 목요일
날씨 흐림
집에서 휴식, 신경통으로 병원에 감

〈1988년 7월 22일 (음력 6월 9일)〉 금요일
날씨 비
문화교육과에 다녀옴

〈1988년 7월 23일 (음력 6월 10일)〉 토요일
날씨 비
출근, 시험참가 하지 못한 학생을 대상으로
시험지 다시 냄,

〈1988년 7월 24일 (음력 6월 11일)〉 일요일
날씨 흐림
시험지 인쇄

〈1988년 7월 25일 (음력 6월 12일)〉 월요일
날씨 맑음
소학교 졸업생 승학시험, 국진이 훈춘(琿春)
에 감

〈1988년 7월 26일 (음력 6월 13일)〉 화요일
날씨 맑음
감자수확 및 배추 파종 미옥(美玉) 집에 옴

〈1988년 7월 27일 (음력 6월 14일)〉 수요일
날씨 맑음
배추 파종,

〈1988년 7월 28일 (음력 6월 15일)〉 목요일
날씨 흐림
맹령(孟嶺)에 다녀 옴

〈1988년 7월 29일 (음력 6월 16일)〉 금요일
날씨 맑음
약을 받아 옴

〈1988년 7월 30일 (음력 6월 17일)〉 토요일
날씨 맑음
입시시험 성적발표, 미옥이 친구 원학 집에
옴

〈1988년 7월 31일 (음력 6월 18일)〉 일요일
날씨 맑음
집에서 휴식

〈1988년 8월 1일 (음력 6월 19일)〉 월요일
날씨 맑음
집에서 휴식, 통일시험 성적통계

〈1988년 8월 2일 (음력 6월 20일)〉 화요일
날씨 맑음
집에서 휴식

〈1988년 8월 3일 (음력 6월 21일)〉 수요일
날씨 맑음
통계 끝, 원학 귀가

〈1988년 8월 4일 (음력 6월 22일)〉 목요일
날씨 비
집에서 휴식

〈1988년 8월 5일 (음력 6월 23일)〉 금요일
날씨 맑음
학교총결 작성

〈1988년 8월 6일 (음력 6월 24일)〉 토요일
날씨 맑음
가사노동

〈1988년 8월 7일 (음력 6월 25일)〉 일요일
날씨 맑음
닭장작업

〈1988년 8월 8일 (음력 6월 26일)〉 월요일
날씨 맑음
향(鄕) 운동대회 관람,닭장작업 끝

〈1988년 8월 9일 (음력 6월 27일)〉 화요일
날씨 맑음
향(鄕) 운동대회 관람

〈1988년 8월 10일 (음력 6월 28일)〉 수요일
날씨 흐림
향(鄕) 운동대회 관람

〈1988년 8월 11일 (음력 6월 29일)〉 목요일
날씨 흐림
향(鄕) 운동대회 관람, 국진(國珍)이 북경대
학에 합격

〈1988년 8월 12일 (음력7월 1일)〉 금요일
날씨 흐림
향(鄕) 운동대회 관람

〈1988년 8월 13일 (음력 7월 2일)〉 토요일
날씨 흐림
무 밭갈이

〈1988년 8월 14일 (음력 7월 3일)〉 일요일
날씨 흐림
배추 밭갈이, 마늘 수확

〈1988년 8월 15일 (음력 7월 4일)〉 월요일
날씨 흐림
월급일, 각 학교수험료 수금

〈1988년 8월 16일 (음력 7월 5일)〉 화요일
날씨 흐림
병원에 다녀옴, 파밭 잡초제거

〈1988년 8월 17일 (음력 7월 6일)〉 수요일
날씨 흐림
집에서 책봄,

〈1988년 8월 18일 (음력 7월 7일)〉 목요일
날씨 비
문화교육과에 다녀옴, 광춘(光春)생일

〈1988년 8월 19일 (음력 7월 8일)〉 금요일
날씨 흐림
학교총결 작성 끝

〈1988년 8월 20일 (음력 7월 9일)〉 토요일
날씨 흐림
문화교육과에 다녀옴, 교과서 옴

〈1988년 8월 21일 (음력 7월 10일)〉 일요일
날씨 비
집에서 휴식

〈1988년 8월 22일 (음력 7월 11일)〉 월요일
날씨 맑음
태양(太陽)에서 소 구입 문제토론

〈1988년 8월 23일 (음력 7월 12일)〉 화요일
날씨 맑음
현(縣)에서 학습반 평가

〈1988년 8월 24일 (음력 7월 13일)〉 수요일
날씨 맑음
현(縣)에서 학습반 평가, 훈춘(琿春)에서 귀가

〈1988년 8월 25일 (음력 7월 14일)〉 목요일
날씨 맑음
현(縣)에서 학습반 평가,

〈1988년 8월 26일 (음력 7월 15일)〉 금요일
날씨 맑음
교원출근, 태양(太陽)에 다녀 옴

〈1988년 8월 27일 (음력 7월 16일)〉 토요일
날씨 맑음
교원출근,

〈1988년 8월 28일 (음력 7월 17일)〉 일요일
날씨 맑음
휴식, 장인어린 집에 옴

〈1988년 8월 29일 (음력 7월 18일)〉 월요일
날씨 비
교사수업준비, 학교지도부편제문제로 회의

〈1988년 8월 30일 (음력 7월 19일)〉 화요일
날씨 맑음
교사수업준비, 학교지도부편제문제로 회의,
1학년 초생

〈1988년 8월 31일 (음력 7월 20일)〉 수요일
날씨 맑음
교사수업준비, 학교지도부편제문제로 회의,
오후교원 회의

〈1988년 9월 1일 (음력 7월 21일)〉 목요일
날씨 흐림
개학,

〈1988년 9월 2일 (음력 7월 22일)〉 금요일
날씨 흐림
수업, 각 학교지도부회의

〈1988년 9월 3일 (음력 7월 23일)〉 토요일
날씨 흐림
미옥이 연길(延吉)신명소학교에 감

〈1988년 9월 4일 (음력 7월 24일)〉 일요일
날씨 맑음
국진대학갈 준비로 훈춘(琿春)에 감

〈1988년 9월 5일 (음력 7월 25일)〉 월요일
날씨 흐림
도문(圖們)에서 짐을 붙이고 도문에서 묵음

〈1988년 9월 6일 (음력 7월 26일)〉 화요일
날씨 흐림

국진이 대학환송회, 도문(圖們)-〉판석(板石)

〈1988년 9월 7일 (음력 7월 27일)〉 수요일
날씨 흐림
출근, 각 학교당비영수증 발급

〈1988년 9월 8일 (음력 7월 28일)〉 목요일
날씨 뇌우
출근. 월급지급

〈1988년 9월 9일 (음력 7월 29일)〉 금요일
날씨 맑음
출근, 중소하교지도부회의,

〈1988년 9월 10일 (음력 7월 30일)〉 토요일
날씨 맑음
훈춘(琿春)에서 졸업증 수속 함, 사생휴식

〈1988년 9월 11일 (음력 8월 1일)〉 일요일
날씨 흐림
밭에 비료 줌

〈1988년 9월 12일 (음력 8월 2일)〉 월요일
날씨 비
문화교육과에 다녀옴, 오후 6학년 역사, 5학
년 지리수업

〈1988년 9월 13일 (음력 8월 3일)〉 화요일
날씨 맑음
문화교육과에 다녀옴, 교육국에서 검사 옴, 6
학년 역사, 5학년 지리수업

〈1988년 9월 14일 (음력 8월 4일)〉 수요일
날씨 맑음
교원회의

〈1988년 9월 15일 (음력 8월 5일)〉 목요일
날씨 흐림
문화교육과에서 인사이동 문제토론, 교원회
의-계획제정

〈1988년 9월 16일 (음력 8월 6일)〉 금요일
날씨 맑음
6학년 역사, 5학년 지리수업, 전 현(縣) 보통
교육통계

〈1988년 9월 17일 (음력 8월 7일)〉 토요일
날씨 맑음
보통교육통계표 및 담임선생님 등기표 제출
하러 훈춘(琿春)에 감

〈1988년 9월 18일 (음력 8월 8일)〉 일요일
날씨 비
휴식

〈1988년 9월 19일 (음력 8월 9일)〉 월요일
날씨 맑음
6학년 역사, 5학년 지리수업, 교사정황표작
성

〈1988년 9월 20일 (음력 8월 10일)〉 일요일
날씨 맑음
교원회의-교원이직 문제토론

〈1988년 9월 21일 (음력 8월 11일)〉 수요일
날씨 맑음
교원정황표 작성, 정치학습, 학교계획 제정

〈1988년 9월 22일 (음력 8월 12일)〉 목요일
날씨 맑음
6학년 역사, 5학년 지리수업, 4~6학년 대청
소

〈1988년 9월 23일 (음력 8월 13일)〉 금요일
날씨 맑음
훈춘(琿春) 선전부에서 주최한 회의 참석

〈1988년 9월 24일 (음력 8월 14일)〉 토요일
날씨 맑음
학교벽지교체

〈1988년 9월 25일 (음력 8월 15일)〉 일요일
날씨 맑음
출근, 체조대 수리

〈1988년 9월 26일 (음력 8월 16일)〉 월요일
날씨 맑음
화장실 정비, 운동장 정비, 대청소

〈1988년 9월 27일 (음력 8월 17일)〉 화요일
날씨 맑음
용정(龍井)에 감, 판석(板石)-〉훈춘(琿春)-〉
연길(延吉)-〉용정(龍井)

〈1988년 9월 28일 (음력 8월 18일)〉 수요일
날씨 맑음

교육현장회의 참석, 오후 백금소학교 참관

〈1988년 9월 29일 (음력 8월 19일)〉 목요일
날씨 맑음
용정(龍井)-〉연길(延吉)-〉판석(板石), 교육
국에서 검사 옴

〈1988년 9월 30일 (음력 8월 20일)〉 금요일
날씨 맑음
오전 수업, 오후 휴식, 교원문제로 학교지도
부회의, 미옥이 정혼

〈1988년 10월 1일 (음력 8월 21일)〉 토요일
날씨 맑음
국경절, 미옥이 연길에 도라 감

〈1988년 10월 2일 (음력 8월 22일)〉 일요일
날씨 비
휴식, 영진(永珍) 훈춘(琿春)에 감

〈1988년 10월 3일 (음력 8월 23일)〉 월요일
날씨 서리
옥수수 수확

〈1988년 10월 4일 (음력 8월 24일)〉 화요일
날씨 맑음
고추 건조대 만듬

〈1988년 10월 5일 (음력 8월 25일)〉 수요일
날씨 비
문화교육과에서 우수교원 및 선진학교 문제
토론, 오후 교내의사 문제토론

〈1988년 10월 6일 (음력 8월 26일)〉 목요일
날씨 비
집에서 출장경비계산

〈1988년 10월 7일 (음력 8월 27일)〉 금요일
날씨 맑음
1100위안 저축

〈1988년 10월 8일 (음력 8월 28일)〉 토요일
날씨 맑음
학교 월급날, 각 학교과학교육서적 값 수금

〈1988년 10월 9일 (음력 8월 29일)〉 일요일
날씨 맑음
콩 수확

〈1988년 10월 10일 (음력 8월 30일)〉 월요
일 날씨 맑음
6학년 역사, 5학년 지리수업, 학교지도부회
의-월행사 계획

〈1988년 10월 11일 (음력 9월 1일)〉 화요일
날씨 맑음
5~6학년 배수구 청소

〈1988년 10월 12일 (음력 9월 2일)〉 수요일
날씨 바람
정치학습,

〈1988년 10월 13일 (음력 9월 3일)〉 목요일
날씨 바람
5학년1반 수학수업 방청,6학년 역사, 5학년

지리수업,

〈1988년 10월 14일 (음력 9월 4일)〉 금요일
날씨 바람
교양교학연구회 참석

〈1988년 10월 15일 (음력 9월 5일)〉 토요일
날씨 맑음
사상품덕, 수학연구회의 참석

〈1988년 10월 16일 (음력 9월 6일)〉 일요일
날씨 맑음
훈춘(琿春)에 감

〈1988년 10월 17일 (음력 9월 7일)〉 월요일
날씨 맑음
지도부연구반 참석,

〈1988년 10월 18일 (음력 9월 8일)〉 화요일
날씨 맑음
시 교육3년개혁계획 들음

〈1988년 10월 19일 (음력 9월 9일)〉 수요일
날씨 맑음
학교관리심리학 학습

〈1988년 10월 20일 (음력 9월 10일)〉 목요
일 날씨 맑음
오후 귀가

〈1988년 10월 21일 (음력 9월 11일)〉 금요
일 날씨 맑음

교원회의- 성 교육연수방안

〈1988년 10월 22일 (음력 9월 12일)〉 토요
일 날씨 맑음
한어낭송경연선발

〈1988년 10월 23일 (음력 9월 13일)〉 일요
일 날씨 맑음
배추수확

〈1988년 10월 24일 (음력 9월 14일)〉 월요
일 날씨 맑음
학교지도부회의-〈행위규범〉 문제, 6학년 역
사, 5학년 지리수업,

〈1988년 10월 25일 (음력 9월 15일)〉 화요
일 날씨 맑음
1학년1반, 2학년1반 조선어문 수업방청

〈1988년 10월 26일 (음력 9월 16일)〉 수요
일 날씨 흐림
3학년1반 조선어문, 4학년1반 한어문 수업방
청

〈1988년 10월 27일 (음력 9월 17일)〉 목요
일 날씨 맑음
3학년1반, 6학년1반 한어문 수업방청, 6학년
역사, 5학년 지리수업,

〈1988년 10월 28일 (음력 9월 18일)〉 금요
일 날씨 맑음
6학년2반, 3학년2반, 4학년2반 조선어문 수

업방청,

〈1988년 10월 29일 (음력 9월 19일)〉 토요일 날씨 맑음
1학년2반, 5학년2반 조선어문 수업방청

〈1988년 10월 30일 (음력 9월 20일)〉 일요일 날씨 맑음
휴식

〈1988년 10월 31일 (음력 9월 21일)〉 월요일 날씨 맑음
6학년 역사, 5학년 지리수업, 학교지도부회의-11월 행사

〈1988년 11월 1일 (음력 9월 22일)〉 화요일 날씨 맑음
춘경(春景)소학교 교안 및 반급일지 검사

〈1988년 11월 2일 (음력 9월 23일)〉 수요일 날씨 바람
태양(太陽)소학교 교안 및 반급일지 검사

〈1988년 11월 3일 (음력 9월 24일)〉 목요일 날씨 바람
광신(光新)소학교 교안 및 반급일지 검사

〈1988년 11월 4일 (음력 9월 25일)〉 금요일 날씨 맑음
선지학교자료작성, 난로 장착

〈1988년 11월 5일 (음력 9월 26일)〉 토요일 날씨 바람
기중시험

〈1988년 11월 6일 (음력 9월 27일)〉 일요일 날씨 바람
김치 움 작업

〈1988년 11월 7일 (음력 9월 28일)〉 월요일 날씨 맑음
6학년 역사, 5학년 지리수업, 조선족, 한족 사무실 합병

〈1988년 11월 8일 (음력 9월 29일)〉 화요일 날씨 맑음
류정(柳亭)소학교 교안 및 반급일지 검사

〈1988년 11월 9일 (음력 10월 1일)〉 수요일 날씨 바람
맹령(孟嶺)소학교 교안 및 반급일지 검사

〈1988년 11월 10일 (음력 10월 2일)〉 목요일 날씨 바람
6학년 역사, 5학년 지리수업

〈1988년 11월 11일 (음력 10월 3일)〉 금요일 날씨 바람
류정(柳亭), 춘경(春景)소학교에 다녀옴

〈1988년 11월 12일 (음력 10월 4일)〉 토요일 날씨 맑음
교사시험 문제로 훈춘(琿春) 연수학교에 다녀 옴

〈1988년 11월 13일 (음력 10월 5일)〉 일요일 날씨 바람

김치초절이 함

〈1988년 11월 14일 (음력 10월 6일)〉 월요일 날씨 맑음

6학년 역사, 5학년 지리수업

〈1988년 11월 15일 (음력 10월 7일)〉 화요일 날씨 맑음

2,3,4학년 수학경연

〈1988년 11월 16일 (음력 10월 8일)〉 수요일 날씨 맑음

연수학교 교사가 우리학교에 지도하러 옴

〈1988년 11월 17일 (음력 10월 9일)〉 목요일 날씨 맑음

5학년1반, 2학년1반, 3학년1반 사상품덕 수업 및 3학년1반 한어문 수업방청

〈1988년 11월 18일 (음력 10월 10일)〉 금요일 날씨 맑음

4학년 수업2교시 대강

〈1988년 11월 19일 (음력 10월 11일)〉 토요일 날씨 맑음

선진학교,한어교사 환송회

〈1988년 11월 20일 (음력 10월 12일)〉 일요일 날씨 비

훈춘(琿春)2중 학부형회의 참석

〈1988년 11월 21일 (음력 10월 13일)〉 월요일 날씨 맑음

6학년 역사, 5학년 지리수업

〈1988년 11월 22일 (음력 10월 14일)〉 화요일 날씨 맑음

한어문교학연구회의 참석

〈1988년 11월 23일 (음력 10월 15일)〉 수요일 날씨 맑음

문화원에서 예술반 고찰하러 학교에 옴

〈1988년 11월 24일 (음력 10월 16일)〉 목요일 날씨 바람

6학년 역사, 5학년 지리수업, 사상품덕교학연구 준비업무

〈1988년 11월 25일 (음력 10월 17일)〉 금요일 날씨 바람

사상품덕 교학연구회의 참석

〈1988년 11월 26일 (음력 10월 18일)〉 토요일 날씨 추움

식비 계산

〈1988년 11월 27일 (음력 10월 19일)〉 일요일 날씨 추움

난로장착

〈1988년 11월 28일 (음력 10월 20일)〉 월요일 날씨 추움

6학년 역사수업, 당원대회참석

〈1988년 11월 29일 (음력 10월 21일)〉 화요
일 날씨 바람
5학년 지리수업

〈1988년 11월 30일 (음력 10월 22일)〉 수요
일 날씨 맑음
교원정치학습, 향(鄕) 당위원회에서 지부당
원 정황파악하러 옴

〈1988년 12월 1일 (음력 10월 23일)〉 목요
일 날씨 맑음
6학년 역사2교시, 5학년 지리수업, 교원회의

〈1988년 12월 2일 (음력 10월 24일)〉 금요
일 날씨 맑음
6학년 역사2교시, 5학년 지리수업, 우수교원
자료 작성

〈1988년 12월 3일 (음력 10월 25일)〉 토요
일 날씨 흐림
6학년 역사2교시, 5학년 지리수업

〈1988년 12월 4일 (음력 10월 26일)〉 일요
일 날씨 바람
가사노동, 창일 자전거 수리

〈1988년 12월 5일 (음력 10월 27일)〉 월요
일 날씨 바람
6학년 역사, 5학년 지리수업, 새 담임교사 출
근

〈1988년 12월 6일 (음력 10월 28일)〉 화요

일 날씨 흐림
문화교육회의 참석

〈1988년 12월 7일 (음력 10월 29일)〉 수요
일 날씨 흐림
전체 교원대회, 장덕송(張德松)아들 결혼식
참석

〈1988년 12월 8일 (음력 10월 30일)〉 목요
일 날씨 눈
6학년 역사, 5학년 지리수업, 교원회의-년종
평가

〈1988년 12월 9일 (음력 11월 1일)〉 금요일
날씨 흐림
판석(板石)-〉훈춘(琿春), 량식국에서 국진량
식 문제 해결

〈1988년 12월 10일 (음력 11월 2일)〉 토요
일 날씨 바람
훈춘(琿春)-〉연길(延吉)에서 예술학교 문화
수업교원 대접

〈1988년 12월 11일 (음력 11월 3일)〉 일요
일 날씨 맑음
연길(延吉)에서 훈춘(琿春)도착, 승일 집에
서 묵음

〈1988년 12월 12일 (음력 11월 4일)〉 월요
일 날씨 맑음
훈춘(琿春)에서 출근, 6학년 역사, 5학년 지
리수업,

〈1988년 12월 13일 (음력 11월 5일)〉 화요일 날씨 맑음

향(鄉)당원대회 참석, 미옥(美玉) 집에 귀가

〈1988년 12월 14일 (음력 11월 6일)〉 수요일 날씨 바람

우수교원자료 작성

〈1988년 12월 15일 (음력 11월 7일)〉 목요일 날씨 바람

6학년 역사, 5학년 지리수업

〈1988년 12월 16일 (음력 11월 8일)〉 금요일 날씨 바람

미옥(美玉)결혼경축연회-향(鄉)정부, 각 학교교원 참석

〈1988년 12월 17일 (음력 11월 9일)〉 토요일 날씨 맑음

미옥(美玉)결혼경축연회- 가족식구

〈1988년 12월 18일 (음력 11월 10일)〉 일요일 날씨 맑음

미옥(美玉)결혼식

〈1988년 12월 19일 (음력 11월 11일)〉 월요일 날씨 바람

미옥(美玉)결혼식, 미옥이 돌아감

〈1988년 12월 20일 (음력 11월 12일)〉 화요일 날씨 바람

병으로 결근

〈1988년 12월 21일 (음력 11월 13일)〉 수요일 날씨 바람

병으로 결근, 주사 맞음

〈1988년 12월 22일 (음력 11월 14일)〉 목요일 날씨 바람

6학년 역사, 5학년 지리수업

〈1988년 12월 23일 (음력 11월 15일)〉 금요일 날씨 바람

당비영수증 발급, 학교문예단 부대위문 감

〈1988년 12월 24일 (음력 11월 16일)〉 토요일 날씨 바람

6학년 역사, 5학년 지리수업, 당지부회의

〈1988년 12월 25일 (음력 11월 17일)〉 일요일 날씨 바람

집 정리 함

〈1988년 12월 26일 (음력 11월 18일)〉 월요일 날씨 바람

6학년 역사, 5학년 지리수업

〈1988년 12월 27일 (음력 11월 19일)〉 화요일 날씨 바람

6학년 역사복습, 학교지도부회의

〈1988년 12월 28일 (음력 11월 20일)〉 수요일 날씨 바람

5학년 지리복습

〈1988년 12월 29일 (음력 11월 21일)〉 목요일 날씨 바람

6학년 역사복습, 5학년 지리기말시험

〈1988년 12월 30일 (음력 11월 22일)〉 금요일 날씨 맑음

6학년 역사기말시험,

〈1988년 12월 31일 (음력 11월 23일)〉 토요일 날씨 맑음

학교 공휴

1989년

〈1989년 1월 1일(음력 11월 24일)〉 일요일
날씨 맑음
신정 장인어른 집에서 지냄, 훈춘(琿春)에서
귀가

〈1989년 1월 2일(음력 11월 25일)〉 월요일
날씨 맑음
집에서 휴식

〈1989년 1월 3일(음력 11월 26일)〉 화요일
날씨 맑음
출근, 기말복습

〈1989년 1월 4일(음력 11월 27일)〉 수요일
날씨 맑음
기말복습, 도노(圖魯), 지변(支邊), 춘경(春
景), 태양(太陽), 광신(光新)소학교 교안 및
반급기록부 작성

〈1989년 1월 5일(음력 11월 28일)〉 목요일
날씨 맑음
기말복습, 류정(柳亭), 맹령(孟嶺)소학교 교
안 및 반급기록부 작성

〈1989년 1월 6일(음력 11월 29일)〉 금요일

날씨 눈
기말복습, 신농(新農)소학교 교안 및 반급기
록부 작성

〈1989년 1월 7일(음력 11월 30일)〉 토요일
날씨 맑음
기말복습,

〈1989년 1월 8일(음력 12월 1일)〉 일요일
날씨 맑음
강순금(姜順今)선생님 집에서 놈

〈1989년 1월 9일(음력 12월 2일)〉 월요일
날씨 흐림
기말시험-조선어문

〈1989년 1월 10일(음력 12월 3일)〉 화요일
날씨 맑음
기말시험-한어문, 수학

〈1989년 1월 11일(음력 12월 4일)〉 수요일
날씨 바람
교사집에서 총결, 북경대학 100위안 송금

〈1989년 1월 12일(음력 12월 5일)〉 목요일

날씨 바람

교사집에서 총결, 문화교육과에서 교과서 분배

〈1989년 1월 13일(음력 12월 6일)〉금요일 날씨 맑음

교원총결, 반급총결

〈1989년 1월 14일(음력 12월 7일)〉토요일 날씨 바람

교원총결, 반급총결, 학교총결, 학구회의

〈1989년 1월 15일(음력 12월 8일)〉일요일 날씨 맑음

교원총결

〈1989년 1월 16일(음력 12월 9일)〉월요일 날씨 맑음

용범(龍范)결혼식 참가

〈1989년 1월 17일(음력 12월 10일)〉화요일 날씨 맑음

집에서 휴식

〈1989년 1월 18일(음력 12월 11일)〉수요일 날씨 맑음

집에서 책 봄

〈1989년 1월 19일(음력 12월 12일)〉목요일 날씨 맑음

장교장이 집에 놀러 옴

〈1989년 1월 20일(음력 12월 13일)〉금요일 날씨 맑음

황교장 집에 옴, 집에서 책을 봄

〈1989년 1월 21일(음력 12월 14일)〉토요일 날씨 맑음

집에서 책을 봄, 오후 황교장 다녀옴

〈1989년 1월 22일(음력 12월 15일)〉일요일 날씨 맑음

집에서 책을 봄

〈1989년 1월 23일(음력 12월 16일)〉월요일 날씨 눈

학교에 신문 찾으러 감

〈1989년 1월 24일(음력 12월 17일)〉화요일 날씨 맑음

학교에 업무 봄

〈1989년 1월 25일(음력 12월 18일)〉수요일 날씨 맑음

집에서 신문열독

〈1989년 1월 26일(음력 12월 19일)〉목요일 날씨 바람

학교 난로 확인, 당직(대리)

〈1989년 1월 27일(음력 12월 20일)〉금요일 날씨 바람

등교일, 각 반급숙제 검사, 예방주사 접종

〈1989년 1월 28일(음력 12월 21일)〉 토요일 날씨 바람

춘경(春景) 장교장 따님 결혼식 참석

〈1989년 1월 29일(음력 12월 22일)〉 일요일 날씨 맑음

훈춘(琿春)에서 동생 장녀 소례(小禮)[1]식

〈1989년 1월 30일(음력 12월 23일)〉 월요일 날씨 맑음

훈춘(琿春)시 교육업무회의 참석

〈1989년 1월 31일(음력 12월 24일)〉 화요일 날씨 맑음

훈춘(琿春)시 교육업무회의 참석

〈1989년 2월 1일(음력 12월 25일)〉 수요일 날씨 바람

훈춘(琿春)에서 귀가, 책봄

〈1989년 2월 2일(음력 12월 26일)〉 목요일 날씨 바람

집에서 서적 열람

〈1989년 2월 3일(음력 12월 27일)〉 금요일 날씨 바람

월급날, 각 학교에 담임선생님연수반 개강통지

〈1989년 2월 4일(음력 12월 28일)〉 토요일

---

1) 소례(小禮): 약혼식 과 유사

날씨 바람

직일, 병으로 약을 받음,

〈1989년 2월 5일(음력 12월 29일)〉 일요일 날씨 맑음

영진(永珍) 집에 돌아 옴

〈1989년 2월 6일(음력 1월 1일)〉 월요일 날씨 맑음

구정 지남, 강순금(姜順今)대신 당직

〈1989년 2월 7일(음력 1월 2일)〉 화요일 날씨 맑음

미옥(美玉) 집에 옴, 강순금(姜順今)대신 당직

〈1989년 2월 8일(음력 1월 3일)〉 수요일 날씨 맑음

황영순(黃英順)대신 당직

〈1989년 2월 9일(음력 1월 4일)〉 목요일 날씨 바람

황영순(黃英順)대신 당직, 미옥(美玉)이 태양(太陽)에 감

〈1989년 2월 10일(음력 1월 5일)〉 금요일 날씨 바람

황영순(黃英順)대신 당직, 미옥(美玉)이 집에 옴

〈1989년 2월 11일(음력 1월 6일)〉 토요일 날씨 맑음

훈춘(琿春)에 감

〈1989년 2월 12일(음력 1월 7일)〉 일요일
날씨 맑음
훈춘(琿春)에서 귀가, 원학(元學) 연길(延
吉)에 감

〈1989년 2월 13일(음력 1월 8일)〉 월요일
날씨 맑음
집에서 휴식,

〈1989년 2월 14일(음력 1월 9일)〉 화요일
날씨 맑음
허문교(許文教) 차녀 장례식 참석

〈1989년 2월 15일(음력 1월 10일)〉 수요일
날씨 맑음
황교장 집에 놀러옴

〈1989년 2월 16일(음력 1월 11일)〉 목요일
날씨 바람
집에서 휴식

〈1989년 2월 17일(음력 1월 12일)〉 금요일
날씨 맑음
담임선생님연수반 변동사항 각 학교에 통보

〈1989년 2월 18일(음력 1월 13일)〉 토요일
날씨 맑음
정승도(丁勝道)선생님 결혼식 참석하러 훈
춘(琿春)에 감

〈1989년 2월 19일(음력 1월 14일)〉 일요일
날씨 맑음
시 교육국에서 중소학교문교회의-89년업무
회의

〈1989년 2월 20일(음력 1월 15일)〉 월요일
날씨 바람
조별토론, 강국장 총결

〈1989년 2월 21일(음력 1월 16일)〉 화요일
날씨 맑음
미옥(美玉)이 연길(延吉)에 돌아감

〈1989년 2월 22일(음력 1월 17일)〉 수요일
날씨 맑음
중심소학교 교장이 교원전근문제로 옴

〈1989년 2월 23일(음력 1월 18일)〉 목요일
날씨 맑음
판석(板石) 2중에 업무 보러 감

〈1989년 2월 24일(음력 1월 19일)〉 금요일
날씨 맑음
등교일, 오전반급회의, 오후 교원학습

〈1989년 2월 25일(음력 1월 20일)〉 토요일
날씨 맑음
오전 교원학습, 오후 수업준비, 각 학교 지도
부회의

〈1989년 2월 26일(음력 1월 21일)〉 일요일
날씨 바람

수업준비, 2중에서 향선(香善)전학서류 작성

〈1989년 2월 27일(음력 1월 22일)〉 월요일
날씨 눈
문화교육과에서 인사문제 토론, 교원수업 준비

〈1989년 2월 28일(음력 1월 23일)〉 화요일
날씨 맑음
휴식일, 맹령(孟嶺)소학교에서 교재 가져감,
아내 훈춘(琿春)에 밥해주러 감

〈1989년 3월 1일(음력 1월 24일)〉 수요일
날씨 맑음
개학, 강영희(姜英姬) 연수학교에 전근 감,
맹령(孟嶺)소학교에 감

〈1989년 3월 2일(음력 1월 25일)〉 목요일
날씨 흐림
수업, 이준업(李俊業)이 맹령(孟嶺)소학교에
전근 감, 예술반 가장회의에서 연출항목 통
보 함

〈1989년 3월 3일(음력 1월 26일)〉 금요일
날씨 맑음
문화교육과에서 인사문제 토론,

〈1989년 3월 4일(음력 1월 27일)〉 토요일
날씨 맑음
정상수업

〈1989년 3월 5일(음력 1월 28일)〉 일요일

날씨 맑음
훈춘(琿春)에서 기념품 싸러감

〈1989년 3월 6일(음력 1월 29일)〉 월요일
날씨 맑음
훈춘(琿春)에서 출근, 학교계획 제정

〈1989년 3월 7일(음력 1월 30일)〉 화요일
날씨 바람
도문강관리국에서 묘목사러 학교에 옴, 교원
회의

〈1989년 3월 8일(음력 2월 1일)〉 수요일 날
씨 바람
오전 수업, 오후 〈3.8〉절 활동

〈1989년 3월 9일(음력 2월 2일)〉 목요일 날
씨 맑음
수업, 오후 교원휴식

〈1989년 3월 10일(음력 2월 3일)〉 금요일
날씨 맑음
지도부회의-학교계획토론, 오후 교원회의

〈1989년 3월 11일(음력 2월 4일)〉 토요일
날씨 바람
오전 수업, 오후 훈춘(琿春)에서 미화(美花)
결혼식 참석

〈1989년 3월 12일(음력 2월 5일)〉 일요일
날씨 바람
미화(美花)결혼식 참석

〈1989년 3월 13일(음력 2월 6일)〉 월요일
날씨 바람
훈춘(琿春)에서 휴식

〈1989년 3월 14일(음력 2월 7일)〉 화요일
날씨 바람
훈춘(琿春)에서 출근, 학교계획 인쇄

〈1989년 3월 15일(음력 2월 8일)〉 수요일
날씨 바람
학교계획 인쇄, 정치학습,

〈1989년 3월 16일(음력 2월 9일)〉 목요일
날씨 흐림
지교육과학연구소에서 학교에 옴

〈1989년 3월 17일(음력 2월 10일)〉 금요일
날씨 바람
문화교육과에서 인사문제 토론, 맹령(孟嶺)
소학교에 다녀 옴, 화재예방공약금 수금

〈1989년 3월 18일(음력 2월 11일)〉 토요일
날씨 맑음
화재예방공약금 통계, 훈춘(琿春)에 감

〈1989년 3월 19일(음력 2월 12일)〉 일요일
날씨 맑음
제4소학 박교장 집에 놀러 감

〈1989년 3월 20일(음력 2월 13일)〉 월요일
날씨 흐림
태양(太陽), 광신(光新)학교 교장들과 인사

문제 토론

〈1989년 3월 21일(음력 2월 14일)〉 화요일
날씨 눈
림업센터에서 돌아 옴, 지도부회의- 출장경
비문제, 교원회의- 출장경비문제

〈1989년 3월 22일(음력 2월 15일)〉 수요일
날씨 맑음
춤 학습 끝

〈1989년 3월 23일(음력 2월 16일)〉 목요일
날씨 맑음
좌촌 학교관리소조 건설

〈1989년 3월 24일(음력 2월 17일)〉 금요일
날씨 비
예방주사 접종, 태양(太陽), 광신(光新)학교
에 감

〈1989년 3월 25일(음력 2월 18일)〉 토요일
날씨 맑음
학교에서 서류학습, 훈춘(琿春)에 감

〈1989년 3월 26일(음력 2월 19일)〉 일요일
날씨 맑음
창일 접대

〈1989년 3월 27일(음력 2월 20일)〉 월요일
날씨 흐림
훈춘(琿春)에서 출근, 대부분 교사 훈춘(琿
春)에서 연출 봄

〈1989년 3월 28일(음력 2월 21일)〉 화요일
날씨 맑음
향(鄕) 인민대표대회 참석

〈1989년 3월 29일(음력 2월 22일)〉 수요일
날씨 맑음
광신(光新), 춘경(春景), 류정(柳亭)학교에
감, 교사정치 학습

〈1989년 3월 30일(음력 2월 23일)〉 목요일
날씨 맑음
소학교 체육업무회의, 훈춘(琿春)에 감

〈1989년 3월 31일(음력 2월 24일)〉 금요일
날씨 비
시 교사건설(87~88)년 총결표창 대회

〈1989년 4월 1일(음력 2월 25일)〉 토요일
날씨 맑음
훈춘(琿春)에서 출근, 학교지도부, 교원회
의- 의무교육법 선전문제

〈1989년 4월 2일(음력 2월 26일)〉 일요일
날씨 맑음
오전 수업, 부분 반급기록부 검사,

〈1989년 4월 3일(음력 2월 27일)〉 월요일
날씨 바람
수업, 청명활동 준비

〈1989년 4월 4일(음력 2월 28일)〉 화요일
날씨 바람
수업, 청명활동, 마늘 파종

〈1989년 4월 5일(음력 2월 29일)〉 수요일
날씨 바람
휴식일

〈1989년 4월 6일(음력 3월 1일)〉 목요일 날
씨 맑음
전교 대청소, 훈춘(琿春)에 감

〈1989년 4월 7일(음력 3월 2일)〉 금요일 날
씨 흐림
시 도덕교육담임업무회의 참석

〈1989년 4월 8일(음력 3월 3일)〉 토요일 날
씨 흐림
연길(延吉) 미옥집에 감

〈1989년 4월 9일(음력 3월 4일)〉 일요일 날
씨 비
원학 부모님 만남

〈1989년 4월 10일(음력 3월 5일)〉 월요일
날씨 비
연길(延吉)-〉훈춘(琿春)

〈1989년 4월 11일(음력 3월 6일)〉 화요일
날씨 맑음
훈춘(琿春)에서 출근

〈1989년 4월 12일(음력 3월 7일)〉 수요일
날씨 맑음

4학년1반 수학, 6학년1반 조선어문수업 방청, 정치학습-의무교육법

〈1989년 4월 13일(음력 3월 8일)〉 목요일
날씨 맑음
2학년1반 수학수업 방청, 1학년1반 수업2교시 대리수업, 교원걸상 수리

〈1989년 4월 14일(음력 3월 9일)〉 금요일
날씨 맑음
1학년1반 대리수업, 3학년1반 작문수업 방청,

〈1989년 4월 15일(음력 3월 10일)〉 토요일
날씨 맑음
자료정리, 판석(板石)2중 200그루 하도관리센터 7,400그루 묘목 매출

〈1989년 4월 16일(음력 3월 11일)〉 일요일
날씨 맑음
장인어른 생신, 훈춘(琿春)에서 귀가, 아내 몸 아픔

〈1989년 4월 17일(음력 3월 12일)〉 월요일
날씨 맑음
1학년1반 수학, 5학년1반 조선어문 수업방청

〈1989년 4월 18일(음력 3월 13일)〉 화요일
날씨 비
6학년1반 수학, 3학년1반 한어문 수업방청, 묘목노동

〈1989년 4월 19일(음력 3월 14일)〉 수요일
날씨 맑음
6학년1반 수학, 4학년1반 조선어문 수업방청, 정치학습- 의무교육법

〈1989년 4월 20일(음력 3월 15일)〉 목요일
날씨 맑음
5학년1반 한어문 수업방청,당위원회의에서 태운당원소개서 작성

〈1989년 4월 21일(음력 3월 16일)〉 금요일
날씨 비
1학년1반 조선어문, 6학년2반 수학수업 방청, 지부위원회의 참석

〈1989년 4월 22일(음력 3월 17일)〉 토요일
날씨 바람
우체국 청사 빌림

〈1989년 4월 23일(음력 3월 18일)〉 일요일
날씨 맑음
훈춘(琿春)에서 경신중심소학교에 감

〈1989년 4월 24일(음력 3월 19일)〉 월요일
날씨 맑음
농촌중심소학교 사상품덕, 수학, 조선어문교학연구회의 참석

〈1989년 4월 25일(음력 3월 20일)〉 화요일
날씨 비
교학연구회의

〈1989년 4월 26일(음력 3월 21일)〉 수요일
날씨 비
오전 수업, 오후 휴식, 교육국 및 당안국(?案
局)에서 검사 옴

〈1989년 4월 27일(음력 3월 22일)〉 목요일
날씨 맑음
생일, 예술반 연출, 당지부회의

〈1989년 4월 28일(음력 3월 23일)〉 금요일
날씨 맑음
기중시험 준비, 〈일상행위규범〉시험, 교원회
의

〈1989년 4월 29일(음력 3월 24일)〉 토요일
날씨 맑음
기중시험 준비, 중심소학교 교장회의 참석

〈1989년 4월 30일(음력 3월 25일)〉 일요일
날씨 맑음
가사노동, 감자 파종

〈1989년 5월 1일(음력 3월 26일)〉 월요일
날씨 흐림
채소 파종

〈1989년 5월 2일(음력 3월 27일)〉 화요일
날씨 흐림
각 학교지도부회의-5월행사

〈1989년 5월 3일(음력 3월 28일)〉 수요일
날씨 맑음

1학년1반, 2학년1반, 3학년1반 수학수업 방
청, 시 연수하교 주임 지도하러 학교에 옴

〈1989년 5월 4일(음력 3월 29일)〉 목요일
날씨 맑음
시 초생업무회의 참석

〈1989년 5월 5일(음력 4월 1일)〉 금요일 날
씨 맑음
훈춘(琿春)에서 출근, 소풍준비, 각 학교지도
부회의

〈1989년 5월 6일(음력 4월 2일)〉 토요일 날
씨 맑음
맹령(孟嶺)에 소풍 감

〈1989년 5월 7일(음력 4월 3일)〉 일요일 날
씨 맑음
휴식일,

〈1989년 5월 8일(음력 4월 4일)〉 월요일 날
씨 비
병가 내고 주사 맞으러 감

〈1989년 5월 9일(음력 4월 5일)〉 화요일 날
씨 맑음
시 운동대회 준비, 채용인원등기표 작성

〈1989년 5월 10일(음력 4월 6일)〉 수요일
날씨 맑음
운동원 훈춘(琿春)에 감, 운동회경비 준비

〈1989년 5월 11일(음력 4월 7일)〉 목요일
날씨 흐림

주 교육위원회에서 주최한 〈소학교 교사직무
훈련회의〉 참석, 시 소학교축구운동회

〈1989년 5월 12일(음력 4월 8일)〉 금요일
날씨 비

제 2소학교 , 밀강, 제4소학교에 짐

〈1989년 5월 13일(음력 4월 9일)〉 토요일
날씨 비

제3소학교에 패, 경신을 이김, 농어촌조 3등,
국진이 훈춘(琿春)에 감

〈1989년 5월 14일(음력 4월 10일)〉 일요일
날씨 뇌우

국진을 환송회, 훈춘(琿春)에서 휴식, 2중가
장회 참석

〈1989년 5월 15일(음력 4월 11일)〉 월요일
날씨 맑음

훈춘(琿春)에서 춘경(春景)감, 사상품덕, 수
학수업 방청

〈1989년 5월 16일(음력 4월 12일)〉 화요일
날씨 맑음

태양(太陽)소학교에서 사상품덕, 수학수업
방청

〈1989년 5월 17일(음력 4월 13일)〉 수요일
날씨 맑음

광신(光新)소학교에서 사상품덕, 수학수업

방청

〈1989년 5월 18일(음력 4월 14일)〉 목요일
날씨 맑음

판석(板石)소학교에서 사상품덕, 수학수업
방청

〈1989년 5월 19일(음력 4월 15일)〉 금요일
날씨 비

류정(柳亭)소학교에서 사상품덕, 수학수업
방청

〈1989년 5월 20일(음력 4월 16일)〉 토요일
날씨 맑음

맹령(孟嶺)소학교에서 사상품덕, 수학수업
방청, 맹령(孟嶺)에서 도라와 훈춘(琿春)에
감

〈1989년 5월 21일(음력 4월 17일)〉 일요일
날씨 맑음

훈춘(琿春)에서 휴식

〈1989년 5월 22일(음력 4월 18일)〉 월요일
날씨 맑음

훈춘(琿春)에서 출근, 담임선생님변동문제
토론

〈1989년 5월 23일(음력 4월 19일)〉 화요일
날씨 맑음

훈춘(琿春)에서 밀강(密江)중심소학교에서
열린 주 중심학교현장회의 참석, 밀강(密江)
에서 훈춘(琿春)에 돌아 옴

〈1989년 5월 24일(음력 4월 20일)〉 수요일
날씨 맑음
훈춘(琿春)에서 출근

〈1989년 5월 25일(음력 4월 21일)〉 목요일
날씨 맑음
문화교육과에 인사문제토론

〈1989년 5월 26일(음력 4월 22일)〉 금요일
날씨 맑음
환송회-진중연(陳中淵)이 향(鄕)정부로 이
직

〈1989년 5월 27일(음력 4월 23일)〉 토요일
날씨 맑음
5학년 조선어문수업, 오후부터 농망가(?忙
假) 시작, 전기공사 준비

〈1989년 5월 28일(음력 4월 24일)〉 일요일
날씨 맑음
전공이 오지 않아 전기를 통하지 못함,

〈1989년 5월 29일(음력 4월 25일)〉 월요일
날씨 바람
전기공사 준비

〈1989년 5월 30일(음력 4월 26일)〉 화요일
날씨 맑음
훈춘(琿春)교육국에 업무보러 감

〈1989년 5월 31일(음력 4월 27일)〉 수요일
날씨 바람

훈춘(琿春)에서 휴식, 육상선수 훈춘(琿春)
에 도착

〈1989년 6월 1일(음력 4월 28일)〉 목요일
날씨 바람
시 국제아동절경축대회 참석, 육상운동회 시
작

〈1989년 6월 2일(음력 4월 29일)〉 금요일
날씨 흐림
오전 6촌 아주버니 생일 참석, 오후 훈춘(琿
春)에 도착

〈1989년 6월 3일(음력 4월 30일)〉 토요일
날씨 맑음
훈춘(琿春)에서 휴식, 민석(珉錫)이 훈춘(琿
春)에 옴

〈1989년 6월 4일(음력 5월 1일)〉 일요일 날
씨 맑음
훈춘(琿春)에서 업무 봄, 민석(珉錫)이 장춘
(長春)에 감

〈1989년 6월 5일(음력 5월 2일)〉 월요일 날
씨 비
훈춘(琿春)에서 출근, 개학, 삼호학생등기표
제출

〈1989년 6월 6일(음력 5월 3일)〉 화요일 날
씨 맑음
훈춘(琿春)에 문명단위 재검사등기표 제출

〈1989년 6월 7일(음력 5월 4일)〉 수요일 날씨 맑음
학교지도부회의 - 6월행사, 정치학습

〈1989년 6월 8일(음력 5월 5일)〉 목요일 날씨 흐림
훈춘(琿春)에서 주 학교과학 및 제도화 관리 연구회의

〈1989년 6월 9일(음력 5월 6일)〉 금요일 날씨 흐림
오전 연구회의, 오후 총결

〈1989년 6월 10일(음력 5월 7일)〉 토요일 날씨 흐림
훈춘(琿春)에서 출근, 향(鄕)당위에서 주최한 기관영도회의 참석

〈1989년 6월 11일(음력 5월 8일)〉 일요일 날씨 흐림
밭갈이

〈1989년 6월 12일(음력 5월 9일)〉 월요일 날씨 맑음
정상수업, 북경에 200위안 송금

〈1989년 6월 13일(음력 5월 10일)〉 화요일 날씨 흐림
1학년 3교시 수업, 하남 공상관리원을 부탁하여 학교 영업증 만듦

〈1989년 6월 14일(음력 5월 11일)〉 수요일

날씨 비
1학년 2교시 수업, 정치학습

〈1989년 6월 15일(음력 5월 12일)〉 목요일 날씨 비
1학년 2교시 수업, 당비 영수증 발급,

〈1989년 6월 16일(음력 5월 13일)〉 금요일 날씨 비
1학년 3교시 수업, 국진(國珍)집에 돌아 옴

〈1989년 6월 17일(음력 5월 14일)〉 토요일 날씨 비
중급교사 칭호문제로 문화교육과에서 토론

〈1989년 6월 18일(음력 5월 15일)〉 일요일 날씨 비
집에서 휴식

〈1989년 6월 19일(음력 5월 16일)〉 월요일 날씨 비
오후 소학교교원대회 참석

〈1989년 6월 20일(음력 5월 17일)〉 화요일 날씨 맑음
류정(柳亭)소학교 2학년1반 중대활동 참관

〈1989년 6월 21일(음력 5월 18일)〉 수요일 날씨 맑음
고급교원 평어작성

〈1989년 6월 22일(음력 5월 19일)〉 목요일

날씨 맑음
고급교원 평어작성, 지부위원대회

〈1989년 6월 23일(음력 5월 20일)〉 금요일
날씨 맑음
훈춘(琿春)교육국, 연수학교에 등기표 제출

〈1989년 6월 24일(음력 5월 21일)〉 토요일
날씨 맑음
도노(圖魯), 류정(柳亭)소학교 사상품덕수업
방청

〈1989년 6월 25일(음력 5월 22일)〉 일요일
날씨 맑음
승일 접대

〈1989년 6월 26일(음력 5월 23일)〉 월요일
날씨 맑음
훈춘(琿春)교육국 등기표 제출, 오후 차로
돌아 옴

〈1989년 6월 27일(음력 5월 24일)〉 화요일
날씨 비
출근, 교장시험문건 열람

〈1989년 6월 28일(음력 5월 25일)〉 수요일
날씨 맑음
교장시험총결자료 준비

〈1989년 6월 29일(음력 5월 26일)〉 목요일
날씨 맑음
6년 의무교육 연수업무회의 참석

〈1989년 6월 30일(음력 5월 27일)〉 금요일
날씨 흐림
간염으로 시병원에 검진 받음

〈1989년 7월 1일(음력 5월 28일)〉 토요일
날씨 맑음
훈춘(琿春)에서 판석(板石)병원에 와서 주사
맞음

〈1989년 7월 2일(음력 5월 29일)〉 일요일
날씨 흐림
휴식, 오후 주사 맞음

〈1989년 7월 3일(음력 6월 1일)〉 월요일 날
씨 흐림
학교지도부회의 기말업무안배, 판석(板石)
에서 시병원에 입원

〈1989년 7월 4일(음력 6월 2일)〉 화요일 날
씨 맑음
진단 및 치료

〈1989년 7월 5일(음력 6월 3일)〉 수요일 날
씨 맑음
치료, 동생부부 병문안 옴

〈1989년 7월 6일(음력 6월 4일)〉 목요일 날
씨 맑음
치료, 이향장, 헌문교, 백회계 병문안 옴(200
위안), 호준 20위안

〈1989년 7월 7일(음력 6월 5일)〉 금요일 날

씨 맑음
치료, 장인어른 병문안 옴,

⟨1989년 7월 8일(음력 6월 6일)⟩ 토요일 날
씨 맑음
복순(福順) 병문안 옴 덕춘(德春)이 10위안

⟨1989년 7월 9일(음력 6월 7일)⟩ 일요일 날
씨 비
치료, 서인훤(徐仁萱) 병문안 옴 계란 48개

⟨1989년 7월 10일(음력 6월 8일)⟩ 월요일
날씨 비
치료,전주임과 장교장 병문안 (공회 50위안)

⟨1989년 7월 11일(음력 6월 9일)⟩ 화요일
날씨 맑음
치료, 전주임 , 창일 병문안

⟨1989년 7월 12일(음력 6월 10일)⟩ 수요일
날씨 맑음
치료, 전주임 병문안

⟨1989년 7월 13일(음력 6월 11일)⟩ 목요일
날씨 비
치료, 셋째제수 병문안 옴

⟨1989년 7월 14일(음력 6월 12일)⟩ 금요일
날씨 맑음
치료, 광신(光新) 김용웅(金勇雄), 고애자(高
愛子) (20위안)

⟨1989년 7월 15일(음력 6월 13일)⟩ 토요일
날씨 비
치료, 철진(哲珍)이 ⟨천지⟩잡지 가져옴

⟨1989년 7월 16일(음력 6월 14일)⟩ 일요일
날씨 흐림
치료, 창일(昌日) 병문안 옴

⟨1989년 7월 17일(음력 6월 15일)⟩ 월요일
날씨 맑음
치료, 집에서 병원에 옴, 운학(雲鶴) 옴

⟨1989년 7월 18일(음력 6월 16일)⟩ 화요일
날씨 흐림
치료, 명옥(明玉) 이일순(李日淳) 동생 병문
안 옴

⟨1989년 7월 19일(음력 6월 17일)⟩ 수요일
날씨 비
치료, 원학, 미옥이 연길에서 훈춘에 옴

⟨1989년 7월 20일(음력 6월 18일)⟩ 목요일
날씨 흐림
치료, 원학이 연길에 돌아 감

⟨1989년 7월 21일(음력 6월 19일)⟩ 금요일
날씨 맑음
치료, 강순금(姜順今) 병문안 옴(20위안)

⟨1989년 7월 22일(음력 6월 20일)⟩ 토요일
날씨 비
치료,

〈1989년 7월 23일(음력 6월 21일)〉 일요일
날씨 맑음
치료, 미옥이 판석(板石)에 감

〈1989년 7월 24일(음력 6월 22일)〉 월요일
날씨 비
치료, 최수암(崔秀岩) 병문안 옴 (10위안)

〈1989년 7월 25일(음력 6월 23일)〉 화요일
날씨 맑음
치료,

〈1989년 7월 26일(음력 6월 24일)〉 수요일
날씨 맑음
치료, 국진(國珍)이 북경에 감, 미옥이 판석
(板石)에서 돌아 옴, 조선에 있는 여동생이
중국에 옴

〈1989년 7월 27일(음력 6월 25일)〉 목요일
날씨 맑음
치료, 판석(板石) 낭국암(朗國岩), 최창범(崔
昌范)외 3명 병문안 옴(30위안), 외가집 누나
부부 옴

〈1989년 7월 28일(음력 6월 26일)〉 금요일
날씨 비
치료,

〈1989년 7월 29일(음력 6월 27일)〉 토요일
날씨 비
치료, 화학실험,

〈1989년 7월 30일(음력 6월 28일)〉 일요일
날씨 맑음
치료, 미옥이 연길에 돌아 감

〈1989년 7월 31일(음력 6월 29일)〉 월요일
날씨 맑음
치료, 화학실험

〈1989년 8월 1일(음력 6월 30일)〉 화요일
날씨 맑음
출원(435.92위안)

〈1989년 8월 2일(음력 7월 1일)〉 수요일 날
씨 맑음
이발, 교육국에 갔다가 차타고 귀가

〈1989년 8월 3일(음력 7월 2일)〉 목요일 날
씨 맑음
감자수확, 가사노동,

〈1989년 8월 4일(음력 7월 3일)〉 금요일 날
씨 맑음
무 파종,

〈1989년 8월 5일(음력 7월 4일)〉 토요일 날
씨 흐림
청무우 파종

〈1989년 8월 6일(음력 7월 5일)〉 일요일 날
씨 맑음
향(鄕)운동대회 참석

〈1989년 8월 7일(음력 7월 6일)〉 월요일 날씨 맑음
향(鄕)운동대회 참석, 훈춘(琿春)에 감

〈1989년 8월 8일(음력 7월 7일)〉 화요일 날씨 맑음 비
조선에서 온 여동생을 환송회, 훈춘(琿春)에서 돌아감

〈1989년 8월 9일(음력 7월 8일)〉 수요일 날씨 바람
운동대회 관람,

〈1989년 8월 10일(음력 7월 9일)〉 목요일 날씨 맑음
운동대회 관람

〈1989년 8월 11일(음력 7월 10일)〉 금요일 날씨 비
시 중의원에서 문화대혁명시기 자료를 받으러 옴

〈1989년 8월 12일(음력 7월 11일)〉 토요일 날씨 흐림
위생소에서 약받으러 감

〈1989년 8월 13일(음력 7월 12일)〉 일요일 날씨 바람
의료비 계산, 아내가 훈춘(琿春)에 감

〈1989년 8월 14일(음력 7월 13일)〉 월요일 날씨 맑음
월급날, 판석(板石)-〉훈춘(琿春)

〈1989년 8월 15일(음력 7월 14일)〉 화요일 날씨 맑음
교육국에서 중심소학교 교장임명 정황을 요해

〈1989년 8월 16일(음력 7월 15일)〉 수요일 날씨 맑음
책 대여,

〈1989년 8월 17일(음력 7월 16일)〉 목요일 날씨 흐림
책 열람

〈1989년 8월 18일(음력 7월 17일)〉 금요일 날씨 맑음
책 열람, 아내가 연길(延吉)에서 돌아 옴

〈1989년 8월 19일(음력 7월 18일)〉 토요일 날씨 비
중심소학교교장회의-3년 총결 및 새 교장임명

〈1989년 8월 20일(음력 7월 19일)〉 일요일 날씨 비
훈춘(琿春)에서 귀가, 허문교한테 어제회의 내용 전달

〈1989년 8월 21일(음력 7월 20일)〉 월요일 날씨 흐림
병원에 약받으러 감, 무 수확 및 배추 파종

〈1989년 8월 22일(음력 7월 21일)〉 화요일
날씨 맑음
지도부결성문제로 진주임과 토론, 판석(板
石)-〉훈춘(琿春)

〈1989년 8월 23일(음력 7월 22일)〉 수요일
날씨 맑음
시 병원에서 검사

〈1989년 8월 24일(음력 7월 23일)〉 목요일
날씨 맑음
시 볍규보급업무회의 참석

〈1989년 8월 25일(음력 7월 24일)〉 금요일
날씨 맑음
시 볍규보급업무회의 참석

〈1989년 8월 26일(음력 7월 25일)〉 토요일
날씨 맑음
훈춘(琿春)-〉춘경(春景)장교장과 담화-〉광
신(光新)수리정황 검수-〉판석(板石)-〉태양
(太陽)교장문제

〈1989년 8월 27일(음력 7월 26일)〉 일요일
날씨 맑음
태양(太陽)에서 출근, 담임선생님 정치학습

〈1989년 8월 28일(음력 7월 27일)〉 월요일
날씨 맑음
출근, 성 소학교관리표준 학습

〈1989년 8월 29일(음력 7월 28일)〉 화요일

날씨 맑음
수업준비

〈1989년 8월 30일(음력 7월 29일)〉 수요일
날씨 비
오전 중소학교지도부회의

〈1989년 8월 31일(음력 8월 1일)〉 목요일
날씨 맑음
수업준비, 대청소 개학준비

〈1989년 9월 1일(음력 8월 2일)〉 금요일 날
씨 맑음
개학, 학교지도부구성원 발표,

〈1989년 9월 2일(음력 8월 3일)〉 토요일 날
씨 비
도노(圖魯)소학교 교장이 인사문제로 찾아
옴

〈1989년 9월 3일(음력 8월 4일)〉 일요일 날
씨 맑음
우수교사 선발문제 토론

〈1989년 9월 4일(음력 8월 5일)〉 월요일 날
씨 맑음
판석(板石), 신농(新農) 한족연합문제로 토
론

〈1989년 9월 5일(음력 8월 6일)〉 화요일 날
씨 맑음
지변(支邊) 장교장 및 광신(光新) 김주임이

학교에 옴, 지변(支邊)인사변동 정황, 퇴근후 자전거타고 훈춘(琿春)에 감

〈1989년 9월 6일(음력 8월 7일)〉 수요일 날씨 맑음
훈춘(琿春) 운동대회 봄

〈1989년 9월 7일(음력 8월 8일)〉 목요일 날씨 비
훈춘(琿春) 운동대회 봄, 민석(珉錫), 복순(福順)이 연길(延吉)에 감

〈1989년 9월 8일(음력 8월 9일)〉 금요일 날씨 맑음
시 운동대회 끝, 오후 귀가

〈1989년 9월 9일(음력 8월 10일)〉 토요일 날씨 맑음
교사절 준비업무

〈1989년 9월 10일(음력 8월 11일)〉 일요일 날씨 맑음
지방정부 1989년 교사절대회 참석, 우수교사 표장

〈1989년 9월 11일(음력 8월 12일)〉 월요일 날씨 비
수업, 교사절좌담회

〈1989년 9월 12일(음력 8월 13일)〉 화요일 날씨 맑음
수업, 정흥문(鄭興文)이 시방송국에 이직

〈1989년 9월 13일(음력 8월 14일)〉 수요일 날씨 맑음
수업, 문화교육과에서 신농(新農)과 판석(板石) 합병문제로 토론

〈1989년 9월 14일(음력 8월 15일)〉 목요일 날씨 맑음
훈춘(琿春)에서 추석을 지냄

〈1989년 9월 15일(음력 8월 16일)〉 금요일 날씨 맑음
수업, 훈춘(琿春)에서 출근, 문화교육과에서 신농(新農)과 판석(板石) 합병 및 교사편제 문제 토론

〈1989년 9월 16일(음력 8월 17일)〉 토요일 날씨 맑음
수업, 오후 운동장잡초제거, 훈춘(琿春)에 감

〈1989년 9월 17일(음력 8월 18일)〉 일요일 날씨 흐림
2중 3학년 가장회 참석, 아내가 연길에서 돌아 옴

〈1989년 9월 18일(음력 8월 19일)〉 월요일 날씨 흐림
시중소학교교장회의

〈1989년 9월 19일(음력 8월 20일)〉 화요일 날씨 바람
문화교육과에서 교사검사 옴, 판석(板石), 신농(新農) 한족 불합병

〈1989년 9월 20일(음력 8월 21일)〉 수요일
날씨 바람
학교지도부 학교계획토론, 교원회의에서 통
과

〈1989년 9월 21일(음력 8월 22일)〉 목요일
날씨 흐림
훈춘(琿春)에서 출근, 교원문제로 맹령(孟
嶺)에 다녀옴,

〈1989년 9월 22일(음력 8월 23일)〉 금요일
날씨 맑음
광신(光新) 교원문제 해결, 판석(板石)에서
훈춘(琿春)에 감

〈1989년 9월 23일(음력 8월 24일)〉 토요일
날씨 맑음
훈춘(琿春)에서 휴식

〈1989년 9월 24일(음력 8월 25일)〉 일요일
날씨 맑음
오전 연수하교 진주임 찾았으나 없음, 오후
에 각 학교지도부회의

〈1989년 9월 25일(음력 8월 26일)〉 월요일
날씨 맑음
어전 업무, 휴양증 발급, 지도부회의, 오후 훈
춘(琿春)에 감

〈1989년 9월 26일(음력 8월 27일)〉 화요일
날씨 맑음
오전 업무 봄, 지도부 회의, 오후 훈춘(琿春)

에 감

〈1989년 9월 27일(음력 8월 28일)〉 수요일
날씨 비
학교 3년계획제정

〈1989년 9월 28일(음력 8월 29일)〉 목요일
날씨 흐림
학교 3년계획제정

〈1989년 9월 29일(음력 8월 30일)〉 금요일
날씨 맑음
판석(板石)지도부회의. 교원회의에서 학교3
년계획 토론

〈1989년 9월 30일(음력 9월 1일)〉 토요일
날씨 맑음
오전 출근, 오후 훈춘(琿春)에 도착, 미옥, 원
학 집에 도착

〈1989년 10월 1일(음력 9월 2일)〉 일요일
날씨 맑음
국경절 40주년 , 축구관람

〈1989년 10월 2일(음력 9월 3일)〉 월요일
날씨 맑음
영진(永珍)이 이영의사의 진료소에서 병을
봄

〈1989년 10월 3일(음력 9월 4일)〉 화요일
날씨 흐림
미옥, 원학 연길에 돌아감,

〈1989년 10월 4일(음력 9월 5일)〉 수요일
날씨 맑음
영진(永珍)이 중의원에 화학실험 받음, 한족
반 5학년 학생 익사

〈1989년 10월 5일(음력 9월 6일)〉 목요일
날씨 비
아내가 북한에서 돌아옴

〈1989년 10월 6일(음력 9월 7일)〉 금요일
날씨 맑음
연수하교에 정황파악 하러감, 중의원에 화학
검사 결과 받으러 옴

〈1989년 10월 7일(음력 9월 8일)〉 토요일
날씨 맑음
연수학교에 다녀옴, 100위안 송금

〈1989년 10월 8일(음력 9월 9일)〉 일요일
날씨 바람
휴식, 판석(板石)에서 가사노동

〈1989년 10월 9일(음력 9월 10일)〉 월요일
날씨 맑음
학교개학, 콩밭 수확, 오후에 훈춘(琿春)에
돌아 감

〈1989년 10월 10일(음력 9월 11일)〉 화요
일 날씨 맑음
교육국, 연수학교에서 문건주문, 영진(永珍)
이 건강병원에서 화학검사 함

〈1989년 10월 11일(음력 9월 12일)〉 수요
일 날씨 흐림
연길(延吉) 미옥집에 감

〈1989년 10월 12일(음력 9월 13일)〉 목요
일 날씨 맑음
창고와 김치 움 작업을 함

〈1989년 10월 13일(음력 9월 14일)〉 금요
일 날씨 맑음
부엌 대 작업

〈1989년 10월 14일(음력 9월 15일)〉 토요
일 날씨 맑음
연길(延吉)에서 귀가 훈춘(琿春)

〈1989년 10월 15일(음력 9월 16일)〉 일요
일 날씨 비
휴식, 창일(昌日)집에서 돌아옴,

〈1989년 10월 16일(음력 9월 17일)〉 월요
일 날씨 바람
판석(板石) 문화교육과에서 인사문제로 토
론

〈1989년 10월 17일(음력 9월 18일)〉 화요
일 날씨 바람
시 중소학교 훈련총결표창대회 참석

〈1989년 10월 18일(음력 9월 19일)〉 수요
일 날씨 바람
영진(永珍)의 한약을 받아 옴

〈1989년 10월 19일(음력 9월 20일)〉 목요일 날씨 바람
집문제로 시내에서 돌다가 월60위안 월세 집 찾음

〈1989년 10월 20일(음력 9월 21일)〉 금요일 날씨 맑음
석탄가스 구입(282위안)

〈1989년 10월 21일(음력 9월 22일)〉 토요일 날씨 맑음
진권열(陳權烈) 집에 갔다 옴

〈1989년 10월 22일(음력 9월 23일)〉 일요일 날씨 바람
이사 준비함, 창일(昌日)집 온돌 수리

〈1989년 10월 23일(음력 9월 24일)〉 월요일 날씨 맑음
창일(昌日)집 벽을 페인트 작업,

〈1989년 10월 24일(음력 9월 25일)〉 화요일 날씨 맑음
시 병원에 입원한 창일(昌日)장인을 위문

〈1989년 10월 25일(음력 9월 26일)〉 수요일 날씨 흐림
연수학교 윤선생님이 지도하러 학교에 옴, 당 수업 참가

〈1989년 10월 26일(음력 9월 27일)〉 목요일 날씨 바람
콩 탈곡

〈1989년 10월 27일(음력 9월 28일)〉 금요일 날씨 비
옥수수 탈곡

〈1989년 10월 28일(음력 9월 29일)〉 토요일 날씨 바람
판석(板石) 2중 다녀옴

〈1989년 10월 29일(음력 10월 1일)〉 일요일 날씨 맑음
집 정리하러 판석(板石)에 돌아 옴

〈1989년 10월 30일(음력 10월 2일)〉 월요일 날씨 맑음
가구정리, 및 월세 240위안 줌

〈1989년 10월 31일(음력 10월 3일)〉 화요일 날씨 비
가사노동, 배추 팜(20위안)

〈1989년 11월 1일(음력 10월 4일)〉 수요일 날씨 맑음
연수학교 진주임이 판석(板石)교학 참관

〈1989년 11월 2일(음력 10월 5일)〉 목요일 날씨 맑음
판석(板石)2중학교 석탄수레 빌림

〈1989년 11월 3일(음력 10월 6일)〉 금요일 날씨 맑음

석탄 2톤반 (85위안) 실어 옴

〈1989년 11월 4 (음력 10월 7일)〉 토요일
날씨 흐림
석탄 운반, 채소정리

〈1989년 11월 5일(음력 10월 8일)〉 일요일
날씨 맑음
병원에서 영진(永珍) 약을 받아옴, 판석(板
石)에 감

〈1989년 11월 6일(음력 10월 9일)〉 월요일
날씨 비
판석(板石)에서 업무를 봄, 250위안 빌림

〈1989년 11월 7일(음력 10월 10일)〉 화요
일 날씨 맑음
시 보충이직업무회의 참석, 북경에 100위안
송금

〈1989년 11월 8일 (음력 10월 11일)〉 수요
일 날씨 추움
연수학교에 시험지 제출, 교육심리학 학습

〈1989년 11월 9일 (음력 10월 12일)〉 목요
일 날씨 맑음
김치 움 작업, 등소평(鄧小平)이 군위원회 주
석으로 부임하는 것을 TV로 봄

〈1989년 11월 10일 (음력 10월 13일)〉 금요
일 날씨 맑음
판석(板石)에서 항아라 와 볏짚을 가져옴

〈1989년 11월 11일 (음력 10월 14일)〉 토요
일 날씨 흐림
오전에 병원에서 진료받음

〈1989년 11월 12일 (음력 10월 15일)〉 일요
일 날씨 비
정옥(貞玉)집에 다녀옴,

〈1989년 11월 13일 (음력 10월 16일)〉 월요
일 날씨 바람
강국장 위문 옴, 오후 김치 움에 채소 운반

〈1989년 11월 14일 (음력 10월 17일)〉 화요
일 날씨 바람
채소를 김치 움에 운반, 오후에 판석(板石)
에 감

〈1989년 11월 15일 (음력 10월 18일)〉 수요
일 날씨 추움
창문에 비닐방풍막을 함, 이부자리를 가지
고 집에 옴

〈1989년 11월 16일 (음력 10월 19일)〉 목요
일 날씨 맑음
창문에 비닐방풍막을 함, 장모님이 집에 옴

〈1989년 11월 17일 (음력 10월 20일)〉 금요
일 날씨 눈
교육국에 체육위생통계표를 제출

〈1989년 11월 18일 (음력 10월 21일)〉 토요
일 날씨 맑음

진료소에서 약초구입(543위안), 오후 공지에서 매돌 가져옴

〈1989년 11월 19일 (음력 10월 22일)〉일요일 날씨 바람
약초 손질, 해란강연출대 공연을 봄

〈1989년 11월 20일 (음력 10월 23일)〉월요일 날씨 맑음
약초 손질 끝, 진료소에 다녀옴

〈1989년 11월 21일 (음력 10월 24일)〉화요일 날씨 맑음
채소 정리, 창일(昌日)위문

〈1989년 11월 22일 (음력 10월 25일)〉수요일 날씨 맑음
오전,오후 창일(昌日)집에 두 번 다녀옴

〈1989년 11월 23일 (음력 10월 26일)〉목요일 날씨 맑음
판석(板石)에 업무보러 감

〈1989년 11월 24일 (음력 10월 27일)〉금요일 날씨 맑음
재정소에서 600위안 빌림, 정심에 훈춘(琿春)에 돌아 감

〈1989년 11월 25일 (음력 10월 28일)〉토요일 날씨 맑음
진료소에서 약초(543위안) 구입

〈1989년 11월 26일 (음력 10월 29일)〉일요일 날씨 흐림
진권열(陳權烈) 집에 놀러 감

〈1989년 11월 27일 (음력 10월 30일)〉월요일 날씨 눈
오전 이발, 오후 창일(昌日)집에 다녀 옴

〈1989년 11월 28일 (음력 11월 1일)〉화요일 날씨 바람
약방에서 약을 받아옴 , 복순(福順) 차편이 없어 결근

〈1989년 11월 29일 (음력 11월 2일)〉수요일 날씨 추움
복순(福順) 판석(板石)에 돌아 감, 교육국에 초급직칭 문제를 알아보러 감

〈1989년 11월 30일 (음력 11월 3일)〉목요일 날씨 추움
집에서 학습, 오후 판석(板石)에 가려는데 차편이 없어 돌아 옴

〈1989년 12월 1일 (음력 11월 4일)〉금요일 날씨 맑음
진료소에서 진료 받음, 오후 영화 감상

〈1989년 12월 2일 (음력 11월 5일)〉토요일 날씨 맑음
석탄 운반, 오후 부엌수리

〈1989년 12월 3일 (음력 11월 6일)〉일요일

날씨 맑음
2중학교 3학년가장회의 참석,

〈1989년 12월 4일 (음력 11월 7일)〉 월요일
날씨 바람
도로관리소에서 김이균(金利均)와 집판매
정황 알아봄

〈1989년 12월 5일 (음력 11월 8일)〉 화요일
날씨 바람
교육국 최국장과 건설경비문제 토론

〈1989년 12월 6일 (음력 11월 9일)〉 수요일
날씨 맑음
집에서 책봄, 우물수리

〈1989년 12월 7일 (음력 11월 10일)〉 목요
일 날씨 맑음
도로관리소에서 김이균(金利均)에게 집을
구입하지 않겠다고 알림

〈1989년 12월 8일 (음력 11월 11일)〉 금요
일 날씨 맑음
광화시장에서 자켓오일 구입

〈1989년 12월 9일 (음력 11월 12일)〉 토요
일 날씨 맑음
교육심리학보도 참가

〈1989년 12월 10일 (음력 11월 13일)〉 일요
일 날씨 흐림
교육심리학 시험 참가

〈1989년 12월 11일 (음력 11월 14일)〉 월요
일 날씨 맑음
집에서 책 봄, 북경에서 국진(國珍)한테서 편
지 옴

〈1989년 12월 12일 (음력 11월 15일)〉 화요
일 날씨 맑음
집에서 책 봄,

〈1989년 12월 13일 (음력 11월 16일)〉 수요
일 날씨 흐림
메주 만 듦

〈1989년 12월 14일 (음력 11월 17일)〉 목요
일 날씨 맑음
집에서 책 봄

〈1989년 12월 15일 (음력 11월 18일)〉 금요
일 날씨 맑음
집에서 영화 〈개국대전(開國大典)〉 감상

〈1989년 12월 16일 (음력 11월 19일)〉 토요
일 날씨 맑음
판석(板石)에서 월급받음, 판석(板石)소학교
교사공연을 봄

〈1989년 12월 17일 (음력 11월 20일)〉 일요
일 날씨 맑음
민석(珉錫)생일, 판석(板石)에서 훈춘(琿春)
돌아 옴

〈1989년 12월 18일 (음력 11월 21일)〉 월요

일 날씨 맑음
가사노동, 메주 건조

〈1989년 12월 19일 (음력 11월 22일)〉 화요
일 날씨 맑음
집에서 책 봄,

〈1989년 12월 20일 (음력 11월 23일)〉 수요
일 날씨 맑음
집에서 책 봄, 시장에서 연초를 구입

〈1989년 12월 21일 (음력 11월 24일)〉 목요
일 날씨 맑음
집에서 책 봄, 태양(太陽) 숙부가 집에 옴

〈1989년 12월 22일 (음력 11월 25일)〉 금요
일 날씨 맑음
집에서 책 봄, 태양(太陽) 숙부가 돌아 감

〈1989년 12월 23일 (음력 11월 26일)〉 토요
일 날씨 맑음
태양(太陽)에 감, 향순(香順)결혼식 참석

〈1989년 12월 24일 (음력 11월 27일)〉 일요
일 날씨 맑음
향순(香順)결혼식 참석, 태양(太陽)에서 귀가

〈1989년 12월 25일 (음력 11월 28일)〉 월요

일 날씨 눈
석탄 운반, 집에서 책봄

〈1989년 12월 26일 (음력 11월 29일)〉 화요
일 날씨 맑음
집에서 책 봄, 장인집에 다녀옴

〈1989년 12월 27일 (음력 11월 30일)〉 수요
일 날씨 맑음
집에서 책 봄,〈당대 일본단편 소설선집〉

〈1989년 12월 28일 (음력 12월 1일)〉 목요
일 날씨 맑음
림업국 김규빈(金奎彬)찾으러 감, 오후 진료
소 약초구입 함,복순이 훈춘(琿春)에 옴

〈1989년 12월 29일 (음력 12월 2일)〉 금요
일 날씨 맑음
상수도 부품구입, 복순이 연길(延吉)에 감

〈1989년 12월 30일 (음력 12월 3일)〉 토요
일 날씨 맑음
판석(板石)학교 문예연출대회 감상,

〈1989년 12월 31일 (음력 12월 4일)〉 일요
일 날씨 맑음
국진(國珍)에게 200위안 송금, 장인어른 집
에서 신정 지냄

〈1990년 1월 1일 (음력12월 5일)〉 월요일
날씨 개임
장인어르신 댁에서, 승일(承日) 집에서 명절
보냄. 감기, 링거 맞음.

〈1990년 1월 2일 (음력12월 6일)〉 화요일
날씨 개임
집에서 명절 보냄, 승일(承日), 창일(昌日) 집
에 옴. 감기, 링거 맞음.

〈1990년 1월 3일 (음력12월 7일)〉 수요일
날씨 개임
집에서 휴식

〈1990년 1월 4일 (음력12월 8일)〉 목요일
날씨 개임
점심에 판석(板石)으로 출근, 허문우(許文
友) 집에서 식사, 숙직

〈1990년 1월 5일 (음력12월 9일)〉 금요일
날씨 개임
학교 일지 정리, 저녁에 복순(福順) 집에서
식사

〈1990년 1월 6일 (음력12월 10일)〉 토요일
날씨 개임
오전에 각 학교(조선족) 지도부 회의 1학년
인원 통계, 4학년 한어 통일 시험, 오후에 훈
춘에 감.

〈1990년 1월 7일 (음력12월 11일)〉 일요일
날씨 개임
〈연변부녀(延邊婦女)〉 잡지 봄, 오전 창일
(昌日) 집에 옴, 저녁 승일(承日) 집에 옴.

〈1990년 1월 8일 (음력12월 12일)〉 월요일
날씨 개임
오후에 임업국 다녀옴, 〈중학생 우수 작문
선〉책 봄.

〈1990년 1월 9일 (음력12월 13일)〉 화요일
날씨 개임
오후에 림업국 다녀옴, 빈(彬) 자리 비움, 〈대
중과학(大中科學)〉중 책 봄.

〈1990년 1월 10일 (음력12월 14일)〉 수요
일 날씨 개임
오후에 임업국 다녀옴. 빈(彬) 자리 비움. 교
육국에 가 상황 파악. 영진(永珍) 다침.

〈1990년 1월 11일 (음력12월 15일)〉 목요일 날씨 개임

집에서 요리 함. 아내 아픔. 책 봄

〈1990년 1월 12일 (음력12월 16일)〉 금요일 날씨 개임

판석(板石)에서 돌아옴(월급 받음). 600위안 비용 지불(재정소)

〈1990년 1월 13일 (음력12월 17일)〉 토요일 날씨 개임

임업국에 가서 실목재 상황 파악(학교), 연수학교에 가 비용 지불(책값)

〈1990년 1월 14일 (음력12월 18일)〉 일요일 날씨 개임

〈중학생 우수 작문선〉 책 마저 다 봄, 오후 리영(李英)진료소에 가 약 삼, 승일(承日) 접대

〈1990년 1월 15일 (음력12월 19일)〉 월요일 날씨 개임

판석(板石)에 감, 학교 겨울 방학 교원 회의, 반급 활동, 학구(學區) 활동, 교사 총결. 오후에 훈춘(琿春)에 감.

〈1990년 1월 16일 (음력12월 20일)〉 화요일 날씨 개임

학교에서 책봄 〈인민교육(人民教育)〉-〈연변일보(延邊日報)〉

〈1990년 1월 17일 (음력12월 21일)〉 수요일 날씨 개임

학교에서 책봄 〈인민교육(人民教育)〉-〈연변일보(延邊日報)〉

〈1990년 1월 18일 (음력12월 22일)〉 목요일 날씨 눈

마케팅회사에 다녀옴, 차 대여 문제, 집 판매(6000위안), 석탄 운반, 복순(福順)이 훈춘(琿春)에 학습하러 옴

〈1990년 1월 19일 (음력12월 23일)〉 금요일 날씨 개임

역전에 가 표 구매, 〈인민교육(人民教育)〉 책 봄, 복순(福順) 집에 돌아감

〈1990년 1월 20일 (음력12월 24일)〉 토요일 날씨 개임

마케팅회사에 다녀옴, 중심신용사(中心信用社)에 다녀옴

〈1990년 1월 21일 (음력12월 25일)〉 일요일 날씨 개임

판석(板石)에 가 학교 돌아봄(접전문제, 춘절후 연결)

〈1990년 1월 22일 (음력12월 26일)〉 월요일 날씨 개임

집에서 책 봄, 오후에 시 병원 감, 영진(영진) 병원에 감

〈1990년 1월 23일 (음력12월 27일)〉 화요일 날씨 개임

판석(板石)에 가 향12계 12차 인민 대표 회

의 참석 작업보고, 선거 등. 장득송(장득송)
에게서 집 값 54원 받음, 판석(板石)에서 돌
아옴.

〈1990년 1월 24일 (음력12월 28일)〉 수요
일 날씨 개임
오전에 시병원에 다녀옴, 영진(영진) 위내시
경, 국진(國珍), 미옥(美玉), 원학(元學) 집에
옴.

〈1990년 1월 25일 (음력12월 29일)〉 목요
일 날씨 개임
집에서 책 봄, 집 업무 봄

〈1990년 1월 26일 (음력12월 30일)〉 금요
일 날씨 개임
집에서 구정(春節) 보냄, 장인 어른, 민석(珉
錫), 창일(昌日) 집 가족이 옴.

〈1990년 1월 27일 (음력1월 1일)〉 토요일
날씨 개임
집에서 구정(春節) 보냄, 장인어른, 민석(珉
錫), 창일(昌日) 집 가족이 옴.

〈1990년 1월 28일 (음력1월 2일)〉 일요일
날씨 개임
승일(承日)집에서 구정(春節) 보냄

〈1990년 1월 29일 (음력1월 3일)〉 월요일
날씨 개임
집에서 구정(春節) 보냄(창일(昌日)집에서
음식 준비)

〈1990년 1월 30일 (음력1월 4일)〉 화요일
날씨 개임
복순(福順) 집에서 집 돌아감.

〈1990년 1월 31일 (음력1월 5일)〉 수요일
날씨 개임
집에서 놈. 승일(承日) 집에 옴, 창일(昌日)
집에 옴.

〈1990년 2월 1일 (음력1월 6일)〉 목요일 날
씨 개임
호준(浩俊)교장님 집에 옴, 최성익(崔成益)
집에 감, 접대, 최(崔)국장 집에서 접대

〈1990년 2월 2일 (음력1월 7일)〉 금요일 날
씨 개임
정웅(廷雄), 정옥(貞玉), 미옥(美玉) 집 식구
접대, 마케팅 회사 다녀옴

〈1990년 2월 3일 (음력1월 8일)〉 토요일 날
씨 개임
마케팅, 신용사 회사 다녀옴(차 렌탈 문제)

〈1990년 2월 4일 (음력1월 9일)〉 일요일 날
씨 개임
훈춘(琿春)에서 판석(板石)에 감, 판석(板
石)에서 훈춘(琿春)으로 돌아가 이사함.

〈1990년 2월 5일 (음력1월 10일)〉 월요일
날씨 눈
가구 등 정리

〈1990년 2월 6일 (음력1월 11일)〉 화요일
날씨 개임
가구 정리, 미옥(美玉), 원학(元學) 연길 집으
로 돌아감, 복순(福順), 민석(珉錫) 연길(延
吉)에 감.

〈1990년 2월 7일 (음력1월 12일)〉 수요일
날씨 개임
가구 정리, 복순(福順),민석(珉錫) 연길(延
吉)에서 돌아옴.

〈1990년 2월 8일 (음력1월 13일)〉 목요일
날씨 개임
판석(板石)으로 출근(등교일), 급여 받음, 판
석(板石)에서 돌아옴. 승일(承日) 집에 옴.

〈1990년 2월 9일 (음력1월 14일)〉 금요일
날씨 눈
창일(昌日)집에서 메주 만듬. 판석(板石) 향
정부에서 집에 와 교육국 등 직원 접대.

〈1990년 2월 10일 (음력1월 15일)〉 토요일
날씨 흐림, 눈
보름(元宵節) 보냄. 창일(昌日)집, 승일(承
日)집, 복순(福順)집에서 놀러옴. 최국장 접
대

〈1990년 2월 11일 (음력1월 16일)〉 일요일
날씨 개임
국진(國珍) 북경에 감, 장인, 장모 어르신 집
에 옴, 리영(李瑛)진료소에 가 약 사옴. 경삼
(京三) 접대, 차수리.

〈1990년 2월 12일 (음력1월 17일)〉 월요일
날씨 개임
복순(福順) 집에 돌아감, 가구 정리.

〈1990년 2월 13일 (음력1월 18일)〉 화요일
날씨 개임
집에서 휴식, 감기 - 주사, 약 먹음.

〈1990년 2월 14일 (음력1월 19일)〉 수요일
날씨 개임
교육국에 감, 교육학원에서 돌아옴. 판석(板
石) 2중 알(軋)교장, 정(鄭)주임 집에서 식사.

〈1990년 2월 15일 (음력1월 20일)〉 목요일
날씨 개임
집에서 휴식

〈1990년 2월 16일 (음력1월 21일)〉 금요일
날씨 개임
정웅(廷雄) 동생네 집에 500원 빌려줌, 리영
진료소에서 약 사옴.

〈1990년 2월 17일 (음력1월 22일)〉 토요일
날씨 개임
자전거 수리, 승일(承日), 창일(昌日)집 식구
다녀감.

〈1990년 2월 18일 (음력1월 23일)〉 일요일
날씨 개임
강(姜) 국장 집에 다녀옴(강 국장 출근하고
집에 없음). 승일(承日) 왔다 감.

〈1990년 2월 19일 (음력1월 24일)〉 월요일
날씨 눈
장인어르신 집에 옴.(북경에서 훈춘 -〉 동일
(東日) -〉 대출 3만 위안), 동일(東日) 북경
에 돌아감, 승일(承日)집에서 접대 -〉장인어
른. 창일(昌日)집

〈1990년 2월 20일 (음력1월 25일)〉 화요일
날씨 흐림
눈 제거, 집에서 책 봄. 〈정찰원의 기적(偵察
員的奇遇)〉

〈1990년 2월 21일 (음력1월 26일)〉 수요일
날씨 개임
교육국에 감, 편지 보내옴, 백남길 선생님 같
이 점심식사. 창일(昌日)집에서 머뭄

〈1990년 2월 22일 (음력1월 27일)〉 목요일
날씨 눈
집에서 신문 봄, 장화 삼.

〈1990년 2월 23일 (음력1월 28일)〉 금요일
날씨 추움
90년 교육예회에 참석 - 89년 교육 작업 총
결, 경험 소개, 90년 교육안배.

〈1990년 2월 24일 (음력1월 29일)〉 토요일
날씨 개임
90년 작업 보고, 국제형세 청취(시 선전부장)

〈1990년 2월 25일 (음력2월 1일)〉 일요일
날씨 개임

승일(承日) 접대, 내일 생일

〈1990년 2월 26일 (음력2월 2일)〉 월요일
날씨 개임
훈춘(琿春)에서 판석(板石)으로 출근, 수업
준비, 숙직.

〈1990년 2월 27일 (음력2월 3일)〉 화요일
날씨 개임
교원대회 시 교육 작업회의 정신 전달, 수업
준비, 숙직.

〈1990년 2월 28일 (음력2월 4일)〉 수요일
날씨 개임
수업준비, 훈춘(琿春)에 감.

〈1990년 3월 1일 (음력2월 5일)〉 목요일 날
씨 개임
훈춘(琿春)에서 판석(板石)으로 출근, 개학,
학교 전기 설치, 강순금(姜順今) 집에서 식
사, 숙직

〈1990년 3월 2일 (음력2월 6일)〉 금요일 날
씨 개임
상과, 학교 전기 설치, 숙직

〈1990년 3월 3일 (음력2월 7일)〉 토요일 날
씨 개임
상과, 학교 전기 설치 완료, 강순금(姜順今)
집에서 식사, 숙직

〈1990년 3월 4일 (음력2월 8일)〉 일요일 날

씨 개임
상과, 오후 휴식

〈1990년 3월 5일 (음력2월 9일)〉 월요일 날
씨 개임
상과, 뢰봉 따라배우기 활동대회 개최, 오후
각 공회 조장이상 직급 간부회의 개최, 판석
(板石)에서 집에 옴.

〈1990년 3월 6일 (음력2월 10일)〉 화요일
날씨 눈
시 교육국에서 개최한 위생 작업회의 참석

〈1990년 3월 7일 (음력2월 11일)〉 수요일
날씨 개임
연변 가무(교사) 관람, 김진수(金振守) 직업
바꾸려고 함.

〈1990년 3월 8일 (음력2월 12일)〉 목요일
날씨 개임
교육국, 임업국에서 돌아옴, 승일(承日) 목업
진행 판석(板石)

〈1990년 3월 9일 (음력2월 13일)〉 금요일
날씨 개임
훈춘(琿春)에서 출근, 지도부 회의 개최 수
업 분배 등, 숙직

〈1990년 3월 10일 (음력2월 14일)〉 토요일
날씨 개임
학교 관리 지도부 소조 회의 개최

〈1990년 3월 11일 (음력2월 15일)〉 일요일
날씨 흐림
훈춘(琿春)에서 판석(板石)에 감, 판석(板
石)에서 훈춘(琿春)에 감 교육국 기초건설
소조 학교 방문 삼완건설 문제에 대한 파악
진행.

〈1990년 3월 12일 (음력2월 16일)〉 월요일
날씨 개임
훈춘(琿春)에서 출근, 교원회의 개최(학잡비
수납, 교학계획 등 작성)

〈1990년 3월 13일 (음력2월 17일)〉 화요일
날씨 개임
5학년 자연 가르침(2절)

〈1990년 3월 14일 (음력2월 18일)〉 수요일
날씨 눈
전향 초급 교사 학습회 6절 시작, 훈춘(琿春)
에 감

〈1990년 3월 15일 (음력2월 19일)〉 목요일
날씨 개임
연수학교에서 교연부(敎硏部) 교사 모셔옴,
4소에 감, 점심 차로 돌아옴, 숙직

〈1990년 3월 16일 (음력2월 20일)〉 금요일
날씨 개임
오후~교원 회의~ 계획 통과에 대한 토론회,
숙직

〈1990년 3월 17일 (음력2월 21일)〉 토요일

날씨 개임

5학년 자연 가르침, 훈춘(琿春) 임업국에 감.

〈1990년 3월 18일 (음력2월 22일)〉일요일

날씨 개임

최국장 찾아 수리건설 상황 파악, 채소 구매
등.

〈1990년 3월 19일 (음력2월 23일)〉월요일

날씨 바람

훈춘(琿春)에서 학교로 감, 연수학교 알주임
한어 교원 학교 도착, 6-1, 5-1 수학 수업 방
청, 숙직

〈1990년 3월 20일 (음력2월 24일)〉화요일

날씨 바람

5-1,3-1,2-1 수학 수업방청, 5학년 자연 가
르침, 뢰봉(雷峰), 예령(例寧) 따라배우기 활
동 기사회 개최

〈1990년 3월 21일 (음력2월 25일)〉수요일

날씨 개임

4-1, 1-1 수학 수업방청, 각 학교 지도부 회
의 개최 보도 회의, 숙직

〈1990년 3월 22일 (음력2월 26일)〉목요일

날씨 개임

3-1, 5-1 수학 수업방청, 정치 학습 - (뢰봉
(雷峰) 따라배우기), 숙직

〈1990년 3월 23일 (음력2월 27일)〉금요일

날씨 비

1-1, 3-1(정(鄭)),2-1,4-1 수학 수업 방청

〈1990년 3월 24일 (음력2월 28일)〉토요일

날씨 개임

6-1, 4-1(정(鄭)) 수업방청, 5학년 자연 가르
침, 4소 박교장 학교 방문하여 교원 변동문제
상의(연수학교 선생님 2명 돌아감), 저녁차
로 훈춘(琿春)에 돌아감.

영진 3차 모의성적:정치 80, 조문 87, 한어
71, 수학 65, 일어 79, 물리 22, 화학 39, 생물
32 =397(30)

〈1990년 3월 25일 (음력2월 29일)〉일요일

날씨 개임

훈춘(琿春)에서 집안 업무 봄

〈1990년 3월 26일 (음력2월 30일)〉월요일

날씨 개임

훈춘(琿春) 교육국에 감, 4소 강 국장 집에서
변동문제 토론

〈1990년 3월 27일 (음력3월 1일)〉화요일

날씨 개임

훈춘(琿春)에서 출근, 5학년 자연 가르침, 훈
춘(琿春) 연수학교 김 선생님 문화교육처에
가 변동 추천서 제출, 학교에 와 지도함

〈1990년 3월 28일 (음력3월 2일)〉수요일

날씨 개임

삼가향(三家鄉) 중소학교 초급반 개학식 참
가

〈1990년 3월 29일 (음력3월 3일)〉 목요일
날씨 개임
연수학교에서 개최한 간부회의 참석

〈1990년 3월 30일 (음력3월 4일)〉 금요일
날씨 개임
훈춘(琿春)에서 출근, 교학연구문제 연구, 숙직

〈1990년 3월 31일 (음력3월 5일)〉 토요일
날씨 개임
4-1어문 수업방청, 5학년 자연 가르침.

〈1990년 4월 1일 (음력3월 6일)〉 일요일 날씨 개임, 비
집에서 휴식, 복순(福順), 동춘(東春), 창일(昌日) 집에 옴, 청가, 음악선생 학교 옴.

〈1990년 4월 2일 (음력3월 7일)〉 월요일 날씨 개임
교육국에 가 최과장 만나 조동문제 토론, 리영병원에 가 약 삼, (청화대학 일순(日淳) 4월에 일본에 감)

〈1990년 4월 3일 (음력3월 8일)〉 화요일 날씨 흐림
4소에 감, 영화 〈도명한(賭命漢)〉

〈1990년 4월 4일 (음력3월 9일)〉 수요일 날씨 개임
판석(板石)에서 출근, 문화교육처에 가 인사문제 토론(곽국홍(郭國宖) 판석(板石)으로

조율), 학교 지도부회의 4월 행사, 교원회의, 판석(板石)에서 귀가, 창일(昌日) 집에 옴

〈1990년 4월 5일 (음력3월 10일)〉 목요일
날씨 개임
오후에 장인어른 집에 가 장인어른 생일 보냄

〈1990년 4월 6일 (음력3월 11일)〉 금요일
날씨 개임
장인어른 생일, 동생 홍림(宖林) 딸 생일, 훈춘(琿春)에서 출근, 판석(板石)에서 훈춘에 감

〈1990년 4월 7일 (음력3월 12일)〉 토요일
날씨 서풍
오전에 자전거 수리, 오후에 마천자(馬川子)에 감, 외5촌 아주버님 사망, 학교 벽칠 함.

〈1990년 4월 8일 (음력3월 13일)〉 일요일
날씨 비
외5촌 아주버님 장계, 오후 마천자(馬川子)에서 집에 옴

〈1990년 4월 9일 (음력3월 14일)〉 월요일
날씨 개임
교육국에 가 조동문제(최국장) 문의, 집 구매 8500위안

〈1990년 4월 10일 (음력3월 15일)〉 화요일
날씨 개임
훈춘(琿春)에서 출근, 학교 지도부 회의, 교

원회의, 판석(板石)에서 훈춘에 가 채소 구매

〈1990년 4월 11일 (음력3월 16일)〉 수요일
날씨 개임
연수학교에 가 환등기 빌림, 훈춘(琿春)에서
판석(板石)에 감, 숙직

〈1990년 4월 12일 (음력3월 17일)〉 목요일
날씨 흐림, 비
교학연구회 준비, 부분 학교 교사 학교 방문

〈1990년 4월 13일 (음력3월 18일)〉 금요일
날씨 비
교학연구 5-1 수학, 6-1 한어 2절, 4-1 조문
2절

〈1990년 4월 14일 (음력3월 19일)〉 토요일
날씨 비
교학연구 5-1 수학, 6-1 한어, 4-1 조문, 총
결, 창일(昌日), 승일(承日) 집에 옴

〈1990년 4월 15일 (음력3월 20일)〉 일요일
날씨 비
판석(板石)에서 훈춘(琿春)에 감, 집에 옴, 장
인어른 집에 옴, 원학(元學), 미옥(美玉) 연길
(延吉)에서 집에 옴, 창일(昌日)네 가족 놀러
옴

〈1990년 4월 16일 (음력3월 21일)〉 월요일
날씨 비
장인어른, 창일(昌日), 승일(承日) 집에 옴

〈1990년 4월 17일 (음력3월 22일)〉 화요일
날씨 흐림
생일 보냄, 동생 정웅(廷雄) 집에 옴, 원학(元
學), 미옥(美玉) 연길 돌아감

〈1990년 4월 18일 (음력3월 23일)〉 수요일
날씨 개임
훈춘(琿春)에서 출근, 3학년 수학(대과), 정
치학습

〈1990년 4월 19일 (음력3월 24일)〉 목요일
날씨 개임
병원 약 사러 왔음, 강(姜), 정(鄭), 경신(敬
信)에서 조동 온 문(文)선생, 학술회 선생님
접대(
판석(板石)에서 돌아옴, 자전거 탐)

〈1990년 4월 20일 (음력3월 25일)〉 금요일
날씨 비
아궁이 부엌 수리 등

〈1990년 4월 21일 (음력3월 26일)〉 토요일
날씨 개임
벽칠하고 온돌 수리

〈1990년 4월 22일 (음력3월 27일)〉 일요일
날씨 개임
이사, 동생 정웅(廷雄), 창일(昌日), 승일(承
日), 영재명(英才明), 병렬(秉烈) 4소학교 박
교장 등 2명 도와줌

〈1990년 4월 23일 (음력3월 28일)〉 월요일

날씨 개임
가구 정리 등

〈1990년 4월 24일 (음력3월 29일)〉 화요일
날씨 개임
가구 정리 등

〈1990년 4월 25일 (음력4월 1일)〉 수요일
날씨 비
4소학교 갔다 옴, 감기 주사, 창일(昌日), 승
일(承日) 집에 옴

〈1990년 4월 26일 (음력4월 2일)〉 목요일
날씨 개임
감기 주사, 교육국 가 조동문제 문의

〈1990년 4월 27일 (음력4월 3일)〉 금요일
날씨 개임
감기 주사, 중심 신용사 가 전화 함(판석(板
石) 소학교), 호준(浩俊), 금준(今俊) 집에
옴, 최과장 부재.

〈1990년 4월 28일 (음력4월 4일)〉 토요일
날씨 개임
창고 만듬, 영진(永珍) 리영병원에 감

〈1990년 4월 29일 (음력4월 5일)〉 일요일
날씨 개임
밭 정리, 바깥문 만듬

〈1990년 4월 30일 (음력4월 6일)〉 월요일
날씨 개임

바깥문 제작 등, 교육국에서 돌아옴(인사과
장 부재)

〈1990년 5월 1일 (음력4월 7일)〉 화요일 날
씨 개임
하수도 굴착, 채소 심음, 구류 시합 봄

〈1990년 5월 2일 (음력4월 8일)〉 수요일 날
씨 흐림
하수도 수리, 복순(福順), 동춘(東春) 집에
옴, 점심에 승일(承日)집에 가 밥 먹음.

〈1990년 5월 3일 (음력4월 9일)〉 목요일 날
씨 흐림, 비
교육국에 감, 4소 조발령 접수, 훈춘(琿春)에
서 판석(板石)에 감

〈1990년 5월 4일 (음력4월 10일)〉 금요일
날씨 비
출근, 호구수속, 지부 위원회 반급 문제 토론

〈1990년 5월 5일 (음력4월 11일)〉 토요일
날씨 개임
판석(板石) 2중에 감, 탄광에서 돌아옴 학교
에서 향정부 간부 접대, 조금찬(趙今燦) 어머
니 공운(孔云)이 위하(慰河)에 감

〈1990년 5월 6일 (음력4월 12일)〉 일요일
날씨 개임
판석(板石)에서 탄광으로 석탄 실으러 감, 훈
춘(琿春)에 감

〈1990년 5월 7일 (음력4월 13일)〉월요일
날씨 개임
판석(板石)에서 4소(휴식일)로 운동회 보러
감, 저녁에 운학(云學)집에 감, 운학(云學) 아
버지 사망, 장례

〈1990년 5월 8일 (음력4월 14일)〉화요일
날씨 개임
추도회 참가

〈1990년 5월 9일 (음력4월 15일)〉수요일
날씨 개임
출근하어 업무 접수(총무처 인원), 연길(延
吉)에 감

〈1990년 5월 10일 (음력4월 16일)〉목요일
날씨 흐림, 비
연변병원 병 보러 감(영진(永珍))

〈1990년 5월 11일 (음력4월 17일)〉금요일
날씨 흐림, 개임
영진(永珍)이 병원에 가 위내시경을 함,
12:40차로 연길(延吉)에서 훈춘(琿春)으로
감, 동일(東日) 집에 도착, 창일(昌日)가족이
접대

〈1990년 5월 12일 (음력4월 18일)〉토요일
날씨 개임
출근, 장인어른 집에서 접대 동일(東日)을
위하여

〈1990년 5월 13일 (음력4월 19일)〉일요일
날씨 개임
2중 가장회의 참석 가장이 담임 접대.

〈1990년 5월 14일 (음력4월 20일)〉월요일
날씨 개임
출근, 교육 심리학 숙제 작성, 정화가(靖和
街)에 가 호구 등기

〈1990년 5월 15일 (음력4월 21일)〉화요일
날씨 개임
출근, 교육 심리학 숙제 작성, 정화가(靖和
街)에 가 호구 등기

〈1990년 5월 16일 (음력4월 22일)〉수요일
날씨 개임
출근, 교육 심리학 숙제 작성

〈1990년 5월 17일 (음력4월 23일)〉목요일
날씨 개임, 비
출근, 정치학습에 참가 마르크스 레닌 정치
학습

〈1990년 5월 18일 (음력4월 24일)〉금요일
날씨 개임, 비
판석(板石) 소학교에 가 환송회 참석, 판석
(板石)에서 집으로 옴

〈1990년 5월 19일 (음력4월 25일)〉토요일
날씨 비, 개임
제1파출소에 가 호구 등기, 조직원 증서 신
청, 자전거 수리

〈1990년 5월 20일 (음력4월 26일)〉일요일
날씨 비
시평 우수 수업(수학) 교학 수업 방청(2소 김
운(金云), 4소 김은희(金銀姬)), 자전거 수리,
창일(昌日)집에 감

〈1990년 5월 21일 (음력4월 27일)〉월요일
날씨 비
탄산수 공장 일 토론, 오후 탄산수 공장 노동
진행

〈1990년 5월 22일 (음력4월 28일)〉화요일
날씨 흐림, 비
출근, 양식국에 감, 제2 양식점에서 양식표
신청, 창일(昌日)집에서 접대

〈1990년 5월 23일 (음력4월 29일)〉수요일
날씨 개임
6중 추도회 참석(김금선(金今善) 사망 김상
철(金相哲) 누나)

〈1990년 5월 24일 (음력5월 1일)〉목요일
날씨 개임
소학교 축구 운동회 관람 탄산수 공장에서
노동, 장모님 생일, 학교 지부회의 주운(朱
云) 비판

〈1990년 5월 25일 (음력5월 2일)〉금요일
날씨 개임
시 탄산수 공장에 감, 완력 탄산수 공장에 가
부품 가짐, 기계 수리, 월급 카드 작성

〈1990년 5월 26일 (음력5월 3일)〉토요일
날씨 개임
배수원(裴秀元) 퇴직 간부 추도회 참석

〈1990년 5월 27일 (음력5월 4일)〉일요일
날씨 개임
집에서 일함, 회신(일본)

〈1990년 5월 28일 (음력5월 5일)〉월요일
날씨 비, 개임
집에서 일함, 공장 노동

〈1990년 5월 29일 (음력5월 6일)〉화요일
날씨 흐림, 비
유치원 운동회, 공장 노동, 교원 회의 조동
소개, 소풍

〈1990년 5월 30일 (음력5월 7일)〉수요일
날씨 흐림, 비
자전거 수리, 공장 노동

〈1990년 5월 31일 (음력5월 8일)〉목요일
날씨 흐림, 비
교사 워크샵(밀강(密江))

〈1990년 6월 1일 (음력5월 9일)〉금요일 날
씨 흐림, 비
연길(延吉)에 감, 신풍(新風)발전촌 탄산수
공장

영진 4차 모의고사: 정치 73, 조문 86, 한어
98, 수학 60, 일어 83, 물리 36, 화학 51, 생물

28 =431

료공장에서 노동

〈1990년 6월 2일 (음력5월 10일)〉 토요일
날씨 개임, 비
재료 구매, 연길(延吉)에서 돌아옴

〈1990년 6월 3일 (음력5월 11일)〉 일요일
날씨 개임
출근, 상과, 공장 노동

〈1990년 6월 4일 (음력5월 12일)〉 월요일
날씨 개임
영진(永珍) 가정상황 등기표 작성, 적극분자
등기표 작성

〈1990년 6월 5일 (음력5월 13일)〉 화요일
날씨 흐림, 비
비 당원 적극분자 등기표 인쇄, 박교장 지원
조 회의 개최

〈1990년 6월 6일 (음력5월 14일)〉 수요일
날씨 흐림, 비
지원조 회의 개최 음료공장 관련 문제, 오후
에 영화 봄 〈상감령(上甘岺)〉

〈1990년 6월 7일 (음력5월 15일)〉 목요일
날씨 흐림, 비
업무 봄, 병원 감, 퇴근후 태양(太陽)4대에 감

〈1990년 6월 8일 (음력5월 16일)〉 금요일
날씨 흐림, 비
숙부 생일, 태양(太陽)4대에서 출근, 오후 음

〈1990년 6월 9일 (음력5월 17일)〉 토요일
날씨 흐림, 비
덕, 육 교육 회보회의 참석

〈1990년 6월 10일 (음력5월 18일)〉 일요일
날씨 흐림, 비
학교에 탄산수 운반, TV 봄, 축구, 집안일

〈1990년 6월 11일 (음력5월 19일)〉 월요일
날씨 개임
방능(防凌)역에서 탄산수 화험 진행, 학교에
서 책걸상 40세트 구매

〈1990년 6월 12일 (음력5월 20일)〉 화요일
날씨 개임, 비
탄산수 판매(판석(板石)에 다녀옴)

〈1990년 6월 13일 (음력5월 21일)〉 수요일
날씨 개임, 비
하달문(哈達門)에 가 탄산수 판매, 공장 노동

〈1990년 6월 14일 (음력5월 22일)〉 목요일
날씨 흐림, 비
출근, 책봄 〈지부생활(支部生活)〉

〈1990년 6월 15일 (음력5월 23일)〉 금요일
날씨 흐림, 비
마천자(馬川子)에 가 탄산수 판매, 학교 실습
생 환송 초대회의 참석

〈1990년 6월 16일 (음력5월 24일)〉토요일
날씨 흐림
삼가자(三家子)에 가 탄산수 판매

〈1990년 6월 17일 (음력5월 25일)〉일요일
날씨 개임
유치원(4소) 소풍 참가

〈1990년 6월 18일 (음력5월 26일)〉월요일
날씨 흐림, 비
탄산수 공장 하수도 청결, 시정 관리처 흙 운
반

〈1990년 6월 19일 (음력5월 27일)〉화요일
날씨 흐림, 개임
2소 탄산수 공장에 다녀옴

〈1990년 6월 20일 (음력5월 28일)〉수요일
날씨 개임
2소 탄산수 공장에 다녀옴

〈1990년 6월 21일 (음력5월 29일)〉목요일
날씨 흐림
탄산수 공장 노동(2소 탄산수 공장에 가 박
스로 끌고 옴)

〈1990년 6월 22일 (음력5월 30일)〉금요일
날씨 흐림
출장비 계산(도노(圖魯) -〉연길(延吉) - 6
월 , 일본에서 편지 받음, 자전거 수리

〈1990년 6월 23일 (음력5월 1일)〉토요일

날씨 비, 개임
탄산수 공장 노동, 자전거 수리, 지부대회 참
석

〈1990년 6월 24일 (음력5월 2일)〉일요일
날씨 비, 개임
탄산수 공장 노동, 자전거 수리, 손목시계 수
리, 오이 거치대 만듦

〈1990년 6월 25일 (음력5월 3일)〉월요일
날씨 개임
목재 창고에 다녀옴, 법신상식, 도시 규획법
시험

〈1990년 6월 26일 (음력5월 4일)〉화요일
날씨 흐림
법신 상식시험지 채점

〈1990년 6월 27일 (음력5월 5일)〉수요일
날씨 개임
교육국 당 위원회《7.1》총결 표창대회, 영화
봄

〈1990년 6월 28일 (음력5월 6일)〉목요일
날씨 흐림
소선대 대대부, 환경보호 대회

〈1990년 6월 29일 (음력5월 7일)〉금요일
날씨 흐림
탄산수 공장 노동

〈1990년 6월 30일 (음력5월 8일)〉토요일

날씨 흐림
〈학교 교육 심리학〉 보도 시청, 판석(板石)각 학교 령도 환송회 개최, 기념품 - 전자시계

〈1990년 7월 1일 (음력5월 9일)〉 일요일 날씨 개임
학교 교육 심리학 시험 참가

〈1990년 7월 2일 (음력5월 10일)〉 월요일 날씨 흐림
탄산수 공장 장부 계산

〈1990년 7월 3일 (음력5월 11일)〉 화요일 날씨 비
연수학교에 다녀옴, 호준(浩俊), 승일(承日) 접대

〈1990년 7월 4일 (음력5월 12일)〉 수요일 날씨 비
탄산수 공장 장부 계산완료, 표말 거치, 창일(昌日) 가족 만두 빚음

〈1990년 7월 5일 (음력5월 13일)〉 목요일 날씨 개임
영안(英安) 발령(향정부 직공 사회관계)

〈1990년 7월 6일 (음력5월 14일)〉 금요일 날씨 개임
탄산수 문제 관련 회의 , 광횡(光宏) 집에 돌아옴, 교원 대회 참석 기말 작업 안배, 복순(福順) 집에 옴.

〈1990년 7월 7일 (음력5월 15일)〉 토요일 날씨 개임
영안(英安) 발령 처리 완료, 지원조 회의 개최 탄산수 공장 문제

〈1990년 7월 8일 (음력5월 16일)〉 일요일 날씨 비
탄산수 공장 기계 수리, 시험지 채점

〈1990년 7월 9일 (음력5월 17일)〉 월요일 날씨 흐림
점수 채점, 통계, 기말 작업, 정리 작업

〈1990년 7월 10일 (음력5월 18일)〉 화요일 날씨 비
졸업, 졸업식 준비 작업

영진 대학입시 성적: 정치 84, 한어 83, 수학 57, 물리 57, 화학 39, 생물 38, 일어 90, 조문 97=455점

〈1990년 7월 11일 (음력5월 19일)〉 수요일 날씨 비
졸업식, 영화 봄

〈1990년 7월 12일 (음력5월 20일)〉 목요일 날씨 비
학교 총결, 탄산수 공장 승포(회의 개최)

〈1990년 7월 13일 (음력5월 21일)〉 금요일 날씨 비
직일, 탄산수 공장 화물, 기초 건설팀 개공

〈1990년 7월 14일 (음력5월 22일)〉 토요일
날씨 개임
학교에 가 탄산수 병 수량 체크, 기술원 접대

〈1990년 7월 15일 (음력5월 23일)〉 일요일
날씨 흐림
학교 다녀옴, 복순(福順) 옴

〈1990년 7월 16일 (음력5월 24일)〉 월요일
날씨 흐림
훈춘(琿春)에서 도문(圖們), 판석(板石)소학
교 교원 여행 다녀옴

〈1990년 7월 17일 (음력5월 25일)〉 화요일
날씨 개임
도문(圖們)에서 동경성(東景城) -〉 폭포촌
(瀑布村)

〈1990년 7월 18일 (음력5월 26일)〉 수요일
날씨 비
폭포촌(瀑布村) -〉 경박호(鏡泊湖) -〉 동경
성(東景城) -〉 녹도(鹿道)

〈1990년 7월 19일 (음력5월 27일)〉 목요일
날씨 비
녹도(鹿道) -〉 도문(圖們) -〉 연길(延吉)

〈1990년 7월 20일 (음력5월 28일)〉 금요일
날씨 흐림
연길(延吉)에 가 놈, 연길(延吉)공원 참관

〈1990년 7월 21일 (음력5월 29일)〉 토요일

날씨 흐림
연길(延吉)에서 훈춘(琿春)에 감

〈1990년 7월 22일 (음력6월 1일)〉 일요일
날씨 개임
학교에 상황확인, 주 중점 고중 축구시합 관
람

〈1990년 7월 23일 (음력6월 2일)〉 월요일
날씨 개임
탄산수 공장 생산 시작, 〈5.1〉상점에 다녀옴,
연변대학에서 학교로 보도 지도 내려옴, 접
대

〈1990년 7월 24일 (음력6월 3일)〉 화요일
날씨 소나기
학교에 감(종일)

〈1990년 7월 25일 (음력6월 4일)〉 수요일
날씨 개임
〈5.1〉상점 다녀옴, 오후에 학교에 감

〈1990년 7월 26일 (음력6월 5일)〉 목요일
날씨 개임
식품 작업 회의에 참석, 학교 감, 영진(永珍)
병원 감

〈1990년 7월 27일 (음력6월 6일)〉 금요일
날씨 비
학교에 감(온종일), 우물 수리

〈1990년 7월 28일 (음력6월 7일)〉 토요일

날씨 비, 개임
학교에 감, 업무 봄, 대학교 입시 성적 발표
(영진(永珍))

〈1990년 7월 29일 (음력6월 8일)〉 일요일
날씨 개임
학교에 놀러감(오전, 오후)

〈1990년 7월 30일 (음력6월 9일)〉 월요일
날씨 개임
김련옥(金連玉) 장례식 참가(림성보(林成
寶) 아내 사망), 복순(福順), 광춘(光春) 집에
옴

〈1990년 7월 31일 (음력6월 10일)〉 화요일
날씨 흐림
학교에 업무 보러 감, 학교 어제부터 페인트
작업 함

〈1990년 8월 1일 (음력6월 11일)〉 수요일
날씨 개임
학교에 업무 보러감, 페인트 작업 함

〈1990년 8월 2일 (음력6월 12일)〉 목요일
날씨 개임
학교에 업무 보러감, 페인트 작업 함, 광춘(光
春) 개학, 미옥(美玉) 집에 옴

〈1990년 8월 3일 (음력6월 13일)〉 금요일
날씨 개임
학교에 업무 보러감, 페인트 작업 함

〈1990년 8월 4일 (음력6월 14일)〉 토요일
날씨 흐림
학교 정산(탄산수 비용 접수), 풍구 기관 수
리

〈1990년 8월 5일 (음력6월 15일)〉 일요일
날씨 개임
학교 다녀옴, 장인어른 집에서 점심 식사 함

〈1990년 8월 6일 (음력6월 16일)〉 월요일
날씨 개임
학교 업무 보러 감, 페인트 칠 함, 손잡이 구
매

〈1990년 8월 7일 (음력6월 17일)〉 화요일
날씨 개임
학교 업무 보러 감, 오후에 정자(貞子) 대신
직일

〈1990년 8월 8일 (음력6월 18일)〉 수요일
날씨 흐림
학교에 다녀옴, 원학(元學) 연길(延吉)에서
집에 옴

〈1990년 8월 9일 (음력6월 19일)〉 목요일
날씨 비
학교 감, 회계 도와 흙 운반, 점심 회계 접대

〈1990년 8월 10일 (음력6월 20일)〉 금요일
날씨 비
집에서 휴식

〈1990년 8월 11일 (음력6월 21일)〉 토요일
날씨 개임
오전에 학교 숙직실 온돌 수리, 박서기 접대

〈1990년 8월 12일 (음력6월 22일)〉 일요일
날씨 비, 개임
원학(元學), 미옥(美玉) 연길(延吉) 돌아감
(영진(永珍)이도 감), 집에서 휴식, 승일(承
日), 창일(昌日) 집에 와 접대

〈1990년 8월 13일 (음력6월 23일)〉 월요일
날씨 개임, 비
학교에 업무 보러 감, 오후에 집에서 업무 봄
(오이 마늘 절임, 항아리 주위 그늘지게 하는
법)

〈1990년 8월 14일 (음력6월 24일)〉 화요일
날씨 개임
학교에 업무 보러 감, 리영 진료소 약 삼

〈1990년 8월 15일 (음력6월 25일)〉 수요일
날씨 개임
학교에 감, 신명(新明), 하남(河南)대교 참관,
오후에 학교에 감

〈1990년 8월 16일 (음력6월 26일)〉 목요일
날씨 개임
학교에 감, 교육국에서 퇴직 간부 회의 개최

〈1990년 8월 17일 (음력6월 27일)〉 금요일
날씨 개임
김금준(金錦俊) 누나 추도회 참석

〈1990년 8월 18일 (음력6월 28일)〉 토요일
날씨 개임
오전에 교통대대에 감(장백산(長白山) 참관
준비)

〈1990년 8월 19일 (음력6월 29일)〉 일요일
날씨 비
학교에 가 교원회의 참가,(장백산(長白山)
참관 준비)

〈1990년 8월 20일 (음력7월 1일)〉 월요일
날씨 비
훈춘(琿春) ->도문(圖們) ->연길(延吉) ->
룡정(龍井) ->화룡(和龍) ->이도백하(二道
白河)

〈1990년 8월 21일 (음력7월 2일)〉 화요일
날씨 흐림
이도백하(二道白河) ->장백산(長白山) ->
이도백하(二道白河)

〈1990년 8월 22일 (음력7월 3일)〉 수요일
날씨 비
이도백하(二道白河) ->화룡(和龍) ->룡정
(龍井) ->연길(延吉) ->도문(圖們) ->훈춘
(琿春)

〈1990년 8월 23일 (음력7월 4일)〉 목요일
날씨 개임
학교에 가 신문 봄, 오후에 자전거 수리

〈1990년 8월 24일 (음력7월 5일)〉 금요일

날씨 개임

주 중학생 축구 시합 관람

〈1990년 8월 25일 (음력7월 6일)〉 토요일

날씨 개임

학교에서 교과서 배부(오전, 오후)

〈1990년 8월 26일 (음력7월 7일)〉 일요일

날씨 개임

교원 출근, 체육, 음악선생 함께 창문 안장

〈1990년 8월 27일 (음력7월 8일)〉 월요일

날씨 개임

교원 회의 개학 초 작업 내용 배치

〈1990년 8월 28일 (음력7월 9일)〉 화요일

날씨 흐림

담장 파손 부위 확인

〈1990년 8월 29일 (음력7월 10일)〉 수요일

날씨 흐림

1학년 교과서 배부, 책걸상 운반

〈1990년 8월 30일 (음력7월 11일)〉 목요일

날씨 개임

담장 수리, 온종일 노동, 채소 심음

〈1990년 8월 31일 (음력7월 12일)〉 금요일

날씨 개임, 흐림

휴식일, 정부 기관 운동회 관람, 창일(昌日)

생일

〈1990년 9월 1일 (음력7월 13일)〉 토요일

날씨 흐림

개학, 창문유리 설치 등 노동, 전교 오전 실내

대청소, 오후 실외 대청소

박 교장과 대화 자연과 교학 담당, 노동 교육

국 문제 담당

〈1990년 9월 2일 (음력7월 14일)〉 일요일

날씨 비

출근, 창문유리 설치 등 노동, 동생 정웅(廷

雄) 집에 옴, 오후에 휴식

〈1990년 9월 3일 (음력7월 15일)〉 월요일

날씨 개임

휴식일(9.3), 집에서 일함

〈1990년 9월 4일 (음력7월 16일)〉 화요일

날씨 개임

출근, 4학년 3개 반 자연 가르침

〈1990년 9월 5일 (음력7월 17일)〉 수요일

날씨 개임

교육국 회의 참가(문화교육조, 교장), 오후

정원 대회 계획 통과 등

〈1990년 9월 6일 (음력7월 18일)〉 목요일

날씨 개임

4학년 자연(1,2) 가르침, 영화 봄, 운당장 노

동 (6학년)

〈1990년 9월 7일 (음력7월 19일)〉 금요일

날씨 개임

학교 담장 수리, 운동장 노동(5학년)

〈1990년 9월 8일 (음력7월 20일)〉 토요일
날씨 비
철학 학습 숙제 인쇄

〈1990년 9월 9일 (음력7월 21일)〉 일요일
날씨 개임
전체 교사 가을 소풍(교사절 경축), 영진(永
珍) 연길(延吉)에 감

〈1990년 9월 10일 (음력7월 22일)〉 월요일
날씨 개임
교사절 경축, 교육국에서 대회 개최, 남교원
생활 정의

〈1990년 9월 11일 (음력7월 23일)〉 화요일
날씨 개임
 4학년 자연 4절 가르침, 병 정리, 캐노피 수
리, 복순(福順)이 집에 옴

〈1990년 9월 12일 (음력7월 24일)〉 수요일
날씨 개임
연길(延吉)에 감, 자전거 줌, 학교 일 처리

〈1990년 9월 13일 (음력7월 25일)〉 목요일
날씨 개임
연길(延吉)에 가 학교 확성기 구매(1470원)

〈1990년 9월 14일 (음력7월 26일)〉 금요일
날씨 개임
모래 등 가져옴, 오후에 유리 설치, 연길(延

吉)에서 훈춘(琿春)에 감

〈1990년 9월 15일 (음력7월 27일)〉 토요일
날씨 개임
간조 시간 교원 회의 개최 학교 검사 관련,
교원 노동

〈1990년 9월 16일 (음력7월 28일)〉 일요일
날씨 개임
교사 출근 노동 학교 숙사 수리(종일)

〈1990년 9월 17일 (음력7월 29일)〉 월요일
날씨 개임
2절 후 교사 동원 학교 숙사 수리

〈1990년 9월 18일 (음력7월 30일)〉 화요일
날씨 개임
1절 후 대청소, 영화 봄, 오후 3절 봄, 성, 주
학교 방문 숙사 검사

〈1990년 9월 19일 (음력8월 1일)〉 수요일
날씨 개임
브러쉬 세척 등, 오후 정치 학습 공회 통과,
소년 선봉대 교무 계획, 동생 생일

〈1990년 9월 20일 (음력8월 2일)〉 목요일
날씨 개임
4학년 자연 3절 가르침

〈1990년 9월 21일 (음력8월 3일)〉 금요일
날씨 개임
5학년 자연 3절 가르침(1,2,3반), 감자 삼

(160근) 학교에서 통일 구매

〈1990년 9월 22일 (음력8월 4일)〉 토요일
날씨 개임
교안 작성, 아시아 운동회 실황 채널 관람(학
교 TV)

〈1990년 9월 23일 (음력8월 5일)〉 일요일
날씨 개임
집에서 TV 봄, 아시아 운동회 실황 등

〈1990년 9월 24일 (음력8월 6일)〉 월요일
날씨 개임
5학년 자연 3절 가르침, 수업 준비 등

〈1990년 9월 25일 (음력8월 7일)〉 화요일
날씨 개임
4학년 자연 3절 가르침, 수업 준비 등

〈1990년 9월 26일 (음력8월 8일)〉 수요일
날씨 개임
업무 봄(전기자재 구매), 학교 전기 설치, 영
화 봄

〈1990년 9월 27일 (음력8월 9일)〉 목요일
날씨 비
4학년 3절 자연 가르침, 학교에서 고구마 구
매하여 교사들에게 배부

〈1990년 9월 28일 (음력8월 10일)〉 금요일
날씨 개임
5학년 자연 3절 가르침

〈1990년 9월 29일 (음력8월 11일)〉 토요일
날씨 개임
리영 희상 환갑잔치 참석, 교원 배구 시합

〈1990년 9월 30일 (음력8월 12일)〉 일요일
날씨 흐림, 비
학교 가을 소풍

〈1990년 10월 1일 (음력8월 13일)〉 월요일
날씨 개임
집에서 휴식, 종일 TV 봄, 아시아 운동회

〈1990년 10월 2일 (음력8월 14일)〉 화요일
날씨 개임
집에서 노동, 채소 수확, 가지 등 노동

〈1990년 10월 3일 (음력8월 15일)〉 수요일
날씨 개임
휴식, 9월 29일 광춘(光春) 집에 가다가 다
침, 복순(福順), 광춘(光春) 집에 도착

〈1990년 10월 4일 (음력8월 16일)〉 목요일
날씨 흐림
출근, 4학년 자연 3절 가르침, 승일(承日) 집
에서 접대

〈1990년 10월 5일 (음력8월 17일)〉 금요일
날씨 흐림, 개임
5학년 자연 3절 가르침

〈1990년 10월 6일 (음력8월 18일)〉 토요일
날씨 개임

교원 회의 개학 이래 작업 총결 및 배치, 회계 접대, 국진(國珍) 편지 받음

〈1990년 10월 7일 (음력8월 19일)〉 일요일 날씨 개임
휴식, 저녁에 TV로 아시아 운동회 폐막식 봄

〈1990년 10월 8일 (음력8월 20일)〉 월요일 날씨 추움
5학년 자연 3절 가르침

〈1990년 10월 9일 (음력8월 21일)〉 화요일 날씨 개임
4학년 자연 3절 가르침

〈1990년 10월 10일 (음력8월 22일)〉 수요일 날씨 개임
지부 대회 김금준(金錦俊) 당 전이, 국진(國珍) 편지 받음, 정자(貞子) 입당.

〈1990년 10월 11일 (음력8월 23일)〉 목요일 날씨 개임
4학년 자연 3절 가르침

〈1990년 10월 12일 (음력8월 24일)〉 금요일 날씨 개임
오후 대대부 연출 공연

〈1990년 11월 20일 (음력10월 4일)〉 화요일 날씨 바람
4학년 자연 3절 가르침, 김준민(金俊敏) 접대

〈1990년 11월 21일 (음력10월 5일)〉 수요일 날씨 개임
4학년 자연 1절, 오후에 교육국 당 위원회 회의 참가, 시사 보고회

〈1990년 11월 22일 (음력10월 6일)〉 목요일 날씨 개임
4학년 자연 2절 가르침, 교육학 학습 숙제

〈1990년 11월 23일 (음력10월 7일)〉 금요일 날씨 개임
5학년 자연 3절 가르침, 교육학 학습 숙제

〈1990년 11월 24일 (음력10월 8일)〉 토요일 날씨 비
4학년 자연 1절 가르침, 당지부 회의(입당 의식 - 정자(貞子)), 새로 발령 온 선생 접대, 출금 -(3년 저축)

〈1990년 11월 25일 (음력10월 9일)〉 일요일 날씨 비
휴식

〈1990년 11월 26일 (음력10월 10일)〉 월요일 날씨 개임
5학년 자연 3절 가르침, 학교 노동 노트 운반

〈1990년 11월 27일 (음력10월 11일)〉 화요일 날씨 개임
4학년 자연 3절 가르침, 공회소조별 생활 회의

〈1990년 11월 28일 (음력10월 12일)〉 수요
일 날씨 개임
자연과 단원연습 답안 작성

〈1990년 11월 29일 (음력10월 13일)〉 목요
일 날씨 개임
4학년 자연 3절 가르침(진도 연구)

〈1990년 11월 30일 (음력10월 14일)〉 금요
일 날씨 흐림
5학년 자연 3절 가르침

〈1990년 12월 1일 (음력10월 15일)〉 토요
일 날씨 눈
자연 단원 연습 답안, 교원 회의(교육 경험
교류회), 김금준(金錦俊) 자식 생일 접대

〈1990년 12월 2일 (음력10월 16일)〉 일요
일 날씨 개임
제설

〈1990년 12월 3일 (음력10월 17일)〉 월요
일 날씨 개임
5학년 자연 3절 가르침(진도 연구), 점심 회
계 접대, 제설 노동

〈1990년 12월 4일 (음력10월 18일)〉 화요
일 날씨 개임
4학년 자연 3절 가르침(단원 연습)

〈1990년 12월 5일 (음력10월 19일)〉 수요
일 날씨 개임

자연 단원 연습 답안, 저녁에 스케이트장 관
수 노동

〈1990년 12월 6일 (음력10월 20일)〉 목요
일 날씨 개임
4학년 자연 3절 가르침, 연길(延吉)에서 영진
(永珍)이 편지 받음, 스케이트장 관수 노동

〈1990년 12월 7일 (음력10월 21일)〉 금요
일 날씨 개임
5학년 자연 3절 가르침, 스케이트장 관수 노
동

〈1990년 12월 8일 (음력10월 22일)〉 토요
일 날씨 개임
교사 노동일 통계, 오후 사생 영화 관람, 편지
발송, 송금(50위안), 영진(永珍)

〈1990년 12월 9일 (음력10월 23일)〉 일요
일 날씨 개임
복순(福順), 동춘(東春) 집에 들였다가 창일
(창일)집에 가 점심식사, 화장실 수리

〈1990년 12월 10일 (음력10월 24일)〉 월요
일 날씨 개임
5학년 자연 3절 가르침, 대출 반납

〈1990년 12월 11일 (음력10월 25일)〉 화요
일 날씨 개임
4학년 자연 3절 가르침

〈1990년 12월 12일 (음력10월 26일)〉 수요

일 날씨 개임
연길(延吉)에서 학교 인쇄기 부품 구매, 미옥
(美玉) 집에서 머무름

〈1990년 12월 13일 (음력10월 27일)〉 목요
일 날씨 개임
연길(延吉)에서 학교 인쇄기 부품 구매, 2시
반에 학교에 도착

〈1990년 12월 14일 (음력10월 28일)〉 금요
일 날씨 개임
5학년 자연 3절 가르침, 출근 뒤 스케이트 장
관수 노동

〈1990년 12월 15일 (음력10월 29일)〉 토요
일 날씨 개임
스케이트 장 관수 노동

〈1990년 12월 16일 (음력10월 30일)〉 일요
일 날씨 개임
량식 수령, 벼짚 구매 등 노동, 장인어른 다녀
감

〈1990년 12월 17일 (음력11월 1일)〉 월요
일 날씨 개임
5학년 3년 자연 가르침, 교원 대회 년말 총평
관련

〈1990년 12월 18일 (음력11월 2일)〉 화요
일 날씨 개임
4학년 자연 3절 가르침, 교원대회(소조) – 년
말 총평 관련, 석탄 2톤 반 구매

〈1990년 12월 19일 (음력11월 3일)〉 수요
일 날씨 개임
4, 5학년 자연 기말시험지 출제, 교원 대회
선진 교사 선발

〈1990년 12월 20일 (음력11월 4일)〉 목요
일 날씨 눈
5학년 자연 3절 가르침, 4학년 자연 시험 문
제 작성

〈1990년 12월 21일 (음력11월 5일)〉 금요
일 날씨 눈
5학년 자연 가르침, 오후에 영화 봄 〈엄마 한
번 더 나를 사랑해줘(媽媽 在愛我一次)〉

〈1990년 12월 22일 (음력11월 6일)〉 토요
일 날씨 눈
제설, 관수 등 노동, 지도부, 남 교원 생활 정
의

〈1990년 12월 23일 (음력11월 7일)〉 일요
일 날씨 개임
장인어른 집에서 신정(元旦) 보냄

〈1990년 12월 24일 (음력11월 8일)〉 월요
일 날씨 개임
5학년 자연 2절 가르침, 박순옥(朴順玉) 선생
님 전체 교사 접대

〈1990년 12월 25일 (음력11월 9일)〉 화요
일 날씨 개임
연수 4, 5학년 기말 시험

〈1990년 12월 26일 (음력11월 10일)〉 수요
일 날씨 눈
출근, 채점(5-2 자연), 교내 교육 학회 – 년
회, 백남길(白南吉) 딸 집에 놀러감,

〈1990년 12월 27일 (음력11월 11일)〉 목요
일 날씨 개임
채점(5-1 자연), 오후 사생 휴식

〈1990년 12월 28일 (음력11월 12일)〉 금요
일 날씨 개임
채점(5-3 자연), 오후 학교 제설 노동, 교육
학 학습 숙제 작성

〈1990년 12월 29일 (음력11월 13일)〉 토요
일 날씨 개임
채점(4-1, 4-2 자연)당 소조 회의, 오후 광춘
(光春), 판석(板石)에 감

〈1990년 12월 30일 (음력11월 14일)〉 일요
일 날씨 개임
채점(4-2, 4-3 자연)

〈1990년 12월 31일 (음력11월 15일)〉 월요
일 날씨 눈
교내 대회, 교내 교원 총결 좌담회.

1991년

〈1991년 1월 1일(음력 11월 16일)〉 화요일
날씨 맑음
신정 보냄, 제설작업, 창일(昌日) 왔다 감

〈1991년 1월 2일(음력 11월 17일)〉 수요일
날씨 맑음
창일(昌日)집에서 신정 보냄,

〈1991년 1월 3일(음력 11월 18일)〉 목요일
날씨 맑음
출근, 자연수업 성적 통계

〈1991년 1월 4일(음력 11월 19일)〉 금요일
날씨 맑음
출근, 자연수업 성적 통계, 약초구입, 스케이
트장 관수

〈1991년 1월 5일(음력 11월 20일)〉 토요일
날씨 맑음
출근, 화장실 정비

〈1991년 1월 6일(음력 11월 21일)〉 일요일
날씨 맑음
자전거 수리

〈1991년 1월 7일(음력 11월 22일)〉 월요일
날씨 맑음
스케이트장 관수

〈1991년 1월 8일(음력 11월 23일)〉 화요일
날씨 맑음
4~5학년 자연성적 등기표

〈1991년 1월 9일(음력 11월 24일)〉 수요일
날씨 맑음
기말시험-수학, 한어문, 조선어문, 5학년3반
자연보충시험

〈1991년 1월 10일(음력 11월 25일)〉 목요
일 날씨 맑음
지부총결자료 작성

〈1991년 1월 11일(음력 11월 26일)〉 금요
일 날씨 맑음
월급명세표 작성,

〈1991년 1월 12일(음력 11월 27일)〉 토요
일 날씨 맑음
출근, 신문열람

〈1991년 1월 13일(음력 11월 28일)〉 일요일 날씨 맑음
사생등교, 각 반급선발, 스케이트장 관수

〈1991년 1월 14일(음력 11월 29일)〉 월요일 날씨 맑음
각 반급표창, 겨울방학황동계획,

〈1991년 1월 15일(음력 11월 30일)〉 화요일 날씨 흐림
학교총결, 교사 연출활동

〈1991년 1월 16일(음력 12월 1일)〉 수요일 날씨 눈
집에서 휴식

〈1991년 1월 17일(음력 12월 2일)〉 목요일 날씨 맑음
학교에서 신문열람, 석탄운반

〈1991년 1월 18일(음력 12월 3일)〉 금요일 날씨 추움
학교에서 신문열람, 자전거 수리, 이발

〈1991년 1월 19일(음력 12월 4일)〉 토요일 날씨 추움
원학(元學) 모친환갑 참석

〈1991년 1월 20일(음력 12월 5일)〉 일요일 날씨 흐림
원학(元學) 모친환갑 참석

〈1991년 1월 21일(음력 12월 6일)〉 월요일 날씨 맑음
원학(元學) 집에서 휴식

〈1991년 1월 22일(음력 12월 7일)〉 화요일 날씨 맑음
연길(延吉)에서 귀가

〈1991년 1월 23일(음력 12월 8일)〉 수요일 날씨 맑음
학교교육학 시험 참가

〈1991년 1월 24일(음력 12월 9일)〉 목요일 날씨 맑음
학교에 감

〈1991년 1월 25일(음력 12월 10일)〉 금요일 날씨 눈
담장수리

〈1991년 1월 26일(음력 12월 11일)〉 토요일 날씨 추움
페인트 작업

〈1991년 1월 27일(음력 12월 12일)〉 일요일 날씨 맑음
승일(承日)이사 도움

〈1991년 1월 28일(음력 12월 13일)〉 월요일 날씨 맑음
승일(承日)집 부엌 작업 함

〈1991년 1월 29일(음력 12월 14일)〉 화요일 날씨 맑음

학교에 다녀옴

〈1991년 1월 30일(음력 12월 15일)〉 수요일 날씨 맑음

자전거 수리, 연길(延吉)에서 전화가 와서 아내가 감

〈1991년 1월 31일(음력 12월 16일)〉 목요일 날씨 맑음

광춘(光春) 약 받아옴, 국진(國珍)에게 편지함

〈1991년 2월 1일(음력 12월 17일)〉 금요일 날씨 맑음

석탄가스 구매 함

〈1991년 2월 2일(음력 12월 18일)〉 토요일 날씨 맑음

학교 고목을 교체

〈1991년 2월 3일(음력 12월 19일)〉 일요일 날씨 맑음

오전 박 교장과 함께 나무판자 가져옴, 오후 풍철(風哲) 재혼식 참석

〈1991년 2월 4일(음력 12월 20일)〉 월요일 날씨 맑음

학교에 감, 박 교장집에서 토론 함

〈1991년 2월 5일(음력 12월 21일)〉 화요일 날씨 맑음

집에서 신문 열독

〈1991년 2월 6일(음력 12월 22일)〉 수요일 날씨 맑음

진료소에서 약초 받아옴, 아내가 연길(延吉)에서 돌아 옴

〈1991년 2월 7일(음력 12월 23일)〉 목요일 날씨 맑음

진료소에서 약초 받아옴, 집에서 신문열독

〈1991년 2월 8일(음력 12월 24일)〉 금요일 날씨 맑음

진료소에서 진료 받음, 학교에서 돌아옴

〈1991년 2월 9일(음력 12월 25일)〉 토요일 날씨 맑음

집에서 장갑 수선 함, 아내가 아파서 약 먹음

〈1991년 2월 10일(음력 12월 26일)〉 일요일 날씨 맑음

광춘(光春) 집에 돌아 옴, 학교에 다녀 옴

〈1991년 2월 11일(음력 12월 27일)〉 월요일 날씨 맑음

학교에 다녀옴, 화장실 수선

〈1991년 2월 12일(음력 12월 28일)〉 화요일 날씨 맑음

학교에 다녀옴, 월급날, 생활개선

〈1991년 2월 13일(음력 12월 29일)〉 수요일 날씨 맑음
학교에서 건축자재 구입함

〈1991년 2월 14일(음력 12월 30일)〉 목요일 날씨 맑음
학교에서 사이다 가져옴 태양(太陽) 4대 감

〈1991년 2월 15일(음력 1월 1일)〉 금요일 날씨 맑음
삼촌집에서 구정 보냄, 태양(太陽)에서 돌아옴

〈1991년 2월 16일(음력 1월 2일)〉 토요일 날씨 맑음
집에서 휴식, 국진(國珍) 친구들이 놀러 옴

〈1991년 2월 17일(음력 1월 3일)〉 일요일 날씨 맑음
오전 집에서 휴식, 오후 학교에 다녀 옴

〈1991년 2월 18일(음력 1월 4일)〉 월요일 날씨 눈
연길(延吉) 미옥(美玉) 집에 감

〈1991년 2월 19일(음력 1월 5일)〉 화요일 날씨 맑음
사돈댁에서 접대 함

〈1991년 2월 20일(음력 1월 6일)〉 수요일 날씨 맑음
연길(延吉)에서 귀가, 승일(承日) 집에 감

〈1991년 2월 21일(음력 1월 7일)〉 목요일 날씨 눈
승일(承日) 집에서 귀가

〈1991년 2월 22일(음력 1월 8일)〉 금요일 날씨 맑음
집에서 신문 열람, 광춘(光春) 집에 옴

〈1991년 2월 23일(음력 1월 9일)〉 토요일 날씨 바람
학교 식품공장에서 업무 봄

〈1991년 2월 24일(음력 1월 10일)〉 일요일 날씨 바람
학교 식품공장에서 업무 봄

〈1991년 2월 25일(음력 1월 11일)〉 월요일 날씨 바람
교사 출근, 교원회의

〈1991년 2월 26일(음력 1월 12일)〉 화요일 날씨 맑음
학교 식품공장에서 업무 봄, 교사수업준비

〈1991년 2월 27일(음력 1월 13일)〉 수요일 날씨 맑음
학교 식품공장에서 업무 봄, 대청소, 교사 수업준비

〈1991년 2월 28일(음력 1월 14일)〉 목요일 날씨 눈
수업준비, 장모님 부상입어 아내가 병문안 감

〈1991년 3월 1일(음력 1월 15일)〉 금요일
날씨 맑음
정월대보름 집에서 지냄, 아내가 연길(延吉)
에서 돌아 옴

〈1991년 3월 2일(음력 1월 16일)〉 토요일
날씨 맑음
학생개학, 겨울방학 총결

〈1991년 3월 3일(음력 1월 17일)〉 일요일
날씨 맑음
오전 수업, 오후 휴식

〈1991년 3월 4일(음력 1월 18일)〉 월요일
날씨 맑음
학교 식품공장에서 페인트 노동 함

〈1991년 3월 5일(음력 1월 19일)〉 화요일
날씨 흐림
간부등기표 작성

〈1991년 3월 6일(음력 1월 20일)〉 수요일
날씨 맑음
간부등기표 작성, 오후 교원회의- 겨울방학
총결

〈1991년 3월 7일(음력 1월 21일)〉 목요일
날씨 맑음
간행물 열람

〈1991년 3월 8일(음력 1월 22일)〉 금요일
날씨 흐림

오전 수업, 오후 〈3.8〉부녀절 활동

〈1991년 3월 9일(음력 1월 23일)〉 토요일
날씨 맑음
병가, 오후 박교장 방문 함

〈1991년 3월 10일(음력 1월 24일)〉 일요일
날씨 맑음
집에서 휴식,

〈1991년 3월 11일(음력 1월 25일)〉 월요일
날씨 흐림
오후 김주임과 같이 도문(圖們)을 거쳐 장춘
(長春)에 감

〈1991년 3월 12일(음력 1월 26일)〉 화요일
날씨 눈
장춘(長春)에 도착, 오전 휴식, 오후 식품공
장 설비구입

〈1991년 3월 13일(음력 1월 27일)〉 수요일
날씨 맑음
장춘(長春)에서 업무 봄

〈1991년 3월 14일(음력 1월 28일)〉 목요일
날씨 맑음
장춘(長春)에서 업무 봄, 저녁에 귀가 열차
탐

〈1991년 3월 15일(음력 1월 29일)〉 금요일
날씨 맑음
도문(圖們)에 도착, 훈춘(?春)에 돌아 옴

〈1991년 3월 16일(음력 2월 1일)〉 토요일
날씨 맑음
출근

〈1991년 3월 17일(음력 2월 2일)〉 일요일
날씨 맑음
연수학교에 다녀 옴, 일본에 편지 보냄, 승일
(承日) 생일

〈1991년 3월 18일(음력 2월 3일)〉 월요일
날씨 눈
박 교장과 토론 함, 경자(京子) 선생님 따님
생일

〈1991년 3월 19일(음력 2월 4일)〉 화요일
날씨 비
학교 식품공장 대문 장착, 지부대회-지부위
원 개선

〈1991년 3월 20일(음력 2월 5일)〉 수요일
날씨 바람
오후 교원대회-각 부문계획 심사

〈1991년 3월 21일(음력 2월 6일)〉 목요일
날씨 맑음
지부위원회의-분공작업

〈1991년 3월 22일(음력 2월 7일)〉 금요일
날씨 바람
91년 교육국계획 학습,

〈1991년 3월 23일(음력 2월 8일)〉 토요일

날씨 맑음
당지부계획 작성, 사상품덕 교사등기표 작성

〈1991년 3월 24일(음력 2월 9일)〉 일요일
날씨 맑음
석탄 찌꺼기 처리

〈1991년 3월 25일(음력 2월 10일)〉 월요일
날씨 맑음
정화가(靖和街) 겨울방학활동 총결, 오후 식
품공장에서 노동

〈1991년 3월 26일(음력 2월 11일)〉 화요일
날씨 맑음
수업준비-교사정치학습 내용

〈1991년 3월 27일(음력 2월 12일)〉 수요일
날씨 눈
상품운반 작업

〈1991년 3월 28일(음력 2월 13일)〉 목요일
날씨 눈
수업준비-정치학습, 오후 교사정치학습

〈1991년 3월 29일(음력 2월 14일)〉 금요일
날씨 눈
지부업무계획 제정,

〈1991년 3월 30일(음력 2월 15일)〉 토요일
날씨 맑음
연수학교 사상품덕업무회의 참석, 연길(延
吉) 원학(元學)이 량식받으러 집에 옴

〈1991년 3월 31일(음력 2월 16일)〉 일요일
날씨 맑음
집에서 휴식, 장모님 약을 다림

〈1991년 4월 1일(음력 2월 17일)〉 월요일
날씨 맑음
지부계획 제정,

〈1991년 4월 2일(음력 2월 18일)〉 화요일
날씨 맑음
지부계획 제정,

〈1991년 4월 3일(음력 2월 19일)〉 수요일
날씨 맑음
도덕교육에 관한 문건 검토, 셋째 숙모 집에
옴

〈1991년 4월 4일(음력 2월 20일)〉 목요일
날씨 맑음
무명영웅사적 적음, 오후 사생들과 함께 열
사기념비에서 추도식 함

〈1991년 4월 5일(음력 2월 21일)〉 금요일
날씨 비
가사노동, 정원정리 및 마늘 파종

〈1991년 4월 6일(음력 2월 22일)〉 토요일
날씨 맑음
교원회의-기술간부 자료, 식품공장 전기 안
착 함

〈1991년 4월 7일(음력 2월 23일)〉 일요일
날씨 비
오전 수업, 오후 교생휴식, 기술간부 자료작
성

〈1991년 4월 8일(음력 2월 24일)〉 월요일
날씨 흐림
정치학습내용 준비, 학교 식품공장에서 실험
시작

〈1991년 4월 9일(음력 2월 25일)〉 화요일
날씨 맑음
기술간부 자료작성

〈1991년 4월 10일(음력 2월 26일)〉 수요일
날씨 흐림
정치학습내용 준비- 교사정치학습

〈1991년 4월 11일(음력 2월 27일)〉 목요일
날씨 맑음
당원연수시험

〈1991년 4월 12일(음력 2월 28일)〉 금요일
날씨 비
시험채점

〈1991년 4월 13일(음력 2월 29일)〉 토요일
날씨 비
의무교육법 선전방법 검토

〈1991년 4월 14일(음력 2월 30일)〉 일요일
날씨 맑음
집에서 밭에 비료를 줌, 휴식

〈1991년 4월 15일(음력 3월 1일)〉 월요일
날씨 맑음
지부계획 필사 함, 식수노동, 대청소

〈1991년 4월 16일(음력 3월 2일)〉 화요일
날씨 맑음
지부위원회의, 지부대회-지부계획 통과

〈1991년 4월 17일(음력 3월 3일)〉 수요일
날씨 맑음
연길(延吉)에서 투병중인 박 서기 병문안 감

〈1991년 4월 18일(음력 3월 4일)〉 목요일
날씨 맑음
2-1, 3-1, 4-3반 중대활동 감상

〈1991년 4월 19일(음력 3월 5일)〉 금요일
날씨 바람
유치원 장난감 장착, 식품공장 바닥공사

〈1991년 4월 20일(음력 3월 6일)〉 토요일
날씨 흐림
6학년 식수, 오후 교내식수 4~5학년 교사

〈1991년 4월 21일(음력 3월 7일)〉 일요일
날씨 맑음
집에서 밭갈이 작업

〈1991년 4월 22일(음력 3월 8일)〉 월요일
날씨 맑음
벌목노동,

〈1991년 4월 23일(음력 3월 9일)〉 화요일
날씨 맑음
벌목노동,

〈1991년 4월 24일(음력 3월 10일)〉 수요일
날씨 맑음
벌목노동, 배여란(裵麗蘭) 선생님 결혼식 참석

〈1991년 4월 25일(음력 3월 11일)〉 목요일
날씨 비
장인어른 생일, 날씨원인으로 벌목작업 중지

〈1991년 4월 26일(음력 3월 12일)〉 금요일
날씨 맑음
벌목작업, 감자 파종, 꿈점에서 저녁 먹음

〈1991년 4월 27일(음력 3월 13일)〉 토요일
날씨 맑음
벌목작업, 식당에서 저녁 먹음

〈1991년 4월 28일(음력 3월 14일)〉 일요일
날씨 맑음
학교 오전수업-남교원 휴식, 채소 파종

〈1991년 4월 29일(음력 3월 15일)〉 월요일
날씨 맑음
출근, 사상품덕 수업교안 연구, 연길(延吉)에서 전화 옴, 일본에서 편지 옴

〈1991년 4월 30일(음력 3월 16일)〉 화요일
날씨 비

목재 손질 작업, 오후 교원대회-소년선봉대 활동 회보

⟨1991년 5월 1일(음력 3월 17일)⟩ 수요일
날씨 흐림
휴식일, 직공운동회 참관

⟨1991년 5월 2일(음력 3월 18일)⟩ 목요일
날씨 흐림
휴식일, 집에서 노동

⟨1991년 5월 3일(음력 3월 19일)⟩ 금요일
날씨 맑음
4-2, 4-3반 사상품덕 수업방청, 원 선생님 장인 환갑 참석

⟨1991년 5월 4일(음력 3월 20일)⟩ 토요일
날씨 맑음
교무회의, 원학(元學) 연길(延吉)에서 옴

⟨1991년 5월 5일(음력 3월 21일)⟩ 일요일
날씨 맑음
제4소학교 남교원 집에 옴

⟨1991년 5월 6일(음력 3월 22일)⟩ 월요일
날씨 맑음
생일, 출근, 연수학교에서 선생님 3명이 수업 방청 함

⟨1991년 5월 7일(음력 3월 23일)⟩ 화요일
날씨 흐림
학교지도부 검사하러 옴

⟨1991년 5월 8일(음력 3월 24일)⟩ 수요일
날씨 비
시 위생국에서 검사하러 학교에 옴

⟨1991년 5월 9일(음력 3월 25일)⟩ 목요일
날씨 비
6학년 2교시 대리수업, 교원회의

⟨1991년 5월 10일(음력 3월 26일)⟩ 금요일
날씨 맑음
6학년 1교시 대리수업, 소풍준비, 지부법제교육

⟨1991년 5월 11일(음력 3월 27일)⟩ 토요일
날씨 비
소풍- 반급활동, 전교활동

⟨1991년 5월 12일(음력 3월 28일)⟩ 일요일
날씨 맑음
창일(昌日) 집에서 새집 구입문제 토론

⟨1991년 5월 13일(음력 3월 29일)⟩ 월요일
날씨 맑음
6학년 수학3교시, 중대위원회의

⟨1991년 5월 14일(음력 4월 1일)⟩ 화요일
날씨 비
6학년 3교시수업, 체육대 조직함, 연수학교 학교에 옴

⟨1991년 5월 15일(음력 4월 2일)⟩ 수요일
날씨 맑음

지도부와 체육교원 회의함, 6학년 수학 4교
시수업

〈1991년 5월 16일(음력 4월 3일)〉 목요일
날씨 맑음
당 수업 자료준비, 지도부와 체육교원 회의
함,

〈1991년 5월 17일(음력 4월 4일)〉 금요일
날씨 맑음
시 병원에 입원한 박 서기 위문,

〈1991년 5월 18일(음력 4월 5일)〉 토요일
날씨 비
전주 제2차 운동대회

〈1991년 5월 19일(음력 4월 6일)〉 일요일
날씨 맑음
〈장애인법〉 선전활동 참석

〈1991년 5월 20일(음력 4월 7일)〉 월요일
날씨 맑음
정치학습 자료준비

〈1991년 5월 21일(음력 4월 8일)〉 화요일
날씨 맑음
정치학습 자료준비

〈1991년 5월 22일(음력 4월 9일)〉 수요일
날씨 맑음
정치학습 자료준비, 오후 정치학습, 공회활동

〈1991년 5월 23일(음력 4월 10일)〉 목요일
날씨 맑음
당 수업 자료준비, 운동회 준비작업

〈1991년 5월 24일(음력 4월 11일)〉 금요일
날씨 맑음
당 수업 자료준비, 운동회 준비작업, 영화 감
상

〈1991년 5월 25일(음력 4월 12일)〉 토요일
날씨 흐림
교내운동대회

〈1991년 5월 26일(음력 4월 13일)〉 일요일
날씨 비
학교에 다녀옴, 2중 가장회동원보고 들음, 집
에서 휴식

〈1991년 5월 27일(음력 4월 14일)〉 월요일
날씨 맑음
당 수업 자료준비

〈1991년 5월 28일(음력 4월 15일)〉 화요일
날씨 맑음
2-2, 3-3반 수업방청, 아내 연길(延吉)에 감

〈1991년 5월 29일(음력 4월 16일)〉 수요일
날씨 맑음
2-1, 2-4반 사상품덕 수업,

〈1991년 5월 30일(음력 4월 17일)〉 목요일
날씨 맑음

당 수업 자료준비

〈1991년 5월 31일(음력 4월 18일)〉 금요일
날씨 맑음
당 수업 자료준비

〈1991년 6월 1일(음력 4월 19일)〉 토요일
날씨 맑음
소학교 육상경기

〈1991년 6월 2일(음력 4월 20일)〉 일요일
날씨 맑음
교사소풍-밀강(密江)

〈1991년 6월 3일(음력 4월 21일)〉 월요일
날씨 맑음
연길(延吉)에 있는 박서기 병문안 다녀옴

〈1991년 6월 4일(음력 4월 22일)〉 화요일
날씨 비
당 수업 자료준비, 정상수업

〈1991년 6월 5일(음력 4월 23일)〉 수요일
날씨 비
5학년 환경보호선전, 교원정치학습, 연수학
교에서 수업방청 함

〈1991년 6월 6일(음력 4월 24일)〉 목요일
날씨 맑음
교육국에 인사문제로 다녀옴, 전력센터 차대
교통사고

〈1991년 6월 7일(음력 4월 25일)〉 금요일
날씨 맑음
당비영수증 발급, 교육국당위원회의

〈1991년 6월 8일(음력 4월 26일)〉 토요일
날씨 흐림
연구소에서 철학시험 봄, 교육국에서 인사문
제 토론,

〈1991년 6월 9일(음력 4월 27일)〉 일요일
날씨 비
철학시험 답안 찾음

〈1991년 6월 10일(음력 4월 28일)〉 월요일
날씨 맑음
오전 철학답안 찾음, 오후 교육국회의 참석

〈1991년 6월 11일(음력 4월 29일)〉 화요일
날씨 대우
철학답안 찾음, 사상품덕 수업 방청

〈1991년 6월 12일(음력 5월 1일)〉 수요일
날씨 비
지도부회의, 교원대회-업무시험

〈1991년 6월 13일(음력 5월 2일)〉 목요일
날씨 비
교육국에서 업무시험 및 박 서기 의료비 등
문제 토론

〈1991년 6월 14일(음력 5월 3일)〉 금요일
날씨 맑음

지도부회의, 시험평가표 분배

〈1991년 6월 15일(음력 5월 4일)〉 토요일
날씨 맑음
철학시험 준비

〈1991년 6월 16일(음력 5월 5일)〉 일요일
날씨 비
제 5중학교에서 철학시험을 참가

〈1991년 6월 17일(음력 5월 6일)〉 월요일
날씨 비
자료준비

〈1991년 6월 18일(음력 5월 7일)〉 화요일
날씨 비
직업등급시험 자료종합

〈1991년 6월 19일(음력 5월 8일)〉 수요일
날씨 맑음
지도소조 시험평가

〈1991년 6월 20일(음력 5월 9일)〉 목요일
날씨 맑음
지도소조 시험평가

〈1991년 6월 21일(음력 5월 10일)〉 금요일
날씨 비
지도소조 시험평가

〈1991년 6월 22일(음력 5월 11일)〉 토요일
날씨 맑음

종합평가결론을 교육국에 제출, 교원대회

〈1991년 6월 23일(음력 5월 12일)〉 일요일
날씨 맑음
학교관리학시험

〈1991년 6월 24일(음력 5월 13일)〉 월요일
날씨 흐림
시험평가표 작성

〈1991년 6월 25일(음력 5월 14일)〉 화요일
날씨 흐림
지도소조 시험평가 종합을 교육국에 제출

〈1991년 6월 26일(음력 5월 15일)〉 수요일
날씨 비
정치문건 정리, 교육국 당위원회 〈7.1〉표창
대회 참석

〈1991년 6월 27일(음력 5월 16일)〉 목요일
날씨 비
영예증서 받음, 사생영화 관람, 교무회
의-5~6월 총결,7월 행사

〈1991년 6월 28일(음력 5월 17일)〉 금요일
날씨 맑음
영예증서 받음, 교장시험 준비

〈1991년 6월 29일(음력 5월 18일)〉 토요일
날씨 비
교육국에 교사영예증서 제출,

〈1991년 6월 30일(음력 5월 19일)〉 일요일
날씨 비
희석(熙錫)집에 다녀옴

〈1991년 7월 1일(음력 5월 20일)〉 월요일
날씨 흐림
오후에 전체 교사들 강택민(江澤民) 총서기
담화를 시청

〈1991년 7월 2일(음력 5월 21일)〉 화요일
날씨 흐림
교육국에 기본직책 명단 제출, 선진 교사 선
발, 회의 – 선발 관련

〈1991년 7월 3일(음력 5월 22일)〉 수요일
날씨 맑음
초중 학생모집 시험, 6중, 2소에 다녀옴, 굴뚝
수리

〈1991년 7월 4일(음력 5월 23일)〉 목요일
날씨 맑음
화장실 평면도 설계, 굴뚝 수리

〈1991년 7월 5일(음력 5월 24일)〉 금요일
날씨 맑음
박서기 병문안, 서류 읽음, 굴뚝 수리

〈1991년 7월 6일(음력 5월 25일)〉 토요일
날씨 흐림
광춘(光春) 부모, 승일(承日), 창일(昌日) 가
족 옴

〈1991년 7월 7일(음력 5월 26일)〉 일요일
날씨 맑음
기말시험 1, 2학년 3, 4, 5학년 오후 휴식

〈1991년 7월 8일(음력 5월 27일)〉 월요일
날씨 맑음
채점, 정리 작업

〈1991년 7월 9일(음력 5월 28일)〉 화요일
날씨 맑음
기말 정리 작업 및 질량분석, 졸업촬영, 1, 3
반 좌담회, 교원회의,

〈1991년 7월 10일(음력 5월 29일)〉 수요일
날씨 맑음 비
기말 작업 준비, 동춘(東春)이 집에 옴, 고중
입시 시험 참가

〈1991년 7월 11일(음력 5월 30일)〉 목요일
날씨 맑음
정화가(靖和街)회의 참석, 졸업, 졸업식 준
비, 영진(永珍)이 집에 도착

〈1991년 7월 12일(음력 6월 1일)〉 금요일
날씨 흐림
졸업식 마침, 영화 봄, 교육국에 감 – 선진 교
사 등기, 광춘(光春)이 집에 옴

〈1991년 7월 13일(음력 6월 2일)〉 토요일
날씨 흐림
소조 분배(반주임), 총결, 선진교사 선발, 지
도부 회의 – 문안 토론

〈1991년 7월 14일(음력 6월 3일)〉 일요일
날씨 비
휴식일, 태양(太陽)숙모가 집에 옴

〈1991년 7월 15일(음력 6월 4일)〉 월요일
날씨 비
학교 총결, 퇴직교원 환송회, 동춘(東春) 돌
아감, 박 교장 차녀 결혼식 접대

〈1991년 7월 16일(음력 6월 5일)〉 화요일
날씨 비
연수학교에서 〈정확한 가치관 수립〉에 대한
시험을 봄(지도부)

〈1991년 7월 17일(음력 6월 6일)〉 수요일
날씨 비
사생들이 영화 봄, 오후 교사출근 〈정확한 가
치관수립〉에 대한 시험준비

〈1991년 7월 18일(음력 6월 7일)〉 목요일
날씨 맑음
어전 교사〈정확한 가치관수립〉에 대한 시험
을 봄, 오후 채점

〈1991년 7월 19일(음력 6월 8일)〉 금요일
날씨 비
학교에서 시험성적 통계

〈1991년 7월 20일(음력 6월 9일)〉 토요일
날씨 비
집에서 휴식, 복순(福順), 동춘(東春) 집에 왔
다 광춘(光春)과 함께 돌아 감

〈1991년 7월 21일(음력 6월 10일)〉 일요일
날씨 비
〈지부생활〉지식경연 문제답안 작성

〈1991년 7월 22일(음력 6월 11일)〉 월요일
날씨 비
문제답안 작성

〈1991년 7월 23일(음력 6월 12일)〉 화요일
날씨 맑음
〈지부생활〉지식경연 문제답안 완성 및 우편
으로 보냄

〈1991년 7월 24일(음력 6월 13일)〉 수요일
날씨 맑음
오후 굴뚝 수리

〈1991년 7월 25일(음력 6월 14일)〉 목요일
날씨 맑음
정원정리, 영진(永珍) 연길(延吉)에 감

〈1991년 7월 26일(음력 6월 15일)〉 금요일
날씨 맑음
2중에서 광춘 대학입시시험 성적 받아 옴

〈1991년 7월 27일(음력 6월 16일)〉 토요일
날씨 비
오전 집에서 휴식, 오후 학교에 감

〈1991년 7월 28일(음력 6월 17일)〉 일요일
날씨 맑음
배추 파종

〈1991년 7월 29일(음력 6월 18일)〉 월요일
날씨 비
학교에서 휴식

〈1991년 7월 30일(음력 6월 19일)〉 화요일
날씨 폭우
교육국 기건과(基建科)영도가 학교에 옴

〈1991년 7월 31일(음력 6월 20일)〉 수요일
날씨 흐림
박서기 병문안 갔다 옴, 미옥이 집에 감

〈1991년 8월 1일(음력 6월 21일)〉 목요일
날씨 맑음
가마 안착, 박서기 생일 접대

〈1991년 8월 2일(음력 6월 22일)〉 금요일
날씨 맑음
집에서 휴식

〈1991년 8월 3일(음력 6월 23일)〉 토요일
날씨 맑음
손영옥(孫英玉) 선생님이 사범학교 졸업생
접대

〈1991년 8월 4일(음력 6월 24일)〉 일요일
날씨 흐림
삼가향동강자(三家鄕東崗子)에서 하루 묵음

〈1991년 8월 5일(음력 6월 25일)〉 월요일
날씨 흐림
오전에 학교에서 휴식, 오후에 탄산수 공장

의 장부작성

〈1991년 8월 6일(음력 6월 26일)〉 화요일
날씨 맑음
오전에 학교에서 휴식, 새 교실 시공을 함

〈1991년 8월 7일(음력 6월 27일)〉 수요일
날씨 맑음
오전에 학교에서 휴식, 오후 학교 식품공장
에서 화재 발생

〈1991년 8월 8일(음력 6월 28일)〉 목요일
날씨 맑음
하루 동안 학교에 있었음

〈1991년 8월 9일(음력 6월 29일)〉 금요일
날씨 비
전업국(電業局)[1]에서 벌목하러 옴

〈1991년 8월 10일(음력 7월 1일)〉 토요일
날씨 비
운동회 문제로 교육국에서 회의 함

〈1991년 8월 11일(음력 7월 2일)〉 일요일
날씨 맑음
박교장 차녀 결혼식 참석

〈1991년 8월 12일(음력 7월 3일)〉 월요일
날씨 맑음
지도부회의, 교원회의- 교원운동회 관하여

---

1) 전국 전력에 관련한 업무를 보는 부서

〈1991년 8월 13일(음력 7월 4일)〉 화요일
날씨 맑음
오전 탄산수공장 장부 작성, 아내가 연길에
서 돌아 옴

〈1991년 8월 14일(음력 7월 5일)〉 수요일
날씨 맑음
교원 출근, 교원 신체 사이즈 측정하여 단체
복 만듦

〈1991년 8월 15일(음력 7월 6일)〉 목요일
날씨 흐림
학교에서 돌아 옴, 연길에서 영진이 1지망 탈
락 되었다고 전화 옴, 교원 운동회 연습

〈1991년 8월 16일(음력 7월 7일)〉 금요일
날씨 맑음
학교에서 전화 받음, 자전거 수리

〈1991년 8월 17일(음력 7월 8일)〉 토요일
날씨 흐림
학교에서 휴식

〈1991년 8월 18일(음력 7월 9일)〉 일요일
날씨 맑음
학교에서 휴식, 승일 집에 감, 장인어른이 훈
춘에 옴, 진료소에서 약초 사옴

〈1991년 8월 19일(음력 7월 10일)〉 월요일
날씨 흐림
학교에서 휴식, 학교에서 나무 기둥 10개 구
입

〈1991년 8월 20일(음력 7월 11일)〉 화요일
날씨 맑음
화장실 수리,

〈1991년 8월 21일(음력 7월 12일)〉 수요일
날씨 맑음
교원 출근

〈1991년 8월 22일(음력 7월 13일)〉 목요일
날씨 맑음
오후에 연습내용 검사

〈1991년 8월 23일(음력 7월 14일)〉 금요일
날씨 맑음
박서기 집에 병문안 감, 시 교원 운동회 관람,
영진이 연길에 감, 영진이 흑룡강 광업대학
에 합격

〈1991년 8월 24일(음력 7월 15일)〉 토요일
날씨 맑음
시 교원 운동회, 김용택 생일

〈1991년 8월 25일(음력 7월 16일)〉 일요일
날씨 맑음
시 교원 운동회, 영진이 집에 옴

〈1991년 8월 26일(음력 7월 17일)〉 월요일
날씨 맑음
학교에 감, 사범대 졸업생 분배문제 토론

〈1991년 8월 27일(음력 7월 18일)〉 화요일
날씨 맑음

일본에서 국진이 전화 받음, 정옥 집에서 접대 받음, 향선이 연변 1중에 합격

〈1991년 8월 28일(음력 7월 19일)〉 수요일
날씨 맑음
집에서 휴식

〈1991년 8월 29일(음력 7월 20일)〉 목요일
날씨 맑음
지도부 출근, 개학 준비

〈1991년 8월 30일(음력 7월 21일)〉 금요일
날씨 비
교사 출근, 교사 대회, 박 서기 아침 1:40에
사망

〈1991년 8월 31일(음력 7월 22일)〉 토요일
날씨 맑음
판석, 류정에서 박서기 묘지 만듬, 개학준비

〈1991년 9월 1일(음력 7월 23일)〉 일요일
날씨 맑음
판석, 류정에서 박 서기 추모식 진행, 신입생
모집, 개학준비

〈1991년 9월 2일(음력 7월 24일)〉 월요일
날씨 맑음
개학준비, 수업준비,

〈1991년 9월 3일(음력 7월 25일)〉 화요일
날씨 맑음
시 〈9.3〉운동대회, 교원 휴식

〈1991년 9월 4일(음력 7월 26일)〉 수요일
날씨 맑음
개학, 각 반급 여름방학 총결, 대청소, 우물수
리,

〈1991년 9월 5일(음력 7월 27일)〉 목요일
날씨 비
5학년 자연 수업 교안 제정

〈1991년 9월 6일(음력 7월 28일)〉 금요일
날씨 맑음
교무회의, 학교 계획 토론, 지부 위원회의, 공
회 주석 선발

〈1991년 9월 7일(음력 7월 29일)〉 토요일
날씨 맑음
학습재료, 사회주의 일열 강요, 교원회의, 여
름방학 총결

〈1991년 9월 8일(음력 8월 1일)〉 일요일 날
씨 맑음
동생 생일, 영진이 대학교 합격, 축하 연회

〈1991년 9월 9일(음력 8월 2일)〉 월요일 날
씨 맑음
5학년 자연 수업 3교시, 3-4 반급 활동 관람,
대청소

〈1991년 9월 10일(음력 8월 3일)〉 화요일
날씨 뇌우
교사절, 창일 새로 산 집 온돌 수리

〈1991년 9월 11일(음력 8월 4일)〉 수요일
날씨 맑음
오후 교원 회의, 여름방학 총결

〈1991년 9월 12일(음력 8월 5일)〉 목요일
날씨 맑음
5학년 자연 수업 3교시, 당비 수납,

〈1991년 9월 13일(음력 8월 6일)〉 금요일
날씨 맑음
영진이와 함께 훈춘 - 도문 - 목단강 - 계서
에 감

〈1991년 9월 14일(음력 8월 7일)〉 토요일
날씨 맑음
광업대학 입학수속

〈1991년 9월 15일(음력 8월 8일)〉 일요일
날씨 맑음
계서 - 목단강 - 도문 - 훈춘

〈1991년 9월 16일(음력 8월 9일)〉 월요일
날씨 맑음
출근, 광춘 집에 옴, 협회 여름방학 총결회,
대청소

〈1991년 9월 17일(음력 8월 10일)〉 화요일
날씨 맑음
상하차 노동, 영화 봄

〈1991년 9월 18일(음력 8월 11일)〉 수요일
날씨 비

지도부 회의, 교사 전근문제 공회 위원문제,
교원회의, 계획 심사, 공회 위원 선발

〈1991년 9월 19일(음력 8월 12일)〉 목요일
날씨 비
5학년 자연 3교시, 수업 평가하러 지도부 소
조 학교에 옴

〈1991년 9월 20일(음력 8월 13일)〉 금요일
날씨 비
시 병원에서 병문안 감, 새 교실 전기 안장,
공회 위원회 분공

〈1991년 9월 21일(음력 8월 14일)〉 토요일
날씨 비
6-3 수학 수업방청, 대청소, 반급 관리 검사

〈1991년 9월 22일(음력 8월 15일)〉 일요일
날씨 맑음
태양에서 추석 보냄, 태양에서 귀가

〈1991년 9월 23일(음력 8월 16일)〉 월요일
날씨 맑음
5학년 자연 3교시, 대청소

〈1991년 9월 24일(음력 8월 17일)〉 화요일
날씨 맑음
4학년 수학 3교시 방청, 점심 지도부 생활개
선, 연변 장애인 연출대 연출 봄

〈1991년 9월 25일(음력 8월 18일)〉 수요일
날씨 맑음

교내 육상운동회

〈1991년 9월 26일(음력 8월 19일)〉 목요일
날씨 흐림
5학년 자연 3교시, 제2소학교 김 서기 환갑
참가

〈1991년 9월 27일(음력 8월 20일)〉 금요일
날씨 맑음
지부대회 준비, 교원 회의, 지부 회의, 지부
위원 선발

〈1991년 9월 28일(음력 8월 21일)〉 토요일
날씨 맑음
정상수업, 소풍준비, 진료소에서 약초 구입

〈1991년 9월 29일(음력 8월 22일)〉 일요일
날씨 바람
소풍 감, 파 구입 53근

〈1991년 9월 30일(음력 8월 23일)〉 월요일
날씨 맑음
고추, 가지 수확

〈1991년 10월 1일(음력 8월 24일)〉 화요일
날씨 맑음
온돌 수리, 창일 집에서 저녁 먹음

〈1991년 10월 2일(음력 8월 25일)〉 수요일
날씨 맑음
온돌 수리, 승일 도와주러 옴

〈1991년 10월 3일(음력 8월 26일)〉 목요일
날씨 맑음
석탄 창고 만듦, 가구 정리, 복순이 집에 왔다
감

〈1991년 10월 4일(음력 8월 27일)〉 금요일
날씨 맑음
출근, 공회 회의 계획 통과, 아내 생일, 복순
이, 창일이 가족 데리고 옴

〈1991년 10월 5일(음력 8월 28일)〉 토요일
날씨 맑음
단원 정황 알아봄, 지부대회 준비

〈1991년 10월 6일(음력 8월 29일)〉 일요일
날씨 맑음
오전 수업, 오후 공휴, 집에서 노동

〈1991년 10월 7일(음력 8월 30일)〉 월요일
날씨 맑음
5학년 자연 3교시, 유리 장착 작업

〈1991년 10월 8일(음력 9월 1일)〉 화요일
날씨 맑음
시 건공일업 경색 참가

〈1991년 10월 9일(음력 9월 2일)〉 수요일
날씨 맑음
정치 학습,

〈1991년 10월 10일(음력 9월 3일)〉 목요일
날씨 맑음

오전 3교시 수업, 4교시부터 합창대 연습, 대청소, 최순금 이사

〈1991년 10월 11일(음력 9월 4일)〉 금요일 날씨 맑음
학교에 옴, 합창대회, 아내 연길에 감

〈1991년 10월 12일(음력 9월 5일)〉 토요일 날씨 맑음
최순금 이사 도움, 아내 집에 옴.

〈1991년 10월 13일(음력 9월 6일)〉 일요일 날씨 맑음
민석, 복순 집에 와서 쌀 한가마니 가져감, 창고 수리

〈1991년 10월 14일(음력 9월 7일)〉 월요일 날씨 바람
5학년 자연 3교시, 지부위원회의, 지부 대회

〈1991년 10월 15일(음력 9월 8일)〉 화요일 날씨 맑음
교무회의, 9월 총결, 10월 업무

〈1991년 10월 16일(음력 9월 9일)〉 수요일 날씨 비
판석에서 탄산수 외상 받음

〈1991년 10월 17일(음력 9월 10일)〉 목요일 날씨 비
5학년 자연 3교시, 1학년 반급활동 관람,

〈1991년 10월 18일(음력 9월 11일)〉 금요일 날씨 맑음
하달문에서 탄산수 외상 받음, 공회활동

〈1991년 10월 19일(음력 9월 12일)〉 토요일 날씨 추움
오후 당위원 사무실에서 지부위원 학습반 모회계 장자 결혼식 참석

〈1991년 10월 20일(음력 9월 13일)〉 일요일 날씨 맑음
가사 노동,

〈1991년 10월 21일(음력 9월 14일)〉 월요일 날씨 추움
5학년 자연 3교시, 반급 관리 검사, 학교 상수도 설치

〈1991년 10월 22일(음력 9월 15일)〉 화요일 날씨 바람
정치 학습, 교육국에서 학교 체육수업 검사함

〈1991년 10월 23일(음력 9월 16일)〉 수요일 날씨 바람
정치 학습,

〈1991년 10월 24일(음력 9월 17일)〉 목요일 날씨 흐림
5학년 자연 3교시, 교장 시험 준비

〈1991년 10월 25일(음력 9월 18일)〉 금요

일 날씨 대우
시교육국 검사조 학교에 와 교장 시험 실시

〈1991년 10월 26일(음력 9월 19일)〉 토요
일 날씨 맑음
시교육국 검사소조 학교에 와 교장 시험 총
결

〈1991년 10월 27일(음력 9월 20일)〉 일요
일 날씨 맑음
집에서 부엌 수리, 창일 집 창고 수리, 아내
연길에 감

〈1991년 10월 28일(음력 9월 21일)〉 월요
일 날씨 맑음
5학년 자연 3교시, 아내 귀가

〈1991년 10월 29일(음력 9월 22일)〉 화요
일 날씨 맑음
지부위원회의, 적극분자 선발문제

〈1991년 10월 30일(음력 9월 23일)〉 수요
일 날씨 맑음
 3교시 후 영화 관람

〈1991년 10월 31일(음력 9월 24일)〉 목요
일 날씨 흐림
5학년 자연 수업 3교시, 사과 80근 구입

〈1991년 11월 1일(음력 9월 25일)〉 금요일
날씨 맑음
시 축구 선발대회, 교사 연출

〈1991년 11월 2일(음력 9월 26일)〉 토요일
날씨 맑음
교무 회의, 10월 총결, 11월 업무, 공회 위원
회의

〈1991년 11월 3일(음력 9월 27일)〉 일요일
날씨 바람
휴식일, 창고 정리, 자전거 수리

〈1991년 11월 4일(음력 9월 28일)〉 월요일
날씨 바람
연길에 감, 복순이 집에 옴

〈1991년 11월 5일(음력 9월 29일)〉 화요일
날씨 맑음
학습 문건, 오후에 2중에 다녀옴

〈1991년 11월 6일(음력 10월 1일)〉 수요일
날씨 눈
수업준비, 5학년 자연

〈1991년 11월 7일(음력 10월 2일)〉 목요일
날씨 눈
수업준비, 5학년 자연수업, 교원회의, 월 총
결

〈1991년 11월 8일(음력 10월 3일)〉 금요일
날씨 맑음
오후 안교장 사무실에서 토론

〈1991년 11월 9일(음력 10월 4일)〉 토요일
날씨 맑음

오후 안교장 사무실에서 토론

〈1991년 11월 10일(음력 10월 5일)〉 일요
일 날씨 맑음
가사 노동

〈1991년 11월 11일(음력 10월 6일)〉 월요
일 날씨 흐림
5학년 자연 3교시

〈1991년 11월 12일(음력 10월 7일)〉 화요
일 날씨 맑음
5학년 자연 3교시, 2-3, 6-1 어문 수업 2교시
방청

〈1991년 11월 13일(음력 10월 8일)〉 수요
일 날씨 맑음
5-3, 3-4수업 2교시 방청

〈1991년 11월 14일(음력 10월 9일)〉 목요
일 날씨 바람
5학년 자연 3교시 수업 2교시 학전반 방청

〈1991년 11월 15일(음력 10월 10일)〉 금요
일 날씨 맑음
장인어른 북한에서 돌아옴

〈1991년 11월 16일(음력 10월 11일)〉 토요
일 날씨 맑음
3-3, 1-3,6-1 수업 2교시 방청

〈1991년 11월 17일(음력 10월 12일)〉 일요

일 날씨 맑음
바람막이 작업, 장인어른 병문안

〈1991년 11월 18일(음력 10월 13일)〉 월요
일 날씨 맑음
5학년 자연 3교시, 오후 사생 영화 관람

〈1991년 11월 19일(음력 10월 14일)〉 화요
일 날씨 맑음
정치 학습 준비, 시 교육위원 선전부 회의

〈1991년 11월 20일(음력 10월 15일)〉 수요
일 날씨 맑음
정치학습 준비, 석탄 2톤 구입

〈1991년 11월 21일(음력 10월 16일)〉 목요
일 날씨 맑음
5학년 자연 3교시 수업준비, 아내 연길에 감

〈1991년 11월 22일(음력 10월 17일)〉 금요
일 날씨 맑음
강택민《7.1》강연학습 및 시험, 아내가 연길
에서 돌아옴

〈1991년 11월 23일(음력 10월 18일)〉 토요
일 날씨 바람
시 연수학교에서 5-2, 2-1 중대활동 참관

〈1991년 11월 24일(음력 10월 19일)〉 일요
일 날씨 바람
후라이팬 수리, 장인어른 병문안

〈1991년 11월 25일(음력 10월 20일)〉 월요일 날씨 맑음

5-1 자연, 오후 시교육 당위원회에 참석

〈1991년 11월 26일(음력 10월 21일)〉 화요일 날씨 바람

퇴직교원 김경남 환갑 참석

〈1991년 11월 27일(음력 10월 22일)〉 수요일 날씨 흐림

3교시 후 영화 관람

〈1991년 11월 28일(음력 10월 23일)〉 목요일 날씨 맑음

5학년 자연 3교시, 수업준비

〈1991년 11월 29일(음력 10월 24일)〉 금요일 날씨 맑음

5-1 자연 2교시, 오후 교육위원회 당수업 참석

〈1991년 11월 30일(음력 10월 25일)〉 토요일 날씨 맑음

정치 시험 문제 출제

〈1991년 12월 1일(음력 10월 26일)〉 일요일 날씨 맑음

장인어른 병문안, 남교원 생활 개선

〈1991년 12월 2일(음력 10월 27일)〉 월요일 날씨 맑음

5학년 자연 3교시, 정치 시험문제 분배

〈1991년 12월 3일(음력 10월 28일)〉 화요일 날씨 흐림

정치 시험 답안지 채점

〈1991년 12월 4일(음력 10월 29일)〉 수요일 날씨 맑음

정치 시험문제지 채점

〈1991년 12월 5일(음력 10월 30일)〉 목요일 날씨 맑음

5학년 자연 3교시 조선어문 수업방청

〈1991년 12월 6일(음력 11월 1일)〉 금요일 날씨 맑음

2학년 조선어문 수업방청, 박교장 아들 참군

〈1991년 12월 7일(음력 11월 2일)〉 토요일 날씨 추움

당 역사 번역, 스케이트 장 물 관수

〈1991년 12월 8일(음력 11월 3일)〉 일요일 날씨 맑음

스케이트 장 물 관수, 오후 휴식,

〈1991년 12월 9일(음력 11월 4일)〉 월요일 날씨 맑음

5학년 3교시 오후 영화관람

〈1991년 12월 10일(음력 11월 5일)〉 화요일 날씨 맑음

당 역사 자료 번역, 최향복 결혼, 교원 회의, 1년 총결

〈1991년 12월 11일(음력 11월 6일)〉 수요
일 날씨 맑음
문건 봄, 담임 선생님 경험 교류회 참석

〈1991년 12월 12일(음력 11월 7일)〉 목요
일 날씨 맑음
자연 수업 복습 3교시 교원 대회 선발

〈1991년 12월 13일(음력 11월 8일)〉 금요
일 날씨 맑음
당비 수금, 모교장 점심 접대

〈1991년 12월 14일(음력 11월 9일)〉 토요
일 날씨 눈
시 노동 수업 우수 평가 받음

〈1991년 12월 15일(음력 11월 10일)〉 일요
일 날씨 흐림
퇴직 간부 년말 총결 참석

〈1991년 12월 16일(음력 11월 11일)〉 월요
일 날씨 비
5학년 자연 4교시

〈1991년 12월 17일(음력 11월 12일)〉 화요
일 날씨 맑음
종합 정리 재료 납부

〈1991년 12월 18일(음력 11월 13일)〉 수요
일 날씨 맑음
정치 학습 준비, 교사 영화 관람

〈1991년 12월 19일(음력 11월 14일)〉 목요
일 날씨 맑음
시 연수 반급 우수 활동 총결 대회,

〈1991년 12월 20일(음력 11월 15일)〉 금요
일 날씨 맑음
5학년 자연 복습 3교시, 7교시 이후 담임선생
님 경험 교류회

〈1991년 12월 21일(음력 11월 16일)〉 토요
일 날씨 맑음
지도부 업무 훈련, 강연, 숙제 함

〈1991년 12월 22일(음력 11월 17일)〉 일요
일 날씨 맑음
박교장 집에서 아침 먹음, 복순이 다녀감

〈1991년 12월 23일(음력 11월 18일)〉 월요
일 날씨 눈
5학년 자연 복습 3교시, 기말시험, 아내 연길
에 감

〈1991년 12월 24일(음력 11월 19일)〉 화요
일 날씨 맑음
시 교육국 당위원회에서 학교에 옴

〈1991년 12월 25일(음력 11월 20일)〉 수요
일 날씨 맑음
교원 회의, 기말 시험 문제, 김금자, 장자 결
혼식 참석, 아내가 돌아옴

〈1991년 12월 26일(음력 11월 21일)〉 목요

일 날씨 맑음
5학년 자연 채점, 방영자 딸 결혼식,

〈1991년 12월 27일(음력 11월 22일)〉 금요
일 날씨 맑음
판석 중심 학교 퇴직간부 연회

〈1991년 12월 28일(음력 11월 23일)〉 토요
일 날씨 맑음
5학년 자연 채점, 최국장 장자 결혼식

〈1991년 12월 29일(음력 11월 24일)〉 일요

일 날씨 맑음
출근, 당원 민주 평의표 분배

〈1991년 12월 30일(음력 11월 25일)〉 월요
일 날씨 맑음
김순란 선생님 집 방문, 퇴직간부 이선생님
생일

〈1991년 12월 31일(음력 11월 26일)〉 화요
일 날씨 맑음
평의표 작성, 민주 평의 참가하지 않음

1992년

〈1992년 1월 1일 (음력11월 27일)〉 수요일
날씨 맑음
승일 집에서 신정 보냄

〈1992년 1월 2일 (음력11월 28일)〉 목요일
날씨 맑음
판석에 가서 민석이 병문안, 판석에서 귀가

〈1992년 1월 3일 (음력11월 29일)〉 금요일
날씨 맑음
집에서 휴식, 장인어른 옴, 메주 만듬

〈1992년 1월 4일 (음력11월 30일)〉 토요일
날씨 맑음
출근, 1년 내 지부 업무 총결 준비

〈1992년 1월 5일 (음력12월 1일)〉 일요일
날씨 맑음
지부 위원회 - 민주 평의 당원 업무

〈1992년 1월 6일 (음력12월 2일)〉 월요일
날씨 맑음
평의 자료 정리, 평의 자료 당 위원회 제출,

〈1992년 1월 7일 (음력12월 3일)〉 화요일
날씨 맑음
평의 자료 당 위원회 제출,

〈1992년 1월 8일 (음력12월 4일)〉 수요일
날씨 맑음
동계 대회, 기말 통일 시험- 수학, 한어, 어문
생활 개선

〈1992년 1월 9일 (음력12월 5일)〉 목요일
날씨 흐림
채점, 기말 업무, 연수 소학교에서 시험 정황
료해. 동계 대회

〈1992년 1월 10일 (음력12월 6일)〉 금요일
날씨 맑음
기말 업무, 연수 소학교에서 시험 정황 료해.

〈1992년 1월 11일 (음력12월 7일)〉 토요일
날씨 맑음
기말 정리 업무, 점심 생활 개선.채점,

〈1992년 1월 12일 (음력12월 8일)〉 일요일
날씨 맑음
교육 당위원이 학교에 와 적극분자 정황 료
해, 겨울방학 준비. 기말 정리 업무,

〈1992년 1월 13일 (음력12월 9일)〉 월요일 날씨 흐림
교육 당위원이 학교에 와 적극분자 정황 료해,

〈1992년 1월 14일 (음력12월 10일)〉 화요일 날씨 바람
학생 겨울방학, 공회 위원회의, 교육 위원회 건설과 총결 참석,

〈1992년 1월 15일 (음력12월 11일)〉 수요일 날씨 맑음
학교 학기말 총결, 교육위원회 회의, 아내 연길에 감

〈1992년 1월 16일 (음력12월 12일)〉 목요일 날씨 흐림
출근, 오후 지도부 회의 - 직업 등급 평의 관련

〈1992년 1월 17일 (음력12월 13일)〉 금요일 날씨 바람
고산촌에 다녀옴

〈1992년 1월 18일 (음력12월 14일)〉 토요일 날씨 추움
연길에 감

〈1992년 1월 19일 (음력12월 15일)〉 일요일 날씨 맑음
춘림, 춘성 생일(미옥이 아이들), 민석 병문안

〈1992년 1월 20일 (음력12월 16일)〉 월요일 날씨 맑음
연길에서 귀가,

〈1992년 1월 21일 (음력12월 17일)〉 화요일 날씨 맑음
학교에 감, 영진이 돌아옴

〈1992년 1월 22일 (음력12월 18일)〉 수요일 날씨 추움
학교에 감, 영진이 연길에 감

〈1992년 1월 23일 (음력12월 19일)〉 목요일 날씨 맑음
학교 식품공장 년말 총결, 영진이 연길에서 돌아옴,

〈1992년 1월 24일 (음력12월 20일)〉 금요일 날씨 흐림
집에서 책 봄, 오후에 학교에 감, 미옥, 원학 연길에서 옴

〈1992년 1월 25일 (음력12월 21일)〉 토요일 날씨 맑음
집에서 휴식, 오후에 학교에 감, 일본에서 전화 옴, 계서에서 정보가 옴, (영진이 관하여)

〈1992년 1월 26일 (음력12월 22일)〉 일요일 날씨 맑음
학교 다녀옴, 오전에 집에서 휴식

〈1992년 1월 27일 (음력12월 23일)〉 월요

일 날씨 맑음
2중에 영진 복학비용 납부, 오후 학교에 감

〈1992년 1월 28일 (음력12월 24일)〉 화요일 날씨 눈
교육국에 다녀옴, 고산촌에 탄서기 찾음

〈1992년 1월 29일 (음력12월 25일)〉 수요일 날씨 맑음
학교에 다녀옴, 명태구이

〈1992년 1월 30일 (음력12월 26일)〉 목요일 날씨 맑음
집에서 휴식

〈1992년 1월 31일 (음력12월 27일)〉 금요일 날씨 맑음
학교에서 휴식

〈1992년 2월 1일 (음력12월 28일)〉 토요일 날씨 맑음
아침에 학교에 감, 학생 스케이트 대회, 월급날

〈1992년 2월 2일 (음력12월 29일)〉 일요일 날씨 눈
집에서 휴식, 동일이 북경에서 훈춘에 옴

〈1992년 2월 3일 (음력12월 30일)〉 월요일 날씨 맑음
학교에 다녀옴, 창일 집에서 구정 준비,

〈1992년 2월 4일 (음력1월 1일)〉 화요일 날씨 맑음
집에서 구정 보냄, 창일 집에 놀러감

〈1992년 2월 5일 (음력1월 2일)〉 수요일 날씨 맑음
집에서 휴식, 누나가 안도에서 옴

〈1992년 2월 6일 (음력1월 3일)〉 목요일 날씨 맑음
승일이 집에서 구정 보냄

〈1992년 2월 7일 (음력1월 4일)〉 금요일 날씨 맑음
승일 집에서 아침 먹음

〈1992년 2월 8일 (음력1월 5일)〉 토요일 날씨 맑음
학교에 감, 박교장 집에서 놈, 남교원 대부분

〈1992년 2월 9일 (음력1월 6일)〉 일요일 날씨 맑음
원학 연길에 감, 학교에 다녀옴

〈1992년 2월 10일 (음력1월 7일)〉 월요일 날씨 맑음
학교에 다녀옴, 동일 접대함

〈1992년 2월 11일 (음력1월 8일)〉 화요일 날씨 맑음
마천자에 있는 박진숙 추도회 참석

〈1992년 2월 12일 (음력1월 9일)〉 수요일
날씨 맑음
학교에 다녀옴, 연길에서 정보가 옴

〈1992년 2월 13일 (음력1월 10일)〉 목요일
날씨 맑음
학교에 다녀옴, 최공장장 접대

〈1992년 2월 14일 (음력1월 11일)〉 금요일
날씨 맑음
오전에 학교에 감, 점심에 국진이 일본에서
귀가, 원학이 연길에서 옴

〈1992년 2월 15일 (음력1월 12일)〉 토요일
날씨 맑음
장인어른 집에 감

〈1992년 2월 16일 (음력1월 13일)〉 일요일
날씨 바람
고산촌 촌장 집에서 경제 문제 토론, 민석 집
에 돌아옴, 동일 북경에 돌아감

〈1992년 2월 17일 (음력1월 14일)〉 월요일
날씨 눈
미옥, 원학 연길에 돌아감, 진료소에서 기념
품 받음-부친이 가져옴

〈1992년 2월 18일 (음력1월 15일)〉 화요일
날씨 바람
삼촌 집에서 보름 보냄, 태양에 다녀옴

〈1992년 2월 19일 (음력1월 16일)〉 수요일
날씨 바람
학교에서 휴식, 승일 집에서 접대함,

〈1992년 2월 20일 (음력1월 17일)〉 목요일
날씨 맑음
집에서 휴식, 오후에 서시장에서 물건 구입

〈1992년 2월 21일 (음력1월 18일)〉 금요일
날씨 맑음
학교에 다녀옴, 오후에 가사 노동

〈1992년 2월 22일 (음력1월 19일)〉 토요일
날씨 맑음
학교 지도부 출근, 계획 토론 및 통과

〈1992년 2월 23일 (음력1월 20일)〉 일요일
날씨 맑음
학교 지도부 출근, 오후 지도부 및 남교원 식
사

〈1992년 2월 24일 (음력1월 21일)〉 월요일
날씨 맑음
전체 교원 출근, 학교 계획 통과, 교과서 분배

〈1992년 2월 25일 (음력1월 22일)〉 화요일
날씨 맑음
출근, 교원 수업 준비, 당 적극분자 자료 정리

〈1992년 2월 26일 (음력1월 23일)〉 수요일
날씨 맑음
출근, 지부계획 제정

〈1992년 2월 27일 (음력1월 24일)〉 목요일
날씨 맑음
교사 출근, 5명 촌장 성향장 회의 참석,

〈1992년 2월 28일 (음력12월 25일)〉 금요
일 날씨 맑음
교사 출근, 남교원 박교장 집에서 생활 개선

〈1992년 2월 29일 (음력1월 26일)〉 토요일
날씨 맑음
공휴, 국진이랑 장인 집에 감, 영진 연길에 다
녀옴, 원학과 함께 tv 가져옴

〈1992년 3월 1일 (음력1월 27일)〉 일요일
날씨 바람
개학, 각반 방학 총결, 교원 대회 – 각 부문
계획 통과, 오후 사생 휴식, 아내 국진 연길에
감, 누나도 돌아감

〈1992년 3월 2일 (음력1월 28일)〉 월요일
날씨 바람
수업시간표대로 상과, 5학년 자연 3교시 (상
반학기 총결)

〈1992년 3월 3일 (음력1월 29일)〉 화요일
날씨 바람
지부 계획 수정 정리, 국진이 북경에 감

〈1992년 3월 4일 (음력2월 1일)〉 수요일 날
씨 맑음
지부 계획 수정 정리, 총결 문고(91년), 아내
가 돌아옴, 오후에 교원 회의 개최 – 겨울 방

학 총결

〈1992년 3월 5일 (음력2월 2일)〉 목요일 날
씨 맑음
2중 신입생 모집처에 다녀옴, 5학년 자연 1교
시

〈1992년 3월 6일 (음력2월 3일)〉 금요일 날
씨 맑음
5학년 자연 2교시, 오후 지부 대호 – 계획 토
론 통과

〈1992년 3월 7일 (음력2월 4일)〉 토요일 날
씨 맑음
지부 계획 필사 등, 오후 〈3.8〉 활동

〈1992년 3월 8일 (음력2월 5일)〉 일요일 날
씨 맑음
2중 가장회의 참석

〈1992년 3월 9일 (음력2월 6일)〉 월요일 날
씨 비
국진 일본에 안전히 도착, 5학년 자연 3교시
수업

〈1992년 3월 10일 (음력2월 7일)〉 화요일
날씨 맑음
지부 총결 계획 자료 제출, 오후 학교 지도부
연수학교에 참관하러 감

〈1992년 3월 11일 (음력2월 8일)〉 수요일
날씨 맑음

각종 자료 정리, 정치 학습, 연길에서 전화 옴

〈1992년 3월 12일 (음력2월 9일)〉 목요일
날씨 맑음
5학년 자연 2교시, 오후 당 위원회 회의 참석

〈1992년 3월 13일 (음력2월 10일)〉 금요일
날씨 흐림
벌목 작업 ,최군자 장녀 결혼 참석

〈1992년 3월 14일 (음력2월 11일)〉 토요일
날씨 흐림
벌목 작업, 식당에서 저녁 먹음

〈1992년 3월 15일 (음력2월 12일)〉 일요일
날씨 맑음
휴식일,

〈1992년 3월 16일 (음력2월 13일)〉 월요일
날씨 바람
5학년 자연 3교시 수업, 지부 당비 납부, 당비
장부 계산

〈1992년 3월 17일 (음력2월 14일)〉 화요일
날씨 맑음
입당 신청서 개인 당안 정리, 오후 상하차 노
동

〈1992년 3월 18일 (음력2월 15일)〉 수요일
날씨 눈
상하차 노동 업무 학습, 연길 사범 실습생 학
교에 옴

〈1992년 3월 19일 (음력2월 16일)〉 목요일
날씨 맑음
5학년 자연 3교시 수업,

〈1992년 3월 20일 (음력2월 17일)〉 금요일
날씨 맑음
정치 학습 준비

〈1992년 3월 21일 (음력2월 18일)〉 토요일
날씨 맑음
벌목 노동, 옥희 생일

〈1992년 3월 22일 (음력2월 19일)〉 일요일
날씨 맑음
외촌 누나 첫째 아들 결혼 참석

〈1992년 3월 23일 (음력2월 20일)〉 월요일
날씨 맑음
장모님 누나 돌아가심, 판석에서 집에 돌아
옴

〈1992년 3월 24일 (음력2월 21일)〉 화요일
날씨 눈
헌 나무 제거 작업

〈1992년 3월 25일 (음력2월 22일)〉 수요일
날씨 맑음
정치 학습 준비, 학습

〈1992년 3월 26일 (음력2월 23일)〉 목요일
날씨 맑음
5학년 자연 3교시 수업

〈1992년 3월 27일 (음력2월 24일)〉 금요일
날씨 맑음
청렴 정치 제정, 최주임 병문안 감

〈1992년 3월 28일 (음력2월 25일)〉 토요일
날씨 맑음
당 역사 자료 번역, 정치 학습 준비, 국진이
편지 옴

〈1992년 3월 29일 (음력2월 26일)〉 일요일
날씨 흐림
리춘화 추도식 참가

〈1992년 3월 30일 (음력2월 27일)〉 월요일
날씨 맑음
5학년 자연 3교시 수업, 영화 봄

〈1992년 3월 31일 (음력2월 28일)〉 화요일
날씨 맑음
당 역사 번역, 정치 학습 준비, 영진이 량식
문제 해결

〈1992년 4월 1일 (음력2월 29일)〉 수요일
날씨 맑음
자료 준비, 정치 학습

〈1992년 4월 2일 (음력2월 30일)〉 목요일
날씨 맑음
5학년 자연 3교시 수업, 2-1 중대 활동 참가,
실습생 회의

〈1992년 4월 3일 (음력3월 1일)〉 금요일 날
씨 맑음
당 역사 번역, 정치 학습 준비, 교육국 당 위
원회의 준비

〈1992년 4월 4일 (음력3월 2일)〉 토요일 날
씨 흐림
휴식일, 마늘, 배추 파종

〈1992년 4월 5일 (음력3월 3일)〉 일요일 날
씨 맑음
오전 수업, 오후 당 역사 번역

〈1992년 4월 6일 (음력3월 4일)〉 월요일 날
씨 눈
최영기 선생님 부침 추도식 참가, 식수 학교
앞

〈1992년 4월 7일 (음력3월 5일)〉 화요일 날
씨 바람
당 역사 번역

〈1992년 4월 8일 (음력3월 6일)〉 수요일 날
씨 비
오전 훈춘 개발 선전활동 참석, 오후 교원 대
회

〈1992년 4월 9일 (음력3월 7일)〉 목요일 날
씨 맑음
문장 - 조윤 후기 학습, 김금준 생일

〈1992년 4월 10일 (음력3월 8일)〉 금요일
날씨 맑음

6학년 역사 3교시 수업,

〈1992년 4월 11일 (음력3월 9일)〉 토요일
날씨 맑음
5-2 사상품덕, 4-2 미술 수업 방청, 지도부
회의

〈1992년 4월 12일 (음력3월 10일)〉 일요일
날씨 비
박교장 집에서 전봇대 굴착, 장인어른 집에
서 식사

〈1992년 4월 13일 (음력3월 11일)〉 월요일
날씨 맑음
6학년 역사 3교시 수업, 장인어른 생일

〈1992년 4월 14일 (음력3월 12일)〉 화요일
날씨 눈
2-2, 3-1 활동 참관, 5-1 미술, 2중 질량 분
석회 참석 - 가장 대표

〈1992년 4월 15일 (음력3월 13일)〉 수요일
날씨 눈
2-4, 3-2, 4-1 활동 참관, 3-4 사상품덕 수업
방청, 오후 교원조별 시험 평가

〈1992년 4월 16일 (음력3월 14일)〉 목요일
날씨 맑음
5-1. 5-2 어문 수업 방청, 4-1,체육, 3-3 활
동 참관, 실습생 정황 파악, 직업등급 시험,

〈1992년 4월 17일 (음력3월 15일)〉 금요일

날씨 비
5-3 어문, 2-3 한어, 5-1 체육, 2-1 한어,
5-3 활동 참관

〈1992년 4월 18일 (음력3월 16일)〉 토요일
날씨 비
2-4 한어, 3-4 어문, 5-2 체육, 3-2 한어, 참
관, 오후 법률 보급 학습회 참석

〈1992년 4월 19일 (음력3월 17일)〉 일요일
날씨 맑음
지도부 소조 출근에 대하여 평가함, 남교원
페인트 작업

〈1992년 4월 20일 (음력3월 18일)〉 월요일
날씨 맑음
5-1 수학, 4-1 한어, 3-3 한어, 3-4 황동 참
관, 대청소, 지도부 회의

〈1992년 4월 21일 (음력3월 19일)〉 화요일
날씨 비
4-3 수학, 1-4, 2-4 어문, 3-3 한어 수업 우
수 평가, 석탄 2톤 구매, 시험 평가표 작성(교
원) 교원대회

〈1992년 4월 22일 (음력3월 20일)〉 수요일
날씨 맑음
5-3 우전 교원 우수 평가, 3-4 우전, 2-4 체
육, 5-2 한어(실습생), 오후 교원시험 평가표
작성

〈1992년 4월 23일 (음력3월 21일)〉 목요일

날씨 비
5-2 우전, 4-2 한어, 3-4 우전, 5-1 한어,
5-2 체육 실습생 좌담회, 장인 어른, 정웅 가
족, 복순, 승일, 창일이 집에 옴

〈1992년 4월 24일 (음력3월 22일)〉 금요일
날씨 맑음
6학년 역사 3교시 수업, 실습생 검정회, 남교
원 생일, 김은희 혼례, 점심 접대, 음악 실습
생 접대

〈1992년 4월 25일 (음력3월 23일)〉 토요일
날씨 맑음
실습생 총결회, 최주임 병문안, 원학, 미옥이
집에옴, 운동대회 봄

〈1992년 4월 26일 (음력3월 24일)〉 일요일
날씨 맑음
집에서 휴식, 원학이 연길에 돌아감, 민석이
병문안(권석이 집에 감)내일 북경에 감

〈1992년 4월 27일 (음력3월 25일)〉 월요일
날씨 흐림
6학년 역사 3교시 수업, 덕육 작업회 참가 -
교원 위원회 참석(연수학교), 미옥 연길에
감, 모주임 접대

〈1992년 4월 28일 (음력3월 26일)〉 화요일
날씨 바람
당 역사 번역, 기말시험, 주경애 병문안

〈1992년 4월 29일 (음력3월 27일)〉 수요일

날씨 맑음
음악 실습생 회의(훈춘), 오후 공회 활동(문
예), 김순복 딸 결혼 접대, 김창장 접대

〈1992년 4월 30일 (음력3월 28일)〉 목요일
날씨 맑음
방교장 병문안, 최소림 선생님 생일 접대

〈1992년 5월 1일 (음력3월 29일)〉 금요일
날씨 맑음
감자 심음, 승일 접대

〈1992년 5월 2일 (음력3월 30일)〉 토요일
날씨 맑음
오이 심는 등 활동, 학교에서 돌아옴

〈1992년 5월 3일 (음력4월 1일)〉 일요일 날
씨 바람
출근, 오전 상과, 오후에 휴식, 체육, 미술 실
습생 학교 도착, 회의 조직 – 박미선 접대

〈1992년 5월 4일 (음력4월 2일)〉 월요일 날
씨 바람
당 역사 번역 대청소

〈1992년 5월 5일 (음력4월 3일)〉 화요일 날
씨 맑음
〈건공립업〉 활동계획 제정, 벌목(백양)

〈1992년 5월 6일 (음력4월 4일)〉 수요일 날
씨 흐림
당비 계산, 중공 교원 위원회에서 조직한 당

과 참가(오후), 교육 -당안국 인원 접대

〈1992년 5월 7일 (음력4월 5일)〉 목요일 날
씨 비
판석 정부에 가 모래 운반 문제 련계(학교)

〈1992년 5월 8일 (음력4월 6일)〉 금요일 날
씨 맑음
출근, 중앙 문건 학습(중앙 2호), 운동대회 준
비

〈1992년 5월 9일 (음력4월 7일)〉 토요일 날
씨 비
교내 운동대회 준비 - 가장 체육조 접대, 퇴
직간부 전경남 사망

〈1992년 5월 10일 (음력4월 8일)〉 일요일
날씨 맑음
운동장 정리, 모래 운반 차량 기다림(오지 않
음) 봄 소풍

〈1992년 5월 11일 (음력4월 9일)〉 월요일
날씨 맑음
공휴일, 학교에 감(2번)

〈1992년 5월 12일 (음력4월 10일)〉 화요일
날씨 흐림
판석에 가 모래 운반해옴, 수수료 - 1000위
안, 운반시작

〈1992년 5월 13일 (음력4월 11일)〉 수요일
날씨 비

정치 학습 준비, 오후 학습 - 중앙 2호 문건,
당 역사 등, 창일 집에 옴

〈1992년 5월 14일 (음력4월 12일)〉 목요일
날씨 맑음
당비 수납 등, 모래 운반, 당 역사 학습,

〈1992년 5월 15일 (음력4월 13일)〉 금요일
날씨 맑음
운동장 노동, 오후 2:30, 학생 영화 관람,

〈1992년 5월 16일 (음력4월 14일)〉 토요일
날씨 맑음
판석에서 돌아옴, 점심에 학교에서 접대(오
래 운반 완료 - 110대 차량), 홍 선생님 접대

〈1992년 5월 17일 (음력4월 15일)〉 일요일
날씨 비
학교에서 노동, 목기공장 트럭으로 운동장
다짐

〈1992년 5월 18일 (음력4월 16일)〉 월요일
날씨 맑음
법률 시험 답안 검색, 교원 회의 - 덕육 작업
보고,

〈1992년 5월 19일 (음력4월 17일)〉 화요일
날씨 맑음
법률 시험 답안 검색, 대청소, 방교장 생일,
남교원 접대,

〈1992년 5월 20일 (음력4월 18일)〉 수요일

날씨 맑음
도문철도 실험소학교 참관 고사

〈1992년 5월 21일 (음력4월 19일)〉 목요일
날씨 맑음
헌법 시험문제와 답안 검사, 5-1 품덕 수업
방청, 대청소,

〈1992년 5월 22일 (음력4월 20일)〉 금요일
날씨 비
덕육 작업 재료 정리, 학교 깃발 수립, 시험문
제 인쇄 분배, 대청소, 위생검사단에서 학교
에 검사 옴,

〈1992년 5월 23일 (음력4월 21일)〉 토요일
날씨 비
덕육 시험 – 시정부 위원회(99점), 헌법 시험
접수, 채점

〈1992년 5월 24일 (음력4월 22일)〉 일요일
날씨 비
2중 졸업반 가장호의 참석

〈1992년 5월 25일 (음력4월 23일)〉 월요일
날씨 비
헌법 시험지 정리, 당 건설 이론 학습

〈1992년 5월 26일 (음력4월 24일)〉 화요일
날씨 비
당 건설 이론 학습반 참가(당학교 – 주조직)

〈1992년 5월 27일 (음력4월 25일)〉 수요일

날씨 맑음
오전에 당 건설 이론 학습반 참가, 총연습 –
광장, 오후 출근

〈1992년 5월 28일 (음력4월 26일)〉 목요일
날씨 비
당 건설 이론 학습(자율), 오후 총연습

〈1992년 5월 29일 (음력4월 27일)〉 금요일
날씨 맑음
김교장 병문안, 시 연수 학교 이야기 강연 시
합

〈1992년 5월 30일 (음력4월 28일)〉 토요일
날씨 흐림
종일 총연습, 창일 접대

〈1992년 5월 31일 (음력4월 29일)〉 일요일
날씨 맑음
종일 총연습, 원학, 미옥 집에 옴, 장모님 생
일 접대 (명일)

〈1992년 6월 1일 (음력5월 1일)〉 월요일 날
씨 맑음
〈6.1〉절 경축, 검열, 대회, 연출, 원학 연길 돌
아감, 오후 육상회 시작

〈1992년 6월 2일 (음력5월 2일)〉 화요일 날
씨 맑음
삽질, 종일 육상 대회, 미옥, 아내 연길에 감

〈1992년 6월 3일 (음력5월 3일)〉 수요일 날

씨 맑음
축구 시합 관람

〈1992년 6월 4일 (음력5월 4일)〉 목요일 날
씨 비
출근, 정상 상과, 환경보호 선전 준비, 당 건
설 이론 학습(자율)

〈1992년 6월 5일 (음력5월 5일)〉 금요일 날
씨 바람
검사소조에서 학교에 와 검사, 3, 4, 5학년 환
경보호 선전 - 오후 모래 운반 노동

〈1992년 6월 6일 (음력5월 6일)〉 토요일 날
씨 비
당 건설 이론 번역, 교무 회의(5월 총결)(선
전대 성립), 련화 선생님 환송회

〈1992년 6월 7일 (음력5월 7일)〉 일요일 날
씨 비
집에서 휴식

〈1992년 6월 8일 (음력5월 8일)〉 월요일 날
씨 비
출근, 꽃 재배 노동, 교육위원회 당위원회에
가 시합문제 료해

〈1992년 6월 9일 (음력5월 9일)〉 화요일 날
씨 비
당 건설 이론 번역,

〈1992년 6월 10일 (음력5월 10일)〉 수요일

날씨 비
당 건설 이론 번역, 오후 교육위원회 참석 -
서기회의, 사생 영화 봄

〈1992년 6월 11일 (음력5월 11일)〉 목요일
날씨 비
재료 정리 - 정치 학습 준비, 교육 위원회에
가 당비 납부

〈1992년 6월 12일 (음력5월 12일)〉 금요일
날씨 비
재료 정리 - 당 건설 이론, 2-4 체육 수업방
청

〈1992년 6월 13일 (음력5월 13일)〉 토요일
날씨 맑음
재료 정리 - 당 건설 이론, 정치 학습

〈1992년 6월 14일 (음력5월 14일)〉 일요일
날씨 맑음
출근, 재료 정리 - 당 건설 이론

〈1992년 6월 15일 (음력5월 15일)〉 월요일
날씨 흐림
재료 정리 - 당 건설 이론, 영안 김교장 접대

〈1992년 6월 16일 (음력5월 16일)〉 화요일
날씨 흐림
재료 정리 - 당 건설 이론

〈1992년 6월 17일 (음력5월 17일)〉 수요일
날씨 맑음

재료 정리,

〈1992년 6월 18일 (음력5월 18일)〉 목요일
날씨 비
1학년 4개 반 어문 수업방청, 박교장 당 건설
3년 계획 제정, 업무 학습, 비디오 관람 – 5.1
교사 문예회)

〈1992년 6월 19일 (음력5월 19일)〉 금요일
날씨 맑음
재료 정리, 당 소조회의, 당지부 회의 – 모범
선발

〈1992년 6월 20일 (음력5월 20일)〉 토요일
날씨 비
교원 위원회 인사 회의 참석, 실습생 총결회

〈1992년 6월 21일 (음력5월 21일)〉 일요일
날씨 흐림
지도부 간부 시험 참가 – 중국 교육통사

〈1992년 6월 22일 (음력5월 22일)〉 월요일
날씨 비
중공 교육 위원회에서 학교에 와 당 건설 검
수

〈1992년 6월 23일 (음력5월 23일)〉 화요일
날씨 맑음
각종 제도 작성(보충), 상반년 총결 자료 작
성

〈1992년 6월 24일 (음력5월 24일)〉 수요일

날씨 흐림
정치 학습 준비, 상반년 지부 작업 총결(보
고) 필사, 졸업생 시험, 오후 정치 학습, 박교
장 분하에 감

〈1992년 6월 25일 (음력5월 25일)〉 목요일
날씨 맑음
당 건설 이론 번역

〈1992년 6월 26일 (음력5월 26일)〉 금요일
날씨 맑음
당 건설 이론 번역

〈1992년 6월 27일 (음력5월 27일)〉 토요일
날씨 맑음
3학년 이상 체육 표준 달성 검수

〈1992년 6월 28일 (음력5월 28일)〉 일요일
날씨 맑음
학교에 다녀와 휴식, 오후 집안일

〈1992년 6월 29일 (음력5월 29일)〉 월요일
날씨 맑음
당 건설 이론 번역, 오후 교육 위원회에 가 녹
음테이프 받아옴

〈1992년 6월 30일 (음력6월 1일)〉 화요일
날씨 흐림
오전 파출소에 가 연금 통계, 동원대회, 오후
《성 경제 성장(省 經濟 成長)》록취

〈1992년 7월 1일 (음력6월 2일)〉 수요일 날

씨 흐림
당 건설 이론 번역, 오후 〈중공 교육위원회 7.1 총결 표창회(中共 敎育委員會 7.1 總結 表彰會)〉 참가

〈1992년 7월 2일 (음력6월 3일)〉 목요일 날씨 호우
지부대회 준비, 지부 《7.1》표창회, 비디오 〈세계행(世界行)〉 관람, 채점(3학년 자연) 대

〈1992년 7월 3일 (음력6월 4일)〉 금요일 날씨 맑음
졸업생 승학시험 – 채점(3학년 자연) 대, 교육위원회 등기표 가지러 감

〈1992년 7월 4일 (음력6월 5일)〉 토요일 날씨 맑음
당원 등기표 납부, 삼가자 기초건설대 접대, 복순 편지 옴, 답장함, 류영옥 결혼식 접대

〈1992년 7월 5일 (음력6월 6일)〉 일요일 날씨 맑음
가사일 – 오이 밭 거치대 설치, 학교 기초건설 개공

〈1992년 7월 6일 (음력6월 7일)〉 월요일 날씨 맑음
재료 학습, 일본에서 전화 받음, 시에서 주승길 명명대회 개최

〈1992년 7월 7일 (음력6월 8일)〉 화요일 날씨 맑음

졸업반 정리, 운동장 노동, 대학 입시 시험 시작

〈1992년 7월 8일 (음력6월 9일)〉 수요일 날씨 맑음
기말 시험, 채점, 교원대회, 대학 입시 시험 시작, 졸업생 사진촬영(직급 관련), 식품장 대표 접대

〈1992년 7월 9일 (음력6월 10일)〉 목요일 날씨 맑음
교육위원회 다녀옴, 당 건설제도 필사, 모주임 생일 접대

〈1992년 7월 10일 (음력6월 11일)〉 금요일 날씨 맑음
대학 입시 시험 마침, 당 건설제도 필사, 공회 위원소조장 회의

〈1992년 7월 11일 (음력6월 12일)〉 토요일 날씨 맑음
교원회의 – 기말 작업 관련, 교장, 보도원 회의 참석, 영진 오후부터 노동 시작

〈1992년 7월 12일 (음력6월 13일)〉 일요일 날씨 맑음
출근, 교원회의(3호반급 선발), 6-1 가장 총결회 개최, 영진 노동, 아내 연길에 감

〈1992년 7월 13일 (음력6월 14일)〉 월요일 날씨 뇌우
졸업식 준비, 아내 돌아옴

〈1992년 7월 14일 (음력6월 15일)〉 화요일
날씨 맑음
졸업식, (반, 전업) 소조 분배, 작업총결, 모범
선발

〈1992년 7월 15일 (음력6월 16일)〉 수요일
날씨 맑음
학교 총결, 우수 교사 표창, 복순 집에 옴(북
경에서)

〈1992년 7월 16일 (음력6월 17일)〉 목요일
날씨 맑음
공회에서 교사 조직하여 방천, 오가산 여행

〈1992년 7월 17일 (음력6월 18일)〉 금요일
날씨 맑음
집에서 휴식 리여 병원에서 돌아옴, 영진 장
사하(소고기 펨)

〈1992년 7월 18일 (음력6월 19일)〉 토요일
날씨 비
학교에 감(오전, 오후), 일본에서 편지 받음

〈1992년 7월 19일 (음력6월 20일)〉 일요일
날씨 맑음
학교에 감(오전, 오후), 음료공장에서 음료 1
박스 줌

〈1992년 7월 20일 (음력6월 21일)〉 월요일
날씨 맑음
오전에 학교에 가 담장 수리 활동 참가, 오후
풍기 수리, 저녁에 야시장에 감

〈1992년 7월 21일 (음력6월 22일)〉 화요일
날씨 비
학교에 감, 병원에 병보러 감, 최소림 접대

〈1992년 7월 22일 (음력6월 23일)〉 수요일
날씨 비
집에서 휴식

〈1992년 7월 23일 (음력6월 24일)〉 목요일
날씨 맑음
학교에 갔다 옴, 오후에 집에서 휴식, 아내와
영진이 판석에 감

〈1992년 7월 24일 (음력6월 25일)〉 금요일
날씨 흐림
아침 전 감자 캠, 2중에가 대학 입시시험 성
적 베껴 옴, 복순, 광춘 집에 옴

〈1992년 7월 25일 (음력6월 26일)〉 토요일
날씨 맑음
장인어른 집에 와 점심식사, 영진 연길에 감,
오후에 학교 갔다 옴, 복순, 광춘 돌아감

〈1992년 7월 26일 (음력6월 27일)〉 일요일
날씨 비
오전 1:40에 올림픽 현장 실황관람, 오전 학
교에 감 ,일본에 편지 붙임, 오후에 리영 진료
소 병 보러 감

〈1992년 7월 27일 (음력6월 28일)〉 월요일
날씨 맑음
배추 파종, 감자 등 가사 정리, 영진이 집에 옴

〈1992년 7월 28일 (음력6월 29일)〉 화요일 날씨 맑음

학교에서 휴식, 저녁에 윤풍선 선생님 학교에 옴 (한국에서 옴)

〈1992년 7월 29일 (음력6월 30일)〉 수요일 날씨 비

오전, 오후 학교에 감, 원학이 연길에서 집에 돌아 감

〈1992년 7월 30일 (음력7월 1일)〉 목요일 날씨 비

리영 진료소에 가 약 삼, 모휘석 교장 생일 접대

〈1992년 7월 31일 (음력7월 2일)〉 금요일 날씨 맑음

학교노동 감, 영진, 창일 집에서 노동

〈1992년 8월 1일 (음력7월 3일)〉 토요일 날씨 맑음

일본에 회신, 학교노동 감 - 최희순 선생님 아들 생일 접대, 원학이 연길에서 집에 옴, 영진, 창일집에서 노동

〈1992년 8월 2일 (음력7월 4일)〉 일요일 날씨 흐림

학교노동 감(화장실 철거), 일본에서 전화 받음, 영진, 창일 집에서 노동

〈1992년 8월 3일 (음력7월 5일)〉 월요일 날씨 비

학교에서 솔나무 운반, 광춘이 집에 도착, 광천 선생님 생일 접대

〈1992년 8월 4일 (음력7월 6일)〉 화요일 날씨 흐림

집에서 휴식, 광춘 집에 돌아감

〈1992년 8월 5일 (음력7월 7일)〉 수요일 날씨 맑음

집에서 휴식, 오후에 학교에서 돌아옴

〈1992년 8월 6일 (음력7월 8일)〉 목요일 날씨 맑음

문틀, 기와 수리

〈1992년 8월 7일 (음력7월 9일)〉 금요일 날씨 비

중공 훈춘시 위원회 작업회의 보고회 참석 - 방민 서기

〈1992년 8월 8일 (음력7월 10일)〉 토요일 날씨 맑음

정원 정리, 학교에서 지도부회의 개최(직급 관련), 시병원 병문안(2-1학생)

〈1992년 8월 9일 (음력7월 11일)〉 일요일 날씨 맑음

학교에 다녀옴, 동생 정웅 집에 옴, 창일 생일 접대

〈1992년 8월 10일 (음력7월 12일)〉 월요일 날씨 비

창일 집에서 아침, 점심 먹음,(창일 생일 접대), 휴식, 광춘 동북대학에 녹취,

〈1992년 8월 11일 (음력7월 13일)〉 화요일
날씨 흐림
〈의무교육법〉학습반 참가, 영진 북경교통대학에 녹취

〈1992년 8월 12일 (음력7월 14일)〉 수요일
날씨 호우
〈의무교육법〉학습반 참가, 점심 계속, 오후 3시경 끝남

〈1992년 8월 13일 (음력7월 15일)〉 목요일
날씨 비
지도부 출근 회의 개최 – 개학준비, 윤풍선 선생님 접대, 아내 연길에서 집에 옴

〈1992년 8월 14일 (음력7월 16일)〉 금요일
날씨 비
교원 출근 – 의무교육법 학습, 개학준비 안배, 교과서 배부, 마천자 정부에 다녀옴

〈1992년 8월 15일 (음력7월 17일)〉 토요일
날씨 맑음
교원 출근, 수업 준비, 원학, 광춘 집에 옴, 철식이 연변대학 녹취

〈1992년 8월 16일 (음력7월 18일)〉 일요일
날씨 흐림
원학, 광춘 집에 돌아감, 출근 종일《의무교육 조치 실시 세부규칙》필사

〈1992년 8월 17일 (음력7월 19일)〉 월요일
날씨 흐림
김순란 선생님 집에 다녀옴 –량식 문제 해결, 1학년 신입생 모집

〈1992년 8월 18일 (음력7월 20일)〉 화요일
날씨 맑음
김순란 선생님 집에 감 – 류정 참가, 사무실 이사

〈1992년 8월 19일 (음력7월 21일)〉 수요일
날씨 맑음
교사 휴식일, 학교에 감 –〉꿀 삼, 배추 밭 갈굼

〈1992년 8월 20일 (음력7월 22일)〉 목요일
날씨 맑음
개학, 음료공장 개학 축제 참가

〈1992년 8월 21일 (음력7월 23일)〉 금요일
날씨 흐림
열쇠 정리, 사무실 정리, 창일, 광춘 집에 옴

〈1992년 8월 22일 (음력7월 24일)〉 토요일
날씨 맑음
사무실 정리, 기초 건설소조 김주임 접대 – 자녀 결혼, 오후 사생 영화 봄

〈1992년 8월 23일 (음력7월 25일)〉 일요일
날씨 흐림
휴식일, 박민우 선생님 새집에서 접대

〈1992년 8월 24일 (음력7월 26일)〉 월요일
날씨 맑음
정상상과, 대청소, 사무실 이사, 서궤 이동

〈1992년 8월 25일 (음력7월 27일)〉 화요일
날씨 맑음
정치학습 준비, 7교시 교원 대회 - 계획 통과

〈1992년 8월 26일 (음력7월 28일)〉 수요일
날씨 맑음
판석 숲에 감(황 서기 함께), 광춘 대학입학
접대, 퇴근 후 판석에 감, 판석에서 돌아옴

〈1992년 8월 27일 (음력7월 29일)〉 목요일
날씨 맑음
사회주의 이론 강요 시험 참가, 정웅 접대

〈1992년 8월 28일 (음력8월 1일)〉 금요일
날씨 흐림
사회주의 이론 강요 시험 답안 정리, 5소에서
돌아옴, 당 작업 월 행사 제정, 장인어른, 승
일, 창일이 옴

〈1992년 8월 29일 (음력8월 2일)〉 토요일
날씨 비
교육법규 목록 필사, 영진 함께 도문에 감

〈1992년 8월 30일 (음력8월 3일)〉 일요일
날씨 비
영진 북경에 감 - 환송, 도문에서 학교에 감,
오후에 축구시합 봄:러시아팀-훈춘팀

〈1992년 8월 31일 (음력8월 4일)〉 월요일
날씨 비
채점 - 사회주의 이론 학습 시험, 여름방학
총결 회, 청경채 파종

〈1992년 9월 1일 (음력8월 5일)〉 화요일 날
씨 비
단원 상황 등 요해, 교원 대회 - 각 부문 계획
통과

〈1992년 9월 2일 (음력8월 6일)〉 수요일 날
씨 비
훈춘 혁명 영웅열사 파일 각반에 배분

〈1992년 9월 3일 (음력8월 7일)〉 목요일 날
씨 비
휴식일, 기초건설팀에서 접대(박민우집) 기
초 건설 완공

〈1992년 9월 4일 (음력8월 8일)〉 금요일 날
씨 비
공휴, 복순이 집에 옴, 서시장에서 옷 사옴 -
복순이 사줌

〈1992년 9월 5일 (음력8월 9일)〉 토요일 날
씨 흐림
공휴, 철진이 연길에 감 - 환송, 책장 정리

〈1992년 9월 6일 (음력8월 10일)〉 일요일
날씨 비
공휴, 문틀 정리, 폐품 정리 노동

〈1992년 9월 7일 (음력8월 11일)〉 월요일
날씨 흐림
출근: 훈춘 혁명 영웅 렬사 파일 비용 접수,
공회 위원회, 교무회

〈1992년 9월 8일 (음력8월 12일)〉 화요일
날씨 맑음
맑스 이론 철학 강요 학습, 졸업증, 사진틀 정
리, 량식국에 가 알아봄 – 시 위원 당 역사 소
조에 비용 납부

〈1992년 9월 9일 (음력8월 13일)〉 수요일
날씨 맑음
당 건설 각종 제도 설치, 영진이 북경에서 편
지 옴, 7교시부터 교원 학습 시작 – 의무 교
육, 승일 집에 감, 접대

〈1992년 9월 10일 (음력8월 14일)〉 목요일
날씨 맑음
오전에 상과 – 학생이 교사절 축하해줌, 남교
사 점심 생활 개선,

〈1992년 9월 11일 (음력8월 15일)〉 금요일
날씨 맑음
태양 산에 감, 태양에서 돌아옴

〈1992년 9월 12일 (음력8월 16일)〉 토요일
날씨 맑음
출근, 북경에서 편지 받음, 유리 안장, 단지부
건립회의, 5학년 다짐노동

〈1992년 9월 13일 (음력8월 17일)〉 일요일

날씨 비
오전에 상과, 오후에 휴식, 당 건설 계획 정
리, 유리 안장

〈1992년 9월 14일 (음력8월 18일)〉 월요일
날씨 맑음
1-2 수학 1교시 수업 방청, 여름방학 기간 보
충수업 경비 문제 토론, 〈모택동의 이야기(毛
澤東的故事)〉 영화 봄, 선전부 왕동지 펨점에
서 접대

〈1992년 9월 15일 (음력8월 19일)〉 화요일
날씨 맑음
1-3, 1-4 우전 수업 방청, 정치 학습 – 노동
(다짐 노동, 배수노동), 박회계 접대.

〈1992년 9월 16일 (음력8월 20일)〉 수요일
날씨 맑음
오전 정치 학습 준비, 오후 정치 학습 – 당 건
설 이론,

〈1992년 9월 17일 (음력8월 21일)〉 목요일
날씨 맑음
당 건설 이론 학습 답안 검색, 6학년 다짐노
동, 홍, 금, 허 등 접대

〈1992년 9월 18일 (음력8월 22일)〉 금요일
날씨 비
2-4, 2-3 수학, 3-4, 3-3 수학 수업방청, 당
건설 이론 학습 답안 검색, 5학년 다짐 노동

〈1992년 9월 19일 (음력8월 23일)〉 토요일

날씨 맑음

3-1, 3-2 우전 수업 방청, 당 건설 이론 학습 답안 검색, 4학년 다짐 노동, 황재명 아들 금택 결혼 접대

〈1992년 9월 20일 (음력8월 24일)〉 일요일
날씨 맑음

공휴, 자전거 구매

〈1992년 9월 21일 (음력8월 25일)〉 월요일
날씨 맑음

4-1, 4-2 품덕, 3-3 수학 수업 방청

〈1992년 9월 22일 (음력8월 26일)〉 화요일
날씨 맑음

4-3, 4-4 품덕 수업방청, 등소평 담화 내용 기록, 각 학년별 축구 시합 시작

〈1992년 9월 23일 (음력8월 27일)〉 수요일
날씨 맑음

5-1 품덕 수업 방청, 영화 봄, 공회계획 통과, 아내 생일, 미옥, 복순 집에 옴, 사과배 140근 사옴

〈1992년 9월 24일 (음력8월 28일)〉 목요일
날씨 비

시 장애인 연합 특수학교 개학축제 참석, 미옥 연길 감, 홍 선생님 생일 접대

〈1992년 9월 25일 (음력8월 29일)〉 금요일
날씨 맑음

정상상과, 편지 붙임(국, 영, 광, 동), 부식품

가격 지정 - 수속

〈1992년 9월 26일 (음력9월 1일)〉 토요일
날씨 맑음

오후 교육위원회 참가 - 인민대표 선발 관련, 학교에서 대수 시험 진행, 교육위원회 접대

〈1992년 9월 27일 (음력9월 2일)〉 일요일
날씨 맑음

오전 상과, 오후 사생 휴식, 교육위원회 접대

〈1992년 9월 28일 (음력9월 3일)〉 월요일
날씨 비

정상상과, 점심 박교장 접대, 오후 선생님, 지도부 노동 - 벽긁기

〈1992년 9월 29일 (음력9월 4일)〉 화요일
날씨 호우

정상상과, 교원회의 - 명일 행사 관련 - 가을 소풍

〈1992년 9월 30일 (음력9월 5일)〉 수요일
날씨 맑음

학교 가을 소풍활동 관련

〈1992년 10월 1일 (음력9월 6일)〉 목요일
날씨 맑음

학교에서 돌아 옴, 집에서 신문 봄, 창일이 집에 옴, 미옥, 원학 집에 옴, 저녁 창일 집에서 먹음

〈1992년 10월 2일 (음력9월 7일)〉 금요일

날씨 맑음
고추, 가지 수확 등 노동

〈1992년 10월 3일 (음력9월 8일)〉 토요일
날씨 흐림
후식, 미옥, 원학 연길 돌아감

〈1992년 10월 4일 (음력9월 9일)〉 일요일
날씨 바람
학교에 감, 정웅, 장인어른 옴, 영채 수확,

〈1992년 10월 5일 (음력9월 10일)〉 월요일
날씨 맑음
출근, 정상상과 대청소

〈1992년 10월 6일 (음력9월 11일)〉 화요일
날씨 맑음
정상수업

〈1992년 10월 7일 (음력9월 12일)〉 수요일
날씨 맑음
업무 학습, 페인트 작업(오후 남교원), 원학
이 집에 옴

〈1992년 10월 8일 (음력9월 13일)〉 목요일
날씨 비
정상상과, 깃발 난간 만듦(오후 부분 남교
원), 방교장 손자 생일 접대

〈1992년 10월 9일 (음력9월 14일)〉 금요일
날씨 맑음
정상상과, 오전 벌목, 오후 깃발 난간 제작

〈1992년 10월 10일 (음력9월 15일)〉 토요
일 날씨 맑음
시 위원회 방 서기 방민 보고내용 학습, 오후
영화 봄, 원학이 집에 옴, 부분 남교원 생활
개선

〈1992년 10월 11일 (음력9월 16일)〉 일요
일 날씨 비
온돌 수리, 휴식일, 승일, 정웅 집에 옴

〈1992년 10월 12일 (음력9월 17일)〉 월요
일 날씨 흐림
선거 명단 조사, 오후에 교육위원회, 당위원
회에서 회의 개최 – 북경에서 편지 받음

〈1992년 10월 13일 (음력9월 18일)〉 화요
일 날씨 맑음
선거 명단 등기, 연길시 설계원에서 학교에
와 접대,

〈1992년 10월 14일 (음력9월 19일)〉 수요
일 날씨 맑음
당 위원회에 가 선거 등기표 제출, 양교장 접
대, 150위안 송금, 편지 붙임,

〈1992년 10월 15일 (음력9월 20일)〉 목요
일 날씨 맑음
학습, 오후 학교 연출 관람

〈1992년 10월 16일 (음력9월 21일)〉 금요
일 날씨 맑음
연수학교 관람– 주승길 드라마 봄, 오후 교원

회의, 2,3급교사 학습,회의

〈1992년 10월 17일 (음력9월 22일)〉 토요
일 날씨 맑음
화장실 수리, 창고 노동 - 남교원

〈1992년 10월 18일 (음력9월 23일)〉 일요
일 날씨 맑음
〈국화(菊花)〉 영화 봄

〈1992년 10월 19일 (음력9월 24일)〉 월요
일 날씨 맑음
당 위원회의 참가

〈1992년 10월 20일 (음력9월 25일)〉 화요
일 날씨 맑음
시 덕육 교육 연구회 참가 - 년회

〈1992년 10월 21일 (음력9월 26일)〉 수요
일 날씨 맑음
정치학습 준비, 교원 정치학습, 초급교원 시
험 졸업(연수학교에서 방문)

〈1992년 10월 22일 (음력9월 27일)〉 목요
일 날씨 흐림
학교 후보 선거 - 교육국에 다녀옴, 공회 위
원 소조 회의(집 분배 문제)

〈1992년 10월 23일 (음력9월 28일)〉 금요
일 날씨 흐림
오전 영화 봄 〈태산 은구〉, 오후 상과 사생이
교육 위원회의 참가 - 선거

〈1992년 10월 24일 (음력9월 29일)〉 토요
일 날씨 비
후보 선거(상과전), 연길에서 전화 받음 - 원
학 집에 옴

〈1992년 10월 25일 (음력9월 30일)〉 일요
일 날씨 맑음
학교에 다녀옴, 집에서 학습, 복순 집에 옴,
아내 연길에 감

〈1992년 10월 26일 (음력10월 1일)〉 월요
일 날씨 맑음
당 건설 이론 자율학습, 지도부 회의 - 집 분
배 관련

〈1992년 10월 27일 (음력10월 2일)〉 화요
일 날씨 맑음
당 건설 이론 자율학습(인물화상 거치), 4,5
학년 오후 노동 - 벽돌 운반, 북경에서 편지
받음-영진

〈1992년 10월 28일 (음력10월 3일)〉 수요
일 날씨 맑음
정치학습(오전:오후 상과교사, 오후:오전 상
과교사), 당 건설 이론 학습 완료.

〈1992년 10월 29일 (음력10월 4일)〉 목요
일 날씨 흐림
정치 학습 책 정리, 오후 복도 벽칠

〈1992년 10월 30일 (음력10월 5일)〉 금요
일 날씨 맑음

명인 화상 다시 거치

〈1992년 10월 31일 (음력10월 6일)〉 토요일 날씨 맑음
벽칠 노동, 성림 선생님 결혼 접대, 점심 남교원 생활 개선

〈1992년 11월 1일 (음력10월 7일)〉 일요일 날씨 추움
학교 감, 직일, 편지 붙임, 공장에 팻말 검, 학교에서 공인 접대

〈1992년 11월 2일 (음력10월 8일)〉 월요일 날씨 흐림
쌍봉대 설치 노동, 신문 봄,

〈1992년 11월 3일 (음력10월 9일)〉 화요일 날씨 추움
〈14대 강택민 보고〉 학습, 난로 설치(교장, 총무처, 사무실)

〈1992년 11월 4일 (음력10월 10일)〉 수요일 날씨 맑음
하수도 청결 노동, 교원회의 (집 분배, 기중총결, 업무 학습)

〈1992년 11월 5일 (음력10월 11일)〉 목요일 날씨 맑음
학교 전화 교원 우수 평가 수업 촬영 조직 (주) 오후에 교육 당 위원회 참가 - 당 대표 관련

〈1992년 11월 6일 (음력10월 12일)〉 금요일 날씨 맑음
지부대회 개최 - 교육, 당위원 당 대회 대표 선발, 〈14대 보고〉 학습

〈1992년 11월 7일 (음력10월 13일)〉 토요일 날씨 추움
중공 교육회 4차 대표회 참석, 오후 복순이 집에 옴

〈1992년 11월 8일 (음력10월 14일)〉 일요일 날씨 눈
집에서 가사 노동, 굴뚝 수리, 창일 집 솥 설치(새집)

〈1992년 11월 9일 (음력10월 15일)〉 월요일 날씨 대설
4-2, 4-3, 4-4 수학 수업 방청, 교장실 석탄 상자 조립, 동춘이 집에 옴

〈1992년 11월 10일 (음력10월 16일)〉 화요일 날씨 흐림
걸어서 출근, 강택민 보고 학습, 사생 영화 봄, 최석환 선생님 접대-자녀 결혼

〈1992년 11월 11일 (음력10월 17일)〉 수요일 날씨 맑음
250원 송금-영진, 강택민 보고 학습, 오후 교사 겨울준비

〈1992년 11월 12일 (음력10월 18일)〉 목요일 날씨 흐림

강택민 보고 학습, 오후 교사 영화 봄

〈1992년 11월 13일 (음력10월 19일)〉 금요일 날씨 눈
강택민 보고 학습, 필기 완료, 오후 정치 학습 《14대 보고》, 김성하 선생님 접대

〈1992년 11월 14일 (음력10월 20일)〉 토요일 날씨 맑음
인민대표 선거, 오후에 교육위원회에 선거표 제출

〈1992년 11월 15일 (음력10월 21일)〉 일요일 날씨 추움
집에서 일함 - 정원 정리, 김치 움로 채소 정리

〈1992년 11월 16일 (음력10월 22일)〉 월요일 날씨 맑음
법제 시험 답안 검색, 시험지 인쇄, 오전 지도 부회의 - 집 분배 문제

〈1992년 11월 17일 (음력10월 23일)〉 화요일 날씨 눈
법제 시험지 작성, 답안 작성, 교육, 당 위원회 참가 -적극분자 정돈, 연수학교 한어 선생님 수업 방청 및 지도

〈1992년 11월 18일 (음력10월 24일)〉 수요일 날씨 눈
법제 시험지 배부, 학교 한어 이야기 경연

〈1992년 11월 19일 (음력10월 25일)〉 목요일 날씨 대설
법제 시험지 채점, 업무 학습 - 품덕교학 관련

〈1992년 11월 20일 (음력10월 26일)〉 금요일 날씨 맑음
법제 시험지 채점, 스케이트장 물 관수

〈1992년 11월 21일 (음력10월 27일)〉 토요일 날씨 맑음
법제 시험 성적 발표, 저녁 방교장 아들 결혼 접대

〈1992년 11월 22일 (음력10월 28일)〉 일요일 날씨 눈
누나 생일, 집에서 노동, 오후 교원 회의 - 집값, 문풍지

〈1992년 11월 23일 (음력10월 29일)〉 월요일 날씨 맑음
각종 기록 작성, 박춘화 선생님 담화 교육, 오후 영화 봄

〈1992년 11월 24일 (음력11월 1일)〉 화요일 날씨 대설
정치 학습 준비, 지부 위원회 -적극분자 정돈 문제

〈1992년 11월 25일 (음력11월 2일)〉 수요일 날씨 맑음
적극분자 재료 정리, 정치 학습 , 적극분자 학

습반 만듦

〈1992년 11월 26일 (음력11월 3일)〉 목요
일 날씨 추움
적극분자 학습 재료 준비- 신념, 리상

〈1992년 11월 27일 (음력11월 4일)〉 금요
일 날씨 맑음
학전반 1,2반 수업방청, 적극분자 통계, 퇴근
후 스케이트장 관수

〈1992년 11월 28일 (음력11월 5일)〉 토요
일 날씨 맑음
철학 시험 참석하지 않은 교원 조사

〈1992년 11월 29일 (음력11월 6일)〉 일요
일 날씨 맑음
출근, 직일, 편지 씀, 문풍지

〈1992년 11월 30일 (음력11월 7일)〉 월요
일 날씨 맑음
영진, 민석 편지 씀, 4-3 가장 접대, 스케이트
장 관수

〈1992년 12월 1일 (음력11월 8일)〉 화요일
날씨 맑음
연수학교 한어 선생님, 전교부에서 학교에
와 지도함, 접대

〈1992년 12월 2일 (음력11월 9일)〉 수요일
날씨 맑음
오후에 정치 학습, 적극분자 통계표 제출

〈1992년 12월 3일 (음력11월 10일)〉 목요
일 날씨 맑음
시 위원 선전부에 감, 2소에 들림,(시장, 재정
국, 교육국에서 검사 옴)

〈1992년 12월 4일 (음력11월 11일)〉 금요
일 날씨 맑음
철학 시험답안 검색(철학 시험 성적 관련),
시 한어 이야기 경연

〈1992년 12월 5일 (음력11월 12일)〉 토요
일 날씨 눈
연길에 병문안- 최화 선생님, 미옥 집에 머
뭄, 학교 인쇄기 부품 구매 못함

〈1992년 12월 6일 (음력11월 13일)〉 일요
일 날씨 흐림
연길-〉 도문에서 집에 옴

〈1992년 12월 7일 (음력11월 14일)〉 월요
일 날씨 흐림
철학(맑스 주의 원리) 학습 재료 배부 및 필
사, 시험 성적

〈1992년 12월 8일 (음력11월 15일)〉 화요
일 날씨 맑음
연수학교 퇴직간부- 김삼룡 장례식 참석

〈1992년 12월 9일 (음력11월 16일)〉 수요
일 날씨 흐림
당원, 적극분자 배분, 김정복 선생님 접대 -
지도부

〈1992년 12월 10일 (음력11월 17일)〉 목요
일 날씨 눈
당원 명단 작성, 오후 교육 당위원회 참가

〈1992년 12월 11일 (음력11월 18일)〉 금요
일 날씨 추움
판석 문화 교육처에 가 월급 받음, 소개신-
아내

〈1992년 12월 12일 (음력11월 19일)〉 토요
일 날씨 눈
약 공장 개설 문제 토론, 전교 가장회 개최,
가장 간부 접대

〈1992년 12월 13일 (음력11월 20일)〉 일요
일 날씨 흐림
집에서 휴식, 옥수 집에 옴, 정웅 집에 옴

〈1992년 12월 14일 (음력11월 21일)〉 월요
일 날씨 추움
당비 수납, 4계도 당비 접수, 지도부 회의 -
학기 총결 관련, 모정자 장녀 결혼 접대

〈1992년 12월 15일 (음력11월 22일)〉 화요
일 날씨 맑음
당 역사 필기 학습, 250원 송금-영진, 창일
1,000위안 빌려줌,

〈1992년 12월 16일 (음력11월 23일)〉 수요
일 날씨 맑음
초청장 작성 -퇴직간부 좌담회 - 통지

〈1992년 12월 17일 (음력11월 24일)〉 목요
일 날씨 맑음
작업 준비, 퇴직간부 좌담회 개최(오후), 집
값 13,000위안

〈1992년 12월 18일 (음력11월 25일)〉 금요
일 날씨 맑음
청년 교사 좌담회 준비, 개최, 학전반 선진교
사 선발

〈1992년 12월 19일 (음력11월 26일)〉 토요
일 날씨 눈
당 역사 학습, 필기, 주옥죽 선생님 집 방문,
복순이 집에 옴, 국 위생 총결대회

〈1992년 12월 20일 (음력11월 27일)〉 일요
일 날씨 맑음
이, 퇴직 간부 4분 지부 년말 총결 대회 참가
- 2소

〈1992년 12월 21일 (음력11월 28일)〉 월요
일 날씨 눈
당 역사 학습 필가, 지도부 회의 - 선진교사
심사, 교원회의 - 기말 시험 관련, 선진교사
공포

〈1992년 12월 22일 (음력11월 29일)〉 화요
일 날씨 맑음
종합처리 재료 정리

〈1992년 12월 23일 (음력11월 30일)〉 수요
일 날씨 추움

종합 처리 검사 준비 –오지 않음, 4학년 청소 노동, 학교 기말시험, 14대 보고 요점 학습 필기

〈1992년 12월 24일 (음력12월 1일)〉 목요일 날씨 추움
당 건설, 종합 처리 검수(교육 당위원회 범서기가 와 검수), 학교 식품장 대표 접대, 교원 영화 봄

〈1992년 12월 25일 (음력12월 2일)〉 금요일 날씨 맑음
연수학교에 가 철학 시험 성적, 책값 제출, 지부 대회 당 수업

〈1992년 12월 26일 (음력12월 3일)〉 토요일 날씨 맑음
교내 동계대회, 일본에서 편지 받음

〈1992년 12월 27일 (음력12월 4일)〉 일요일 날씨 맑음
지도부 시험 참가 – 교육 정책 법규, 장인어른 집에서 신정 보냄

〈1992년 12월 28일 (음력12월 5일)〉 월요일 날씨 맑음
시 정부 긴급대회 참가 –교언대회 – 전달, 부분 교사 맑스 레닌 철학 시험

〈1992년 12월 29일 (음력12월 6일)〉 화요일 날씨 맑음
각종 정리, 오후 시 교육 당 위원에서 개최한 당 수업 참가

〈1992년 12월 30일 (음력12월 7일)〉 수요일 날씨 맑음
각 반급 겨울방학 배치

〈1992년 12월 31일 (음력12월 8일)〉 목요일 날씨 맑음
학교 작업 총결, 우수 교사 표창 – 연회, 알계련 환송회, 주옥죽 선생님 집에 감 – 사망, 승일 집 신정 접대 – 창일, 복순, 장인 어른 참가

1993년

〈1993년 1월 1일 (음력 12월 9일)〉 금요일 날씨 맑음

승일(承日)의 집에서 원단을 지냈음, 학교에 가서 추도사를 썼음

〈1993년 1월 2일 (음력 12월 10일)〉 토요일 날씨 맑음

정년퇴직 간부(幹部) - 주옥죽(朱玉竹)의 추도식에 참석

〈1993년 1월 3일 (음력 12월 11일)〉 일요일 날씨 맑음

교원(敎員) 출근, 학교에 민주평의를 하러 왔음 - 지도부 평의

〈1993년 1월 4일 (음력 12월 12일)〉 월요일 날씨 맑음

지도부가 평의하러 왔음, 고(高) 선생이 면담하러 왔음

〈1993년 1월 5일 (음력 12월 13일)〉 화요일 날씨 맑음

지도부가 평의하러 왔음, 심사 자료 정리, 석탄 2톤 운송

〈1993년 1월 6일 (음력 12월 14일)〉 수요일 날씨 맑음/흐림

관개(灌漑) 노동, 심사 자료 정리

〈1993년 1월 7일 (음력 12월 15일)〉 목요일 날씨 맑음/흐림

관개(灌漑) 노동, 학교에서 초대를 받았음 - 교위(敎委)[1]인원과 민우(敏遇)의 가족

〈1993년 1월 8일 (음력 12월 16일)〉 금요일 날씨 맑음

장인, 동생 정웅(廷雄)의 집에 갔음, 50위안 줬음 - 철진(哲珍)이 진료용

〈1993년 1월 9일 (음력 12월 17일)〉 토요일 날씨 맑음

휴일, 집에서 쉬었음

〈1993년 1월 10일 (음력 12월 18일)〉 일요일 날씨 추움

장인집 이사 - 아파트, 양(楊) 교장을 문병했음

---

1) 교육위위원회(敎育委員會)의 준말.

〈1993년 1월 11일 (음력 12월 19일)〉 월요일 날씨 맑음

장(張)교장이 우리 집에 왔음. 학교, 교위(敎委)에 다녀왔음

〈1993년 1월 12일 (음력 12월 20일)〉 화요일 날씨 맑음

당원(黨員) 민주측정 - 김광천(金光天), 교육국은 와서 상황을 파악, 지도부 회의 - 보강 중지

〈1993년 1월 13일 (음력 12월 21일)〉 수요일 날씨 맑음

동생의 집에 가서 북한에 갈 문제를 토론했음, 복순(福順)이 우리 집에 왔음, 겨울옷을 샀음

〈1993년 1월 14일 (음력 12월 22일)〉 목요일 날씨 맑음

학교에 갔음, 최화(崔花) 선생을 문병했음, 복순(福順)이 겨울옷을 사서 집에 갔음, 태양촌(太陽村)의 호준(浩俊)이 쌀을 한 가마니 가져왔음

〈1993년 1월 15일 (음력 12월 23일)〉 금요일 날씨 맑음

광춘(光春)이 집에 도착했음, 장인의 집에 다녀왔음. 오후 휴식, 동생이 우리 집에 왔음

〈1993년 1월 16일 (음력 12월 24일)〉 토요일 날씨 맑음

학교, 정화파출소(靖和派出所)에 갔음, 정웅(廷雄)에게 600위안 빌려줬음, 김(金)교장이 초대해 줬음, 창일(昌日)의 집에 갔음, 아내가 연길(延吉)에 갔음

〈1993년 1월 17일 (음력 12월 25일)〉 일요일 날씨 맑음

휴일, 온돌 수리, 아내가 다녀왔음, 영진(永珍)이 집에 도착

〈1993년 1월 18일 (음력 12월 26일)〉 월요일 날씨 추움

출국 수속을 밟았음

〈1993년 1월 19일 (음력 12월 27일)〉 화요일 날씨 맑음

북한 해관에서 입국 수속을 밟았음 - 새별[2]에서 하숙(※추움)

〈1993년 1월 20일 (음력 12월 28일)〉 수요일 날씨 추움

새별에서 회령(會寧)시[3]에 있는 여동생의 집에 갔음

〈1993년 1월 21일 (음력 12월 29일)〉 목요일 날씨 추움

여동생의 집에서 쉬었음, 숙부(叔父)이 집에 도착

〈1993년 1월 22일 (음력 12월 30일)〉 금요

---

2) 함경북도(咸鏡北道) 북동부에 있는 군(郡).
3) 함경북도(咸鏡北道) 회령(會寧)시.

일 날씨 맑음

수속 밟음 - 접수, 외사, 양식, 사무소

〈1993년 1월 23일 (음력 1월 1일)〉 토요일
날씨 맑음

북한에서 설날을 보냈음

〈1993년 1월 24일 (음력 1월 2일)〉 일요일
날씨 맑음

오전에 휴식, 오후에 장을 보러 갔음, 동생이
아파서 치료를 받았음

〈1993년 1월 25일 (음력 1월 3일)〉 월요일
날씨 맑음

오전에 휴식, 오후에 장을 보러 갔음, 동생이
아파서 치료를 받았음

〈1993년 1월 26일 (음력 1월 4일)〉 화요일
날씨 맑음

휴식, 동생이 아파서 치료를 받았음

〈1993년 1월 27일 (음력 1월 5일)〉 수요일
날씨 맑음

휴식, 동생이 아파서 치료를 받았음

〈1993년 1월 28일 (음력 1월 6일)〉 목요일
날씨 맑음

휴식, 동생이 아파서 치료를 받았음

〈1993년 1월 29일 (음력 1월 7일)〉 금요일
날씨 맑음

휴식, 동생이 아파서 치료를 받았음

〈1993년 1월 30일 (음력 1월 8일)〉 토요일
날씨 맑음

시장에 가서 물건 팔았음(※)

〈1993년 1월 31일 (음력 1월 9일)〉 일요일
날씨 맑음

숙부(叔父)의 환갑잔치를 했음

〈1993년 2월 1일 (음력 1월 10일)〉 월요일
날씨 추움

숙모(叔母)를 만나러 갔음, 여동생의 집에 갔
음

〈1993년 2월 2일 (음력 1월 11일)〉 화요일
날씨 맑음

휴일, 귀국 수속을 밟았음

〈1993년 2월 3일 (음력 1월 12일)〉 수요일
날씨 맑음

귀국 수속을 밟았음, 회령(會寧)에서 새별로
갔음(※ 추움)

〈1993년 2월 4일 (음력 1월 13일)〉 목요일
날씨 맑음

새별에서 출발해서 귀국, 수속 밟은 후 집에
도착

〈1993년 2월 5일 (음력 1월 14일)〉 금요일
날씨 맑음

출근, 오후에 아파서 쉬었음. 복순(福順), 창
일(昌日), 승일(承日), 장인을 초대했음

〈1993년 2월 6일 (음력 1월 15일)〉 토요일
날씨 맑음
교원(敎員) 출근 및 회의, 아내가 태양(太陽)
에 갔음

〈1993년 2월 7일 (음력 1월 16일)〉 일요일
날씨 추움
개학 준비, 강의 준비, 열성분자(積極分子)
김광천(金光天) 선생이 시험, 아내가 다녀왔
음, 복순(福順)이 집에 돌아갔음

〈1993년 2월 8일 (음력 1월 17일)〉 월요일
날씨 맑음/추움
개강 준비, 사상(思想)검수 방안을 제정, 학
전반(學前班)[4] 교실 옮김

〈1993년 2월 9일 (음력 1월 18일)〉 화요일
날씨 맑음/추움
사상(思想)검수 방안을 제정, 대청소, 학교가
학생용 노트를 구입

〈1993년 2월 10일 (음력 1월 19일)〉 수요일
날씨 맑음/추움
개강, 음악 팀 회의

〈1993년 2월 11일 (음력 1월 20일)〉 목요일
날씨 맑음/추움
14대[5] 보고 요점을 학습 및 필기, 교원(敎員)
회의

〈1993년 2월 12일 (음력 1월 21일)〉 금요일
날씨 맑음/추움
교내 스케이트 대회

〈1993년 2월 13일 (음력 1월 22일)〉 토요일
날씨 눈/맑음
정웅(廷雄)의 집에서 초대를 받았음

〈1993년 2월 14일 (음력 1월 23일)〉 일요일
날씨 맑음
강의 준비, 정웅(廷雄)의 집에 가서 식사, 오
후에 박(朴)교장의 집에서 초대를 받았음

〈1993년 2월 15일 (음력 1월 24일)〉 월요일
날씨 맑음
5학년의 자연과학 수업을 했음, 교원(敎員)
회의 – 동계 활동 총결, 원학(元學)이 왔음

〈1993년 2월 16일 (음력 1월 25일)〉 화요일
날씨 맑음
남교원(敎員) 벌목 노동

〈1993년 2월 17일 (음력 1월 26일)〉 수요일
날씨 눈
남교원(敎員) 벌목 노동, 장병(裝甁) 작업

〈1993년 2월 18일 (음력 1월 27일)〉 목요일
날씨 맑음
5학년의 자연과학 수업을 했음, 오후에 영화
를 봤음, 송병(送甁) 작업

〈1993년 2월 19일 (음력 1월 28일)〉 금요일

---

4) 예비 초등학생 반. 취학 전 아동 반.
5) 중국 공산당(共産黨) 14차 전국 대표 회의.

날씨 맑음
벌목 및 목재 쌓았음, 복순(福順), 광춘(光春)
이 집에 왔음

〈1993년 2월 20일 (음력 1월 29일)〉 토요일
날씨 맑음
오전에 목재 쌓았음, 회의 – 성(省)[6] 당원(黨
員) 대표 선거

〈1993년 2월 21일 (음력 2월 1일)〉 일요일
날씨 흐림/눈
오전에 직일, 춘화(春花)가 상견례를 했음, 원
학(元學)과 미옥(美玉)이 연길(延吉)에 돌아
갔음, 광춘(光春)이 장춘(長春)에 갔음, 승일
(承日)이 내일 생일, 북경으로 편지를 보냈음

〈1993년 2월 22일 (음력 2월 2일)〉 월요일
날씨 눈
강의 준비, 5학년 자연과학 3교시 수업했음,
공회위원(工會委員)[7] 회의 참석, 원학(元學)
이 집에 도착

〈1993년 2월 23일 (음력 2월 3일)〉 화요일
날씨 추움

지도부 회의 – 교위(敎委)회의 정신에 관함,
점심에 승일(承日)집에서 초대를 받았음, 오
후에 교원(敎員) 회의 – 각 부문 계획에 관함,
김국화(金菊花) 선생이 전근왔음

〈1993년 2월 24일 (음력 2월 4일)〉 수요일
날씨 추움
93년 교육위원회 근무 요점을 필사, 공회위
원(工會委員) 회의를 참석, 원학(元學)이 우
리 집에 왔음

〈1993년 2월 25일 (음력 2월 5일)〉 목요일
날씨 맑음
5학년의 자연과학 수업을 했음, 강의 준비,
원학(元學)이 연길(延吉)에 돌아갔음

〈1993년 2월 26일 (음력 2월 6일)〉 금요일
날씨 맑음
지부계획 제정

〈1993년 2월 27일 (음력 2월 7일)〉 토요일
날씨 맑음
원창일(元昌日)선생의 집에 갔음 – 결근, 박
(朴)교장이 내일 생일

〈1993년 2월 28일 (음력 2월 8일)〉 일요일
날씨 맑음/추움
태양사대(太陽四隊)[8]에 갔음, 미란(美蘭) 결
혼식, 원학(元學)이 훈춘(琿春)에 갔음

---

6) 중국의 행정구역 체계는 1급인 성(省) 및 자치구(自
治區), 제2급인 지급 행정구(地級行政區), 제3급인
현급 행정구(縣級行政區), 제4급인 향급 행정구(鄕
級行政區)로 분류되며, 제1급 행정구역은 22개의 성
(省), 5개 자치구(广西壯族自治區, 內蒙古自治區, 宁
夏回族自治區, 西藏自治區, 新疆維吾爾自治區), 4개
직할시(北京市, 重慶市, 上海市, 天津市)와, 홍콩(香
港) 및 마카오(澳門)의 2개 특별행정구가 있다.
7) 공회(工會): 노동조합, 노조협회.

8) 지역 명.

〈1993년 3월 1일 (음력 2월 9일)〉 월요일 날씨 맑음

5학년의 자연과학 수업을 했음, 오후에 당위(黨委)[9]회의를 참석 - 근무 요점에 관함

〈1993년 3월 2일 (음력 2월 10일)〉 화요일 날씨 맑음

오전에 교위(敎委)회의 참석 - 비용, 지부의 근무 계획을 제정에 관함

〈1993년 3월 3일 (음력 2월 11일)〉 수요일 날씨 맑음

오전에 지부의 근무 계획 제정, 오후에 정치 학습

〈1993년 3월 4일 (음력 2월 12일)〉 목요일 날씨 맑음

5학년의 자연과학 수업을 했음, 오후에 지도부 회의 - 원창일(元昌日)의 문제에 관함, 박춘(朴春)선생이 전근 왔음, 퇴근 후에 원창일(元昌日)의 집에 가정 방문하러 갔음

〈1993년 3월 5일 (음력 2월 13일)〉 금요일 날씨 맑음

오전에 지부의 근무 계획을 개정, 건설대(建設隊)에서 초대를 받았음, 오후에 지부 회의 - 레이펑(雷鋒)[10]의 사적을 학습

〈1993년 3월 6일 (음력 2월 14일)〉 토요일 날씨 맑음

지부근무계획을 검사, 최소림(崔小林)의 집에 가서 점심을 먹었음(※원창일선생 무급 휴직), 박춘(朴春)선생의 초대를 받았음

〈1993년 3월 7일 (음력 2월 15일)〉 일요일 날씨 맑음

김성하(金成河)선생이 생일인데 초청을 받았음, 과대(鍋臺)[11]를 청소, 일본으로 편지를 보냈음

〈1993년 3월 8일 (음력 2월 16일)〉 월요일 날씨 맑음

오전에 수업, 점심 〈3.8〉[12]활동 연회

〈1993년 3월 9일 (음력 2월 17일)〉 화요일 날씨 맑음

시(市) 개발 1주년 기념 대회 - 4~6학년의 교사(敎師) 및 학생 오후에 수업

〈1993년 3월 10일 (음력 2월 18일)〉 수요일 날씨 맑음

지부 근무계획을 복습, 북경에서 편지가 왔음 - 영진(永珍)

〈1993년 3월 11일 (음력 2월 19일)〉 목요일 날씨 맑음

"우수 창의성 선정 조건"을 확인, 지부 근무

---

9) 중국 공산당(共産黨)의 각급 위원회
10) 레이펑(1940년 12월 18일-1962년 8월 15일)은 중국 인민해방군의 모범병사.

11) 부뚜막.
12) 3 · 8절, '국제 여성의 날'의 약칭.

계획을 보고, 박춘금(朴春錦)선생 결혼식

〈1993년 3월 12일 (음력 2월 20일)〉 금요일
날씨 맑음
훈춘(琿春)형세 학습 – (정치학습 준비), 원
학(元學)과 복순(福順)이 우리 집에 왔음

〈1993년 3월 13일 (음력 2월 21일)〉 토요일
날씨 맑음
수업 2교실을 방청(실습생), 아내가 연길에
갔음. 원학(元學)이 우리 집에 왔음

〈1993년 3월 14일 (음력 2월 22일)〉 일요일
날씨 맑음
동생의 집에 갔음. 미화(美花)가 약혼

〈1993년 3월 15일 (음력 2월 23일)〉 월요일
날씨 맑음
5학년 자연과학 수업을 3교실 했음, 교위(敎
委) 김(金) 회계의 초대를 받았음, 아내가 다
녀왔음

〈1993년 3월 16일 (음력 2월 24일)〉 화요일
날씨 맑음
4-3(4학년 3반) 1교실 대리 수업, 4-4(漢)
청강

〈1993년 3월 17일 (음력 2월 25일)〉 수요일
날씨 흐림/맑음
실습생 총결 회의 – 연길사범학교의 실습생
이 학교에 도착, 퇴근 후에 박(朴) 교장의 집
에 놀러 갔음

〈1993년 3월 18일 (음력 2월 26일)〉 목요일
날씨 맑음
5학년 자연과학 수업을 3교시 했음, 자료 학
습, 원학(元學)이 우리 집에 왔음

〈1993년 3월 19일 (음력 2월 27일)〉 금요일
날씨 맑음
자료 학습, 지도부 회의 – 채용 문제에 관함

〈1993년 3월 20일 (음력 2월 28일)〉 토요일
날씨 맑음
일본에서 편지가 왔음, 교(校) 학부모 위원
회의

〈1993년 3월 21일 (음력 2월 29일)〉 일요일
날씨 맑음
당직(하루 종일), 승일(承日)집 이사를 도움

〈1993년 3월 22일 (음력 2월 30일)〉 월요일
날씨 맑음
5학년 자연과학수업을 3교시 했음, 일본으로
편지를 보냈음, 북경으로 편지를 보냈음 – 민
석(珉錫), 영진(永珍)

〈1993년 3월 23일 (음력 3월 1일)〉 화요일
날씨 맑음
학습 자료 정리

〈1993년 3월 24일 (음력 3월 2일)〉 수요일
날씨 맑음
정치학습 준비, 오후에 정치학습

〈1993년 3월 25일 (음력 3월 3일)〉 목요일
날씨 맑음
오전에 4,5학년의 교사(教師) 및 학생들이 영
화를 봤음, 오후에 1,2,3,6학년의 교사 및 학
생들이 영화를 봤음

〈1993년 3월 26일 (음력 3월 4일)〉 금요일
날씨 맑음/추움
아내가 연길(延吉)에 갔음, 학습자료 정리,
운동장 정리 노동, 최순옥(崔順玉) 선생 장남
결혼식

〈1993년 3월 27일 (음력 3월 5일)〉 토요일
날씨 맑음/흐림
아내가 다녀왔음, 교육개혁 학습자료 정리,
영진(永珍)에게 150위안 송금했음

〈1993년 3월 28일 (음력 3월 6일)〉 일요일
날씨 눈/맑음
춘화(春花) 결혼식, 창일 우리 집에 왔음

〈1993년 3월 29일 (음력 3월 7일)〉 월요일
날씨 맑음
5학년 자연과학 3교시 수업했음, 지부확대
회의(지부위원회 개선문제에 관함)

〈1993년 3월 30일 (음력 3월 8일)〉 화요일
날씨 맑음
학습 필기 - 중국교육개혁강령(조선어문)

〈1993년 3월 31일 (음력 3월 9일)〉 수요일
날씨 맑음

학습 필기 - 중국교육개혁강령(조선어문),
중간시험

〈1993년 4월 1일 (음력 3월 10일)〉 목요일
날씨 흐림/비
5학년 자연과학 3교시 수업했음, OO 이사를
갔음, 성(成)주임과 김일(金日)선생이 학교
에 와서 강의를 청강했음, 승일(承日)의 집에
서 저녁을 먹었음

〈1993년 4월 2일 (음력 3월 11일)〉 금요일
날씨 맑음
장인 생신, 출근, 집에서 점심을 먹었음, 담임
선생 회의, 북경에서 편지가 왔음

〈1993년 4월 3일 (음력 3월 12일)〉 토요일
날씨 바람
벌목 노동(부분 남교원), 시(市) 소학교 축구
경기, 청명절(淸明節) 활동 준비

〈1993년 4월 4일 (음력 3월 13일)〉 일요일
날씨 맑음
1학년의 사상품덕(思想品德) 수업을 4교시
청강했음, 청명절(淸明節) 활동 - 주승길(朱
勝吉) 기념비 청소, 창일(昌日) 집 이사

〈1993년 4월 5일 (음력 3월 14일)〉 월요일
날씨 맑음
휴일, 채소 심음, 창고 정리 등

〈1993년 4월 6일 (음력 3월 15일)〉 화요일
날씨 맑음

남교원(教員) 벌목 노동, 오후에 4학년 품덕
(品德) 수업을 4교시 청강 및 우수 평가

〈1993년 4월 7일 (음력 3월 16일)〉 수요일
날씨 맑음
3학년의 품덕(品德) 수업을 4교실 청강 및
우수 평가, 남교원(教員) 벌목 노동

〈1993년 4월 8일 (음력 3월 17일)〉 목요일
날씨 맑음
5학년의 품덕(品德) 수업을 3교시 청강 및
우수 평가, 동일(東日)이 북경에서 돌아왔음

〈1993년 4월 9일 (음력 3월 18일)〉 금요일
날씨 맑음
자료 학습, 정치 학습 현황에 관한 통계

〈1993년 4월 10일 (음력 3월 19일)〉 토요일
날씨 맑음
1, 2학년 품덕(品德)수업을 청강 및 우수 평
가, 오후에 교당위(教黨委)[13]회의를 참석

〈1993년 4월 11일 (음력 3월 20일)〉 일요일
날씨 맑음
집에서 밭을 갈았음, 미화(美花) 결혼식

〈1993년 4월 12일 (음력 3월 21일)〉 월요일
날씨 맑음
5학년의 자연과학 수업을 3교시 했음, 내일

생일 – 남교원(教員), 가족, 친척들을 초대

〈1993년 4월 13일 (음력 3월 22일)〉 화요일
날씨 맑음
생일, 출근, 대청소, 장춘(長春)에서 편지가
왔음 – 광춘(光春)

〈1993년 4월 14일 (음력 3월 23일)〉 수요일
날씨 맑음
정치학습 준비, 제2소학교에서 품덕(品德)수
업 우수 평가(1~3학년), 미옥(美玉)이 연길
에 돌아갔음, 오후에 정치 학습

〈1993년 4월 15일 (음력 3월 24일)〉 목요일
날씨 맑음
홍(洪)선생과 자연과학 수업을 인수인계,
석탄 2톤 운송, 품덕(品德) 수업 우수 평가
(4~6학년)

〈1993년 4월 16일 (음력 3월 25일)〉 금요일
날씨 맑음
동춘(東春)이 우리 집에 왔음, 동일(東日) 생
일, 우리 학교에서 품덕(品德) 수업 우수 평
가

〈1993년 4월 17일 (음력 3월 26일)〉 토요일
날씨 맑음
학습 필기 – 제8회 인대보고(人大報告)[14] 필
기, 시(市) 노동 수업을 우수 평가

---

13) 교당위(教黨委): 교육국 당원위원회(教育局黨員委
　　員會).

14) 중국인민대표 회의 보고.

〈1993년 4월 18일 (음력 3월 27일)〉 일요일
날씨 맑음
당직(오전), 오후에 승일(承日) 집의 과대(鍋臺)를 수리

〈1993년 4월 19일 (음력 3월 28일)〉 월요일
날씨 맑음
학습 필기 – 제8회 인대보고(人大報告)

〈1993년 4월 20일 (음력 3월 29일)〉 화요일
날씨 흐림
남교원(教員) 산에 벌목하러 갔음, 동일(東日)과 동춘(東春)이 북경에 돌아갔음, 최소림(崔小林)의 생일인데 초대를 받았음

〈1993년 4월 21일 (음력 3월 30일)〉 수요일
날씨 흐림/비
학습 필기 – 제8회 인대보고(人大報告) , 학교 페인트 작업을 시작

〈1993년 4월 22일 (음력 3월 1일)〉 목요일
날씨 흐림/맑음
중공(中共)[15] 시교위(市教委)는 학교에 광천(光天) 선생을 평가하러 왔음, 창일(昌日)이 우리에게 100위안 줬음

〈1993년 4월 23일 (음력 3월 2일)〉 금요일
날씨 비/흐림
시(市) 사회주의문명총결 동원회를 참석, 오후에 페인트 작업(사무실), 김(金)회계의 초

대를 받았음

〈1993년 4월 24일 (음력 3월 3일)〉 토요일
날씨 맑음
학습 필기 – 제8회 인대보고(人大報告) 마침, 수업 2교시 청강(실습생, 2-4 수학, 5-2 국어)
지도부 회의, 공회조장 이상 회의 – 주택배분 문제에 관함, 복순, 승일 우리 집에 왔음

〈1993년 4월 25일 (음력 3월 4일)〉 일요일
날씨 맑음
감자 심었음, 휴일, 복순 집에 돌아갔음

〈1993년 4월 26일 (음력 3월 5일)〉 월요일
날씨 맑음/흐림
보도에 페인트 작업 – 부분 남교원, 수업 청강(2-3 국어)

〈1993년 4월 27일 (음력 3월 6일)〉 화요일
날씨 맑음
수업 청강:6-3(국어), 6-2(국어), 4-4(국어), 2-2(국어), 교사와 학생 영화 봤음,
교직원 회의 – 교직원 주택 배분에 관함

〈1993년 4월 28일 (음력 3월 7일)〉 수요일
날씨 맑음
남 교직원 목재 운송 노동, 오후 정치 학습 – 강령, 공회(工會) 조별 회의 – 주택 배분에 관함

〈1993년 4월 29일 (음력 3월 8일)〉 목요일

---

15) 중국공산당(共産黨).

날씨 흐림/ 비
김금준(金錦俊)을 문병, 자전거 보관소를 철거 및 건설 노동, 지도부 회의 - 주택 배분에 관함

〈1993년 4월 30일 (음력 3월 9일)〉 금요일
날씨 비
광천(光天)선생의 자서전을 수정, 자전거 보관소를 건설 노동, 실습생 환송회

〈1993년 5월 1일 (음력 3월 10일)〉 토요일
날씨 흐림/맑음
학교에 가서 교사의 정치 노트 점검, 채소를 심었음,

〈1993년 5월 2일 (음력 3월 11일)〉 일요일
날씨 비
학교에 가서 광천(光天)선생의 자서전을 수정, 최소림(崔小林)집이 이사를 도움, 아내가 판석(板石)에 다녀왔음, 민석(珉錫)이 북경에서 돌아왔음,

〈1993년 5월 3일 (음력 3월 12일)〉 월요일
날씨 흐림/비
정치 필기를 나눔, 수업 청강(3-1), 교직원 회의 - 주택 문제에 관함

〈1993년 5월 4일 (음력 3월 13일)〉 화요일
날씨 흐림/비
정치 학습 준비, 당 조별 회의 - 김선생 입당

(入黨)[16] 문제에 관함, 당원(黨員) 열성분자(積极分子)의 자료를 정리, 점검 및 관리

〈1993년 5월 5일 (음력 3월 14일)〉 수요일
날씨 흐림/비
수업 청강(3-4 국어), 교당위(教黨委)에 갔다 왔음, 오후에 정치 학습 - 강령

〈1993년 5월 6일 (음력 3월 15일)〉 목요일
날씨 흐림/비
자전거 보관소 건설 노동, 채육 실습생이 초대해 줬음

〈1993년 5월 7일 (음력 3월 16일)〉 금요일
날씨 흐림/비
자전거 보관소 건설 노동, 오전 10시에 교당위(教黨委) 회의를 참석

〈1993년 5월 8일 (음력 3월 17일)〉 토요일
날씨 흐림/비
자료 정리, 교당위(教黨委)에 갔다 왔음(근무하지 않았음)

〈1993년 5월 9일 (음력 3월 18일)〉 일요일
날씨 흐림/맑음
집에서 일했음(나무 패기), 광춘(光春)과 복순(福順)이 우리 집에 왔음

〈1993년 5월 10일 (음력 3월 19일)〉 월요일
날씨 흐림/맑음

---

16) 중국공산당(共產黨)에 가입함.

교당위(敎黨委)학교에 가서 우수 당원(黨員) 명단을 제출, 잡지 비용을 납부했음, 광춘(光春)이 장춘에 갔음, 심사 연습, 복순(福順)이 집에 돌아갔음

〈1993년 5월 11일 (음력 3월 20일)〉 화요일
날씨 맑음
지부 대회 준비, 운동 대회 준비, 지부 대회 – 납신(納新): 김광천(金光天)선생을 선정

〈1993년 5월 12일 (음력 3월 21일)〉 수요일
날씨 흐림/비
교내 운동 대회 – 점심에 지도부 남 교직원들이 식사,

〈1993년 5월 13일 (음력 3월 22일)〉 목요일
날씨 흐림/맑음
소풍(6년3반), 점심에 중학년 연구팀이 지도부를 초대했음

〈1993년 5월 14일 (음력 3월 23일)〉 금요일
날씨 맑음/흐림
휴식, 학교에 가서 백양나무 심었음. 아내 연길(延吉)에 갔음

〈1993년 5월 15일 (음력 3월 24일)〉 토요일
날씨 맑음
출근, 김광천(金光天)선생의 입당(入黨) 자료를 정리 완성, 지도부 회의

〈1993년 5월 16일 (음력 3월 25일)〉 일요일
날씨 맑음/흐림
출근, 당직. 아내가 다녀왔음, 원학(元學) – 1,000위안

〈1993년 5월 17일 (음력 3월 26일)〉 월요일
날씨 흐림/맑음
교당위(敎黨委)에 가서 김광천(金光天) 선생의 입당(入黨) 자료를 제출, 설계연수학교에 갔음, 원학(元學)이 우리 집에 왔음

〈1993년 5월 18일 (음력 3월 27일)〉 화요일
날씨 흐림/맑음
교위(敎委), 설계원에 갔음, 남교원(敎員) 우물 설치 작업, 지도부 회의 – 주택 분배에 관함

〈1993년 5월 19일 (음력 3월 28일)〉 수요일
날씨 흐림/맑음
자전거 수리(16.5위안), 타이어를 교체(3.5위안), 우물 설치 작업, 교원(敎員)업무 학습

〈1993년 5월 20일 (음력 3월 29일)〉 목요일
날씨 맑음
자료 학습, 공회조장(工會組長)위원 회의

〈1993년 5월 21일 (음력 4월 1일)〉 금요일
날씨 맑음/흐림
김광천(金光天)선생의 당장(黨章)[17] 학습 상황을 점검, 정치 학습 준비

---

17) 중국공산당 입당장정(中國共產黨 入黨章程), 조직 규정.

〈1993년 5월 22일 (음력 4월 2일)〉 토요일
날씨 흐림/맑음
시 당위(市黨委)[18] 조직부, 교당위(敎黨委)가
학교에 와서 김광천(金光天)선생의 입당(入
黨)자료 심사

〈1993년 5월 23일 (음력 4월 3일)〉 일요일
날씨 흐림/맑음
휴일, 장인의 집에 가서 점심을 먹었음. 제2
소학교 운동 대회

〈1993년 5월 24일 (음력 4월 4일)〉 월요일
날씨 맑음
남교원 회의 - 주택 개선에 관함, 벌목 작업

〈1993년 5월 25일 (음력 4월 5일)〉 화요일
날씨 맑음/바람
교위(敎委)에 다녀왔음 - 근무하지 않음. 영
화 봤음, 실습생 김수숙(金秀淑) 부친의 처대
를 받았음

〈1993년 5월 26일 (음력 4월 6일)〉 수요일
날씨 맑음/바람
교원(敎員)대회 -《6.1》활동에 관함, 오후부
터 연습, 북경으로 150위안과 편지를 보냈음

〈1993년 5월 27일 (음력 4월 7일)〉 목요일
날씨 맑음/바람
교장과 주임이 출장했음, 원학(元學)이 우리
집에 왔음

〈1993년 5월 28일 (음력 4월 8일)〉 금요일
날씨 흐림/맑음
일본으로 편지를 보냈음, 창고 정리, 화연(花
蓮) 부친의 초대를 받았음

〈1993년 5월 29일 (음력 4월 9일)〉 토요일
날씨 흐림/맑음
연길(延吉)에 다녀왔음(학교업무)

〈1993년 5월 30일 (음력 4월 10일)〉 일요일
날씨 흐림/맑음
〈6.1〉 경축 준비 업무, 깃대 정리 작업

〈1993년 5월 31일 (음력 4월 11일)〉 월요일
날씨 흐림
학교〈6.1〉 경축 대회 - 삼호(三好)학생[19] 표
창, 교위(敎委)에 갔음, 박민석(朴珉錫)이 왔
음

〈1993년 6월 1일 (음력 4월 12일)〉 화요일
날씨 흐림
시 육상민속운동대회

〈1993년 6월 2일 (음력 4월 13일)〉 수요일
날씨 흐림/비
휴일, 창일(昌日)집의 스위치 수리 등

〈1993년 6월 3일 (음력 4월 14일)〉 목요일
날씨 비
하남(河南)촌에 가서 장례식 참석

---

18) 시 당위(市黨委): 시 당원위원회(市 黨員委員會)

19) 덕, 지, 체 우수한 학생

〈1993년 6월 4일 (음력 4월 15일)〉금요일
날씨 흐림
출근, 시위(市委) 문명사무실에 가서 교(校)
문명단위(單位) 자료 제출

〈1993년 6월 5일 (음력 4월 16일)〉토요일
날씨 흐림/맑음
2차 중국 조선문(朝鮮文)교육 실천활동을 참
관(제2소학교), 일본에서 편지 반송되었음,
북경에서 편지가 왔음 – 영진(永珍)

〈1993년 6월 6일 (음력 4월 17일)〉일요일
날씨 흐림/비
오전에 당직, 편지보냈음, 오후에 길림(吉林)
삼성:북한함경북도(北韓咸鏡北道) 축구경기
(2:2),
※ 동생 정웅(廷雄)이 교통사고로 사망

〈1993년 6월 7일 (음력 4월 18일)〉월요일
날씨 흐림/맑음
동생 집에서 후사를 처리(장례식)

〈1993년 6월 8일 (음력 4월 19일)〉화요일
날씨 흐림/비
태양(太陽)에 갔음 – 동생 정웅(廷雄)의 추도
회 – 원학(元學) 500위안

〈1993년 6월 9일 (음력 4월 20일)〉수요일
날씨 흐림/맑음
태양(太陽)촌에서 동생 정웅(廷雄)의 추도회
진행

〈1993년 6월 10일 (음력 4월 21일)〉목요일
날씨 맑음
아파서 결근 – 주사를 맞았음

〈1993년 6월 11일 (음력 4월 22일)〉금요일
날씨 흐림/비
출근, 식당 정리, 사진 찍음, 일본에서 편지
반송되었음, 연길(延吉)사범학교의 실습생
총결 환송회

〈1993년 6월 12일 (음력 4월 23일)〉토요일
날씨 비
덕육학회(德育學會) 재교육 등록표를 작성
등

〈1993년 6월 13일 (음력 4월 24일)〉일요일
날씨 맑음
학교에 가서 자전거를 수리, 당비(黨費)[20]수
납, 학교식당 개업

〈1993년 6월 14일 (음력 4월 25일)〉월요일
날씨 맑음
당위(黨委)에 가서 당비(黨費)를 납부, 재교
육 등록표를 제출, 일본으로 편지를 보냈음

〈1993년 6월 15일 (음력 4월 26일)〉화요일
날씨 맑음
기말 고사 – 2~5학년, 숙직

〈1993년 6월 16일 (음력 4월 27일)〉수요일

---

20) 정당(政黨)의 활동 경비.

날씨 흐림/맑음
기말 고사 - 1, 6학년. 푸순(撫順)학교와 계약
- 주택 개선, 시사 자료를 각인(刻印)

〈1993년 6월 17일 (음력 4월 28일)〉 목요일
날씨 흐림
시사 자료를 각인(刻印), 졸업생들이 사진을
찍음, 박민우(朴敏遇)의 초대를 받았음

〈1993년 6월 18일 (음력 4월 29일)〉 금요일
날씨 비
시사 자료를 각인(刻印) - 하루 종일

〈1993년 6월 19일 (음력 4월 30일)〉 토요일
날씨 흐림/비
시사 자료를 각인(刻印) - 100조, 정치 학습
- 8회 정부업무보고, 기말업무요구

〈1993년 6월 20일 (음력 5월 1일)〉 일요일
날씨 흐림/맑음/비
지도부가 출근 - 교사(教師) 평점, 장모 생신

〈1993년 6월 21일 (음력 5월 2일)〉 월요일
날씨 흐림/맑음
교통대(交通隊)에 갔음, 공회(工會)활동에
관한 검수 기록을 받았음, 각 반(班)에서 각
종 설발 활동을 진행, 각 반(班)에 학부모회
진행, 졸업반(2,3반)의 초대를 받았음

〈1993년 6월 22일 (음력 5월 3일)〉 화요일
날씨 비/흐림/맑음
각 공회(工會) 조별 활동 평점, 졸업식 준비,

중공교위(中共敎委)[21]가 학교에 지부업무를
평가하러 왔음, 4 - 4반 학부모들이 지도부를
초대했음

〈1993년 6월 23일 (음력 5월 4일)〉 수요일
날씨 흐림/맑음/흐림
졸업식, 졸업생 학부모들이 지도부와 담임선
생을 초대했음, 음 · 체 · 미(音 · 體 · 美) 교
연조(敎研組)[22]가 총결 및 평가

〈1993년 6월 24일 (음력 5월 5일)〉 목요일
날씨 비/흐림
학교업무 총결, 지위(支委)회의[23], 지부 대회
- 우수 당원(黨員)을 선발

〈1993년 6월 25일 (음력 5월 6일)〉 금요일
날씨 맑음
남교사(教師) 서외자(西崴子)[24]에 탐방하러
갔음, 원학(元學)에게 500위안을 받았음

〈1993년 6월 26일 (음력 5월 7일)〉 토요일
날씨 맑음/비
학교에 갔음, 교당위(敎黨委)에 가서 우수 당
원(黨員) 자료를 제출, 북경으로 200위안을
송금

〈1993년 6월 27일 (음력 5월 8일)〉 일요일

---

21) 중국공산당 교육위원회
22) 음 · 체 · 미(音 · 體 · 美) 교연조(敎研組): 음악, 체
    육, 미술 연구팀
23) 지부 위원회(支部委員會).
24) 서외자. [중국 길림성(吉林省)에 있음]

날씨 맑음
당원(黨員)을 민주평의 업무, 남교원(敎員)의 생활 개선

〈1993년 6월 28일 (음력 5월 9일)〉 월요일
날씨 맑음
당원(黨員)을 민주평의 업무

〈1993년 6월 29일 (음력 5월 10일)〉 화요일
날씨 맑음
당원(黨員)을 민주평의 업무, 김선생 입당(入黨)선서대회, 북경으로 편지 보냈음, 오후에 교당위(敎黨委) "7.1" 표창회를 참석

〈1993년 6월 30일 (음력 5월 11일)〉 수요일
날씨 맑음
교사(敎師)와 학생 학교에 와서 "7.1" 표창회를 참석, 오후에 김정옥(金貞玉)선생의 초대를 받았음

〈1993년 7월 1일 (음력 5월 12일)〉 목요일
날씨 흐림/맑음
승일(承日)집에서 아침 먹고 자전거를 가져갔음, 제2소학교에서 명태를 받았음, 학교에 가서 자전거를 수리

〈1993년 7월 2일 (음력 5월 13일)〉 금요일
날씨 흐림/맑음
학교에 가서 식품공장을 옮김, 지도부 회의 - 교원(敎員)실적 평가, 승일(承日)이 우리 집에 왔음, 시 방송국이 학교에 와서 녹음

〈1993년 7월 3일 (음력 5월 14일)〉 토요일
날씨 흐림/맑음
지도부 회의 - 교원(敎員)실적 평가, 주택 분배

〈1993년 7월 4일 (음력 5월 15일)〉 일요일
날씨 맑음
학교에 갔음(하루 종일) 당(黨)지식에 관한 시험, 답안 작성

〈1993년 7월 5일 (음력 5월 16일)〉 월요일
날씨 흐림/맑음
오전 4시 55분에 태양사대(太陽四隊)에 갔음 - 숙부 생신, 태양(太陽)에서 다녀왔음

〈1993년 7월 6일 (음력 5월 17일)〉 화요일
날씨 흐림
휴일, 아내가 태양사대(太陽四隊)에 다녀왔음

〈1993년 7월 7일 (음력 5월 18일)〉 수요일
날씨 흐림/맑음
학교에 가서 당(黨)지식의 시험지 추가, 일본에서 편지와 약이 왔음, 북경에서 편지 왔음

〈1993년 7월 8일 (음력 5월 19일)〉 목요일
날씨 흐림/비
당위(黨委)에 가서 당원(黨員) 시험지를 제출, 오후에 학교에 갔음

〈1993년 7월 9일 (음력 5월 20일)〉 금요일
날씨 흐림

학교에 가서 김영희(金英姬) 선생의 주택 요구에 대한 쟁론, 일본으로 편지 보냈음, 동생 정구(廷九)의 초대를 받았음, 아내의 혈당은 14.16

〈1993년 7월 10일 (음력 5월 21일)〉 토요일
날씨 흐림/맑음
북경으로 편지 보냈음, 학교에 갔음, 이영(李瑛)의사의 집에 갔음 등

〈1993년 7월 11일 (음력 5월 22일)〉 일요일
날씨 흐림/맑음
아침부터 기공(氣功)[25] 연습, 학교에 갔음, 하수도 캤음(집), 밤에 11시쯤 광춘(光春)이 왔음

〈1993년 7월 12일 (음력 5월 23일)〉 월요일
날씨 흐림/비
비가 와서 기공(氣功) 못했음, 학교에 갔음, 공로단총공회(公路段總工會)에 갔음

〈1993년 7월 13일 (음력 5월 24일)〉 화요일
날씨 비
기공(氣功) 운동, 집에서 신문과 TV을 봤음

〈1993년 7월 14일 (음력 5월 25일)〉 수요일
날씨 비/맑음/흐림
학교에 가서 월급과 상금을 받았음, 당비(黨費) 수납 등

〈1993년 7월 15일 (음력 5월 26일)〉 목요일
날씨 흐림/맑음
학교에 갔음, 학전반(學前班)의 문예공연을 준비, 복순(福順)이 왔음

〈1993년 7월 16일 (음력 5월 27일)〉 금요일
날씨 흐림
창일(昌日)의 장인이 환갑잔치를 했음, 시 유아원에서 문예공연을 관람, 오후에 시정부(市政府) 상반기 총결 동원회를 참석

〈1993년 7월 17일 (음력 5월 28일)〉 토요일
날씨 흐림/맑음
오전에 시 당풍렴정건설선진사적(黨風廉政建設先進事迹) 보고회를 참석, 오후에 학교에 갔음

〈1993년 7월 18일 (음력 5월 29일)〉 일요일
날씨 흐림/맑음
학교 노동 – 식품공장에 전기선을 철거, 전기 연결, 우물 설치

〈1993년 7월 19일 (음력 6월 1일)〉 월요일
날씨 맑음
학교에 가서 당원(黨員) 업무 민주평의 자료를 작성, 원학(元學)이 우리 집에 왔음

〈1993년 7월 20일 (음력 6월 2일)〉 화요일
날씨 맑음
당원(黨員) 업무에 관한 민주평의 자료를 작성, 교당위(敎黨委)에 갔음 - 휴무, 동생 정화(廷華)가 와서 라디오를 가져갔음

---

25) 기공(氣功): 정좌·호흡 조절·특정 자세 등을 결합시킨 건강 단련술

〈1993년 7월 21일 (음력 6월 3일)〉 수요일
날씨 흐림
학교에 가서 페인트 작업, 시계 수리(3위안)

〈1993년 7월 22일 (음력 6월 4일)〉 목요일
날씨 흐림
방에 페인트 작업, 가구 정리 등

〈1993년 7월 23일 (음력 6월 5일)〉 금요일
날씨 흐림
학교에 가서 노동함, 식품공장과 장갑공장에
가서 못을 뽑기, 창일(昌日)이 왔음

〈1993년 7월 24일 (음력 6월 6일)〉 토요일
날씨 흐림/비
학교에 가서 노동함, 북경에서 편지 왔음

〈1993년 7월 25일 (음력 6월 7일)〉 일요일
날씨 흐림/비
학교에 가서 인수(引水) 작업함, 건설대(建
設隊)가 학교에 왔음, 오후에 휴식, 창일(昌
日)집에서 초대를 받았음, 장인과 승일(承
日)도 왔음, 미옥(美玉)이 집에 도착

〈1993년 7월 26일 (음력 6월 8일)〉 월요일
날씨 흐림/비
교통대(交通隊)에 갔음 – 정웅(廷雄)의 후사
를 처리(이루지 못했음), 학교에 다녀왔음

〈1993년 7월 27일 (음력 6월 9일)〉 화요일
날씨 흐림/비
공로단(公路段)에 갔음 – 정웅(廷雄)의 후사

를 처리, 학교에 다녀왔음

〈1993년 7월 28일 (음력 6월 10일)〉 수요일
날씨 비
집에서 책을 봤음, 휴식, 주임의 생일인데 초
대를 받았음

〈1993년 7월 29일 (음력 6월 11일)〉 목요일
날씨 흐림/비
공로단(公路段)에 갔음 – 정웅(廷雄)의 후
사를 처리 결과 – 2만 위안 보상을 받을 수 있
음, 학교에 다녀왔음

〈1993년 7월 30일 (음력 6월 12일)〉 금요일
날씨 흐림/비
휴일, 아내와 미옥(美玉)이 판석(板石)에 갔
음, 학교에 갔음 – 학교주택을 개선

〈1993년 7월 31일 (음력 6월 13일)〉 토요일
날씨 흐림/맑음
오전, 오후에 학교에 갔음

〈1993년 8월 1일 (음력 6월 14일)〉 일요일
날씨 흐림/맑음
감자를 캤음, 배추 심었음, 오후에 학교에 갔
음, 아내가 판석(板石)에 다녀왔음

〈1993년 8월 2일 (음력 6월 15일)〉 월요일
날씨 흐림
집 뒤에 있는 도로를 수리했음, 학교에 갔음,
가지밭을 매기

〈1993년 8월 3일 (음력 6월 16일)〉화요일
날씨 흐림/맑음
학교에 갔음, 교사(校舍)개선 작업 시작

〈1993년 8월 4일 (음력 6월 17일)〉수요일
날씨 흐림/비
학교에 가서 못을 제거 작업

〈1993년 8월 5일 (음력 6월 18일)〉목요일
날씨 비/흐림
학교에 가서 못을 제거 작업, 자전거 수리

〈1993년 8월 6일 (음력 6월 19일)〉금요일
날씨 흐림
학교에 갔음

〈1993년 8월 7일 (음력 6월 20일)〉토요일
날씨 흐림
학교에 갔음, 전력부문이 학교에 와서 전기
연길 작업, 영진(永珍)이 북경에 다녀왔음

〈1993년 8월 8일 (음력 6월 21일)〉일요일
날씨 흐림/비
창일(昌日)이 이사를 갔음, 원학(元學)이 우
리 집에 왔음

〈1993년 8월 9일 (음력 6월 22일)〉월요일
날씨 흐림/비
학교에 갔음, 오후에 학교의 창고 수리

〈1993년 8월 10일 (음력 6월 23일)〉화요일
날씨 흐림/비

학교에 갔음, 오후에 동(東)시장에 갔음, 미
옥(美玉), 복순(福順), 광춘(光春)이 우리 집
에 왔음

〈1993년 8월 11일 (음력 6월 24일)〉수요일
날씨 흐림/맑음
복순(福順) 생일

〈1993년 8월 12일 (음력 6월 25일)〉목요일
날씨 맑음
지도자 출근, 연수학교에서 지도자 양성반을
열렸음, 복순(福順), 광춘(光春)이 집에 돌아
갔음

〈1993년 8월 13일 (음력 6월 26일)〉금요일
날씨 흐림
지도자 출근, 공로단총공회(公路段總工會)
에 업무를 처리하러 갔음

〈1993년 8월 14일 (음력 6월 27일)〉토요일
날씨 흐림/맑음/비
교원(教員) 휴일, 오후에 (부분 지도자)학교
에 갔음 - 연구교원(教員) 배치에 관한 토론
했음

〈1993년 8월 15일 (음력 6월 28일)〉일요일
날씨 맑음/비
아침 5시에 태양(太陽)촌에 있는 호준(浩俊)
집에 가서 인사 변동을 토론했음, 오후에 연
구교원(教員) 배치에 관한 토론했음, 장해연
(張海燕)선생이 입교(入校)

〈1993년 8월 16일 (음력 6월 29일)〉 월요일
날씨 맑음/비
교원(教員) 출근, 교원(教員)대회 - 학습, 동
원, 업무 분담, 개학 준비, 천송(千松)과 김향
숙(金香淑)선생이 입교(入校)

〈1993년 8월 17일 (음력 6월 30일)〉 화요일
날씨 비/맑음
개학 준비

〈1993년 8월 18일 (음력 7월 1일)〉 수요일
날씨 비/맑음
개학 준비, 당우부(黨友部) 학습회, 교장선생
의 생신인데 초대를 받았음, 광춘(光春)과 복
순(福順)이 우리 집에 왔음

〈1993년 8월 19일 (음력 7월 2일)〉 목요일
날씨 맑음
개학준비, 당우부(黨友部) 학습회, 광춘(光
春)이 장춘(長春)에 갔음

〈1993년 8월 20일 (음력 7월 3일)〉 금요일
날씨 맑음
개학, 오후에 휴식, 복순(福順)이 집에 돌아
갔음, 이향란(李香蘭) 선생이 전근왔음

〈1993년 8월 21일 (음력 7월 4일)〉 토요일
날씨 비/맑음
교당위(教黨委)에 시(市) 문명학급 상패(賞
牌)를 받으러 갔음

〈1993년 8월 22일 (음력 7월 5일)〉 일요일

날씨 비/맑음
공휴일, 오전에 학교에 다녀왔음, 오후에 배
추밭 매기 및 집안일을 했을

〈1993년 8월 23일 (음력 7월 6일)〉 월요일
날씨 맑음/비
(국기를) 게양, 학교 타자기를 수리, 영진(永
珍)과 원학(元學)에게 각 500위안을 받았음

〈1993년 8월 24일 (음력 7월 7일)〉 화요일
날씨 흐림/비/맑음
학습 필기 - "강택민당건72주년회의강화(江
澤民黨建72周年會議講話)", 영진(永珍)이 북
경에 갔음, 원학(元學)과 미옥(美玉)이 집에
돌아갔음

〈1993년 8월 25일 (음력 7월 8일)〉 수요일
날씨 맑음
태양(太陽)촌에 있는 호준(浩俊)집에 가서
인사 변동에 관해 토론했음, 박(朴)교장의 집
에 갔음, 연수학교의 어문선생이 학교에 왔
음

〈1993년 8월 26일 (음력 7월 9일)〉 목요일
날씨 맑음
연수학교의 수학선생이 학교에 와서 수업을
청강했음, 사생(師生)들이 영화를 봤음

〈1993년 8월 27일 (음력 7월 10일)〉 금요일
날씨 흐림/비/맑음
당원(黨員)학습 준비, 당지부(黨支部) 학습,
학교식당 개업

〈1993년 8월 28일 (음력 7월 11일)〉 토요일
날씨 맑음
교원(教員)대회 - 학교계획 통과, 하계방학
총결, 원학(元學)이 집에 도착

〈1993년 8월 29일 (음력 7월 12일)〉 일요일
날씨 맑음
창일(昌日) 생일 - 장인, 승일(承日), 복순(福順)이 우리 집에 왔음

〈1993년 8월 30일 (음력 7월 13일)〉 월요일
날씨 맑음
당비(黨費)납부의 영수증을 발급, 병을 담음

〈1993년 8월 31일 (음력 7월 14일)〉 화요일
날씨 맑음
병을 담음, 교사(教師)명단을 정리

〈1993년 9월 1일 (음력 7월 15일)〉 수요일
날씨 맑음
시 〈9.3〉 경축운동회 참석(4~6학년), 오후에
출근해서 업무 학습, 박(朴春玉)선생이 전근
왔음

〈1993년 9월 2일 (음력 7월 16일)〉 목요일
날씨 맑음
운동회를 관람, 교원(教員)대회 - 각 부분의
계획을 통과, 문예보고

〈1993년 9월 3일 (음력 7월 17일)〉 금요일
날씨 맑음
휴일, 오후에 운동회를 관람, 채소 심었음, 세

입자 집에 왔음

〈1993년 9월 4일 (음력 7월 18일)〉 토요일
날씨 맑음
학교에 갔음, 오후에 학교에 갔음,

〈1993년 9월 5일 (음력 7월 19일)〉 일요일
날씨 흐림
학교에 갔음

〈1993년 9월 6일 (음력 7월 20일)〉 월요일
날씨 맑음
출근, 판석(板石)에 가서 박선생 사망 3주년
기념식을 참석, 퇴근 후 원창일(元昌日)의 초
대를 받았음

〈1993년 9월 7일 (음력 7월 21일)〉 화요일
날씨 맑음
상담, 교당위(教黨委)에 가서 지위(支委)[26]
구성원 명단을 제출

〈1993년 9월 8일 (음력 7월 22일)〉 수요일
날씨 흐림/맑음
문병 - 박민우(朴敏遇)와 장해연(張海燕)선
생, 장덕수(張德洙)의 장남의 결혼식에 참석,
김창륙(金昌陸)의 딸이 전학에 관한 토론

〈1993년 9월 9일 (음력 7월 23일)〉 목요일
날씨 흐림/맑음
〈중국조선조교육〉 기자가 촬영하러 왔음, 교

---

26) 지부 위원(支部委員).

원(教員)대회 - 스승의 날을 준비, 최화(崔花)를 문병하러 갔음, 학부모회에서 초대를 받았음,

〈1993년 9월 10일 (음력 7월 24일)〉 금요일
날씨 맑음
스승의 날 - 오전에 장해적(張海迪)보고회에 참석, 오후에 교사(教師) 운동회

〈1993년 9월 11일 (음력 7월 25일)〉 토요일
날씨 맑음/흐림
정치학습 준비 및 당비(黨費)를 수납, 전체 교사(教師)들이 식당에서 점심 식사, 부분 남교원(教員)의 생활 개선, 창륙(昌陸)의 딸 입학

〈1993년 9월 12일 (음력 7월 26일)〉 일요일
날씨 비/맑음/흐림
학교에 갔음, 장인집, 승일(承日)집에 갔음 - 장인이 집에 안 계셨음, 휴식

〈1993년 9월 13일 (음력 7월 27일)〉 월요일
날씨 비/맑음/흐림
교당위(教黨委)에 가서 당비(黨費)를 납부했음, 조석제(趙石濟)선생이 전근왔음, 학생들이 건강검진

〈1993년 9월 14일 (음력 7월 28일)〉 화요일
날씨 흐림/맑음
김향숙(金香淑) 선생의 부친 추도회에 참석, 사생(師生)들이 영화를 봤음, 북경에서 편지가 왔음

〈1993년 9월 15일 (음력 7월 29일)〉 수요일
날씨 흐림/비
교당위(教黨委)에 가서 당원(黨員)추천서 신청, 연수학교에 가서 사진 제출, 연수학교의 조선어 · 품덕(品德) · 자연과학 · 중국어선생들이 학교에 왔음, 북경과 일본으로 편지를 보냈음

〈1993년 9월 16일 (음력 8월 1일)〉 목요일
날씨 흐림/비
태양(太陽)에 가서 동생 정웅(廷雄)의 명수(冥壽)[27]기념, 숙부 생신

〈1993년 9월 17일 (음력 8월 2일)〉 금요일
날씨 비/흐림/비
페인트 노동, 학교의 문을 수리, 오후에 교사(教師)업무를 학습 - 품덕(品德), 연수학교의 중국어 · 미술 · 품덕(品德)선생들이 학교에 왔음, 일본에서 편지와 20달라 왔음

〈1993년 9월 18일 (음력 8월 3일)〉 토요일
날씨 맑음
총무실의 문을 수리, 연수학교의 중국어선생이 학교에 왔음, 전체 교사(教師)의 월급 인상, 자전거 샀음(300위안)

〈1993년 9월 19일 (음력 8월 4일)〉 일요일
날씨 맑음
오전에 향란(香蘭)보도원(輔導員)을 대신 당직, 오후에 휴식, 원학(元學)이 우리 집에 왔음

---

27) 명수(冥壽): 고인의 생일

〈1993년 9월 20일 (음력 8월 5일)〉 월요일
날씨 맑음
정치학습 준비 - 학습필기, 대청소, 연수학교
의 노동생선이 학교에 왔음

〈1993년 9월 21일 (음력 8월 6일)〉 화요일
날씨 맑음
연길(延吉)에서 전화 왔음, 일본으로 편지를
보냈음, 각 교실의 문 · 창 페인트작업

〈1993년 9월 22일 (음력 8월 7일)〉 수요일
날씨 흐림/비
페인트 작업, 정치학습, 공회(工會)활동 - 스
승의 날의 교사(教師)운동회에 관한 총결

〈1993년 9월 23일 (음력 8월 8일)〉 목요일
날씨 비/맑음
점심에 체육조(體育組)의 초대를 받았음, 각
학급에서 국기를 걸음

〈1993년 9월 24일 (음력 8월 9일)〉 금요일
날씨 맑음
아내가 연길(延吉)에 다녀왔음

〈1993년 9월 25일 (음력 8월 10일)〉 토요일
날씨 맑음
연수학교의 자연과학선생이 학교에 왔음, 일
본에서 전화 왔음, 글씨 연습, 오후에 기계실
정리, 커튼교체, 미옥(美玉)과 원학(元學)이
우리 집에 왔음

〈1993년 9월 26일 (음력 8월 11일)〉 일요일
날씨 맑음
학교에 가서 글씨 연습하고 집에 돌아왔음,
오후에 장난감 샀음, 이발(理髮), 승일(承日)
이 우리 집에 왔음

〈1993년 9월 27일 (음력 8월 12일)〉 월요일
날씨 맑음/흐림
글씨 연습, 교육모금회 김주임의 딸의 결혼
식에 참석

〈1993년 9월 28일 (음력 8월 13일)〉 화요일
날씨 맑음/흐림
견학 - (시 교학연구소: 2-4, 5-3 자연과학수
업), 예술단(藝術團)이 학교에 왔음

〈1993년 9월 29일 (음력 8월 14일)〉 수요일
날씨 흐림/맑음
시 교육국 스시템(市 教育局系統)에서 민족
지식퀴즈게임 진행 - 인솔(송애 개인 2등상),
학교 가을소풍, 원학(元學)이 우리 집에 왔음

〈1993년 9월 30일 (음력 8월 15일)〉 목요일
날씨 맑음/비
추석 공휴일, 태양사 · 오대(太陽四 · 五隊)
에 갔음

〈1993년 10월 1일 (음력 8월 16일)〉 금요일
날씨 맑음/바람
휴일, 학교에 다녀왔음, 복순(福順)이 우리
집에 왔음

〈1993년 10월 2일 (음력 8월 17일)〉 토요일

날씨 맑음/서리
휴일, 공원에 갔다가 백화점에 갔음, 복순(福順)이 집에 돌아갔음

〈1993년 10월 3일 (음력 8월 18일)〉 일요일
날씨 맑음
휴일, 오전에 학교에 갔음, 오후에 승일(承日)집에서 초대 받았음 – 창일(昌日), 원학(元學)과 같이 갔음

〈1993년 10월 4일 (음력 8월 19일)〉 월요일
날씨 맑음/바람
출근, 9월 출퇴근기록 통계, 정치학습 준비

〈1993년 10월 5일 (음력 8월 20일)〉 화요일
날씨 맑음/바람
정치학습 준비, 자전거 (차량)등록 – 110017, 원학(元學)과 미옥(美玉)이 연길(延吉)에 돌아갔음, 예술단(藝術團)과 제5중학교의 교원(教員)들이 학교에 왔음

〈1993년 10월 6일 (음력 8월 21일)〉 수요일
날씨 서리/맑음
교사(教師)들이 정치학습

〈1993년 10월 7일 (음력 8월 22일)〉 목요일
날씨 서리/맑음
종합관리조사팀이 학교에 조사하러 왔음(실험 정상), 수업 청강(3-4 조선어), 원학(元學)이 우리 집에 왔음

〈1993년 10월 8일 (음력 8월 23일)〉 금요일

날씨 서리/맑음
수업 청강: 1-1, 1-3 중국어 3-4 조선어, 시(市) 전교(電教)[28] 우수평가, 시(市) 연수학교의 전교부(電教部)의 선생들이 와서 평가 했음

〈1993년 10월 9일 (음력 8월 24일)〉 토요일
날씨 흐림/비
시(市) 중국어 '그림 보고 말하기' 연구토론회(1-1,1-4)

〈1993년 10월 10일 (음력 8월 25일)〉 일요일 날씨 맑음
승일(承日)과 같이 민석(珉錫)을 문병하러 판석(板石)에 갔다가 왔음

〈1993년 10월 11일 (음력 8월 26일)〉 월요일 날씨 맑음
최해선(崔海善)선생의 부친의 환갑잔치에 참석, 교장평가 시작, 숙모, 복순(福順), 원학(元學)이 우리 집에 왔음

〈1993년 10월 12일 (음력 8월 27일)〉 화요일 날씨 맑음
아내 생일, 주택분배 때문에 교사(教師)회의 – 자금 모임에 관함

〈1993년 10월 13일 (음력 8월 28일)〉 수요일 날씨 맑음
교당위(教黨委) 회의 참석, 정치학습, 당단

---

28) 시청각 교육(視聽覺教育))의 약칭.

(黨團)회의, 당지부(黨支部)회의, 홍천수(洪天壽)의 생일인데 초대 받았음

〈1993년 10월 14일 (음력 8월 29일)〉 목요일 날씨 맑음
특별 당비(黨費)수납, 교위(敎委)에 가서 당비(黨費) 납부

〈1993년 10월 15일 (음력 9월 1일)〉 금요일 날씨 맑음
당무기록(黨務記錄) 정리, 연수학교의 선생이 왔음 - TV샀음, 원학(元學)이 우리 집에 왔음(50달라 가져왔음)

〈1993년 10월 16일 (음력 9월 2일)〉 토요일 날씨 맑음
연수학교 전교부(電敎部)의 조선어선생이 학교에 와서 지도해 줬음, 대청소

〈1993년 10월 17일 (음력 9월 3일)〉 일요일 날씨 맑음/바람
채소 심었음, 과일 샀음, 집안일 했음

〈1993년 10월 18일 (음력 9월 4일)〉 월요일 날씨 맑음/바람
교당위(敎黨委)가 학교에 와서 교장 평가

〈1993년 10월 19일 (음력 9월 5일)〉 화요일 날씨 맑음/바람
교당위(敎黨委)가 학교에 와서 교장 평가, 총결, 정치학습 준비, 사과 샀음

〈1993년 10월 20일 (음력 9월 6일)〉 수요일 날씨 맑음/바람
교사(敎師)들이 정치학습,

〈1993년 10월 21일 (음력 9월 7일)〉 목요일 날씨 흐림/비
수업 청강기록 정리, 노동수업 청강(3-1, 3-2, 3-3)

〈1993년 10월 22일 (음력 9월 8일)〉 금요일 날씨 맑음
박교장의 부친을 문병, 최화(崔花) 선생이 병으로 사망했음

〈1993년 10월 23일 (음력 9월 9일)〉 토요일 날씨 맑음/바람
수업 청강: 6-1, 6-2, 6-3 노동수업, 사생(師生)들이 영화 봤음, 추도사를 썼음

〈1993년 10월 24일 (음력 9월 10일)〉 일요일 날씨 맑음/바람
최화(崔花) 선생의 추도회 참석, 승일(承日)이 우리 집에 왔음

〈1993년 10월 25일 (음력 9월 11일)〉 월요일 날씨 맑음/바람
수업 청강: 4-1, 4-3, 4-4 노동수업, 시 전교부(電敎部)가 학교에 왔음, 음악조, 지도부, 지도선생들이 회의

〈1993년 10월 26일 (음력 9월 12일)〉 화요일 날씨 맑음

시 항재구재(抗災救災) 궐기대회 참석, 오후
에 농장에 갔음, 박교장의 부친 사망

〈1993년 10월 27일 (음력 9월 13일)〉 수요
일 날씨 맑음
업무 학습, 교원(教員)대회 – 항재구재(抗災
救災) 궐기대회

〈1993년 10월 28일 (음력 9월 14일)〉 목요
일 날씨 흐림/맑음
박교장의 부친의 추도회 참석, 아내가 개에
게 다리를 물렸음, 장인이 우리 집에 왔음

〈1993년 10월 29일 (음력 9월 15일)〉 금요
일 날씨 흐림/비
수업 청강: 1-4, 4-4 체육수업, 오후에 교당
위(教黨委)에서 당(黨) 간행물에 관해 회의
했음

〈1993년 10월 30일 (음력 9월 16일)〉 토요
일 날씨 비/맑음
출퇴근기록 통계, 난로를 설치, 석탄 4톤 운
송

〈1993년 10월 31일 (음력 9월 17일)〉 일요
일 날씨 비/맑음
하루 종일 석탄 운송, 오후에 승일(承日)이
와서 도와줬음

〈1993년 11월 1일 (음력 9월 18일)〉 월요일
날씨 맑음/바람
총공회(總工會)에 가서 결산 – 철진(哲珍)

〈1993년 11월 2일 (음력 9월 19일)〉 화요일
날씨 맑음
덩샤오핑(鄧小平)[29] 문선《강력하게 경제 범
죄 활동 타격》을 번역, 원학(元學)이 우리 집
에 왔음

〈1993년 11월 3일 (음력 9월 20일)〉 수요일
날씨 맑음
연길(延吉)에서 전화 왔음, 정치학습, 교위
(教委), 장애인연합회에 가서 기부금 냈음,
박춘옥(朴春玉)선생의 결혼식에 참석

〈1993년 11월 4일 (음력 9월 21일)〉 목요일
날씨 맑음/바람
등록표 각인(刻印)

〈1993년 11월 5일 (음력 9월 22일)〉 금요일
날씨 맑음/바람
간행물 주문 상황을 통계

〈1993년 11월 6일 (음력 9월 23일)〉 토요일
날씨 맑음
간행물 주문 상황을 통계, 글씨 연습, 김향숙
(金香淑) 선생의 초대를 받았음

〈1993년 11월 7일 (음력 9월 24일)〉 일요일
날씨 맑음
집안일, 온돌 청소, 요리했음

---

29) 덩샤오핑(鄧小平): 덩샤오핑(1904년 8월 22일 ~
1997년 2월 19일), 중국의 정치가.

〈1993년 11월 8일 (음력 9월 25일)〉 월요일
날씨 맑음
중대(中隊)활동을 관람 2학년 1~4 반

〈1993년 11월 9일 (음력 9월 26일)〉 화요일
날씨 맑음
중대(中隊)활동을 관람 - 3학년 1~3 반, 4학
년 1,3반, 신방(信訪)[30], 보법(普法)[31]시험-
교사(教師), 손영옥(孫英玉)선생의 결혼식에
참석, 일본 · 북경으로 편지를 보냈음

〈1993년 11월 10일 (음력 9월 27일)〉 수요
일 날씨 흐림/맑음
중대(中隊)활동을 관람 6학년 1반, 교사(教
師)의 시험지 받았음, 교안에 오타 교정

〈1993년 11월 11일 (음력 9월 28일)〉 목요
일 날씨 흐림/맑음
교사(教師)시험지 채점하고 교당위(教黨委)
에 가서 제출, 중대(中隊)활동을 관람 - 5학
년 1~4반

〈1993년 11월 12일 (음력 9월 29일)〉 금요
일 날씨 흐림
글씨 연습, 원학(元學)이 우리 집에 왔음, 저
녁 학교의 초대를 받았음,

〈1993년 11월 13일 (음력 9월 30일)〉 토요
일 날씨 비
글씨 연습, 제2소학교에서 조선어 말하기 훈
련에 관한 전교(電教) 교육회의 진행

〈1993년 11월 14일 (음력 10월 1일)〉 일요
일 날씨 흐림/맑음
야채움으로 채소를 저장, 원학(元學)이 우리
집에 왔음, 창일(昌日)집에 가서 손수레 가져
왔음

〈1993년 11월 15일 (음력 10월 2일)〉 월요
일 날씨 맑음
지도부 회의 - 회사 인원에 관함, 회사의 초
대를 받았음

〈1993년 11월 16일 (음력 10월 3일)〉 화요
일 날씨 흐림
예술단(藝術團)이 학교에 와서 녹음했음

〈1993년 11월 17일 (음력 10월 4일)〉 수요
일 날씨 비/눈
오후에 교당위(教黨委)회의 참석

〈1993년 11월 18일 (음력 10월 5일)〉 목요
일 날씨 맑음
간훈(干訓)[32] 졸업논문 작성, 시 미술교학이
와서 견학 - 춘화(春花), 3-1

〈1993년 11월 19일 (음력 10월 6일)〉 금요
일 날씨 맑음

---

30) 신방(信訪): 민원, 대중이 서신이나 방문을 통해 정
　　부기관 등에 상황을 알리거나 억울함을 호소하다.
31) 보법(普法): 중국인으로서 알아야 하는 기본적인
　　법률상식.

---

32) 간부(幹部) 양성반 "干部訓練班"의 준말.

간훈(干訓) 졸업논문 작성, 북경에서 편지 왔음, 아내가 연길(延吉)에 갔음

〈1993년 11월 20일 (음력 10월 7일)〉 토요일 날씨 눈
간훈(干訓) 졸업논문 수정 및 정리 후 제출, 점심 정변촌(靖邊村) 대장의 초대를 받았음

〈1993년 11월 21일 (음력 10월 8일)〉 일요일 날씨 흐림/맑음
비닐로 문창을 붙였음

〈1993년 11월 22일 (음력 10월 9일)〉 월요일 날씨 맑음
당원(黨員)명단을 통계, 우물 보수, 아내가 다녀왔음

〈1993년 11월 23일 (음력 10월 10일)〉 화요일 날씨 맑음/추움
지도부 회의 - 직함평정, 수학 경기, 보교과(普教科)가 와서 학적 점검

〈1993년 11월 24일 (음력 10월 11일)〉 수요일 날씨 맑음
정치학습 자료 각인(刻印) - 〈덩샤오핑(鄧小平) 문선〉 3권 출판, 교원 낭독대회

〈1993년 11월 25일 (음력 10월 12일)〉 목요일 날씨 맑음
정치학습 자료 제본 후 교사(教師)들에게 나눔, 이향란(李香蘭) 선생의 결혼식에 참석

〈1993년 11월 26일 (음력 10월 13일)〉 금요일 날씨 흐림
반(反)부패에 관한 정치학습 자료 각인(刻印), 문예단(文藝團)의 직원을 초대, 연변(延邊)정부의 편집을 초대했음

〈1993년 11월 27일 (음력 10월 14일)〉 토요일 날씨 흐림/맑음
〈덩샤오핑(鄧小平) 문선〉 자료를 각인(刻印), 원학(元學)과 복순(福順)이 우리 집에 왔음

〈1993년 11월 28일 (음력 10월 15일)〉 일요일 날씨 맑음
야채 움 뚜껑 만들기, 복순(福順)이 집에 돌아갔음, 원학(元學)이 연길(延吉)에 돌아갔음

〈1993년 11월 29일 (음력 10월 16일)〉 월요일 날씨 맑음
'교사법(教師法)' 자료를 각인(刻印), 설화(雪花)이 와서 노동계약표를 작성

〈1993년 11월 30일 (음력 10월 17일)〉 화요일 날씨 흐림/눈
'교사법(教師法)' 자료 제본 후 교사(教師)들에게 나눔, 입당(入黨) 명단을 통계

〈1993년 12월 01일 (음력 10월 18일)〉 수요일 날씨 맑음
입당(入黨) 명단 통계 및 제출, 교사(教師)합창단 연습 시작

〈1993년 12월 02일 (음력 10월 19일)〉 목요
일 날씨 맑음/바람
글씨 연습, 신용협동조합(信用社)에 갔음 -
천(千)선생이 예금 인출 문제에 관함

〈1993년 12월 03일 (음력 10월 20일)〉 금요
일 날씨 맑음
학생 퀴즈답안 찾음, 글씨 연습

〈1993년 12월 04일 (음력 10월 21일)〉 토요
일 날씨 맑음
역사 퀴즈 대회에 참석할 학생들을 지도, 오
후에 사생(師生)합창을 연습, 우물 보수, 아
내가 태양(太陽)에 갔음 - 정순(貞順) 결혼식

〈1993년 12월 05일 (음력 10월 22일)〉 일요
일 날씨 맑음
교사(敎師) 출근, 문예 연습

〈1993년 12월 06일 (음력 10월 23일)〉 월요
일 날씨 맑음
학생 연습 지도 - 건학 근현대사에 관한 답안
복습, 세입자 이사를 나갔음

〈1993년 12월 07일 (음력 10월 24일)〉 화요
일 날씨 맑음
사생(師生)합창 연습, 연길(延吉)TV방송국
의 직원들을 초대 - 원단(元旦)회 무대연습
에 관함, 아내가 다녀왔음

〈1993년 12월 08일 (음력 10월 25일)〉 수요
일 날씨 맑음

교원(敎員) 회의 - 촬영에 관해 연길(延吉)
TV방송국에 갔음, 문예대(文藝隊)학부모 회
의

〈1993년 12월 09일 (음력 10월 26일)〉 목요
일 날씨 맑음
역사 퀴즈 대회에 참석할 학생들을 지도, 각
반(班)의 학부모 회의, 문예대(文藝隊) 공연,
새 세입자 이사하러 왔음 - 한족(漢族)

〈1993년 12월 10일 (음력 10월 27일)〉 금요
일 날씨 맑음
시 역사 퀴즈 대회 참석, 현친애(玄親愛)의
결혼식에 참석

〈1993년 12월 11일 (음력 10월 28일)〉 토요
일 날씨 눈
연길(延吉)TV방송국에 가서 문예 프로그램
촬영 후 다녀왔음

〈1993년 12월 12일 (음력 10월 29일)〉 일요
일 날씨 흐림/눈
휴일, 승일(承日)과 창일(昌日)이 우리 집에
왔음

〈1993년 12월 13일 (음력 11월 01일)〉 월요
일 날씨 맑음
월급을 받았음, 당비(黨費)수납 및 납부(사
분기), 북경으로 편지 보냈음

〈1993년 12월 14일 (음력 11월 02일)〉 화요
일 날씨 맑음

문예단의 단장과 음악조 토론 – 프로그램에 관함, 사생(師生)들이 영화 봤음, 웅걸(雄杰)이 학교에 왔음

〈1993년 12월 15일 (음력 11월 03일)〉 수요일 날씨 맑음
이직 휴양 · 정년 퇴직교사(敎師)의 연말총회 공문을 작성, 초대 받았음(許)

〈1993년 12월 16일 (음력 11월 04일)〉 목요일 날씨 맑음
교당위(敎黨委) 회의 참석, 미화(美花) 등이 우리 집에 왔음, 600위안 받았음(茅)

〈1993년 12월 17일 (음력 11월 05일)〉 금요일 날씨 맑음/추움
교원(敎員) 대회 – 교당위(敎黨委) 회의의 내용 전달, 점심에 문예대(文藝隊)의 초대를 받았음

〈1993년 12월 18일 (음력 11월 06일)〉 토요일 날씨 맑음
문예 프로그램 최종 연습, 극장직원들이 학교 지도부를 초대했음

〈1993년 12월 19일 (음력 11월 07일)〉 일요일 날씨 맑음
모 주석(毛主席) 탄신 100주년기념 문예활동 – 학부모들이 관람

〈1993년 12월 20일 (음력 11월 08일)〉 월요일 날씨 맑음

휴일, 오전에 교육국의 원로간부(元老幹部) 문예대회 참석, 문예대(文藝隊)의 초대를 받았음

〈1993년 12월 21일 (음력 11월 09일)〉 화요일 날씨 맑음/추움
당건(黨建)[33] 검수 준비

〈1993년 12월 22일 (음력 11월 10일)〉 수요일 날씨 맑음/추움
시 연수학교 전보부(硏修學校 電報部)가 학교에 검사하러 왔음, 주경애(朱京愛)를 문병, 북경에서 편지 왔음

〈1993년 12월 23일 (음력 11월 11일)〉 목요일 날씨 맑음/추움
교당위(敎黨委)에 가서 긴급 회의 참석 – 품행문제에 관한 설문지, 교당위(敎黨委)가 학교에 검사하러 왔음

〈1993년 12월 24일 (음력 11월 12일)〉 금요일 날씨 맑음
정치학습 필기 검사, 논문 작성 시작

〈1993년 12월 25일 (음력 11월 13일)〉 토요일 날씨 맑음
논문 작성, 교위(敎委)부주임의 딸의 결혼식에 참석

---

33) 党的建設(당의 건설), 중국 공산당의 사상 건설과 조직 건설.

〈1993년 12월 26일 (음력 11월 14일)〉 일요일 날씨 흐림/눈
학교에 가서 논문 작성 -《마르크스 교육 원리》, 이영(李瑛)진료소에 가서 약 샀음

〈1993년 12월 27일 (음력 11월 15일)〉 월요일 날씨 맑음
논문 제출, 정치학습 자료 총결 - 각 교연조(教研組)의 선진교사(先進教師)들이 참석, 원학(元學)이 우리 집에 왔음

〈1993년 12월 28일 (음력 11월 16일)〉 화요일 날씨 맑음
지도부 회의 - 시 선진교사(市 先進教師) 심사하여 비준에 관함, 선진교사의 사적 작성 (개인)

〈1993년 12월 29일 (음력 11월 17일)〉 수요일 날씨 맑음
시 교당위(教黨委) 경험교류대회 참석

〈1993년 12월 30일 (음력 11월 18일)〉 목요일 날씨 흐림
기말고사, 출퇴근기록을 통계

〈1993년 12월 31일 (음력 11월 19일)〉 금요일 날씨 맑음
출퇴근기록을 통계 완성, 각 반(班)의 시험지 채점 및 통계, 양(楊)교장집에 위문하러 갔음

93년 11월 15일	번호: 0056655	2,000 위안
93년 12월 15일	번호: AA 591800	1,000 위안
93년 12월 17일	번호: 9691093	1,000 위안

1 소	1973, 1961, 1949, 1985
2 쥐	1972, 1960, 1948, 1984
3 토끼	1975, 1963, 1951, 1987
4 호랑이	1974, 1962, 1950, 1986
5 뱀	1977, 1965, 1953, 1941
6 용	1976, 1964, 1952, 1940
7 양	1979, 1967, 1955, 1943
8 말	1978, 1966, 1954, 1942
9 닭	1981, 1969, 1957, 1945
10 원숭이	1980, 1968, 1956, 1944
11 돼지	1983, 1971, 1959, 1947
12 개	1982, 1970, 1958, 1946

1994년

〈1994년 1월 1일 (음력 11월 20일)〉토요일
날씨 맑음
승일(承日)의 집에서 원단을 지냈음, 장인,
창일(昌日)집에 가서 늦게 귀가했음

〈1994년 1월 2일 (음력 11월 21일)〉일요일
날씨 맑음
휴일, 자전거를 씻었음, 철진(哲珍)이 우리
집에 왔음, 승일(承日)과 창일(昌日)이 놀러
왔음

〈1994년 1월 3일 (음력 11월 22일)〉월요일
날씨 맑음
출근, 전교 각 부문에서 통계, 공회(工會) 조
장 회의

〈1994년 1월 4일 (음력 11월 23일)〉화요일
날씨 맑음/바람
각종 통계, 각 반(班)에서 선거, 겨울방학 일
정을 계획, 학부모회의, 안(安)주임의 모친이
환갑잔치에 참석

〈1994년 1월 5일 (음력 11월 24일)〉수요일
날씨 맑음
학교 업무 총결(선진 교사로 평가되었음), 교

사(敎師)들이 문예활동, 박춘화(朴春花)선생
의 결혼식 참석

〈1994년 1월 6일 (음력 11월 25일)〉목요일
날씨 맑음
학교에 가서 간행물을 나눴음, 사생(師生)들
이 연변소년궁(延邊少年宮)[1]에 가서 공연을
관람

〈1994년 1월 7일 (음력 11월 26일)〉금요일
날씨 맑음
사생(師生)들이 영화《정강산(井岡山)》봤음,
오후에 학교에 가서 신문《연변일보(延邊日
報)》가져왔음

〈1994년 1월 8일 (음력 11월 27일)〉토요일
날씨 흐림/눈
빗자루 샀음, 학교에 가서 신문 가져왔음, 복
순(福順)과 동춘(東春) 우리 집에 왔음

〈1994년 1월 9일 (음력 11월 28일)〉일요일
날씨 흐림/맑음

---

1) 소년궁: 정치 교육과 집단 문화 활동을 위해 설치한
   기관.

집에서 신문과 간행물을 봤음, 복순(福順)이
집에 돌아갔음

〈1994년 1월 10일 (음력 11월 29일)〉 월요
일 날씨 맑음
일본, 북경으로 편지를 보냈음, 학교에 가서
신문을 가져와서 봤음, 진옥(眞玉)이 왔음

〈1994년 1월 11일 (음력 11월 30일)〉 화요
일 날씨 맑음
집에서 신문과 '인민교육(人民敎育)'을 봤음,
이영(李瑛)진료소에 갔음

〈1994년 1월 12일 (음력 12월 1일)〉 수요일
날씨 맑음
교사 출근 – 회의 – 심사 평가(민주평가), 식
당에서 식사, 누나와 원학(元學)이 우리 집에
왔음

〈1994년 1월 13일 (음력 12월 2일)〉 목요일
날씨 맑음
지도 교원(敎員) 대표를 심사 평가, 연길(延
吉)에서 전화 왔음

〈1994년 1월 14일 (음력 12월 3일)〉 금요일
날씨 맑음
지도 교원 대표를 심사 평가 끝났음, 박(朴)
회계가 지도자들을 초대했음, 세입자 이사했
음

〈1994년 1월 15일 (음력 12월 4일)〉 토요일
날씨 눈

지도부 출근 – 학기 교사(敎師)평점, 오후에
휴식

〈1994년 1월 16일 (음력 12월 5일)〉 일요일
날씨 흐림/눈
누나가 대청소, 연탄재 버렸음, 신문을 봤음,
누나가 동생집에 갔음, 광춘(光春)이 장춘
(長春)에서 왔음

〈1994년 1월 17일 (음력 12월 6일)〉 월요일
날씨 맑음
학교에 가서 간행물을 가져왔음, 신문을 봤
음, 미화(美花)와 설화(雪花)가 우리 집에 왔
음, 광춘(光春)이 집에 돌아갔음

〈1994년 1월 18일 (음력 12월 7일)〉 화요일
날씨 맑음/바람
비닐로 문창을 붙였음, 신문을 봤음

〈1994년 1월 19일 (음력 12월 8일)〉 수요일
날씨 맑음/추음
학교에 가서 신문을 가져와서 봤음

〈1994년 1월 20일 (음력 12월 9일)〉 목요일
날씨 맑음/추음
학교에 가서 정년퇴직 간부(幹部)를 위문에
관한 업무를 준비,《중앙14계3차회의(中央14
届3次會議)》강택민(江澤民)[2] 강연내용을
학습

---

2) 장쩌민(1926년 8월 17일 ~), 전 중국공산당 중앙위
원회 총서기와 중국 주석.

〈1994년 1월 21일 (음력 12월 10일)〉 금요
일 날씨 맑음

도문(圖們)에 가서 박(朴)교장을 위문했음

〈1994년 1월 22일 (음력 12월 11일)〉 토요
일 날씨 맑음/흐림

학교에 가서 시(市) 소학(小學) 축구 경기

〈1994년 1월 23일 (음력 12월 12일)〉 일요
일 날씨 맑음/추움

승일(承日)과 창일(昌日)이 우리 집에 놀러
왔음, 누나가 집에 도착했음

〈1994년 1월 24일 (음력 12월 13일)〉 월요
일 날씨 맑음

학교에 가서 위문단(慰問團)을 환송, 오후에
과대(鍋臺)[3]를 보수

〈1994년 1월 25일 (음력 12월 14일)〉 화요
일 날씨 맑음

학교에 두 번 갔음, 전구를 샀음, 진옥(眞玉),
미화(美花), 광춘(光春)이 우리 집에 왔음

〈1994년 1월 26일 (음력 12월 15일)〉 수요
일 날씨 눈/맑음

학교에 갔음, 신문을 봤음, 오후에 2년1반의
학생들이 우리 집에 위문하러 왔음, 광춘(光
春)이 집에 돌아갔음

〈1994년 1월 27일 (음력 12월 16일)〉 목요

일 날씨 맑음

학교에 갔음, 신문을 봤음, 원학(元學)과 미
옥(美玉)이 우리 집에 왔음

〈1994년 1월 28일 (음력 12월 17일)〉 금요
일 날씨 맑음

휴일, 누나가 집에 돌아갔음

〈1994년 1월 29일 (음력 12월 18일)〉 토요
일 날씨 맑음/바람

휴일, 텔레비전 봤음, 학교에 가서 신문을 가
져왔음

〈1994년 1월 30일 (음력 12월 19일)〉 일요
일 날씨 맑음

춘림(春林) 생일, 원학(元學)이 연길에 돌아
갔음, 누나가 우리 집에 왔음

〈1994년 1월 31일 (음력 12월 20일)〉 월요
일 날씨 맑음/흐림

텔레비전을 봤음, 전기요금을 냈음, 학교에
갔음, 아내와 미옥(美玉)이 판석(板石)에 갔
음, 박(朴) 회계가 교위(教委) 인원들을 초대
했음

〈1994년 2월 1일 (음력 12월 21일)〉 화요일
날씨 눈/맑음

연통(煙筒) 보수, 신문을 봤음, 아내가 다녀
왔음, 누나가 동생집에 갔음

〈1994년 2월 2일 (음력 12월 22일)〉 수요일
날씨 맑음

---

3) 부뚜막.

학교에 갔음, 전교위(教委)의 이조근(李照根) 환갑잔치인데 초대를 받았음, 최준호(崔俊浩)가 우리 집에 왔음(100위안)

〈1994년 2월 3일 (음력 12월 23일)〉 목요일
날씨 맑음
신문을 봤음, 텔레비전을 봤음, 학교에 가서 신문을 가져왔음

〈1994년 2월 4일 (음력 12월 24일)〉 금요일
날씨 맑음
주방 환풍기 청소, 누나가 안도(安圖)에 있는 명옥(明玉)집에 갔음

〈1994년 2월 5일 (음력 12월 25일)〉 토요일
날씨 맑음
학교에 가서 신문을 가져왔음, 제2소학교의 교장 이영준(李英俊)의 딸의 결혼식 참석

〈1994년 2월 6일 (음력 12월 26일)〉 일요일
날씨 맑음
김용영(金龍英)의 집에 갔음, 학교에 갔음, 허삼용(許三龍)선생의 생일인데 초대를 받았음, 창일(昌日)과 미화(美花)가 우리 집에 왔음

〈1994년 2월 7일 (음력 12월 27일)〉 월요일
날씨 맑음
판석(板石)센터에서 정년퇴직 간부(幹部) 위문회 참석, 학교에 갔음

〈1994년 2월 8일 (음력 12월 28일)〉 화요일
날씨 흐림
학교에 갔음, 미옥(美玉)과 같이 장인 집에 가서 점심을 먹었음, 원학(元學)이 집에 도착, 사소(四小)가 집에 왔음(초대 못함)

〈1994년 2월 9일 (음력 12월 29일)〉 수요일
날씨 맑음/추움
창일(昌日)이 우리 집에 왔음, 휴일

〈1994년 2월 10일 (음력 1월 1일)〉 목요일
날씨 맑음/추움
장인, 복순(福順), 창일(昌日)과 가족들이 우리 집에 와서 설날을 보냈음, 북경에서 편지 왔음, 학교에 갔음

〈1994년 2월 11일 (음력 1월 2일)〉 금요일
날씨 맑음/추움
태양사대(太陽四隊)에 갔음, 정모(廷模)의 초대를 받았음

〈1994년 2월 12일 (음력 1월 3일)〉 토요일
날씨 맑음/추움
태양사대(太陽四隊)에 다녀왔음, 국진(國珍)의 친구 박성체(朴成遞)가 우리 집에 왔음

〈1994년 2월 13일 (음력 1월 4일)〉 일요일
날씨 맑음/추움
승일(承日)이 우리 집에 왔음, 학교에 갔음

〈1994년 2월 14일 (음력 1월 5일)〉 월요일
날씨 맑음/추움
복순(福順), 광춘(光春)이 집에 돌아갔음, 학

교에 갔음, 승일(承日) 집에서 초대를 받았음
– 미옥(美玉)이 같이 갔음

〈1994년 2월 15일 (음력 1월 6일)〉 화요일
날씨 맑음/추움
학교에 다녀왔음, 아내, 원학(元學)과 미옥
(美玉)이 철진(哲珍) 집에 갔음

〈1994년 2월 16일 (음력 1월 7일)〉 수요일
날씨 맑음
북경으로 편지와 300위안 보냈음, 학교에 다
녀왔음, 진옥(珍玉)과 천진(哲珍)의 가족들
을 초대했음

〈1994년 2월 17일 (음력 1월 8일)〉 목요일
날씨 맑음
나무패기(장작을 패기)

〈1994년 2월 18일 (음력 1월 9일)〉 금요일
날씨 맑음
나무패기(장작을 패기), 학교에 가서 신문을
가져왔음, 복순(福順)과 광춘(光春)이 왔음

〈1994년 2월 19일 (음력 1월 10일)〉 토요일
날씨 맑음
나무패기(장작을 패기), 광춘(光春)이 장춘
(長春)에 돌아갔음

〈1994년 2월 20일 (음력 1월 11일)〉 일요일
날씨 흐림
학교에 가서 신문을 가져왔음, 복순(福順)이
판석(板石)에 돌아갔음

〈1994년 2월 21일 (음력 1월 12일)〉 월요일
날씨 맑음/바람
학교 지도부 출근, 회의 – 개학 준비

〈1994년 2월 22일 (음력 1월 13일)〉 화요일
날씨 맑음/바람
학교 지도부 출근, 회의 – 개학 준비, 원학(元
學)과 미옥(美玉)이 연길에 돌아갔음, 미화
(美花)가 우리 집에 왔음

〈1994년 2월 23일 (음력 1월 14일)〉 수요일
날씨 맑음/바람
교사(教師) 출근 – 교원(教員)대회, 최학(崔
鶴)과 명옥(明玉)이 우리 집에 왔음, 박교장
의 모친 생신인데 초대를 받았음

〈1994년 2월 24일 (음력 1월 15일)〉 목요일
날씨 맑음/바람
교당위(教黨委)[4] 정년퇴직간부의 추도식 참
석, 최경애(崔京愛) 선생이 전근 갔음, 안설
화(安雪花) 선생 전근 왔음, 교원(教員) 오후
에 휴식

〈1994년 2월 25일 (음력 1월 16일)〉 금요일
날씨 맑음/바람
지도부는 신학기에 업무계획을 세우기 – 교
원(教員)들이 강의를 준비, 오후에 교당위
(教黨委)가 학교에 와서 입당(入黨)후보를
심사, 장금란(張今蘭) 선생이 전근 왔음

---

4) 교육국 당원위원회(教育局黨員委員會)

〈1994년 2월 26일 (음력 1월 17일)〉 토요일
날씨 맑음/바람
개학 준비, 교원(教員)들이 강의 준비, 문희옥(文姬玉)선생과 김진옥(金眞玉)선생이 전근 갔음, 연길에서 전화 왔음

〈1994년 2월 27일 (음력 1월 18일)〉 일요일
날씨 맑음
세입자가 이사하러 왔음, 석탄 운송 – 방 값은 100위안/월(조선조)

〈1994년 2월 28일 (음력 1월 19일)〉 월요일
날씨 맑음
개학 준비, 대청소, 장해연(張海燕)선생의 초대를 받았음

〈1994년 3월 1일 (음력 1월 20일)〉 화요일
날씨 맑음
개학, 조선식당 개업 초대를 받았음, 지도부 회의, 최경옥(崔京玉)와 김애자(金愛子)선생이 전근 왔음, 북경에서 편지 왔음.

〈1994년 3월 2일 (음력 1월 21일)〉 수요일
날씨 맑음/흐림
교원대회 – 학교계획 통과, 겨울방학 총결, 학생 휴식, 최경옥(崔京玉) 선생의 초대를 받았음

〈1994년 3월 3일 (음력 1월 22일)〉 목요일
날씨 맑음
지도부 회의 –《소년아동》촬영 문제에 관함, 실내 대청소, 원학(元學)이 우리 집에 왔음

〈1994년 3월 4일 (음력 1월 23일)〉 금요일
날씨 맑음
시 〈3 · 8〉절[5] 표창대회 참석 – '아름다운 가족' 상을 받았음

〈1994년 3월 5일 (음력 1월 24일)〉 토요일
날씨 맑음
자료 정리, 오늘부터 교직원 반일 휴무, 최지명(崔志明)과 김선생 전근 왔음, 이향란(李香蘭)선생의 초대를 받았음

〈1994년 3월 6일 (음력 1월 25일)〉 일요일
날씨 흐림/눈
운학(雲鶴)이 집에 갔음

〈1994년 3월 7일 (음력 1월 26일)〉 월요일
날씨 흐림
《3 · 8》절 축하 편지 작성, 각 교연조(教研組)가 프로그램 연습, 원학(元學)이 연길에 돌아갔음

〈1994년 3월 8일 (음력 1월 27일)〉 화요일
날씨 흐림/눈
학생 휴일, 교원(教員)《3 · 8》활동 – 문예 등

〈1994년 3월 9일 (음력 1월 28일)〉 수요일
날씨 맑음
정치학습 자료를 각인(刻印), 의자 수리, ※ 치질에 걸렸음

---

5) 매년 3월 8일, 국제 여성의 날의 약칭.

〈1994년 3월 10일 (음력 1월 29일)〉 목요일
날씨 맑음
윤봉선(尹鳳善) 선생의 시어머니 장례식에
참석

〈1994년 3월 11일 (음력 1월 30일)〉 금요일
날씨 맑음/바람
정치학습 자료를 각인(刻印)

〈1994년 3월 12일 (음력 2월 1일)〉 토요일
날씨 맑음/바람
정치학습 자료를 각인(刻印), 오후에 공휴,
승일(承日) 집에 갔음, 이영(李瑛)진료소에
가서 약 샀음

〈1994년 3월 13일 (음력 2월 2일)〉 일요일
날씨 맑음/바람
창일(昌日) 집이 아파트로 이사, 승일(承日)
생일 – 아파서 못 갔음, 석탄 운송, 분변 청소,
석탄재 청소

〈1994년 3월 14일 (음력 2월 3일)〉 월요일
날씨 맑음/바람
정치학습 자료 각인(刻印) 완성(시사 100문
제), 사생(師生)들이 영화 봤음 – 결석했음,
도쿄, 북경으로 편지 보냈음, 조석낙(趙石洛)
선생의 초대를 받았음

〈1994년 3월 15일 (음력 2월 4일)〉 화요일
날씨 맑음
정치학습 자료 복사 및 정리, 원학(元學)이
우리 집에 왔음

〈1994년 3월 16일 (음력 2월 5일)〉 수요일
날씨 맑음
정치학습 자료를 제본하여 책자로 만들기,
나눔, '교사(敎師)법' 학습자료 각인(刻印)

〈1994년 3월 17일 (음력 2월 6일)〉 목요일
날씨 맑음
하루 종일 학습자료 각인(刻印) – 교사(敎師)
법, 장순옥(張順玉) 선생이 전근 왔음

〈1994년 3월 18일 (음력 2월 7일)〉 금요일
날씨 맑음
교사(敎師)법 제본하여 책자로 만들기, 나눔,
원학(元學)이 집에 돌아갔음

〈1994년 3월 19일 (음력 2월 8일)〉 토요일
날씨 맑음
당원(黨員) 기록 정리, 박교장의 생신인데 초
대를 받았음

〈1994년 3월 20일 (음력 2월 9일)〉 일요일
날씨 맑음
창일(昌日)의 새집에 갔음 – 자물쇠 설치, 석
탄재 청소

〈1994년 3월 21일 (음력 2월 10일)〉 월요일
날씨 흐림/바람
기록 정리, 당비(黨費) 다사 계산 등, 연길에
서 전화 왔음 – 일본에 있는 국진(國珍)에 관
함, ※ 오늘부터 약을 먹기 시작 – 술 끊었음

〈1994년 3월 22일 (음력 2월 11일)〉 화요일

날씨 눈
각종 학습, 단원(團員)[6]교사 현황 조사, 학교 식당에서 점심을 먹었음

〈1994년 3월 23일 (음력 2월 12일)〉 수요일
날씨 눈
각종 자료 정리, 비용 수납에 관한 담임교사 회의, 원학(元學)이 우리 집에 왔음

〈1994년 3월 24일 (음력 2월 13일)〉 목요일
날씨 맑음
당지부계획(黨支部計劃) 제정 시작, 김교장과 면담, 학교에서 점심을 먹었음, 북경에서 동일(東日)의 편지 왔음

〈1994년 3월 25일 (음력 2월 14일)〉 금요일
날씨 흐림
지부계획(支部計劃) 제정(초안), 학교에서 점심을 먹었음

〈1994년 3월 26일 (음력 2월 15일)〉 토요일
날씨 맑음
지부계획(支部計劃) 제정(초안, 박교장이 수정), 오후에 영순(英順)의 딸의 초대를 받았음

〈1994년 3월 27일 (음력 2월 16일)〉 일요일
날씨 맑음/바람
이발(理髮)했음, 석탄 운송, 안테나 설치, 칼을 갈음, 복순(福順)이 우리 집에 왔음, 원학

(元學)이 독감에 걸렸음

〈1994년 3월 28일 (음력 2월 17일)〉 월요일
날씨 맑음/바람
"삼회일과(三會一課)[7]" 정치필기 정리, 정치필기 기록을 검사, 복순(福順)이 집에 돌아갔음, 원학(元學)이 연길에 돌아갔음

〈1994년 3월 29일 (음력 2월 18일)〉 화요일
날씨 맑음
당지부계획(黨支部計劃)안 최종 수정, 복사 시작, 당지부위원(黨支部委員) 회의

〈1994년 3월 30일 (음력 2월 19일)〉 수요일
날씨 맑음
당지부계획(黨支部計劃)안을 완성, 당위(黨委)[8]에 제출, 일본에서 편지 왔음

〈1994년 3월 31일 (음력 2월 20일)〉 목요일
날씨 맑음
2월과 3월 출퇴근 기록 통계, 학교에서 장거리 달리기 경기, 단예(團藝) 지도부가 학교에 와서 토론 – 교사(教師) 문예에 관함, 공청단지부(共靑團支部) 회의 – 단지부(團支部)의 위원 재선거

〈1994년 4월 1일 (음력 2월 21일)〉 금요일
날씨 맑음

---

6) 중국 공산주의 청년단 단원.

7) 정기적인 지부당원회의(支部黨員會議), 지부위원회의(支部委員會議), 당(黨) 조별회의, 그리고 당 내의 교육 과정(黨課).
8) 중국 공산당(共産黨)의 각급 위원회

단서기(團書記)와 담화, 원학(元學)이 우리 집에 왔음

〈1994년 4월 2일 (음력 2월 22일)〉 토요일
날씨 바람
지도부가 3월 총결회의, 북경으로 300위안을 송금했음, 창일(昌日)이 우리 집에 왔음

〈1994년 4월 3일 (음력 2월 23일)〉 일요일
날씨 맑음
땅 갈아엎어 채소 심었음, 대청소, 정류장에 가서 복순(福順)을 보냈음, 자전거 타이어를 수리, 북경으로 편지 보냈음

〈1994년 4월 4일 (음력 2월 24일)〉 월요일
날씨 흐림/비
청명절(淸明節)활동을 준비, 오후에 학습필기 준비

〈1994년 4월 5일 (음력 2월 25일)〉 화요일
날씨 흐림/비
청명절(淸明節) 태양(太陽)에 성묘하러 갔다가 왔음, 채소 심었음, ※ 오늘까지 약 다 먹었음

〈1994년 4월 6일 (음력 2월 26일)〉 수요일
날씨 흐림/맑음
정치학습 준비 - 교사(敎師)법을 홍보 등에 관함, 지도부 회의 - 비용 수납에 관함, 연수학교의 수학선생이 학교에 와서 수업을 청강했음, 오늘부터 웅담액(熊膽液)을 먹기 시작

〈1994년 4월 7일 (음력 2월 27일)〉 목요일
날씨 맑음/바람
독감 걸렸음, 출근, 주사 맞았음, 오후 출근하지 못했음

〈1994년 4월 8일 (음력 2월 28일)〉 금요일
날씨 맑음
출근, 안창길(安昌吉)교장의 추도식 참석, 정치학습 필기

〈1994년 4월 9일 (음력 2월 29일)〉 토요일
날씨 맑음
학교에서 석회를 구입, 정치학습 필기, 박민우(朴敏遇)의 생일인데 초대를 받았음, 오후에 대신 당직, 복순(福順)이 우리 집에 왔음

〈1994년 4월 10일 (음력 2월 30일)〉 일요일
날씨 흐림
굴뚝 수리, 병에 걸렸음, 이영(李瑛)진료소에 가서 주사 맞았음, 복순(福順) 집에 돌아갔음

〈1994년 4월 11일 (음력 3월 1일)〉 월요일
날씨 맑음
오전에 교당위(敎黨委)[9] 회의 참석, 정치학습 준비, 오후에 병원에 가서 진료를 받았음 - 약 샀음, 주사 맞았음,

〈1994년 4월 12일 (음력 3월 2일)〉 화요일
날씨 흐림/비

---

9) 교당위(敎黨委): 교육국 당원위원회(敎育局黨員委員會).

'교당위(敎黨委)업무관리종합요점' 학습, 학교 물자 조달·관리부문 회의, 원학(元學)이 우리 집에 와서 갔음, 주사 맞았음,

⟨1994년 4월 13일 (음력 3월 3일)⟩ 수요일
날씨 맑음/바람
정치 학습(오전, 오후), ※미화(美花)가 이혼, 양(楊)교장을 문병했음, 주사 맞았음,

⟨1994년 4월 14일 (음력 3월 4일)⟩ 목요일
날씨 맑음/바람
시 교위(敎黨) ⟨교사법⟩ 홍보를 조직 및 준비, ※ 일본에서 전화 왔음, 약 받았음, 북경에서 편지 왔음, 난로 청소, 주사 맞았음,

⟨1994년 4월 15일 (음력 3월 5일)⟩ 금요일
날씨 맑음
⟨교사법⟩ 홍보 준비, 오후에 홍보 활동 참석, 교장실에 석회 칠했음, 주사 맞았음,

⟨1994년 4월 16일 (음력 3월 6일)⟩ 토요일
날씨 흐림/비
지도부가 ⟨마르크스 교육 원리⟩ 시험, 일본으로 편지 보냈음, 약 받았음, 주사 맞았음, 김교장의 생신인데 초대를 받았음

⟨1994년 4월 17일 (음력 3월 7일)⟩ 일요일
날씨 맑음
채소밭을 갈아엎었음, 집안일 했음, 주사 맞았음

⟨1994년 4월 18일 (음력 3월 8일)⟩ 월요일
날씨 흐림/소나기
연수 학교에 가서 지도부의 시험지 제출, ⟨중국특색 사회주의⟩ 학습, 합작센터에서 한어(漢語)를 학습, 주사 맞았음

⟨1994년 4월 19일 (음력 3월 9일)⟩ 화요일
날씨 맑음
시 인대(市 人大)[10] 학교에 와서 ⟨중국특색 사회주의⟩ 학습의 상황 파악, 제2소학교에서 우수 수학강의를 선정, 원학(元學)과 미옥(美玉)이 우리 집에 왔음, 주사 맞았음

⟨1994년 4월 20일 (음력 3월 10일)⟩ 수요일
날씨 맑음
당(黨)내 교육과정의 문서를 학습, 장인집에 갔음(내일 장인 생신), 주사 맞았음

⟨1994년 4월 21일 (음력 3월 11일)⟩ 목요일
날씨 맑음
일본에서 전화 왔음, 김광천, 최지명 선생이 개별 담화, '삼회일과(三會一課)'기록을 정리, 주사 맞았음

⟨1994년 4월 22일 (음력 3월 12일)⟩ 금요일
날씨 흐림/비
연수학교의 음악·미술 선생이 학교에 와서 수업 청강 및 평가(3년 2반 음악수업), 원학(元學)과 미옥(美玉)이 집에 돌아갔음, 감자와 당근을 심었음, 가스 샀음(38위안), 주사 맞았음

---

10) '인민 대표 대회(人民代表大會)'의 약칭.

〈1994년 4월 23일 (음력 3월 13일)〉 토요일
날씨 흐림
연수학교의 수학선생이 학교에 와서 수학 수업 청강 및 평가(1년 4반, 4년 1반 수학 수업), 당직, 주사 맞았음

〈1994년 4월 24일 (음력 3월 14일)〉 일요일
날씨 흐림/맑음
향채(香菜), 가지, 배추, 고추 등을 심었음, 삽과 도끼 자루 맞추기, 주사 맞았음

〈1994년 4월 25일 (음력 3월 15일)〉 월요일
날씨 맑음
교당위(教黨委)에 갔음 – 당비(黨費)[11] 문제에 관함, 당비(黨費) 다시 계산, 주사 맞았음

〈1994년 4월 26일 (음력 3월 16일)〉 화요일
날씨 맑음
업무검사 준비, 당비(黨費) 수납, 시 병원에 가서 진료 받았음, 원학(元學)이 우리 집에 왔음, 주사 맞았음

〈1994년 4월 27일 (음력 3월 17일)〉 수요일
날씨 흐림/비
관련 교육자료 학습, 원학(元學)이 연길에 돌아갔음, 주사 맞았음(끝)

〈1994년 4월 28일 (음력 3월 18일)〉 목요일
날씨 흐림/비
시 교위(教委)가 업무 검사하러 왔음, 오후에

운동장 수리 작업, 공회(工會)[12] 회의

〈1994년 4월 29일 (음력 3월 19일)〉 금요일
날씨 흐림
시 교위(教委)가 업무 검사하러 왔음, 지도부 회의 총결, 유리 설치 작업, 운동회 준비

〈1994년 4월 30일 (음력 3월 20일)〉 토요일
날씨 흐림/비
교내 운동대회, 최성림(崔城琳)선생의 아이 생일인데 초대를 받았음, 원학(元學), 미옥(美玉), 복순(福順)이 우리 집에 왔음

〈1994년 5월 1일 (음력 3월 21일)〉 일요일
날씨 흐림/비
공휴일, 내일 생일인데 손님을 초대함 – 교원(教員), 친족, 친척

〈1994년 5월 2일 (음력 3월 22일)〉 월요일
날씨 흐림/비
공휴일, 생일 – 친족, 친척들이 우리 집에 왔음

〈1994년 5월 3일 (음력 3월 23일)〉 화요일
날씨 흐림/비
공휴일

〈1994년 5월 4일 (음력 3월 24일)〉 수요일
날씨 흐림/비
출근, 예비 당원(黨員)이 입당(入黨) 준비, 학

---

11) 정당(政黨)의 활동 경비.

12) 노동조합, 노조협회.

교에서 난방 설치 팀을 초대했음, 원학(元學)
과 미옥(美玉)이 연길에 돌아갔음

〈1994년 5월 5일 (음력 3월 25일)〉 목요일
날씨 흐림/맑음
단(團) 활동 준비, 〈5 · 4[13] 강연회〉 준비, 북
경에서 편지 왔음

〈1994년 5월 6일 (음력 3월 26일)〉 금요일
날씨 맑음
당(黨) 조별회의를 준비, 당(黨)조별 회의 -
예비 당원(黨員)에 관함, 김광천(金光天) 선
생의 당적(黨籍) 옮김에 관함

〈1994년 5월 7일 (음력 3월 27일)〉 토요일
날씨 맑음/비
사생(師生)들이 〈흑룡강 대형 곡마단 공연〉
을 관람

〈1994년 5월 8일 (음력 3월 28일)〉 일요일
날씨 맑음
우물 보수, 박회계가 널빤지를 운송하러 왔
음, 최소림(崔小林)의 생일인데 초대를 받았
음, 창일(昌日)이 우리 집에 왔음

〈1994년 5월 9일 (음력 3월 29일)〉 월요일
날씨 흐림/비
일본에서 편지 왔음(100달러), 대청소, 당지
부(黨支部)위원, 당우부(黨友部)대회 준비,
북경, 장춘(長春)으로 편지 보냈음

---

13) 五四青年節(5 · 4 청년절)의 약칭.

〈1994년 5월 10일 (음력 3월 30일)〉 화요일
날씨 흐림/비
당지부(黨支部)위원, 당우부(黨友部) 대회
준비, 오후에 예비 당원(黨員)이 입당(入黨)
문제에 관한 회의 진행

〈1994년 5월 11일 (음력 4월 1일)〉 수요일
날씨 맑음
교원(教員)대회 - 비용예금과 주택모금에 관
함, 위생팀 검사하러 왔음, 지부(支部)대회 -
예비 당원(黨員)이 입당(入黨)에 관함, 일본
으로 편지 보냈음

〈1994년 5월 12일 (음력 4월 2일)〉 목요일
날씨 맑음
예비 당원(黨員)의 입당(入黨)서류 작성 및
고찰 서류 정리, 교내 한어(漢語)낭독 경연
회, 체육 수업 청강(5년 3반, 천송 선생의 수
업)

〈1994년 5월 13일 (음력 4월 3일)〉 금요일
날씨 맑음
교당위(教黨委)에 가서 예비 당원(黨員) 입
당(入黨) 고찰서류를 제출, 연수학교의 체육
선생이 와서 체육수업 청강, 점심에 이선생
의 초대를 받았음

〈1994년 5월 14일 (음력 4월 4일)〉 토요일
날씨 흐림
봄 소풍

〈1994년 5월 15일 (음력 4월 5일)〉 일요일

날씨 흐림/비
집안일 했음, 창일(昌日)과 원학(元學)이 우리 집에 왔음, 김성하(金成河) 선생의 초대를 받았는데 못 갔음

〈1994년 5월 16일 (음력 4월 6일)〉 월요일
날씨 맑음/바람
모금 5천 2백 위안, 당(黨)내 교육자료를 각인(刻印), 제5소학교에서 품덕(品德)수업을 청강, 복순(福順)이 우리 집에 왔음

〈1994년 5월 17일 (음력 4월 7일)〉 화요일
날씨 맑음/바람
당(黨)내 교육자료를 각인(刻印), 당우부(黨友部)에서 당(黨)내 교육과정 진행 - 드라마 《求索》,복순(福順)이 집에 돌아갔음

〈1994년 5월 18일 (음력 4월 8일)〉 수요일
날씨 맑음/바람
당(黨)내 교육자료 각인(刻印) 완성, 연길에서 전화 왔음 - 집을 구매에 관함, 창일(昌日)이 대신에 쓴 편지를 일본으로 보냈음

〈1994년 5월 19일 (음력 4월 9일)〉 목요일
날씨 맑음/바람
시 교당위(敎黨委)회의 참석, 공회(工會) 조별회의 참석

〈1994년 5월 20일 (음력 4월 10일)〉 금요일
날씨 맑음/바람
시 교당위(敎黨委)양성반 참석, 세입자가 이사를 나갔음, 새 세입자가 이사 왔음, 북경으

로 200위안을 송금했음, 당(黨)내 교육자료를 복사

〈1994년 5월 21일 (음력 4월 11일)〉 토요일
날씨 맑음/바람
시 교당위(敎黨委)양성반 참석, 교당위(敎黨委)와 시위(市委)조직부가 학교에 예비 당원(黨員)을 고찰하러 왔음

〈1994년 5월 22일 (음력 4월 12일)〉 일요일
날씨 맑음
문 수리 작업, 오후에 학교에 갔음, (학교 앞에) 포도나무의 시렁을 만들기 및 포도 재배

〈1994년 5월 23일 (음력 4월 13일)〉 월요일
날씨 맑음
당(黨)내 교육자료 및 〈교사법〉 시험문제를 제본

〈1994년 5월 24일 (음력 4월 14일)〉 화요일
날씨 맑음
정치학습필기를 검사, 당(黨)내 교육자료 나눔, 시 체육수업을 우수 평가, 시 종합관리회의 참석, 오후에 연수학교의 한어(漢語)선생이 와서 수업 청강

〈1994년 5월 25일 (음력 4월 15일)〉 수요일
날씨 흐림/비
정치학습필기를 검사, 〈교사법〉 시험문제를 나눔, 교원(敎員)대회

〈1994년 5월 26일 (음력 4월 16일)〉 목요일

날씨 흐림/우박

태양(太陽)에 가서 정웅(廷雄) 사망 1주년
추도, 다녀왔음

〈1994년 5월 27일 (음력 4월 17일)〉 금요일
날씨 흐림/맑음

〈교사법〉 시험지 채점 및 통계, 오후에 정치
학습

〈1994년 5월 28일 (음력 4월 18일)〉 토요일
날씨 흐림/맑음/비

〈교사법〉 시험지 책자로 장정했음, 오후에
김광천선생의 자료를 수정·정리, 연길에
서 전화 왔음〈1994년 5월 29일 (음력 4월 19
일)〉 일요일 날씨 맑음/비

휴일 - 독서

〈1994년 5월 30일 (음력 4월 20일)〉 월요일
날씨 맑음

회의 - 주택 분배에 관함(박교장), 북경에서
1만 위안 송금이 왔음

〈1994년 5월 31일 (음력 4월 21일)〉 화요일
날씨 맑음

1만 위안을 인출, 납부(학교 주택 구매), 교원
대회 - 주택 분배에 관함, 점심에 백남춘(白
南春)의 초대를 받았음, 학교에서 교위(敎
委)의 최선생을 초대했음

〈1994년 6월 1일 (음력 4월 22일)〉 수요일
날씨 맑음

휴일, 이영(李瑛)진료소에 가서 약 샀음

〈1994년 6월 2일 (음력 4월 23일)〉 목요일
날씨 맑음

출근, 학습문서(자습) - 당건(黨建)[14]에 관
함, 김광천(金光天)선생의 자료를 당위(黨
委)에 제출

〈1994년 6월 3일 (음력 4월 24일)〉 금요일
날씨 흐림

학습문서(자습) - 당건(黨建)에 관함

〈1994년 6월 4일 (음력 4월 25일)〉 토요일
날씨 비/흐림

수업 청강 - 5년 3반 노동수업(우수 평가), 교
당위(敎黨委)회의 참석, 오후에 휴무, ※교장
실 파괴되었음

〈1994년 6월 5일 (음력 4월 26일)〉 일요일
날씨 맑음

학교에 갔음, 시 환경보호국에 주최된 '세계
환경호보'활동 참석 - 4,5학년 사생(師生) 참
석

〈1994년 6월 6일 (음력 4월 27일)〉 월요일
날씨 흐림/맑음

정년퇴직 간부 김풍춘(金風春) 선생의 추도
식에 참석

〈1994년 6월 7일 (음력 4월 28일)〉 화요일
날씨 흐림/맑음

---

14) 党的建設(당의 건설), 중국 공산당의 사상 건설과
　　조직 건설.

〈덩샤오핑 문선〉 제3권 통계, 중 · 소학교 구기 경기를 관람, 지부위원(支部委員)회의 진행

〈1994년 6월 8일 (음력 4월 29일)〉 수요일
날씨 소나기/맑음
서류 정리, 오전에 혼자 사무실에 있음, 중 · 소학교 구기 운동회, 제5소학교에서 조선어 과외 활동을 개최, 복순(福順)이 우리 집에 왔음

〈1994년 6월 9일 (음력 5월 1일)〉 목요일 날씨 맑음
〈덩샤오핑 문선〉 제3권 구매 후 교원들에게 나눔, 서류 정리, 제5소학교에서 회의, 장모 생신, 원학(元學)이 우리 집에 왔다가 갔음

〈1994년 6월 10일 (음력 5월 2일)〉 금요일
날씨 맑음
서류 정리, (부분)교원들이 출근, 박 교장의 초대를 받았음(담임선생 참석)

〈1994년 6월 11일 (음력 5월 3일)〉 토요일
날씨 맑음
서류 정리, 원학(元學)이 우리 집에 왔음(1만 위안), 복순(福順)이 집에 돌아갔음, 운학(雲鶴) 집에 갔음

〈1994년 6월 12일 (음력 5월 4일)〉 일요일
날씨 흐림/맑음
출근, 대중의 의견을 청취 - 발전 대상자 소림(小林)에 관함, 창일(昌日)이 왔다가 갔음

〈1994년 6월 13일 (음력 5월 5일)〉 월요일
날씨 흐림/맑음
최소림(崔小林)의 입당(入黨)서류 정리, 판석(板石) 소학교의 선생의 초대를 받았음, 향선(香善)과 정옥(貞玉)이 우리 집에 왔음

〈1994년 6월 14일 (음력 5월 6일)〉 화요일
날씨 맑음
서류 정리, 오후에 공연을 관람 - 주승춘(朱勝春)에게 배움, 최소림(崔小林) 입당(入黨)에 관한 당(黨) 조별회의 진행

〈1994년 6월 15일 (음력 5월 7일)〉 수요일
날씨 맑음
지부(支部)대회 준비, 소림(小林)과 개별 담화, 오후에 최소림(崔小林)이 입당(入黨)과 당원(黨員) 민주평의 동원을 위해 지부(支部)대회 진행

〈1994년 6월 16일 (음력 5월 8일)〉 목요일
날씨 흐림/맑음
최소림(崔小林)의 입당(入黨)서류를 종합정리, 지부(支部)대회 - 〈덩샤오핑 당건 이론〉 학습, 세입자의 초대를 받았음

〈1994년 6월 17일 (음력 5월 9일)〉 금요일
날씨 흐림/맑음
당교위(黨敎委)에 가서 최소림(崔小林)의 서류를 제출, 예금 인출(2,000 위안), 예금(2,500 위안), 북경으로 편지 보냈음, 소림(小林)이 입당(入黨)시험, 향선(香善)이 학교에 왔음

〈1994년 6월 18일 (음력 5월 10일)〉 토요일
날씨 흐림
서류 정리, 당교위(黨教委) "7 · 1" 강연회 참석, 아내가 연길에 갔음

〈1994년 6월 19일 (음력 5월 11일)〉 일요일
날씨 흐림/맑음
태운(泰雲)집에 갔음(생일), 승일(承日)이 50위안 줬음

〈1994년 6월 20일 (음력 5월 12일)〉 월요일
날씨 맑음
당원(黨員) 민주평의를 준비, 당(黨)내 조별 민주평의 진행, 북경에서 300위안 송금이 왔음, 아내가 다녀왔음

〈1994년 6월 21일 (음력 5월 13일)〉 화요일
날씨 흐림/비
민주평의 서류 정리, 교위(教委)에 가서 실증 서류 제출, 퇴근 시 의자 운송

〈1994년 6월 22일 (음력 5월 14일)〉 수요일
날씨 흐림/맑음
민주평의 서류 정리, 교위(教委)에 가서 실증 서류 제출, 당지부(黨支部)위원 회의 - 조직 평정

〈1994년 6월 23일 (음력 5월 15일)〉 목요일
날씨 흐림/맑음
민주평의 서류 정리, 아내가 태양(太陽)에 갔음, 시 조직부와 교당위((教黨委)가 와서 입당(入黨)인원을 심사 및 검수

〈1994년 6월 24일 (음력 5월 16일)〉 금요일
날씨 흐림/소나기
숙부 생신, 민주평의서류의 총결을 정리 완성 후 당건(黨建)자료 총결보고를 작성, 아내가 다녀왔음

〈1994년 6월 25일 (음력 5월 17일)〉 토요일
날씨 흐림
당건(黨建)자료의 총결보고 완성, 오후에 수정했음, 사생(師生)들이 영화 봤음(안 갔음)

〈1994년 6월 26일 (음력 5월 18일)〉 일요일
날씨 흐림/비
출근, 각종 자료 정리(완성), 가지를 심었음, 진(陳)선생이 시험적으로 강의했음, 오후에 이영(李瑛)진료소에 갔음

〈1994년 6월 27일 (음력 5월 19일)〉 월요일
날씨 흐림
교당위(教黨委)에 가서 당지부(黨支部)업무 총결 및 우수당원(黨員)서류를 제출, 체육조의 초대를 받았음

〈1994년 6월 28일 (음력 5월 20일)〉 화요일
날씨 흐림
교위(教委)최주임의 부친 장례식 참석, 정치학습 총결보고를 작성

〈1994년 6월 29일 (음력 5월 21일)〉 수요일
날씨 흐림/비
시 우수담임교사 검수교류회 참석, 담임교사 회의

〈1994년 6월 30일 (음력 5월 22일)〉 목요일
날씨 흐림
6월 출퇴근기록을 통계, 당위(黨委) "7 · 1"
총결 표창대회 참석

〈1994년 7월 1일 (음력 5월 23일)〉 금요일
날씨 흐림/비
조선소년예술단 공연을 관람, 대회 준비 - 입
당(入黨)식, 우수당원(黨委) 표창, 민주평의
총결

〈1994년 7월 2일 (음력 5월 24일)〉 토요일
날씨 흐림/맑음
2~6월 출퇴근기록을 통계

〈1994년 7월 3일 (음력 5월 25일)〉 일요일
날씨 맑음
학교에 다녀왔음, 승일(承日)이 우리 집에 왔
음, 아내가 소풍을 하러 갔음

〈1994년 7월 4일 (음력 5월 26일)〉 월요일
날씨 비
기말고사, 기록 정리, 담임교사 회의, 공회간
부(工會幹部) 회의, 식품공장의 초대를 받았
음

〈1994년 7월 5일 (음력 5월 27일)〉 화요일
날씨 맑음
교원(敎員)들이 시험지 채점 및 각종 통계

〈1994년 7월 6일 (음력 5월 28일)〉 수요일
날씨 흐림

통계 및 분석, 교당위(敎黨委)에 다녀왔음,
승일(承日) 집에 영홍(永紅) 수능시험 축하
하러 갔음

〈1994년 7월 7일 (음력 5월 29일)〉 목요일
날씨 맑음
각종 통계 - 출퇴근기록 통계 · 총결 · 평점,
웅담액(熊膽液) 다 마셨음, 졸업 · 수료식 준
비

〈1994년 7월 8일 (음력 5월 30일)〉 금요일
날씨 흐림/비
졸업 · 수료식(12회), 교연조(敎研組)가 총
결, 지도부 회의

〈1994년 7월 9일 (음력 6월 1일)〉 토요일 날
씨 비
교위(敎委)에 가서 당원(黨委)기부금 납부,
학교업무 총결, 학부모들을 초대(5학년), 안
락액(安樂液) 마시기 시작

〈1994년 7월 10일 (음력 6월 2일)〉 일요일
날씨 흐림/맑음
휴일, 춘염(春艶)집에 갔음(생일)

〈1994년 7월 11일 (음력 6월 3일)〉 월요일
날씨 맑음
교위(敎委)에 가서 당원(黨委)기부금 납부,
학교 노동 - 못을 뽑기

〈1994년 7월 12일 (음력 6월 4일)〉 화요일
날씨 비/흐림

의자 운송, 학교에 못을 가져갔음

〈1994년 7월 13일 (음력 6월 5일)〉 수요일
날씨 흐림
위생실로 상자 운송, 환경보호에 관한 표어
를 각인(刻印)

〈1994년 7월 14일 (음력 6월 6일)〉 목요일
날씨 흐림/맑음
미화(美花)가 우리 집에 왔음(가족생활상황
기록 작성), 환경보호에 관한 표어를 각인(刻
印)

〈1994년 7월 15일 (음력 6월 7일)〉 금요일
날씨 맑음
환경보호에 관한 표어를 각인(刻印)

〈1994년 7월 16일 (음력 6월 8일)〉 토요일
날씨 맑음
제4소학교에서 전시(全市)일급교사시험 실
시, 연수학교의 초대를 받았음, 아내가 학습
반을 신청했음

〈1994년 7월 17일 (음력 6월 9일)〉 일요일
날씨 맑음
표어를 각인(刻印), 학교 건설대의 초대 받았
음

〈1994년 7월 18일 (음력 6월 10일)〉 월요일
날씨 맑음
표어를 각인(刻印), 예술단개업식인데 초대
를 받았음

〈1994년 7월 19일 (음력 6월 11일)〉 화요일
날씨 흐림/맑음
책상 뜯기 등 작업

〈1994년 7월 20일 (음력 6월 12일)〉 수요일
날씨 소나기/흐림
책, 측정함 등 운송

〈1994년 7월 21일 (음력 6월 13일)〉 목요일
날씨 맑음
책, 측정함 등 운송, 책상과 의자 구매, 연길
로 전화했음, 영진(永珍)이 연길에 도착했음

〈1994년 7월 22일 (음력 6월 14일)〉 금요일
날씨 맑음
휴일, 집안일 했음, 감자 캤음, 미옥(美玉), 영
진, 광춘, 복순(福順), 동춘이 우리 집에 왔음

〈1994년 7월 23일 (음력 6월 15일)〉 토요일
날씨 맑음
의자 수리, 배추 심었음, 광춘과 복순(福順)
이 판석(板石)에 갔음

〈1994년 7월 24일 (음력 6월 16일)〉 일요일
날씨 흐림
널빤지 운송, 의자 수리 등

〈1994년 7월 25일 (음력 6월 17일)〉 월요일
날씨 흐림
책상과 의자 수리, 여교원들이 출근, 책상과
의자 씻었음

〈1994년 7월 26일 (음력 6월 18일)〉 화요일
날씨 흐림/맑음
수능시험 성적 발표 - 영홍(永紅) 463점, 미
옥(美玉)과 영진이 판석(板石)에 갔음, 여교
원(敎員)들이 출근, 책상과 의자 씻었음

〈1994년 7월 27일 (음력 6월 19일)〉 수요일
날씨 흐림/맑음
책상과 의자 수리, 박교장과 김추월(金秋月)
이 연길에 갔음(조선 개선 관람), 영진이 집
에 도착했음

〈1994년 7월 28일 (음력 6월 20일)〉 목요일
날씨 흐림
작업한 교사(敎師)들과 승리촌(勝利村)에 소
풍하러 갔음

〈1994년 7월 29일 (음력 6월 21일)〉 금요일
날씨 비
실내 천장에 페인트 작업했음

〈1994년 7월 30일 (음력 6월 22일)〉 토요일
날씨 비
실내 천장에 페인트 작업했음

〈1994년 7월 31일 (음력 6월 23일)〉 일요일
날씨 비/흐림
실내 천장에 페인트 작업했음, 아내가 판석
(板石)에 갔음

〈1994년 8월 1일 (음력 6월 24일)〉 월요일
날씨 맑음

실내 천장에 페인트 작업했음(거의 완성), 아
내와 미옥(美玉)이 다녀왔음, 복순(福順)의
생일

〈1994년 8월 2일 (음력 6월 25일)〉 화요일
날씨 맑음
휴일, 학교에 다녀왔음

〈1994년 8월 3일 (음력 6월 26일)〉 수요일
날씨 맑음
학교에 갔음, 오후에 집에서 쉬었음, 광춘(光
春)이 우리 집에 왔음

〈1994년 8월 4일 (음력 6월 27일)〉 목요일
날씨 맑음
학교에 갔음, 구교사(舊校舍)의 난방 설치 시
작, 책상과 의자 운송, 오후 학교에서 휴식

〈1994년 8월 5일 (음력 6월 28일)〉 금요일
날씨 흐림
책상과 의자 운송, 위생실 철거, 미옥(美玉)
이 연길에 돌아갔음, 영진(永珍)이 연길에 도
착해서 북경에 갔음

〈1994년 8월 6일 (음력 6월 29일)〉 토요일
날씨 흐림/맑음
학교에 가서 책상과 의자 운송, 오후 휴식, 학
교에서 기건대(基建隊)[15]를 초대

〈1994년 8월 7일 (음력 7월 1일)〉 일요일 날

---

15) 기초건설대.

씨 흐림/맑음
학교에 가서 책상과 의자 운송, 모휘석(茅輝錫)의 생일인데 초대를 받았음

〈1994년 8월 8일 (음력 7월 2일)〉 월요일 날씨 흐림/비
학교에 갔음, 지휘부사무실과 댄스교실 정리 · 페인트 작업했음

〈1994년 8월 9일 (음력 7월 3일)〉 화요일 날씨 흐림/비
학교에 갔음, 페인트 작업했음

〈1994년 8월 10일 (음력 7월 4일)〉 수요일 날씨 맑음
댄스교실에 페인트 작업했음, 박교장이 북한에 다녀왔음, 민우(敏遇)의 형의 초대를 받았음

〈1994년 8월 11일 (음력 7월 5일)〉 목요일 날씨 맑음
댄스교실 페인트 작업, 김광천(金光天) 선생의 생일인데 초대를 받았음

〈1994년 8월 12일 (음력 7월 6일)〉 금요일 날씨 흐림/비
시교위(市敎委)에 주최된 모범공산당원(共産黨員) 록도유(鹿道有) 동지(同志)의 사적 보고회 참석, 오후에 이영(李瑛)진료소에 가서 약 샀음

〈1994년 8월 13일 (음력 7월 7일)〉 토요일

날씨 흐림/비
학교에 가서 학전반의 침대를 설치, 오후에 집에서 신문을 봤음, 이발(理髮)했음

〈1994년 8월 14일 (음력 7월 8일)〉 일요일 날씨 흐림/비
지도부 출근 - 개학 준비, 비용 수납 및 교실 배정, 박교장의 초대를 받았음

〈1994년 8월 15일 (음력 7월 9일)〉 월요일 날씨 흐림/비
지도부 출근 - 담임교사 배정, 김추월(金秋月)의 초대를 받았음, 향선(香善)이 전근 왔음

〈1994년 8월 16일 (음력 7월 10일)〉 화요일 날씨 비
교원(敎員)출근 - 회의 - 업무 준비, 신입생 모집 및 책 나눔

〈1994년 8월 17일 (음력 7월 11일)〉 수요일 날씨 맑음/바람
교원(敎員)들이 수업 준비, 표어판 세우기, 유리 구매 등, 창일(昌日)집에 갔음, 김국화(金國華)선생의 결혼식 참석

〈1994년 8월 18일 (음력 7월 12일)〉 목요일 날씨 맑음
교원(敎員)들이 수업 준비, 국기판 설치, 김성화(金成花) 선생이 전근 왔음, 일본에서 편지 왔음, 창일(昌日)의 생일

〈1994년 8월 19일 (음력 7월 13일)〉 금요일
날씨 맑음
교원(敎員)들이 수업 준비, 천송(千松)과 개별담화, 정치노트 나눔

〈1994년 8월 20일 (음력 7월 14일)〉 토요일
날씨 흐림/맑음
교원(敎員)들이 수업 준비, 판석(板石)소학교에서 김연(金燕)과 박영춘 선생이 전근 왔음, 오후에 공휴, 채소밭에서 농약을 뿌렸음

〈1994년 8월 21일 (음력 7월 15일)〉 일요일
날씨 흐림/맑음
일본으로 편지 보냈음, 학교에 다녀왔음

〈1994년 8월 22일 (음력 7월 16일)〉 월요일
날씨 흐림/맑음
출근, 교원(敎員)자료를 작성, 이 선생 둘째 아들의 결혼식 참석, 아내가 연길에 가서 학습

〈1994년 8월 23일 (음력 7월 17일)〉 화요일
날씨 흐림/맑음
지도부 회의 – 성정위(省政委)의 회의정신을 전달, 윤선생의 장녀의 결혼식 참석

〈1994년 8월 24일 (음력 7월 18일)〉 수요일
날씨 흐림/맑음
교위(敎委) 성(成)과장의 초대를 받았음(아들 대학 입학), 지도부 회의, 책상과 의자 수리, 영홍(永紅)이 대학에 입학, 이옥연(李玉蓮)과 천(千)선생이 전근 왔음

〈1994년 8월 25일 (음력 7월 19일)〉 목요일
날씨 흐림/비
책상과 의자 운송, 사상품덕(思想品德)지도부 회의, 연길에서 최화자(崔花子) 선생이 전근 왔음, 김성하(金成河)의 초대를 받았음

〈1994년 8월 26일 (음력 7월 20일)〉 금요일
날씨 맑음
공휴일, 학교에 갔음, 시 병원에 진료를 받으러 갔음, 오후에 교당위(敎黨委)회의, 김해연(金海燕)의 결혼식 참석

〈1994년 8월 27일 (음력 7월 21일)〉 토요일
날씨 맑음/소나기
공휴일, 책상과 의자 운송, 북경으로 편지 보냈음, 승일(承日)집에서 초대를 받았음

〈1994년 8월 28일 (음력 7월 22일)〉 일요일
날씨 흐림/맑음
공휴일, 학교에 갔음, 채소 심었음, 고추 땄음

〈1994년 8월 29일 (음력 7월 23일)〉 월요일
날씨 맑음
학전반과 1학년 개학, 기타 학년은 9월 5일에 개학, 오후에 교원(敎員)대회, 시 병원에 가서 위장 검사(관성 위장염)

〈1994년 8월 30일 (음력 7월 24일)〉 화요일
날씨 흐림/맑음
기타 학년의 교사(敎師)들이 수업 준비, 오후에 남교원(敎員)들이 책상과 의자 운송(교장실), 아내가 연길에서 다녀왔음

〈1994년 8월 31일 (음력 7월 25일)〉 수요일
날씨 흐림/맑음
사무실, 교장실, 측정실 등 옮김, 연수학교의
선생이 왔음, 출퇴근기록 통계

〈1994년 9월 1일 (음력 7월 26일)〉 목요일
날씨 맑음
회계실, 교장실, 도서관 등 옮김 및 정리, 영
홍(永紅)이 대학 입학인데 초대를 받았음

〈1994년 9월 2일 (음력 7월 27일)〉 금요일
날씨 맑음
새 교실 정리, 책상과 의자 수리, 오전에 지도
부 회의 - 개학 준비, 복순(福順)이 왔음

〈1994년 9월 3일 (음력 7월 28일)〉 토요일
날씨 맑음
새 교실 정리, 책상과 의자 수리

〈1994년 9월 4일 (음력 7월 29일)〉 일요일
날씨 맑음
새 교실 정리, 책상과 의자 수리 및 페인트 작
업, 교원(敎員)대회 - 작업 배분

〈1994년 9월 5일 (음력 7월 30일)〉 월요일
날씨 비/맑음
책상과 의자 수리, 페인트 작업 및 새 교실 정
리

〈1994년 9월 6일 (음력 8월 1일)〉 화요일 날
씨 맑음
책상과 의자 수리, 페인트작업 및 새 교실 정

리, 승일(承日)집에서 초대를 받았음 - 영홍
(永紅) 대학 입학 축하

〈1994년 9월 7일 (음력 8월 2일)〉 수요일 날
씨 맑음
하반기 지부업무일정 제정, 영홍(永紅)이 길
림(吉林)대학에 입학, 시 병원에 갔다가 이영
(李瑛)진료소에 갔음

〈1994년 9월 8일 (음력 8월 3일)〉 목요일 날
씨 맑음
시 주최된 40회 스승의 날 표창대회 참석, 오
후에 학교 문예활동 참석

〈1994년 9월 9일 (음력 8월 4일)〉 금요일 날
씨 흐림/비
공휴일, 아내가 판석(板石)에 스승의 날 활동
을 참석하러 갔음

〈1994년 9월 10일 (음력 8월 5일)〉 토요일
날씨 맑음
스승의 날(공휴일), 학교에 가서 신문을 가져
왔음

〈1994년 9월 11일 (음력 8월 6일)〉 일요일
날씨 맑음/바람
공휴일, 학교에 다녀왔음, 승일(承日)과 창일
(昌日)이 우리 집에 왔음

〈1994년 9월 12일 (음력 8월 7일)〉 월요일
날씨 맑음
3학년, 2학년 1반 개학, 교육기건판(基建

辦)[16] 학교에 검수하러 왔음, 당비(黨費) 수납

〈1994년 9월 13일 (음력 8월 8일)〉 화요일
날씨 맑음
전근 온 교원(敎員)명단을 작성, 양병석(楊炳石)교장을 위문했음

〈1994년 9월 14일 (음력 8월 9일)〉 수요일
날씨 맑음
책상과 의자 운송, 교원(敎員)회의 - 계획 통과

〈1994년 9월 15일 (음력 8월 10일)〉 목요일
날씨 맑음
전교 개학, 교위(敎委)에 가서 당비(黨費) 납부, 시건위(市建委)가 학교에 교사(校舍)를 검수하러 왔음

〈1994년 9월 16일 (음력 8월 11일)〉 금요일
날씨 맑음/흐림
시교기금회(市敎基金會)[17] 학교에 호적을 검사하러 왔음

〈1994년 9월 17일 (음력 8월 12일)〉 토요일
날씨 비
지도부 회의 - 비용 수납에 관함, 성정(省政)학원의 이선생을 초대했음, 아내가 창일(昌日)의 처조모의 장례식을 참석하러 갔음

〈1994년 9월 18일 (음력 8월 13일)〉 일요일
날씨 비/맑음
교원(敎員)회의 - 조회 및 비용 수납에 관함, 오후에 공휴일

〈1994년 9월 19일 (음력 8월 14일)〉 월요일
날씨 비
정치학습필기 정리, 영화 봤음(태양에 못 갔음), 김 선생의 장남의 결혼식 참석

〈1994년 9월 20일 (음력 8월 15일)〉 화요일
날씨 비
당위(黨委)회의 참석, 북경으로 편지 보냈음

〈1994년 9월 21일 (음력 8월 16일)〉 수요일
날씨 맑음
책상 정리, 담임선생들이 업무 학습, 출퇴근 기록에 사인(10월~12월)

〈1994년 9월 22일 (음력 8월 17일)〉 목요일
날씨 비
출퇴근 기록에 사인(10월~12월), 오후에 당위(黨委)에 갔음 - 참관 고찰에 관함

〈1994년 9월 23일 (음력 8월 18일)〉 금요일
날씨 비
"迎慶, 創十佳[18]" 활동방안 제정, 지부위원회의, 교원(敎員)대회

〈1994년 9월 24일 (음력 8월 19일)〉 토요일

---

16) 교육기초건설사무실
17) 시 교육기금회.

18) 최우수 10대 ㅇㅇ에 대한 경축.

날씨 흐림/맑음
"迎慶, 創十佳" 활동방안 복사 및 제출 , 변우
(卞羽) 선생의 초대를 받았음

〈1994년 9월 25일 (음력 8월 20일)〉 일요일
날씨 흐림/맑음
휴일, 온돌 보수

〈1994년 9월 26일 (음력 8월 21일)〉 월요일
날씨 흐림/맑음
지도부와 물자 조달 · 관리부문 회의, 대청소
- 남교원(教員)

〈1994년 9월 27일 (음력 8월 22일)〉 화요일
날씨 맑음
직업기술교육 고등학교에 가서 당원(黨員)
활동실을 참관, 당(黨) 수업 - 전자 - 〈선봉노
래〉

〈1994년 9월 28일 (음력 8월 23일)〉 수요일
날씨 맑음
논문작성 및 제출 - 〈교사 소양 향상하기 위
해 노력해야 함〉, 교육인원들이 업무 학습 -
연수학교 와서 지도해 줬음(조선어과 품덕)

〈1994년 9월 29일 (음력 8월 24일)〉 목요일
날씨 흐림/맑음
장춘(長春)에서 편지 왔음, 난방시설 검사,
공회(工會)위원 조장회의

〈1994년 9월 30일 (음력 8월 25일)〉 금요일
날씨 흐림

월례고사 통계, 원학(元學)과 미옥(美玉)이
우리 집에 왔음

〈1994년 10월 1일 (음력 8월 26일)〉 토요일
날씨 맑음
판석(板石)에 문병하러 갔음(승일(承日), 창
일(昌日)과 원학(元學) 같이 갔음), 민석(珉
錫)이 북경에서 왔음

〈1994년 10월 2일 (음력 8월 27일)〉 일요일
날씨 맑음
아내의 생일인데 손님들을 초대했음 - 장인,
승일(承日), 창일(昌日), 태운 등

〈1994년 10월 3일 (음력 8월 28일)〉 월요일
날씨 맑음
수도시설 설치(월세방), 방 정리

〈1994년 10월 4일 (음력 8월 29일)〉 화요일
날씨 비
출근, 수업(8, 9월 결근 통계), 정치학습 준
비, 원학(元學) 연길에 돌아갔음

〈1994년 10월 5일 (음력 9월 1일)〉 수요일
날씨 맑음
정치학습 준비, 오후 정치 학습

〈1994년 10월 6일 (음력 9월 2일)〉 목요일
날씨 맑음/바람
벽돌 운송 및 수도시설 설치, 자연과학 수업
우수평가, 아내와 미옥(美玉)이 연길에 갔음

〈1994년 10월 7일 (음력 9월 3일)〉 금요일
날씨 맑음
과일(사과, 배) 운송 및 배분, 수업 청강(3년
2반 조회), 아내가 다녀왔음(부상), 오후 8시
반쯤 퇴근했음

〈1994년 10월 8일 (음력 9월 4일)〉 토요일
날씨 맑음
수업 청강(3년 23반), 판석(板石)에 갔음(학
교업무에 관함) – 모래 운송 문제

〈1994년 10월 9일 (음력 9월 5일)〉 일요일
날씨 맑음
연길에서 전화 왔음, 북경에서 편지 왔음, 창
일(昌日)이 우리 집에 와서 갔음, 학교에 다
녀왔음, 이영(李瑛)진료소에 약 사러 갔음

〈1994년 10월 10일 (음력 9월 6일)〉 월요일
날씨 맑음
연수학교에 가서 당원(黨員)활동실을 관람,
오후에 초인종 선을 설치, 동춘(東春)과 태운
이 집에 왔음

〈1994년 10월 11일 (음력 9월 7일)〉 화요일
날씨 흐림/맑음
덕육(德育)학회에 가서 제3차 연회 참석, 영
란(英蘭)과 옥희(玉姬)의 엄마가 집에 왔음

〈1994년 10월 12일 (음력 9월 8일)〉 수요일
날씨 비
판석(板石)에 가서 모래 운송(비 때문에 못했
음), 점심을 못 먹었음, 월급 받았음(조정 후)

〈1994년 10월 13일 (음력 9월 9일)〉 목요일
날씨 맑음
당비(黨費) 계산(임금조정), 아내가 시 병원
에 X-ray 촬영하러 갔음

〈1994년 10월 14일 (음력 9월 10일)〉 금요
일 날씨 맑음
오후에 사생(師生)들이 영화 봤음, 시교위
(市敎委)가 와서 교사(校舍) 검수, 성(省)방
송국의 기자가 와서 교사(校舍) 상황 파악

〈1994년 10월 15일 (음력 9월 11일)〉 토요
일 날씨 맑음
명인사진 벽에 걸리기

〈1994년 10월 16일 (음력 9월 12일)〉 일요
일 날씨 맑음/바람
출근, 사생(師生)들이 명인사진을 벽에 걸렸
음, 복순(福順)과 동춘(東春)이 집에 왔음, 교
원대회(수학 연구 · 토론 회), 이영(李瑛)진
료소에 갔음

〈1994년 10월 17일 (음력 9월 13일)〉 월요
일 날씨 맑음
모래 운송 및 채우기, 대청소

〈1994년 10월 18일 (음력 9월 14일)〉 화요
일 날씨 맑음
성(省) 수학 연구 · 토론회의를 준비, 운동장
의 모래 채우기, 대청소

〈1994년 10월 19일 (음력 9월 15일)〉 수요

일 날씨 맑음
미옥(美玉)이 집에 왔음(-1,000위안), 북경에서 200위안을 송금했음

〈1994년 10월 20일 (음력 9월 16일)〉 목요일 날씨 맑음
성(省) 수학 연구·토론회의 - 총결(5년 1반, 5년 4반, 4년 4반, 3년 4반, 2년 3~4반, 1년 4반, 6년 4반)

〈1994년 10월 21일 (음력 9월 17일)〉 금요일 날씨 맑음
수학 연구·토론회의 참석한 인원들이 소풍, 오후에 공휴일 – 김교장의 초대를 받았음

〈1994년 10월 22일 (음력 9월 18일)〉 토요일 날씨 맑음
공휴일, 학교에 가서 간행물을 가져왔음, 미옥(美玉)이 연길에 돌아갔음, 이영(李瑛)진료소에 가서 약 샀음

〈1994년 10월 23일 (음력 9월 19일)〉 일요일 날씨 맑음
학교에 가서 모래 운송, 굴뚝 보수, 무 샀음, 창일(昌日)과 미화(美花)가 집에 왔음

〈1994년 10월 24일 (음력 9월 20일)〉 월요일 날씨 맑음
당비(黨費) 수납, 오후에 휴무, 김교장과 교원 7명이 집에 문병하러 왔음

〈1994년 10월 25일 (음력 9월 21일)〉 화요일 날씨 맑음
수업 청강(4년 3반, 6년 2반), 정치학습 준비, 사생(師生)들이 영화를 봤음, 향선(香善)과 미화(美花)가 집에 왔음,

〈1994년 10월 26일 (음력 9월 22일)〉 수요일 날씨 맑음/소나기
정치학습 준비, 오후에 정치 학습, 전구 구매 (56위안)

〈1994년 10월 27일 (음력 9월 23일)〉 목요일 날씨 맑음
형편이 어려운 가정에 대해 조사, 정치학습 필기 정리, 중공(中共)14회 4차 회의서류를 학습, 학교 지도부 회의

〈1994년 10월 28일 (음력 9월 24일)〉 금요일 날씨 흐림
지부대회 준비, 지도부 회의 - 교육 수준 측정에 관함, 사중전회(四中全會)[19] 정신 전달을 위해 지부회의 진행

〈1994년 10월 29일 (음력 9월 25일)〉 토요일 날씨 맑음
정치학습 필기, 오후에 공휴 – 집에서 정원을 정리

〈1994년 10월 30일 (음력 9월 26일)〉 일요일 날씨 맑음

---

19) 14회 4차 중국중앙위원회 전체회의, 1994년 9월 25~28일.

집안일 - 빨래, 화분 정리, 쌀 구입 등

⟨1994년 10월 31일 (음력 9월 27일)⟩ 월요일 날씨 맑음
정치학습 필기, 직무 보조금 받았음(630 위안), 교원대회 - 학교 관리 · 운영 수준 검수

⟨1994년 11월 1일 (음력 9월 28일)⟩ 화요일 날씨 맑음
김국화(金國華) 선생집에 갔음, 병원 - 김국화(金國華)선생의 부친 사망 추도식에 참석(김, 모 등 선생 같이 갔음), 정치학습 필기

⟨1994년 11월 2일 (음력 9월 29일)⟩ 수요일 날씨 흐림
정치학습 필기, 오후에 공회(工會) 조장회의, 가게채 전기 설치 완성, 누나가 우리 집에 왔음

⟨1994년 11월 3일 (음력 10월 1일)⟩ 목요일 날씨 바람
시 교위(敎委)가 학교에 와서 관리 · 운영 수준 검사, 학교에서 검사 인원들을 초대했음

⟨1994년 11월 4일 (음력 10월 2일)⟩ 금요일 날씨 맑음
오후에 교원(敎員)대회 - 기말고사에 관함, 누나가 요리했음

⟨1994년 11월 5일 (음력 10월 3일)⟩ 토요일 날씨 맑음
조회, 품덕(品德) 연구 · 토론회의, 지도부회의 - 직함 평정에 관함, 오후에 휴식, 창일(昌日)이 우리 집에 왔음

⟨1994년 11월 6일 (음력 10월 4일)⟩ 일요일 날씨 흐림/비
장을 보러 갔음(고추가루, 마늘, 파, 쇠고기 등 샀음), 이영(李瑛)진료소에 가서 약 샀음

⟨1994년 11월 7일 (음력 10월 5일)⟩ 월요일 날씨 맑음/바람
지도부회의 - 고급 직함 평정에 관함, 정치학습 자료를 각인(刻印), 북경에서 편지 왔음

⟨1994년 11월 8일 (음력 10월 6일)⟩ 화요일 날씨 맑음
연길에서 전화 왔음, 정치학습 자료를 각인(刻印), 김향숙(金香淑) 선생의 오빠의 결혼식 참석

⟨1994년 11월 9일 (음력 10월 7일)⟩ 수요일 날씨 흐림
정치학습 자료 각인(刻印) 완성, 중대(中隊) 활동 참관: 6년 3반, 오후 교원(敎員)월동을 준비

⟨1994년 11월 10일 (음력 10월 8일)⟩ 목요일 날씨 맑음
오전 정치학습 필기, 당건(黨建)업무 평정 준비, 운학(雲鶴)과 명옥(明玉)이 우리 집에 왔음,

⟨1994년 11월 11일 (음력 10월 9일)⟩ 금요

일 날씨 맑음
중대(中隊)활동 참관: 5년 1반, 당지부(黨支部)의 각종 제도 필기, 단위(團委)와 연수학교의 선생들이 학교에 와서 중대(中隊)활동을 참관(5년 1반, 6년 3반), 누나가 안도(安圖)에 돌아갔음

〈1994년 11월 12일 (음력 10월 10일)〉 토요일 날씨 맑음
당비(黨費)와 간행물 비용을 수납, 오후에 공휴, 천(千)선생 생일인데 초대를 받았음

〈1994년 11월 13일 (음력 10월 11일)〉 일요일 날씨 맑음
창일(昌日)집에 가서 널빤지를 운송, 일본으로 편지 보냈음, 북경에서 200위안 송금이 왔음, 이영(李瑛)진료소에 가서 약 샀음

〈1994년 11월 14일 (음력 10월 12일)〉 월요일 날씨 맑음/추움
교당위(教黨委)에 가서 간행물 비용을 납부, 모휘석(茅輝錫)의 당원(黨員)추천서 신청, 당지부(黨支部) 각종 제도 필기

〈1994년 11월 15일 (음력 10월 13일)〉 화요일 날씨 맑음
조석제(趙石濟)선생이 당건(黨建)업무에 관한 벽보 완성, 오후에 사생(寫生)과 영화 봤음

〈1994년 11월 16일 (음력 10월 14일)〉 수요일 날씨 맑음

당지부(黨支部) 각종 제도 각인(刻印)(하루 종일), 정칙학습자료 복사, 오후에 수업

〈1994년 11월 17일 (음력 10월 15일)〉 목요일 날씨 흐림/소나기
공회(工會)의 벽도 각인(刻印)(하루 종일), 일본에서 편지 왔음, 성교위(省教委)가 와서 측정기구실 검수, 오후에 사생(師生)들이 영화 봤음

〈1994년 11월 18일 (음력 10월 16일)〉 금요일 날씨 흐림
각인(刻印) 완성, 수업 청강 – 5년 3반, 3년 1반 품덕(品德)수업

〈1994년 11월 19일 (음력 10월 17일)〉 토요일 날씨 맑음
수업 청강 – 4년 1반 품덕(品德)수업, 교위(教委)에 갔음 – 열성분자(熱誠分子)[20]에 관함, 당(黨)기초시직 문제집을 복사, 당우부(黨友部) – 당(黨)내 교육 과정

〈1994년 11월 20일 (음력 10월 18일)〉 일요일 날씨 맑음
비닐로 문, 창문을 붙였음, 집안일 했음

〈1994년 11월 21일 (음력 10월 19일)〉 월요일 날씨 맑음
일본으로 편지 보냈음, 정치학습 필기, 교위

---

20) 積極分子: 정치적으로 진보적이고 업무에서는 진취적인 사람.

(敎委)에 가서 교장회의 참석, 조석제(趙石濟)선생이 저녁까지 당건(黨建) 벽보를 했음

〈1994년 11월 22일 (음력 10월 20일)〉 화요일 날씨 맑음
공회(工會) 각종 제도에 관한 벽도 작업, 운학(雲鶴)의 생일

〈1994년 11월 23일 (음력 10월 21일)〉 수요일 날씨 맑음
벽도 작업을 완성, 입당(入黨) 열성분자(熱誠分子)들을 위해 시험문제를 출제

〈1994년 11월 24일 (음력 10월 22일)〉 목요일 날씨 비/눈
입당(入黨) 열성분자(熱誠分子)들이 시험, 시험지 채점, 당우부(黨友部)위원회 - 열성분자(熱誠分子)에 관함, 공회(工會)위원 회의 참석

〈1994년 11월 25일 (음력 10월 23일)〉 금요일 날씨 맑음
시 조회, 품덕(品德)수업 중대(中隊)활동 - 6년 3반, 2년 1반, 3년 4반, 5년 4반, 5년 1반, 6년 3반

〈1994년 11월 26일 (음력 10월 24일)〉 토요일 날씨 맑음
시 우수 중대(中隊)활동 - 제2소학교, 제5소학교 총 7개 중대(中隊)

〈1994년 11월 27일 (음력 10월 25일)〉 일요일 날씨 맑음/눈
출근, 보강, 입당(入黨) 열성분자(熱誠分子)에 관한 통계표를 작성

〈1994년 11월 28일 (음력 10월 26일)〉 월요일 날씨 눈/맑음
휴강, 교원(敎員) 출근 - 각 교실 및 사무실에 당직, 북경에서 편지 왔음

〈1994년 11월 29일 (음력 10월 27일)〉 화요일 날씨 맑음
공휴일, 비닐로 문, 창문을 붙이고 막았음, 학교에 갔음

〈1994년 11월 30일 (음력 10월 28일)〉 수요일 날씨 흐림
통계서류 때문에 교당위(敎黨委)에 갔음, 시(市) 총공회(工會)대표들이 와서 업무를 검수했음(모범)

〈1994년 12월 1일 (음력 10월 29일)〉 목요일 날씨 흐림/소나기
당원(黨員) 통계, 정문국(鄭文國)의 부친의 환갑날인데 초대를 받았음

〈1994년 12월 2일 (음력 10월 30일)〉 금요일 날씨 맑음/추움
교당위(敎黨委)에 가서 당원(黨員) 통계서류를 제출, 시 교위(敎委)에 교학(敎學)경험교류회 주최, 당건(黨建)자료 학습

〈1994년 12월 3일 (음력 11월 1일)〉 토요일

날씨 맑음/추움
당건(黨建)자료 학습, 교장실에 전화 설치,
원학(元學)이 집에 왔음, 홍 선생의 부친의
환갑날인데 초대를 받았음

〈1994년 12월 4일 (음력 11월 2일)〉 일요일
날씨 맑음/추움
교원(敎員)대회 – 기말고사 및 성보교(省普
敎)[21] 검수에 관함, 원학(元學)이 집에 돌아
갔음, 밤 11시까지 검수자료 준비했음

〈1994년 12월 5일 (음력 11월 3일)〉 월요일
날씨 맑음/추움
정치학습필기 검사, 성보교(省普敎)대표들
이 와서 검수했음

〈1994년 12월 6일 (음력 11월 4일)〉 화요일
날씨 맑음/흐림
공휴일 – 학교에서 문 보수, 쌀 구매 등, 가명
(家銘)과 창일(昌日)이 집에 왔음

〈1994년 12월 7일 (음력 11월 5일)〉 수요일
날씨 흐림/맑음
감기, 출근 못했음, 이영(李瑛)진료소에 가서
진료했음, 승일(承日)이 집에 왔음

〈1994년 12월 8일 (음력 11월 6일)〉 목요일
날씨 흐림
김교장과 이선생이 문병하러 왔음

---

21) 성(省) 보통교육.

〈1994년 12월 9일 (음력 11월 7일)〉 금요일
날씨 맑음
출근, 정치필기 노트 나눔, 95년 1월 출퇴근
명단 작성, 점심 정변(靖邊)촌 촌장의 초대를
받았음

〈1994년 12월 10일 (음력 11월 8일)〉 토요
일 날씨 맑음/흐림
연길에 가서 (학교)인쇄기를 샀음 – (자동 등
사기, 6500위안), 다녀왔음

〈1994년 12월 11일 (음력 11월 9일)〉 일요
일 날씨 흐림/맑음
창일(昌日)집에 가서 점심을 먹고 주택 구매
에 관해 토론했음, 동일과 영진에게 전화했
음

〈1994년 12월 12일 (음력 11월 10일)〉 월요
일 날씨 맑음
정치학습 자료 각인(刻印), 점심에 서(徐) 회
계의 초대를 받았음, 5학년 복습자료 복사

〈1994년 12월 13일 (음력 11월 11일)〉 화요
일 날씨 맑음
정치학습 자료 각인(刻印), 창일(昌日)이 집
에 와서 주택 구매에 관해 토론했음, 오후에
교당위(敎黨委)에 가서 당비(黨費) 납부, 북
경으로 500위안을 송금했음

〈1994년 12월 14일 (음력 11월 12일)〉 수요
일 날씨 맑음/추움
정치학습 자료 각인(刻印) 및 나눔, 생활개

선, 셋 째 숙모가 학교에 왔음

〈1994년 12월 15일 (음력 11월 13일)〉 목요
일 날씨 맑음
당(黨)내 교육자료 번역, 장인이 우리 집에
왔음

〈1994년 12월 16일 (음력 11월 14일)〉 금요
일 날씨 맑음
당(黨)내 교육과정을 준비, 당우부(黨友部)
회의 – 당(黨) 교육과정을 진행

〈1994년 12월 17일 (음력 11월 15일)〉 토요
일 날씨 맑음
교당위(敎黨委) 회의 – 연말검수 총결에 관
함, 정모(廷模)가 우리 집에 왔음

〈1994년 12월 18일 (음력 11월 16일)〉 일요
일 날씨 맑음
창고 보수, 석탄 운송, 학교에 갔음

〈1994년 12월 19일 (음력 11월 17일)〉 월요
일 날씨 맑음
교당위(敎黨委) 학교에 와서 당건(黨建)을
검수했음, 일본에서 편지 왔음, 신용협동조합
센터에 갔음 – 주택 구매에 관함

〈1994년 12월 20일 (음력 11월 18일)〉 화요
일 날씨 맑음
공비의료(公費醫療)증을 작성, 학교일지를
수정

〈1994년 12월 21일 (음력 11월 19일)〉 수요
일 날씨 맑음
학교일지 수정(하루 종일), 자전거 수리

〈1994년 12월 22일 (음력 11월 20일)〉 목요
일 날씨 맑음
학교일지 수정, 점심에 판석(板石)에 가다왔
음(10:50~2:30)

〈1994년 12월 23일 (음력 11월 21일)〉 금요
일 날씨 맑음
북경으로 편지 보냈음, 학교일지 수정(완성),
14회 4차 중국중앙위원회 전체회의의 자료
학습, 원학(元學)과 미옥(美玉)이 연길에서
왔음, 창일(昌日)이 집에 왔음, 일본에서 편
지 왔음

〈1994년 12월 24일 (음력 11월 22일)〉 토요
일 날씨 흐림/비
14회 4차 중국중앙위원회 전체회의의 자료
학습, 춘순(春順) 재혼 초대 받았음, 미옥(美
玉)과 원학(元學) 연길에 돌아갔음

〈1994년 12월 25일 (음력 11월 23일)〉 일요
일 날씨 맑음
쌀 샀음, 이영(李瑛)진료소에 가서 약 샀음,
학교에 갔음

〈1994년 12월 26일 (음력 11월 24일)〉 월요
일 날씨 흐림/눈
출근, 정년퇴직간부(幹部)총결대회에 참석,
창일(昌日)이 우리 집에 왔음

〈1994년 12월 27일 (음력 11월 25일)〉화요일 날씨 맑음
아파서 출근 못했음 - 가스 중독

〈1994년 12월 28일 (음력 11월 26일)〉수요일 날씨 맑음
출근, 지부회의 준비, 당우부(黨友部)대회 준비, 학교 지도부 회의 - 평가 및 모범 선정에 관함

〈1994년 12월 29일 (음력 11월 27일)〉목요일 날씨 맑음
교당위(敎黨委)에 가서 총결기부금 냈음, 신용협동조합센터에 갔음 - 주택 구매에 관함, 교사(敎師) 평가 - 민주평의, 지부회의 - 당훈(黨訓)

〈1994년 12월 30일 (음력 11월 28일)〉금요일 날씨 흐림/맑음

교육국 당위(黨委)에 가서 연구 · 토론회의 참석, 업무 총결

〈1994년 12월 31일 (음력 11월 29일)〉토요일 날씨 맑음
월 출퇴근기록 통계, 이직 휴양 · 정년퇴직인원들에게 달력을 나눔, 미화가 우리 집에 왔음, 오후에 공휴, 일본→북경→훈춘(琿春)에서 20만 위안 송금이 왔음

주택 구매:
• 가게채(門市房) :
  $38.33m^2 \times 2,000$위안=76,660 위안
• 아파트 :
  $62.376mm^2 \times 900$위안 = 56,138.4 위안
• 계: 132,798.4 위안
• 잔액: 200,000-132,798.4 = 67,201.6 위안

1995년

〈1995년 1월 01일 (음력 12월 1일)〉일요일
날씨 맑음
오전에 길림조문(吉林朝文)일보 읽기 및 학
습, 점심 창일(昌日) 집에 가서 원단을 보냈
음 – 장인과 승일(承日)도 왔음, 일본어를 공
부하기 시작

〈1995년 1월 02일 (음력 12월 2일)〉월요일
날씨 맑음
오전에 창일(昌日)집에 놀러 갔음, 점심부터
석탄 운송, 학교에 다녀왔음

〈1995년 1월 03일 (음력 12월 3일)〉화요일
날씨 흐림/맑음
출근, 오후에 학교 지도부가 심사 · 평가 진
행, 북경에서 신년 연하장이 왔음

〈1995년 1월 04일 (음력 12월 4일)〉수요일
날씨 맑음
심사 · 평가 실적 통계, 심사 · 평가 총결 작
성, 오후에 박(朴)목수의 초대를 받았음, 시
교위(敎委) '보구(普九)'[1] 검수 동원대회

〈1995년 1월 05일 (음력 12월 5일)〉목요일
날씨 맑음
휴일, 고급과 일급교사(敎師)들이 시험, 오전
에 학교에 가서 사상(思想) 총결 작성, 일본
으로 편지 보냈음

〈1995년 1월 06일 (음력 12월 6일)〉금요일
날씨 맑음/흐림
심사 · 평가 조별회의 – 심사 · 평가 총결

〈1995년 1월 07일 (음력 12월 7일)〉토요일
날씨 맑음
심사 · 평가 평어 기입(고급교사), 연구팀 조
별 모범을 선정, 교당위(敎黨委)[2] 학교에 와
서 열성분자(熱誠分子) 검수

〈1995년 1월 08일 (음력 12월 8일)〉토요일
날씨 맑음
휴일, 일본어 학습, 석탄 운송, 학교에 다녀
왔음

〈1995년 1월 09일 (음력 12월 9일)〉일요일

---

1) 9년 의무교육.

2) 교당위(敎黨委): 교육국 당원위원회(敎育局黨員委
　員會).

날씨 흐림/바람
선진 근무자의 사적을 기입, 연변아동 편지
부에서 행운 애독(愛讀)자를 선발

〈1995년 1월 10일 (음력 12월 10일)〉 월요
일 날씨 맑음/바람
학기 출·퇴근기록 통계, 시험지 분배, 공회
위원(工會委員) 회의, 창일(昌日)이 우리 집
에 왔다가 갔음

〈1995년 1월 11일 (음력 12월 11일)〉 화요
일 날씨 맑음/바람
기말고사 – 전시(全市) 통일적으로 시험 실
행, 시험지 채점

〈1995년 1월 12일 (음력 12월 12일)〉 목요
일 날씨 맑음/바람
기말고사 – 전시(全市) 통일적으로 시험 실
행, 시험지 채점, 식품공장 총결(초대 받았
음)

〈1995년 1월 13일 (음력 12월 13일)〉 금요
일 날씨 맑음/바람
당지부(黨支部)업무총결 작성, 학교에 정년
퇴직 간부(幹部) 환송회 개최 – 모휘석(茅輝
錫), 모진자(茅眞子)

〈1995년 1월 14일 (음력 12월 14일)〉 토요
일 날씨 맑음/바람
학기 출·퇴근기록 통계 완성, 각반(各班)에
서 각종 선거, 학부모회, 복순(福順)이 우리
집에 왔다가 갔음

〈1995년 1월 15일 (음력 12월 15일)〉 일요
일 날씨 맑음/바람
학기 출·퇴근기록 통계 재확인, 각반(各班)
에서 각종 선거 및 학부모회(부분), 6년 4반
학부모위원회의 초대를 받았음, 창일(昌日)
이 우리 집에 왔다가 갔음

〈1995년 1월 16일 (음력 12월 16일)〉 월요
일 날씨 맑음
학교 업무 총결 – 선진 근로자로 선정되었음,
학년별 활동

〈1995년 1월 17일 (음력 12월 17일)〉 화요
일 날씨 맑음
휴일, 석탄 운송, 학교에 갔음, 교당위(敎黨
委)에 갔음 – 당원(黨員) 추천서 신청, 박교
장과 김교장의 초대를 받았음

〈1995년 1월 18일 (음력 12월 18일)〉 수요
일 날씨 맑음/바람
오전에 신문과 TV 봤음, 오후에 지도부 회의
– '보구(普九)'검수에 관함, 영진(永珍)이 우
리 집에 왔음, 창일(昌日)에게 3만 위안 빌려
줬음

〈1995년 1월 19일 (음력 12월 19일)〉 목요
일 날씨 맑음
출근, 교원(敎員)대회 – '보구(普九)'검수에
관함, 박교장의 초대를 받았음 – 남교원(敎
員), 창일(昌日)이 성향신용사(城鄕信用社)[3]

---

3) 도시와 농촌 간의 신용협동 금고.

로 전근(주임)

〈1995년 1월 20일 (음력 12월 20일)〉 금요
일 날씨 맑음/바람
수도시설 부품 구매, 수도시설 수리(셋방),
학교에 두 번 갔음

〈1995년 1월 21일 (음력 12월 21일)〉 토요
일 날씨 맑음
창일(昌日)집에 놀러 갔음, 학교에 갔음, 영
진(永珍)이 북경에서 왔음

〈1995년 1월 22일 (음력 12월 22일)〉 일요
일 날씨 맑음
식량과 식용유 구매, 석탄 운송

〈1995년 1월 23일 (음력 12월 23일)〉 월요
일 날씨 맑음
칼을 갈았음(부상), 학교에 가서 월급을 받았
음, 설을 맞이하기 위해 장인 집에 갔음, 복순
(福順), 창일(昌日), 승일(承日)이 같이 갔음

〈1995년 1월 24일 (음력 12월 24일)〉 화요
일 날씨 맑음
신문과 간행물 학습, 학교에 갔음, 광춘(光
春)이 우리 집에 왔음

〈1995년 1월 25일 (음력 12월 25일)〉 수요
일 날씨 맑음
신문과 간행물 학습, 식량과 식용유 구매, 학
교에 갔음, 영진(永珍)과 광춘(光春)이 판석
(板石)에 갔음

〈1995년 1월 26일 (음력 12월 26일)〉 목요
일 날씨 맑음/추움
출근 – 회의 – '보구(普九)'에 관함, 허삼용(許
三龍)의 생일인데 초대를 받았음, 영진(永
珍)이 집에 도착했음

〈1995년 1월 27일 (음력 12월 27일)〉 금요
일 날씨 맑음/추움
학교에 가서 은퇴 신청서를 작성, 신문을 봤
음

〈1995년 1월 28일 (음력 12월 28일)〉 토요
일 날씨 맑음/추움
학교에 가서 은퇴 신청서를 작성 후 도장 찍
고 김교장에게 제출, 정변(靖邊) 촌장의 초대
를 받았음, 영진(永珍)이 친구 집에 가는 길
에 부상

〈1995년 1월 29일 (음력 12월 29일)〉 일요
일 날씨 맑음/추움
창일(昌日)집에 두 번 갔음, 영진(永珍)이 집
에 도착

〈1995년 1월 30일 (음력 12월 30일)〉 월요
일 날씨 맑음/추움
석탄 운송 등, 이발(理髮)했음, 철진(哲珍)집
에서 설날을 보냄

〈1995년 1월 31일 (음력 1월 1일)〉 화요일
날씨 맑음/추움
오전에 철진(哲珍)집에 갔음, 오후에 창일
(昌日)집에 가서 설날 보냈음, 일본에서 전화

와 편지가 왔음,

〈1995년 2월 1일 (음력 1월 2일)〉 수요일 날씨 맑음/추움
태운(泰云)과 가족들이 우리 집에 왔음, 창일(昌日)집에 갔음, 원학(元學)과 미옥(美玉)이 왔음

〈1995년 2월 2일 (음력 1월 3일)〉 목요일 날씨 맑음
장인 집에 갔음, 미옥(美玉)도 같이 갔음, 국진(國珍)의 동창 박철(朴哲)이 우리 집에 왔음

〈1995년 2월 3일 (음력 1월 4일)〉 금요일 날씨 맑음
태운(泰云), 진옥(眞玉)과 미화(美花)의 가족들을 초대했음

〈1995년 2월 4일 (음력 1월 5일)〉 토요일 날씨 맑음
장인, 창일(昌日), 영홍(永紅) 등의 가족들과 같이 판석(板石)에 갔음, 지도부가 당직 시작

〈1995년 2월 5일 (음력 1월 6일)〉 일요일 날씨 맑음
장인, 창일(昌日), 복순(福順)의 가족들을 초대했음, 박교장집에 인사하러 갔음, 박준호(朴俊浩) 집에 도착

〈1995년 2월 6일 (음력 1월 7일)〉 월요일 날씨 맑음

교사 출근 – 회의 못했음, 내일 회의, 박교장가 우리 집에 와서 인사했음

〈1995년 2월 7일 (음력 1월 8일)〉 화요일 날씨 맑음
하루 종일 아파서 출근 못했음, 부모, 정모(廷模), 정오(廷伍), 정구(廷九), 장인, 장모, 승일(承日), 광춘(光春)과 동춘(東春)의 가족들이 다 왔음

〈1995년 2월 8일 (음력 1월 9일)〉 수요일 날씨 맑음
오전에 아팠음, 오후에 학교에 갔음, 광춘이 집에 도착(밤새 놀았음)

〈1995년 2월 9일 (음력 1월 10일)〉 목요일 날씨 맑음
영진(永珍)이 북경에 갔음, 원학(元學)이 연길에 돌아갔음, 오전에 학교에 갔음, 오후에 창일(昌日)집에 갔음

〈1995년 2월 10일 (음력 1월 11일)〉 금요일 날씨 맑음
학교에 갔음, 전기세 냈음, 창일(昌日)의 단위(單位) 성향신용사(城鄉信用社)에 갔음, 복순(福順)이 우리 집에 왔음

〈1995년 2월 11일 (음력 1월 12일)〉 토요일 날씨 맑음
나무패기 노동 등, 복순(福順)이 판석(板石)에 돌아갔음, 석탄 운송

〈1995년 2월 12일 (음력 1월 13일)〉일요일
날씨 맑음
집에서 휴식

〈1995년 2월 13일 (음력 1월 14일)〉월요일
날씨 맑음
출근, 교원(敎員)대회, 아내와 미옥(美玉)이
태양(太陽)촌에 갔음

〈1995년 2월 14일 (음력 1월 15일)〉화요일
날씨 맑음
시 병원에 가서 은퇴 건강검진 했음, 학교에
갔음, 집에서 대보름날 보냈음, 숙모가 우리
집에 왔음

〈1995년 2월 15일 (음력 1월 16일)〉수요일
날씨 맑음
예금 인출(1,000위안), 숙모에게 1,000위안
을 빌려줬음, 아내와 미옥(美玉)이 집에 도착
했음, 숙모가 집에 돌아갔음

〈1995년 2월 16일 (음력 1월 17일)〉목요일
날씨 맑음
춘성신용사(春城信用社)에 가서 저금했음,
학교에 가서 신문 가져왔음

〈1995년 2월 17일 (음력 1월 18일)〉금요일
날씨 맑음
학교에 갔음, 식량 샀음, 오후에 교당위(敎黨
委)회의 참석

〈1995년 2월 18일 (음력 1월 19일)〉토요일
날씨 흐림/눈
태양(太陽)에 가서 영국(永國)의 결혼식 참
석, 원학(元學)이 연길에서 왔음, 이영(李瑛)
진료소에 가서 약 샀음

〈1995년 2월 19일 (음력 1월 20일)〉일요일
날씨 맑음
약 먹기 시작, 아파트에 갔음(열쇠 받았음),
미옥(美玉)과 원학(元學)이 연길에 돌아갔음

〈1995년 2월 20일 (음력 1월 21일)〉월요일
날씨 맑음
교사 출근, 간부(幹部)이력서 작성, 은퇴신청
서 다시 작성, 자물쇠 설치

〈1995년 2월 21일 (음력 1월 22일)〉화요일
날씨 맑음
학교에 갔음, 박교장의 새집을 보러 갔음, 일
본으로 편지 보냈음

〈1995년 2월 22일 (음력 1월 23일)〉수요일
날씨 맑음/흐림
지도부 출근, 오전에 95년 교위(敎委)업무요
점을 학습, 오후에 인사(人事)에 관한 토론

〈1995년 2월 23일 (음력 1월 24일)〉목요일
날씨 맑음
수금에 관한 토론, 점심에 지도부 회식, 이영
(李瑛)진료소에 가서 약 샀음, 복순(福順)과
광춘이 우리 집에 왔음

〈1995년 2월 24일 (음력 1월 25일)〉금요일

날씨 맑음

복순(福順)이 집에 돌아갔음, 교사 출근, 95년 교위(教委)업무요점을 학습, 업무 마련 등, 오후에 수업 준비, 시 교육업무회의 개최

〈1995년 2월 25일 (음력 1월 26일)〉 토요일 날씨 흐림/눈

교사 이력서를 받았음, 출퇴근기록 통계, 고(高)주임과 인수인계

〈1995년 2월 26일 (음력 1월 27일)〉 일요일 날씨 맑음

오늘부터 출근하지 않음, 새집을 보러 갔음, 창일(昌日)집에서 점심 먹었음, 석탄 운송 등

〈1995년 2월 27일 (음력 1월 28일)〉 월요일 날씨 맑음/흐림

오후에 춘성신용사(春城信用社)에 갔음, 이영(李瑛)진료소에 갔음, 창일(昌日)이 왔음

〈1995년 2월 28일 (음력 1월 29일)〉 화요일 날씨 눈

두유(豆油) 샀음, 학교에 가서 신문 가져왔음

가게채(門市房)

68m㎡×1600위안 =108,800 위안

아파트

93.53m㎡×850위안 = 79,500.5 위안

〈1995년 3월 1일 (음력 2월 1일)〉 수요일 날씨 맑음

학교에 가서 서류 정리(인수인계), 개학, 승일(承日)집에 갔음

〈1995년 3월 2일 (음력 2월 2일)〉 목요일 날씨 맑음

이영(李瑛)진료소에 갔음, 춘성신용사(春城信用社)에 갔음(두 번) - 주택 구매 문제, 승일(承日)의 생일

〈1995년 3월 3일 (음력 2월 3일)〉 금요일 날씨 맑음

집 환불 - 132798.4위안, 집 구매 - 188300.5위안, 허삼용(許三龍)의 딸 생일인데 초대를 받았음

〈1995년 3월 4일 (음력 2월 4일)〉 토요일 날씨 맑음

학교에 가서 신문 가져왔음, 오후에 과대(鍋臺) 청소, 정옥(貞玉)과 향선(香善)이 우리 집에 왔음, 북경에서 편지 왔음

〈1995년 3월 5일 (음력 2월 5일)〉 일요일 날씨 맑음

중심신용사(中心信用社)에 갔음(아파트 때문에), 창일(昌日)집에 갔음, 이풍순(李風順)이 우리 집에 와서 물만두 만들었음(장인도 왔음), 세입자가 이사하러 왔음, 정옥(貞玉)이 왔음

〈1995년 3월 6일 (음력 2월 6일)〉 월요일 날씨 맑음

춘성신용사(春城信用社)에 갔음(가게채 때문에), 이영(李瑛)진료소에 갔음

〈1995년 3월 7일 (음력 2월 7일)〉 화요일 날

씨 맑음
학교에 갔음(퇴직증 발급), 아내가 하달문(哈達門)에 갔음 - 춘화(春花)의 아들의 생일, 박교장의 생신인데 초대를 받았음

〈1995년 3월 8일 (음력 2월 8일)〉 수요일 날씨 맑음
춘성신용사(春城信用社)에 가서 집값 납부, 교《3·8》절 활동 참석, 박영진(朴永珍)의 결혼식 참석

〈1995년 3월 9일 (음력 2월 9일)〉 목요일 날씨 흐림
춘성신용사(春城信用社)에 갔음(두 번), 주태구매 영수증을 제출, (상품)진열대 샀음 (1800 위안)

〈1995년 3월 10일 (음력 2월 10일)〉 금요일 날씨 흐림/눈
주택 열쇠 받았음, 춘성신용사(春城信用社)에 갔음(두 번)

〈1995년 3월 11일 (음력 2월 11일)〉 토요일 날씨 맑음
물건 옮김 - 동춘(東春)이 와서 도와줬음, 장인이 석탄 가져왔음, 원학(元學)과 미옥(美玉)이 우리 집에 왔음, 점심에 학교에 갔음, 오후에 소파 샀음

〈1995년 3월 12일 (음력 2월 12일)〉 일요일 날씨 흐림/눈
이사, 식탁과 의자 샀음, 숙모, 태운(泰雲), 정금(貞今), 미화(美花), 정오(廷伍), 승일(承日), 창일(昌日), 복순(福順), 동춘(東春)의 가족들이 왔음, 원학(元學)과 미옥(美玉)이 연길에 돌아갔음

〈1995년 3월 13일 (음력 2월 13일)〉 월요일 날씨 맑음
학교에 가서 월급 받았음, 3년의 예금 인출했음(6066.72위안), 춘성신용사(春城信用社)에 가서 저금했음, 영란(英蘭)의 어머니와 승일(承日)이 우리 집에 왔음, 일본, 북경으로 편지 보냈음

〈1995년 3월 14일 (음력 2월 14일)〉 화요일 날씨 맑음
학교에 가서 당비(黨費) 수납, 춘성신용사(春城信用社)에 가서 5,000위안 저금했음, 퇴직 허가서 나왔음

〈1995년 3월 15일 (음력 2월 15일)〉 수요일 날씨 맑음
냉장고 샀음, 점심에 웅길(雄杰)이 왔음, 오후에 학교에서 환송회, 환영회 - 새 교장 김일(金日)

〈1995년 3월 16일 (음력 2월 16일)〉 목요일 날씨 흐림/비
학교에 갔음, 점심에 교위(教委)인사과가 학교에 왔음, 창일(昌日)이 우리 집에 왔음

〈1995년 3월 17일 (음력 2월 17일)〉 금요일 날씨 바람/맑음

오전에 미화(美花)집으로 널빤지를 보냈음

〈1995년 3월 18일 (음력 2월 18일)〉 토요일
날씨 맑음
녹음기의 선 설치, 학교에 가서 신문 가져왔
음, 오후에 차(茶)를 샀음

〈1995년 3월 19일 (음력 2월 19일)〉 일요일
날씨 맑음
가게채에 페인트 작업 - 승일(承日), 창일(昌
日), 정오(廷伍)이 왔음

〈1995년 3월 20일 (음력 2월 20일)〉 월요일
날씨 맑음
학교에 두 번 갔음 - 오후에 지부(支部)업무
인수인계, 타일과 시멘트 구매, 북경에서 편
지 왔음, 모래 운송 - 승일(承日) 와서 도와줬
음

〈1995년 3월 21일 (음력 2월 21일)〉 화요일
날씨 맑음
가게채의 바닥 타일 깔기 시작, 전기세를 냈
음

〈1995년 3월 22일 (음력 2월 22일)〉 수요일
날씨 맑음/흐림
가게채에 방범용 철문 설치(1600위안), 창일
(昌日)과 승일(承日)이 왔다가 갔음

〈1995년 3월 23일 (음력 2월 23일)〉 목요일
날씨 맑음
바닥 타일 깔았음, 창일(昌日)과 승일(承日)

왔음

〈1995년 3월 24일 (음력 2월 24일)〉 금요일
날씨 맑음
바닥 타일 깔았음, 진열대 페인트 작업

〈1995년 3월 25일 (음력 2월 25일)〉 토요일
날씨 맑음
바닥 타일 깔았음(완공), 남은 타일 환불(279
위안), 승일(承日)이 와서 도와줬음, 복순(福
順)이 왔음

〈1995년 3월 26일 (음력 2월 26일)〉 일요일
날씨 구름/맑음
세입자가 이사하러 왔음, 승일(承日)집이 이
사하러 왔음(장사), 주방 진열대 만들기 시
작, 타일 구매

〈1995년 3월 27일 (음력 2월 27일)〉 월요일
날씨 맑음
일백화(一百貨)에 가서 진열대 구매했음
(600위안)

〈1995년 3월 28일 (음력 2월 28일)〉 화요일
날씨 맑음
학교에 가서 신문을 가져왔음

〈1995년 3월 29일 (음력 2월 29일)〉 수요일
날씨 맑음
안내판 만들기, 옛 집에 가서 목재를 가져왔
음

〈1995년 3월 30일 (음력 2월 30일)〉 목요일
날씨 맑음
쇠못 박았음, 시멘트 구매, 목재 운송(창일
(昌日) 집), 아내가 학습반에 갔음

〈1995년 3월 31일 (음력 3월 1일)〉 금요일
날씨 구름/눈
장식판을 구매, (주방 진열대)목수가 작업 시
작, 승일(承日)집에서 저녁을 먹었음

〈1995년 4월 1일 (음력 3월 2일)〉 토요일 날
씨 맑음
다섯 겹 합판을 구매, 목수가 작업, 승일(承
日)집에서 밥을 먹었음(아침, 점심, 저녁)

〈1995년 4월 2일 (음력 3월 3일)〉 일요일 날
씨 맑음
장식, 목수 완공(250위안), 승일(承日)집에
서 밥 먹었음

〈1995년 4월 3일 (음력 3월 4일)〉 월요일 날
씨 맑음
주방 연열대 완공(200위안), 침대 가공, 김명
녹(金明彔)이 왔다가 갔음

〈1995년 4월 4일 (음력 3월 5일)〉 화요일 날
씨 맑음
침대 가공(완성), 학교에 가서 이옥연(李玉
蓮)선생의 상황 파악, 원학(元學)이 왔음

〈1995년 4월 5일 (음력 3월 6일)〉 수요일 날
씨 맑음

태양(太陽)의 묘지에 갔다가 왔음(청명절),
원학(元學)이 연길에 돌아갔음

〈1995년 4월 6일 (음력 3월 7일)〉 목요일 날
씨 바람
주방의 환풍기를 구매

〈1995년 4월 7일 (음력 3월 8일)〉 금요일 날
씨 바람
아침에 쌀 샀음, 텔레비전장과 커튼 구매, 향
선(香善)이 와서 신문을 가져갔음

〈1995년 4월 8일 (음력 3월 9일)〉 토요일 날
씨 바람
화장실에 환풍기스위치를 설치

〈1995년 4월 9일 (음력 3월 10일)〉 일요일
날씨 바람
대청소, 장인 생신 - 승일(承日), 창일(昌日),
복순(福順), 령만(灵滿), 동춘(東春), 성일(胜
日)이 왔음

〈1995년 4월 10일 (음력 3월 11일)〉 월요일
날씨 바람
전화기 설치, 전기세 냈음, 이영(李瑛)진료소
에 갔음, 북경에서 전화 왔음, 연길로 전화했
음, 승일(承日)집에서 저녁 먹었음

〈1995년 4월 11일 (음력 3월 12일)〉 화요일
날씨 바람
일본으로 편지 보냈음, 아내가 판석(板石)에
갔음 - 민석(珉錫)의 모친의 장례식 참석

〈1995년 4월 12일 (음력 3월 13일)〉 수요일
날씨 구름/맑음
학교에 갔음, 주방 유리 설치, 박 교장과 김
교장이 우리 집에 왔음(2천위안 받았음)

〈1995년 4월 13일 (음력 3월 14일)〉 목요일
날씨 맑음
커튼 설치, 허삼용(許三龍)이 강철못 박고 페
인트 작업했음, 아내가 연길에 갔음, 학교에
가서 신문 가져왔음

〈1995년 4월 14일 (음력 3월 15일)〉 금요일
날씨 흐림/비
학교에 가서 퇴직간부신청서 작성, 월급 받
았음, 일본에서 전화 왔음, 승일(承日)집에서
밥을 먹었음

〈1995년 4월 15일 (음력 3월 16일)〉 토요일
날씨 맑음
학교에 갔음, 창일(昌日)과 정구(廷九)가 집
에 왔다가 갔음, 아내가 다녀왔음

〈1995년 4월 16일 (음력 3월 17일)〉 일요일
날씨 눈/맑음
춘성신용사(春城信用社)에 갔음, 시장에 갔
음

〈1995년 4월 17일 (음력 3월 18일)〉 월요일
날씨 맑음
춘성신용사(春城信用社)에 가서 저금했음,
창일(昌日)을 대신 1500위안 갚았음, 시 제2

병원에 가서 공비의료[4]증(公費醫療證)을 교
체, 북경에서 편지 왔음

〈1995년 4월 18일 (음력 3월 19일)〉 화요일
날씨 맑음
학교에 갔음, 장거리 전화 통화 불통 문제 때
문에 우체국에 갔음, 북경으로 편지 보냈음

〈1995년 4월 19일 (음력 3월 20일)〉 수요일
날씨 맑음
집에서 방 정리 및 국진(國珍)의 송금영수증
을 정리

〈1995년 4월 20일 (음력 3월 21일)〉 목요일
날씨 맑음
학교에 가서 신문 가져왔음, 우체국 두 번 갔
음 - 장거리 전화 통화 불통, 일본에서 전화
왔음, 정옥(貞玉), 정금(貞今), 승일(承日),
창일(昌日), 장인, 미화(美花), 정오(廷伍)와
가족들이 왔음

〈1995년 4월 21일 (음력 3월 22일)〉 금요일
날씨 흐림
생일, 상진(相珍)이 왔음, 학교 남교원(敎員),
원학(元學)집, 춘화(春花)집 복순(福順), 태
운(泰云)과 가족들이 왔음

〈1995년 4월 22일 (음력 3월 23일)〉 토요일
날씨 맑음

---

4) (국가나 직장에서 의료비용을 부담하는) 무상의료
제도.

복순(福順), 광춘(光春), 상진(相珍)이 집에 돌아갔음

⟨1995년 4월 23일 (음력 3월 24일)⟩ 일요일 날씨 맑음
북경, 연길로 전화했음, 운학(雲鶴)집에 문병하러 갔음, 가게채 수리, 미옥(美玉)과 원학(元學)이 연길에 돌아갔음, 광춘(光春) 집에 도착

⟨1995년 4월 24일 (음력 3월 25일)⟩ 월요일 날씨 맑음
우체국에 가서 일본으로 편지와 사진 보냈음, 운학(雲鶴)집에 갔음, 광춘(光春)이 오늘부터 제2중학교에 가서 실습하기 시작, 춘성신용사(春城信用社)에 갔음(졸업증 문제)

⟨1995년 4월 25일 (음력 3월 26일)⟩ 화요일 날씨 맑음
유리 장식품 가게에 창문 빗장걸이를 구매하러 갔음

⟨1995년 4월 26일 (음력 3월 27일)⟩ 수요일 날씨 맑음
영홍(永紅)이 길림(吉林)에서 왔음, 학교에 가서 신문 가져왔음, 보험회사에 가서 보험 가입, 정수(廷洙)이 왔음, 연길에서 전화 왔음

⟨1995년 4월 27일 (음력 3월 28일)⟩ 목요일 날씨 맑음
세면대 수리, 창일(昌日)이 왔음

⟨1995년 4월 28일 (음력 3월 29일)⟩ 금요일 날씨 맑음
판석(板石)에 있는 복순(福順)집에 가서 감자와 고추 심었음

⟨1995년 4월 29일 (음력 3월 30일)⟩ 토요일 날씨 맑음
마늘, 고추, 가지, 배추, 향채(코리안더) 등을 심었음, 판석(板石)에 다녀왔음, 승일(承日) 집에서 초대를 받았음

⟨1995년 4월 30일 (음력 4월 1일)⟩ 일요일 날씨 맑음
가게채 앞에 바닥 타일 깔았음, 창일(昌日)이 왔다가 갔음

⟨1995년 5월 1일 (음력 4월 2일)⟩ 월요일 날씨 흐림/맑음
오전에 가게채 앞에 바닥 타일 깔았음, 오후에 연길에 갔음

⟨1995년 5월 2일 (음력 4월 3일)⟩ 화요일 날씨 흐림/맑음
연길에서 있음, 원학(元學)아버지의 생신, 원학(元學)의 형에게 50위안을 받았음

⟨1995년 5월 3일 (음력 4월 4일)⟩ 수요일 날씨 맑음
연길에 다녀왔음(10:50~13:00)

⟨1995년 5월 4일 (음력 4월 5일)⟩ 목요일 날씨 맑음

학교에 가서 신문을 가져왔음, 일본에서 편지 왔음, 춘성신용사(春城信用社)에 가서 예금인출, 저금

⟨1995년 5월 5일 (음력 4월 6일)⟩ 금요일 날씨 구름/비
신문을 봤음, 이영(李瑛)진료소에 갔음

⟨1995년 5월 6일 (음력 4월 7일)⟩ 토요일 날씨 맑음
기공 연습하기 시작, 학교에 갔음, 점심 최주임의 초대를 받았음, 광춘(光春)이 왔음, 아내가 밀강(密江)에 다녀왔음 – 승일(承日)의 장인이 돌아가셨음

⟨1995년 5월 7일 (음력 4월 8일)⟩ 일요일 날씨 맑음
강국부(姜國富)가 우리 집에 왔다가 갔음

⟨1995년 5월 8일 (음력 4월 9일)⟩ 월요일 날씨 구름/비
연길에서 전화 왔음

⟨1995년 5월 9일 (음력 4월 10일)⟩ 화요일 날씨 비/흐림
자전거 수리

⟨1995년 5월 10일 (음력 4월 11일)⟩ 수요일 날씨 비
전기세와 전화비 냈음, 방역소에 두 번 갔음

⟨1995년 5월 11일 (음력 4월 12일)⟩ 목요일 날씨 비
노원공(老員工)[5]회의 참석 – 제4소학교 대표

⟨1995년 5월 12일 (음력 4월 13일)⟩ 금요일 날씨 맑음
학교에 가서 일지 기입(93년 상반기)

⟨1995년 5월 13일 (음력 4월 14일)⟩ 토요일 날씨 흐림/맑음
학교에 가서 일지 기입, 학교에서 초대를 받았음, 태양(太陽)에 갔음

⟨1995년 5월 14일 (음력 4월 15일)⟩ 일요일 날씨 맑음
장인의 동생 생신, 태양사대(太陽四隊)에서 있음

⟨1995년 5월 15일 (음력 4월 16일)⟩ 월요일 날씨 맑음
동생 정웅(廷雄) 사망 2주년 추도, 태양(太陽)에 다녀왔음

⟨1995년 5월 16일 (음력 4월 17일)⟩ 화요일 날씨 맑음
학교에 가서 신문 가져왔음, 춘성신용사(春城信用社)에 가서 200위안 저금했음

⟨1995년 5월 17일 (음력 4월 18일)⟩ 수요일 날씨 맑음

---

5) 퇴직 · 은퇴 직원.

우체국에 가서 신문과 간행물 주문, 운학(雲鶴)의 장녀의 결혼식 참석 준비

〈1995년 5월 18일 (음력 4월 19일)〉 목요일
날씨 흐림/맑음
아침에 운학(雲鶴)의 장녀 설매(雪梅)의 결혼식 참석

〈1995년 5월 19일 (음력 4월 20일)〉 금요일
날씨 흐림/비
학교에 가서 신문 가져왔음, 일본, 북경에서 편지 왔음, 태양(太陽)에서 친구모임 – 이영(李瑛), 진옥(珍玉) 등이 왔음

〈1995년 5월 20일 (음력 4월 21일)〉 토요일
날씨 비/맑음
학교에 갔음, 수도시설 및 주전자 수리, 북경으로 편지 보냈음

〈1995년 5월 21일 (음력 4월 22일)〉 일요일
날씨 맑음
복순(福順) 왔음, 숙모가 왔다가 갔음(호미를 가져갔음), 일본에서 전화 왔음

〈1995년 5월 22일 (음력 4월 23일)〉 월요일
날씨 구름/비
책 샀음 – 조선조 풍속(학습)

〈1995년 5월 23일 (음력 4월 24일)〉 화요일
날씨 맑음
병원에 가서 검진을 받았음, 학교에 가서 신문 가져왔음, 강국부(姜國富)집에 갔음, 이영(李瑛)진료소에 갔음

〈1995년 5월 24일 (음력 4월 25일)〉 수요일
날씨 비/흐림
잡지 '지부생활(支部生活)'을 봤음

〈1995년 5월 25일 (음력 4월 26일)〉 목요일
날씨 흐림/맑음
이영(李瑛)진료소에 갔음, 화분(花盆)진열대를 만들었음, 숙모가 돈을 갚으러 왔음

〈1995년 5월 26일 (음력 4월 27일)〉 금요일
날씨 맑음/비
춘성신용사(春城信用社)에 가서 저금했음, 학교에 가서 신문 가져왔음, 봄 소풍 신청 – 태양(太陽)의 친구들

〈1995년 5월 27일 (음력 4월 28일)〉 토요일
날씨 맑음
봄 소풍 준비

〈1995년 5월 28일 (음력 4월 29일)〉 일요일
날씨 맑음
봄 소풍 – 태양(太陽) 고향 친구들 – 밀강(密江) – 동양(東陽)

〈1995년 5월 29일 (음력 5월 1일)〉 월요일
날씨 구름/비
미화(美花)가 와서 창문(유리) 닦았음

〈1995년 5월 30일 (음력 5월 2일)〉 화요일
날씨 맑음

장모가 우리 집에 왔음(돼지고기를 가져왔음), 〈막스, 엥겔스의 인생행로〉 학습

〈1995년 5월 31일 (음력 5월 3일)〉 수요일 날씨 맑음
학교에 가서 신문을 가져와서 봤음

〈1995년 6월 1일 (음력 5월 4일)〉 목요일 날씨 맑음
시 중소(中小)학《6.1》절6) 활동 참석, 박춘의(朴春義)의 환갑잔치를 참석하기 위해 벽수(碧水)에 갔음

〈1995년 6월 2일 (음력 5월 5일)〉 금요일 날씨 흐림
박춘의(朴春義)의 환갑잔치 참석, 벽수(碧水)에 다녀왔음

〈1995년 6월 3일 (음력 5월 6일)〉 토요일 날씨 흐림
춘성신용사(春城信用社)에 가서 예금인출, 이영(李瑛)진료소에 갔음

〈1995년 6월 4일 (음력 5월 7일)〉 일요일 날씨 구름/맑음
승일(承日)의 옛 집에 갔음, 학교에 갔음, 일본으로 편지 보냈음, 창일(昌日)이 우리 집에 왔음

〈1995년 6월 5일 (음력 5월 8일)〉 월요일 날

씨 맑음
제2병원에 진료를 받으러 갔음

〈1995년 6월 6일 (음력 5월 9일)〉 화요일 날씨 흐림/맑음
춘성신용사(春城信用社)에 가서 예금인출, 일본에서 전화 왔음

〈1995년 6월 7일 (음력 5월 10일)〉 수요일 날씨 흐림
학교에 가서 신문 가져왔음, 태운(泰云)의 생일인데 초대를 받았음

〈1995년 6월 8일 (음력 5월 11일)〉 목요일 날씨 흐림
홍(紅)개미 샀음

〈1995년 6월 9일 (음력 5월 12일)〉 금요일 날씨 맑음
아팠음

〈1995년 6월 10일 (음력 5월 13일)〉 토요일 날씨 맑음
학교에 가서 당(黨) 조별회의 참석 - 최소림(崔小林)이 정식당원(黨員)으로 되었음

〈1995년 6월 11일 (음력 5월 14일)〉 일요일 날씨 맑음
오전에 승일(承日)집의 문 수리, 복순(福順)이 우리 집에 왔음

〈1995년 6월 12일 (음력 5월 15일)〉 월요일

---

6) 육일절. 국제아동절. "六一國際儿童節"의 준말.

날씨 맑음

오전에 시 축구운동회 참석, 숙부와 미옥(美玉)등 친척들이 왔음

〈1995년 6월 13일 (음력 5월 16일)〉 화요일
날씨 맑음

숙부가 우리 집에서 생신을 보냈음, 오후에 미옥(美玉)과 친척들이 집에 돌아갔음

〈1995년 6월 14일 (음력 5월 17일)〉 수요일
날씨 맑음

춘성신용사(春城信用社)에 가서 저금했음, 제2병원에 가서 약 샀음 학교에 가서 신문 가져왔음,

〈1995년 6월 15일 (음력 5월 18일)〉 목요일
날씨 맑음

이영(李瑛)진료소에 갔음, 오후에 학교에 가서 신문 가져왔음, 학교지부(支部)대회 참석 – 최소림(崔小林)이 정식당원(黨員)으로 되었음

〈1995년 6월 16일 (음력 5월 19일)〉 금요일
날씨 맑음

원학(元學)의 새 집에 갔음, 태양(太陽)의 춘근(春根)이 와서 돈을 빌렸음 – 못 빌려줬음

〈1995년 6월 17일 (음력 5월 20일)〉 토요일
날씨 맑음

승일(承日)집에서 점심과 저녁 먹었음, 창일(昌日)이 왔다가 갔음

〈1995년 6월 18일 (음력 5월 21일)〉 일요일
날씨 흐림

우체국, 이영(李瑛)진료소에 갔음, 승일(承日)집에서 아침, 점심과 저녁 먹었음, 순자(順子)와 복순(福順)이 왔다가 갔음, 북경에서 전화 왔음 – 동일(東日)

〈1995년 6월 19일 (음력 5월 22일)〉 월요일
날씨 비

우체국에 갔음, 오후에 당(黨) 조별회의 참석 – 민주평의, 북경에서 편지 왔음 – 영진(永珍), 원학(元學)이 왔음

〈1995년 6월 20일 (음력 5월 23일)〉 화요일
날씨 구름/흐림

원학(元學)이 가게채의 방값 문제를 해결 후 연길에 돌아갔음

〈1995년 6월 21일 (음력 5월 24일)〉 수요일
날씨 흐림

원학(元學)집에 가서 가구 운반, 학교에 가서 신문 가져왔음

〈1995년 6월 22일 (음력 5월 25일)〉 목요일
날씨 흐림

북경으로 편지 보냈음

〈1995년 6월 23일 (음력 5월 26일)〉 금요일
날씨 비

교당위(教黨委) "선봉지가(先鋒之歌)"강연회 참석

〈1995년 6월 24일 (음력 5월 27일)〉 토요일
날씨 비
점심에 체육교원(敎員) 이기춘(李基春)의 결
혼식 참석, 학교에 가서 신문 가져왔음

〈1995년 6월 25일 (음력 5월 28일)〉 일요일
날씨 비
점심에 승일(承日)집에서 초대를 받았음, 저
녁에 우리 집에서 승일(承日), 장인, 창일(昌
日)과 향선(香善)의 가족들을 초대했음

〈1995년 6월 26일 (음력 5월 29일)〉 월요일
날씨 비/맑음
신문과 간행물 봤음

〈1995년 6월 27일 (음력 5월 30일)〉 화요일
날씨 비
아팠음, 이영(李瑛)진료소에 가서 약 샀음

〈1995년 6월 28일 (음력 6월 1일)〉 수요일
날씨 비
아팠음, 동춘(東春)이 왔음

〈1995년 6월 29일 (음력 6월 2일)〉 목요일
날씨 비/구름
제2병원에 진료를 받으러 갔음, 학교에 가서
신문 가져왔음

〈1995년 6월 30일 (음력 6월 3일)〉 금요일
날씨 구름/맑음
창고 자물쇠 사서 설치, 오후에 교당위(敎黨
委) "7.1"총결 표창대회 참석 – 우수 당원(黨

員)으로 선정되었음

〈1995년 7월 1일 (음력 6월 4일)〉 토요일 날
씨 비
이영(李瑛)진료소에 가서 약 샀음, 창일(昌
日)과 승일(承日)이 우리 집에 왔음

〈1995년 7월 2일 (음력 6월 5일)〉 일요일 날
씨 구름/맑음
전선 수리, 일본, 연길에서 전화 왔음

〈1995년 7월 3일 (음력 6월 6일)〉 월요일 날
씨 비/흐림
학교에 갔음, 제2병원에 검사하러 갔음, 춘성
신용사(春城信用社)에 갔음, ※국고권(國庫
券)[7] 80위안 → 113.6위안, 텔레비전 프로그
램 조정

〈1995년 7월 4일 (음력 6월 7일)〉 화요일 날
씨 흐림/맑음
창고 페인트 작업(220위안)

〈1995년 7월 5일 (음력 6월 8일)〉 수요일 날
씨 흐림/비
학교에 가서 칼 빌려왔음, 통풍창구 만들었
음, 북경에서 전화 왔음 – 영진(永珍)

〈1995년 7월 6일 (음력 6월 9일)〉 목요일 날
씨 흐림/구름
학교에 가서 막대 가져왔음, 소림(小林)집에

---

7) 국고 채권의 약칭.

갔음

〈1995년 7월 7일 (음력 6월 10일)〉 금요일
날씨 흐림/맑음
연길에서 전화 왔음, 통풍창구 완공, 모종변
(毛宗変)의 생일인데 초대를 받았음

〈1995년 7월 8일 (음력 6월 11일)〉 토요일
날씨 흐림/맑음
(창문) 유리 닦았음, 창고문 닦았음

〈1995년 7월 9일 (음력 6월 12일)〉 일요일
날씨 흐림/맑음
창고 정리, 책 봤음, 태운(泰云)집에 갔음

〈1995년 7월 10일 (음력 6월 13일)〉 월요일
날씨 흐림/맑음
창고로 물건 운반, 원학(元學)이 와서 가구
가져갔음

〈1995년 7월 11일 (음력 6월 14일)〉 화요일
날씨 흐림/맑음
자전거 정기검사, 방범용 철문 계약, 이영(李
瑛)진료소에 갔음

〈1995년 7월 12일 (음력 6월 15일)〉 수요일
날씨 흐림/비
화장실 온수기 수리, 제2병원에 가서 약 샀음

〈1995년 7월 13일 (음력 6월 16일)〉 목요일
날씨 구름/맑음
책 봤음, 강관 샀음, 장인 집에서 전화 왔음,

북경에서 전화 왔음, 동일(東日)집의 애기 태
어났음

〈1995년 7월 14일 (음력 6월 17일)〉 금요일
날씨 맑음
복순(福順) 와서 500위안 빌렸음, 춘성신용
사(春城信用社)에 가서 예금인출, 아내가 학
습반에 갔음, 위장염 걸려서 이영(李瑛)진료
소에 가서 주사 맞았음

〈1995년 7월 15일 (음력 6월 18일)〉 토요일
날씨 비
학교에 가서 500위안 빌렸음 – 박회계, 제2병
원에 가서 주사 맞았음, 영홍(永紅)이 왔음

〈1995년 7월 16일 (음력 6월 19일)〉 일요일
날씨 비
책 봤음, 연길에서 전화 왔음

〈1995년 7월 17일 (음력 6월 20일)〉 월요일
날씨 구름/맑음
방범용 철문 설치(1500위안) - 가게채, 아파
트

〈1995년 7월 18일 (음력 6월 21일)〉 화요일
날씨 맑음
박학철(朴學哲)서기(書記)[8]의 환갑잔치 추
도식 참석

〈1995년 7월 19일 (음력 6월 22일)〉 수요일

---

8) 서기: 공산당 · 청년단 등 각급 조직의 책임자.

날씨 맑음
춘성신용사(春城信用社)에 갔음, 이영(李瑛)
진료소에 갔음, 학교에 가서 월급 받았음, 북
경으로 전화했음

〈1995년 7월 20일 (음력 6월 23일)〉 목요일
날씨 맑음
가게채 유리창 설치, 전기세(150위안 저금),
일본으로 800위안 송금, (가게채)환급 8,000
위안 받았음, 창고값 납부, 아내가 판석(板
石)에 갔음

〈1995년 7월 21일 (음력 6월 24일)〉 금요일
날씨 맑음
우체국에 갔음 - 장거리 전화 불통 문제, 아
내가 다녀왔음

〈1995년 7월 22일 (음력 6월 25일)〉 토요일
날씨 구름/맑음
연통 지었음, 이영(李瑛)진료소에 갔음, 아내
가 학생의 학습을 지도하기 시작

〈1995년 7월 23일 (음력 6월 26일)〉 일요일
날씨 구름/맑음
화장실 온수기 수리, 창일(昌日)이 왔음

〈1995년 7월 24일 (음력 6월 27일)〉 월요일
날씨 구름/맑음
화장실 온수기 수리(완공), 지하 창고의 사다
리 만들기

〈1995년 7월 25일 (음력 6월 28일)〉 화요일

날씨 맑음/비
학교에 가서 교사(教師) 아파트 상황 파악,
미화(美花)와 설화(雪花)가 집에 왔음

〈1995년 7월 26일 (음력 6월 29일)〉 수요일
날씨 흐림/맑음
서 시장에 가서 냄비 뚜껑 샀음, 학교에 가서
밥 먹었음

〈1995년 7월 27일 (음력 7월 1일)〉 목요일
날씨 비/맑음
이영(李瑛)진료소에 갔음, 장춘(長春)에서
전화 왔음, 창일(昌日)과 국진(國珍)이 왔음

〈1995년 7월 28일 (음력 7월 2일)〉 금요일
날씨 맑음
중학생축구경기를 관람

〈1995년 7월 29일 (음력 7월 3일)〉 토요일
날씨 흐림/비
동역에 가서 표 샀음, 북경, 일본에서 전화 왔
음, 연길에 있는 미화(美花)집에 도착

〈1995년 7월 30일 (음력 7월 4일)〉 일요일
날씨 비
원학(元學)의 형의 집에 문병하러 갔음, 점심
을 먹었음

〈1995년 7월 31일 (음력 7월 5일)〉 월요일
날씨 맑음
연변병원에 진료를 받으러 갔음 - B형 초음
파 진단과 위 내시경을 검사

〈1995년 8월 1일 (음력 7월 6일)〉 화요일 날씨 맑음/구름
아내가 검사, 오후에 책 봤음

〈1995년 8월 2일 (음력 7월 7일)〉 수요일 날씨 맑음/구름
오전에 책 봤음, 오후에 축구경기 봤음

〈1995년 8월 3일 (음력 7월 8일)〉 목요일 날씨 비
연변병원에 진료를 받으러 갔음, 연길에 다녀왔음, 일본에서 전화 왔음

〈1995년 8월 4일 (음력 7월 9일)〉 금요일 날씨 비
이영(李瑛)진료소에 가서 신문 가져왔음, 순자(順子) 왔다가 갔음, 주사 맞았음

〈1995년 8월 5일 (음력 7월 10일)〉 토요일 날씨 비
창일(昌日)과 순자(順子)가 왔음, 제2병원에 갔음, 주사 맞았음

〈1995년 8월 6일 (음력 7월 11일)〉 일요일 날씨 흐림/비
오후에 창일(昌日)집에 갔음, 내일 창일(昌日) 생일

〈1995년 8월 7일 (음력 7월 12일)〉 월요일 날씨 비
책 봤음, 제2병원에 가서 약 샀음

〈1995년 8월 8일 (음력 7월 13일)〉 화요일 날씨 흐림/맑음
전화기 가게에 갔음, 이영(李瑛)진료소에 가서 약 샀음, 이영(李瑛)가족을 초대

〈1995년 8월 9일 (음력 7월 14일)〉 수요일 날씨 비/흐림
승일(承日), 영홍(永紅)이 와서 아침과 점심을 먹었음, 연길로 전화했음

〈1995년 8월 10일 (음력 7월 15일)〉 목요일 날씨 비/흐림/맑음
이영(李瑛)진료소에 가서 신문 가져왔음, 춘성신용사(春城信用社)에 갔음, 북경으로 전화했음

〈1995년 8월 11일 (음력 7월 16일)〉 금요일 날씨 맑음
위염약 샀음, 정옥(貞玉)집에 문병하러 갔음

〈1995년 8월 12일 (음력 7월 17일)〉 토요일 날씨 맑음/비
창일(昌日) 집에 가서 통풍창구 만들기, 승일(承日) 집에서 점심을 먹었음, 창일(昌日)집에서 저녁 먹었음

〈1995년 8월 13일 (음력 7월 18일)〉 일요일 날씨 맑음/흐림
김만춘(金萬春)이 전화 왔음 - 노년활동에 관함, TV봤음 - 축구경기, 연길에서 전화 왔음

〈1995년 8월 14일 (음력 7월 19일)〉 월요일
날씨 비/흐림
학교에 가서 노년활동 전달, 이영(李瑛)진료
소에 가서 신문 가져왔음

〈1995년 8월 15일 (음력 7월 20일)〉 화요일
날씨 맑음
교육국노년활동 참석

〈1995년 8월 16일 (음력 7월 21일)〉 수요일
날씨 맑음
학교에 가서 월급 받았음, 병원에 가서 약 샀
음

〈1995년 8월 17일 (음력 7월 22일)〉 목요일
날씨 구름/비
학교에 갔음, 이영(李瑛)진료소에 갔음, 승일
(承日) 집의 초대 받았음

〈1995년 8월 18일 (음력 7월 23일)〉 금요일
날씨 흐림/맑음
이영(李瑛)의사가 우리 집에 놀러 왔음

〈1995년 8월 19일 (음력 7월 24일)〉 토요일
날씨 흐림/비
창일과 승일(承日)이 왔음, 영홍(永紅)이 길
림(吉林)에 갔음, 장춘(長春)에서 전화 왔음
– 광춘(光春)

〈1995년 8월 20일 (음력 7월 25일)〉 일요일
날씨 흐림/맑음/비
TV봤음 – 국가 축구경기

〈1995년 8월 21일 (음력 7월 26일)〉 월요일
날씨 맑음
이영(李瑛)진료소에 가서 신문을 가져왔음

〈1995년 8월 22일 (음력 7월 27일)〉 화요일
날씨 흐림/맑음
광춘(光春)이 집에 도착, 오후에 아내가 연길
에 갔음

〈1995년 8월 23일 (음력 7월 28일)〉 수요일
날씨 흐림/구름
학교에 가서 당비(黨費) 납부, 당원(黨員) 추
천서 신청, 학습반 참가, 승일(承日)집에서
밥을 먹었음

〈1995년 8월 24일 (음력 7월 29일)〉 목요일
날씨 비/흐림
출근, 도서기록하기 시작, 연길에서 전화 왔
음

〈1995년 8월 25일 (음력 7월 30일)〉 금요일
날씨 맑음
도서기록, 학교에서 점심을 먹었음, 교원(教
員)회의, 학습반 참가

〈1995년 8월 26일 (음력 8월 1일)〉 토요일
날씨 맑음
학교 이번 학기부터 주말에 휴일 실행, 학습
반 참가

〈1995년 8월 27일 (음력 8월 2일)〉 일요일
날씨 흐림/맑음

정원 대청소, 이발(理髮)했음, 학습반 참가

〈1995년 8월 28일 (음력 8월 3일)〉월요일
날씨 흐림/맑음
출근, 도서기록 정리, 김선생의 초대를 받았음, 아내가 연길에 다녀왔음

〈1995년 8월 29일 (음력 8월 4일)〉화요일
날씨 맑음
출근, 광춘(光春)이 왔음

〈1995년 8월 30일 (음력 8월 5일)〉수요일
날씨 맑음
출근, 광춘(光春)이 장춘(長春)에 갔음, 연길에서 전화 왔음

〈1995년 8월 31일 (음력 8월 6일)〉목요일
날씨 맑음
출근, 오후에 친구 동국(東國)이 놀러 왔음

〈1995년 9월 1일 (음력 8월 7일)〉금요일 날씨 맑음
출근, 연수학교의 영해(英海)선생의 초대를 받았음 - 딸이 제4소학교에 전근 왔음

〈1995년 9월 2일 (음력 8월 8일)〉토요일 날씨 비/맑음
출근

〈1995년 9월 3일 (음력 8월 9일)〉일요일 날씨 비/맑음
시 26회 운동회 관람

〈1995년 9월 4일 (음력 8월 10일)〉월요일
날씨 맑음/바람
오전에 운동회 관람, 승일(承日)과 창일(昌日)이 와서 점심을 먹었음

〈1995년 9월 5일 (음력 8월 11일)〉화요일
날씨 맑음
운동회 관람, 연길에서 전화 왔음

〈1995년 9월 6일 (음력 8월 12일)〉수요일
날씨 맑음/바람
출근, 도서 기록, 세입자가 이사하러 갔음

〈1995년 9월 7일 (음력 8월 13일)〉목요일
날씨 맑음
제4소학교 학부모위원회에서 초대를 받았음 (전체 교사)

〈1995년 9월 8일 (음력 8월 14일)〉금요일
날씨 맑음
교내 교사운동회 참석 - 스승의 날 활동

〈1995년 9월 9일 (음력 8월 15일)〉토요일
날씨 맑음
태양(太陽)에 갔음, 창일(昌日)이 운전해서 태워줬음

〈1995년 9월 10일 (음력 8월 16일)〉일요일
날씨 구름/비
출근, 도서 정리, 태운(泰云)집에서 초대를 받았음(스승의 날)

〈1995년 9월 11일 (음력 8월 17일)〉 월요일
날씨 맑음/바람
오후에 출근, 도서 정리

〈1995년 9월 12일 (음력 8월 18일)〉 화요일
날씨 맑음
출근, 도서 정리

〈1995년 9월 13일 (음력 8월 19일)〉 수요일
날씨 맑음
출근, 도서 정리, 교위(教委)회계 등 학교에
왔음, 학교에서 교위(教委)회계 등을 초대해
줬음

〈1995년 9월 14일 (음력 8월 20일)〉 목요일
날씨 맑음
출근, 도서 정리, 김일(金日)의 조카가 음향
기를 기부했음

〈1995년 9월 15일 (음력 8월 21일)〉 금요일
날씨 맑음
출근, 도서 정리, 교당위(教黨委)에 가서 당
원(黨員) 추천서 제출

〈1995년 9월 16일 (음력 8월 22일)〉 토요일
날씨 맑음
이영(李瑛)진료소에 가서 신문 가져와서 봤
음, 창일(昌日)이 왔다가 갔음

〈1995년 9월 17일 (음력 8월 23일)〉 일요일
날씨 맑음
TV 봤음 – 축기경기

〈1995년 9월 18일 (음력 8월 24일)〉 월요일
날씨 맑음
출근, 도서 정리

〈1995년 9월 19일 (음력 8월 25일)〉 화요일
날씨 맑음
출근, 도서 정리 및 통계, 월급 추급: 521.2위
안, 1573.7위안

〈1995년 9월 20일 (음력 8월 26일)〉 수요일
날씨 흐림/맑음
출근, 도서 정리 및 통계, 미화(美花) 왔다가
갔음

〈1995년 9월 21일 (음력 8월 27일)〉 목요일
날씨 맑음
출근, 도서 정리 및 통계, 아내가 생일, 승일
(承日), 장인, 미화(美花), 정금(貞今), 복순
(福順) 등 가족들이 왔음, 북경에서 편지 왔
음

〈1995년 9월 22일 (음력 8월 28일)〉 금요일
날씨 맑음
출근, 도서 정리(거의 완성)

〈1995년 9월 23일 (음력 8월 29일)〉 토요일
날씨 맑음
출근, 국가"량기(兩基)[9]" 검사팀 학교에 검
수하러 왔음 – 양호, 아내가 학생지도를 하기

---

9) 기본적으로 9년제 의무교육의 보급 및 기본적으로
   청년 문맹 퇴치하는 것.

시작, 북경, 일본에서 전화 왔음

〈1995년 9월 24일 (음력 8월 30일)〉 일요일
날씨 구름/맑음
미옥(美玉)과 같이 연길에 갔음, 축구경기 관람, 원학(元學)에게 1,000위안 줬음

〈1995년 9월 25일 (음력 8월 1일)〉 월요일
날씨 흐림/비
연길에 다녀왔음, 미옥(美玉)이 약 사 줬음

〈1995년 9월 26일 (음력 8월 2일)〉 화요일
날씨 맑음
학교에 가서 지부(支部)결의안을 작성, 200위안을 받았음, 점심에 노년활동 참석(생활개선), 이영(李瑛)진료소에 가서 신문을 가져왔음

〈1995년 9월 27일 (음력 8월 3일)〉 수요일
날씨 비/맑음
학교에 갔음, 수도시설 설치(가게채, 새집 주방)

〈1995년 9월 28일 (음력 8월 4일)〉 목요일
날씨 맑음
수도시설 설치 완공(212위안)

〈1995년 9월 29일 (음력 8월 5일)〉 금요일
날씨 맑음
학교에 교재를 가져갔음(조선어 2), 이영(李瑛)진료소에 가서 신문을 가져왔음

〈1995년 9월 30일 (음력 8월 6일)〉 토요일
날씨 맑음
장인집에서 국경일 보냈음 – 승일(承日)과 창일(昌日)이 왔음

〈1995년 10월 1일 (음력 8월 7일)〉 일요일
날씨 맑음
신문 봤음, TV 봤음 – 축기경기

〈1995년 10월 2일 (음력 8월 8일)〉 월요일
날씨 맑음/구름
지부(支部)생활 간행물 봤음, TV 봤음, 아내가 류정(柳亭)에 갔음 – 정순(貞順)아들의 생일

〈1995년 10월 3일 (음력 8월 9일)〉 화요일
날씨 구름/맑음
편지 썼음

〈1995년 10월 4일 (음력 8월 10일)〉 수요일
날씨 맑음
일본, 북경으로 편지 보냈음, 일본, 북경에서 전화 왔음

〈1995년 10월 5일 (음력 8월 11일)〉 목요일
날씨 맑음/바람
이영(李瑛)진료소에 가서 신문 가져왔음, 숙모가 왔음(아내에게 20위안 줬음), 정금(貞今)이 왔다가 갔음

〈1995년 10월 6일 (음력 8월 12일)〉 금요일
날씨 맑음/바람

모래 치고 창고로 반운, 병원에 진료를 받으러 갔음

〈1995년 10월 7일 (음력 8월 13일)〉 토요일 날씨 맑음
창고의 바닥 타일 깔았음

〈1995년 10월 8일 (음력 8월 14일)〉 일요일 날씨 맑음
유리 설치, TV 봤음 – 축기경기, 오후에 창일(昌日)이 왔다가 갔음

〈1995년 10월 9일 (음력 8월 15일)〉 월요일 날씨 맑음
파 정리, 학교에 가서 용지를 가져와서 이영(李瑛)의사에게 줬음, 신문 가져왔음

〈1995년 10월 10일 (음력 8월 16일)〉 화요일 날씨 맑음
춘성신용사(春城信用社), 시장, 백화점에 갔음, 담배 재떨이 샀음

〈1995년 10월 11일 (음력 8월 17일)〉 수요일 날씨 구름/맑음
태양(太陽)에 있는 숙부집에 가서 무, 배추 등 채소 가져왔음

〈1995년 10월 12일 (음력 8월 18일)〉 목요일 날씨 흐림/비
학교에 가서 연통 3개 샀음, 월급 명세서 확인, 이영(李瑛)진료소에 가서 신문 가져왔음, 연길에서 전화 왔음(두 번), 원학(元學)이 왔

음(밤 1시쯤)

〈1995년 10월 13일 (음력 8월 19일)〉 금요일 날씨 흐림/맑음
숙모가 진료를 받으로 왔음, 김이균(金利均)의 초대를 받았음

〈1995년 10월 14일 (음력 8월 20일)〉 토요일 날씨 흐림/비
원학(元學)과 같이 연길에 갔음, 환풍기 설치

〈1995년 10월 15일 (음력 8월 21일)〉 일요일 날씨 비
세면대 설치, 축구경기 관람 – 연변, 랴오닝[10] 3:3

〈1995년 10월 16일 (음력 8월 22일)〉 월요일 날씨 구름/맑음
연길에 다녀왔음, 연길에서 전화 왔음

〈1995년 10월 17일 (음력 8월 23일)〉 화요일 날씨 맑음
출근, 도서실 열람하기 시작(6-3) (오후)

〈1995년 10월 18일 (음력 8월 24일)〉 수요일 날씨 흐림/맑음
출근, 도서실 열람(6-4)

〈1995년 10월 19일 (음력 8월 25일)〉 목요일 날씨 맑음

---

10) 랴오닝(遼宁)성

출근, 도서실 열람(5-1), 춘근(春根)이 와서
50위안 갚았음

〈1995년 10월 20일 (음력 8월 26일)〉 금요
일 날씨 맑음
출근, 도서실 열람(5-2)

〈1995년 10월 21일 (음력 8월 27일)〉 토요
일 날씨 맑음
무 등 채소를 지하 창고로 반운, 발코니 수리,
장인과 창일(昌日)이 같이 승일(承日)집에서
점심 먹었음

〈1995년 10월 22일 (음력 8월 28일)〉 일요
일 날씨 맑음
발코니 수리 완공, 창일(昌日)이 왔다가 갔음

〈1995년 10월 23일 (음력 8월 29일)〉 월요
일 날씨 흐림
출근, 도서실 열람(5-3), 페인트 작업, 아내
가 학생지도 마쳤음 - 200위안

〈1995년 10월 24일 (음력 9월 1일)〉 화요일
날씨 비/맑음
출근, 북경에서 전화 왔음 - 영진(永珍)

〈1995년 10월 25일 (음력 9월 2일)〉 수요일
날씨 맑음
우체국에 가서 소포 보냈음(침대 시트)

〈1995년 10월 26일 (음력 9월 3일)〉 목요일
날씨 맑음

발코니 청소, 난방 시작, 자동전자물병 샀음
(150위안)

〈1995년 10월 27일 (음력 9월 4일)〉 금요일
날씨 맑음
오늘부터 집에서 기공(氣功) 연습, 시내, 시
장, 제4소학교에 갔음

〈1995년 10월 28일 (음력 9월 5일)〉 토요일
날씨 흐림
수도관 수리 - 설치인원 와서 수리해 줬음,
창일(昌日)과 승일(承日)이 왔다가 갔음

〈1995년 10월 29일 (음력 9월 6일)〉 일요일
날씨 흐림/맑음
학교에 갔음, 창일(昌日)집에 가서 점심을 먹
었음 - 복순(福順)과 동춘(東春)이 왔음

〈1995년 10월 30일 (음력 9월 7일)〉 월요일
날씨 맑음
배추 샀음, 출근, 도서실 열람(5-4)

〈1995년 10월 31일 (음력 9월 8일)〉 화요일
날씨 구름/맑음/바람
학교에 가서 사과, 배 등 과일을 받았음, 오후
에 태양사대(太陽四隊)에 갔음

〈1995년 11월 1일 (음력 9월 9일)〉 수요일
날씨 바람
동생 정화(廷華)의 생일, 오후에 태양사대
(太陽四隊)에 다녀왔음

〈1995년 11월 2일 (음력 9월 10일)〉 목요일
날씨 바람
출근, 도서실 열람(4-1)

〈1995년 11월 3일 (음력 9월 11일)〉 금요일
날씨 바람
이영(李瑛)진료소에 가서 신문 가져왔음, 도
서실 열람(4-2), 월급 받았음(10월)

〈1995년 11월 4일 (음력 9월 12일)〉 토요일
날씨 맑음
안경이 부서졌음, 박영호(朴永浩)서기(書記)
의 부친 사망 2주년 추도식 참석, 아내가 태
양사대(太陽四隊)에 갔음

〈1995년 11월 5일 (음력 9월 13일)〉 일요일
날씨 맑음
숙모 생신, 태운(泰云)이 차를 몰러 왔음, 정
금(貞今) 왔음, 아내가 다녀왔음

〈1995년 11월 6일 (음력 9월 14일)〉 월요일
날씨 맑음
아파서 출근 못했음

〈1995년 11월 7일 (음력 9월 15일)〉 화요일
날씨 흐림/눈
출근, 도서실 열람(4-3), 약 먹었음, 웅담약
주를 먹기 시작

〈1995년 11월 8일 (음력 9월 16일)〉 수요일
날씨 바람/추움
출근, 도서 등록 및 대출

〈1995년 11월 9일 (음력 9월 17일)〉 목요일
날씨 바람/추움
출근, 도서 등록 및 대출, 연길에서 전화 왔
음, 로열젤리 드링크제를 먹기 시작

〈1995년 11월 10일 (음력 9월 18일)〉 금요
일 날씨 바람/추움
우체국에 가서 전화비 냈음, 편지 보냈음, 출
근

〈1995년 11월 11일 (음력 9월 19일)〉 토요
일 날씨 맑음
스위치 멀티탭을 수리, 창고로 배추를 운반,
전구 샀음

〈1995년 11월 12일 (음력 9월 20일)〉 일요
일 날씨 맑음
창고 정리, 꽃등 걸렀음, 아내가 창일(昌日)
집에 가서 요리했음

〈1995년 11월 13일 (음력 9월 21일)〉 월요
일 날씨 흐림/비
TV신문 샀음. 이영(李瑛)진료소에 가서 신문
가져왔음, 출근, 도서실 열람(4-4), 미화(美
花) 왔다가 갔음

〈1995년 11월 14일 (음력 9월 22일)〉 화요
일 날씨 맑음/추움
김성호(金勝鎬)가 전화 왔음 - 김희빈(金喜
彬)의 장남의 결혼식에 관함, 북경에서 전화
왔음, 출근, 도서 등록 및 대출

〈1995년 11월 15일 (음력 9월 23일)〉 수요일 날씨 맑음
김희빈(金喜彬)의 장남의 결혼식 참석, 농기국(農機局)[11]에 동순(東淳)의 사무실에 갔음

〈1995년 11월 16일 (음력 9월 24일)〉 목요일 날씨 맑음
우체국에 가서 신문과 간행물 주문, 제4소학교에 갔음

〈1995년 11월 17일 (음력 9월 25일)〉 금요일 날씨 맑음
이영(李瑛)진료소에 갔음, 복순(福順)이 왔음

〈1995년 11월 18일 (음력 9월 26일)〉 토요일 날씨 맑음
연길에서 전화 왔음(두 번), 복순(福順)에게 쇠못 사 줬음, 복순(福順)이 집에 돌아갔음

〈1995년 11월 19일 (음력 9월 27일)〉 일요일 날씨 흐림/눈
아파서 주사 맞았음 - 이영(李瑛)진료소

〈1995년 11월 20일 (음력 9월 28일)〉 월요일 날씨 맑음
이영(李瑛)진료소에 가서 주사 맞았음, 신문 봤음, 연길에서 전화 왔음

〈1995년 11월 21일 (음력 9월 29일)〉 화요일 날씨 맑음
이영(李瑛)진료소에 가서 주사 맞았음, 연길에서 전화 왔음, 원학(元學)이 아이를 데리고 왔음

〈1995년 11월 22일 (음력 10월 1일)〉 수요일 날씨 흐림/비
이영(李瑛)진료소에 가서 주사 맞았음, 원학(元學)이 연길에 돌아갔음

〈1995년 11월 23일 (음력 10월 2일)〉 목요일 날씨 맑음
학교에 가서 도서 반납 받고 기록했음, 일본에서 전화 왔음

〈1995년 11월 24일 (음력 10월 3일)〉 금요일 날씨 구름/눈
학교에 가서 인수인계, 월급 받았음, 춘림(春林)이 주사 맞았음

〈1995년 11월 25일 (음력 10월 4일)〉 토요일 날씨 맑음
책 봤음, 옥희(玉熙), 영란(英蘭)과 승일(承日)이 왔음

〈1995년 11월 26일 (음력 10월 5일)〉 일요일 날씨 맑음
춘성신용사(春城信用社)에 가서 예금인출, 저금, 신발과 모자를 샀음

〈1995년 11월 27일 (음력 10월 6일)〉 월요일 날씨 맑음

---

11) 농업기계화국.

유치원에 가서 수도시설 수리했음, 복순(福順)이 왔다가 갔음

〈1995년 11월 28일 (음력 10월 7일)〉 화요일 날씨 맑음
책 봤음

〈1995년 11월 29일 (음력 10월 8일)〉 수요일 날씨 맑음
학교에 다녀왔음, 모(茅)교장이 전화 왔음, 모(茅)교장의 월급 명세 기록

〈1995년 11월 30일 (음력 10월 9일)〉 목요일 날씨 맑음
비닐로 문, 창문을 붙이고 막았음

〈1995년 12월 1일 (음력 10월 10일)〉 금요일 날씨 흐림
신문 봤음

〈1995년 12월 2일 (음력 10월 11일)〉 토요일 날씨 맑음
신문 봤음, TV봤음 – 남·북 축구경기, 이영(李瑛)진료소에 갔음

〈1995년 12월 3일 (음력 10월 12일)〉 일요일 날씨 맑음/구름
신문 봤음, TV봤음 – 남·북 축구경기

〈1995년 12월 4일 (음력 10월 13일)〉 월요일 날씨 맑음
난방비 냈음, 원학(元學)이 왔음

〈1995년 12월 5일 (음력 10월 14일)〉 화요일 날씨 흐림
학교에 갔음, 동시장에 갔음

〈1995년 12월 6일 (음력 10월 15일)〉 수요일 날씨 맑음
춘성신용사(春城信用社)에 가서 예금인출, 일백화(一百貨)에 가서 전선을 구매, 전기장판 수리

〈1995년 12월 7일 (음력 10월 16일)〉 목요일 날씨 맑음
전기장판 선 연길, 원학(元學)이 연길에 돌아갔음

〈1995년 12월 8일 (음력 10월 17일)〉 금요일 날씨 맑음
문 수리, 신문 봤음, 일본에서 전화 왔음

〈1995년 12월 9일 (음력 10월 18일)〉 토요일 날씨 맑음
이영(李瑛)진료소에 가서 신문 가져왔음, 웅담약주를 다 마셨음

〈1995년 12월 10일 (음력 10월 19일)〉 일요일 날씨 맑음
최소림(崔小林)이 와서 가게채 문틀장식을 만들기 시작, 철물점에 가서 물건 샀음

〈1995년 12월 11일 (음력 10월 20일)〉 월요일 날씨 흐림/눈
가게채 문틀장식 만들기, TV 봤음

〈1995년 12월 12일 (음력 10월 21일)〉 화요일 날씨 맑음
'지부(支部)생활' 간행물을 봤음, 학교에 갔음 – 이일순(李日淳)의 어머니에게 국진(國珍)의 주소를 알려줬음

〈1995년 12월 13일 (음력 10월 22일)〉 수요일 날씨 맑음/흐림
노간부국(老幹部局)에 가서 당원(黨員) 추천서 제출, 제4소학교에 가서 점심을 먹었음,

〈1995년 12월 14일 (음력 10월 23일)〉 목요일 날씨 맑음/눈
춘성신용사(春城信用社)에 가서 저금했음, 이영(李瑛)진료소에 가서 신문 가져왔음, 철물점에 가서 물건 샀음

〈1995년 12월 15일 (음력 10월 24일)〉 금요일 날씨 맑음
일본으로 편지 보냈음, 이영(李瑛)진료소에 갔음(치통)

〈1995년 12월 16일 (음력 10월 25일)〉 토요일 날씨 흐림
비닐로 문, 창문을 붙이고 막았음, 《청년생활》봤음

〈1995년 12월 17일 (음력 10월 26일)〉 일요일 날씨 맑음
승일(承日)이 우리 집에 왔음

〈1995년 12월 18일 (음력 10월 27일)〉 월요일 날씨 맑음
춘성신용사(春城信用社)에 가서 창일(昌日)과 상의했음 – 상점에 관함

〈1995년 12월 19일 (음력 10월 28일)〉 화요일 날씨 맑음/흐림
이영(李瑛)진료소에 가서 신문 가져왔음

〈1995년 12월 20일 (음력 10월 29일)〉 수요일 날씨 맑음
학교에 갔음 – 교사(教師)들이 책을 기부에 관한 통계

〈1995년 12월 21일 (음력 10월 30일)〉 목요일 날씨 맑음
교사(教師)들이 책을 기부에 관한 통계표를 작성 후 제출

〈1995년 12월 22일 (음력 11월 1일)〉 금요일 날씨 맑음/바람
학교에 가서 월급 받았음, 쌀 샀음

〈1995년 12월 23일 (음력 11월 2일)〉 토요일 날씨 맑음
창일(昌日)집에서 저녁 먹었음, 민석(珉錫)에게 상의(上衣)를 샀음(130위안), 민석(珉錫)이 북경에 진료를 받으러 갔음

〈1995년 12월 24일 (음력 11월 3일)〉 일요일 날씨 맑음
창일(昌日)집에 갔음, 일본에서 전화 왔음, 상점에 가서 실습, 장인이 와서 점심을 먹었음

〈1995년 12월 25일 (음력 11월 4일)〉 월요
일 날씨 맑음
창일(昌日)의 상점에 일하러 갔음

〈1995년 12월 26일 (음력 11월 5일)〉 화요
일 날씨 맑음/바람
창일(昌日)의 상점에 일하러 갔음, 시 직업고
등학교에 갔음

〈1995년 12월 27일 (음력 11월 6일)〉 수요
일 날씨 맑음/흐림
창일(昌日)의 상점에 일하러 갔음, 원학(元
學)집의 난방비 냈음, 정기 적금하기 시작(월
300위안)

〈1995년 12월 28일 (음력 11월 7일)〉 목요
일 날씨 흐림/눈

창일(昌日)의 상점에 일하러 갔음, 동춘(東
春)이 왔음, 동생 정오(廷伍)가 우리 집에 왔
음 – 전근에 관함

〈1995년 12월 29일 (음력 11월 8일)〉 금요
일 날씨 눈/바람
창일(昌日)의 상점에 일하러 갔음

〈1995년 12월 30일 (음력 11월 9일)〉 토요
일 날씨 바람
창일(昌日)의 상점에 일하러 갔음, 원학(元
學)과 미옥(美玉)이 연길에 왔음

〈1995년 12월 31일 (음력 11월 10일)〉 일요
일 날씨 구름/맑음
이영(李瑛)진료소에 가서 신문 가져왔음, 이
발(理髮)했음, 복순(福順)이 우리 집에 왔음

1996년

〈1996년 1월 1일 (음력 11월 11일)〉 월요일
날씨 맑음
장인, 승일(承日), 창일(昌日)과 가족들이 와서 원단을 보냈음, 북경, 일본에서 전화 왔음

〈1996년 1월 2일 (음력 11월 12일)〉 화요일
날씨 흐림/눈
웅걸(雄杰)이 왔음, 미옥(美玉)이 연길에 돌아갔음, 미화(美花)가 왔음, 복순(福順)이 창일(昌日) 집에 갔음, 장춘(長春)에서 전화 왔음

〈1996년 1월 3일 (음력 11월 13일)〉 수요일
날씨 구름/바람
원학(元學)이 연길에 돌아갔음, 창일(昌日) 집에서 점심을 먹었음

〈1996년 1월 4일 (음력 11월 14일)〉 목요일
날씨 맑음/바람
예금인출, 승일(承日)에게 2,000위안 빌려줬음, 승일(承日)을 대신 길림(吉林)학원으로 250위안 송금했음, 위장약을 먹기 시작

〈1996년 1월 5일 (음력 11월 15일)〉 금요일
날씨 맑음

학교에 갔음, 일본에서 신년 연하장이 왔음, 오후에 창일(昌日)의 상점에 일하러 갔음, 이영(李瑛)진료소에 가서 신문 가져왔음, 복순(福順)이 창일(昌日)집에 왔다가 판석(板石)에 돌아갔음

〈1996년 1월 6일 (음력 11월 16일)〉 토요일
날씨 맑음
제4소학교의 박 서기(書記), 김 교장, 김 부교장, 김 주석이 우리 집에 위문하러 왔음, 방역소에 갔음

〈1996년 1월 7일 (음력 11월 17일)〉 일요일
날씨 흐림/맑음
퇴직교원(教員)들이 기부금 제출, 지하창고의 문 만들기

〈1996년 1월 8일 (음력 11월 18일)〉 월요일
날씨 맑음/바람
창일(昌日)의 상점에 일하러 갔음, 복순(福順)이 병원에 진료를 받으러 갔음, 우체국에 가서 신문 가져왔음

〈1996년 1월 9일 (음력 11월 19일)〉 화요일
날씨 바람/추움

김만춘(金萬春)교장이 은퇴, 전화 왔음 - 연말 총결에 관함

〈1996년 1월 10일 (음력 11월 20일)〉 수요일 날씨 바람/추움
제4소학교에 가서 노년간부(幹部) 연말총결회의를 공지

〈1996년 1월 11일 (음력 11월 21일)〉 목요일 날씨 맑음
춘성신용사(春城信用社), 제4소학교, 철물점에 갔음, 북경에서 신년 연하장이 왔음, 향선(香善)과 설화(雪花)가 물고기를 가져왔음

〈1996년 1월 12일 (음력 11월 22일)〉 금요일 날씨 맑음
노년간부(幹部)연말총결회의에 참석, 미화(美花)가 왔음

〈1996년 1월 13일 (음력 11월 23일)〉 토요일 날씨 맑음
학교에 가서 김일(金日) 교장과 토론했음 - 향선(香善)의 학습 문제에 관함, 복순(福順)과 옥희(玉姬)가 왔음

〈1996년 1월 14일 (음력 11월 24일)〉 일요일 날씨 흐림
동춘(東春)이 왔음, 복순(福順)과 옥희(玉姬)가 창일(昌日)의 상점에 갔음

〈1996년 1월 15일 (음력 11월 25일)〉 월요일 날씨 흐림/바람

광혁(光赫)에게 편지 보냈음

〈1996년 1월 16일 (음력 11월 26일)〉 화요일 날씨 맑음
학교에 가서 공비의료증(公費醫療證)의 진료기관인 제2병원은 제1병원으로 변경 신청

〈1996년 1월 17일 (음력 11월 27일)〉 수요일 날씨 맑음
펜글씨 연습하기 시작

〈1996년 1월 18일 (음력 11월 28일)〉 목요일 날씨 맑음
서류 학습

〈1996년 1월 19일 (음력 11월 29일)〉 금요일 날씨 맑음
춘성신용사(春城信用社)에 갔음, 창일(昌日)의 상점에 갔음, 복순(福順)에게 약 줬음, 보림(宝林)의 아내가 왔음 - 돈 빌림에 관함

〈1996년 1월 20일 (음력 12월 1일)〉 토요일 날씨 맑음
철진(哲珍), 옥희(玉姬), 김영애(金英愛)선생이 우리 집에 왔음, 승일(承日)집에 와서 상점에 관해 토론했음

〈1996년 1월 21일 (음력 12월 2일)〉 일요일 날씨 맑음
장인, 옥희(玉姬), 복순(福順)이 우리 집에 왔음, 태운(泰云)집에 가서 광혁(光赫)에게 교육했음

〈1996년 1월 22일 (음력 12월 3일)〉 월요일
날씨 맑음
태양사대(太陽四隊)에 가서 숙부를 문병하
러 갔음, 태운(泰云)이 태워줬음

〈1996년 1월 23일 (음력 12월 4일)〉 화요일
날씨 맑음
태양사대(太陽四隊)에 갔음(약 사서 가져갔
음)

〈1996년 1월 24일 (음력 12월 5일)〉 수요일
날씨 맑음/바람
학습

〈1996년 1월 25일 (음력 12월 6일)〉 목요일
날씨 맑음/바람
창일(昌日)의 상점에서 일했음, 오후에 다녀
와서 학습

〈1996년 1월 26일 (음력 12월 7일)〉 금요일
날씨 맑음
창일(昌日)의 상점에서 일했음, 문 수리, 빨
래 건조대를 만들었음

〈1996년 1월 27일 (음력 12월 8일)〉 토요일
날씨 맑음
학습

〈1996년 1월 28일 (음력 12월 9일)〉 일요일
날씨 맑음
태양사대(太陽四隊)에 숙부를 문병하러 갔
음(약 샀음), 오후에 원학(元學)과 복순(福

順)이 왔음

〈1996년 1월 29일 (음력 12월 10일)〉 월요
일 날씨 맑음/바람
학교에 가서 공비의료증(公費醫療證)을 받
았음, 복순(福順)이 창일(昌日)집에 갔음

〈1996년 1월 30일 (음력 12월 11일)〉 화요
일 날씨 맑음/추움
춘림(春林), 춘성(春晟)생일, 승일(承日)과
창일(昌日)의 가족들을 초대했음, 학교에 가
서 월급 받았음

〈1996년 1월 31일 (음력 12월 12일)〉 수요
일 날씨 맑음/추움
춘성신용사(春城信用社)에 가서 저금했음

〈1996년 2월 1일 (음력 12월 13일)〉 목요일
날씨 맑음/추움
원학(元學)집의 난방비 납부, 오후에 원학
(元學)이 연길에 돌아갔음

〈1996년 2월 2일 (음력 12월 14일)〉 금요일
날씨 맑음/추움
가게채 문 수리, 학습

〈1996년 2월 3일 (음력 12월 15일)〉 토요일
날씨 맑음
학습, 영홍(永紅)이 왔음

〈1996년 2월 4일 (음력 12월 16일)〉 일요일
날씨 맑음

연길, 일본에서 전화 왔음 - 영진(永珍)이 연길에 갔음, 안(安)주임의 딸의 결혼식 때문에 김추월(金秋月)선생이 전화 왔음

〈1996년 2월 5일 (음력 12월 17일)〉 월요일 날씨 비/흐림
학습

〈1996년 2월 6일 (음력 12월 18일)〉 화요일 날씨 맑음
학습, 오후에 미옥(美玉)과 영진(永珍)이 연길에 왔음

〈1996년 2월 7일 (음력 12월 19일)〉 수요일 날씨 맑음/흐림
남비 수리, 복순(福順), 광춘(光春)과 동춘(東春)이 왔음

〈1996년 2월 8일 (음력 12월 20일)〉 목요일 날씨 맑음
복순(福順)과 옥희(玉姬)가 왔음, 영진(永珍)의 친구가 왔음

〈1996년 2월 9일 (음력 12월 21일)〉 금요일 날씨 맑음
원학(元學)이 왔음, 복순(福順), 광춘(光春)과 옥희(玉姬)가 창일(昌日)집에 갔음

〈1996년 2월 10일 (음력 12월 22일)〉 토요일 날씨 맑음
원학(元學)과 미옥(美玉)이 창일(昌日)집에 갔음, 창일(昌日)의 초대를 받았음

〈1996년 2월 11일 (음력 12월 23일)〉 일요일 날씨 맑음
가족들을 초대 - 장인, 승일(承日), 영홍(永紅) 등 가족들이 왔음

〈1996년 2월 12일 (음력 12월 24일)〉 월요일 날씨 맑음
동일(東日)이 북경에서 훈춘(琿春)에 가서 안(安)주임의 장녀의 결혼식 참석, 장인집에 갔음

〈1996년 2월 13일 (음력 12월 25일)〉 화요일 날씨 맑음
영진(永珍)이 태양(太陽)에 갔음, 동일(東日)과 승일(承日)이 우리 집에 왔음

〈1996년 2월 14일 (음력 12월 26일)〉 수요일 날씨 맑음/바람
제4소학교에 가서 월급 받았음, 가족 초대 - 승일(承日), 창일(昌日), 장인, 동일(東日)과 복순(福順)의 가족들이 왔음

〈1996년 2월 15일 (음력 12월 27일)〉 목요일 날씨 맑음/바람
원학(元學), 미옥(美玉)과 아이가 연길에 돌아갔음

〈1996년 2월 16일 (음력 12월 28일)〉 금요일 날씨 맑음
창일(昌日)의 상점에 갔음, 정오(廷伍)의 장인이 사망 3주년 추도(최 선생 집에 전달하러 갔음), 예금인출, 저금

〈1996년 2월 17일 (음력 12월 29일)〉 토요
일 날씨 맑음
창일(昌日)의 상점에 갔음, 판석중심(板石中
心)에 가서 퇴직교원(教員) 위문회 참석

〈1996년 2월 18일 (음력 12월 30일)〉 일요
일 날씨 맑음
승일(承日)집에서 초대 받았음, 장인집에서
설날을 보냈음, 창일(昌日)의 상점에 갔음
(12:00)

〈1996년 2월 19일 (음력 1월 1일)〉 월요일
날씨 맑음
창일(昌日)집에서 설날 보냈음, 다녀왔음
(2:00), 일본에서 전화 왔음

〈1996년 2월 20일 (음력 1월 2일)〉 화요일
날씨 맑음
창일(昌日)집에서 아침을 먹었음, 태양사대
(太陽四隊) - 태양오대(太陽五隊) - 태양사
대(太陽四隊)

〈1996년 2월 21일 (음력 1월 3일)〉 수요일
날씨 맑음
태양사대(太陽四隊)에 다녀왔음

〈1996년 2월 22일 (음력 1월 4일)〉 목요일
날씨 맑음
연길에서 전화 왔음, 춘학(春學)의 딸의 결혼
식, 승일(承日)집에서 저녁 먹었음

〈1996년 2월 23일 (음력 1월 5일)〉 금요일
날씨 맑음
사진관에 가서 사진을 현상했음, 광춘(光春)
과 옥희(玉姬)가 왔다가 갔음, 영진(永珍)의
친구가 왔음, 아내와 영진(永珍)이 철진(哲
珍)집에 갔음

〈1996년 2월 24일 (음력 1월 6일)〉 토요일
날씨 맑음
최준호(崔俊浩)가 판석(板石)에서 위문하러
왔음(200위안), 태운(泰云)과 가족들이 우리
집에 놀러 왔음, 숙모가 닭을 가져왔음, 영진
(永珍)이 장인집에 갔음, 광춘(光春)과 옥희
(玉姬)가 왔다가 갔음

〈1996년 2월 25일 (음력 1월 7일)〉 일요일
날씨 맑음
닭을 죽였음, 창일(昌日)집에서 저녁을 먹어
서 가게 차림에 관해 토론했음, 쇼핑센터에
갔음

〈1996년 2월 26일 (음력 1월 8일)〉 월요일
날씨 맑음
승일(承日)이 2,000위안 갚았음, 신발 수선,
이발했음, 광춘(光春)이 장춘(長春)에 갔음,
예금인출, 저금, 오후에 아내가 창일(昌日)집
에 갔음

〈1996년 2월 27일 (음력 1월 9일)〉 화요일
날씨 맑음/바람
연길에 가서 박춘학(朴春學)의 차녀의 결혼
식 참석, 정금(貞今)과 같이 갔음, 미옥(美玉)
집에 갔음

〈1996년 2월 28일 (음력 1월 10일)〉 수요일
날씨 맑음
박춘학(朴春學)의 차녀의 결혼식, 오후에 집
에 도착했음

〈1996년 2월 29일 (음력 1월 11일)〉 목요일
날씨 맑음
창일(昌日)의 상점에서 일했음, 영진(永珍)
이 북경에 갔음(오후 4:30)

〈1996년 3월 1일 (음력 1월 12일)〉 금요일
날씨 맑음/바람
창일(昌日)의 상점에서 일했음, 아내와 같이
갔음, 정옥(貞玉)집에 갔음 - 광혁(光赫)이
학교에 다니는 문제에 관함

〈1996년 3월 2일 (음력 1월 13일)〉 토요일
날씨 맑음/바람
창일(昌日)의 상점에서 일했음, 아내가 령홍
(灵紅)의 장녀의 결혼식 참석하러 갔음

〈1996년 3월 3일 (음력 1월 14일)〉 일요일
날씨 맑음
집에서 책과 신문 봤음, 이영(李瑛)진료소에
갔음

〈1996년 3월 4일 (음력 1월 15일)〉 월요일
날씨 맑음
태양사대(太陽四隊)에 숙모를 문병하러 갔
음, 화자(花子)와 셋째숙모도 왔음, 정기(廷
棋) 집에 갔음

〈1996년 3월 5일 (음력 1월 16일)〉 화요일
날씨 맑음
다녀왔음, 복순(福順)이 우리 집에 왔음(진
단서)

〈1996년 3월 6일 (음력 1월 17일)〉 수요일
날씨 맑음
창일(昌日)의 상점에 갔음

〈1996년 3월 7일 (음력 1월 18일)〉 목요일
날씨 흐림
창일(昌日)의 상점에 갔음

〈1996년 3월 8일 (음력 1월 19일)〉 금요일
날씨 눈/흐림
창일(昌日)의 상점에 갔음, 아내가 춘광(春
光) 3.8부녀절 활동 참석

〈1996년 3월 9일 (음력 1월 20일)〉 토요일
날씨 흐림/맑음
철물점에 가서 빗장을 샀음, 예금인출, 저금,
웅담약주를 먹기 시작, 창일(昌日)과 옥희
(玉熙)가 왔음

〈1996년 3월 10일 (음력 1월 21일)〉 일요일
날씨 맑음
파 심었음, 세입자가 이사를 나갔음, 새 세입
자가 이사 왔음

〈1996년 3월 11일 (음력 1월 22일)〉 월요일
날씨 맑음/바람
창일(昌日)의 상점에 갔음, 제4소학교에 퇴

직교사회의 공지하러 갔음

〈1996년 3월 12일 (음력 1월 23일)〉 화요일
날씨 맑음
노년간부(幹部) 지부회의 참석 – 계획 통과,
제2소학교, 제4소학교 지부위원과 간부(幹
部) 선거

〈1996년 3월 13일 (음력 1월 24일)〉 수요일
날씨 맑음
창일(昌日)의 상점에 갔음, 월급 받았음, 저
금, 원학(元學)의 옛집 – 세입자가 이사를 나
갔음, 새 세입자가 왔음

〈1996년 3월 14일 (음력 1월 25일)〉 목요일
날씨 맑음
창일(昌日)의 상점에 갔음, 일본으로 편지 보
냈음, 예금 인출, 저금, 원학(元學)집의 난방
비를 냈음

〈1996년 3월 15일 (음력 1월 26일)〉 금요일
날씨 바람/맑음
창일(昌日)의 상점에 갔음

〈1996년 3월 16일 (음력 1월 27일)〉 토요일
날씨 흐림/비
원학(元學)집의 수돗물시설을 수리

〈1996년 3월 17일 (음력 1월 28일)〉 일요일
날씨 구름/맑음
주방의 환풍기 교체, 승일(承日)이 우리 집에
왔음, 장춘(長春)에서 전화 왔음

〈1996년 3월 18일 (음력 1월 29일)〉 월요일
날씨 맑음/바람
창일(昌日)의 상점에 갔음

〈1996년 3월 19일 (음력 2월 1일)〉 화요일
날씨 맑음/바람
창일(昌日)의 상점에 갔음

〈1996년 3월 20일 (음력 2월 2일)〉 수요일
날씨 흐림/눈
창일(昌日)의 상점에 갔음, 승일(承日) 생일
– 장인, 창일(昌日), 복순(福順), 동춘(東春)
이 왔음

〈1996년 3월 21일 (음력 2월 3일)〉 목요일
날씨 흐림/눈
창일(昌日)의 상점에 갔음, 복순(福順)이 약
먹었음, 동춘(東春)이 집에 돌아갔음

〈1996년 3월 22일 (음력 2월 4일)〉 금요일
날씨 맑음/바람
창일(昌日)의 상점에 갔음, 장춘(長春)에서
전화 왔음 – 광춘(光春)

〈1996년 3월 23일 (음력 2월 5일)〉 토요일
날씨 맑음
로열젤리 드링크제를 다 먹었음

〈1996년 3월 24일 (음력 2월 6일)〉 일요일
날씨 맑음/흐림
이영(李瑛)진료소에 가서 약 샀음, 연길에서
전화 왔음, 동춘(東春)이 와서 전화했음

〈1996년 3월 25일 (음력 2월 7일)〉월요일
날씨 맑음/흐림
창일(昌日)의 상점에 갔음, 일본에서 전화 왔음, 복순(福順)이 판석(板石)에 돌아갔음

〈1996년 3월 26일 (음력 2월 8일)〉화요일
날씨 맑음/흐림
창일(昌日)의 상점에 갔음

〈1996년 3월 27일 (음력 2월 9일)〉수요일
날씨 맑음
창일(昌日)의 상점에 갔음, 태운(泰云)의 초대를 받았음

〈1996년 3월 28일 (음력 2월 10일)〉목요일
날씨 맑음
창일(昌日)의 상점에 갔음, 아내가 가서 요리했음

〈1996년 3월 29일 (음력 2월 11일)〉금요일
날씨 맑음
창일(昌日)의 상점에 갔음

〈1996년 3월 30일 (음력 2월 12일)〉토요일
날씨 흐림/비
글씨 연습, 신문 봤음, 연길에서 전화 왔음

〈1996년 3월 31일 (음력 2월 13일)〉일요일
날씨 맑음/바람
글씨 연습, 오호에 최소림(崔小林)을 문병하러 갔음, 담배 샀음, 열쇠 다시 만들었음

〈1996년 4월 1일 (음력 2월 14일)〉월요일
날씨 맑음/바람
창일(昌日)의 상점에 갔음

〈1996년 4월 2일 (음력 2월 15일)〉화요일
날씨 맑음
창일(昌日)의 상점에 갔음, 저금, 시병원에 가서 흉부촬영 했음, 제4소학교에 가서 책자를 가져왔음

〈1996년 4월 3일 (음력 2월 16일)〉수요일
날씨 맑음
창일(昌日)의 상점에 갔음, 아내도 갔음

〈1996년 4월 4일 (음력 2월 17일)〉목요일
날씨 맑음
태양사대(太陽四隊), 태양이대(太陽二隊)에 있는 묘지에 갔음 - 청명절, 창일(昌日)집에서 아침을 먹었음

〈1996년 4월 5일 (음력 2월 18일)〉금요일
날씨 맑음
일본에서 편지 왔음, 창일(昌日)의 상점에 갔음

〈1996년 4월 6일 (음력 2월 19일)〉토요일
날씨 맑음/흐림
아내가 장인 집에 문병하러 갔음

〈1996년 4월 7일 (음력 2월 20일)〉일요일
날씨 맑음
이발(理髮)했음

〈1996년 4월 8일 (음력 2월 21일)〉 월요일
날씨 맑음
창일(昌日)의 상점에 갔음, 아내가 공안국
(公安局)에 가서 부동산 건물소유권 증명서
를 받았음

〈1996년 4월 9일 (음력 2월 22일)〉 화요일
날씨 바람
창일(昌日)의 상점에 갔음, 장인 집에 갔음
(안 계셨음)

〈1996년 4월 10일 (음력 2월 23일)〉 수요일
날씨 바람
오전에 노년간부(幹部) 지부활동 참석 - 트
렌드보고를 학습, 오후에 창일(昌日)의 상점
에 갔음, 태운(泰云)집에 문병하러 갔음(숙
모)

〈1996년 4월 11일 (음력 2월 24일)〉 목요일
날씨 바람/구름
창일(昌日)의 상점에 갔음

〈1996년 4월 12일 (음력 2월 25일)〉 금요일
날씨 바람/맑음
창일(昌日)의 상점에 갔음, 일본으로 편지 보
냈음, 병원에 가서 약 샀음

〈1996년 4월 13일 (음력 2월 26일)〉 토요일
날씨 맑음
신문 봤음

〈1996년 4월 14일 (음력 2월 27일)〉 일요일

날씨 맑음
TV 봤음 - 축구경기

〈1996년 4월 15일 (음력 2월 28일)〉 월요일
날씨 맑음
창일(昌日)의 상점에 갔음

〈1996년 4월 16일 (음력 2월 29일)〉 화요일
날씨 흐림
창일(昌日)의 상점에 갔음, 병원에 가서 약
샀음, 학교에 가서 월급을 받았음, 민우(敏
遇) 생일(50위안 줬음)

〈1996년 4월 17일 (음력 2월 30일)〉 수요일
날씨 흐림/비
창일(昌日)의 상점에 갔음, 저금했음

〈1996년 4월 18일 (음력 3월 1일)〉 목요일
날씨 흐림/비
창일(昌日)의 상점에 갔음

〈1996년 4월 19일 (음력 3월 2일)〉 금요일
날씨 흐림/비
창일(昌日)의 상점에 갔음, 9시 30분에 이계
림(李桂林)과 김선영(金善媖) 선생의 환갑잔
치 참석

〈1996년 4월 20일 (음력 3월 3일)〉 토요일
날씨 맑음
북경으로 편지 보냈음, 신문과 책 봤음

〈1996년 4월 21일 (음력 3월 4일)〉 일요일

날씨 맑음
TV 봤음 - 축구경기

〈1996년 4월 22일 (음력 3월 5일)〉 월요일
날씨 흐림/맑음
창일(昌日)의 상점에 갔음, 일본, 연길에서
전화 왔음, 북경으로 전화했음

〈1996년 4월 23일 (음력 3월 6일)〉 화요일
날씨 맑음
창일(昌日)의 상점에 갔음

〈1996년 4월 24일 (음력 3월 7일)〉 수요일
날씨 맑음
창일(昌日)의 상점에 갔음, 이영(李瑛)의사
에게 용지를 줬음, 연길에서 전화 왔음 - 돈
에 관함

〈1996년 4월 25일 (음력 3월 8일)〉 목요일
날씨 맑음
연길에 가서 원학(元學)에게 돈을 갚았음(2
만 위안), 아내가 창일(昌日)집에 갔음

〈1996년 4월 26일 (음력 3월 9일)〉 금요일
날씨 맑음
오전에 다녀왔음, 창일(昌日)집에 갔음

〈1996년 4월 27일 (음력 3월 10일)〉 토요일
날씨 흐림/소나기
태양(太陽)에 가서 황선생의 모친의 장례식
참석, 아내가 판석(板石)에 갔음, 장인집에
갔다가 왔음

〈1996년 4월 28일 (음력 3월 11일)〉 일요일
날씨 맑음
장인집에 갔음 - 장인 생신, 승일(承日)집에
서 점심과 저녁을 먹었음

〈1996년 4월 29일 (음력 3월 12일)〉 월요일
날씨 맑음
창일(昌日)의 상점에 갔음, 노년간부(幹部)
총지부 서기(書記)회의 참석, 아내가 미란
(美蘭) 집에 갔음 - 아이 생일, 영홍(永紅)이
우리 집에 왔음

〈1996년 4월 30일 (음력 3월 13일)〉 화요일
날씨 맑음
창일(昌日)의 상점에 갔음

〈1996년 5월 1일 (음력 3월 14일)〉 수요일
날씨 비
신문 봤음, 이영(李瑛)진료소에 가서 신문 받
았음

〈1996년 5월 2일 (음력 3월 15일)〉 목요일
날씨 비/맑음
태양사대(太陽四隊)에 가서 숙모를 문병하
러 갔음, 다녀왔음, 일본에서 편지와 사진이
왔음

〈1996년 5월 3일 (음력 3월 16일)〉 금요일
날씨 맑음
최순옥(崔順玉)주임의 차자의 결혼식에 참
석, 영홍(永紅)이 연길에 돌아갔음

〈1996년 5월 4일 (음력 3월 17일)〉 토요일
날씨 흐림/비
창일(昌日)집에 갔음, 아내가 검진했음(혈당
5.5), 일본에서 전화 왔음, 북경에서 편지 왔
음

〈1996년 5월 5일 (음력 3월 18일)〉 일요일
날씨 흐림/맑음
창일(昌日)의 상점에 갔음, 예금 인출, 자료
를 찾았음

〈1996년 5월 6일 (음력 3월 19일)〉 월요일
날씨 맑음
창일(昌日)의 상점에 갔음, 이영(李瑛)진료
소에 가서 주사 맞았음

〈1996년 5월 7일 (음력 3월 20일)〉 화요일
날씨 맑음
시 퇴·이직 주력간부(幹部)학습반 참석, 이
영(李瑛)진료소에 가서 주사 맞았음

〈1996년 5월 8일 (음력 3월 21일)〉 수요일
날씨 비/흐림
시 퇴·이직 주력간부(幹部)학습반 참석, 이
영(李瑛)진료소에 가서 주사 맞았음, 정화
(廷華), 정수(廷洙), 태운(泰云)이 왔음

〈1996년 5월 9일 (음력 3월 22일)〉 목요일
날씨 흐림/비
생일 - 장인, 승일(承日), 창일(昌日), 미화
(美花), 금화(今花) 왔음, 미옥(美玉), 영진
(永珍), 광춘(光春), 동춘(東春) 등이 전화 왔

음, 정화(廷華)에게 1500위안 빌려줬음

〈1996년 5월 10일 (음력 3월 23일)〉 금요일
날씨 맑음
퇴·이직 간부(幹部)활동 참석(지부) - 당원
(黨員) 민주평의에 관한 동원대회 진행

〈1996년 5월 11일 (음력 3월 24일)〉 토요일
날씨 흐림/비
신문 봤음, TV 봤음 - 축구경기(갑 B)

〈1996년 5월 12일 (음력 3월 25일)〉 일요일
날씨 흐림/맑음
TV 봤음 - 축구경기(갑 A), 북경, 연길에서 전
화 왔음

〈1996년 5월 13일 (음력 3월 26일)〉 월요일
날씨 맑음
창일(昌日)집에 갔음, 월급 받았음, 일본으로
편지 보냈음

〈1996년 5월 14일 (음력 3월 27일)〉 화요일
날씨 맑음
창일(昌日)집에 갔음, 우체국에 가서 전화비
냈음, 저금했음, 병원에 갔음(장인 입원했음)

〈1996년 5월 15일 (음력 3월 28일)〉 수요일
날씨 맑음
창일(昌日)의 상점에 갔음, 아내가 병원에 장
인을 보러 갔음

〈1996년 5월 16일 (음력 3월 29일)〉 목요일

날씨 맑음
병원에 장인을 문병하러 갔음

〈1996년 5월 17일 (음력 4월 1일)〉 금요일
날씨 맑음/바람
오전에 제6지부 당원(黨員) 민주평의, 오후
에 창일(昌日)집에 갔음, 복순(福順)이 왔음

〈1996년 5월 18일 (음력 4월 2일)〉 토요일
날씨 흐림/맑음
황재명(黃才明)과 오연옥(吳蓮玉)의 환갑잔
치 참석, 연길에 원학(元學)을 찾으러 갔음

〈1996년 5월 19일 (음력 4월 3일)〉 일요일
날씨 흐림
원학(元學)의 부친 칠십수, 축구경기 관람
(상해3, 연변0)

〈1996년 5월 20일 (음력 4월 4일)〉 월요일
날씨 흐림/소나기
초영(超英)집에 가서 동일(東日)의 딸을 봤
음, 집에 들어왔음, 시병원에 장인을 보러 갔
음

〈1996년 5월 21일 (음력 4월 5일)〉 화요일
날씨 비
총지부 회의 참석 - 당원(黨員) 민주평의 총
결, 당(黨) 교육과정 참석, 병원에 갔음

〈1996년 5월 22일 (음력 4월 6일)〉 수요일
날씨 흐림/소나기
창일(昌日)집에 갔음, 병원에 갔음(밤 10:30)

〈1996년 5월 23일 (음력 4월 7일)〉 목요일
날씨 맑음
창일(昌日)집에 갔음, 병원에 갔음, 일본에서
전화 왔음

〈1996년 5월 24일 (음력 4월 8일)〉 금요일
날씨 맑음
병원으로 밥을 보냈음, 창일(昌日)의 상점에
갔음

〈1996년 5월 25일 (음력 4월 9일)〉 토요일
날씨 흐림
병원에 갔음, TV 봤음(축구경기 갑B)

〈1996년 5월 26일 (음력 4월 10일)〉 일요일
날씨 흐림/맑음
태양사대(太陽四隊)에 가서 숙부모를 문병
하러 갔음, 오후에 다녀왔음, TV 봤음(축구경
기 갑A)

〈1996년 5월 27일 (음력 4월 11일)〉 월요일
날씨 맑음
창일(昌日)의 상점에 갔음

〈1996년 5월 28일 (음력 4월 12일)〉 화요일
날씨 맑음
창일(昌日)의 상점에 갔음, 민석(珉錫)이 북
경에서 왔다가 판석(板石)에 갔음, 병원에 갔
음

〈1996년 5월 29일 (음력 4월 13일)〉 수요일
날씨 맑음

창일(昌日)의 상점에 갔음, 병원에 갔음

〈1996년 5월 30일 (음력 4월 14일)〉 목요일
날씨 맑음
창일(昌日)의 상점에 갔음, 아내가 연길에 가서 《6.1》절[1] 표창 활동 참석했음, 일본에서 전화 왔음

〈1996년 5월 31일 (음력 4월 15일)〉 금요일
날씨 맑음
창일(昌日)의 상점에 갔음, 아내가 다녀왔음, 아내가 친구의 아들의 생일인데 초대를 받았음

〈1996년 6월 1일 (음력 4월 16일)〉 토요일
날씨 맑음
제4소학교와 병원에 갔음, 저녁에 미화(美花)집에 갔음 – 정웅(廷雄) 사망일, 일본에서 전화 왔음, 북경에서 전화 왔음 – 동일(東日)

〈1996년 6월 2일 (음력 4월 17일)〉 일요일
날씨 흐림
최명의(崔明義)와 최금선(崔今善)집에 갔음 – 지부, 병원에 갔음, 민석(珉錫)이 왔음, 승일(承日)과 창일(昌日)도 왔음

〈1996년 6월 3일 (음력 4월 18일)〉 월요일
날씨 비/바람
창일(昌日)집에 갔음

---

1) 육일절. 국제아동절. "六一國際儿童節"의 준말.

〈1996년 6월 4일 (음력 4월 19일)〉 화요일
날씨 맑음/바람
창일(昌日)집에 갔음, 예금 인출 (3,000 위안), 복순(福順)이 왔다가 갔음, 북경에 가기 전에 준비: 승일(承日) – 100위안, 창일(昌日) – 406위안, 복순(福順) – 100위안, 장인 – 50위안 (돈 받았음)

〈1996년 6월 5일 (음력 4월 20일)〉 수요일
날씨 맑음
전기세 납부, 노간부(幹部)협회에 갔음, 병원에 갔음, 제4소학교 –《청년생활》봤음, 북경에 갔음 – 20:30 도문(圖們)에서 차를 탑승

〈1996년 6월 6일 (음력 4월 21일)〉 목요일
날씨 구름
차에서 있음

〈1996년 6월 7일 (음력 4월 22일)〉 금요일
날씨 맑음
5시 35분에 북경에 도착, 동일(東日)과 영진(永珍)이 마중하러 왔음, 국진(國珍)이 일본에서 북경에 도착했음

〈1996년 6월 8일 (음력 4월 23일)〉 토요일
날씨 구름/맑음
국진(國珍)과 명숙(明淑)이 동일(東日)집에 왔음, 시장 관람, 저녁에 일본손님을 초대했음

〈1996년 6월 9일 (음력 4월 24일)〉 일요일
날씨 구름/맑음

국진(國珍)과 명숙이 동일(東日)집에 왔음, 영진(永珍)이 학교에 갔음

〈1996년 6월 10일 (음력 4월 25일)〉 월요일
날씨 맑음
모(毛)주석 기념당[2]과 인민대회당(人民大會堂)을 참관, 영진(永珍)이 왔다가 갔음

〈1996년 6월 11일 (음력 4월 26일)〉 화요일
날씨 맑음/소나기
중교외회(中橋外匯) 상점에 가서 밥솥 샀음, 김해식당에 갔음 – 국진(國珍)이 초대해 줬음

〈1996년 6월 12일 (음력 4월 27일)〉 수요일
날씨 맑음
공항에 가서 국진(國珍)을 환송했음

〈1996년 6월 13일 (음력 4월 28일)〉 목요일
날씨 맑음
참관: 빙등예술관, 장성(長城), 영화관광성, 십삼릉[3]

〈1996년 6월 14일 (음력 4월 29일)〉 금요일
날씨 맑음
아시안게임 선수촌 참관, 병원에 가서 약 샀음, 영진(永珍)이 동일(東日)집에 왔음

〈1996년 6월 15일 (음력 4월 30일)〉 토요일
날씨 흐림/비
서역 참관

〈1996년 6월 16일 (음력 5월 1일)〉 일요일
날씨 흐림/비
국제공원 참관, 명숙(明淑)이 동일(東日)집에 왔음,

〈1996년 6월 17일 (음력 5월 2일)〉 월요일
날씨 맑음
천안문(天安門)에 가서 사진 찍었음

〈1996년 6월 18일 (음력 5월 3일)〉 화요일
날씨 맑음
비행기를 타서 북경에서 출발 연길로 갔음 (11:30-13:20), 원학(元學)과 미옥(美玉)이 마중하러 왔음, 북경에서 전화 왔음

〈1996년 6월 19일 (음력 5월 4일)〉 수요일
날씨 맑음
연길에서 있음, 상점에 갔음, 일본에서 전화 왔음

〈1996년 6월 20일 (음력 5월 5일)〉 목요일
날씨 맑음
집에 돌아왔음 – 9:00~12:00, 장인집에 문병하러 갔음

〈1996년 6월 21일 (음력 5월 6일)〉 금요일
날씨 흐림/비
창일(昌日)집에 갔음, 태운(泰云)과 정옥(廷

---

2) 마오쩌둥기념당.
3) 십삼릉: 명(明)나라 13황제의 능묘. 베이징(北京)시 창핑(昌平)현에 있음.

玉)이 왔음

〈1996년 6월 22일 (음력 5월 7일)〉 토요일
날씨 흐림
태양사대(太陽四隊)에 가서 숙부모를 문병
하러 갔음

〈1996년 6월 23일 (음력 5월 8일)〉 일요일
날씨 흐림
다녀왔음, 제4소학교에 가서 월급 받았음, 저
녁에 광혁(光赫)이 와서 공부했음

〈1996년 6월 24일 (음력 5월 9일)〉 월요일
날씨 흐림
창일(昌日)집에 갔음, ※ 영진(永珍)이 졸업
– 북방교통대학[4], 일본에서 전화 왔음

〈1996년 6월 25일 (음력 5월 10일)〉 화요일
날씨 흐림
창일(昌日)의 상점에 갔음, 태운(泰云)집에
갔음(집에 없음), 내일 태운(泰云)의 생일, 미
화(美花)와 정수(廷洙)이 왔음

〈1996년 6월 26일 (음력 5월 11일)〉 수요일
날씨 흐림
태운(泰云)집에 갔음, 찬욱(燦旭)과 태일(泰
日)이 왔음, 창일(昌日)집에 갔음

〈1996년 6월 27일 (음력 5월 12일)〉 목요일
날씨 맑음

---

4) 현 북경교통대학교.

창일(昌日)집에 갔음, 아파서 집에서 쉬었음,
일본에서 사진 왔음, 북경에서 전화 왔음 –
영진(永珍)

〈1996년 6월 28일 (음력 5월 13일)〉 금요일
날씨 맑음
아파서 집에서 주사 맞았음, 연길에서 전화
왔음

〈1996년 6월 29일 (음력 5월 14일)〉 토요일
날씨 흐림/비
이영(李瑛)진료소에 갔음

〈1996년 6월 30일 (음력 5월 15일)〉 일요일
날씨 흐림/비
이영(李瑛)진료소에 갔음, 약 먹었음, 북경,
연길에서 전화 왔음, 영진(永珍)의 수하물
(짐)표가 왔음

〈1996년 7월 1일 (음력 5월 16일)〉 월요일
날씨 비
도문(圖們)역에 갔다가 왔음 – 짐이 아직 도
착하지 않았음

〈1996년 7월 2일 (음력 5월 17일)〉 화요일
날씨 비/구름
이영(李瑛)진료소에 가서 주사 맞았음, 일본
에서 편지와 사진이 왔음

〈1996년 7월 3일 (음력 5월 18일)〉 수요일
날씨 맑음
이영(李瑛)진료소에 가서 주사 맞았음, 일본

으로 편지 보냈음, 북경에서 전화 왔음

〈1996년 7월 4일 (음력 5월 19일)〉 목요일
날씨 맑음
이영(李瑛)진료소에 가서 주사 맞았음, 수리,
북경으로 전화했음

〈1996년 7월 5일 (음력 5월 20일)〉 금요일
날씨 구름/맑음
이영(李瑛)진료소에 가서 주사 맞았음, 영진
(永珍)의 짐을 가져왔음, 전기장판 수리, 연
길에서 전화 왔음

〈1996년 7월 6일 (음력 5월 21일)〉 토요일
날씨 흐림/비
이영(李瑛)진료소에 가서 주사 맞았음, 수돗
물시설 수리

〈1996년 7월 7일 (음력 5월 22일)〉 일요일
날씨 흐림/맑음
화장실 세면대 수리, 이발(理髮)했음, 북경,
일본에서 전화 왔음

〈1996년 7월 8일 (음력 5월 23일)〉 월요일
날씨 맑음
창일(昌日)집에 갔음, 광춘(光春)이 졸업해
서 왔음

〈1996년 7월 9일 (음력 5월 24일)〉 화요일
날씨 맑음
창일(昌日)의 상정에 갔음, 이영(李瑛)진료
소에 갔음

〈1996년 7월 10일 (음력 5월 25일)〉 수요일
날씨 흐림/맑음
노년간부(幹部) 지부활동 - 김서기(書記) 보
고, 동일(東日)과 초영(超英)이 훈춘(琿春)
에 갔음

〈1996년 7월 11일 (음력 5월 26일)〉 목요일
날씨 맑음
창일(昌日)집에 갔음, 창일(昌日)집에서 동
일(東日)의 장녀의 생일을 준비 - 장인, 민석
(珉錫)이 왔음, 미옥(美玉)이 훈춘(琿春)에
갔음

〈1996년 7월 12일 (음력 5월 27일)〉 금요일
날씨 맑음
창일(昌日)집에서 동일(東日)의 장녀의 생일
을 보냈음

〈1996년 7월 13일 (음력 5월 28일)〉 토요일
날씨 맑음
총부 낚시 활동(지부활동 진행)

〈1996년 7월 14일 (음력 5월 29일)〉 일요일
날씨 맑음
동일(東日)과 가족들이 연길에 갔음, 창일
(昌日)집에서 장인과 논쟁했음, 민석(珉錫)
이 판석(板石)에 갔음

〈1996년 7월 15일 (음력 5월 30일)〉 월요일
날씨 맑음/흐림
창일(昌日)의 상점에 갔음, 북경, 일본에서
전화 왔음

〈1996년 7월 16일 (음력 6월 1일)〉 화요일
날씨 비
창일(昌日)의 상점에 갔음

〈1996년 7월 17일 (음력 6월 2일)〉 수요일
날씨 구름/맑음
창일(昌日)의 상점에 갔음, 정금(貞今)집에
갔음 – 내일 춘궤(春櫃) 생일

〈1996년 7월 18일 (음력 6월 3일)〉 목요일
날씨 흐림
창일(昌日)의 상점에 갔음, 북경에서 전화 왔
음 – 명숙(明淑)

〈1996년 7월 19일 (음력 6월 4일)〉 금요일
날씨 흐림
창일(昌日)의 상점에 갔음

〈1996년 7월 20일 (음력 6월 5일)〉 토요일
날씨 비/구름
춘성신용사(春城信用社)에 가서 저금, 제4소
학교에 가서 회계와 상의(商議)했음, 일본에
서 전화 왔음

〈1996년 7월 21일 (음력 6월 6일)〉 일요일
날씨 흐림/비
수리소에 가서 전자냄비 수리했음

〈1996년 7월 22일 (음력 6월 7일)〉 월요일
날씨 비
창일(昌日)집에 갔음, 전자냄비를 가져왔음

〈1996년 7월 23일 (음력 6월 8일)〉 화요일
날씨 구름/맑음
창일(昌日)집에 갔음, 광춘(光春)이 왔다가
갔음

〈1996년 7월 24일 (음력 6월 9일)〉 수요일
날씨 비
창일(昌日)의 상점에 갔음, 일본에서 전화 왔
음, 미옥(美玉)이 왔음, 광춘(光春)이 창일
(昌日) 집에 왔다가 갔음

〈1996년 7월 25일 (음력 6월 10일)〉 목요일
날씨 구름/맑음
창일(昌日)의 상점에 갔음, 북경에서 전화 왔
음 – 영진(永珍)과 복순(福順)이 왔음

〈1996년 7월 26일 (음력 6월 11일)〉 금요일
날씨 비/맑음
창일(昌日)의 상점에 갔음, 이영(李瑛)의사
집에 갔다가 왔음(개에게 물렸음), 승일(承
日)집에서 저녁을 먹었음, 북경에서 전화 왔
음 – 명숙(明淑)

〈1996년 7월 27일 (음력 6월 12일)〉 토요일
날씨 맑음
이영(李瑛)진료소에 갔음, 일본에서 전화 왔
음, 복순(福順)이 집에 돌아갔음, 저녁에 태
양사대(太陽四隊)에 다녀왔음

〈1996년 7월 28일 (음력 6월 13일)〉 일요일
날씨 맑음
황일(黃日), 국일(國日), 성일(成日), 승일(承

日)과 창일(昌日)이 우리 집에 와서 점심을 같이 먹었음, 국진(國珍)이 북경에 도착

〈1996년 7월 29일 (음력 6월 14일)〉 월요일
날씨 맑음/흐림
창일(昌日)의 상점에 갔음, 오후에 다녀왔음, 창일(昌日)이 비행기표를 예약했음, 북경, 연길로 전화했음, 장인집에 갔음

〈1996년 7월 30일 (음력 6월 15일)〉 화요일
날씨 맑음
제4소학교와 김추월(金秋月) 선생 집에 갔음 – 청첩장

〈1996년 7월 31일 (음력 6월 16일)〉 수요일
날씨 맑음
중호(竣浩)집에 갔음, 농기국(農機局), 교육국 연수학교에 갔음 – 청첩장, 연길로 전화했음

〈1996년 8월 1일 (음력 6월 17일)〉 목요일
날씨 흐림/비
훈춘(琿春) 1:30 → 연길 6:40 → 북경 9:00 (비행기)

〈1996년 8월 2일 (음력 6월 18일)〉 금요일
날씨 비
북경 → 치치하얼 1:05 → 아영기(阿榮旗) 20:00

〈1996년 8월 3일 (음력 6월 19일)〉 토요일
날씨 비

사돈집에 있음, 책 봤음

〈1996년 8월 4일 (음력 6월 20일)〉 일요일
날씨 맑음
사돈집에 있음, 책 봤음

〈1996년 8월 5일 (음력 6월 21일)〉 월요일
날씨 맑음
사돈집에 있음, 명숙(明淑)의 결혼식 참석

〈1996년 8월 6일 (음력 6월 22일)〉 화요일
날씨 흐림/비
아영기(阿榮旗) → 치치하얼 13:30 → 북경 15:05

〈1996년 8월 7일 (음력 6월 23일)〉 수요일
날씨 흐림/비
북경 11:30 → 연길 13:20 → 훈춘(琿春) 16;40

〈1996년 8월 8일 (음력 6월 24일)〉 목요일
날씨 흐림/비
훈춘(琿春) → 태양(태양) → 훈춘(琿春) ※ 숙부 4일 전 사망

〈1996년 8월 9일 (음력 6월 25일)〉 금요일
날씨 맑음
국진(國珍)의 결혼식 참석

〈1996년 8월 10일 (음력 6월 26일)〉 토요일
날씨 흐림/맑음
국진(國珍), 명숙(明淑), 원학(元學), 미옥(美

玉), 강철(康哲)이 연길, 북경으로 감

〈1996년 8월 11일 (음력 6월 27일)〉 일요일
날씨 비
점심에 태운(泰云), 승일(承日), 창일(昌日)
을 초대했음

〈1996년 8월 12일 (음력 6월 28일)〉 월요일
날씨 비
창일(昌日)의 상점에 갔음

〈1996년 8월 13일 (음력 6월 29일)〉 화요일
날씨 구름/맑음
창일(昌日)의 상점에 갔음, 누나가 안도(安
圖)에 갔음

〈1996년 8월 14일 (음력 7월 1일)〉 수요일
날씨 비/맑음
창일(昌日)의 상점에 갔음, 일본, 북경에서
전화 왔음, 연길에서 전화 왔음

〈1996년 8월 15일 (음력 7월 2일)〉 목요일
날씨 맑음
성서에 가서 박춘기(朴春基)의 장남의 결혼
식에 참석

〈1996년 8월 16일 (음력 7월 3일)〉 금요일
날씨 맑음
이영(李瑛)진료소에 갔음, 시 병원에 갔음 –
렴광화(廉廣花)가 퇴원

〈1996년 8월 17일 (음력 7월 4일)〉 토요일
날씨 맑음
이영(李瑛)진료소에 가서 약 샀음

〈1996년 8월 18일 (음력 7월 5일)〉 일요일
날씨 맑음
모휘석(茅輝錫)의 환갑잔치, 제4소학교에 갔
음 – 주택 문제에 관함

〈1996년 8월 19일 (음력 7월 6일)〉 월요일
날씨 구름/맑음
제4소학교에 가서 주택에 관한 회의 참석, 창
일(昌日)집에 갔음

〈1996년 8월 20일 (음력 7월 7일)〉 화요일
날씨 흐림/비
창일(昌日)의 상점에 갔음, 아내와 같이 갔음

〈1996년 8월 21일 (음력 7월 8일)〉 수요일
날씨 비/맑음
창일(昌日)의 상점에 갔음, 오후에 제4소학
교에 가서 월급 받고 노년간부(幹部) 회의 –
노인의 날 활동에 관함

〈1996년 8월 22일 (음력 7월 9일)〉 목요일
날씨 흐림/비
저금, 제4소학교에 두 번 갔음 – 책상과 열쇠
를 가져갔음

〈1996년 8월 23일 (음력 7월 10일)〉 금요일
날씨 맑음/바람
태양사대(太陽四隊)에 가서 아내의 숙부를
문병하러 갔음(비염), 숙모집에 갔다가 왔음

〈1996년 8월 24일 (음력 7월 11일)〉 토요일
날씨 맑음
창일(昌日)집에 갔음, 북경으로 전화했음 –
동일(東日), 북경에서 전화 왔음 – 명숙(明淑)

〈1996년 8월 25일 (음력 7월 12일)〉 일요일
날씨 맑음
제6지부 노인의 날 활동, 창일(昌日)의 생일
인데 태운(泰云)과 정옥(貞玉)이 왔음, 연길
에서 전화 왔음

〈1996년 8월 26일 (음력 7월 13일)〉 월요일
날씨 맑음
창일(昌日)집에 갔음, ※ 광혁(光赫)이 길림
공학원에 합격, 시 제1유치원에 갔음 – 인사
(人事)에 관함

〈1996년 8월 27일 (음력 7월 14일)〉 화요일
날씨 맑음
북경에서 전화 왔음 – 명숙(明淑)

〈1996년 8월 28일 (음력 7월 15일)〉 수요일
날씨 맑음
퇴직교사에게 기념품 보냈음 – 양병석(楊炳
石), 박순옥(朴順玉)등, 오후에 연길에 갔음

〈1996년 8월 29일 (음력 7월 16일)〉 목요일
날씨 맑음
미옥(美玉)이 대학원 합격해서 예술학원 문
화수업사무실의 전체 교원(教員)을 초대했
음

〈1996년 8월 30일 (음력 7월 17일)〉 금요일
날씨 흐림/맑음
집에 들어왔음, 태운(泰云)의 초대를 받았음
– 광혁(光赫)이 길림공학원에 합격

〈1996년 8월 31일 (음력 7월 18일)〉 토요일
날씨 맑음
시 병원에 갔음, 북경에서 편지와 사진 왔음
– 명숙(明淑)

〈1996년 9월 1일 (음력 7월 19일)〉 일요일
날씨 맑음
복순(福順)이 우리 집에 왔음, 북경, 일본에
서 전화 왔음

〈1996년 9월 2일 (음력 7월 20일)〉 월요일
날씨 맑음
태운(泰云)집에 가서 아침, 점심, 저녁 먹었
음, 아내가 연길에 가서 광혁(光赫)을 환송했
음, 북경으로 편지 보냈음 – 명숙(明淑)

〈1996년 9월 3일 (음력 7월 21일)〉 화요일
날씨 흐림/맑음
창일(昌日)집에서 아침, 점심, 저녁 먹고 9.3
보냈음

〈1996년 9월 4일 (음력 7월 22일)〉 수요일
날씨 흐림/비
창일(昌日)집에서 아침, 점심, 저녁을 먹었
음, 물세 냈음

〈1996년 9월 5일 (음력 7월 23일)〉 목요일

날씨 흐림/맑음

창일(昌日)집에 가서 아침, 점심, 저녁 먹었음

〈1996년 9월 6일 (음력 7월 24일)〉 금요일
날씨 흐림/소나기

창일(昌日)집에 가서 아침, 점심, 저녁 먹었음

〈1996년 9월 7일 (음력 7월 25일)〉 토요일
날씨 맑음

아내가 다녀왔음, 북경에서 전화 왔음 – 영진(永珍)

〈1996년 9월 8일 (음력 7월 26일)〉 일요일
날씨 소나기

일본에서 전화 왔음, 창일(昌日)집에 가서 아침, 점심, 저녁 먹었음, 저녁에 제4소학교에 가서 스승의 날 활동 참석

〈1996년 9월 9일 (음력 7월 27일)〉 월요일
날씨 맑음

창일(昌日)집에 갔음

〈1996년 9월 10일 (음력 7월 28일)〉 화요일
날씨 맑음

창일(昌日)집에 갔음

〈1996년 9월 11일 (음력 7월 29일)〉 수요일
날씨 맑음

창일(昌日)집에 갔음, 일본에서 사진 왔음, 월급 받았음

〈1996년 9월 12일 (음력 7월 30일)〉 목요일
날씨 흐림/맑음

창일(昌日)집에 갔음, 화자(花子)의 새 집에 갔음, 셋째숙부 생신

〈1996년 9월 13일 (음력 8월 1일)〉 금요일
날씨 흐림/맑음

창일(昌日)집에 갔음

〈1996년 9월 14일 (음력 8월 2일)〉 토요일
날씨 맑음

시 병원에 장인을 문병하러 갔음, 화자(花子)집에 갔다가 왔음

〈1996년 9월 15일 (음력 8월 3일)〉 일요일
날씨 흐림/비

서 시장에 가서 배터리를 샀음, 멀티탭을 수리

〈1996년 9월 16일 (음력 8월 4일)〉 월요일
날씨 흐림/맑음

창일(昌日)집에 갔음, 북경에서 전화 왔음 – 명숙(明淑)

〈1996년 9월 17일 (음력 8월 5일)〉 화요일
날씨 흐림/맑음

창일(昌日)집에 갔음, 북경에서 전화 왔음 – 영진(永珍), 북경에서 편지 왔음 – 명숙(明淑)

〈1996년 9월 18일 (음력 8월 6일)〉 수요일
날씨 흐림/맑음

창일(昌日)집에 갔음, 제4소학교에 갔음 – 노년간부(幹部) 활동 경비에 관함

〈1996년 9월 19일 (음력 8월 7일)〉 목요일
날씨 흐림/소나기
창일(昌日)집에 갔음, 영양식품을 먹기 시작, 창일(昌日)집에서 저녁을 먹었음

〈1996년 9월 20일 (음력 8월 8일)〉 금요일
날씨 맑음
아내가 창일(昌日)집에 갔음, 창일(昌日)집에서 밥을 먹었음

〈1996년 9월 21일 (음력 8월 9일)〉 토요일
날씨 맑음
창일(昌日)집에서 아침과 점심을 먹었음

〈1996년 9월 22일 (음력 8월 10일)〉 일요일
날씨 맑음
북경으로 편지 보냈음 – 명숙(明淑), 이영(李瑛)진료소에 갔음

〈1996년 9월 23일 (음력 8월 11일)〉 월요일
날씨 맑음
창일(昌日) 집에 갔음, 승일(承日)집에서 저녁 먹었음

〈1996년 9월 24일 (음력 8월 12일)〉 화요일
날씨 소나기
창일(昌日)집에 갔음, 학교에 가서 집을 봤음(물 새었음), 계약 – 가게채 화장실 물탱크 설치

〈1996년 9월 25일 (음력 8월 13일)〉 수요일
날씨 비/구름
학교에 가서 라디에이터(방열기) 가져왔음, 창일(昌日)집에 갔음

〈1996년 9월 26일 (음력 8월 14일)〉 목요일
날씨 맑음
창일(昌日)집에 갔음, 정구(廷九)집에서 저녁을 먹었음, 태운(泰云)의 차를 타고 태양(太陽)에 갔음

〈1996년 9월 27일 (음력 8월 15일)〉 금요일
날씨 맑음
묘지에 갔음(둘째아버지), 가게채 화장실 물탱크 설치(300위안), 일본에서 전화 왔음

〈1996년 9월 28일 (음력 8월 16일)〉 토요일
날씨 맑음
페인트(도료) 샀음, (라디에이터)페인트 작업

〈1996년 9월 29일 (음력 8월 17일)〉 일요일
날씨 맑음
새 집에 라디에이터 설치(30위안)

〈1996년 9월 30일 (음력 8월 18일)〉 월요일
날씨 맑음
제4소학교에 갔음 – (새 집) 페인트에 관함, 태운(泰云)과 광혁(光赫)이 왔음, 북경에서 전화 왔음 – 영진(永珍)

〈1996년 10월 1일 (음력 8월 19일)〉 화요일

날씨 맑음
판석(板石)에 문병하러 갔음 – 민석(珉錫),
승일(承日), 창일(昌日), 아내와 같이 갔음

〈1996년 10월 2일 (음력 8월 20일)〉 수요일
날씨 맑음
신문과 TV 봤음

〈1996년 10월 3일 (음력 8월 21일)〉 목요일
날씨 구름/맑음
창일(昌日)집에 갔음, 북경에서 전화 왔음 –
명숙(明淑)

〈1996년 10월 4일 (음력 8월 22일)〉 금요일
날씨 맑음
창일(昌日)집에 갔음

〈1996년 10월 5일 (음력 8월 23일)〉 토요일
날씨 맑음
병원에 장인을 문병하러 갔음

〈1996년 10월 6일 (음력 8월 24일)〉 일요일
날씨 구름/비
이영(李瑛)의 아들 결혼식에 참석, 외조부와
누나가 왔음

〈1996년 10월 7일 (음력 8월 25일)〉 월요일
날씨 맑음/바람
창일(昌日)집에 갔음, 북경에서 편지 왔음 –
명숙(明淑), 장춘(長春)에서 송금확인서가
왔음 – 광춘(光春)

〈1996년 10월 8일 (음력 8월 26일)〉 화요일
날씨 맑음/바람
태운(泰云)과 정옥(貞玉)이 왔음, 북경에서
전화 왔음 – 명숙(明淑), 연길에서 전화 왔음
– 미옥(美玉)

〈1996년 10월 9일 (음력 8월 27일)〉 수요일
날씨 맑음
아내 생일 – 승일(承日), 창일(昌日), 복순(福
順), 정구(廷九)와 가족들이 왔음, 장춘(長
春)에서 전화 왔음 – 광춘(光春), 연길에서
전화 왔음 – 원학(元學)과 미옥(美玉), 북경
에서 송금 200위안 왔음 – 명숙(明淑)

〈1996년 10월 10일 (음력 8월 28일)〉 목요
일 날씨 맑음
복순(福順)이 집에 돌아갔음, 노년간부(幹
部) 지부활동, 우체국에 가서 300위안 찾았
음

〈1996년 10월 11일 (음력 8월 29일)〉 금요
일 날씨 맑음
창일(昌日)집에 갔음

〈1996년 10월 12일 (음력 9월 1일)〉 토요일
날씨 구름/맑음
창일(昌日)집에 갔음, 난로 스위치 수리, 제4
소학교에 가서 방 봤음

〈1996년 10월 13일 (음력 9월 2일)〉 일요일
날씨 구름/맑음
창일(昌日)집에 가서 밥을 먹었음(아침, 점

심, 저녁)

〈1996년 10월 14일 (음력 9월 3일)〉 월요일
날씨 맑음
창일(昌日)집에 가서 밥을 먹었음(아침, 점
심, 저녁)

〈1996년 10월 15일 (음력 9월 4일)〉 화요일
날씨 맑음/바람
창일(昌日)집에 갔음

〈1996년 10월 16일 (음력 9월 5일)〉 수요일
날씨 맑음/바람
창일(昌日)집에 갔음, 북경에서 전화 왔음 -
영진(永珍), 철진(哲珍)이 왔다가 갔음

〈1996년 10월 17일 (음력 9월 6일)〉 목요일
날씨 맑음
창일(昌日)집에 갔음, 향선(香善)이 월급 받
으러 왔음

〈1996년 10월 18일 (음력 9월 7일)〉 금요일
날씨 구름/흐림
창일(昌日)집에 갔음, 제4소학교에 갔음 - 월
급, 주택에 관한 회의(회의 못했음), 결혼식
에 참석, 보험회사에 가서 옛 집의 보험을 가
입

〈1996년 10월 19일 (음력 9월 8일)〉 토요일
날씨 맑음
창일(昌日)집에 가서 (창문) 유리 설치, 오후
에 집에서 유리 설치, 세면대 수리

〈1996년 10월 20일 (음력 9월 9일)〉 일요일
날씨 맑음
태양사대(太陽四隊)에 갔음 - 정화(廷華) 생
일, 다녀왔음

〈1996년 10월 21일 (음력 9월 10일)〉 월요
일 날씨 맑음/구름
집에서 쉬었음, 아내가 창일(昌日)집에 갔음

〈1996년 10월 22일 (음력 9월 11일)〉 화요
일 날씨 맑음
창일(昌日)집에 갔음, 아내가 태양(太陽)에
갔음

〈1996년 10월 23일 (음력 9월 12일)〉 수요
일 날씨 구름
창일(昌日)집에 갔음, 둘째숙모 생신, 아내가
다녀왔음

〈1996년 10월 24일 (음력 9월 13일)〉 목요
일 날씨 맑음
북경에서 전화 왔음 - 영진(永珍), 태운(泰
云)집에 가서 저녁을 먹었음, 정구(廷九)가
병 걸렸음

〈1996년 10월 25일 (음력 9월 14일)〉 금요
일 날씨 흐림/눈
창일(昌日)집에서 점심과 저녁을 먹었음

〈1996년 10월 26일 (음력 9월 15일)〉 토요
일 날씨 흐림/눈
창일(昌日)집에 가서 아침을 먹었음, 가게채

유리 설치, 북경에서 전화 왔음 - 동일(東日), 명숙(明淑)

〈1996년 10월 27일 (음력 9월 16일)〉일요일 날씨 구름/맑음

승일(承日)집에 가서 유리 설치, 제4소학교에 가서 집 봤음, 정구(廷九)가 북경에 진료를 받으러 갔음

〈1996년 10월 28일 (음력 9월 17일)〉월요일 날씨 맑음/구름

창일(昌日)집에 갔음, 제4소학교에 가서 조석락(趙石洛)선생에게 집을 임대했음 - 100위안/월

〈1996년 10월 29일 (음력 9월 18일)〉화요일 날씨 구름/눈

노년간부(幹部) 회의 공지

〈1996년 10월 30일 (음력 9월 19일)〉수요일 날씨 맑음/바람

시 장정(長征)승리 60주년 보고회 참석 - 노년간부(幹部), 창일(昌日)집에 갔음

〈1996년 10월 31일 (음력 9월 20일)〉목요일 날씨 흐림/맑음

창일(昌日)집에 갔음

〈1996년 11월 1일 (음력 9월 21일)〉금요일 날씨 구름/맑음

창일(昌日)집에 갔음, 연길에서 전화 왔음 - 미옥(美玉), 북경에서 전화 왔음 - 명숙(明淑), 영진(永珍)

〈1996년 11월 2일 (음력 9월 22일)〉토요일 날씨 맑음

창고 창문에 유리 설치

〈1996년 11월 3일 (음력 9월 23일)〉일요일 날씨 맑음

동일(東日)집으로 전화했음, 창고로 무를 운반, 일본에서 전화 왔음 - 명숙(明淑)이 안정하게 도착했음

〈1996년 11월 4일 (음력 9월 24일)〉월요일 날씨 흐림/비

노년간부(幹部) 지부회의 참석, 창일(昌日)집에 갔음, 연길에서 전화 왔음(두 번)

〈1996년 11월 5일 (음력 9월 25일)〉화요일 날씨 맑음/바람

태양사대(太陽四隊)에 가서 정수(廷洙)의 장모의 장례식에 참석, 다녀왔음, 아내가 창일(昌日)집에 갔음

〈1996년 11월 6일 (음력 9월 26일)〉수요일 날씨 맑음/바람

창일(昌日)집에 갔음, 영양식품을 다 마셨음

〈1996년 11월 7일 (음력 9월 27일)〉목요일 날씨 맑음

창일(昌日)집에 갔음, 웅담약주를 먹기 시작, 배추 샀음

〈1996년 11월 8일 (음력 9월 28일)〉 금요일
날씨 맑음
창일(昌日)집에 갔음

〈1996년 11월 9일 (음력 9월 29일)〉 토요일
날씨 흐림/맑음
항아리 수리(시멘트 발랐음), 아내가 창일
(昌日)집에 가서 요리했음

〈1996년 11월 10일 (음력 9월 30일)〉 일요
일 날씨 흐림/비
노년간부(幹部) 지부활동 - 육중전회(六中全
會)[5] 회의내용을 학습, 오후에 제4소학교에
갔음, 연길에서 전화 왔음

〈1996년 11월 11일 (음력 10월 1일)〉 월요
일 날씨 흐림/비
창일(昌日)집에 갔음, 창고로 배추 반운, 아
내가 학생지도(과외)를 하기 시작

〈1996년 11월 12일 (음력 10월 2일)〉 화요
일 날씨 맑음/추음
창일(昌日)집에 갔음

〈1996년 11월 13일 (음력 10월 3일)〉 수요
일 날씨 맑음/추음
창일(昌日)집에 갔음, 연길에서 전화 왔음

〈1996년 11월 14일 (음력 10월 4일)〉 목요
일 날씨 맑음/추음

5) 중앙위원회 제6차 전체 회의.

(동창) 김옥인(金玉仁)의사의 환갑날인데 초
대를 받았음

〈1996년 11월 15일 (음력 10월 5일)〉 금요
일 날씨 맑음/추음
창일(昌日)집에 갔음, 신문과 간행물 주문했
음

〈1996년 11월 16일 (음력 10월 6일)〉 토요
일 날씨 맑음/추음
승일(承日), 창일(昌日), 성일(成日)이 우리
집에 왔음

〈1996년 11월 17일 (음력 10월 7일)〉 일요
일 날씨 구름
일본에서 전화 왔음 - 명숙(明淑), 국진(國
珍), 제4소학교에 갔음, 이영(李瑛)진료소에,
복순(福順)이 왔다가 갔음

〈1996년 11월 18일 (음력 10월 8일)〉 월요
일 날씨 맑음
창일(昌日)집에 갔음, 연길에서 전화 왔음 -
아내의 둘째아버지의 병에 관함

〈1996년 11월 19일 (음력 10월 9일)〉 화요
일 날씨 맑음
창일(昌日)집에 갔음

〈1996년 11월 20일 (음력 10월 10일)〉 수요
일 날씨 구름/흐림
창일(昌日)집에 갔음, 아내가 시 문명표창대
회 참석, 연길에서 전화 왔음

〈1996년 11월 21일 (음력 10월 11일)〉 목요
일 날씨 흐림/바람
창일(昌日)집에 갔음, 혼자 점심을 먹었음

〈1996년 11월 22일 (음력 10월 12일)〉 금요
일 날씨 맑음
아내와 같이 창일(昌日)집에 갔음, 제4소학
교, 제2소학교, 제1유치원에 갔음 – 당원(黨
員)명단에 관함, 황성일(黃成日)의 부친이
퇴원

〈1996년 11월 23일 (음력 10월 13일)〉 토요
일 날씨 맑음
양교장과 김선생이 제4소학교에 갔음, 전화
했음 – 당원(黨員)명단

〈1996년 11월 24일 (음력 10월 14일)〉 일요
일 날씨 맑음/구름
아내가 태양(太陽)에 갔음, 미옥(美玉)집 이
사, 당원(黨員)명단 때문에 영애(英愛), 영희
(英姬), 만순(萬淳)선생의 집에 갔음

〈1996년 11월 25일 (음력 10월 15일)〉 월요
일 날씨 맑음
아내가 다녀와서 창일(昌日)집에 갔음, 제4
소학교에 갔음 – 당원(黨員)명단에 관함

〈1996년 11월 26일 (음력 10월 16일)〉 화요
일 날씨 흐림/비
영희(英姬)선생집에 갔음, 당원(黨員)명단
제출, 연길과 북경에서 전화 왔음 – 영진(永
珍)

〈1996년 11월 27일 (음력 10월 17일)〉 수요
일 날씨 흐림/눈
집에서 신문과 TV 봤음

〈1996년 11월 28일 (음력 10월 18일)〉 목요
일 날씨 맑음
창일(昌日)집에 갔음, 제4소학교에 가서 월
급 받았음, 춘성신용사(春城信用社)에 가서
저금, 병원에 가서 진단서를 가져왔음

〈1996년 11월 29일 (음력 10월 19일)〉 금요
일 날씨 맑음
전임직(全臨植)의 아들의 결혼식 참석

〈1996년 11월 30일 (음력 10월 20일)〉 토요
일 날씨 맑음
신문과 TV 봤음

〈1996년 12월 1일 (음력 10월 21일)〉 일요
일 날씨 맑음
연길에서 전화 왔음, 병원에 모휘석(茅輝錫)
을 문병하러 갔음, 오후에 집에서 신문 봤음,
북경에서 전화 왔음 – 영진(永珍)

〈1996년 12월 2일 (음력 10월 22일)〉 월요
일 날씨 맑음
창일(昌日)집에 갔음

〈1996년 12월 3일 (음력 10월 23일)〉 화요
일 날씨 맑음
창일(昌日)집에 갔음, 일본에서 편지 왔음 –
명숙(明淑)

⟨1996년 12월 4일 (음력 10월 24일)⟩ 수요일 날씨 흐림/구름
창일(昌日)집에 갔음

⟨1996년 12월 5일 (음력 10월 25일)⟩ 목요일 날씨 구름/추움
창일(昌日)집에 갔음, 일본으로 편지 보냈음, 연길, 북경에서 전화 왔음 - 영진(永珍), 옥희(玉姬)의 엄마에게 100위안을 받았음

⟨1996년 12월 6일 (음력 10월 26일)⟩ 금요일 날씨 맑음
연길에 갔음, 미옥(美玉)집에 갔음 - 2,000위안 줬음

⟨1996년 12월 7일 (음력 10월 27일)⟩ 토요일 날씨 맑음
연길백화(百貨)[6] 관람

⟨1996년 12월 8일 (음력 10월 28일)⟩ 일요일 날씨 흐림
누나가 집에 갔음 - 누나 생신, 사진 찍었음, 춘학(春學)도 왔음

⟨1996년 12월 9일 (음력 10월 29일)⟩ 월요일 날씨 맑음
집에 돌아왔음, 오후에 미옥(美玉)이 훈춘(琿春)에 갔음, 영애(英愛)선생이 우리 집에 왔음

---

6) 백화점.

⟨1996년 12월 10일 (음력 10월 30일)⟩ 화요일 날씨 맑음
오전에 철진(哲珍)이 일자리 때문에 왔다가 갔음, 노년간부(幹部)연말총결회의 참석, 미옥(美玉)이 왔다가 갔음, 북경에서 전화 왔음 - 영진(永珍)

⟨1996년 12월 11일 (음력 11월 1일)⟩ 수요일 날씨 맑음/바람
제4소학교, 가서 철진(哲珍)의 졸업증, 직함증을 제출, 교육인사과(人事科)에 가서 철진(哲珍)의 서류를 제출

⟨1996년 12월 12일 (음력 11월 2일)⟩ 목요일 날씨 맑음/바람
창일(昌日)집에 갔음, 노년간부(幹部) 선진 근로자 상을 받으러 갔음, 전화비 50위안 냈음

⟨1996년 12월 13일 (음력 11월 3일)⟩ 금요일 날씨 흐림
아내와 같이 창일(昌日)집에 갔음, 도둑이 유리창을 깨었음

⟨1996년 12월 14일 (음력 11월 4일)⟩ 토요일 날씨 맑음
제1유치원에 가서 평점 - 당원(黨員)시험, 아내의 둘째아버지 환갑잔치 때문에 태양사대(太陽四隊)에 갔음

⟨1996년 12월 15일 (음력 11월 5일)⟩ 일요일 날씨 흐림

아내의 둘째아버지의 환갑잔치 참석, 집에 돌아왔음, 일본에서 전화 왔음 - 국진(國珍)

〈1996년 12월 16일 (음력 11월 6일)〉 월요일 날씨 흐림/맑음
백남길(白南吉)선생의 장남의 결혼식 참석

〈1996년 12월 17일 (음력 11월 7일)〉 화요일 날씨 맑음/흐림
노년간부(幹部)협회에 가서 당원(黨員)시험지 제출

〈1996년 12월 18일 (음력 11월 8일)〉 수요일 날씨 맑음
연길에서 전화 왔음, ※원학(元學)이 교통사고로 인해 입원

〈1996년 12월 19일 (음력 11월 9일)〉 목요일 날씨 맑음/바람
연길에 원학(元學)을 문병하러 갔음(500위안 줬음), 집에 돌아왔음

〈1996년 12월 20일 (음력 11월 10일)〉 금요일 날씨 흐림
TV 봤음, 이영(李瑛)진료소에 가서 주사 맞았음, 친구 동주(東周)가 놀러 왔음

〈1996년 12월 21일 (음력 11월 11일)〉 토요일 날씨 맑음
동주(東周)가 집에 돌아갔음, 창일(昌日)집에 갔음, 승일(承日)이 가게 장사를 준비

〈1996년 12월 22일 (음력 11월 12일)〉 일요일 날씨 맑음
승일(承日)의 가게 개업(개업식 안 했음), 승일(承日)집 이사, 연길에서 전화 왔음, 동일(東日)이 와서 창일(昌日)집에서 점심을 먹어서 연길에 돌아갔음

〈1996년 12월 23일 (음력 11월 13일)〉 월요일 날씨 눈/흐림
가게 정리, 이동하(李東河)가 놀러 왔음, 가게채로 이사했음

〈1996년 12월 24일 (음력 11월 14일)〉 화요일 날씨 맑음
김승호(金承浩)의 모친의 장례식에 참석

〈1996년 12월 25일 (음력 11월 15일)〉 수요일 날씨 맑음
양조(醸造)공장에 갔다가 춘성신용사(春城信用社)에 갔음

〈1996년 12월 26일 (음력 11월 16일)〉 목요일 날씨 눈/맑음
제4소학교에 가서 월급 받았음 - 향선(香善)이 대신 받았음

〈1996년 12월 27일 (음력 11월 17일)〉 금요일 날씨 맑음
춘성신용사(春城信用社)에 가서 3600위안 찾았음

〈1996년 12월 28일 (음력 11월 18일)〉 토요

일 날씨 맑음
양조(釀造)공장에 갔음

〈1996년 12월 29일 (음력 11월 19일)〉일요
일 날씨 맑음
조(釀造)공장, 음료공장에 갔음, 판석(板石)
에 갔음, 내일 민석(珉錫) 생일

〈1996년 12월 30일 (음력 11월 20일)〉월요
일 날씨 흐림/맑음
아내가 판석(板石)에 다녀왔음, 연길에서 전
화 왔음 - 원학(元學)이 퇴원, 장춘(長春)에
서 전화 왔음 - 광춘(光春)

〈1996년 12월 31일 (음력 11월 21일)〉화요
일 날씨 눈/맑음
유선TV요금을 냈음(120위안), 승일(承日)가

게의 비용 결산, 남은 상품 환불
대출(다른 사람에게 빌려준 돈):

1995.07.14. 민석(珉錫): 500위안
1996.05.09. 정화(廷華): 1,500위안-500
위안 (97.11.27)
1997.03.08. 정오(廷伍) : 2,000위안
√ 1997.05.16. 서(徐)교장: 2,500위안-
2,000위안 (97. 5.31)-500위안 (97.6.5)
√ 1997.08.16. 진호(振浩): 10,000위
안-10,000위안 (97.12.2)
√ 1997.08.19. 순자(順子): 10,000위
안-10,000위안 (97.11.19)
√ 1997.11.25. 순자(順子): 900위안-900위
안 (98.2.24)

1997년

〈1997년 1월 1일 (음력 11월 22일)〉 수요일
날씨 눈
장인집에 가서 원단을 보냈음 - 승일(承日)
과 창일(昌日)이 왔음(100원 받았음), 연길
에서 전화 왔음

〈1997년 1월 2일 (음력 11월 23일)〉 목요일
날씨 바람
일본에서 전화 왔음 - 국진(國珍)과 명숙(明
淑), 북경에서 전화 왔음 - 영진(永珍)

〈1997년 1월 3일 (음력 11월 24일)〉 금요일
날씨 맑음/추움
양조(釀造)공장에 가서 아이스크림을 구입
했음, 아내가 술 구입했음

〈1997년 1월 4일 (음력 11월 25일)〉 토요일
날씨 맑음
이발했음, 오후에 아내가 태양(太陽)에 갔음
- 내일 정기(廷棋)의 장녀 결혼식, 일본에서
신년 연하장이 왔음, 연길에서 전화 왔음

〈1997년 1월 5일 (음력 11월 26일)〉 일요일
날씨 맑음
동생 정기(廷棋)의 장녀 결혼식 참석

〈1997년 1월 6일 (음력 11월 27일)〉 월요일
날씨 눈/흐림
춘성신용사(春城信用社)에 가서 창일(昌日)
에게 1천 위안 빌렸음(전화 설치하기 위해)

〈1997년 1월 7일 (음력 11월 28일)〉 화요일
날씨 맑음
우체국에 가서 전화 설치 신청 - 1,151위안,
전화기 샀음 - 250위안

〈1997년 1월 8일 (음력 11월 29일)〉 수요일
날씨 맑음
우체국에 가서 전화번호 기록 용지를 가져왔
음, 연길에서 전화 왔음

〈1997년 1월 9일 (음력 12월 1일)〉 목요일
날씨 맑음
우체국의 직원이 와서 전화 회선을 확인했음

〈1997년 1월 10일 (음력 12월 2일)〉 금요일
날씨 맑음
전화 설치(번호: 2530110) - 불통, 승일(承
日)이 와서 전화기를 확인했음

〈1997년 1월 11일 (음력 12월 3일)〉 토요일

날씨 맑음
신문 봤음 - 신문 정리

〈1997년 1월 12일 (음력 12월 4일)〉 일요일
날씨 맑음
승일(承日)과 같이 텔레비전을 옮겨 왔음, 드
링크제를 먹기 시작

〈1997년 1월 13일 (음력 12월 5일)〉 월요일
날씨 흐림
연초(煙草)회사, 양조(釀造)공장에 갔음, 가
스 샀음 - 50위안

〈1997년 1월 14일 (음력 12월 6일)〉 화요일
날씨 맑음/바람
전기세 냈음, 냉장고 수리(130위안), 복순(福
順), 광춘(光春), 동춘(東春)이 왔음, 음료공
장에 갔음, 오늘부터 전화 통화 가능, 북경에
서 전화 왔음 - 영진(永珍)

〈1997년 1월 15일 (음력 12월 7일)〉 수요일
날씨 맑음
물세 냈음(90위안), 쌀 샀음(120위안), ※ 만
두(饅頭)[1] 팔기 시작(장사), 일본에서 전화
왔음

〈1997년 1월 16일 (음력 12월 8일)〉 목요일
날씨 맑음
이영(李瑛)진료소에 갔음, 사업자등록증 연

간검사[2], 가게 간판 때문에 미술사(美術社)
에 갔음

〈1997년 1월 17일 (음력 12월 9일)〉 금요일
날씨 흐림/바람
이영(李瑛)진료소에 갔음, 가게 간판 때문에
미술사(美術社)에 갔음, ※ 동춘(東春)이 판
석(板石)신용사(信用社)로 전근 갔음

〈1997년 1월 18일 (음력 12월 10일)〉 토요
일 날씨 맑음/추움
가게 간판 때문에 미술사(美術社)에 갔음, 캐
비닛을 만들었음, 창일(昌日)집에 가서 실내
전화 설치했음

〈1997년 1월 19일 (음력 12월 11일)〉 일요
일 날씨 맑음/추움
북경에서 전화 왔음, 미술사(美術社)에 가서
간판비용을 냈음, 창일(昌日)의 상점에 가서
용품 구입(외상)

〈1997년 1월 20일 (음력 12월 12일)〉 월요
일 날씨 맑음/추움
가게 간판 때문에 미술사(美術社)에 갔음, 음
료공장에 갔다가 연초(煙草)회사에 갔음, 연
길에서 전화 왔음, 선희(善姬)가 담배 받으러
왔음, 시 병원에 갔음 - 둘째숙모가 입원

〈1997년 1월 21일 (음력 12월 13일)〉 화요
일 날씨 맑음/추움

---

1) 만터우, 찐빵, 소를 넣지 않고 밀가루만을 발효시켜
만든 것.

2) 연 1회의 정기 검사.

연길에서 전화 왔음, 새 집의 월세를 받았음
(300위안)

〈1997년 1월 22일 (음력 12월 14일)〉 수요
일 날씨 맑음/추움
집 정리, 세입자가 이사를 왔음

〈1997년 1월 23일 (음력 12월 15일)〉 목요
일 날씨 맑음/추움
전구 샀음, 가게채 간판과 전구 걸렸음, 북경
에서 전화 왔음 – 동일(東日)

〈1997년 1월 24일 (음력 12월 16일)〉 금요
일 날씨 맑음/추움
춘성신용사(春城信用社)에 가서 저금했음,
양조(釀造)공장에 갔음, 복순(福順)이 연길
에서 돌아왔음, 최원장이 왔다가 갔음

〈1997년 1월 25일 (음력 12월 17일)〉 토요
일 날씨 맑음
복순(福順)이 판석(板石)에 돌아갔음, 제2소
학 인쇄공장에 가서 필기노트를 가져왔음,
양조(釀造)공장에 갔음, 북경에서 전화 왔음
– 영진(永珍)

〈1997년 1월 26일 (음력 12월 18일)〉 일요
일 날씨 맑음
창일(昌日)의 상점에 가서 연경(燕京)맥주를
가져왔음(20박스), 연길에서 전화 왔음

〈1997년 1월 27일 (음력 12월 19일)〉 월요
일 날씨 맑음

가게채의 물건을 창고로 옮겼음(상자 등), 북
경에서 전화 왔음 – 동일(東日)

〈1997년 1월 28일 (음력 12월 20일)〉 화요
일 날씨 맑음
제4소학교에 가서 소림(小林), 석제(石濟)선
생과 토론했음 – 유선TV 설치에 관함(360위
안), 김인병(金寅炳)선생의 상품(賞品)을 민
우(敏遇)에게 전달했음

〈1997년 1월 29일 (음력 12월 21일)〉 수요
일 날씨 맑음
연초(煙草)회사에 가서 담배를 구입했음

〈1997년 1월 30일 (음력 12월 22일)〉 목요
일 날씨 맑음
북경에서 전화 왔음 – 영진(永珍), 연길에서
전화 왔음 – 미옥(美玉), 월급 받았음

〈1997년 1월 31일 (음력 12월 23일)〉 금요
일 날씨 맑음
철물점에 갔음, 삼륜자전거 샀음(180위안)

〈1997년 2월 1일 (음력 12월 24일)〉 토요일
날씨 맑음
술집에 갔음, 연길에서 전화 왔음 – 영진(永
珍)이 북경에서 연길로 갔음, 창일(昌日)집
에 갔음

〈1997년 2월 2일 (음력 12월 25일)〉 일요일
날씨 맑음
연길에서 전화 왔음 – 영진(永珍)(두 번), 일

본에서 전화 왔음 - 국진(國珍), 제4소학교의 주택에 갔음 - 유선TV 설치

〈1997년 2월 3일 (음력 12월 26일)〉 월요일 날씨 맑음
호준(浩俊)이 위문(慰問)하러 왔음 - 초대해 줬음(100위안), ※영진(永珍)이 연길에서 왔음

〈1997년 2월 4일 (음력 12월 27일)〉 화요일 날씨 맑음
삼팔상점에 갔다가 양조(釀造)공장에 갔음

〈1997년 2월 5일 (음력 12월 28일)〉 수요일 날씨 맑음
미옥(美玉)과 원학(元學)이 연길에서 왔음, 태운(泰云)과 가족이 우리 집에 와서 설날 보냄, 드링크제를 다 먹었음

〈1997년 2월 6일 (음력 12월 29일)〉 목요일 날씨 맑음
장인 집에 가서 설날을 보냈음(1,200위안)

〈1997년 2월 7일 (음력 1월 1일)〉 금요일 날씨 맑음
창일(昌日)집에 가서 설날 보냈음(1,200위안), 오후에 태양사대(太陽四隊)에 갔음

〈1997년 2월 8일 (음력 1월 2일)〉 토요일 날씨 맑음
집에 돌아왔음, 장인, 창일(昌日), 민석(珉錫)의 가족들이 왔음, 일본에서 전화 왔음 - 국진(國珍)과 명숙(明淑)

〈1997년 2월 9일 (음력 1월 3일)〉 일요일 날씨 맑음
원학(元學), 미옥(美玉)과 영진(永珍)이 연길에 돌아갔음

〈1997년 2월 10일 (음력 1월 4일)〉 월요일 날씨 맑음
연길에서 전화 왔음, 려진득동(麗珍得東)[3] 약 먹기 시작

〈1997년 2월 11일 (음력 1월 5일)〉 화요일 날씨 맑음/바람
창일(昌日)의 상점에 가서 연경(燕京)맥주(20박스)의 돈을 갚았음(210위안), 양조(釀造)공장에 갔음, 아내가 철진(哲珍)집에 갔음 - 철진(哲珍)의 어머니 생신

〈1997년 2월 12일 (음력 1월 6일)〉 수요일 날씨 맑음
점심에 창일(昌日)집의 초대를 받았음 - 승일(承日)과 가족도 왔음, 연길에서 전화 왔음(두 번) - 영진(永珍) 북경에 돌아갔음

〈1997년 2월 13일 (음력 1월 7일)〉 목요일 날씨 맑음
성북(城北)도매점에 갔음, 북경에서 전화 왔음 - 영진(永珍)

〈1997년 2월 14일 (음력 1월 8일)〉 금요일 날씨 맑음

---

3) 영양 약품.

춘성신용사(春城信用社)에 가서 영진(永珍)이 준 돈(1,000위안)을 저금했음, 서해숙(徐海淑)선생이 왔다가 갔음

〈1997년 2월 15일 (음력 1월 9일)〉 토요일
날씨 흐림/눈
우체국에 가서 전화비 냈음(번호: 2530110), 아내가 내몽고의 사돈에게 편지 썼음

〈1997년 2월 16일 (음력 1월 10일)〉 일요일
날씨 눈/바람
편지 보냈음, 내몽고의 사돈집으로 100위안 송금했음, 아내가 광춘(光春)의 약혼식 참석

〈1997년 2월 17일 (음력 1월 11일)〉 월요일
날씨 맑음
양조(釀造)공장, 음료공장에 갔음, ※창일(昌日)의 전화 왔음 - 과장으로 승진

〈1997년 2월 18일 (음력 1월 12일)〉 화요일
날씨 맑음
오전에 창일(昌日)이 왔음, 우체국에 가서 전화비 냈음(번호: 2526910), 광춘(光春) 장춘(長春)에 돌아갔음, 새 집의 세입자가 이사를 나갔음

〈1997년 2월 19일 (음력 1월 13일)〉 수요일
날씨 맑음
유선TV 문제 때문에 텔레비전 방송국에 갔음, 제4소학교에 가서 편지를 받았음, 일본에서 편지 왔음 - 명숙(明淑), 국진(國珍), 2월 관리비를 냈음

〈1997년 2월 20일 (음력 1월 14일)〉 목요일
날씨 흐림/눈
월세 받았음(300위안)

〈1997년 2월 21일 (음력 1월 15일)〉 금요일
날씨 맑음/바람
태운(泰云)집에 가서 정월 대보름을 보냈음, 연길에서 전화 두 번 왔음 - 미옥(美玉), 북경에서 전화 왔음 - 영진(永珍)

〈1997년 2월 22일 (음력 1월 16일)〉 토요일
날씨 맑음
노년간부(幹部) 지부회의 참석 - 개선(改選) 문제에 관함, 창일(昌日)이 전화 왔음 - 동춘(東春) 약혼

〈1997년 2월 23일 (음력 1월 17일)〉 일요일
날씨 맑음
건설은행에 가서 저금했음(1800위안)

〈1997년 2월 24일 (음력 1월 18일)〉 월요일
날씨 맑음
텔레비전 방송국에 가서 비용(360위안) 냈음, 점심에 유선TV 설치

〈1997년 2월 25일 (음력 1월 19일)〉 화요일
날씨 흐림
중앙방송국[4]; 덩샤오핑 동지(同志) 추도대회 실황 방송, 김영애(金英愛)선생이 왔다가 갔음

---

4) 중국 중앙방송국(CCTV).

〈1997년 2월 26일 (음력 1월 20일)〉 수요일
날씨 맑음
동생 정오(廷伍)가 우리 집에 왔음 – 가게 차
리는 자금조달에 관함

〈1997년 2월 27일 (음력 1월 21일)〉 목요일
날씨 맑음
전력 공급소에 가서 가게채의 전기세 냈음,
공안국(公安局) 자전거관리소에 갔음, 연길
에서 전화 왔음 – 국진(國珍) 송금에 관함

〈1997년 2월 28일 (음력 1월 22일)〉 금요일
날씨 눈
학교에 가사 월급 받았음, 내몽고 사돈집에
서 편지 왔음

〈1997년 3월 1일 (음력 1월 23일)〉 토요일
날씨 맑음/바람
아내가 태양오대(太陽五隊)에 가서 경자(京
子)의 장녀의 결혼식 참석

〈1997년 3월 2일 (음력 1월 24일)〉 일요일
날씨 맑음/바람
일본에서 전화 왔음 – 명숙(明淑)과 국진(國
珍), 아내가 다녀왔음, 북경에서 전화 왔음 –
동일(東日)

〈1997년 3월 3일 (음력 1월 25일)〉 월요일
날씨 맑음
창일(昌日)집에 가서 화장실 세면대 수리, 서
해숙(徐海淑)선생이 왔다가 갔음

〈1997년 3월 4일 (음력 1월 26일)〉 화요일
날씨 맑음
화자(花子)가 경자(京子)의 장녀의 결혼식의
음식 가져왔음, 이영(李瑛)의사를 초대했음

〈1997년 3월 5일 (음력 1월 27일)〉 수요일
날씨 맑음
정화(廷華)가 쌀 100근 보내 왔음, 정오(廷
伍)의 아내가 왔음 – 돈 빌림에 관함, 연길에
서 전화 왔음, 최원장과 안주임이 전화 왔음

〈1997년 3월 6일 (음력 1월 28일)〉 목요일
날씨 흐림/눈
춘성신용사(春城信用社)에 가서 예금 인출,
이발했음

〈1997년 3월 7일 (음력 1월 29일)〉 금요일
날씨 맑음
제4소학교에 가서 3.8절 활동 참석

〈1997년 3월 8일 (음력 1월 30일)〉 토요일
날씨 맑음
연길에서 전화 왔음 – 미옥(美玉), 일본에서
전화 왔음 – 국진(國珍), 정오(廷伍)가 왔음
– 2천 위안 빌려줬음, 아내가 3.8절 활동 참
석

〈1997년 3월 9일 (음력 2월 1일)〉 일요일 날
씨 맑음
승일(承日)집에 갔음 – 내일 승일(承日) 생일

〈1997년 3월 10일 (음력 2월 2일)〉 월요일

날씨 흐림/눈

지부활동 - 총부와 협회 위원명단 통과, 태양(太陽)에 가서 찬욱(燦旭)의 장남의 결혼식 참석

〈1997년 3월 11일 (음력 2월 3일)〉 화요일
날씨 맑음

태양(太陽)에서 준동(俊東)이 전화 왔음 - 장녀 결혼식 초청

〈1997년 3월 12일 (음력 2월 4일)〉 수요일
날씨 맑음

전기세와 공상관리비 냈음, 춘성신용사(春城信用社)에 예금 인출(상반기 정기예금), 건설은해에 가서 저금, 승일(承日)이 왔다가 갔음

〈1997년 3월 13일 (음력 2월 5일)〉 목요일
날씨 눈

아내가 공안국(公安局)에 갔음 - 난방비에 관함, 진호(珍浩)가 쌀 가져왔음

〈1997년 3월 14일 (음력 2월 6일)〉 금요일
날씨 맑음

태양(太陽)에서 가서 최준호(崔俊浩)의 장녀의 결혼식 참석, 이영(李瑛)과 이기옥(李基玉)이 같이 갔음, 연길에서 전화 왔음

〈1997년 3월 15일 (음력 2월 7일)〉 토요일
날씨 맑음

장덕수(張德洙)가 우리 집에 왔음, 오후에 아내가 태양(太陽)에서 가서 결혼식 참석

〈1997년 3월 16일 (음력 2월 8일)〉 일요일
날씨 맑음

※새 집에 물 새었음, 이영(李瑛)의사와 장덕수(張德洙)를 초대했음, 아내가 다녀왔음, 연길에서 전화 왔음

〈1997년 3월 17일 (음력 2월 9일)〉 월요일
날씨 맑음

북경에서 전화 왔음 - 영진(永珍), 축구경기(갑 A): 상해 - 연변 2:0

〈1997년 3월 18일 (음력 2월 10일)〉 화요일
날씨 맑음

장인집에 갔음, 이동하(李東河)가 술 보내왔음, 아내가 주사 맞았음, 판석(板石)에서 전화 왔음

〈1997년 3월 19일 (음력 2월 11일)〉 수요일
날씨 맑음

이영(李瑛)의사집에 가서 녹음했음 - 서(徐)교장의 학생

〈1997년 3월 20일 (음력 2월 12일)〉 목요일
날씨 맑음

신용연합사에 갔음, 일본에서 전화 왔음

〈1997년 3월 21일 (음력 2월 13일)〉 금요일
날씨 바람

장인집에 갔음 - 갈등에 관함, 미옥(美玉)이 연길에서 왔음 - 국진(國珍)의 송금(2천 위안) 가져왔음

〈1997년 3월 22일 (음력 2월 14일)〉 토요일
날씨 바람/구름
영란(英蘭)의 엄마가 왔다가 갔음

〈1997년 3월 23일 (음력 2월 15일)〉 일요일
날씨 맑음
허동문(許東文)의 환갑잔치 참석, 축구경기
(갑 A): 대련 - 연변 1:0, 미옥(美玉) 연길에
돌아갔음

〈1997년 3월 24일 (음력 2월 16일)〉 월요일
날씨 맑음
저금

〈1997년 3월 25일 (음력 2월 17일)〉 화요일
날씨 맑음
연길에서 전화 왔음 - 미옥(美玉), 주택 구매
및 환불에 관함

〈1997년 3월 26일 (음력 2월 18일)〉 수요일
날씨 맑음
이영(李瑛)진료소에 진료를 받으러 갔음 -
저혈압(60-100), 약 샀음(330위안), 동창 동
순(東淳)이 왔음

〈1997년 3월 27일 (음력 2월 19일)〉 목요일
날씨 맑음
물 공급회사에 가서 물세 냈음, 축구경기(갑
A): 사천(四川) - 연변 3:1

〈1997년 3월 28일 (음력 2월 20일)〉 금요일
날씨 흐림/소나기

오후에 방역소에 갔음, 제4소학교에 갔음 -
수학문제 및 간호사 문제에 관함

〈1997년 3월 29일 (음력 2월 21일)〉 토요일
날씨 바람
복순(福順)이 판석(板石)에서 왔음, 오후에
돌아갔음

〈1997년 3월 30일 (음력 2월 22일)〉 일요일
날씨 바람
북경에서 전화 왔음 - 영진(永珍), 연길에서
전화 왔음 - 미옥(美玉), 축구경기(갑 A): 연
변 - 광동(廣東) 0:0

〈1997년 3월 31일 (음력 2월 23일)〉 월요일
날씨 바람
춘성신용사(春城信用社)에 가서 저금했음,
공안국(公安局)에 갔음 - 김화(金華) 없음,
월급 받았음 - 향선(香善) 보내왔음

〈1997년 4월 1일 (음력 2월 24일)〉 화요일
날씨 맑음
창일(昌日)이 왔다가 갔음, ※김선생이 전화
왔음 - 환갑잔치에 관함

〈1997년 4월 2일 (음력 2월 25일)〉 수요일
날씨 눈
태운(泰云)이 와서 점심 먹었음

〈1997년 4월 3일 (음력 2월 26일)〉 목요일
날씨 맑음
노년간부(幹部)국에 가서 당위당대표(黨委

黨代表) 기록표를 작성, 공안국(公安局)에
갔음

〈1997년 4월 4일 (음력 2월 27일)〉 금요일
날씨 맑음/구름
공안국(公安局)자전거관리소에 가서 삼륜자
전거 등록증을 받았음, 연길로 전화했음

〈1997년 4월 5일 (음력 2월 28일)〉 토요일
날씨 맑음
태양(太陽)에 있는 숙부의 묘지에 갔음, 집에
돌아왔음, 연길에서 전화 왔음

〈1997년 4월 6일 (음력 2월 29일)〉 일요일
날씨 맑음
삼륜자전거로 맥주 운송했음, 친구 동주(東
周)가 왔음, 일본에서 전화 왔음 – 국진(國
珍), 북경에서 전화 왔음 – 영진(永珍), 연길
에서 전화 왔음 – 미옥(美玉)

〈1997년 4월 7일 (음력 3월 1일)〉 월요일 날
씨 맑음
삼륜자전거로 맥주 운송했음, 태양(太陽)에
가서 남주송(南珠松)의 추도식에 참석, 다녀
왔음

〈1997년 4월 8일 (음력 3월 2일)〉 화요일 날
씨 맑음
시 교당위(教黨委)[5] 5차 당대표(黨代表)회

---

5) 교당위(教黨委) : 교육국 당원위원회(教育局黨員委
　員會)

의 참석

〈1997년 4월 9일 (음력 3월 3일)〉 수요일 날
씨 맑음/바람
복순(福順)에게 사상품덕(思想品德)에 관한
논문 작성, 아내가 병원에 검진하러 갔음, 연
길에서 전화 왔음 – 원학(元學), 안도(安圖)
에서 전화 왔음 – 강철(康哲)

〈1997년 4월 10일 (음력 3월 4일)〉 목요일
날씨 맑음/바람
제6지부 지부활동 – 총부 자치회계획에 관한
토론(통과)

〈1997년 4월 11일 (음력 3월 5일)〉 금요일
날씨 맑음/바람
과학연구소에 가서 복순(福順)의 논문 제출,
공상관리비와 전화비 냈음

〈1997년 4월 12일 (음력 3월 6일)〉 토요일
날씨 맑음
음료공장, 양조(釀造)공장에 가서 음료수와
아이스크림을 구입했음, 손목 시곗줄을 샀음

〈1997년 4월 13일 (음력 3월 7일)〉 일요일
날씨 맑음
연길로 전화했음, 북경에서 전화 왔음 – 영진
(永珍), 공장에 가서 아이스크림을 가져왔음

〈1997년 4월 14일 (음력 3월 8일)〉 월요일
날씨 맑음
삼륜자전거 페인트 작업, 희빈(喜彬), 연자

(蓮子), 승호(承浩), 영일(英日), 남호(南浩), 옥인(玉仁) 등에게 전화했음 – 풍찬(風燦)선생의 환갑잔치에 관함

〈1997년 4월 15일 (음력 3월 9일)〉 화요일
날씨 맑음
희빈(喜彬), 옥인(玉仁), 연자(蓮子) 등 동창과 풍찬(風燦)선생의 환갑잔치와 축하편지 등에 관해 토론했음, 북경으로 전화했음 – ※ 동일(東日) 생일

〈1997년 4월 16일 (음력 3월 10일)〉 수요일
날씨 맑음
풍찬(風燦)선생의 환갑잔치 참석, 희빈(喜彬)이 우리 집에 왔다가 갔음

〈1997년 4월 17일 (음력 3월 11일)〉 목요일
날씨 구름/맑음
아내가 공안국(公安局)에 가서 난방비 냈음 (1,722위안), 장인집에 갔음 – 생신, 승일(承日)과 창일(昌日)의 가족들이 왔음

〈1997년 4월 18일 (음력 3월 12일)〉 금요일
날씨 흐림/맑음
맥주 운송, 전기세 냈음, 복순(福順)이 왔다가 갔음, 누나의 환갑잔치에 관해 진호(鎭浩)집에 갔음

〈1997년 4월 19일 (음력 3월 13일)〉 토요일
날씨 맑음
미옥(美玉)과 철진(哲珍)이 연길에서 전화 왔음 – 퇴직 및 유람문제를 전달했음, 북한에

서 춘경(春景)이 편지 왔음 – 향선(香善)이 보내왔음

〈1997년 4월 20일 (음력 3월 14일)〉 일요일
날씨 흐림/소나기
승일(承日)이 왔다가 갔음, 학교에 가서 책상과 의자 빌려 왔음

〈1997년 4월 21일 (음력 3월 15일)〉 월요일
날씨 맑음
승일(承日)이 와서 냉장고 옮겨 갔음 – 팔았음, 냉장고를 가져왔음, 북한에서 춘경(春景)이 편지 왔음 – 태운(泰云)이 보내왔음, 소금 100kg 구입했음

〈1997년 4월 22일 (음력 3월 16일)〉 화요일
날씨 맑음/바람
노년간부(幹部)국에 갔음 – 유람에 관함, 아내가 학생지도(과외)를 하기 시작, 토지국에 가서 토지증[6] 교체, 공안국(公安局)에 가서 자전거 정기 검사

〈1997년 4월 23일 (음력 3월 17일)〉 수요일
날씨 맑음
시 교위(教委)에 개최한 정신문명건설시범 동원대회 참석, 북한으로 편지 보냈음, 이영(李瑛)진료소에 가서 약 샀음

〈1997년 4월 24일 (음력 3월 18일)〉 목요일

---

6) 토지 소유자와 토지 사용자의 토지 소유권과 사용권을 증명해 주는 증명.

날씨 맑음
신문 봤음, 연길에서 전화 왔음 - 미옥(美玉),
북경에서 전화 왔음 - 영진(永珍)

〈1997년 4월 25일 (음력 3월 19일)〉 금요일
날씨 맑음
아내가 동석(東錫)의 장녀의 결혼식 참석, 창
일(昌日)이 왔다가 갔음

〈1997년 4월 26일 (음력 3월 20일)〉 토요일
날씨 흐림/비
이발했음, 장춘(長春)에서 전화 왔음 - 광춘
(光春)

〈1997년 4월 27일 (음력 3월 21일)〉 일요일
날씨 맑음
시 병원에 갔음 - 동춘(東春) 수술, 승일(承
日)과 창일(昌日)이 왔음, 일본에서 전화 왔
음, 미옥(美玉)과 원학(元學)이 연길에서 왔
음, 태운(泰云), 정수(廷洙), 춘식(春植)이 왔
음

〈1997년 4월 28일 (음력 3월 22일)〉 월요일
날씨 구름/소나기
태운(泰云), 정수(廷洙), 승일(承日)과 창일
(昌日)이 왔음, 미옥(美玉)과 원학(元學)이
연길에 돌아갔음

〈1997년 4월 29일 (음력 3월 23일)〉 화요일
날씨 맑음/바람
셋째숙모가 왔다가 갔음, 춘성신용사(春城信
用社)에 가서 저금했음, 월급 받았음 - 향선

(香善)이 보내 왔음, 승일(承日)이 왔다가 갔
음

〈1997년 4월 30일 (음력 3월 24일)〉 수요일
날씨 맑음
훈춘(琿春)[7] → 연길 → 안도(安圖), 승일
(承日)이 와서 우리 집을 지켰음

〈1997년 5월 1일 (음력 3월 25일)〉 목요일
날씨 맑음
누나 환갑잔치, 승일(承日)이 와서 우리 집을
지켰음

〈1997년 5월 2일 (음력 3월 26일)〉 금요일
날씨 맑음
안도(安圖) → 도문(圖們)[8] → 훈춘(琿春),
승일(承日)이 와서 저녁을 먹고 집에 갔음

〈1997년 5월 3일 (음력 3월 27일)〉 토요일
날씨 바람/비
영란(英蘭)과 영란(英蘭)의 오빠가 우리 집
에 왔음, 북경에서 전화 왔음 - 영진(永珍),
연길에서 전화 왔음 - 미옥(美玉)

〈1997년 5월 4일 (음력 3월 28일)〉 일요일
날씨 맑음/바람
일본에서 전화 왔음

〈1997년 5월 5일 (음력 3월 29일)〉 월요일

---

7) 훈춘: 지린(吉林)성에 있는 지명
8) 지명.

날씨 맑음

맥주 운송, 이영(李瑛)진료소에 갔음, ※미옥(美玉)이 가져온 영지를 약주로 만들었음

〈1997년 5월 6일 (음력 3월 30일)〉 화요일
날씨 맑음/바람

우체국에 가서 전화 설치의 차액 냈음(503우안), 웅담주(熊膽酒)를 먹기 시작

〈1997년 5월 7일 (음력 4월 1일)〉 수요일 날씨 비

제4소학교에 갔음 - 난방 및 창고문을 수리 등 문제에 관함, 원학(元學)이 연길에서 왔다가 갔음

〈1997년 5월 8일 (음력 4월 2일)〉 목요일 날씨 맑음

춘화(春花), 미화(美花), 미화(美花)의 어머니, 정오(廷伍)와 동창 동순(東淳)이 왔다가 갔음

〈1997년 5월 9일 (음력 4월 3일)〉 금요일 날씨 맑음

제4소학교, 노년간부(幹部)국에 갔음, 창일(昌日)이 우리 집에 왔다가 갔음

〈1997년 5월 10일 (음력 4월 4일)〉 토요일
날씨 맑음

제6지부활동 - 김서기(書記)[9]의 보고(홍콩 반환 문제에 관함), 정오(廷伍)가 왔다가 갔음

---

9) 서기: 공산당·청년단 등 각급 조직의 책임자.

〈1997년 5월 11일 (음력 4월 5일)〉 일요일
날씨 맑음

제4소학교 김일(金日)교장집에 갔음 - 주택 창고 문제에 관함, 서 시장에 갔다가 왔음, 북경에서 전화 왔음 - 영진(永珍)

〈1997년 5월 12일 (음력 4월 6일)〉 월요일
날씨 맑음

공상관리비 냈음, 연길에서 전화 왔음

〈1997년 5월 13일 (음력 4월 7일)〉 화요일
날씨 흐림

제4소학교에 갔음 - 노년간부(幹部) 활동경비에 관함, 여동생 순자(順子)가 태양오대(太陽五隊)에서 왔음

〈1997년 5월 14일 (음력 4월 8일)〉 수요일
날씨 흐림/비

서해숙(徐海淑)선생이 와서 아내와 같이 박순월(朴順月)선생집에 갔음, 이영(李瑛)진료소에 갔음 - 북한 방문에 관함

〈1997년 5월 15일 (음력 4월 9일)〉 목요일
날씨 흐림/비

TV 봤음

〈1997년 5월 16일 (음력 4월 10일)〉 금요일
날씨 흐림/비

서장춘(徐長春)교장에게 2500위안 빌려줬음, 연길에서 전화 왔음 - 춘림(春林)의 미술 증서

〈1997년 5월 17일 (음력 4월 11일)〉 토요일
날씨 흐림/맑음
승일(承日)이 와서 항아리를 씻었음, 복순
(福順), 창일(昌日)과 미화(美花)가 우리 집
에 왔음, 미옥(美玉)이 연길에서 전화 왔음 –
미화(美花)에 관함

〈1997년 5월 18일 (음력 4월 12일)〉 일요일
날씨 흐림/비
노년간부(幹部) 지부활동 – 제1유치원에 활
동실에서 진행

〈1997년 5월 19일 (음력 4월 13일)〉 월요일
날씨 흐림/비
TV 봤음 – 동 아시아 경기 대회, 아내가 공안
국(公安局)에 가서 난방비 냈음(2천 27위안)

〈1997년 5월 20일 (음력 4월 14일)〉 화요일
날씨 흐림/비
오후에 아내가 태양(太陽)에 갔음, 아내를 대
신 학생지도(과외)를 했음, 연길에서 전화 왔
음 – 미화(美花)의 혼인문제에 관함

〈1997년 5월 21일 (음력 4월 15일)〉 수요일
날씨 맑음
총부 서기(書記)회의 참석 – 민주평의에 관
함, 아내가 다녀왔음, 전기세 냈음

〈1997년 5월 22일 (음력 4월 16일)〉 목요일
날씨 구름/비
우체국에 갔음 – 새 집에 전화 수리 신청(안
왔음)

〈1997년 5월 23일 (음력 4월 17일)〉 금요일
날씨 흐림/맑음
제4소학교에 가서 회의 공지 – 퇴직당원(黨
員) 민주평의에 관함, 연길에서 전화 왔음

〈1997년 5월 24일 (음력 4월 18일)〉 토요일
날씨 흐림/비
북한에 가는 문제 때문에 창일(昌日)집에 갔
음, 미화(美花)가 전화 왔음

〈1997년 5월 25일 (음력 4월 19일)〉 일요일
날씨 흐림/비
오후에 백남길(白南吉)선생이 왔음, 북경에
서 전화 왔음 – 영진(永珍), 연길에서 전화 왔
음 – 철진(哲珍)

〈1997년 5월 26일 (음력 4월 20일)〉 월요일
날씨 구름/맑음
태양사대(太陽四隊), 태양오대(太陽五隊)에
갔음 – 북한에 가는 문제에 관해 토론했음,
집에 돌아왔음

〈1997년 5월 27일 (음력 4월 21일)〉 화요일
날씨 맑음
전화 수리 문제 때문에 우체국에 갔음

〈1997년 5월 28일 (음력 4월 22일)〉 수요일
날씨 맑음
전화 수리 문제 때문에 우체국에 갔음, 일본
에서 편지 왔음 – 국진(國珍),명숙(明淑)

〈1997년 5월 29일 (음력 4월 23일)〉 목요일

날씨 흐림/비
맥주 운송, 제1중학교의 만두공장에 가서 만
두를 주문했음

〈1997년 5월 30일 (음력 4월 24일)〉 금요일
날씨 흐림/비
우체국에 갔음 – 전화 수리해 줬음(번호:
2526910), 월급 받았음, 춘성신용사(春城信
用社)에 가서 저금, 북경에서 전화 왔음 – 영
진(永珍)

〈1997년 5월 31일 (음력 4월 25일)〉 토요일
날씨 흐림/비
제6지부 당(黨)지부 민주평의 – 우수당원(黨
員) 선정

〈1997년 6월 1일 (음력 4월 26일)〉 일요일
날씨 흐림/비
저금, 승일(承日)집에 가서 벽 보수했음, 이
영(李瑛)의사가 초대해 줬음

〈1997년 6월 2일 (음력 4월 27일)〉 월요일
날씨 흐림/비
전기스토브 수리

〈1997년 6월 3일 (음력 4월 28일)〉 화요일
날씨 맑음/비
이영(李瑛)진료소에 가서 약 샀음, 아내와 쟁
론했음

〈1997년 6월 4일 (음력 4월 29일)〉 수요일
날씨 흐림/맑음

가게 간판 파손 때문에 오후에 미술사(美術
社)에 갔음

〈1997년 6월 5일 (음력 5월 1일)〉 목요일 날
씨 구름/맑음
오전에 제1중학교의 만두공장에 가서 만두
를 가져왔음, 연길에서 전화 왔음, 오후에 총
부 회의 참석 – 선진근로자로 선정되었음

〈1997년 6월 6일 (음력 5월 2일)〉 금요일 날
씨 구름/맑음
창일(昌日)의 사무실로 갔음, 농업은행에 가
서 예금 인출

〈1997년 6월 7일 (음력 5월 3일)〉 토요일 날
씨 흐림/비
태운(泰云), 미화(美花), 미화(美花)어머니가
우리 집에 왔음, 웅담주(熊膽酒)를 다 먹었음

〈1997년 6월 8일 (음력 5월 4일)〉 일요일 날
씨 흐림/비
정금(貞今)이 왔다가 갔음, 북경에서 전화 왔
음 – 영진(永珍), 연길에서 전화 왔음 – 미옥
(美玉), 이발했음

〈1997년 6월 9일 (음력 5월 5일)〉 월요일 날
씨 흐림/비
시 병원에 갔음 – 장인 입원했음, 우체국에
가서 전화비 냈음, 북경에서 전화 왔음 – 동
일(東日), 가게채의 월세 받았음(500위안/
월)

〈1997년 6월 10일 (음력 5월 6일)〉 화요일
날씨 흐림/비
제6지부 문예활동 준비, 경자(京子)와 순자
(順子)가 옥수수 가루를 가져왔음 – 북한에
갈 준비

〈1997년 6월 11일 (음력 5월 7일)〉 수요일
날씨 흐림/맑음
오전에 병원에 가서 장인 봤음, 시 노년간부
(幹部)회의 참석, 연길에서 전화 왔음 – 초영
(超英), 미옥(美玉) – 북한에 가는 문제에 관
함

〈1997년 6월 12일 (음력 5월 8일)〉 목요일
날씨 구름/맑음
제4소학교에 가서 문예활동 연습, 파출소(派
出所)에 가서 출국 수속 신청

〈1997년 6월 13일 (음력 5월 9일)〉 금요일
날씨 구름/맑음
이영(李瑛)진료소에 가서 얼굴 치료, 미화
(美花), 미화(美花)어머니가 왔다가 갔음, 연
길에서 전화 왔음 – 미옥(美玉)

〈1997년 6월 14일 (음력 5월 10일)〉 토요일
날씨 맑음
제4소학교에 가서 문예활동 연습, 복순(福
順)이 왔다가 갔음, 북경에서 전화 왔음 – 동
일(東日),영진(永珍)

〈1997년 6월 15일 (음력 5월 11일)〉 일요일
날씨 흐림/맑음

태운(泰云)집에 갔음 – 생일, 일본에서 전화
왔음 – 국진(國珍), 북경에서 전화 왔음 – 영
진(永珍)

〈1997년 6월 16일 (음력 5월 12일)〉 월요일
날씨 흐림/맑음
경자(京子)가 와서 출국 수속을 신청, 전기세
냈음, 공상관리소에 가서 영업 일시정지 신
청

〈1997년 6월 17일 (음력 5월 13일)〉 화요일
날씨 흐림/맑음
제4소학교에 가서 문예활동 연습, 연길에서
전화 왔음, 복순(福順)이 왔다가 갔음, 승일
(承日)과 창일(昌日)이 왔음 – 장인 퇴원에
관함

〈1997년 6월 18일 (음력 5월 14일)〉 수요일
날씨 흐림/맑음
제4소학교에 가서 문예활동 준비

〈1997년 6월 19일 (음력 5월 15일)〉 목요일
날씨 흐림/소나기
제1유치원에 가서 프로그램 연습, 연길에서
전화 왔음 – 미옥(美玉), 출국 수속하러 갔음
(못 했음)

〈1997년 6월 20일 (음력 5월 16일)〉 금요일
날씨 맑음
이영(李瑛)진료소에 가서 얼굴 치료(거의 회
복했음), 정수(廷洙)가 우리 집에 왔음 – 용
진(勇珍)시험(고등전문학교)

⟨1997년 6월 21일 (음력 5월 17일)⟩ 토요일
날씨 맑음/구름/소나기
제1유치원에 가서 프로그램 연습, 북경에서
전화 왔음 - 영진(永珍), 정수(廷洙)와 화자
(花子)가 왔음

⟨1997년 6월 22일 (음력 5월 18일)⟩ 일요일
날씨 구름/맑음
교육시스템에 홍콩문예회를 진행, 연길에서
전화 왔음 - 미옥(美玉), 경자(京子)가 왔음

⟨1997년 6월 23일 (음력 5월 19일)⟩ 월요일
날씨 맑음
경자(京子)와 같이 출국 수속하러 갔는데 이
루지 못했음, 태운(泰云)과 미옥(美玉)이 옥
수수 가루 가져왔음

⟨1997년 6월 24일 (음력 5월 20일)⟩ 화요일
날씨 맑음
텔레비전 방송국에 가서 유선TV 연길 수속
했음

⟨1997년 6월 25일 (음력 5월 21일)⟩ 수요일
날씨 구름/맑음
시 퇴·이직 주력간부 이론학습반 참석(오
전, 오후), 미화(美花)어머니가 왔다가 갔음

⟨1997년 6월 26일 (음력 5월 22일)⟩ 목요일
날씨 맑음
시 퇴·이직 주력간부(幹部) 이론학습반 참
석(오전에 마쳤음), 연길에서 전화 왔음 - 원
학(元學)이 내일 북경에 간다, 미화(美花)와

설화(雪花)가 왔다가 갔음

⟨1997년 6월 27일 (음력 5월 23일)⟩ 금요일
날씨 맑음
춘성신용사(春城信用社)에 가서 저금, 출국
수속하러 갔는데 이루지 못했음, 월급 받았
음, 복순(福順)이 입원해서 문병하러 갔음

⟨1997년 6월 28일 (음력 5월 24일)⟩ 토요일
날씨 맑음
가게 계산, 창일(昌日)집으로 상풍 옮겼음,
실내 정리, 아침부터 운동

⟨1997년 6월 29일 (음력 5월 25일)⟩ 일요일
날씨 맑음
승일(承日), 창일(昌日), 태운(泰云), 미화(美
花)와 미화(美花)어머니가 와서 가구 옮겨
갔음, 밤에 병원에 복순(福順)을 문병하러 갔
음, 연길에서 전화 왔음

⟨1997년 6월 30일 (음력 5월 26일)⟩ 월요일
날씨 구름/맑음
승일(承日), 창일(昌日), 태운(泰云) 와서 가
구 옮겨 갔음, 새 집으로 이사했음, 가게채 임
대 계약했음 - 500위안/월, 연 6000위안

⟨1997년 7월 1일 (음력 5월 27일)⟩ 화요일
날씨 흐림
가구 정리, 승일(承日) 집에 가서 점심 먹었
음, ※TV 봤음 - 홍콩 중국에 귀속되었음

⟨1997년 7월 2일 (음력 5월 28일)⟩ 수요일

날씨 맑음
제2소학교, 제4소학교에 가서 책상과 의자 수리, 우편함 만들기

〈1997년 7월 3일 (음력 5월 29일)〉 목요일
날씨 흐림/비
춘성신용사(春城信用社)에 가서 저금, 삼륜 자전거를 팔았음 – 160위안

〈1997년 7월 4일 (음력 5월 30일)〉 금요일
날씨 소나기/맑음
가게채, 새 집으로 옥수수가루 운송, 신발 샀음(14위안)

〈1997년 7월 5일 (음력 6월 1일)〉 토요일 날씨 맑음
찬장 보수, 창일(昌日)집으로 침대를 옮겼음

〈1997년 7월 6일 (음력 6월 2일)〉 일요일 날씨 맑음
오전에 창일(昌日)이 와서 우수당원상품(賞品)을 가져갔음, 주방 환풍기 수리, 신발 수선, 북경에서 전화 왔음 – 영진(永珍)

〈1997년 7월 7일 (음력 6월 3일)〉 월요일 날씨 흐림/비
춘식(春植)집에 갔음 – 춘식(春植) 생일, 출국 수속하러 갔는데 이루지 못했음

〈1997년 7월 8일 (음력 6월 4일)〉 화요일 날씨 흐림/맑음
철물점에 가서 못을 샀음, 화분(花盆) 만들기, 물통 보수

〈1997년 7월 9일 (음력 6월 5일)〉 수요일 날씨 흐림/맑음
동 시장, 서 시장, 쇼핑센터, 이영(李瑛)진료소에 갔음, 연길에서 전화 왔음 – 미옥(美玉)

〈1997년 7월 10일 (음력 6월 6일)〉 목요일
날씨 맑음
노년간부(幹部) 제6지부 활동 –《노인법》학습 등, 북경에서 전화 왔음 – 영진(永珍), 전화비와 전기세 냈음

〈1997년 7월 11일 (음력 6월 7일)〉 금요일
날씨 맑음
김금준(金錦俊)의 장인의 장례식에 참석, 출국 수속하러 갔는데 이루지 못했음

〈1997년 7월 12일 (음력 6월 8일)〉 토요일
날씨 맑음
창일(昌日)집에 갔음 – 옥희(玉姬)의 진학시험 성적 물어봤음

〈1997년 7월 13일 (음력 6월 9일)〉 일요일
날씨 맑음
전화 회선 벽에 고정했음, 화분(花盆) 샀음(12개), 북경에서 전화 왔음 – 동일(東日),영진(永珍)

〈1997년 7월 14일 (음력 6월 10일)〉 월요일
날씨 맑음/소나기
꽃을 심었음, 태운(泰云)이 왔다가 갔음

⟨1997년 7월 15일 (음력 6월 11일)⟩ 화요일
날씨 맑음/더움
재봉틀 떼어 냈음, 상점에 가서 물뿌리개 샀음, 연길에서 전화 왔음 - 미옥(美玉)

⟨1997년 7월 16일 (음력 6월 12일)⟩ 수요일
날씨 맑음
창일(昌日)의 사무실, 제4소학교에 갔음

⟨1997년 7월 17일 (음력 6월 13일)⟩ 목요일
날씨 맑음
북경에서 전화 왔음 - 원학(元學)

⟨1997년 7월 18일 (음력 6월 14일)⟩ 금요일
날씨 맑음
출국 수속하러 갔는데 이루지 못했음

⟨1997년 7월 19일 (음력 6월 15일)⟩ 토요일
날씨 맑음
태운(泰云)집에 갔음 - 향선(香善) 약혼, 연길에서 전화 왔음 - 미옥(美玉), 광혁(光赫)이 왔음

⟨1997년 7월 20일 (음력 6월 16일)⟩ 일요일
날씨 흐림
일본에서 전화 왔음 - 국진(國珍), 북경에서 전화 왔음 - 영진(永珍), 연길에서 전화 왔음 - 미옥(美玉)

⟨1997년 7월 21일 (음력 6월 17일)⟩ 월요일
날씨 흐림/소나기
오전, 오후에 출국 수속하러 갔음 - 출입국

통해 허가증 완성(10번, 40여일 걸렸음)

⟨1997년 7월 22일 (음력 6월 18일)⟩ 화요일
날씨 흐림/맑음
태양사대(太陽四隊), 태양오대(太陽五隊)에 갔다가 왔음

⟨1997년 7월 23일 (음력 6월 19일)⟩ 수요일
날씨 흐림/맑음
이발했음, 아내가 태양(太陽)에 갔음

⟨1997년 7월 24일 (음력 6월 20일)⟩ 목요일
날씨 흐림/맑음
태양(太陽)에 갔음 - 둘째아버지 사망 1주년 추도, 집에 돌아왔음, 연길에서 전화 왔음 - 미옥(美玉), 승일(承日)이 왔다가 갔음

⟨1997년 7월 25일 (음력 6월 21일)⟩ 금요일
날씨 흐림/맑음
화장실 변기물통 수리, 창일(昌日)이 왔음, 연길에서 전화 왔음 - 미옥(美玉)

⟨1997년 7월 26일 (음력 6월 22일)⟩ 토요일
날씨 흐림/맑음
북한으로 전보(팩시) 보냈음, 제4소학교에 갔음, 춘성신용사(春城信用社)에 가서 저금, 정옥(貞玉) 왔음

⟨1997년 7월 27일 (음력 6월 23일)⟩ 일요일
날씨 맑음
미화(美花), 철진(哲珍)과 철진(哲珍)의 어머니, 경자(京子)가 왔음, 북한에 가기 전에

준비

〈1997년 7월 28일 (음력 6월 24일)〉 월요일
날씨 흐림/맑음
훈춘(琿春)에서 출발 북한으로: 연길 → 용정
(龍井) → 삼합(三合) → 회령(會寧)시, 경자
(京子) 같이 갔음, 창일(昌日) 삼합(三合)에
갔음, 아내가 재봉틀 가져가서 연길에 갔음

〈1997년 7월 29일 (음력 6월 25일)〉 화요일
날씨 흐림/맑음
안정부에 가서 등록했음, 산에 숙부를 만나
러 갔음

〈1997년 7월 30일 (음력 6월 26일)〉 수요일
날씨 흐림/맑음
회령(會寧)시 → 삼합(三合) → 용정(龍井)
→ 연길, 재봉틀 재구성

〈1997년 7월 31일 (음력 6월 27일)〉 목요일
날씨 흐림/맑음
연길에서 집에 돌아왔음, 연길에서 전화 왔
음 – 미옥(美玉), 월급 받았음 – 향선(香善)
보내왔음, 일본에서 편지 왔음 – 명숙(明淑),
경자(京子)가 집에 돌아갔음

〈1997년 8월 1일 (음력 6월 28일)〉 금요일
날씨 흐림
연길에서 전화 왔음 – 미옥(美玉), 정구(廷
九)집에 갔음, 셋째숙모가 왔음

〈1997년 8월 2일 (음력 6월 29일)〉 토요일
날씨 흐림/비
TV가이드북 사러 갔음, 아내가 (장백산)백두
산에 갔음

〈1997년 8월 3일 (음력 7월 1일)〉 일요일 날
씨 맑음
일본으로 편지 보냈음, 북경에서 전화 왔음
– 영진(永珍), 동일(東日)과 원학(元學), 일
본에서 전화 왔음 – 국진(國珍), 태운(泰云)
과 창일(昌日)이 왔다가 갔음

〈1997년 8월 4일 (음력 7월 2일)〉 월요일 날
씨 맑음
아내가 다녀왔음(2 시), 연길에서 전화 왔음
– 미옥(美玉)

〈1997년 8월 5일 (음력 7월 3일)〉 화요일 날
씨 맑음/바람
아내가 판석(板石)에 갔다가 왔음, 북경에서
전화 왔음 – 원학(元學), 판석(板石)에서 전
화 왔음

〈1997년 8월 6일 (음력 7월 4일)〉 수요일 날
씨 맑음
자치회 회의 참석 – 노인의 날 활동 준비, 이
영(李瑛)진료소에 가서 신문 가져왔음

〈1997년 8월 7일 (음력 7월 5일)〉 목요일 날
씨 흐림/비
출입국 통행 허가증 냈음, 이영(李瑛)진료소
에 가서 약 샀음, 미화(美花), 미화(美花)어머
니가 왔음, 광혁(光赫)이 왔다가 갔음

〈1997년 8월 8일 (음력 7월 6일)〉 금요일 날씨 흐림/비
제4소학교에 갔다가 왔음, 승렬(乘烈)의 생일인데 초대 받았음, 정금(貞今)이 왔다가 갔음

〈1997년 8월 9일 (음력 7월 7일)〉 토요일 날씨 흐림/맑음
노인의 날 체육프로그램 활동 준비

〈1997년 8월 10일 (음력 7월 8일)〉 일요일 날씨 맑음
지부 활동 - 노인의 날 체육프로그램 배정, 연길에서 전화 왔음 - 미옥(美玉)

〈1997년 8월 11일 (음력 7월 9일)〉 월요일 날씨 흐림/구름
주방 환풍기 수리(덜 되었음)

〈1997년 8월 12일 (음력 7월 10일)〉 화요일 날씨 흐림
전기수리센터에 가서 주방 환풍기 수리, 태양(太陽)에서 전화 왔음 - 호준(浩俊), 창일(昌日)이 왔다가 갔음, 북경에서 전화 왔음 - 동일(東日)

〈1997년 8월 13일 (음력 7월 11일)〉 수요일 날씨 흐림/맑음
우편함 다시 만들기

〈1997년 8월 14일 (음력 7월 12일)〉 목요일 날씨 흐림
제4소학교에 갔음 - 모(茅)주임의 초대 받았음, 창일(昌日)집에 갔음 - 생일

〈1997년 8월 15일 (음력 7월 13일)〉 금요일 날씨 흐림
노인의 날 체육활동 참석 - 학교 지도부도 참석, 이영(李瑛)진료소에 갔음

〈1997년 8월 16일 (음력 7월 14일)〉 토요일 날씨 흐림
진호(振浩)에게 돈 빌려줬음, 영란(英蘭)의 어머니가 왔다가 갔음, 박교장의 장남의 결혼식 참석

〈1997년 8월 17일 (음력 7월 15일)〉 일요일 날씨 흐림/소나기
창일(昌日), 승일(承日), 영홍(永紅)이 왔음

〈1997년 8월 18일 (음력 7월 16일)〉 월요일 날씨 흐림/소나기
창일(昌日)의 상점에 갔음, 화자(花子)집에 갔음 - 아들 진학인데 초대를 받았음

〈1997년 8월 19일 (음력 7월 17일)〉 화요일 날씨 흐림
창일(昌日)의 상점에 갔음, 북경에서 송금 왔음(200위안) - 원학(元學), 1만 위안 X에게 빌려줬음 - 순자(順子) 책임

〈1997년 8월 20일 (음력 7월 18일)〉 수요일 날씨 흐림
창일(昌日)의 상점에 갔음, 우체국에 가서

200위안 찾았음, 공회위원회(工會委員會)에 갔음

〈1997년 8월 21일 (음력 7월 19일)〉 목요일
날씨 비
오전에 책 봤음, 오후에 과학연구소에 가서 회의 참석

〈1997년 8월 22일 (음력 7월 20일)〉 금요일
날씨 바람/맑음
제4소학교에 갔음 – 공회위원회(工會委員會) 업무에 관함 토론

〈1997년 8월 23일 (음력 7월 21일)〉 토요일
날씨 맑음
미화(美花)가 왔다가 갔음 – 철진(哲珍)이 9월 3일 약혼, 향옥(享玉)이 전화 왔음

〈1997년 8월 24일 (음력 7월 22일)〉 일요일
날씨 맑음
침실에 전구 설치, 승일(承日)집에 갔음, 연길, 북경에서 전화 왔음

〈1997년 8월 25일 (음력 7월 23일)〉 월요일
날씨 구름/맑음
제4소학교에 갔음 – 공위(工委) 업무의 요점 결정, 창일(昌日)의 상점(가게) 1,000위안 냈음(재고)

〈1997년 8월 26일 (음력 7월 24일)〉 화요일
날씨 맑음/비
제4소학교에 갔음 – 공위(工委) 업무에 관함

〈1997년 8월 27일 (음력 7월 25일)〉 수요일
날씨 맑음
스위치 수리

〈1997년 8월 28일 (음력 7월 26일)〉 목요일
날씨 흐림/비
연길에서 전화 왔음 – 철진(哲珍)

〈1997년 8월 29일 (음력 7월 27일)〉 금요일
날씨 맑음
제4소학교에 갔음 – 월급 받았음, 스승의 날에 관한 토론, 진윤방(陳尹方)의 차자의 결혼식 참석

〈1997년 8월 30일 (음력 7월 28일)〉 토요일
날씨 맑음
저금, 이발했음, 향옥(享玉)의 막내 아들의 결혼식 참석, 창일(昌日)과 옥희(玉姬)가 왔다가 갔음

〈1997년 8월 31일 (음력 7월 29일)〉 일요일
날씨 비
자치회 회의 참석 – 총부에 관함, 이영(李瑛) 진료소에 갔음 – 창일(昌日)이 아팠음, 연길에서 전화 왔음 – 미옥(美玉)

〈1997년 9월 1일 (음력 7월 30일)〉 월요일
날씨 비
태운(泰云)이 왔음, 태양오대(太陽五隊)에 갔음

〈1997년 9월 2일 (음력 8월 1일)〉 화요일 날

씨 구름/맑음
셋째숙부 생신, 정화(廷華), 태운(泰云), 정옥
(貞玉), 미화(美花)의 어머니가 왔음

〈1997년 9월 3일 (음력 8월 2일)〉 수요일 날
씨 맑음
화용(和龍)에 갔음 - 철진(哲珍) 약혼, 집에
돌아왔음, 연길에서 전화 왔음 - 미옥(美玉)

〈1997년 9월 4일 (음력 8월 3일)〉 목요일 날
씨 맑음
제4소학교의 집에 갔음 - 화장실에 바닥 및
변기 수리

〈1997년 9월 5일 (음력 8월 4일)〉 금요일 날
씨 구름/맑음
창일(昌日)의 상점(가게)에 가서 도와줬음,
시 제27회 운동회 관람

〈1997년 9월 6일 (음력 8월 5일)〉 토요일 날
씨 흐림/맑음
시장에 가서 신발과 큰 술병 샀음, 이영(李
瑛)진료소에 갔음, 정옥(貞玉)과 복순(福順)
이 왔음

〈1997년 9월 7일 (음력 8월 6일)〉 일요일 날
씨 흐림/맑음
복순(福順)이 장춘(長春)에 갔음, 북경에서
전화 왔음

〈1997년 9월 8일 (음력 8월 7일)〉 월요일 날
씨 흐림

진호(珍浩)가 와서 돈 빌려달라고 했음 - 돈
없어서 못 빌려줬음, 창일(昌日)이 왔음, 이
영(李瑛)진료소에 가서 약 샀음

〈1997년 9월 9일 (음력 8월 8일)〉 화요일 날
씨 흐림/맑음
제4소학교에 갔음 - 퇴직교원(敎員)[10] 스승
의 날 맞이하기 위해 프로그램을 연습, ※일
본에서 편지 왔음

〈1997년 9월 10일 (음력 8월 9일)〉 수요일
날씨 맑음
제4소학교에 가서 스승의 날 문예활동 참가

〈1997년 9월 11일 (음력 8월 10일)〉 목요일
날씨 맑음/바람
정화로(靖和路)[11]에 있는 미술사(美術社)에
갔음, 이영(李瑛)진료소에 갔음, 편지 썼음

〈1997년 9월 12일 (음력 8월 11일)〉 금요일
날씨 맑음/바람
일본으로 편지 보냈음, ※당십오대(黨十五
大)[12] 실황 방송

〈1997년 9월 13일 (음력 8월 12일)〉 토요일
날씨 맑음
전기수리센터에 가서 주방 환풍기 수리, 승
일(承日)의 옛집에 가서 지붕 보수, 승일(承

---

10) 교직원
11) 지명.
12) 중국 공산당 15차 전국대표 대회.

日)이 와서 같이 저녁을 먹었음, 북경에서 전화 왔음 – 영진(永珍)

〈1997년 9월 14일 (음력 8월 13일)〉 일요일
날씨 맑음
연길에서 전화 왔음 – 미옥(美玉), 미술사(美術社)에 갔음, 창일(昌日)집, 제4소학교에 갔음

〈1997년 9월 15일 (음력 8월 14일)〉 월요일
날씨 맑음
태양사대(太陽四隊)에 가서 점심을 먹었음, 태양오대(太陽五隊)에 가서 저녁을 먹었음

〈1997년 9월 16일 (음력 8월 15일)〉 화요일
날씨 맑음
조모(祖母)과 숙부(叔父)의 묘지에 갔음, 태양이대(太陽二隊)에 가서 점심을 먹었음, 다녀왔음

〈1997년 9월 17일 (음력 8월 16일)〉 수요일
날씨 흐림/맑음
셋째숙부와 화자(花子)가 우리 집에 왔음, 영애(英愛)선생이 왔다가 갔음, 연길에서 전화 왔음 – 미옥(美玉)

〈1997년 9월 18일 (음력 8월 17일)〉 목요일
날씨 맑음
셋째숙부가 화자(花子)집에 갔음, 수도꼭지 수리, 창일(昌日)집에 가서 전기스토브 수리, 정옥(貞玉)이 왔다가 갔음

〈1997년 9월 19일 (음력 8월 18일)〉 금요일
날씨 맑음
미술사(美術社)에 갔음 – 간판에 관함, 북경에서 송금 왔음(500위안), 내몽고에서 돈 왔음(100위안)

〈1997년 9월 20일 (음력 8월 19일)〉 토요일
날씨 구름/소나기
최명선(崔明善)의 환갑잔치 참석

〈1997년 9월 21일 (음력 8월 20일)〉 일요일
날씨 맑음
창일(昌日)집에 가서 전기스토브 수리, 북경에서 전화 왔음 – 영진(永珍), 장춘(長春)에서 전화 왔음, 우체국에 돈 찾으러 갔음, 내몽고에 있는 사돈집에서 편지 왔음

〈1997년 9월 22일 (음력 8월 21일)〉 월요일
날씨 맑음
집에서 전기스토브 수리, 내몽고에 있는 사돈집에서 편지 왔음

〈1997년 9월 23일 (음력 8월 22일)〉 화요일
날씨 맑음
김영희(金英姬)선생집에 위문하러 갔음 – 차자 사망, 제4소학교, 제6중학교에 갔음 – 동주(東周)의 딸의 인사이동(人事移動)에 관함

〈1997년 9월 24일 (음력 8월 23일)〉 수요일
날씨 맑음
내몽고 사돈집으로 편지 보냈음, 창일(昌日)집에 가서 영수증 줬음, 창일(昌日)이 왔다가

갔음

〈1997년 9월 25일 (음력 8월 24일)〉 목요일
날씨 맑음
진호(鎭浩)집에 가서 된장 판매에 관한 소식
전달, 오후에 태양오대(太陽五隊)에 갔음, 연
길에서 전화 왔음 - 미옥(美玉)

〈1997년 9월 26일 (음력 8월 25일)〉 금요일
날씨 맑음
태양오대(太陽五隊) → 태양사대(太陽四隊)
→ 집, 일본에서 편지 왔음 - 명숙(明淑)

〈1997년 9월 27일 (음력 8월 26일)〉 토요일
날씨 맑음
창일(昌日)의 사무실에 갔음 - 복순(福順)이
돈 빌림에 관함, 쌀 20근 샀음, 연길에서 전화
왔음 - 미옥(美玉)

〈1997년 9월 28일 (음력 8월 27일)〉 일요일
날씨 맑음
연길에서 전화 왔음 - 미옥(美玉), 북경에서
전화 왔음 - 영진(永珍)과 원학(元學), 일본
에서 전화 왔음 - 국진(國珍)과 명숙(明淑),
철진(哲珍)이 전화 왔음, ※아내가 생일인데
승일(承日), 창일(昌日), 복순(福順), 정화(廷
華)의 아내가 왔음, 월급 받았음

〈1997년 9월 29일 (음력 8월 28일)〉 월요일
날씨 맑음
춘성신용사(春城信用社)에 가서 저금, 북경
에서 전화 왔음 - 원학(元學)

〈1997년 9월 30일 (음력 8월 29일)〉 화요일
날씨 맑음
이영(李瑛)진료소에 가서 약 샀음, 미화(美
花), 미화(美花)의 어머니가 왔음, 장춘(長
春)에서 전화 왔음 - 광춘(光春), 미옥(美玉)
이 왔음

〈1997년 10월 1일 (음력 8월 30일)〉 수요일
날씨 맑음
북경에서 전화 왔음 - 영진(永珍)과 원학(元
學), 창일(昌日)집에 갔음(장인 갔음), 아내
가 철진(哲珍)집에 갔음

〈1997년 10월 2일 (음력 9월 1일)〉 목요일
날씨 맑음
창일(昌日)집에 갔음 - 동일(東日)이 훈춘
(琿春)에 갔음, 태운(泰云)과 철진(哲珍)이
왔음

〈1997년 10월 3일 (음력 9월 2일)〉 금요일
날씨 흐림/비
오후에 민석(珉錫)집에 가서 1000위안 줬음
- 광춘(光春) 결혼

〈1997년 10월 4일 (음력 9월 3일)〉 토요일
날씨 맑음
집에 돌아왔음

〈1997년 10월 5일 (음력 9월 4일)〉 일요일
날씨 맑음/흐림
원학(元學)집에 갔음 - 문에 관함, 사진 찍었
음, 미옥(美玉)이 연길에 돌아갔음, 이영(李

瑛)진료소에 가서 약 샀음

〈1997년 10월 6일 (음력 9월 5일)〉 월요일
날씨 맑음
원학(元學)집에 갔음 – 문 장식(90위안), 시
내에 갔음, 약 먹기 시작

〈1997년 10월 7일 (음력 9월 6일)〉 화요일
날씨 맑음/바람
세탁소에 가서 바지 수선, 영애(英愛)선생이
왔다가 갔음

〈1997년 10월 8일 (음력 9월 7일)〉 수요일
날씨 맑음/바람
당 십오대(黨 十五大) 서류, 보고, 당장(黨
章)[13] 등 학습, 연길에서 전화 왔음 – 철진(哲
珍)

〈1997년 10월 9일 (음력 9월 8일)〉 목요일
날씨 맑음
제4소학교에 가서 사과, 배 등 과일을 받았
음, 우체국에 가서 전화비 냈음(100위안), 일
본으로 편지 보냈음

〈1997년 10월 10일 (음력 9월 9일)〉 금요일
날씨 맑음/바람
태양사대(太陽四隊)에 가서 지부활동 참석
– ※한반도 형세에 관함, 북경에서 전화 왔
음 – 영진(永珍), 연길에서 전화 왔음 – 미옥

---

13) 당장(黨章): 중국공산당 입당장정(中國共産黨 入
　　黨章程), 조직규정.

(美玉), 경삼(京三)이 전화 왔음 – 공부에 관
함

〈1997년 10월 11일 (음력 9월 10일)〉 토요
일 날씨 맑음/바람
하루 종일 TV 봤음

〈1997년 10월 12일 (음력 9월 11일)〉 일요
일 날씨 맑음/바람
방역소에 가서 장인을 문병하러 갔음, 화자
(花子)집에 갔음 – 공부에 관함, 오후에 태양
사대(太陽四隊)에 갔음

〈1997년 10월 13일 (음력 9월 12일)〉 월요
일 날씨 맑음
둘째숙모 생신, 오전에 채소 캤음, 오후에 집
에 돌아왔음

〈1997년 10월 14일 (음력 9월 13일)〉 화요
일 날씨 구름/비
제4소학교에 갔음 – 정년퇴직교원(敎員) 기
록표에 관함, 병원에 가서 장인을 문병하러
갔음

〈1997년 10월 15일 (음력 9월 14일)〉 수요
일 날씨 맑음
밥 못 먹었음 – 병원에 검진하러 갔음, 오후
에 장인을 문병하러 갔음, 북경에서 전화 왔
음 – 동일(東日)

〈1997년 10월 16일 (음력 9월 15일)〉 목요
일 날씨 흐림

병원에 가서 장인을 문병하러 갔음, 연길에서 전화 왔음

〈1997년 10월 17일 (음력 9월 16일)〉 금요일 날씨 흐림
전기스토브 수리, 오후에 교위(教委) 당(黨)대표 회의 참석 – 당(黨)대표 선거, 복순(福順)과 동춘(東春)이 왔다가 갔음

〈1997년 10월 18일 (음력 9월 17일)〉 토요일 날씨 맑음
복순(福順)과 동춘(東春) 연길에 갔음, ※ 아시아 축구 경기 관람

〈1997년 10월 19일 (음력 9월 18일)〉 일요일 날씨 맑음
연길에서 전화 왔음 – 미옥(美玉)

〈1997년 10월 20일 (음력 9월 19일)〉 월요일 날씨 맑음/바람
제4소학교에 갔음 – 추자(秋子)에게 광춘(光春) 결혼의 소식을 전달했음, 병원에 가서 장인을 문병하러 갔음

〈1997년 10월 21일 (음력 9월 20일)〉 화요일 날씨 맑음/바람
장인 퇴원

〈1997년 10월 22일 (음력 9월 21일)〉 수요일 날씨 구름/맑음
TV 봤음, 북경에서 전화 왔음 – 영진(永珍), 정자(貞子)가 전화 왔음

〈1997년 10월 23일 (음력 9월 22일)〉 목요일 날씨 맑음/흐림
광춘(光春)이 왔다가 갔음, 용정(龍井)[14]에서 전화 왔음 – 주금화(朱錦花), 창일(昌日)집에 가서 수도꼭지 수리, 화장실에 수도꼭지 수리

〈1997년 10월 24일 (음력 9월 23일)〉 금요일 날씨 맑음/바람
판석(板石)에 갔음 – 광춘(光春) 결혼 준비

〈1997년 10월 25일 (음력 9월 24일)〉 토요일 날씨 맑음/바람
판석(板石)에서 집에 돌아왔음

〈1997년 10월 26일 (음력 9월 25일)〉 일요일 날씨 맑음/눈
창일(昌日)집에 가서 아침을 먹었음, 판석(板石)에 갔음 – 광춘(光春) 결혼

〈1997년 10월 27일 (음력 9월 26일)〉 월요일 날씨 맑음
판석(板石)에서 출발해서 광춘(光春)의 장인집에 갔음 – 훈춘(琿春), 연길에서 전화 왔음 – 미옥(美玉)

〈1997년 10월 28일 (음력 9월 27일)〉 화요일 날씨 맑음
집에서 신문 봤음, 광춘(光春)이 왔다가 장춘(長春)에 갔음

---

14) 지명.

〈1997년 10월 29일 (음력 9월 28일)〉 수요일 날씨 맑음/바람
학교에 가서 담임교사 회의 참석 - 공회위원회(工會委員會)의 전신 전달, 학교의 공위(工委) 업무계획 통과했음

〈1997년 10월 30일 (음력 9월 29일)〉 목요일 날씨 맑음/바람
태양사내(太陽四隊)에 갔음, 북경에서 전화 세 번 왔음 - 영진(永珍)의 개인 서류와 호적에 관함

〈1997년 10월 31일 (음력 10월 1일)〉 금요일 날씨 맑음/바람
시 인재센터에 갔음 - 영진(永珍)의 개인 서류에 관함, 춘성신용사(春城信用社)에 가서 저금, 북경에서 전화 왔음 - 영진(永珍)

〈1997년 11월 1일 (음력 10월 2일)〉 토요일 날씨 맑음
TV과 신문 봤음

〈1997년 11월 2일 (음력 10월 3일)〉 일요일 날씨 맑음
윤선생의 환갑잔치 참석, 제1중학 병원에 가서 셋째숙모를 문병하러 갔음, 연길에서 전화 왔음 - 미옥(美玉), 북경에서 전화 왔음 - 영진(永珍)과 동일(東日)

〈1997년 11월 3일 (음력 10월 4일)〉 월요일 날씨 맑음
제4소학교에 가서 복사 - 공회위원회(工會委員會) 업무요점에 관함, 북경에서 영진(永珍)의 호적을 이전하는 허가증 왔음, 연길에서 전화 왔음 - 미옥(美玉)

〈1997년 11월 4일 (음력 10월 5일)〉 화요일 날씨 맑음/바람
맹금순(孟今順)이 왔다가 갔음, 북경에서 전화 왔음 - 영진(永珍)

〈1997년 11월 5일 (음력 10월 6일)〉 수요일 날씨 맑음/바람
정화로(靖和路) 파출소(派出所)에 갔음 - 영진(永珍)의 호적에 관함(이루지 못했음), 노년간부(幹部) 총부 회의 참석 - 간담회 총결에 관함, 시 인재센터에 갔음

〈1997년 11월 6일 (음력 10월 7일)〉 목요일 날씨 맑음
내몽고 사돈집으로 편지와 100위안 보냈음, 옛 집의 보험을 가입(40위안), 제4소학교에 갔음 - 김응호(金應浩)교장이 신임(新任), 김일(金日)교장이 연구실로 전근 갔음

〈1997년 11월 7일 (음력 10월 8일)〉 금요일 날씨 맑음
전력빌딩에 가서 노간부(幹部)들을 영접했음, 교위(敎委) 및 공위(工委)회의 참석

〈1997년 11월 8일 (음력 10월 9일)〉 토요일 날씨 맑음
아내가 태양오대(太陽五隊)에 갔음 - 순자(順子)의 장녀 결혼에 관함, 미화(美花)의 어

머니가 왔다가 갔음, 연길에서 전화 왔음 - 미옥(美玉)

〈1997년 11월 9일 (음력 10월 10일)〉 일요일 날씨 맑음

태양오대(太陽五隊)에 갔음 - 순자(順子)의 장녀 결혼식 참석, 북경에서 전화 왔음 - 영진(永珍)

〈1997년 11월 10일 (음력 10월 11일)〉 월요일 날씨 맑음

제6지부 활동 - 당십오대(黨十五大)회의 서류를 학습 지도 및 우수회원 선발

〈1997년 11월 11일 (음력 10월 12일)〉 화요일 날씨 맑음

제4소학교에 갔음 - 공위(工委)업무 총결에 관함, 석지도원 없음, 교원(教員)조장과 담화 - 학부모, 학교에 관함, 해숙(海淑)선생과 서(徐)교장이 우리 집에 왔다가 갔음

〈1997년 11월 12일 (음력 10월 13일)〉 수요일 날씨 맑음/바람

창일(昌日)이 왔다가 갔음, 우체국에 가서 신문·간행물 주문했음, 설탕 샀음, 연길에서 전화 왔음 - 미옥(美玉)과 철진(哲珍)

〈1997년 11월 13일 (음력 10월 14일)〉 목요일 날씨 맑음

제4소학교에 가서 인민대표 회의 참석 - 교장, 지도원들과 공위(工委)업무에 관한 토론, 북경에서 전화 왔음 - 원학(元學)

〈1997년 11월 14일 (음력 10월 15일)〉 금요일 날씨 눈/맑음

물김치를 만들기, 미화(美花)의 어머니가 왔다가 갔음, 이영(李瑛)진료소에 가서 약 샀음

〈1997년 11월 15일 (음력 10월 16일)〉 토요일 날씨 맑음

(축구) 연변 - 사천(四川) 1:0, 북경에서 전화 왔음 - 영진(永珍)

〈1997년 11월 16일 (음력 10월 17일)〉 일요일 날씨 눈

등기우편 왔음 - 영진(永珍)의 사진, 제4소학교에 가서 영진(永珍)의 사진을 받으러 갔음, 북경에서 전화 왔음 - 영진(永珍), 순자(順子)가 왔다가 갔음

〈1997년 11월 17일 (음력 10월 18일)〉 월요일 날씨 눈

영진(永珍)의 호적 때문에 파출소(派出所)에 갔음(이루지 못했음), 노년간부(幹部)국에 가서 지부의 연간업무계획 보고, 연길에서 전화 왔음 - 미옥(美玉), 북경에서 전화 왔음 - 영진(永珍)

〈1997년 11월 18일 (음력 10월 19일)〉 화요일 날씨 맑음/바람

공안국(公安局) 증명사진관에 갔음, 서 시장에 갔다가 왔음, 일본에서 편지 왔음 - 명숙(明淑), 북경에서 전화 왔음 - 영진(永珍), 서(徐)교장이 왔다가 갔음

〈1997년 11월 19일 (음력 10월 20일)〉 수요일 날씨 맑음

창고 청소, 창고로 배추 등 채소를 반운(搬運), 북경에서 편지 왔음 - 영진(永珍)의 신분증, 증명서 없음, 오후에 파출소(派出所)에 가서 영진(永珍)의 호적 이전(완성)

〈1997년 11월 20일 (음력 10월 21일)〉 목요일 날씨 맑음

교공위(教工委)에 가서 총결 및 통계표 제출, 제4소학교에 가서 비디오테이프를 보냈음

〈1997년 11월 21일 (음력 10월 22일)〉 금요일 날씨 흐림

내몽고 사돈집에서 편지 왔음 - 향선(香善)이 보내왔음

〈1997년 11월 22일 (음력 10월 23일)〉 토요일 날씨 맑음

오전에 TV 프로그램 조정, 복순(福順)이 판석(板石)에서 왔음

〈1997년 11월 23일 (음력 10월 24일)〉 일요일 날씨 맑음

북경에서 전화 왔음 - 영진(永珍), 연길에서 전화 왔음 - 미옥(美玉), (축구) 연변 - 산동(山東) 1:2

〈1997년 11월 24일 (음력 10월 25일)〉 월요일 날씨 흐림/맑음

시 인재센터에 갔음 - 영진(永珍)의 아파트에 관함, 제4소학교에 갔음(지도원 없음), 식량국(食糧局)에 갔음 - 일 이루지 못했음

〈1997년 11월 25일 (음력 10월 26일)〉 화요일 날씨 흐림/비

시 인재센터에 갔음 - 영진(永珍)의 개인서류에 관함(직업증명서 없음), 우체국에 사서 편지 보냈음, 농업은행에 가서 저금증명서 출력 - 옥희(玉姬)의 엄마에게 줬음, 북경에서 전화 왔음 - 영진(永珍)

〈1997년 11월 26일 (음력 10월 27일)〉 수요일 날씨 흐림/비

제4소학교에 갔음(지도원 없음), 월급 받았음, 춘성신용사(春城信用社)에 가서 저금

〈1997년 11월 27일 (음력 10월 28일)〉 목요일 날씨 바람/추움

제4소학교에 갔음 - 공위(工委)의 통계표에 관함, 정옥(貞玉)이 왔다가 갔음, 아내가 태양사대(太陽四隊)에 갔음

〈1997년 11월 28일 (음력 10월 29일)〉 금요일 날씨 맑음

교위(教委)에 가서 퇴직자치회 총결회의 참석, ※순자(順子)가 쌀 200근 보내왔음

〈1997년 11월 29일 (음력 10월 30일)〉 토요일 날씨 흐림

퇴직간부 김병인(金秉寅) 등의 집에 가서 기록표 기입했음

〈1997년 11월 30일 (음력 11월 1일)〉 일요

일 날씨 맑음
상점에 가서 중약(中藥) 샀음

〈1997년 12월 1일 (음력 11월 2일)〉 월요일
날씨 맑음
노간부국에 가서 퇴직 노간부기록표를 제출

〈1997년 12월 2일 (음력 11월 3일)〉 화요일
날씨 맑음
일본으로 편지 보냈음, 제4소학교에 갔음, 진호(鎭浩)가 왔음(돈, 쌀)

〈1997년 12월 3일 (음력 11월 4일)〉 수요일
날씨 맑음
태양(太陽)에 가서 이창원(李昌原) 선생의 장남의 결혼식 참석, 국일(國日), 아내의 둘째아버지 집에 갔음, 집에 돌아왔음

〈1997년 12월 4일 (음력 11월 5일)〉 목요일
날씨 흐림
이영(李瑛)의사가 왔다가 갔음

〈1997년 12월 5일 (음력 11월 6일)〉 금요일
날씨 맑음
제4소학교에 갔음 – 한어조(漢語組)가 자료 번역, 창일(昌日)이 와서 점심을 먹었음

〈1997년 12월 6일 (음력 11월 7일)〉 토요일
날씨 흐림
교외교육논문 쓰기 시작

〈1997년 12월 7일 (음력 11월 8일)〉 일요일

날씨 눈/흐림
연길에서 전화 왔음 – 미옥(美玉), 북경에서 전화 왔음 – 영진(永珍), 논문 완성 후 학교에 가서 지도원한테 제출했음

〈1997년 12월 8일 (음력 11월 9일)〉 월요일
날씨 눈
교위(教委) 노간부(幹部)국에 갔음 – 퇴직간부(幹部)기록표에 관함

〈1997년 12월 9일 (음력 11월 10일)〉 화요일 날씨 맑음/바람
시위(市委)조직부에 가서 서류 기입, 퇴직간부(幹部)기록표를 재확인, 창일(昌日)집에서 점심 먹었음

〈1997년 12월 10일 (음력 11월 11일)〉 수요일 날씨 맑음/바람
시위(市委)조직부에 가서 퇴직간부(幹部)기록표를 수정 및 기입

〈1997년 12월 11일 (음력 11월 12일)〉 목요일 날씨 맑음
옛 집에 가서 (창문)유리 설치, 손목 시곗줄을 수리

〈1997년 12월 12일 (음력 11월 13일)〉 금요일 날씨 흐림/맑음
제4소학교에 가서 학교지도부 초청 – 14일에 노년간부(幹部) 연말 총결회의, 병원에 가서 아내의 건강검진결과를 가져왔음

〈1997년 12월 13일 (음력 11월 14일)〉 토요일 날씨 맑음
일본에서 특급 편지 왔음 - 2만 엔, 이발했음

〈1997년 12월 14일 (음력 11월 15일)〉 일요일 날씨 맑음
제6지부 총결대회 - 총결보고, 표창, 활동(제4소학교, 제5소학교의 지도부 참석), 연길에서 전화 왔음 - 미옥(美玉)

〈1997년 12월 15일 (음력 11월 16일)〉 월요일 날씨 맑음
교위(教委)에 갔음 - 시위(市委)조직부가 와서 퇴직 노간부(幹部)의 개인서류를 점검

〈1997년 12월 16일 (음력 11월 17일)〉 화요일 날씨 맑음
책 봤음, 미화(美花)의 어머니가 왔다가 갔음

〈1997년 12월 17일 (음력 11월 18일)〉 수요일 날씨 맑음
제4소학교에 갔음 - 학부모에 관함, 북경에서 전화 왔음 - 영진(永珍)

〈1997년 12월 18일 (음력 11월 19일)〉 목요일 날씨 맑음/구름
제4소학교에 갔음, 축구경기 봤음

〈1997년 12월 19일 (음력 11월 20일)〉 금요일 날씨 구름/맑음
판석(板石)에 갔음 - 민석(珉錫) 생일

〈1997년 12월 20일 (음력 11월 21일)〉 토요일 날씨 맑음
집에 돌아왔음, 북경에서 전화 왔음 - 영진(永珍)

〈1997년 12월 21일 (음력 11월 22일)〉 일요일 날씨 맑음
연길에서 전화 왔음 - 미옥(美玉), 북경에서 전화 왔음 - 영진(永珍), 세입자가 이사를 왔음

〈1997년 12월 22일 (음력 11월 23일)〉 월요일 날씨 맑음
신문과 TV 봤음

〈1997년 12월 23일 (음력 11월 24일)〉 화요일 날씨 맑음
신문과 TV 봤음, 오후에 제4소학교에 갔음 - 학부모에 관함

〈1997년 12월 24일 (음력 11월 25일)〉 수요일 날씨 맑음
파출소(派出所)에 갔음 - 영진(永珍)의 신분증에 관함(이루지 못했음)

〈1997년 12월 25일 (음력 11월 26일)〉 목요일 날씨 맑음
신문과 TV 봤음, 미화(美花)의 어머니가 왔다가 갔음

〈1997년 12월 26일 (음력 11월 27일)〉 금요일 날씨 맑음

신문과 TV 봤음

〈1997년 12월 27일 (음력 11월 28일)〉 토요일 날씨 맑음/바람
신문과 TV 봤음, 연길에서 전화 왔음 - 미옥(美玉)

〈1997년 12월 28일 (음력 11월 29일)〉 일요일 날씨 맑음
연길에서 전화 왔음 - 미옥(美玉), 제4소학교에 가서 스케이트화를 가져왔음

〈1997년 12월 29일 (음력 11월 30일)〉 월요일 날씨 맑음
제4소학교에 갔다가 왔음, 썰매를 만들었음, 창고의 창문 수리

〈1997년 12월 30일 (음력 12월 1일)〉 화요일 날씨 맑음
제4소학교에 가서 월급 받았음, 춘성신용사(春城信用社)에 가서 저금, 텔레비전 방송국에 가서 유선TV 비용 냈음(144위안), 북경에서 전화 왔음 - 영진(永珍)

〈1997년 12월 31일 (음력 12월 2일)〉 수요일 날씨 맑음
연길에 갔음, 북경에서 전화 왔음 - 영진(永珍)

97 세계 10대뉴스:
1. 영국에서 양의 체내세포로 무성번식에 성공하여 《세기적과학연구성과》을 낳았다,

그런데 유엔교육과학문화기구에서는 이 기술을 인류에 사용하는 것을 명확히 반대하고 있다.
2. 4월 24일 중국, 로씨야, 까자흐스딴, 끼르끼즈스딴, 따쥐끼스딴 5개 나라가 변계군축협정을 체결하고 지역안전 확보의 새 모식을 내 놓았다.
3. 4월 이래 인도네시아삼림에 화재가 일어나 30여억 딸라의 직접적 손실을 보았다.
4. 중부아프리카정세가 뒤흔들리여 5월 17일 자이르가 꽁고민주공화국으로 국명을 개칭하고 카빌라가 대통령으로 됨으로써 32년간에 걸친 모부투의 통치를 종말지었다. 그뒤를 이어 이웃인 꽁고에서도 정권이 교체되여 전대통령 싸쑤가 리쑤바정권을 뒤엎고 재집권하였다.
5. 7월 1일 향항(홍콩)이 중국에 회귀되고 《1국2제》이 세계의 보편적인 찬양을 받았다.
6. 7월이래 동남아세아에 금융위기가 나타나 일부 나라의 외환시장과 주식시장이 뒤흔들였다.
7. 7월 4일 미국의 화성탐측자호비행선이 순조롭게 화성에 착륙하여 고찰함으로써 인류는 우주정복면에서 또 한걸음 전진하였다.
8. 7월 나토가 동부확장명단을 확정함으로써 구라파안전구도가 중대한 변화를 가져왔다.
9. 10월 26일부터 11월 2일까지 강택민주석이 미국을 방문하고 중국과 미국은 건설적 전략 동반자관계를 건립하기로 결정하였다.

10. 12월 15일부터 동아세아 각국 수뇌들이
　　말레이시아의 꾸알라룸뿌르에서 상봉을
　　가지고 새세기를 향한 선린 상호신임 동

반자관계 건립을 토의하였다.

－ 신화통신에서.

1998년

〈1998년 1월 1일 (음력 12월 3일)〉 목요일 날씨 맑음

일본에서 전화 왔음 - 명숙(明淑), 북경에서 전화 왔음 - 원학(元學)과 동일(東日), 미옥(美玉)집에서 원단 보냈음, 국무(國貿)빌딩[1], 청년호(靑年湖)에 가 봤음

〈1998년 1월 2일 (음력 12월 4일)〉 금요일 날씨 맑음/흐림

미옥(美玉) 집에 있었음

〈1998년 1월 3일 (음력 12월 5일)〉 토요일 날씨 눈/맑음

사돈집에 갔음 - 원학(元學)의 어머니 생신

〈1998년 1월 4일 (음력 12월 6일)〉 일요일 날씨 맑음/추움

집에 돌아왔음(8:00~10:00 차), 연길에서 전화 왔음 - 미옥(美玉), 북경에서 전화 왔음 - 영진(永珍)

〈1998년 1월 5일 (음력 12월 7일)〉 월요일 날씨 맑음/흐림

건설은행에 가서 저금, 신문과 TV 봤음

〈1998년 1월 6일 (음력 12월 8일)〉 화요일 날씨 맑음

전력공급소에 가서 전기세 납부(50위안), 지하 창고 정리

〈1998년 1월 7일 (음력 12월 9일)〉 수요일 날씨 맑음

우체국에 가서 전화비 냈음(100위안), 신문과 TV 봤음

〈1998년 1월 8일 (음력 12월 10일)〉 목요일 날씨 맑음

신문과 TV 봤음

〈1998년 1월 9일 (음력 12월 11일)〉 금요일 날씨 맑음/흐림

※일본어 공부하기 시작(초급1), 미화(美花), 미화(美花)의 어머니가 왔다가 갔음

〈1998년 1월 10일 (음력 12월 12일)〉 토요일 날씨 맑음/흐림

미화(美花), 미화(美花)의 어머니가 왔다가 갔음, 복순(福順)이 왔다가 갔음 - 판석(板

---

1) 쇼핑빌딩.

石), 연길에서 전화 왔음 – 미옥(美玉)

〈1998년 1월 11일 (음력 12월 13일)〉일요
일 날씨 맑음
창일(昌日)집에 갔음, 미화(美花)의 어머니
가 왔다가 갔음

〈1998년 1월 12일 (음력 12월 14일)〉월요
일 날씨 맑음
창일(昌日)의 상점(가게)에 갔음, 미화(美
花)가 왔다가 갔음

〈1998년 1월 13일 (음력 12월 15일)〉화요
일 날씨 맑음
전력공급소에 가서 전기세 냈음, 난방공급소
에 갔음 – 난방 공급 부족

〈1998년 1월 14일 (음력 12월 16일)〉수요
일 날씨 맑음/추움
일본으로 편지 보냈음

〈1998년 1월 15일 (음력 12월 17일)〉목요
일 날씨 맑음/추움
정화로(靖和路)파출소(派出所)에 갔음 – 신
분증, (가게)지점에 관함

〈1998년 1월 16일 (음력 12월 18일)〉금요
일 날씨 맑음
북경에서 전화 왔음 – 원학(元學), 미옥(美
玉)이 안정하게 북경에 도착했음, 미화(美
花)의 어머니가 왔다가 갔음

〈1998년 1월 17일 (음력 12월 19일)〉토요
일 날씨 비
아내가 연길에 갔음 – 철진(哲珍)이 결혼에
관함, 태양(太陽)[2]에 갔음 – 성일(成日)의
아버지가 사망

〈1998년 1월 18일 (음력 12월 20일)〉일요
일 날씨 추움
정수(廷洙)집에 가서 점심을 먹었음, 답사
(答辭) 작성, 성일(成日)의 아버지 입관(入
棺)

〈1998년 1월 19일 (음력 12월 21일)〉월요
일 날씨 추움
※성일(成日)의 아버지의 추도식 참석, 집에
돌아왔음, 북경에서 전화 왔음 – 영진(永珍)

〈1998년 1월 20일 (음력 12월 22일)〉화요
일 날씨 맑음
TV 봤음, 북경에서 전화 왔음 – 원학(元學)과
동일(東日)

〈1998년 1월 21일 (음력 12월 23일)〉수요
일 날씨 맑음
신문과 TV 봤음, 옥희(玉姬)가 왔다가 병원
에 갔음

〈1998년 1월 22일 (음력 12월 24일)〉목요
일 날씨 맑음
신문과 TV 봤음, 아내가 시장에 물건을 사러

---

2) 지명.

갔음

〈1998년 1월 23일 (음력 12월 25일)〉 금요
일 날씨 맑음
창일(昌日)이 왔음 - 100위안 받았음, ※아내
가 물건 3개 샀음(1260위안)

〈1998년 1월 24일 (음력 12월 26일)〉 토요
일 날씨 맑음/추움
북경에서 전화 왔음 - 영진(永珍), 연길에서
전화 왔음 - 철진(哲珍), 판석(板石)에서 전
화 왔음 - 광춘(光春), 태운(泰云)이 왔음 -
철진(哲珍)이 결혼에 관함, 제4소학교의 서
기(書記)와 교장이 위문(慰問)하러 왔음

〈1998년 1월 25일 (음력 12월 27일)〉 일요
일 날씨 맑음
북경에서 전화 왔음 - 미옥(美玉), 제4소학교
에 갔음 - 월급 받았음, 학교선생들을 초대해
줬음, 광춘(光春)이 우리 집에 왔음

〈1998년 1월 26일 (음력 12월 28일)〉 월요
일 날씨 맑음
형부의 환갑잔치 참석, 진호(鎭浩)가 왔음,
충칭에서 전화 왔음 - 영진(永珍)

〈1998년 1월 27일 (음력 12월 29일)〉 화요
일 날씨 맑음
장인을 위문하러 갔음, 태양(太陽)에 있는 숙
모집에 갔음, 미화(美花)가 계란을 가져왔음

〈1998년 1월 28일 (음력 1월 1일)〉 수요일
날씨 맑음
설날, 태양사대(太陽四隊)에서 창일(昌日)집
으로 갔음, 민석(珉錫)과 가족이 동일(東日)
집에 갔다가 창일(昌日)집에 왔음

〈1998년 1월 29일 (음력 1월 2일)〉 목요일
날씨 맑음
창일(昌日)집에 갔음 - 설날 보냈음, 연길에
서 전화 왔음 - 미옥(美玉)

〈1998년 1월 30일 (음력 1월 3일)〉 금요일
날씨 맑음
창일(昌日)집에서 있었음, 오후 집에 돌아와
서 TV 봤음, 연길에서 전화 왔음 - 미옥(美
玉), 동일(東日)과 초미(超美)가 우리 집에
왔음

〈1998년 1월 31일 (음력 1월 4일)〉 토요일
날씨 맑음
창일(昌日)집에 갔음, 동일(東日)과 가족이
연길에 돌아갔음(아내가 같이 갔음), 연길에
서 전화 왔음 - 아내와 원학(元學), 기건판
(基建辦)[3]의 최호준이 창일(昌日)집으로 위
문하러 왔음

〈1998년 2월 1일 (음력 1월 5일)〉 일요일 날
씨 맑음
일본에서 전화 왔음 - 명숙(明淑)과 국진(國
珍), 연길에서 전화 왔음 - 아내, 창일(昌日)
집에 가서 아침을 먹었음, 정옥(貞玉)이 왔가

---

3) 기초건설 사무실.

다 갔음

⟨1998년 2월 2일 (음력 1월 6일)⟩ 월요일 날씨 맑음
태운(泰云)집에 가서 아침을 먹었음, 연길에 갔음(9:15~10:45)

⟨1998년 2월 3일 (음력 1월 7일)⟩ 화요일 날씨 맑음
원학(元學)이 북경에 갔음, 충칭에서 전화 왔음 – 영진(永珍), 내몽골 사돈집으로 100위안 송금했음, 저녁에 광춘(光春)이 미옥(美玉) 집에 왔음

⟨1998년 2월 4일 (음력 1월 8일)⟩ 수요일 날씨 맑음
점심에 철진(哲珍)이 미옥(美玉) 집에 왔음, 북경에서 전화 왔음 – 영진(永珍)과 원학(元學)

⟨1998년 2월 5일 (음력 1월 9일)⟩ 목요일 날씨 맑음
춘학(春學)의 장녀의 결혼식 참석, 연길에서 집에 돌아왔음(2:30~4:30)

⟨1998년 2월 6일 (음력 1월 10일)⟩ 금요일 날씨 맑음
전기스토브 수리, 춘성신용사(春城信用社)에 가서 예금 인출, 건설은행에 가서 저금, 가게채의 난방비 납부(1039.5위안)

⟨1998년 2월 7일 (음력 1월 11일)⟩ 토요일 날씨 흐림/눈
건설은행에 가서 저금, 북경에서 전화 왔음 – 영진(永珍), 술 만들기

⟨1998년 2월 8일 (음력 1월 12일)⟩ 일요일 날씨 눈
미화(美花)의 어머니와 정옥(貞玉)이 우리 집에 왔음 – 철진(哲珍)의 결혼식에 관한 토론, 연길에서 전화 왔음 – 미옥(美玉)

⟨1998년 2월 9일 (음력 1월 13일)⟩ 월요일 날씨 맑음
신흥위(新興委)사무실에 갔음, 이영(李瑛)진료소에 가서 약 샀음, 북경에서 전화 왔음 – 영진(永珍)

⟨1998년 2월 10일 (음력 1월 14일)⟩ 화요일 날씨 맑음
창일(昌日)집에 가서 전기(밥)솥을 가져왔음, 신흥위(新興委), 시 혼인관리처에 갔음 – 영진(永珍)의 혼인 소개서에 관함, 태운(泰云)이 왔음, 우체국에 갔음 – 혼인소개서 보냈음, 북경에서 전화 왔음 – 영진(永珍)

⟨1998년 2월 11일 (음력 1월 15일)⟩ 수요일 날씨 맑음
일본에서 전화 왔음 – 명숙(明淑), 연길에서 전화 왔음 – 미옥(美玉)

⟨1998년 2월 12일 (음력 1월 16일)⟩ 목요일 날씨 눈/맑음
정금(貞今)과 미화(美花)가 와서 대청소, 북

경에서 전화 왔음 - 영진(永珍)

〈1998년 2월 13일 (음력 1월 17일)〉 금요일
날씨 맑음
친척들이 왔음 - 혼사(婚事) 준비, 아파서
(후두염) 주사 맞았음

〈1998년 2월 14일 (음력 1월 18일)〉 토요일
날씨 맑음
철진(哲珍) 결혼식 - 연길에 가서 결혼식 했
음, 연길에서 전화 왔음 - 미옥(美玉), 누나가
우리 집에 왔음, (후두염) 주사 맞았음

〈1998년 2월 15일 (음력 1월 19일)〉 일요일
날씨 맑음
내몽골에 있는 사돈집에서 전화 왔음, 오후
에 친척들과 미화(美花)가 집에 돌아갔음,
(후두염) 주사 맞았음

〈1998년 2월 16일 (음력 1월 20일)〉 월요일
날씨 맑음
신문과 TV 봤음, 아내가 학생지도(과외)하기
시작, (후두염) 주사 맞았음, 미화(美花)집에
갔음

〈1998년 2월 17일 (음력 1월 21일)〉 화요일
날씨 맑음
신문과 TV 봤음, 미화(美花)가 왔음, 아미노
산제 먹기 시작, 연길에서 전화 왔음 - 미옥
(美玉)

〈1998년 2월 18일 (음력 1월 22일)〉 수요일

날씨 맑음
북경에서 전화 왔음 - 영진(永珍)의 혼인소
개서가 도착했음, 복순(福順)이 왔음, 민석
(珉錫)이 북경에 갔음

〈1998년 2월 19일 (음력 1월 23일)〉 목요일
날씨 맑음
복순(福順)이 판석(板石)에 돌아갔음, 풍순
(風順)이 왔음 - 점심을 같이 먹었음, 태양
(太陽)에 갔음 - 정수(廷洙)의 생일, 연길에
서 전화 왔음 - 미옥(美玉)

〈1998년 2월 20일 (음력 1월 24일)〉 금요일
날씨 맑음
태양(太陽)에 갔다가 태양사대(太陽四隊)에
가서 점심을 먹었음, 집에 돌아왔음, 아내가
판석(板石)에 가서 영자(英子)의 셋째 딸의
결혼식 참석

〈1998년 2월 21일 (음력 1월 25일)〉 토요일
날씨 맑음
신문과 TV 봤음, 이영(李瑛)진료소에 갔음,
연길에서 전화 왔음 - 미옥(美玉)

〈1998년 2월 22일 (음력 1월 26일)〉 일요일
날씨 맑음
총지부회의, 자치회의 참석, 상품진열대 팔
았음 - 1,000위안, 북경에서 전화 왔음 - 영진
(永珍)

〈1998년 2월 23일 (음력 1월 27일)〉 월요일
날씨 맑음

북한에서 편지 왔음 - 향선(香善)이 가져왔음, 미화(美花)의 어머니가 왔음

〈1998년 2월 24일 (음력 1월 28일)〉 화요일 날씨 맑음
편지 썼음, 전기밥솥의 선을 수리했음

〈1998년 2월 25일 (음력 1월 29일)〉 수요일 날씨 맑음
북한으로 편지 보냈음, 정화파출소(靖和派出所)에 갔음 - 영진(永珍)의 신분증에 관함, 연길에서 전화 왔음 - 철진(哲珍)

〈1998년 2월 26일 (음력 1월 30일)〉 목요일 날씨 맑음
수도꼭지 샀음, 수도꼭지 수리

〈1998년 2월 27일 (음력 2월 1일)〉 금요일 날씨 흐림/맑음
제4소학교에 가서 학기준비 상황 파악 - 학교계획, 이영(李瑛)진료소에 갔음, 이영(李瑛)의사의 초대를 받았음

〈1998년 2월 28일 (음력 2월 2일)〉 토요일 날씨 맑음
승일(承日) 생일 - 점심에 승일(承日)집에 갔음

〈1998년 3월 1일 (음력 2월 3일)〉 일요일 날씨 흐림/맑음
신문과 TV 봤음, 아시아축구경기(중국 : 홍콩 1:0), 북경에서 전화 왔음 - 영진(永珍)

〈1998년 3월 2일 (음력 2월 4일)〉 월요일 날씨 맑음
제5중학교에 갔음 - 옥희(玉姬) 전학에 관함

〈1998년 3월 3일 (음력 2월 5일)〉 화요일 날씨 맑음/바람
TV 봤음

〈1998년 3월 4일 (음력 2월 6일)〉 수요일 날씨 맑음
제4소학교에 가서 월급 받았음, 아시아축구경기(중국 : 한국 1:2)

〈1998년 3월 5일 (음력 2월 7일)〉 목요일 날씨 맑음
추월(秋月)의 가게에 가서 3.8절 활동에 관해 토론했음, 박영호(朴永浩)의 생일인데 초대를 받았음

〈1998년 3월 6일 (음력 2월 8일)〉 금요일 날씨 구름/바람
제4소학교에 가서 3.8절 활동경비 받았음, 제4소학교 지도부 3.8절 활동 참석

〈1998년 3월 7일 (음력 2월 9일)〉 토요일 날씨 맑음
신문과 TV 봤음, 3.8절 활동에 관해 퇴직 교원(敎員)들에게 전화했음, 연길에서 전화 왔음 - 미옥(美玉)

〈1998년 3월 8일 (음력 2월 10일)〉 일요일 날씨 맑음

제4소학교 퇴직교원(教員)들이 3.8절 활동 참석

〈1998년 3월 9일 (음력 2월 11일)〉 월요일
날씨 맑음/바람
누나가 우리 집에 왔음

〈1998년 3월 10일 (음력 2월 12일)〉 화요일
날씨 맑음
화자(花子)집에 녹화영상 보러 갔음, 누나 환갑, 허삼용(許三龍)의 딸의 생일인데 초대를 받았음, 누나가 진호(鎭浩)집에 갔음

〈1998년 3월 11일 (음력 2월 13일)〉 수요일
날씨 맑음
전기공급소에 가서 전기세 냈음, 우체국에 가서 전화비 냈음

〈1998년 3월 12일 (음력 2월 14일)〉 목요일
날씨 맑음
신문과 TV 봤음, 축구경기(북경 - 다롄 2:1)

〈1998년 3월 13일 (음력 2월 15일)〉 금요일
날씨 맑음
미화(美花)가 왔다가 갔음, 정화파출소(靖和派出所)에 갔음 - 휴무

〈1998년 3월 14일 (음력 2월 16일)〉 토요일
날씨 맑음/바람
누나가 진호(鎭浩) 집에서 왔음, 일본에서 편지 왔음 - 명숙(明淑), 북한에서 편지 왔음, 이영(李瑛)진료소에 가서 약 샀음, 연길에서

전화 왔음 - 미옥(美玉)

〈1998년 3월 15일 (음력 2월 17일)〉 일요일
날씨 맑음
지부 1차 활동 참석 - 총지부, 자치관리회, 지부계획 통과, 오후에 축구경기,《희망사업》봤음

〈1998년 3월 16일 (음력 2월 18일)〉 월요일
날씨 맑음
지부 활동기록 정리

〈1998년 3월 17일 (음력 2월 19일)〉 화요일
날씨 맑음
정화파출소(靖和派出所)에 갔음 - 영진(永珍)의 신분증 처리(완성), 누나와 아내가 미화(美花) 집에 갔다가 왔음, 북경에서 전화 왔음 - 영진(永珍)

〈1998년 3월 18일 (음력 2월 20일)〉 수요일
날씨 흐림
북경으로 편지 보냈음 - 동일한테, 영진(永珍)에게 신분증 보냈음, 누나가 진호(鎭浩) 집에 갔음

〈1998년 3월 19일 (음력 2월 21일)〉 목요일
날씨 비
시 교위(教委) 관공위(觀工委)[4]회의 - 97년

---

4) 中國關心下一代工作委員會(簡称 : 中國關工委), 于 1990年2月經党中央國務院批准成立.다음 세대에 대한 관심과 교육을 실시하는 조직의 약칭. 1990년 2월 중국공산당 중앙국무원 허가로 창립.

총결, 98년 계획

〈1998년 3월 20일 (음력 2월 22일)〉 금요일
날씨 맑음/바람
책과 TV 봤음, 누나가 진호(鎭浩)집에서 왔음

〈1998년 3월 21일 (음력 2월 23일)〉 토요일
날씨 맑음/바람
창일(昌日)집에 가서 변기 수리, 누나가 친척집에 갔음, 일본에서 전화 왔음 – 국진(國珍), 연길에서 전화 왔음 – 미옥(美玉)

〈1998년 3월 22일 (음력 2월 24일)〉 일요일
날씨 맑음/바람
북경에서 전화 왔음 – 영진(永珍), TV 봤음 – 축구경기, 우한:연변(延邊) 0:2, 누나가 친척집에서 왔음

〈1998년 3월 23일 (음력 2월 25일)〉 월요일
날씨 맑음/바람
제4소학교에 갔음 – 관공위(觀工委) 업무, 난방공급국에 가서 난방비 냈음

〈1998년 3월 24일 (음력 2월 26일)〉 화요일
날씨 맑음/바람
공안국(公安局)에 가서 청소관리비 냈음 (338위안)

〈1998년 3월 25일 (음력 2월 27일)〉 수요일
날씨 맑음
안도(安圖)에서 전화 왔음 – 강철(康哲), 아

내가 일본으로 편지 보냈음

〈1998년 3월 26일 (음력 2월 28일)〉 목요일
날씨 맑음
누나가 안도(安圖)에 돌아갔음, 제4소학교 관공위(觀工委) 계획 정했음

〈1998년 3월 27일 (음력 2월 29일)〉 금요일
날씨 맑음
안도(安圖), 연길로 전화했음, 서 교장 집에서 전열대를 가져왔음, 베란다로 화분(花盆) 옮겼음

〈1998년 3월 28일 (음력 3월 1일)〉 토요일
날씨 구름/맑음
창일(昌日)이 왔다가 갔음, 훈춘(琿春)에서 연길로 갔음(12:10~2:10), 북경에서 전화 왔음 – 영진(永珍)

〈1998년 3월 29일 (음력 3월 2일)〉 일요일
날씨 맑음/바람
박성렬(朴成烈)병원에 가서 진료 받고 약 샀음(400위안), 백화점에 갔음, 오후에 인민체육관에 가서 축구경기 봤음 – 연변(延邊):칭다오 1:1

〈1998년 3월 30일 (음력 3월 3일)〉 월요일
날씨 맑음/바람
아침에 미옥(美玉)집의 문 수리, 연길에서 집에 돌아왔음(8:00~10:00), 연길에서 전화 왔음 – 미옥(美玉)

〈1998년 3월 31일 (음력 3월 4일)〉 화요일 날씨 맑음/바람

창일(昌日)의 가게에 갔음, 아내가 시 병원에 문병하러 갔음 – 영란(英蘭)의 어머니가 입원했음

〈1998년 4월 1일 (음력 3월 5일)〉 수요일 날씨 맑음

제4소학교에 갔음 – 청명절 활동에 관함, 영웅사적 자료 작성, 창일(昌日)의 가게에 갔음

〈1998년 4월 2일 (음력 3월 6일)〉 목요일 날씨 맑음

오전에 열사의 영웅사적 강연 준비, 이영(李瑛)진료소에 가서 주사 맞았음, 오후에 제4소학교에 가서 열사의 영웅사적 강연

〈1998년 4월 3일 (음력 3월 7일)〉 금요일 날씨 맑음

이영(李瑛)진료소에 가서 주사 맞았음 – 두 번(감기), 창일(昌日)의 가게에 가서 물건 팔았음

〈1998년 4월 4일 (음력 3월 8일)〉 토요일 날씨 흐림/비

이영(李瑛)진료소에 가서 주사 맞았음, 복순(福順)이 판석(板石)에서 전화 왔음, 아내가 태양(太陽)에 갔음, 제4소학교에 가서 열사의 영웅사적 강연

〈1998년 4월 5일 (음력 3월 9일)〉 일요일 날씨 흐림/맑음

태양(太陽)에 있는 둘째아버지의 묘지에 갔음, 연길에서 전화 왔음 – 미옥(美玉), 북경에서 전화 왔음 – 영진(永珍)과 동일(東日), 집에 돌아왔음, 축구경기 – 사천:연변(延邊) 0:1

〈1998년 4월 6일 (음력 3월 10일)〉 월요일 날씨 맑음

파출소(派出所)에 갔음 – 셋집의 허가증에 관함, 이영(李瑛)진료소에 가서 주사 맞았음

〈1998년 4월 7일 (음력 3월 11일)〉 화요일 날씨 맑음

장인집에 갔음 – 장인 생신, 이영(李瑛)진료소에 가서 주사 맞았음, 제4소학교에 가서 관공위(觀工委)업무요점을 작성하기 시작

〈1998년 4월 8일 (음력 3월 12일)〉 수요일 날씨 맑음/흐림

집에서 관공위(觀工委)업무요점을 작성 완료, 이영(李瑛)진료소에 가서 주사 맞았음

〈1998년 4월 9일 (음력 3월 13일)〉 목요일 날씨 흐림/맑음

제4소학교에 가서 관공위(觀工委)업무요점 제출, 창일(昌日)집에 갔음, 이영(李瑛)진료소에 가서 주사 맞았음, 축구경기 – 연변(延邊):전위 1:0

〈1998년 4월 10일 (음력 3월 14일)〉 금요일 날씨 맑음/바람

아내가 창일(昌日)집에 가서 위장약을 만들

었음

〈1998년 4월 11일 (음력 3월 15일)〉 토요일
날씨 맑음
향선(香善)이 왔음 – 내몽골에서 송금 100위
안 왔음, 학습필기 – 가정교육학, 백화점에 가
서 상의(上衣)를 샀음, 북경에서 전화 왔음 –
영진(永珍)

〈1998년 4월 12일 (음력 3월 16일)〉 일요일
날씨 비
지부활동 – 국제 형세에 관한 지도수업, 일본
에서 전화 왔음 – 명숙(明淑), 북경에서 전화
왔음 – 영진(永珍)

〈1998년 4월 13일 (음력 3월 17일)〉 월요일
날씨 맑음
우체국에 가서 사돈집이 보내준 100위안 찾
으러 갔음

〈1998년 4월 14일 (음력 3월 18일)〉 화요일
날씨 맑음
창고 정리 등

〈1998년 4월 15일 (음력 3월 19일)〉 수요일
날씨 맑음
백화점, 쇼핑센터, 농촌신용사(農村信用社)
에 갔음, 유리창을 닦은 용구 샀음, 이영(李
瑛)진료소에 가서 약 샀음

〈1998년 4월 16일 (음력 3월 20일)〉 목요일
날씨 맑음

유리창 닦았음, 연길에서 전화 왔음 – 미옥
(美玉)

〈1998년 4월 17일 (음력 3월 21일)〉 금요일
날씨 흐림
상점에 가서 고기와 야채를 샀음, 미옥(美玉)
이 연길에서 왔음, 복순(福順)이 판석(板石)
에서 왔음, 북경에서 전화 왔음 – 영진(永珍)

〈1998년 4월 18일 (음력 3월 22일)〉 토요일
날씨 흐림
생일, 북경에서 전화 왔음 – 영진(永珍)과 원
학(元學), 장춘(長春)에서 전화 왔음 – 광춘
(光春), 정화(廷華), 정수(廷洙), 태운(泰云),
춘식(春植), 미화(美花), 승일(承日), 창일(昌
日)의 가족들이 왔음

〈1998년 4월 19일 (음력 3월 23일)〉 일요일
날씨 맑음
축구경기 – 연변(延邊):광주송일 1:2 , 복순
(福順)이 판석(板石)에 돌아갔음

〈1998년 4월 20일 (음력 3월 24일)〉 월요일
날씨 맑음/흐림
새 기차역에 가서 표 샀음, 미옥(美玉)이 연
길에 돌아갔음, 연길에서 전화 왔음 – 미옥
(美玉)

〈1998년 4월 21일 (음력 3월 25일)〉 화요일
날씨 맑음
노간부국(老干部局)에 갔음 – 활동 참석하지
못했음(아파서 치료하러 갔음), 오후에 시 노

간부 사업회의 참석 ※

〈1998년 4월 22일 (음력 3월 26일)〉 수요일
날씨 맑음
시 병원에 문병하러 갔음 – 안죽순(安竹順)
이 입원, 사돈집으로 편지 보냈음

〈1998년 4월 23일 (음력 3월 27일)〉 목요일
날씨 맑음
학습필기 – 〈가정교육학〉

〈1998년 4월 24일 (음력 3월 28일)〉 금요일
날씨 흐림/비
학습필기 – 〈가정교육학〉, 아내가 병원에 가
서 혈당 검사했음(5.9 정상)

〈1998년 4월 25일 (음력 3월 29일)〉 토요일
날씨 맑음
TV 봤음

〈1998년 4월 26일 (음력 4월 1일)〉 일요일
날씨 구름/흐림
서장춘(徐長春) 교장집에 가서 칠판을 만들
었음, 축구경기 – 선전:연변(延邊) 3:0, 북경
에서 전화 왔음 – 영진(永珍), 연길에서 전화
왔음 – 미옥(美玉)

〈1998년 4월 27일 (음력 4월 2일)〉 월요일
날씨 흐림/맑음
기차역에 가서 표 샀음, 아내가 연길에 갔음,
이영(李瑛)진료소에 가서 약 샀음

〈1998년 4월 28일 (음력 4월 3일)〉 화요일
날씨 흐림/비
전기상점에 가서 전구 샀음, 연길에서 전화
왔음 – 아내

〈1998년 4월 29일 (음력 4월 4일)〉 수요일
날씨 맑음
아내가 연길에서 돌아왔음, 연길에서 전화
왔음 – 미옥(美玉)

〈1998년 4월 30일 (음력 4월 5일)〉 목요일
날씨 맑음
월급 나왔음 – 향선(香善) 가져왔음, TV 봤
음: 축구경기 – 팔일(八一隊):연변(延邊) 1:2

〈1998년 5월 1일 (음력 4월 6일)〉 금요일 날
씨 흐림/비
창일(昌日)이 와서 5·1노동절을 보냈음, 밤
에 복순(福順)과 동춘(東春)이 장춘(長春)에
서 왔음

〈1998년 5월 2일 (음력 4월 7일)〉 토요일 날
씨 흐림/비/맑음
복순(福順)과 동춘(東春)이 판석(板石)에 돌
아갔음, 오후에 광장에 가서 축구 친선 경기
를 관람 – 훈춘(琿春):일분 1:0(소년조)

〈1998년 5월 3일 (음력 4월 8일)〉 일요일 날
씨 맑음
연변(延邊):광주송일 2:1, 저축은행에 가서
저금, 연길에서 전화 왔음 – 미옥(美玉), 북경
에서 전화 왔음 – 영진(永珍)

〈1998년 5월 4일 (음력 4월 9일)〉 월요일 날씨 맑음
보도 대청소

〈1998년 5월 5일 (음력 4월 10일)〉 화요일 날씨 흐림/맑음
신문과 TV 봤음

〈1998년 5월 6일 (음력 4월 11일)〉 수요일 날씨 흐림/맑음
신문과 TV 봤음, 이발했음, 축구 – 북경:연변(延邊) 0:2

〈1998년 5월 7일 (음력 4월 12일)〉 목요일 날씨 흐림/맑음/흐림
학습필기 – 자녀교육이론, ※공안 3동에 가서 안테나 설치 연길 – 가게채

〈1998년 5월 8일 (음력 4월 13일)〉 금요일 날씨 흐림/맑음
창일(昌日)이 왔다가 갔음, 아내가 태양오대(太陽五隊)에 갔음(삼숙모 내일 생신)

〈1998년 5월 9일 (음력 4월 14일)〉 토요일 날씨 맑음
연길에서 전화 왔음 – 미옥(美玉), 아내가 집에 돌아왔음

〈1998년 5월 10일 (음력 4월 15일)〉 일요일 날씨 맑음
지부활동 참석(트럼프, 화투 등 놀이), 축구 – 산동:연변(延邊) 3:1, 연길에서 전화 왔음

– 미옥(美玉)

〈1998년 5월 11일 (음력 4월 16)〉 월요일 날씨 맑음
은행에 가서 환전(2만엔화→1,212.16위안), 중심신용사(信用社)에 가서 저금, 아내가 오후에 태양(太陽)에 갔음

〈1998년 5월 12일 (음력 4월 17)〉 화요일 날씨 흐림/비
아내가 집에 돌아왔음, 북경에서 전화 왔음 – 영진(永珍), 승일(承日)집에 가서 약 만들기

〈1998년 5월 13일 (음력 4월 18)〉 수요일 날씨 흐림/맑음
파출소(派出所)에 갔음 – 셋집의 허가증에 관함, 정금(貞今)이 왔다가 갔음, 북경에서 전화 왔음 – 영진(永珍)

〈1998년 5월 14일 (음력 4월 19)〉 목요일 날씨 맑음
파출소(派出所)에 갔음 – 셋집의 허가증 처리 완료, ※ 영진(永珍) 충칭[5]에 갔음

〈1998년 5월 15일 (음력 4월 20)〉 금요일 날씨 맑음
셋집의 호적부를 가져갔음, 제4소학교에 갔음 – 학교신문 가져왔음, 충칭에 가는 차에

---

5) 중경, 중국 직할시(直轄市)의 하나, '渝(yú)'로 약칭함.

전화 왔음 - 영진(永珍), 연길에서 전화 왔음
- 미옥(美玉)

〈1998년 5월 16일 (음력 4월 21일)〉 토요일
날씨 맑음
시장에 가서 가스레인지 샀음(120위안), 영
진(永珍) 전화 왔음, 이영(李瑛)집에 가서 TV
봤음(축구경기)

〈1998년 5월 17일 (음력 4월 22일)〉 일요일
날씨 흐림/소나기
창일(昌日)집에 가서 점심 먹었음, 축구 - 다
롄:연변(延邊) 0:1

〈1998년 5월 18일 (음력 4월 23일)〉 월요일
날씨 맑음
미란(美蘭)의 어머니가 왔음(돈 빌려달라
고), 제4소학교에 갔음 - 영희(英姬), 춘설(春
雪)의 모친 사망에 관함

〈1998년 5월 19일 (음력 4월 24일)〉 화요일
날씨 맑음
시 병원에 가서 김영희(金英姬)선생의 모친
사망에 추도

〈1998년 5월 20일 (음력 4월 25일)〉 수요일
날씨 맑음
TV 봤음, 축구 - 중국:한국 4:5(16세 이하 청
소년조), 중국 국안:프랑스 보르도 2:3

〈1998년 5월 21일 (음력 4월 26일)〉 목요일
날씨 맑음

제4소학교에 갔음 - 봄 소풍 시 카메라 사용
에 관함, 모정자(茅貞子)의 시아버지 사망에
관함, 장춘(長春)에서 전화 왔음 - 광춘(光
春)

〈1998년 5월 22일 (음력 4월 27일)〉 금요일
날씨 흐림
모정자(茅貞子)집에 가서 모선생의 시아버
지 사망에 추도, 지부 봄 소풍활동 참석

〈1998년 5월 23일 (음력 4월 28일)〉 토요일
날씨 흐림/맑음
장춘(長春)으로 편지 보냈음 - 광춘(光春)에
게, 전지(電池) 샀음

〈1998년 5월 24일 (음력 4월 29일)〉 일요일
날씨 비/구름
연길에서 전화 왔음 - 미옥(美玉), 미란(美
蘭)의 어머니가 왔음 - 500위안 빌렸음, 축구
- 연변(延邊):우한 0:1

〈1998년 5월 25일 (음력 4월 30일)〉 월요일
날씨 맑음
전기공급국에 가서 전기세 냈음, 제4소학교
에 갔음 - 퇴직교원(敎員) 지출 명세서에 관
함, 충칭 부릉(涪陵)에서 전화 왔음 - 영진
(永珍)

〈1998년 5월 26일 (음력 5월 1일)〉 화요일
날씨 맑음
제4소학교에 가서 유리 가져왔음, 옛집의 유
리 설치했음

〈1998년 5월 27일 (음력 5월 2일)〉 수요일
날씨 맑음
각 건축재료 상점에 가서 재료 가격 파악, 오
후에 이·퇴직 총지부위원회의 참석 – 우수
당원(黨員) 선정

〈1998년 5월 28일 (음력 5월 3일)〉 목요일
날씨 흐림
창고 정리

〈1998년 5월 29일 (음력 5월 4일)〉 금요일
날씨 맑음/소나기
기와공장에 가서 기와 샀음, 옛집의 기와 교
체

〈1998년 5월 30일 (음력 5월 5일)〉 토요일
날씨 맑음/비
이영(李瑛)진료소에 진료를 받으러 갔음, 장
춘(長春)에서 전화 왔음 – 광춘(光春)

〈1998년 5월 31일 (음력 5월 6일)〉 일요일
날씨 맑음
연길에서 전화 왔음 – 미옥(美玉), 창일(昌
日)이 왔다가 갔음, 장을 보러 갔음, 축구 – 상
하이:연변(延邊) 1:1, 북경에서 전화 왔음 –
영진(永珍)이 총칭에서 북경으로 돌아갔음

〈1998년 6월 1일 (음력 5월 7일)〉 월요일 날
씨 맑음
북경에서 전화 왔음 – 영진(永珍)

〈1998년 6월 2일 (음력 5월 8일)〉 화요일 날
씨 흐림
정금(貞今)이 왔음, 제4소학교에 가서 월급
받았음

〈1998년 6월 3일 (음력 5월 9일)〉 수요일 날
씨 흐림/소나기
저축은행에 가서 저금, ※원학(元學)이 북경
에서 연길로 돌아갔음, 북경에서 전화 왔음
– 영진(永珍), 세계여자 배구경기 – 중국:일
본 3:0

〈1998년 6월 4일 (음력 5월 10일)〉 목요일
날씨 맑음
서시장에 가서 전지(電池) 샀음, 세계여자 배
구경기 – 중국:브라질 3:1

〈1998년 6월 5일 (음력 5월 11일)〉 금요일
날씨 맑음
태운(泰云)집에 가서 아침·점심 먹었음 –
생일, 연길에서 전화 왔음 – 미옥(美玉)

〈1998년 6월 6일 (음력 5월 12일)〉 토요일
날씨 맑음
훈춘(琿春)에서 연길로 갔음(1:00~2:30), 미
화(美花)의 어머니가 왔다가 갔음

〈1998년 6월 7일 (음력 5월 13일)〉 일요일
날씨 구름/맑음
우체국에 가서 일본으로 소포(간식) 보냈음
(329위안), 박성렬(朴成烈)병원에 가서 약
샀음(180위안), 축구 – 연변(延邊):랴오닝
0:1

〈1998년 6월 8일 (음력 5월 14일)〉 월요일
날씨 흐림/소나기
동일(東日)의 도매부에 가서 상의(上衣)를
샀음(110위안)

〈1998년 6월 9일 (음력 5월 15일)〉 화요일
날씨 흐림/소나기
연길에서 집에 돌아왔음(8:00~10:30), 연길
에서 전화 왔음 - 미옥(美玉), 북경에서 전화
왔음 - 영진(永珍)

〈1998년 6월 10일 (음력 5월 16일)〉 수요일
날씨 흐림
서 사장에 가서 약초 샀음(약초 먹기 시작),
월드컵 봤음

〈1998년 6월 11일 (음력 5월 17일)〉 목요일
날씨 흐림/비
신문과 TV 봤음, 월드컵

〈1998년 6월 12일 (음력 5월 18일)〉 금요일
날씨 구름/맑음
제4소학교에 갔음 - 봄 소풍 시 사진 찍임에
관함

〈1998년 6월 13일 (음력 5월 19일)〉 토요일
날씨 구름/맑음
북경에서 전화 왔음 - 영진(永珍), 미화(美
花)가 왔다가 갔음, 일본에서 전화 왔음 - 명
숙(明淑)

〈1998년 6월 14일 (음력 5월 20일)〉 일요일

날씨 맑음
지부활동 참석 - 인대(人大)[6] 9차 정신지도
의 내용을 전달, 우수당원(黨員) 선정, 미화
(美花)가 왔다가 갔음

〈1998년 6월 15일 (음력 5월 21일)〉 월요일
날씨 맑음/구름
제4소학교에 가서 사진 가져왔음, 오후에 총
지부회의 참석 및 기부금 제출(570위안), 제
16회 축구경기 관람

〈1998년 6월 16일 (음력 5월 22일)〉 화요일
날씨 흐림/소나기
우수당원(黨員)기록표를 작성, 축구장에 가
서 축구관람 신청서 제출

〈1998년 6월 17일 (음력 5월 23일)〉 수요일
날씨 흐림
교위(敎委), 제1유치원, 제5소학교에 갔음 -
당원(黨員) 카드 등록, 북경에서 전화 왔음 -
영진(永珍), 위약(胃藥)을 다 먹었음

〈1998년 6월 18일 (음력 5월 24일)〉 목요일
날씨 흐림
제2유치원, 제4소학교에 갔음 - 당원(黨員)
카드 등록, 이영(李瑛)진료소에 갔음, 제 16
회 축구경기 봤음

〈1998년 6월 19일 (음력 5월 25일)〉 금요일
날씨 비

---

6) 인민대표자대회의 약칭.

교당위(教黨委)에 가서 당원(黨員) 카드 제출, 김선생의 환갑잔치 참석, 복순(福順)이 왔음, 연길에서 전화 왔음 – 영진(永珍)이 연길에 갔음

〈1998년 6월 20일 (음력 5월 26일)〉 토요일
날씨 흐림
김태봉(金泰鋒)선생의 환갑잔치 참석, 연길에서 전화 왔음, 약초 다 먹었음

〈1998년 6월 21일 (음력 5월 27일)〉 일요일
날씨 흐림
연길에서 전화 왔음 – 미옥(美玉), 일본에서 전화 왔음 – 명옥(明玉), 국진(國珍), 복순(福順)이 집에 돌아갔음, 영진(永珍)이 연길에서 왔음, 승일(承日)집에서 저녁을 먹었음

〈1998년 6월 22일 (음력 5월 28일)〉 월요일
날씨 흐림
태양사대(太陽四隊)에 가서 해란(海蘭)의 약혼식 참석, 태양(太陽)에서 집에 돌아왔음

〈1998년 6월 23일 (음력 5월 29일)〉 화요일
날씨 맑음/흐림
동춘(東春)이 왔음, 영진(永珍)이 장인집에 갔음

〈1998년 6월 24일 (음력 5월 1일)〉 수요일
날씨 맑음
제4소학교에 가서 퇴직교사 명단 만들기, 연길에서 전화 왔음 – 미옥(美玉)과 동일(東日)

〈1998년 6월 25일 (음력 5월 2일)〉 목요일
날씨 맑음
시 경제형세 보고회 청취 – 시위(市委)서기(書記)가 보고했음

〈1998년 6월 26일 (음력 5월 3일)〉 금요일
날씨 비
제1유치원에 갔음 – 퇴직교사 명단 작성(완성)

〈1998년 6월 27일 (음력 5월 4일)〉 토요일
날씨 맑음
향선(香善)이 소포 수령전표를 가져왔음, 연길에서 전화 왔음 – 원학(元學)

〈1998년 6월 28일 (음력 5월 5일)〉 일요일
날씨 맑음
우체국에 갔음 – 이루지 못했음

〈1998년 6월 29일 (음력 5월 6일)〉 월요일
날씨 흐림
우체국에 가서 편지 가져왔음, 일본에서 편지 왔음 – 명숙(明淑), 창고 정리, 항아리 헹굼, 이발했음

〈1998년 6월 30일 (음력 5월 7일)〉 화요일
날씨 맑음
미화(美花)가 왔다가 갔음, 오후에 시 교당위(教黨委)[7] 〈7·1〉표창대회 참석 – 표창 받

---

7) 교당위(教黨委): 교육국 당원위원회(教育局黨員委員會).

았음

〈1998년 7월 1일 (음력 5월 8일)〉 수요일 날씨 흐림

이영(李瑛)진료소에 갔음, 신문과 TV 봤음

〈1998년 7월 2일 (음력 5월 9일)〉 목요일 날씨 맑음

장인이 와서 점심과 저녁을 먹었음, 원학(元學)이 연길에서 왔음, 시장에 가서 하수도관 사서 주방 하수도를 수리

〈1998년 7월 3일 (음력 5월 10일)〉 금요일 날씨 맑음/구름

병원에 진료하러 갔음, 원학(元學)이 연길에 돌아갔음, 연길에서 전화 왔음 – 미옥(美玉), 월급 받았음, 저금, 16회 월드컵, 동춘(東春) 왔다가 갔음

〈1998년 7월 4일 (음력 5월 11일)〉 토요일 날씨 소나기/맑음

자치위원회의 참석 – 노인의 날 활동에 관함

〈1998년 7월 5일 (음력 5월 12일)〉 일요일 날씨 맑음

창일(昌日)집에 가서 장식(裝飾)봤음, 영진(永珍)이 창일(昌日)을 점심 초대했음, 태운(泰云)집에 갔음

〈1998년 7월 6일 (음력 5월 13일)〉 월요일 날씨 소나기/맑음

주방 하수도를 수리, 신문 봤음

〈1998년 7월 7일 (음력 5월 14일)〉 화요일 날씨 비

주방 하수도를 수리, TV 봤음

〈1998년 7월 8일 (음력 5월 15일)〉 수요일 날씨 흐림/맑음

연길에서 전화 왔음 – 미옥(美玉), 동일(東日)이 연길에서 훈춘(琿春)로 왔음, 16회 월드컵 준결승 시작

〈1998년 7월 9일 (음력 5월 16일)〉 목요일 날씨 흐림/맑음

우체국에 가서 전화비 냈음, 미란(美蘭)의 어머니가 돈 갚으러 왔음

〈1998년 7월 10일 (음력 5월 17일)〉 금요일 날씨 흐림/맑음

제4소학교에 가서 여름방학 활동계획을 가져왔음, 동 시장에 갔음, 가게채 집세를 받았음(6천 위안)

〈1998년 7월 11일 (음력 5월 18일)〉 토요일 날씨 비/흐림

이영(李瑛)진료소에 갔음(두 번), 창일(昌日)이 와서 저녁을 먹었음

〈1998년 7월 12일 (음력 5월 19일)〉 일요일 날씨 구름/맑음

지부활동 참석 – 학습, 문예활동, 호두를 사서 약주(藥酒)를 만들었음, 월드컵 결승전

〈1998년 7월 13일 (음력 5월 20일)〉 월요일

날씨 맑음
중심신용사(信用社)에 가서 저금, 술통 샀음,
영진(永珍)이 연길에 갔음, 연길에서 전화 왔
음 – 영진(永珍)

〈1998년 7월 14일 (음력 5월 21일)〉 화요일
날씨 흐림
중심신용사(信用社)에 가서 예금 인출(1만
위안), 김금자(金今子)선생에게 빌려줬음, 전
기공급국에 가서 전기세 냈음

〈1998년 7월 15일 (음력 5월 22일)〉 수요일
날씨 흐림
일본으로 편지 보냈음, 동춘(東春)과 향화
(香花)가 왔다가 갔음, 고추장을 만들었음

〈1998년 7월 16일 (음력 5월 23일)〉 목요일
날씨 맑음
아파트 앞에 공사, 영진(永珍)이 연길에서 북
경으로 돌아갔음

〈1998년 7월 17일 (음력 5월 24일)〉 금요일
날씨 구름/맑음
명옥(明玉)이 전화 왔음 – 내일 설금(雪今)이
결혼, 정금(貞今)이 왔다가 갔음, 북경에서
전화 왔음 – 영진(永珍)이 북경에 도착했음

〈1998년 7월 18일 (음력 5월 25일)〉 토요일
날씨 구름/맑음
김운학(金雲鶴)의 딸 설금(雪今)의 결혼식
참석, 진호(鎭浩)의 아내가 왔다가 갔음

〈1998년 7월 19일 (음력 5월 26일)〉 일요일
날씨 구름/맑음
판석(板石)에 갔음 – 민석(珉錫) 북경에서 퇴
원해서 집에 도착했음(13일 집에 도착했음),
연길에서 전화 왔음 – 미옥(美玉)

〈1998년 7월 20일 (음력 5월 27일)〉 월요일
날씨 소나기
집에 돌아왔음

〈1998년 7월 21일 (음력 5월 28일)〉 화요일
날씨 흐림/소나기
책과 신문 봤음

〈1998년 7월 22일 (음력 5월 29일)〉 수요일
날씨 흐림/소나기
이영(李瑛)진료소에 갔음, TV와 책 봤음

〈1998년 7월 23일 (음력 6월 1일)〉 목요일
날씨 구름/맑음
도로 공사현장에 가 봤음, TV와 책 봤음

〈1998년 7월 24일 (음력 6월 2일)〉 금요일
날씨 흐림
시 병원에 가서 영수증 받았음, 춘식(春植)의
생일, 연길에서 전화 왔음 – 미옥(美玉), 정화
(廷華)가 왔다가 갔음

〈1998년 7월 25일 (음력 6월 3일)〉 토요일
날씨 흐림/소나기
연길에서 전화 왔음 – 미옥(美玉), 창일(昌
日)집에 갔다가 광장에 가서 축구경기를 관

람하러 갔음 – 연변(延邊):우한 1:0

〈1998년 7월 26일 (음력 6월 4일)〉 일요일
날씨 소나기
북경에서 전화 왔음 – 영진(永珍)(세 번), 축
구 갑A 2차 시작

〈1998년 7월 27일 (음력 6월 5일)〉 월요일
날씨 흐림/맑음
시 병원에 가서 B형 초음파 진단기로 진단
했음 – 오후에 병원에 가서 진단결과 받았음,
연길에서 전화 왔음 – 원학(元學), 미옥(美
玉)이 연길에서 왔음

〈1998년 7월 28일 (음력 6월 6일)〉 화요일
날씨 맑음
이영(李瑛)진료소에 갔음, 오후에 시 교위
(教委) 관공위(觀工委)회의 참석, 원학(元
學)이 연길에서 왔음

〈1998년 7월 29일 (음력 6월 7일)〉 수요일
날씨 흐림
이영(李瑛)진료소에 가서 주사 맞았음, 월급
받았음, 영홍(永紅)이 왔다가 갔음

〈1998년 7월 30일 (음력 6월 8일)〉 목요일
날씨 흐림
이영(李瑛)진료소에 가서 주사 맞았음, 미옥
(美玉)이 장인집에 갔다가 왔음, 원학(元學)
이 연길에 돌아갔음, 연길에서 전화 왔음 –
원학(元學)이 무사히 집에 도착했음, 북경에
서 전화 왔음 – 영진(永珍)

〈1998년 7월 31일 (음력 6월 9일)〉 금요일
날씨 흐림
소년축구경기 관람, 이영(李瑛)진료소에 가
서 주사 맞았음, 친구 동주(東周)가 왔다가
갔음

〈1998년 8월 1일 (음력 6월 10일)〉 토요일
날씨 비
광춘(光春)이 장춘(長春)에서 훈춘(琿春)에
경유해서 판석(板石)에 갔음, 연길에서 전화
왔음 – 원학(元學), 정금(貞今)과 국성(國成)
이 와서 책 가져갔음

〈1998년 8월 2일 (음력 6월 11일)〉 일요일
날씨 비/흐림
미옥(美玉)과 같이 창일(昌日)집에 가서 점
심을 먹었음, 일본으로 편지 보냈음, 축구 –
칭다오:연변(延邊) 2:0

〈1998년 8월 3일 (음력 6월 12일)〉 월요일
날씨 비/맑음
아내와 미옥(美玉)이 판석(板石)에 갔음, 이
영(李瑛)진료소에 가서 주사 맞았음, 연길에
서 전화 왔음 – 원학(元學)

〈1998년 8월 4일 (음력 6월 13일)〉 화요일
날씨 구름/맑음
신문과 TV 봤음

〈1998년 8월 5일 (음력 6월 14일)〉 수요일
날씨 비
아내와 미옥(美玉)이 집에 돌아왔음, 미화

(美花)가 왔다가 갔음

〈1998년 8월 6일 (음력 6월 15일)〉 목요일
날씨 흐림/맑음
미옥(美玉) 연길에 돌아갔음, 연길에서 전화
왔음 - 원학(元學), 북경에서 전화 왔음 - 영
진(永珍), 광혁(光赫)이 왔다가 갔음, 축구 -
연변(延邊):사천 2:1

〈1998년 8월 7일 (음력 6월 16일)〉 금요일
날씨 흐림/비
제4소학교에 가서 노인의 날에 관한 토론

〈1998년 8월 8일 (음력 6월 17일)〉 토요일
날씨 흐림/비
창일(昌日)집에 가서 우산을 가져왔음, 돈을
찾으러 갔음, 일본에서 전화 왔음 - 국진(國
珍)

〈1998년 8월 9일 (음력 6월 18일)〉 일요일
날씨 소나기/비
지부활동 참석 - 노인의 날 활동 준비, 연길
에서 전화 왔음 - 미옥(美玉), 북경에서 전화
왔음 - 영진(永珍)

〈1998년 8월 10일 (음력 6월 19일)〉 월요일
날씨 흐림
자치회 노인의 날 활동 참석 - 문예 · 체육활
동, 학교 식당에서 점심 먹었음, 태양사대(太
陽四隊)에 갔음

〈1998년 8월 11일 (음력 6월 20일)〉 화요일
날씨 소나기
둘째아버지 사망 2주년, 집에 돌아왔음

〈1998년 8월 12일 (음력 6월 21일)〉 수요일
날씨 흐림
중심신용사(信用社)에 가서 예금 인출, 북경
에서 전화 왔음 - 영진(永珍)

〈1998년 8월 13일 (음력 6월 22일)〉 목요일
날씨 흐림/맑음
일본으로 편지 보냈음

〈1998년 8월 14일 (음력 6월 23일)〉 금요일
날씨 흐림/맑음
제4소학교에 갔다가 추월(秋月)의 가게에 갔
음 - 추월(秋月)에게 기념비 줬음, 연길에 갔
음(15:20~18:00)

〈1998년 8월 15일 (음력 6월 24일)〉 토요일
날씨 비/흐림
노인의 날 보냈음, 체육학교 축구장에 갔음,
북경에서 전화 왔음 - 영진(永珍)

〈1998년 8월 16일 (음력 6월 25일)〉 일요일
날씨 흐림/맑음
제1백화점에 갔음, 축구 - 연변(延邊):국안
2:0, 일본에서 전화 왔음 - 국진(國珍), 북경
에서 전화 왔음 - 영진(永珍)

〈1998년 8월 17일 (음력 6월 26일)〉 월요일
날씨 흐림/맑음
연길에서 집에 돌아왔음(9:10~11:40)

〈1998년 8월 18일 (음력 6월 27일)〉 화요일
날씨 흐림
김승균(金承均)의 환갑잔치 참석 - 취했음

〈1998년 8월 19일 (음력 6월 28일)〉 수요일
날씨 흐림/비
집에서 신문과 TV 봤음

〈1998년 8월 20일 (음력 6월 29일)〉 목요일
날씨 흐림/비
집에서 신문, 책과 TV 봤음, 일본에서 약 왔
음 - 향선(香善)이 가져왔음

〈1998년 8월 21일 (음력 6월 30일)〉 금요일
날씨 맑음
박성렬(朴成烈)의 셋째 딸의 결혼식 참석, 순
란(順蘭)생선이 왔다가 갔음

〈1998년 8월 22일 (음력 7월 1일)〉 토요일
날씨 맑음
이발했음, 신발 수선

〈1998년 8월 23일 (음력 7월 2일)〉 일요일
날씨 흐림/비
창일(昌日)이 왔다가 갔음, 일본에서 전화 왔
음 - 국진(國珍), 연길에서 전화 왔음 - 미옥
(美玉), 북경에서 전화 왔음 - 영진(永珍), 축
구 - 광주송일:연변(延邊) 2:1

〈1998년 8월 24일 (음력 7월 3일)〉 월요일
날씨 비
TV 봤음

〈1998년 8월 25일 (음력 7월 4일)〉 화요일
날씨 맑음
신문과 TV 봤음, 승일(承日)이 왔다가 갔음
- 자전거 가져왔음

〈1998년 8월 26일 (음력 7월 5일)〉 수요일
날씨 맑음/소나기
제4소학교에 갔음 - 관공위(觀工委) 업무에
관함, 양병석(楊炳石)교장집에 문병하러 갔
음(50+10위안), 북경에서 전화 왔음 - 영진
(永珍)

〈1998년 8월 27일 (음력 7월 6일)〉 목요일
날씨 맑음/소나기
친구 동주(東周)가 왔다가 갔음, 전구 샀음,
※원학(元學)의 옛집에 가서 변기 수리했음

〈1998년 8월 28일 (음력 7월 7일)〉 금요일
날씨 맑음
이영(李瑛)진료소에 가서 주사 맞았음, 광용
(光龍)선생의 장녀 입학 - 초대 받았음

〈1998년 8월 29일 (음력 7월 8일)〉 토요일
날씨 맑음/소나기
최동주(崔東周)의 장녀의 결혼식 참석

〈1998년 8월 30일 (음력 7월 9일)〉 일요일
날씨 흐림/비
창일(昌日)집에 피아노를 보러 갔음 - 같이
밥 먹었음, 연길에서 전화 왔음 - 미옥(美玉)

〈1998년 8월 31일 (음력 7월 10일)〉 월요일

날씨 맑음
이영(李瑛)진료소에 가서 돈 냈음 - 아내의
약초, 북경에서 전화 왔음 - 영진(永珍), 일본
에서 온 약 먹기 시작

〈1998년 9월 1일 (음력 7월 11일)〉 화요일
날씨 구름/맑음
제4소학교에 갔음 - 관공위(觀工委) 통계업
무에 관함, 월급 받았음

〈1998년 9월 2일 (음력 7월 12일)〉 수요일
날씨 맑음
제4소학교에 갔음 - 관공위(觀工委) 통계업
무에 관함, 우체국에 가서 전화비 냈음, 창일
(昌日) 생일인데 초대 받았음

〈1998년 9월 3일 (음력 7월 13일)〉 목요일
날씨 구름/맑음
연길에서 전화 왔음 - 미옥(美玉), 지부 출 ·
퇴근 통계 완성

〈1998년 9월 4일 (음력 7월 14일)〉 금요일
날씨 흐림/맑음
창고 정리, 토관과 시멘트 샀음

〈1998년 9월 5일 (음력 7월 15일)〉 토요일
날씨 흐림/비
승일(承日)과 같이 옛 집의 굴뚝 수리했음,
충청에서 전화 왔음 - 영진(永珍) 무사히 도
착했음

〈1998년 9월 6일 (음력 7월 16일)〉 일요일

날씨 흐림/소나기
벽돌 운반하고 온돌 수리, 경춘(炅春) 장녀의
결혼식 참석, 충청에서 전화 왔음 - 영진(永
珍), 축구 - 연변(延邊):심천 0:0

〈1998년 9월 7일 (음력 7월 17일)〉 월요일
날씨 구름/맑음
옛 집의 지붕 수리, 충청에서 전화 왔음 - 영
진(永珍)

〈1998년 9월 8일 (음력 7월 18일)〉 화요일
날씨 맑음
미화(美花) 왔다가 갔음

〈1998년 9월 9일 (음력 7월 19일)〉 수요일
날씨 맑음
제4소학교에 갔음 - 관공위(觀工委) 통계업
무에 관함, 스승의 날 활동에 관한 토론

〈1998년 9월 10일 (음력 7월 20일)〉 목요일
날씨 맑음
스승의 날, 제4소학교 퇴직교사 같이 점심 먹
었음

〈1998년 9월 11일 (음력 7월 21일)〉 금요일
날씨 흐림
제4소학교에 가서 퇴직교사한테 기념비 나
눴음

〈1998년 9월 12일 (음력 7월 22일)〉 토요일
날씨 흐림/소나기
문병 - 김순란(金順蘭)과 최선생 등 퇴직교

원(敎員) - 기념비 나눴음, 영진(永珍)이 전화 왔음, 동주(東周)이 전화 왔음

〈1998년 9월 13일 (음력 7월 23일)〉 일요일
날씨 흐림
신발 수선, 영홍(永紅) 왔음 - 식품 가져왔음, 태운(泰云)과 정옥(貞玉) 왔음, 축구 - 연변(延邊):팔일 ?:0

〈1998년 9월 14일 (음력 7월 24일)〉 월요일
날씨 흐림/비
교위(敎委) 관공위(觀工委)에 가서 통계표 제출

〈1998년 9월 15일 (음력 7월 25일)〉 화요일
날씨 맑음/소나기
제4소학교에 갔음 - 관공위(觀工委) 통계표 가져갔음, 연길에서 전화 왔음 - 미옥(美玉)

〈1998년 9월 16일 (음력 7월 26일)〉 수요일
날씨 맑음/바람
신문과 TV 봤음, 사무실에 가서 호준(浩俊)의 둘째 딸의 호적 처리

〈1998년 9월 17일 (음력 7월 27일)〉 목요일
날씨 맑음
도서관에 갔음 - 상황 파악

〈1998년 9월 18일 (음력 7월 28일)〉 금요일
날씨 흐림
광구 축구장에 갔음, 자치회 통지 받았음, 최호준(崔浩俊)이 왔음 - 호적에 관함, 친구 동

주(東周)가 왔다가 갔음

〈1998년 9월 19일 (음력 7월 29일)〉 토요일
날씨 맑음
장을 보러 갔음, 옥수(玉洙)가 한국에서 왔음

〈1998년 9월 20일 (음력 7월 30일)〉 일요일
날씨 맑음/흐림
창일(昌日)집에 갔음, 서해숙(徐海淑)선생이 왔음, 승일(承日)이 왔다가 갔음, 영진(永珍)이 전화 왔음, 축구 - 광주송일:연변(延邊) 2:0

〈1998년 9월 21일 (음력 8월 1일)〉 월요일
날씨 비
연길에서 전화 왔음 - 미옥(美玉), 신문과 TV 봤음, 아내가 태양오대(太陽五隊)에 갔다가 왔음

〈1998년 9월 22일 (음력 8월 2일)〉 화요일
날씨 맑음
전기공급국에 가서 전기세 냈음, 서장춘(徐長春)교장이 왔다가 갔음, 연길에서 전화 왔음 - 철진(哲珍)

〈1998년 9월 23일 (음력 8월 3일)〉 수요일
날씨 맑음
제2소학교에 갔음, 신문과 TV 봤음

〈1998년 9월 24일 (음력 8월 4일)〉 목요일
날씨 흐림
총부대회 참석 - 시위(市委) 조직부의 서류

학습, 정화파출소(靖和派出所)에 갔음

〈1998년 9월 25일 (음력 8월 5일)〉 금요일
날씨 흐림/맑음
도서관에 가서 신문 봤음, 아내가 장인집에
갔음 – 장인, 장모 편찮음

〈1998년 9월 26일 (음력 8월 6일)〉 토요일
날씨 맑음
장인 집에 문병하러 갔음, 창일(昌日) 집에
가서 장인, 장모의 건강에 관한 토론, 연길에
서 전화 왔음 – 미옥(美玉), 일본에서 전화 왔
음 – 명숙(明淑)과 국진(國珍), 충칭으로 전
화했음

〈1998년 9월 27일 (음력 8월 7일)〉 일요일
날씨 맑음
도서관에 갔음, 연길에서 전화 왔음 – 미옥
(美玉), TV 봤음 – 중앙 수해 복구 표창대회

〈1998년 9월 28일 (음력 8월 8일)〉 월요일
날씨 맑음
운동장에 가서 국기전달 활동 참석

〈1998년 9월 29일 (음력 8월 9일)〉 화요일
날씨 맑음
도서관에 갔다가 파출소(派出所)에 가서 호
적 입적했음, 식량국에 가서 식량관계 처리
– 최연(崔燕), 복순(福順)이 우리 집에 왔다
가 연길에 갔음, 월급 받았음

〈1998년 9월 30일 (음력 8월 10일)〉 수요일

날씨 구름/맑음
TV 봤음: 축구 – 한국:상하이 1:1, 아내가 판
석(板石)에 갔음

〈1998년 10월 1일 (음력 8월 11일)〉 목요일
날씨 맑음
영진(永珍)과 동일(東日)이 전화 왔음, 아내
가 집에 돌아왔음

〈1998년 10월 2일 (음력 8월 12일)〉 금요일
날씨 맑음
엄동순(嚴東淳)의 장녀의 결혼식 참석, 판석
(板石)에서 전화 왔음 – 광춘(光春)

〈1998년 10월 3일 (음력 8월 13일)〉 토요일
날씨 흐림
이발했음

〈1998년 10월 4일 (음력 8월 14일)〉 일요일
날씨 맑음
창일(昌日)집에 갔음, 동일(東日)이 연길에
서 왔음, 축구 – 연변(延邊):산동 0:1

〈1998년 10월 5일 (음력 8월 15일)〉 월요일
날씨 맑음
아침과 저녁 창일(昌日)집에서 먹었음, 태양
(太陽)에 있는 둘째아버지의 묘지에 갔음, 영
진(永珍)이 전화 왔음

〈1998년 10월 6일 (음력 8월 16일)〉 화요일
날씨 구름/맑음
동일(東日)이 연길에 돌아갔음, 아내가 장인

집에 갔다가 왔음

〈1998년 10월 7일 (음력 8월 17일)〉 수요일
날씨 맑음
제4소학교에 가서 사과와 배 받았음, 우체국
에 가서 전화비 냈음, 아내가 장인 집에 갔다
가 왔음

〈1998년 10월 8일 (음력 8월 18일)〉 목요일
날씨 맑음
정옥(貞玉)이 와서 책 가져갔음, 아내가 장인
집에 갔다가 왔음

〈1998년 10월 9일 (음력 8월 19일)〉 금요일
날씨 맑음
된장 샀음, 가스렌지 수리, 아내가 장인집에
갔다가 왔음

〈1998년 10월 10일 (음력 8월 20일)〉 토요
일 날씨 맑음
영진(永珍)이 전화 왔음, 반찬 만들기, 아내
가 장인집에 갔다가 왔음

〈1998년 10월 11일 (음력 8월 21일)〉 일요
일 날씨 맑음
지부활동 참석, 미옥(美玉), 영진(永珍)이 전
화 왔음

〈1998년 10월 12일 (음력 8월 22일)〉 월요
일 날씨 흐림/맑음
주택관리국에 가서 토지 사용증의 비용을 냈
음, 축구 - 다롄:연변(延邊) 3:1

〈1998년 10월 13일 (음력 8월 23일)〉 화요
일 날씨 흐림/맑음
웅걸(雄杰)과 풍순(風順)이 왔음, 맹잠(孟
岑), 금순(今順)이 고춧가루 가져왔음

〈1998년 10월 14일 (음력 8월 24일)〉 수요
일 날씨 비
인재교류센터에 갔음 - 영진(永珍)의 소개서
에 관함

〈1998년 10월 15일 (음력 8월 25일)〉 목요
일 날씨 맑음
도서관에 갔음, 맹잠(孟岑), 금순(今順)이 고
춧가루 가져왔음, 동일(東日) 전화 왔음

〈1998년 10월 16일 (음력 8월 26일)〉 금요
일 날씨 맑음
미옥(美玉)이 전화 왔음, 연길에 갔음(1:00~
4:00)

〈1998년 10월 17일 (음력 8월 27일)〉 토요
일 날씨 맑음
아내 생일, 일본에서 전화 왔음 - 명숙(明淑)
과 국진(國珍), 영진(永珍)이 전화 왔음, 창일
(昌日) 전화 왔음, 동일(東日)과 국성(國成)
이 왔음

〈1998년 10월 18일 (음력 8월 28일)〉 일요
일 날씨 흐림/맑음
누나가 왔음, 영진(永珍)이 전화 왔음, 축구
- 연변(延邊):상하이 2:1

〈1998년 10월 19일 (음력 8월 29일)〉 월요일 날씨 바람/맑음
서점에 가서《세계아동피아노명곡대전》샀음 - 옥희(玉姬)에게, 연길에서 집에 돌아왔음 (9:00~12:00), 장모가 입원

〈1998년 10월 20일 (음력 9월 1일)〉 화요일 날씨 바람/맑음
창일(昌日)집에 가서《세계아동피아노명곡대전》줬음, 향선(香善)이 송금 확인증을 가져왔음, 우체국에 돈 찾으러 갔음 - 영진(永珍)이 보내준 500위안, 영진(永珍)이 전화 왔음

〈1998년 10월 21일 (음력 9월 2일)〉 수요일 날씨 맑음
김영애(金英愛)선생집에 문병하러 갔음, 김선생집의 채소밭 우리 집에게 줬음, 창일(昌日)집에 갔음

〈1998년 10월 22일 (음력 9월 3일)〉 목요일 날씨 맑음
책《김대중》봤음, 호두약주(藥酒) 100일

〈1998년 10월 23일 (음력 9월 4일)〉 금요일 날씨 흐림/소나기
화분(花盆) 정리

〈1998년 10월 24일 (음력 9월 5일)〉 토요일 날씨 맑음
이영(李瑛)진료소에 갔음, 전기난방기 샀음 (100위안), 축구 - 랴오닝:연변(延邊) 0:0

〈1998년 10월 25일 (음력 9월 6일)〉 일요일 날씨 구름/맑음
장인집에 갔다가 병원에 문병하러 갔음, 아내가 이정순(李貞順)의 장녀의 결혼식 참석, 미옥(美玉)이 전화 왔음 - 민석(珉錫)과 복순(福順)이 왔음, 영진(永珍)이 전화 왔음

〈1998년 10월 26일 (음력 9월 7일)〉 월요일 날씨 맑음
승일(承日)이 와서 장인·장모의 건강문제에 토론, 시장에 가서 전기난방기 교체

〈1998년 10월 27일 (음력 9월 8일)〉 화요일 날씨 흐림/비
난방공급국에 가서 난방비 냈음, 우후에 아내가 태양사대(太陽四隊)에 갔음

〈1998년 10월 28일 (음력 9월 9일)〉 수요일 날씨 맑음
시장에 가서 전기난방기 교체, 아내가 집에 돌아왔음, 정화(廷華) 생일, 제4소학교에 갔음 - 북한에서 편지 왔음, 영진(永珍)이 전화 왔음

〈1998년 10월 29일 (음력 9월 10일)〉 목요일 날씨 맑음
신방판(信訪辦)[8]에 가서 복사, 아내가 장인집에 갔음, 인재교류센터에 가서 도장 찍었음, 우체국에 가서 영진(永珍)의 시험 소개서를 보냈음

---

8) 서신과 방문을 통한 관리 상담부서.

〈1998년 10월 30일 (음력 9월 11일)〉 금요일 날씨 맑음
오후에 아내와 태양사대(太陽四隊)에 갔다가 왔음, 아내가 장인집에 갔음

〈1998년 10월 31일 (음력 9월 12일)〉 토요일 날씨 맑음
숙모(叔母) 생신, 영진(永珍)이 전화 왔음, 아내가 집에 돌아왔음

〈1998년 11월 1일 (음력 9월 13일)〉 일요일 날씨 맑음
미옥(美玉)이 전화 왔음, 창일(昌日)이 사과(한 박스) 가져왔음, 승일(承日)이 와서 점심을 같이 먹었음

〈1998년 11월 2일 (음력 9월 14일)〉 월요일 날씨 맑음/바람
이영(李瑛)진료소에 갔음 - 전기난방기 설치에 관함, 오후에 연길에서 온 기사 설계해 줬음, 화분(花盆) 거실로 옮겼음

〈1998년 11월 3일 (음력 9월 15일)〉 화요일 날씨 흐림/맑음
화분(花盆) 정리, 오후에 제4소학교에 갔음, TV방송국에 갔음 - 비용문제 관함

〈1998년 11월 4일 (음력 9월 16일)〉 수요일 날씨 맑음/바람
시 당교(黨校)에 가서 주요 퇴직간부(幹部) 교육훈련반 참석

〈1998년 11월 5일 (음력 9월 17일)〉 목요일 날씨 맑음
총부, 자치회의 참석, 아내가 제4소학교에 가서 교직원 아파트의 방세 받았음

〈1998년 11월 6일 (음력 9월 18일)〉 금요일 날씨 흐림/비
제4소학교에 가서 지도부회의 참석

〈1998년 11월 7일 (음력 9월 19일)〉 토요일 날씨 흐림/맑음
영진(永珍), 미옥(美玉)이 전화 왔음, 밀강(密江)에 가서 제5중학교와 밀강(密江)학교의 교류회의 참석

〈1998년 11월 8일 (음력 9월 20일)〉 일요일 날씨 흐림/비
지부활동 참석 - 선진회원 및 간부(幹部) 선발, 지부 조직 재건설(두 개로): 제4소학교와 제2유치원 - 제8지부, 제5소학교와 제1유치원 - 제9지부

〈1998년 11월 9일 (음력 9월 21일)〉 월요일 날씨 맑음
전기공급국에 가서 전기세 냈음, 우체국에 가서 신문 주문했음, 보험회사에 가서 (옛집) 보험 가입, 배추 샀음, 이영(李瑛)진료소에 갔음

〈1998년 11월 10일 (음력 9월 22일)〉 화요일 날씨 맑음
제4소학교에 갔음 - 관공위(觀工委) 업무 총

결, 약 만들기, 영진(永珍)이 전화 왔음, 이영
(李瑛)진료소에 갔음

〈1998년 11월 11일 (음력 9월 23일)〉 수요
일 날씨 맑음
시 관공위(觀工委) 사무실에 가서 전(全)서
기(書記)에게 업무상황을 보고했음, 배추 샀
음

〈1998년 11월 12일 (음력 9월 24일)〉 목요
일 날씨 맑음
미옥(美玉)이 전화 왔음, 시장에 가서 잎담배
샀음, 중심신용사(信用社)에 갔음, 영진(永
珍)이 전화 왔음

〈1998년 11월 13일 (음력 9월 25일)〉 금요
일 날씨 맑음
아내가 김치 만들기, 창고 정리

〈1998년 11월 14일 (음력 9월 26일)〉 토요
일 날씨 맑음
잎담배 정리, 영진(永珍)이 전화 왔음(두 번)

〈1998년 11월 15일 (음력 9월 27일)〉 일요
일 날씨 맑음
미옥(美玉)가 전화 왔음, 창일(昌日)이 왔다
가 갔음, 굴뚝 정리

〈1998년 11월 16일 (음력 9월 28일)〉 월요
일 날씨 흐림
창고 정리, 지하 채소창고의 뚜껑 만들기, 제
4소학교에 가서 관공위(觀工委) 통계

〈1998년 11월 17일 (음력 9월 29일)〉 화요
일 날씨 맑음/추움
신문 · 간행물 정리, 쌀 샀음(100근 120위안)

〈1998년 11월 18일 (음력 9월 30일)〉 수요
일 날씨 맑음/추움
관공위(觀工委) 통계 완성, 김치를 지하 창고
로 옮겼음, 영진(永珍)이 전화 왔음

〈1998년 11월 19일 (음력 10월 1일)〉 목요
일 날씨 맑음/추움
정옥(貞玉)의 가게에 가서 영진(永珍)의 시
험신청서 가져 - 시 인재교류센터 - 인사(人
事)국 - 우체국(시험신청서 보냈음), 김추월
(金秋月)의 장남의 결혼식 참석, 관공위(觀
工委)에 가서 통계결과 제출

〈1998년 11월 20일 (음력 10월 2일)〉 금요
일 날씨 맑음/추움
신문과 TV 봤음

〈1998년 11월 21일 (음력 10월 3일)〉 토요
일 날씨 맑음/추움
총부, 자치회의 참석 - 총부 위원, 자치회 위
원, 체육 위원 등 선발, 영진(永珍)이 전화 왔
음

〈1998년 11월 22일 (음력 10월 4일)〉 일요
일 날씨 맑음/추움
이영(李瑛)진료소에 가서 주사 맞았음(감
기), 편지 왔음 - 영진(永珍)

〈1998년 11월 23일 (음력 10월 5일)〉 월요
일 날씨 맑음/추움
이영(李瑛)진료소에 가서 주사 맞았음, 동춘
(東春)과 동춘(東春)의 장인, 장모 같이 이영
(李瑛)진료소에 왔음

〈1998년 11월 24일 (음력 10월 6일)〉 화요
일 날씨 맑음/추움
신문과 TV 봤음

〈1998년 11월 25일 (음력 10월 7일)〉 수요
일 날씨 맑음/추움
우체국에 가서 돈 보냈음 – 내몽골에 있는 사
돈집으로(100위안)

〈1998년 11월 26일 (음력 10월 8일)〉 목요
일 날씨 맑음/구름
우체국에 갔음 – 전화 수리 기사 찾았음(두
번 갔음), 가게채의 전화 수리

〈1998년 11월 27일 (음력 10월 9일)〉 금요
일 날씨 눈
신문과 TV 봤음, 화장실 물 저장탱크 수리

〈1998년 11월 28일 (음력 10월 10일)〉 토요
일 날씨 맑음
제4소학교에 갔음 – 모(茅)주임의 모친상, 태
운(泰云)집에 갔음 – 향선(香善) 약혼, 영진
(永珍)이 전화 왔음

〈1998년 11월 29일 (음력 10월 11일)〉 일요
일 날씨 맑음

모(茅)주임의 모친의 장례식 참석

〈1998년 11월 30일 (음력 10월 12일)〉 월요
일 날씨 흐림/눈
파출소(派出所)에 갔음 – 호적부 교체에 관
함, 제4소학교에 갔음 – 퇴직교사의 월급 명
세서에 관함, 북한에서 편지 왔음

〈1998년 12월 1일 (음력 10월 13일)〉 화요
일 날씨 맑음/추움
북한으로 편지 보냈음

〈1998년 12월 2일 (음력 10월 14일)〉 수요
일 날씨 맑음/추움
건설은행, 신용사(信用社)에 돈 찾으러 갔음,
우체국에 갔음 – 전화설치 환불 100위안 받
았음, 난방공급처에 가서 난방비 냈음(500위
안), 아시아축구경기

〈1998년 12월 3일 (음력 10월 15일)〉 목요
일 날씨 맑음/추움
중심신용사(信用社)에 가서 저금, 서시장에
갔음

〈1998년 12월 4일 (음력 10월 16일)〉 금요
일 날씨 맑음/추움
제4소학교에 갔음 – 관공위(觀工委) 업무 총
결에 관함, 월급 받았음, 관공위(觀工委) 업
무총결 개요 작성

〈1998년 12월 5일 (음력 10월 17일)〉 토요
일 날씨 흐림

총부, 자치회 총결회의 참석 - 관공위(觀工委) 업무총결 개요 제출, 미옥(美玉) 전화 왔음

⟨1998년 12월 6일 (음력 10월 18일)⟩ 일요일 날씨 맑음
일본에서 전화 왔음 - 국진(國珍), 정금(貞今)집 이사 - 아내가 가서 도와 줬음, 아시안 게임 개막식

⟨1998년 12월 7일 (음력 10월 19일)⟩ 월요일 날씨 눈
지부활동의 총결개요 작성, TV 봤음 - 아시안 게임

⟨1998년 12월 8일 (음력 10월 20일)⟩ 화요일 날씨 맑음
지부 활동기록 정리, TV 봤음 - 아시안 게임

⟨1998년 12월 9일 (음력 10월 21일)⟩ 수요일 날씨 맑음
부릉(涪陵)에 있는 사돈집으로 편지 보냈음, 영진(永珍)이 전화 왔음, 우체국에 가서 전화비 냈음

⟨1998년 12월 10일 (음력 10월 22일)⟩ 목요일 날씨 맑음
제4소학교에 가서 사진과 공비의료[9]증(公費醫療證)을 냈음, TV 봤음 - 아시안 게임

---

9) (국가나 직장에서 의료비용을 부담하는) 무상 의료 제도.

⟨1998년 12월 11일 (음력 10월 23일)⟩ 금요일 날씨 맑음
이발했음, 내몽골에서 편지 왔음, 미옥(美玉)이 연길에서 왔음, 태운(泰云)집에 갔음 - 향선(香善) 결혼식 준비

⟨1998년 12월 12일 (음력 10월 24일)⟩ 토요일 날씨 맑음
태운(泰云)집에 갔음 - 향선(香善)의 결혼식 참석

⟨1998년 12월 13일 (음력 10월 25일)⟩ 일요일 날씨 흐림/맑음
지부 총결회의 참석, 아내가 창일(昌日)집에 갔음, 공비의료증(公費醫療證)을 받았음, 미옥(美玉)이 연길에 돌아갔음

⟨1998년 12월 14일 (음력 10월 26일)⟩ 월요일 날씨 맑음
중심신용사(信用社)에 가서 저금 - 김금자(金今子)가 1만 위안 갚았음, 창일(昌日)의 아내 생일

⟨1998년 12월 15일 (음력 10월 27일)⟩ 화요일 날씨 맑음
세탁기 수리(배수관 청소)

⟨1998년 12월 16일 (음력 10월 28일)⟩ 수요일 날씨 구름/맑음
파출소(派出所)에 가서 새 호적부 받았음, 연길에 있는 금자(今子)가 전화 왔음 - 아들의 결혼식에 관함, 영진(永珍)이 전화 왔음, TV

봤음 - 아시안 게임

〈1998년 12월 17일 (음력 10월 29일)〉 목요
일 날씨 맑음
복순(福順)이 아파서 이영(李瑛)진료소에 왔
다가 갔음, TV 봤음 - 아시안 게임

〈1998년 12월 18일 (음력 10월 30일)〉 금요
일 날씨 흐림/바람
제4소학교에 가서 이·퇴직교사 명단 통계,
복순(福順)이 이영(李瑛)진료소에 갔음, TV
봤음 - 아시안 게임

〈1998년 12월 19일 (음력 11월 1일)〉 토요
일 날씨 맑음
창일(昌日)이 와서 점심을 먹었음, 태운(泰
云)과 향선(香善)을 초대했음, TV 봤음 - 아
시안 게임

〈1998년 12월 20일 (음력 11월 2일)〉 일요
일 날씨 맑음
미옥(美玉)이 전화 왔음, 영진(永珍)이 전화
왔음, 아시안 게임 폐막식

〈1998년 12월 21일 (음력 11월 3일)〉 월요
일 날씨 흐림/눈
삼팔상점에 가서 전기장판 커버 샀음, 전기
장판 수리, 연길에서 전화 왔음 - 누나

〈1998년 12월 22일 (음력 11월 4일)〉 화요
일 날씨 맑음
아내가 편지 썼음, TV과 신문 봤음

〈1998년 12월 23일 (음력 11월 5일)〉 수요
일 날씨 맑음
우체국에 가서 일본으로 편지 보냈음, 이영
(李瑛)진료소에 가서 산채(山菜)의 명칭을
배우기(중국어)

〈1998년 12월 24일 (음력 11월 6일)〉 목요
일 날씨 맑음
TV과 신문 봤음

〈1998년 12월 25일 (음력 11월 7일)〉 금요
일 날씨 흐림/맑음
미옥(美玉)이 전화 왔음, 연길에 갔음
(12:10~2:30)

〈1998년 12월 26일 (음력 11월 8일)〉 토요
일 날씨 맑음
우체국에 가서 일본으로 소포(간식) 보냈음
(436.7위안), 금자(今子) 장남의 결혼식 참
석, 영진(永珍)이 전화 왔음(두 번)

〈1998년 12월 27일 (음력 11월 9일)〉 일요
일 날씨 맑음
원학(元學)집의 식탁을 수리

〈1998년 12월 28일 (음력 11월 10일)〉 월요
일 날씨 흐림
연길에서 집에 돌아왔음(9:00~11:30), 향선
(香善)이 2개월의 월급, 계란과 달력을 가져
왔음

〈1998년 12월 29일 (음력 11월 11일)〉 화요

일 날씨 맑음
장부(帳簿) 정리

〈1998년 12월 30일 (음력 11월 12일)〉 수요
일 날씨 맑음/바람
TV방송국에 가서 비용 냈음(반년 72위안),
아내가 장인집에 갔음

〈1998년 12월 31일 (음력 11월 13일)〉 목요
일 날씨 맑음/바람
태양사대(太陽四隊)에 갔음 - 원단을 맞힘,
정화(廷華)집에 갔음, 정금(貞今)집에 맛있
는 것 마련했음

사돈집:	생년월일
一. 1 백일야(白日夜):	4.3
2 이인숙(李仁淑):	12.5
二. 1 이성근(李成根):	1948.1.17
2 김영옥(金英玉):	1948.10.18

제4소학교:	
모휘석(茅輝錫):	1934.7.1
박영호(朴永浩):	42.2.8
모종변(茅宗變):	44.3.10
김금준(金錦俊):	54.3.7
박민우(朴敏遇):	58.2.29
최소정(崔小井):	56.3.29
허삼용(許三龍):	61.12.26
조석제(趙石濟):	53.1.10
김광용(金光龍):	50.1.3
김성하(金成河):	58.2.14
이규철(李奎哲):	56.11.26

천진철(千振哲):	63.10.10
홍천수(洪天壽):	64.8.28
류창율(劉昌律):	71.2.14
최지명(崔志明):	74.1.28
박영춘(朴永春):	70.9.14
변우(卞羽):	71.4.3
천송(千松)	75.8.10

숙부(叔父)	최승륜(崔承崙)	5.16
	(94년 6월 21일 사망)	
숙모(叔母)	김은옥(金銀玉)	9.12
누나	최순옥(崔順玉)	10.28
남동생	최정화(최廷華)	9.9
남동생	정기(최廷棋)	7.22
여동생	정옥(貞玉)	4.12
	태운(泰云)	5.11
남동생	정수(廷洙)	1.23
여동생	정금(貞今)	9.30
남동생	정오(廷伍)	2.7
	정구(廷九)	1.18
숙부(叔父)	광륜(光崙)	8.1
숙모(叔母)	조영숙(趙英淑)	4.14
여동생	최경자(崔京子)	10.22
	순자(順子)	9.27
남동생	정일(廷日)	9.18
여동생	화자(花子)	1.27
	여금(旅今)	3.27
숙부(叔父)	최명륜(崔明崙)	12.27
여동생	춘경(春景)	

	춘희(春姬)	6.26		황승일(黃承日)	2.2
				김분선(黃粉善)	4.4
장인	황경운(黃炅雲)	3.11		황창일(黃昌日)	7.12
장모	문정희(文貞姬)	5.1		최순자(崔順子)	10.26
(아내의)	둘째 아버지			황동일(黃東日)	3.9
	황경만(黃炅滿)	4.15		박초미(朴超美)	
	둘째 어머니			박민석(朴珉錫)	11.20
	덕순복(德順福)	12.25		황복순(黃福順)	6.24

필 자

이채문
경북대학교 사회과학대학 사회학과 교수

이정덕
전북대학교 인문과학대학 고고문화인류학과 교수

남춘호
전북대학교 사회과학대학 사회학과 교수

박신규
경북대학교 SSK 다문화와 디아스포라 연구단 전임연
구원

최미옥
연변대학교 심리학과 교수

연변일기 1 전북대 개인기록 총서 17

초판 인쇄 | 2017년 6월 20일
초판 발행 | 2017년 6월 20일

(편)저 자 이채문 · 이정덕 · 남춘호 · 박신규 · 최미옥

책임편집 윤수경

발 행 처 도서출판 지식과교양
등록번호 제 2010-19호
주   소 서울시 도봉구 쌍문1동 423-43 백상 102호
전   화 (02) 900-4520 (대표) / 편집부 (02) 996-0041
팩   스 (02) 996-0043
전자우편 kncbook@hanmail.net

ISBN 978-89-6764-083-5 93810   정가 45,000 원